MANUAL DE PRODUCCIÓN GRÁFICA RECETAS

Editorial Gustavo Gili, SA

08029 Barcelona Rosselló, 87-89. Tel. 93 322 81 61
México, Naucalpan 53050 Valle de Bravo, 21. Tel. 55 60 60 11
Portugal, 2700-606 Amadora Praceta Notícias da Amadora, nº 4B. Tel. 21 491 09 36

MANUAL DE PRODUCCIÓN GRÁFICA
RECETAS

KAJ JOHANSSON
PETER LUNDBERG
ROBERT RYBERG

GG®

Título original: *Grafisk Kokbok*
publicado originalmente por Bokförlaget Arena en 1998

Versión castellana
Revisión técnica Susana Tarancón, Joan Mases
Diseño gráfico Robert Ryberg
Diseño de la cubierta Toni Cabré/Editorial Gustavo Gili, SA
Fotografías Albert Håkansson, Ballaleica – comida
Tomas Ek, Fälth & Hässler – equipamiento técnico
Joanna Hornatowska, STFI – bodegones
Johanna Löwenhamn – retratos

Queda prohibida, salvo excepción prevista en la ley, la reproducción (electrónica, química, mecánica, óptica, de grabación o de fotocopia), distribución, comunicación pública y transformación de cualquier parte de esta publicación —incluido el diseño de la cubierta— sin la previa autorización escrita de los titulares de la propiedad intelectual y de la Editorial. La infracción de los derechos mencionados puede ser constitutiva de delito contra la propiedad intelectual (arts. 270 y siguientes del Código Penal). El Centro Español de Derechos Reprográficos (CEDRO) vela por el respeto de los citados derechos.

La Editorial no se pronuncia, ni expresa ni implícitamente, respecto a la exactitud de la información contenida en este libro, razón por la cual no puede asumir ningún tipo de responsabilidad en caso de error u omisión.

© del texto: Kaj Johansson, Peter Lundberg, Robert Ryberg, 2003
© de esta edición: Editorial Gustavo Gili, SA, Barcelona, 2004

Printed in Sweden
ISBN: 84-252-1739-3
Impresión: Fälth & Hässler, Värnamo (Suecia)

PRÓLOGO

El trabajo de escribir este libro llevó más de dos años. Cuando comenzamos no sabíamos exactamente en lo que nos estábamos metiendo, y qué suerte que fue así. Escribir un libro al margen de nuestros trabajos habituales resultó ser más complejo de lo que habíamos previsto inicialmente.

Los tres hemos trabajado en producción gráfica, de diferentes formas, y hemos vivido diariamente los problemas prácticos que pueden presentarse durante los proyectos de impresión. Con este libro queremos compartir nuestros conocimientos y experiencias. El proyecto MANUAL DE PRODUCCIÓN GRÁFICA nos llevó, además, a la creación y desarrollo de Kapero, nuestra propia empresa de consultoría y formación.

Los resultados satisfactorios en producción gráfica dependen, básicamente, de una buena comunicación, lo cual se consigue creando marcos de referencia en común. Tenemos la esperanza de que este libro contribuya a ello.

¡Te deseamos una grata lectura y éxito en la producción gráfica!

Kaj Johansson, Peter Lundberg, Robert Ryberg

Estaremos encantados de recibir tus reflexiones, ideas, comentarios y sugerencias en: www.kapero.com

KAJ JOHANSSON

Anteriormente ha sido responsable de actividades en Crossmedia, empresa de gestión de activos digitales (DAM-*Digital Asset Management*) de Estocolmo. Kaj ha trabajado también como jefe de desarrollo en la empresa de preimpresión IGP de Estocolmo, donde previamente había sido responsable de producción y del taller.

PETER LUNDBERG

Ha trabajado como director gerente de la empresa de preimpresión Colorcraft de Estocolmo, y como responsable de preimpresión y calidad en la imprenta Bromma Tryck. Peter también tiene experiencia en consultoría en el área de impresión digital y ha sido profesor en el Instituto Gráfico de Estocolmo.

ROBERT RYBERG

Ha sido anteriormente jefe de marketing en la empresa de desarrollo de revistas Magazine (Estocolmo), jefe de proyectos en la empresa de Internet Spray, consultor en la producción de diarios y responsable de la formación en preimpresión en el Instituto Gráfico de Estocolmo.

Los autores Kaj Johansson, Peter Lundberg y Robert Ryberg dirigen actualmente la empresa de consultoría y formación Kapero. Se conocieron estudiando artes gráficas en la Real Universidad Politécnica de Estocolmo (KTH). Los tres imparten conferencias habitualmente y publican numerosos artículos en el campo de la producción y las artes gráficas.

CÓMO UTILIZAR EL LIBRO

Este libro se ha escrito para que su contenido, en sus distintos capítulos, trate los diferentes pasos del ciclo de la producción gráfica. Cada capítulo empieza con un listado de las fases significativas del proceso de producción. El libro está escrito para ser leído entero, desde el principio hasta el final, y también para consultar y encontrar información específica a una necesidad concreta. De todas formas, a medida que se avanza en su lectura, se supone que el lector tiene conocimiento de las etapas del proceso de producción gráfica explicadas en los capítulos precedentes.

En los textos se usan referencias de aspectos que son tratados en otros capítulos del libro. Por ejemplo: (Ver capítulo titulado, subcapítulo número) (ver "Impresión" 13.1). Si la referencia es del mismo capítulo, no se menciona el título del capítulo. Por ejemplo: (ver 10.3.2).

Cuando se señalan comandos específicos o menús de software o sistemas operativos, se expresan en la fuente American Typewriter. Por ejemplo, puede aparecer lo siguiente: Cuando se quiere imprimir se selecciona Archivo –> Imprimir. El significado de la flecha es que Imprimir se encuentra en el menú de Archivo.

▶ FUNCIONALIDAD DE LOS RECUADROS

En estos recuadros se muestran instrucciones generales, sumarios, listas de comprobación e instrucciones paso a paso.

Se pueden copiar y recortar para tenerlos a mano en la mesa de trabajo o, incluso, adjuntarlos a un pedido.

▶ Localización
Cada capítulo se inicia con un resumen de los pasos de producción gráfica que se tratan en él.

▶ ÍNDICE
En la primera página de cada capítulo hay un índice de subtítulos y sus páginas correspondientes dentro del capítulo.

Un resumen de la materia tratada en el capítulo facilita también el uso del libro.

ÍNDICE

1 INTRODUCCIÓN
El flujo de la producción gráfica ... 9

2 EL ORDENADOR
Software ... 14
Hardware ... 17
¿Qué hace que un ordenador sea más rápido? ... 22
Números binarios ... 23
Ficheros y documentos ... 24

3 TIPOS Y FUENTES
Tipos de letra y fuentes tipográficas ... 28
Gestión de tipos de letra y fuentes ... 29
Estructura de las fuentes ... 33
Formatos de ficheros para fuentes ... 34
Programas de utilidades ... 36

4 TEORÍA DEL COLOR
¿Qué es un color? ... 40
El color de las superficies ... 41
El ojo y el color ... 41
La mezcla de colores ... 42
Modelos de color ... 44
Factores que influyen en la reproducción del color ... 48
Obtención de los colores correctos en impresión ... 49
Trabajo con colores y luz ... 57
La gestión del color en las aplicaciones ... 59

5 IMÁGENES
Imágenes basadas en objetos ... 62
Imágenes basadas en píxels ... 65
Formatos de fichero para imágenes ... 71
Compresión ... 73
Escaneado de imágenes ... 76
Edición de imágenes ... 83
Herramientas en Adobe Photoshop ... 90
Ajustes para impresión ... 94
Escáners ... 102
Cámaras digitales ... 106

6 DOCUMENTOS
Software para la producción de originales ... 112
Fuentes tipográficas ... 113
Trabajar con colores ... 114
Trabajar con imágenes ... 118
Trabajar con logotipos ... 120
Sobreimpresión y reserva ... 120
Superposición y contracción ... 121
Sangre ... 123
Doble página ... 123
El control y la entrega de los documentos ... 124

7 ALMACENAMIENTO Y ARCHIVO
Sistemas de almacenamiento ... 128
Medios de almacenamiento ... 129
Discos duros ... 130
Discos magnéticos ... 131
Cintas ... 132
Discos ópticos ... 133
Comparación ... 136
Archivo ... 138

8 REDES Y COMUNICACIÓN
¿Qué es una red? ... 142
LAN y WAN ... 143
¿De qué está compuesta una red? ... 143
Dispositivos de red ... 145
Técnica de transferencia y capacidad de la red ... 147
Tipos de redes locales ... 149
Conexiones dial-up ... 150
Internet ... 151

9 SALIDAS
Trama de medios tonos ... 157
Lenguaje de descripción de página ... 164
Postscript ... 164
PDF ... 172
OPI ... 183
Imposición ... 187
Las imposiciones más corrientes ... 189
Impresoras ... 190
Impresoras de alto volumen ... 195
Filmadoras ... 196

10 REVISIÓN Y PRUEBAS
Errores frecuentes en el proceso de producción gráfica ... 201
Pruebas de pantalla (Soft-proofs) ... 201
Pruebas de impresora láser ... 202
Control de documentos (Preflight) ... 202
Pruebas ... 205
Pruebas de prensa ... 205
¿Qué debe controlarse? ... 206
Revisión de las pruebas ... 207
Producción de las pruebas ... 209

11 PELÍCULA Y PLANCHAS
Película ... 214
Planchas de offset ... 217
Reimpresión ... 219
Computer to plate (CtP) ... 219

12 EL PAPEL
Terminología del papel ... 225
Composición del papel ... 227
Fabricación del papel ... 228
Clasificación del papel ... 230
Cómo elegir un papel ... 231

13 IMPRESIÓN
Impresión offset ... 237
Máquinas para impresión offset ... 239
Puesta a punto de la máquina ... 242
Controles en impresión offset ... 245
Incidencias de impresión offset ... 250
Serigrafía ... 252
Huecograbado ... 253
Impresión flexográfica ... 255
Impresión digital ... 257

14 MANIPULADOS
Plegado ... 266
Problemas relacionados con el plegado ... 267
Alzado ... 268
Hendido ... 268
Encuadernación ... 269
Grapado metálico ... 269
Fresado ... 270
Cosido ... 271
Termocosido ... 271
Encuadernación en tapa dura ... 271
Encuadernación en espiral ... 271
Corte ... 272
Otros tipos de acabados ... 273
Manipulados en el proceso de impresión offset ... 274
Equipos de manipulado ... 275

15 EL MEDIO AMBIENTE
Papel ... 279
Tintas impresoras ... 282
Packaging ... 284

16 EL PROCESO GRÁFICO
Fase previa ... 288
Elección de colaboradores externos ... 291
Solicitud de presupuestos ... 295
La planificación de la producción gráfica ... 300
El flujo de material e información ... 301

17 APÉNDICE
Glosario ... 310
Lista de sufijos ... 325

INTRODUCCIÓN 1

- ▶ FASE ESTRATÉGICA
- ▶ FASE CREATIVA
- ▶ DIGITALIZACIÓN DE ORIGINALES
- ▶ PRODUCCIÓN DE IMÁGENES
- ▶ SALIDAS/RASTERIZADO
- ▶ PRUEBAS FINALES
- ▶ PLANCHAS E IMPRESIÓN
- ▶ MANIPULADOS
- ▶ DISTRIBUCIÓN

| EL FLUJO DE LA PRODUCCIÓN GRÁFICA | 9 |

CAPÍTULO 1 INTRODUCCIÓN

ÉSTE ES UN LIBRO DEDICADO A LA PRODUCCIÓN GRÁFICA. LA PRODUCCIÓN GRÁFICA CONSISTE EN UNA SERIE DE PASOS PARA CREAR UN PRODUCTO IMPRESO, DESDE LA IDEACIÓN Y EJECUCIÓN DE UN DISEÑO HASTA LA EDICIÓN Y REALIZACIÓN DEL PRODUCTO ACABADO. CADA ETAPA DEL PROCESO GRÁFICO ES REALIZADA POR UN PROFESIONAL DIFERENTE. PARA ASEGURAR LA CALIDAD DEL PRODUCTO FINAL ES IMPRESCINDIBLE QUE TODAS LAS PERSONAS INVOLUCRADAS EN EL PROCESO GRÁFICO SE COMUNIQUEN EFICAZMENTE ENTRE SÍ.

▶ LAS NUEVE FASES DEL PROCESO DE PRODUCCIÓN GRÁFICA
El proceso se puede dividir en nueve fases. En las dos primeras se desarrolla el concepto creativo. En las dos siguientes se concreta este concepto y se incorporan algunas modificaciones. Las cinco fases restantes son de carácter industrial y están condicionadas por decisiones tomadas en las fases precedentes.

La **producción gráfica** actual es un concepto amplio que engloba todos los pasos de la realización de un impreso. Comprende el diseño gráfico, la fotografía, la filmación, el escaneado y el procesado de imágenes, la digitalización, el ripeado y la impresión de películas, las copias a color en impresoras y copiadoras, las pruebas finales de preimpresión, la impresión, los manipulados y los acabados. En este capítulo se analizará el proceso de la producción gráfica, describiendo sus diferentes fases y exponiendo ejemplos de las empresas o talleres que trabajan con ellas.

Independientemente de la etapa del proceso gráfico que se esté desarrollando, es importante comprender los requerimientos de todas sus fases. En este capítulo se dará una visión genérica de cada una de ellas.

Por ejemplo, para conseguir el mejor diseño y elegir los materiales más adecuados en las fases iniciales, deben tenerse en cuenta las opciones y posibles requerimientos de todas las fases posteriores. Ello obliga a pensar constantemente de forma inversa, del final hacia el principio.

Así, el trabajo previsto para la etapa de postimpresión, en la octava fase, puede determinar la elección del papel más conveniente en el momento del diseño original, la elección del método de impresión, del escaneado de las imágenes, del modo de separar los colores, etc.

EL FLUJO DE LA PRODUCCIÓN GRÁFICA 1.1

Para simplificar el análisis de la producción gráfica, se ha dividido el proceso en las nueve fases enumeradas a continuación, que pasan a describirse en los siguientes subapartados.

1. Fase estratégica
2. Fase creativa
3. Producción de originales
4. Producción de imágenes
5. Salidas/Rasterizado
6. Pruebas finales
7. Planchas e impresión
8. Manipulados
9. Distribución

FASE ESTRATÉGICA 1.1.1

En esta fase se debe contemplar la totalidad del proyecto y determinar si es necesario crear un producto impreso (ver "Producción gráfica", 16.1). Responder a las siguientes cuestiones ayudará a definir más claramente el producto que quiere crearse: ¿cuál es la finalidad del proyecto? ¿A quién va dirigido? ¿Cuál será la utilidad del producto?

FASE CREATIVA 1.1.2

La fase creativa trata del desarrollo del diseño. En ella se determina cuál es el mensaje del trabajo y cuál la mejor forma de comunicación con el usuario final. También en esta fase existen una serie de cuestiones que ayudan a concretar el proyecto: ¿qué tipo de producto impreso debe diseñarse? ¿Qué debe decir? ¿Cómo debe decirlo? ¿Qué apariencia debe tener?

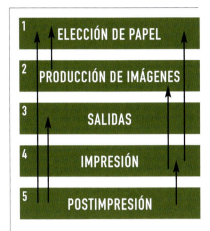

▶ **LAS OPCIONES ELEGIDAS TIENEN LUGAR EN ORDEN INVERSO**
En cualquier fase del proceso de producción es necesario conocer los requerimientos que plantean las etapas posteriores y modificar el trabajo de acuerdo con ello. Los requisitos del manipulado final del producto pueden determinar la elección del papel y la técnica de impresión que va a utilizarse y, al mismo tiempo, determinar cómo deben escanearse las imágenes y realizarse la separación de colores.

▶ PARTICIPANTES – FASE ESTRATÉGICA
• Departamento de marketing
• Departamento de comunicación
• Agencias de publicidad
• Consultores de comunicación

▶ PARTICIPANTES – FASE CREATIVA
• Departamento de marketing
• Departamento de comunicación
• Agencias de publicidad y relaciones públicas
• Estudios de diseño gráfico

> **PARTICIPANTES – PRODUCCIÓN DE ORIGINALES**
> - Agencias de publicidad
> - Estudios de diseño gráfico
> - Imprentas
> - Empresas de preimpresión

PRODUCCIÓN DE ORIGINALES [1.1.3]

Esta fase incluye la realización de originales o artes finales, la digitalización y la maquetación de cada página. Para ello es necesaria la adquisición de fotografías y el escaneado de imágenes. Por eso, a menudo suelen simultanearse varias tareas. Al final de esta fase las imágenes quedan colocadas en el original, completando el proceso. Con frecuencia en esta etapa deben enviarse una o más pruebas a las partes interesadas (clientes) para su revisión y aprobación, antes de pasar a la quinta fase, la de salidas/rasterizado.

PRODUCCIÓN DE IMÁGENES [1.1.4]

En esta fase las imágenes son fotografiadas y reveladas y después escaneadas y enviadas al ordenador para su edición. Las imágenes son recortadas, convertidas a CMYK y adaptadas al proceso de impresión específico. En esta fase también se realizan otros pasos en la edición de las imágenes, como máscaras, retoques y correcciones de color. Al igual que ocurre al finalizar la fase de digitalización, a menudo es necesario enviar una o varias pruebas al cliente para su aprobación, antes de pasar a la etapa siguiente.

> **PARTICIPANTES – PRODUCCIÓN DE IMÁGENES**
> - Fotógrafos
> - Laboratorios fotográficos
> - Agencias de producción gráfica
> - Empresas de preimpresión
> - Imprentas con departamento de preimpresión
> - Bancos de imágenes

SALIDAS / RASTERIZADO [1.1.5]

La salida de textos, imágenes y originales digitalizados se puede obtener en soporte película o papel. Estas salidas pueden realizarse en copias de impresora, películas, transparencias o papel. Algunos periféricos de salida de uso común en esta fase son: las impresoras láser, las impresoras de inyección de tinta y las filmadoras.

> **PARTICIPANTES – SALIDAS**
> - Empresas de preimpresión
> - Imprentas con departamento de preimpresión
> - Agencias de producción gráfica

PRUEBAS FINALES [1.1.6]

Para poder apreciar cómo será el producto final impreso, se realizan una o varias pruebas de preimpresión. Éste es un paso importante en el proceso de producción porque constituye la última oportunidad para comprobar el material e introducir cambios. Además, las pruebas sirven para mostrar al impresor cómo será el producto final. Las pruebas pueden ser analógicas o digitales. La pruebas digitales se imprimen en impresoras de color de alta calidad, una vez finalizada la fase de digitalización y antes de producir películas y planchas. Las pruebas analógicas se realizan a partir de las películas que sirven de base para producir las planchas.

> **PARTICIPANTES – PRUEBAS FINALES**
> - Empresas de preimpresión
> - Imprentas con departamento de preimpresión

PLANCHAS E IMPRESIÓN [1.1.7]

Aprobadas las pruebas, deben producirse las planchas que se utilizarán para la impresión. Normalmente se hacen utilizando películas. Con tecnología convencional la plancha se obtiene a partir de la película, mientras que con el sistema *directo a plancha* (Ctp), la plancha se obtiene directamente del proceso de digitalización. Hay múltiples técnicas de impresión, siendo el offset la más corriente. Otras técnicas comunes son: el huecograbado, la flexografía, la serigrafía y la impresión digital. La técnica de impresión a utilizar depende del producto deseado. Obviamente, el papel es el soporte más habitual, aunque también se utilizan materiales plásticos o textiles.

> **PARTICIPANTES – PLANCHAS E IMPRESIÓN**
> - Empresas de preimpresión
> - Imprentas

MANIPULADOS [1.1.8]

Tras la impresión, el producto impreso se somete a algún tipo de acabado con vistas a obtener el producto final. Dependiendo del tipo de acabado que se desee se pueden realizar trabajos de cortado, plegado, alzado, cosido, grapado, laminado o barnizado, entre otros.

DISTRIBUCIÓN [1.1.9]

La distribución es el último paso del proceso de producción gráfica. En esta fase el producto impreso es distribuido a los usuarios finales. ∎

▶ **PARTICIPANTES – MANIPULADOS**
- Imprentas
- Empresas de manipulados

▶ **PARTICIPANTES – DISTRIBUCIÓN**
- Imprentas
- Empresas de manipulados
- Empresas de distribución

EL ORDENADOR 2

- FASE ESTRATÉGICA
- ▶ FASE CREATIVA
- ▶ DIGITALIZACIÓN DE ORIGINALES
- ▶ PRODUCCIÓN DE IMÁGENES
- ▶ SALIDAS/RASTERIZADO
- PRUEBAS FINALES
- PLANCHAS E IMPRESIÓN
- MANIPULADOS
- DISTRIBUCIÓN

SOFTWARE	14
HARDWARE	17
¿QUÉ HACE QUE UN ORDENADOR SEA MÁS RÁPIDO?	22
NÚMEROS BINARIOS	23
FICHEROS Y DOCUMENTOS	24

CAPÍTULO 2   EL ORDENADOR

ACTUALMENTE TODA LA PRODUCCIÓN GRÁFICA ESTÁ BASADA EN LOS ORDENADORES Y LAS APLICACIONES DE SOFTWARE. EL ORDENADOR SE HA CONVERTIDO EN EL COMPONENTE MÁS IMPORTANTE DEL PROCESO DE PRODUCCIÓN GRÁFICA. POR ELLO, ES NECESARIO TENER UNOS CONOCIMIENTOS BÁSICOS DEL ORDENADOR Y SUS FUNCIONES.

▶ ORDENADOR
El Macintosh es el más utilizado por los profesionales de la industria gráfica. Prácticamente toda la producción de originales se realiza en este tipo de ordenadores.

El ordenador es la base de toda la producción gráfica. Se utiliza para la edición de textos e imágenes, para maquetar y, finalmente, para agrupar todos estos elementos en un documento final. La mayoría de los materiales pueden ser archivados y almacenados en el ordenador, que además controla el funcionamiento de las máquinas de imprimir y otros equipos periféricos esenciales para la producción gráfica, como escáners y RIP. Este capítulo tratará de los componentes del ordenador y sus funciones.

En términos generales, el sistema de un ordenador tiene dos componentes principales: el software y el hardware. El software hace referencia a los programas que se utilizan. Un software básico de un ordenador incluye un sistema operativo, diversos programas de utilidades, controladores o *drivers*, aplicaciones y los módulos de extensión o *plug-ins*. El hardware hace referencia a los componentes físicos del ordenador. Elementos como el disco duro, el procesador, la unidad de memoria interna (*random access memory*, RAM) o la tarjeta de red (*network interface card*, NIC) son algunos de los principales elementos que forman parte del hardware. Otros accesorios son el monitor, el teclado, el ratón (mouse), la impresora, el escáner y el módem, por mencionar sólo algunos.

SOFTWARE 2.1

En primer lugar analizaremos el software. En esta sección se dará una definición general del sistema operativo, de los programas de utilidad, de los controladores, de las aplicaciones y de los módulos de extensión, así como del software específico utilizado en la pro-

▶ ESTRUCTURA DEL SOFTWARE
El sistema operativo (las zonas rojas) funciona como un intérprete entre el hardware y el software.

ducción gráfica. Este software incluye procesadores de texto, programas de edición de imágenes e ilustraciones, autoedición, maquetación, imposición, bases de datos y algunos programas especializados.

SISTEMA OPERATIVO 2.1.1

El sistema operativo es el software fundamental del ordenador. Sin él, éste no podría ni siquiera arrancar e iniciar una sesión de trabajo. El sistema operativo coordina la puesta en marcha de todas las funciones básicas: despliega la intercomunicación con el usuario, recibe y transmite las señales desde el teclado, guarda archivos en el disco duro, etc. También facilita la comunicación entre programas adicionales y el hardware del ordenador. Los sistemas operativos más habituales son: Mac OS, Unix, Windows XP, LINUX y DOS.

PROGRAMAS DE UTILIDAD 2.1.2

Los programas de utilidad trabajan con el sistema operativo para dar al ordenador funciones operativas adicionales. Un ejemplo de programa de utilidad usado en la producción gráfica es Adobe Type Manager (ATM), que mejora la gestión de fuentes (ver "Fuentes tipográficas", 3.5.2). Los salvapantallas y los programas antivirus son también programas de utilidad.

CONTROLADORES 2.1.3

Los controladores (*drivers*) son un software que permite que el ordenador pueda trabajar con otros dispositivos periféricos de hardware, como impresoras y escáners. El controlador permite que el periférico pueda ser reconocido por el sistema operativo y que funcione. Normalmente, con el periférico se incluye el controlador correspondiente, que deberá instalarse en el disco duro del ordenador para empezar a trabajar.

▶ **APLICACIONES DE PROCESADORES DE TEXTO**
Escritura y edición de textos.

▶ **APLICACIONES DE ILUSTRACIÓN**
Creación de elementos e imágenes basadas en objetos gráficos.

▶ **APLICACIONES DE EDICIÓN DE IMÁGENES**
Creación y retoque de imágenes digitales basadas en píxels.

▶ **APLICACIONES DE AUTOEDICIÓN**
Compaginación de textos e imágenes y creación de páginas.

▶ **APLICACIONES DE IMPOSICIÓN**
Imposición digital de las páginas, permitiendo su posterior filmación.

▶ **APLICACIONES DE BASES DE DATOS**
Un programa de archivo es una aplicación de base de datos que se utiliza para ordenar diferentes documentos y hacer posible su búsqueda mediante la clasificación de los mismos.

APLICACIONES [2.1.4]

Una aplicación es un software que realiza una serie de funciones dentro de un área específica de trabajo, como un procesador de textos o un editor de imágenes.

En producción gráfica existen seis categorías principales de software: procesadores de texto, aplicaciones de edición de imágenes, de ilustración, de autoedición, de imposición de páginas y de bases de datos. Además, existe una gran cantidad de programas especializados, entre los que se encuentran los programas OPI, los programas de *trapping*, de *preflight*, así como los programas que controlan los RIP, máquinas de fotocomposición y máquinas de imprimir, de los que hablaremos más detenidamente en los capítulos correspondientes. Aparte de los mencionados, es común el uso de distintas aplicaciones genéricas de gestión, no específicas para la producción gráfica, que facilitan el control de los pedidos y de la facturación.

Los procesadores de texto permiten escribir y modificar textos de forma rápida y sencilla en un formato simple, previo a la aplicación de los elementos gráficos. Estas aplicaciones no están pensadas para generar diseños avanzados, tipografías o cuatricromías, por lo que no son utilizadas directamente para la creación de originales. Microsoft Word y Word Perfect son procesadores de texto utilizados habitualmente.

Las aplicaciones de edición de imágenes son herramientas que facilitan la manipulación de imágenes con vistas a su impresión. Una de las más utilizadas en artes gráficas es Adobe Photoshop.

Las aplicaciones de ilustración permiten dibujar o crear imágenes originales con el ordenador. Las más comunes son Adobe Illustrator y Macromedia Freehand. En esta categoría también pueden incluirse las aplicaciones de Illustrator 3-D, 3D Studio y Strata Studio.

Las aplicaciones de autoedición permiten maquetar textos e imágenes y crear páginas definitivas, es decir, facilitan la composición del documento final u original que será ejecutado en los procesos de producción gráfica profesional. Las aplicaciones más comunes son QuarkXPress, Adobe InDesign y Adobe PageMaker.

Las aplicaciones de imposición se utilizan para colocar varias páginas en una misma película o conjunto de películas, en lugar de realizar el montaje manual de varias películas (una por cada página) sobre el astralón. Ejemplos de este tipo de aplicación son Preps, Ultimate Impostrip, Imation Presswise y Quark Imposition (ver "Salidas", 9.5).

Las aplicaciones de bases de datos se utilizan, principalmente, para clasificar y archivar documentos de texto, de imágenes o de maquetas de páginas. Algunas aplicaciones comunes de bases de datos son Phrasea de Baseview, Extensis Portfolio, Cumulus by Canto e Imations Media Manager (ver "Almacenamiento y archivo", 7.8.1).

MÓDULOS DE EXTENSIÓN (PLUG – INS) 2.1.5

Los módulos de extensión también suelen denominarse *plug-ins* o, simplemente, extensiones. Consisten en pequeños programas que agregan nuevas funciones a una aplicación principal. Los *plug-ins* pueden ocasionar problemas en la transferencia de ficheros entre ordenadores, por lo que disponer del mismo módulo de extensión puede ser, en algunas ocasiones, condición necesaria para poder intercambiar documentos.

HARDWARE 2.2

El hardware comprende todos los componentes físicos de un ordenador y sus accesorios, todo lo visible y tangible. Existen distintos tipos y marcas de ordenadores en el mercado, sin embargo, en la industria gráfica el más utilizado es el Macintosh. Por este motivo, en el análisis del hardware se tratará prioritariamente este modelo, aunque el hardware de un PC es básicamente el mismo.

▶ CABLES DE ORDENADOR PARA UN MACINTOSH
Los diferentes conectores de un ordenador Macintosh están diseñados de tal manera que se hace imposible conectar un cable en una entrada equivocada.

▶ DENTRO DEL ORDENADOR
Interior de un ordenador. La imagen muestra la placa base de un PC. Todos los circuitos tienen un aspecto muy similar, ya se trate de un procesador, el data bus o la memoria.
En el ordenador también hay lugar para la fuente de alimentación, el disco duro, los disquetes, el lector de CD y otros dispositivos de memoria, la tarjeta de sonido, la tarjeta de red, la tarjeta gráfica, etc.

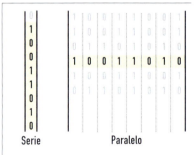

▶ PUERTOS: DE SERIE y PARALELO
En un puerto de serie todos los bits (unos y ceros) se suceden uno tras otro en un único canal. En un puerto paralelo son enviados simultáneamente a través de líneas separadas.

EL PROCESADOR 2.2.1

El corazón o, más bien, el cerebro de un ordenador es el procesador (CPU, *Central Processing Unit*), que realiza todos los cálculos, es decir, todas las "funciones pensantes". También ejecuta las instrucciones ordenadas por el sistema operativo y otras aplicaciones, y controla las funciones del resto de los componentes del hardware. Ejemplos de procesadores son los Power PC G3 y G4 de los ordenadores Macintosh, o sus equivalentes, los procesadores Pentium de Intel en los PC.

DATA BUS 2.2.2

El *data bus* o bus de datos gobierna el flujo de información entre todos los componentes de hardware del ordenador y transporta los datos entre las diferentes unidades del mismo, la memoria RAM, la tarjeta de vídeo y el disco duro. El bus de datos está directamente conectado a la unidad central de procesamiento (CPU) y su capacidad o *velocidad* determina la rapidez con que puede ser enviada la información entre los diferentes componentes y la velocidad de operación del ordenador.

RAM – RANDOM ACCESS MEMORY 2.2.3

La memoria RAM es una memoria de trabajo de alta velocidad que se vacía cada vez que se apaga el ordenador. Si se quiere editar una imagen en Photoshop, la información necesaria para ejecutar esta función —en este caso la aplicación Photoshop— es transferida desde el disco duro a través del bus de datos a la memoria RAM, lo que permite utilizar estos recursos eficientemente. Pero no se debe olvidar guardar el documento en el disco duro, ya que si no la información se perdería al apagar el ordenador.

ROM – READ ONLY MEMORY 2.2.4

Algunos componentes del sistema operativo están instalados y almacenados en la memoria ROM (memoria sólo de lectura). Esos componentes son los elementos fundamentales del sistema operativo y contienen, por ejemplo, la información que necesita el ordenador para arrancar y buscar la información restante del sistema operativo en el disco duro.

CIRCUITOS INTEGRADOS 2.2.5

La CPU y las memorias RAM y ROM están compuestas por los llamados 'circuitos integrados' o chips. Éstos están montados e interconectados en una placa de circuitos denominada 'placa base'.

DISCO DURO – MEMORIA DEL DISCO DURO 2.2.6

El disco duro es un dispositivo de almacenamiento donde se guarda la información de los programas o ficheros. Al abrirlos se recuperan del disco duro. Esta información también puede ser almacenada en disquete, CD-Rom u otros dispositivos de almacenamiento externo (ver "Almacenamiento y archivo", 7.2).

TARJETA GRÁFICA 2.2.7

La tarjeta gráfica o controlador de vídeo controla los elementos que se pueden ver en el monitor. Una buena tarjeta gráfica permitirá disfrutar de una amplia paleta de colores y de una mayor resolución en el monitor, siempre que éste sea compatible con sus prestaciones.

TARJETA DE RED 2.2.8

Con el objetivo de facilitar las comunicaciones entre múltiples ordenadores y periféricos, el ordenador puede ser equipado con una tarjeta de red (NIC, *Network Interface Card*). Esta tarjeta permite realizar funciones como imprimir o enviar y recibir correos electrónicos a través de la red (ver "Redes y comunicaciones", 8). La tarjeta de red está unida al cable de red, a través del cual se puede conectar físicamente con impresoras y/u otras unidades de la misma red.

PUERTOS: DE SERIE Y PARALELO 2.2.9

El puerto de serie se utiliza para conectar el teclado, el ratón y otros dispositivos de control, como joysticks y track balls, al ordenador. Se denominan 'puertos de serie' porque la información (unos y ceros) se transmite en serie por el mismo circuito.

En los puertos paralelos las señales se envían simultáneamente por varios circuitos paralelos.

USB 2.2.10

USB (*Universal Serial Bus*) es un nuevo tipo de puerto de serie. Permite conectar fácilmente al ordenador determinados accesorios, como el ratón y el teclado, mientras éste está activado y sin necesidad de reiniciarlo.

Además, el USB es tan rápido (hasta 12 MB/s) que puede utilizarse para conectar monitores, unidades CD-Rom, impresoras, escáners sencillos, etc. Un USB también puede proporcionar una cantidad limitada de energía eléctrica a dispositivos de bajo consumo y permite la conexión de múltiples dispositivos. La nueva versión de USB (versión 2.0), ha sido desarrollada con una velocidad de transferencia de 480 MB/s y tiene potencia suficiente como para soportar vídeo y otras transmisiones. La versión 2.0 es compatible con los equipos basados en la versión 1.1.

PUERTO DE SONIDO 2.2.11

La mayoría de los ordenadores también disponen de un conector para micrófono u otras fuentes de sonido y de un conector para altavoces o auriculares. Si el ordenador tiene tarjeta de sonido se puede conectar con un mezclador de sonido o dispositivos similares. La calidad de la tarjeta determina la calidad del sonido de grabación y reproducción ofrecida por el ordenador.

ENTRADA DE VÍDEO 2.2.12

Algunos ordenadores también tienen una conexión para recibir y/o reproducir vídeo. Para ello se requiere un hardware especial: la tarjeta de vídeo. En muchos de los ordenadores actuales esta tarjeta ya viene incorporada de fábrica.

▶ CADENA SCSI
Permite la conexión de un máximo de seis dispositivos externos en cadena.

▶ ADVERTENCIA
Para conectar un dispositivo en el puerto SCSI es importante hacerlo estando desconectados tanto el dispositivo como el ordenador. De otro modo se corre el riesgo de dañar el equipo.

▶ MONITORES
Muestra de dos tipos de pantallas. Arriba un monitor de CRT y abajo un monitor de LCD.

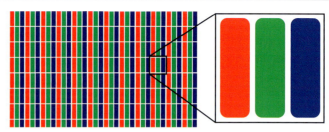

▶ LA ESTRUCTURA DE LA PANTALLA
Una pantalla está compuesta de muchas líneas con pequeños píxels, que a su vez están compuestos por tres fuentes de luz: roja, verde y azul. En función de la intensidad de la luz de estas tres fuentes se generan todos los colores que puede presentar el monitor.

SCSI 2.2.13

El dispositivo SCSI (*Small Computer System Interface*) es un elemento importante en los ordenadores Macintosh, y consiste en una interfaz de gran velocidad para pequeños ordenadores que se conecta directamente al bus de datos y puede transportar gran cantidad de información. Mediante el SCSI se conectan discos duros externos, escáners y otros dispositivos que manejan gran cantidad de información.

Una cadena SCSI puede conectar hasta ocho dispositivos a la vez, aunque si no tenemos en cuenta el procesador y el disco duro (que también se consideran dispositivos), diremos que puede conectar hasta seis dispositivos externos. Cada dispositivo externo debe tener asignado un número SCSI único. La mayoría de los ordenadores tienen un software que lee el número SCSI de identificación de los diferentes dispositivos (el más corriente para Macintosh es SCSI-Probe). Cada dispositivo externo suele tener dos conectores idénticos que permiten la conexión a la cadena. Ésta debe acabar con un conector terminal en el último conector vacío. Actualmente, la mayoría de los dispositivos tienen incorporada una resistencia (TE, *Termination Enabled*) que actúa a modo de autoconector terminal.

La tecnología SCSI también puede ser utilizada dentro del mismo ordenador para intercambiar información entre el disco duro, un CD y la memoria RAM. Este SCSI interno es denominado 'bus SCSI'.

IEEE 1394 FIREWIRE 2.2.14

Un nuevo y potente estándar para la transmisión de datos es el IEEE 1394, conocido como FireWire. Su velocidad de transmisión alcanza los 400 MB/s, lo que permite utilizar vídeo de alta resolución. Por ello, FireWire está empezando a sustituir la conexión SCSI, aunque el estándar USB 2.0, con una velocidad de transmisión de 480 MB/s, representa un potencial competidor.

FUENTE DE ALIMENTACIÓN 2.2.15

A pesar de que la fuente de energía no influye directamente sobre las funciones del ordenador, es su componente de mayor tamaño. La fuente de energía transforma los 110 ó 220 voltios de corriente alterna de la toma general al voltaje que precisa el ordenador.

MONITOR 2.2.16

Actualmente existen dos tipos de monitores: los de tubo de rayos catódicos (CRT) y los de pantalla de cristal líquido o cuarzo (LCD). Los monitores de CRT son grandes y suelen utilizarse en los ordenadores de sobremesa (*desktops*), mientras que los de LCD se utilizan más en los ordenadores portátiles (*laptops*), aunque últimamente se están usando también cada vez más para los de sobremesa.

Independientemente del tipo de monitor, las imágenes que se ven en la pantalla son el resultado de la combinación de millares de minúsculas fuentes luminosas. En las pantallas de color, las fuentes luminosas están divididas en tres secciones: una roja, una verde y una azul (ver "Teoría del color", 4.4). Si se observa muy de cerca la pantalla de un monitor o de un televisor se pueden ver estos tres colores ordenados en grupos. Cada grupo se denomina 'píxel' —término que proviene del inglés *picture element* (elemento de la imagen)—. Los píxels están agrupados de forma ordenada en líneas uniformes en la pantalla.

La intensidad de cada fuente luminosa del píxel puede variar. Así, si se yuxtaponen los tres colores (rojo, verde y azul, RGB sus iniciales en inglés) con diferentes intensidades se percibirá un color específico. El color exacto percibido depende de la intensidad relativa de las tres fuentes luminosas. Esencialmente, todos los colores pueden ser reproducidos en una pantalla de color (ver "Teoría el color", 4.4.1). En la pantalla de blanco y negro, el píxel está compuesto por una sola fuente luminosa blanca que puede adoptar muchos matices de grises, desde el blanco hasta el negro.

MONITORES CRT 2.2.17

El monitor CRT (tubo de rayos catódicos) tiene una pantalla de aspecto y funcionamiento similares a la de una televisión, pero con una mayor resolución. El monitor CRT tiene un mayor número de píxels y, en consecuencia, puede presentar imágenes más definidas. Los píxels son fosforescentes y se iluminan mediante el bombardeo de electrones. Éstos son generados por un cañón de electrones y una bobina deflectora controla su flujo para dirigir los electrones hacia los diferentes píxels en el momento exacto, de modo que se produzca la imagen deseada. Los monitores CRT emiten radiaciones magnéticas que pueden ser perjudiciales. Este factor, unido a su gran tamaño y su elevado peso está provocando una mayor aceptación de los monitores LCD incluso para ordenadores de sobremesa.

MONITORES LCD 2.2.18

La pantalla LCD (pantalla de cristal líquido) es un tipo de pantalla plana de bajo consumo energético. Su tecnología está basada en cristales líquidos polarizados que son iluminados desde la parte posterior. Gracias a la polarización, los cristales pueden abrirse o cerrarse al recibir la luz. Funciona exactamente como cuando dos lentes polarizadas superpuestas giran 90° una en relación a la otra. En una posición dejan pasar la luz, y en la otra no. La tecnología LCD se usa tanto para pantallas de blanco y negro como de color.

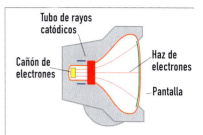

▶ **CRT – ESQUEMA**
El cañón de electrones dispara los electrones, que son dirigidos por el tubo de rayos catódicos. Cuando el electrón impacta en la pantalla se ilumina el fósforo de los píxels.

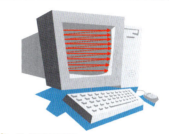

▶ **EL BARRIDO CRT**
El haz de electrones actúa píxel a píxel y línea a línea, hasta que toda la pantalla queda iluminada. Para mantener el flujo de imágenes sin interrupción, se repite continuamente el proceso de barrido.

▶ **LCD – FUNCIONAMIENTO**
Girando 90° cada cristal de la pantalla de LCD se consigue que no pase luz. Funciona exactamente como en este ejemplo de las gafas.

REFRESCO DE PANTALLA 2.2.19

En los monitores CRT los píxels fosforescentes emiten destellos de luz durante un breve instante después de recibir el impacto de un electrón. Para mantener una imagen en la pantalla, el píxel debe permanecer iluminado. En los monitores CRT un haz de electrones barre la superficie, píxel a píxel y línea a línea, hasta que todos los píxels de la misma línea se hayan iluminado, a través de un proceso repetitivo, para mantener la imagen. El fósforo de una pantalla de CRT brilla mientras el cañón de electrones alcance a golpear a todos los píxels de la pantalla antes de que se apague el primer píxel impactado. La velocidad del movimiento del haz de electrones sobre la pantalla limita la rapidez con que se puede cambiar una imagen por la siguiente. Cuanto más rápido sea ese movimiento la imagen se percibirá de forma más estable. El número de veces que cambia la imagen, es decir, la frecuencia de oscilación, se mide en hercios (Hz), que indican los cambios de imagen por segundo. Para evitar el parpadeo de la imagen se requiere que la velocidad de barrido del cañón de electrones sobre la pantalla supere los 50 Hz/s. Actualmente, la velocidad de barrido de la mayoría de pantallas es igual o superior a 70 Hz/s.

En las pantallas de LCD los propios cristales líquidos pueden limitar la imagen. Cuando las imágenes cambian rápidamente, los cristales no siempre pueden abrirse y cerrarse con la suficiente velocidad como para controlar el flujo de luz satisfactoriamente. Por eso, las pantallas LCD no son la mejor opción para la presentación de imágenes en movimiento, ya que pueden dejar estelas luminosas o distorsionarse.

TAMAÑO DE LA PANTALLA 2.2.20

El tamaño de la pantalla se puede medir de dos modos diferentes. La primera es la misma que para los aparatos de televisión, es decir, la longitud de la diagonal de la pantalla, expresada en pulgadas. La otra medida indica el número de píxels que caben en su superficie.

La densidad de píxels determina la resolución de la pantalla. Cuanto mayor es la resolución más pequeños son los píxels, que entonces ofrecen una reproducción más definida. La resolución viene determinada por el tipo de pantalla y por la tarjeta gráfica.

Las pantallas más pequeñas son de 14 pulgadas, con una resolución de 1.021 × 768 píxels. Las más grandes son de 21 pulgadas, y alcanzan una resolución máxima de 1.600 × 1.200 píxels.

¿QUÉ HACE QUE UN ORDENADOR SEA MÁS RÁPIDO? 2.3

Cuando se habla de la rapidez de un ordenador, normalmente se hace referencia a la velocidad de reloj del procesador, por ejemplo, 1.000 MHz. La velocidad de reloj es una medida que expresa la cantidad de cálculos por segundo que puede hacer el procesador. Pero hay otros factores que también condicionan la rapidez del aparato. Por ejemplo, la velocidad de transmisión del bus de datos tiene una gran importancia, puesto que cuanto más rápido transmita la información, más rápido será el ordenador. El ordenador tiene también lo que se llama 'memoria caché'. Allí se almacenan datos de acceso frecuente para disponer de ellos rápidamente. El tamaño de la memoria RAM es igualmente importante, sobre todo si se trabaja con archivos grandes, como pueden ser las imágenes. Cuanta más memoria interna tenga un ordenador, menos información necesitará almacenar temporalmente en el disco

▶ **EL TAMAÑO DE LA PANTALLA**
El tamaño de la pantalla se mide en pulgadas, en diagonal (por ejemplo, 17 pulgadas en esta figura). Aunque no pueda hacerse de forma totalmente precisa, se mide sobre el exterior del monitor. La resolución de la pantalla se indica en píxels, y se expresa en la anchura por la altura (1.024 × 768, en la figura).

duro. Para trabajar rápidamente con imágenes en movimiento o de gran tamaño es preferible, además, que la tarjeta gráfica tenga una memoria RAM relativamente grande, también denominada 'vídeo RAM' o VRAM.

GUARDAR LOS FICHEROS CORRECTAMENTE 2.3.1

Para trabajar de forma rápida y eficiente, es importante saber con exactitud dónde se guardan los ficheros. En lo posible hay que tratar de guardar los archivos localmente, es decir, en el disco duro del ordenador y no en otro ordenador o servidor de red (ver "Redes y comunicaciones", 8.4.1). El disco duro interno de un ordenador es, por lo general, más rápido que los discos Zip y Jaz (ver "Almacenamiento y archivo", 7.2).

ASIGNACIÓN DE MEMORIA A UN PROGRAMA 2.3.2

Cuando se instala un software en el ordenador se tiene asignada una memoria RAM. Esta asignación viene dada de origen. No obstante, si se trabaja con documentos o imágenes grandes, puede ser necesario ampliar manualmente la memoria RAM. En Macintosh, este proceso se realiza seleccionando primero el símbolo del programa, luego el comando `Obtener información` en el menú `Archivo` y asignando finalmente la memoria RAM necesaria. El cuadro de diálogo muestra el valor recomendado. Siempre que se vaya a trabajar con documentos que requieran más memoria, se deberá asignar la memoria RAM adicional necesaria para conseguir que el trabajo se realice con mayor fluidez. Si el ordenador tiene menos memoria disponible de la mínima recomendada, no arrancará la aplicación y quizás nos recomiende cerrar otros programas para liberar memoria.

▶ **ASIGNAR MEMORIA**
Cuando una aplicación es excesivamente lenta puede deberse a que la memoria RAM sea insuficiente. Al trabajar con Adobe Photoshop se recomienda tener asignada una memoria RAM equivalente a cinco veces el tamaño de la imagen con que se va a trabajar.

NÚMEROS BINARIOS 2.4

Mucha gente sabe que los ordenadores emplean un lenguage digital que consta solamente de unos y ceros. ¿Pero qué significa esto en realidad? Cada unidad de memoria del ordenador puede guardar solamente un uno o un cero. Por eso, toda información que se quiera guardar debe convertirse a series de unos y ceros.

Por ejemplo, si se quiere guardar un número, no se puede utilizar el sistema numérico decimal que se emplea cotidianamente, en el que cada dígito de un número puede tener diez valores distintos, del cero al nueve. En su lugar, el ordenador trabaja con un sistema binario, donde cada dígito del número en cuestión puede adoptar dos valores: uno o cero.

Un dígito binario se denomina bit. Cada bit nuevo en un número binario tiene el doble del valor del bit anterior y se suma al número. El primer bit de un número puede adoptar el valor $1 \times 2^0 = 1$ o $0 \times 2^0 = 0$; el siguiente bit, $1 \times 2^1 = 2$ o $0 \times 2^1 = 0$; el siguiente, $1 \times 2^2 = 4$ o $0 \times 2^2 = 0$; y así sucesivamente.

Esto quiere decir que un bit solamente puede tener $2^1 = 2$ valores (o sea, 0 y 1), mientras que tres bits pueden representar hasta $2 \times 2 \times 2 = 2^3 = 8$ valores (000-111), lo que equivale a los valores del 0 al 7 del sistema numérico decimal.

En el sistema binario es habitual trabajar en grupos de ocho bits, denominados bytes. Este sistema da $2^8 = 256$ niveles de valor (0000 0000-1111 1111), lo que equivale a los valores del 0 al 255 del sistema numérico decimal. Por ello, en un ordenador que, por ejemplo, trabaje con ocho bits, las fuentes de luz roja, verde y azul en los píxeles tienen 256 niveles de intensidad cada una.

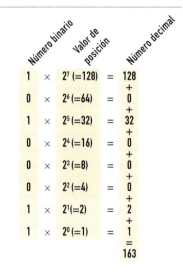

▶ **CÓMO SE CALCULA UN NÚMERO BINARIO**
La imagen muestra cómo calcular el equivalente decimal (163) del número binario 10100011.

FICHEROS Y DOCUMENTOS 2.5

El término inglés *file* corresponde indistintamente a los términos 'fichero' y 'archivo'. En este libro hemos optado por utilizar el término 'fichero' como traducción de *file* por un simple motivo de claridad y comodidad, ya que de esta manera podemos usar el término 'archivo' como equivalente del inglés *archive*, o sea, para referirnos a los sistemas de almacenamiento en informática (ver capítulo 7).

Un fichero es un objeto digital que consiste simplemente en unos y ceros. Un fichero puede ser, por ejemplo, un programa, un componente del mismo o un fichero de fuente tipográfica. Los programas pueden generar también ficheros individuales, como imágenes, textos o páginas completas. Este tipo de ficheros se denominan 'documentos'.

DISTINTOS TIPOS DE DOCUMENTOS 2.5.1

En producción gráfica se utilizan principalmente tres tipos de documentos: textos, imágenes y páginas. Éstos son guardados en diferentes formatos de fichero, que por lo general pertenecen al programa de aplicación con el que fueron creados. Por ejemplo, los ficheros creados en QuarkXPress se guardan en el formato de fichero de QuarkXPress. Sin embargo, ciertos tipos de documentos, como las imágenes, pueden ser guardados en varios tipos de formato. Estos formatos poseen características diferenciales (ver "Imágenes", 5.3). Los ficheros de distintas versiones del mismo programa de aplicación tienen distintas características. Así, los ficheros en formato Microsoft Word 5.0 difieren de la versión Microsoft Word 6.0, y, por regla general, los ficheros creados en una versión de programa más actual no pueden ser abiertos en las versiones anteriores del mismo programa.

FICHEROS DE TEXTO 2.5.2

Los ficheros de texto se guardan básicamente en dos tipos de formatos: en un formato abierto (que permite trabajar con el fichero en otros programas y plataformas), o en un formato específico de la aplicación o software en el que fue creado (como por ejemplo Microsoft Word). Algunos formatos abiertos típicos son el ASCII o el RTF. Los ficheros de texto guardados en este tipo de formato son relativamente independientes de la plataforma, Windows o Macintosh, en que fueron creados o modificados. En cambio, los ficheros de texto creados en el formato específico de la aplicación, como los ficheros de Microsoft Word, pueden ocasionar problemas al ser transferidos a otra plataforma o aplicación diferentes. Los formatos abiertos son apropiados para textos con los que se trabajará en una aplicación de autoedición.

ASCII 2.5.3

ASCII es el acrónimo del Código Estándar Americano para el Intercambio de Información (*American Standard Code for Information Interchange*). Es un formato estándar para información digital, principalmente texto. Existen dos versiones: la primera está basada en un código de 7 bits y puede tener hasta 128 caracteres. La otra versión está basada en un código de 8 y puede tener hasta 256 caracteres. El juego de 128 caracteres no incluye todos los dígitos, letras o caracteres especiales necesarios en un texto, por lo que esta versión a veces puede causar problemas. Al formato ASCII también se le denomina a

▶ FICHEROS y DOCUMENTOS
Los bloques de datos digitales se denominan ficheros. Un fichero puede ser, por ejemplo, un programa de aplicación, un fichero del sistema o un controlador (dentro del contorno rojo). Hay un tipo de fichero que se denomina documento e incluye los ficheros creados en el propio ordenador (contorno verde).

▶ BINARIO Y DECIMAL

Binario		Decimal
0000	=	0
0001	=	1
0010	=	2
0011	=	3
0100	=	4
0101	=	5
0110	=	6
0111	=	7
1000	=	8
1001	=	9
1010	=	10
1011	=	11
1100	=	12
1101	=	13
1110	=	14
1111	=	15

$2^4 = 16$ valores distintos, de 0 a 15

menudo formato "sólo texto", dado que no contiene información alguna sobre la tipografía o el diseño, y resulta legible para la mayoría de las aplicaciones que utilizan texto.

RTF 2.5.4

RTF (*Rich Text Format*) es un formato abierto de texto que contiene códigos para fuentes específicas y tipografía simple. El RTF ha sido creado para intercambiar de forma sencilla ficheros de texto entre distintas aplicaciones conservando la información tipográfica.

FICHEROS DE IMÁGENES 2.5.5

Hay dos tipos principales de ficheros de imágenes: imágenes basadas en píxels e imágenes basadas en objetos gráficos (ver "Imágenes", 5.1 y 5.2). Las imágenes basadas en objetos se pueden guardar en el tipo de fichero de la misma aplicación o bien como fichero EPS, utilizado en aplicaciones como Adobe Illustrator o Macromedia Freehand. Las imágenes basadas en píxels se generan en aplicaciones para escanear o en Adobe Photoshop. Estas imágenes se guardan en el formato específico de Photoshop o en formatos de fichero estándar, como TIFF y EPS, los cuales se pueden importar a QuarkXPress, Adobe InDesign o Adobe PageMaker, por ejemplo. Los ficheros de imágenes también se pueden comprimir, lo que se hace, en general, con los sistemas JPEG o LZW de compresión (ver "Imágenes", 5.8).

FICHEROS DE PÁGINAS 2.5.6

Las principales aplicaciones de autoedición utilizadas en producción gráfica son QuarkXPress, Adobe InDesign y Adobe PageMaker. Estas aplicaciones se usan para combinar texto e imagen y paginación. Pueden importar la mayoría de formatos de textos e imágenes de uso común en la producción. No pueden editar las imágenes, pero sí cambiar su tamaño y girarlas. La aplicación Adobe InDesign permite manipular originales creados en Adobe Illustrator. En las aplicaciones de autoedición los textos se guardan directamente en el fichero mismo de la página creada, mientras que las imágenes y los ficheros de fuentes quedan fuera del mismo y se guardan en el fichero de páginas. Los ficheros de imágenes deben adjuntarse a la página cuando vayan a imprimirse. Estas aplicaciones a menudo son utilizadas para impresiones de alta calidad sobre película o papel. Las aplicaciones Macromedia Freehand y Adobe Illustrator también pueden diseñar páginas sueltas (ver "Documentos", 6.1).

Estas aplicaciones utilizan solamente sus propios formatos de fichero, pero también pueden guardar las páginas en formato EPS o PostScript. Transferir ficheros entre QuarkXPress, Adobe InDesign y Adobe PageMaker es posible, pero relativamente problemático. En cambio, transferir ficheros entre distintas plataformas de ordenador pero en el mismo programa suele ser más sencillo. ■

TIPOS Y FUENTES 3

- FASE ESTRATÉGICA
- ▶ FASE CREATIVA
- ▶ DIGITALIZACIÓN DE ORIGINALES
- PRODUCCIÓN DE IMÁGENES
- SALIDAS/RASTERIZADO
- PRUEBAS FINALES
- PLANCHAS E IMPRESIÓN
- MANIPULADOS
- DISTRIBUCIÓN

TIPOS DE LETRA Y FUENTES	28
GESTIÓN DE TIPOS DE LETRA Y FUENTES	29
ESTRUCTURA DE LAS FUENTES	33
FORMATOS DE FICHEROS PARA FUENTES	34
PROGRAMAS DE UTILIDADES	36

CAPÍTULO 3 TIPOS Y FUENTES CUANDO SE TRABAJA CON FUENTES EN UN ORDENADOR, DEBEN CONOCERSE CUÁLES SON LOS FICHEROS DE FUENTES QUE DEBEN UTILIZARSE Y CÓMO LOGRAR QUE LOS CARACTERES IMPRESOS SE PAREZCAN A LOS CREADOS EN LA PANTALLA. TAMBIÉN ES IMPORTANTE SABER CÓMO GESTIONAR LAS FUENTES Y CUÁL ES LA DIFERENCIA ENTRE TIPO DE LETRA Y FUENTE.

> ### ▶ TIPO Y FUENTE
>
> **Tipo de letra:** conjunto de letras y otros caracteres tipográficos que se distingue por tener un diseño específico que afecta a su peso o grosor (negrita, fina), estilo y cuerpo o tamaño.
>
> **Estilos de tipo de letra:** Determinado diseño de un tipo de letra (redonda, cursiva, condensada, extendida, etc.)
>
> **Fuente:** conjunto de letras, signos de puntuación, números y caracteres especiales pertenecientes al mismo tipo de letra. Por ejemplo, los ficheros con los estilos negrita, cursiva, etc. de la tipografía Helvética.
>
> **Fichero de fuente:** fichero que contiene un solo estilo de un tipo de letra, por ejemplo, Helvética negrita (Helvetica bold).

En este libro no se tratará la tipografía desde un punto de vista estético. Sin embargo, es conveniente familiarizarse con ciertos términos del ámbito de la tipografía. Para ello, se analizarán los tipos de letra y fuentes, así como la estructura de estas últimas. También se contemplarán distintos tipos de ficheros de fuentes y aplicaciones de gestión de fuentes.

TIPOS DE LETRA Y FUENTES TIPOGRÁFICAS 3.1

En primer lugar, es importante entender la diferencia entre tipo de letra y fuente. El tipo de letra es el término utilizado para definir un juego de caracteres. Los caracteres de imprenta pueden presentarse en varios estilos de letra, como negrita, cursiva o redonda. La fuente, en cambio, se refiere a la forma física en que se presentan esos diferentes juegos de caracteres tipográficos, por ejemplo, como tipos de plomo o ficheros digitales. En el ordenador, una fuente es un conjunto de tipos con un estilo de letra determinado guardado en un fichero. Hay diversos tipos de ficheros para fuentes, como TrueType y PostScript Type 1, de los que hablaremos más adelante en este capítulo.

DIFERENTES TIPOS DE LETRA CON EL MISMO NOMBRE 3.1.1

Algunos tipos de letra presentan diferentes versiones, al haber sido diseñados por distintas fundiciones digitales. Por ejemplo, la versión de Garamond de una compañía no es necesariamente idéntica a la de otra. Esta diferencia es importante cuando, por ejemplo, queremos reemplazar una fuente que se ha perdido en un documento. Si la fuente que instalamos no es exactamente la misma que se usó al crearse el documento, pueden aparecer ciertas diferencias no deseadas.

CARACTERES REPRESENTADOS EN UNA FUENTE 3.1.2

No siempre están representados todos los caracteres en una fuente. Por ejemplo, no todos los juegos contienen mayúsculas y minúsculas. Hay fuentes que son colecciones de símbolos o caracteres especiales que nada tienen que ver con las letras, los números y otros caracteres básicos. En este caso, cada tecla representa un símbolo en vez de una letra. Cuando se trabaja con fuentes de símbolos en un ordenador Macintosh, se puede usar la función Teclado, situada en el menú Apple, para ver cuáles son los símbolos o caracteres que corresponden a cada una de las teclas.

FUENTES DE PANTALLA Y FUENTES DE IMPRESIÓN 3.1.3

A menudo cada tipo de letra tiene una fuente de pantalla y una fuente de impresión. La diferencia entre ambas se justifica porque la fuente de pantalla es la que se ve y con la que se trabaja en la pantalla del ordenador, mientras que la fuente de impresión es la que se aplica en los distintos tipos de salidas impresas. Cada una de estas fuentes se almacena por separado en el ordenador como ficheros de fuentes de pantalla y ficheros de fuentes de impresión. Sin embargo, algunos tipos de letra utilizan el mismo fichero de fuente tanto para la presentación en pantalla como para la salida impresa.

GESTIÓN DE TIPOS DE LETRA Y FUENTES 3.2

La gestión de fuentes en Macintosh es relativamente sencilla, pero como hay un gran surtido de fuentes para elegir, es conveniente organizar su gestión utilizando algunos programas de ayuda.

¿DE DÓNDE SE OBTIENEN LAS FUENTES? 3.2.1

Existen miles de fuentes tipográficas y constantemente se crean otras nuevas. Los principales proveedores son Adobe, Agfa, Letraset y Monotype. Su coste puede variar ampliamente. Algunas fuentes son gratuitas y pueden bajarse directamente de Internet, pero en la mayoría de los casos su coste oscila entre los 30 dólares y centenares de dólares. Cada estilo de tipo de letra se puede comprar individualmente o formando parte de un juego completo de tipos, normalmente presentado en CD-Rom.

▶ **LOCALIZACIÓN DE CARACTERES EN EL TECLADO**
Utilizando la función Teclado del menú Apple se puede visualizar rápidamente una fuente y saber cuál es la combinación de teclas (comando, alt., etc.) para conseguir cada carácter.

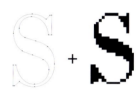

▶ **FUENTE DE IMPRESIÓN + FUENTE DE PANTALLA**
A menudo cada tipo de letra dispone de ficheros de fuente de pantalla y ficheros de fuente de impresión. Las fuentes de pantalla son las que se ven y con las que se trabaja en la pantalla del ordenador, mientras que las fuentes de impresión son las que se aplican en los distintos tipos de salidas impresas.

▶ **RECOMENDACIÓN**
Debe asegurarse de que quienes imprimen el fichero tengan todos los tipos de letra necesarios y de que las versiones de las fuentes sean las correctas.

▶ **GLOSARIO ESPAÑOL – INGLÉS**

Fuente	Font	Antiarrugas, suavización de contornos	Antialiasing	Normal	Regular
Tipo de letra	Typeface	Minúsculas, caja baja	Lowercase	Negrita	Bold
Tipo	Type	Versales, mayúsculas, caja alta	Uppercase, Capitals, Caps	Cursivas	Italic
Peso, grosor	Weight	Versalitas	Small caps, Expert	Condensada, comprimida	Condensed, Compressed, Narrow

TIPOS Y FUENTES

¿SE PUEDEN COPIAR FUENTES? 3.2.2

Es fácil copiar fuentes porque no se requiere contraseña ni número de registro al instalarlas. Aunque actualmente es bastante común copiar fuentes, no respetar la legislación sobre el copyright está penalizado jurídicamente.

Muchas fundiciones digitales permiten que sus versiones de pantalla sean de libre acceso, pero que para realizar salidas a impresoras o a fotocomposición se precise la versión de impresión de esas fuentes, al igual que el diseñador gráfico para su trabajo de escalado de letras y de *kerning* (ajuste de la separación entre caracteres individuales). En definitiva, para tener acceso a todas las funciones de una fuente y lograr una funcionalidad óptima, es necesario disponer de la versión de impresión autorizada.

MODIFICAR O CREAR LOS PROPIOS TIPOS DE LETRA 3.2.3

Es posible crear un nuevo tipo de letra o modificar los tipos disponibles. La aplicación Macromedia Fontographer, entre otras, permite diseñar tipos. Estas aplicaciones también se pueden usar para convertir fuentes de una plataforma a otra (por ejemplo, de Macintosh a Windows).

Si se quiere modificar ocasionalmente un tipo de letra o configurar un logotipo basándose en un tipo de letra determinado, puede aprovecharse el hecho de que las fuentes de impresión están generadas por curvas Bézier. Tanto en Adobe Illustrator como en Macromedia Freehand se pueden convertir las letras en contornos de curvas Bézier. Esta técnica requiere tener instalada la aplicación ATM (ver 3.5.2 y 3.5.3). Los caracteres modificados pueden guardarse e importarse a un programa de fuentes y, si se desea, a una fuente particular. A las fuentes se les puede asignar un color en una aplicación de autoedición, pero no un patrón ni un degradado. También se puede ajustar el ancho y la altura de los caracteres, e incluso deformarlos.

CÓMO ELEGIR EL TIPO DE LETRA 3.2.4

Para seleccionar fuentes, lo más sencillo es elegir el tipo de letra de los catálogos impresos de fuentes, denominados catálogos de muestras de tipos, que pueden pedirse a la mayoría de las fundiciones digitales. Si no se dispone de un catálogo de muestras, las fuentes pueden elegirse directamente de la pantalla o imprimirlas uno mismo.

Para visualizar las fuentes instaladas se pueden usar distintas aplicaciones. Adobe Type

▶ **FUENTES BASADAS EN OBJETOS**
Las fuentes basadas en objetos permiten ajustar los caracteres en anchura y altura, deformarlos, inclinarlos, colorearlos y agregarles efectos.

▶ **FUENTES CONSTRUIDAS A PARTIR DE LAS CURVAS BÉZIER**
Las fuentes de impresión están construidas a partir de curvas Bézier, lo que facilita modificar la forma de la fuente (manipulando las curvas Bézier que la configuran) conservando su calidad.

▶ **IMPRESÓN DE FUENTES**
Typebook es un programa para Macintosh para imprimir páginas de muestras de las fuentes tipográficas instaladas. También ATM Deluxe puede hacerlo.

▶ **CATÁLOGOS DE MUESTRAS**
Son muy útiles y la mayoría de fundiciones digiales los edita y actualiza.

▶ PREVISUALIZACIÓN EN ATM DELUXE
En ATM Deluxe se pueden previsualizar las fuentes en diferentes cuerpos e imprimir muestras.

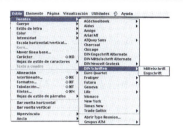

▶ ORGANIZAR FUENTES EN GRUPOS
En Adobe Type Reunion las fuentes se agrupan por familias de tipos de letra. Las fuentes también pueden localizarse directamente.

▶ DOBLE CLIC EN LA FUENTE DE PANTALLA
Permite obtener el despliegue de la fuente en su tamaño natural en una ventana aparte. Lamentablemente, la ventana suele ser demasiado pequeña como para apreciar los detalles.

▶ ATENCIÓN

Si no se tienen instalados todos los ficheros de las fuentes de impresión y se utiliza el comando bold (negrita) del menú de la aplicación, puede suceder que el texto no aparezca en negrita en la impresión. Lo mismo ocurre con comandos de menú similares, como por ejemplo italic (cursiva). Para evitar estos problemas, el estilo deseado se debe seleccionar directamente de la familia del tipo de letra en cuestión.

Manager Deluxe (ATM Deluxe), por ejemplo, tiene una función incorporada para previsualizar fuentes en pantalla, en diferentes tamaños. Typebook es otra aplicación que también permite ver muestras de estilos de las fuentes, pero solamente impresas. Algunas de las aplicaciones pueden bajarse gratuitamente de Internet, pero la mayoría cuestan alrededor de los 20 dólares. Hay aplicaciones que muestran los nombres de sus propias fuentes en el menú de fuentes de la aplicación, lo que facilita la elección del tipo de letra pero ralentiza el proceso. El software Adobe Type Reunion, por ejemplo, tiene esa función.

Siempre se puede previsualizar una fuente de pantalla haciendo un doble clic en el fichero de la fuente. Lamentablemente, las fuentes PostScript Type1 se muestran en el tamaño de la fuente de pantalla, que en ocasiones es demasiado pequeño para poder hacer una buena valoración. Las fuentes TrueType, en cambio, se muestran en varios tamaños. Una vez instalado el sistema completo en el Macintosh, se puede utilizar la función Teclado del menú Apple para mostrar fuentes en la pantalla.

CÓMO INSTALAR FUENTES 3.2.5

Para instalar nuevas fuentes en el ordenador es necesario asegurarse de almacenarlas en la carpeta de fuentes de la carpeta del sistema. Las fuentes de pantalla deben ser guardadas en las llamadas 'maletas de tipos', ubicadas en la carpeta de tipos, para simplificar su administración (más adelante, en este capítulo, se describen detalladamente las 'maletas de tipos').

Si no se está utilizando ATM, se deberá tener acceso a diversos tamaños de fuentes de pantalla. Este hecho puede crear confusión cuando se trabaje con diferentes archivos para cada variante del tipo de letra. Para simplificar este proceso, se pueden agrupar todos los ficheros de fuentes de pantalla de un tipo de letra determinado en una maleta de tipos. Las fuentes de impresión no se deben y, en la mayoría de casos, no se pueden colocar en una maleta, de modo que no hay riesgo de error. Sin embargo, TrueType es una excepción, pues permite que tanto las fuentes de pantalla como las de impresión puedan colocarse en la maleta.

Si se utiliza ATM 4.0 y versiones posteriores o Suitcase no es necesario colocar las fuentes en una carpeta de fuentes, sino que se pueden ubicar en cualquier parte del orde-

▶ MALETAS DE TIPOS
Las fuentes de pantalla o las TrueType suelen organizarse en grupos en una carpeta que funciona como cualquier otra, pero que está dedicada sólo a tipos.

▶ CÓMO INSTALAR FUENTES

• Instalar todas las fuentes en cuerpo de 10 puntos, para así economizar memoria. Instalar ATM Deluxe o ATM y Suitcase. Type Reunion también puede ser de utilidad.

• Comprobar que estén instalados los pares completos (de pantalla y de impresión) de todas las versiones de fuentes que se quieran utilizar.

• Colocar todos los ficheros de la fuente de pantalla de un mismo tipo de letra en una maleta de tipos.

• Organizar las fuentes siguiendo criterios de clasificación que faciliten la selección de los tipos de letra.

• Seleccionar siempre el estilo negrita, cursiva o mayúscula directamente de una fuente, de la familia de tipos, en vez de seleccionarlo de la función del menú de la aplicación. Este procedimiento asegura la impresión óptima de la tipografía.

• Ajustar la asignación de memoria de ATM de 100 Kb por fuente activa.

nador o en un servidor en la red local y activarlas cuando deban utilizarse. ATM y Suitcase ayudan al sistema a localizar el fichero de fuentes cuando se necesita.

Ciertas aplicaciones requieren que previamente las fuentes ya estén almacenadas en la carpeta del sistema o que estén activadas o agregadas, con una aplicación como Suitcase, cuando se ha arrancado el programa. En otras aplicaciones, como QuarkXPress, se pueden activar o agregar mientras el software está en funcionamiento sin necesidad de reiniciar la aplicación.

¿CUÁNTA MEMORIA NECESITAN LAS FUENTES? 3.2.6

Una fuente de impresión suele ocupar de 32 a 64 Kb de memoria y una fuente de pantalla entre 5 y 15 Kb. Cuanto más pequeña es la fuente de pantalla menos memoria requiere. En una maleta de tipos suele haber muchas fuentes de pantalla de diferentes tamaños. La instalación de fuentes además necesita asignar memoria en el disco duro. En general, ATM recomienda que se disponga de 100 Kb de memoria RAM por cada fuente activa. Si se utiliza la aplicación ATM en Macintosh, sólo se necesita un tamaño para cada fuente de pantalla, lo que ahorra memoria.

¿CÓMO ORGANIZAR LAS FUENTES? 3.2.7

Cuando se trabaja con varias fuentes al mismo tiempo, debe tenerse en cuenta que cada fuente activa ocupará una parte apreciable de la memoria RAM del ordenador. Una buena solución es limitar la activación de fuentes a las necesarias en cada ocasión y utilizar una aplicación como ATM Deluxe o Suitcase. Así podrán activarse las fuentes que se necesitan mientras se está trabajando, sin necesidad de reiniciar la aplicación ni tenerlas en la carpeta del sistema. Además, se pueden organizar grupos de fuentes para proyectos específicos, lo que permite activar todas las fuentes asociadas a un proyecto.

Cuando se utilizan aplicaciones de gestión de fuentes deben clasificarse de forma estructurada, para que estén organizadas del modo más práctico. Si se recuerda las fuentes por su nombre, se clasificarán por orden alfabético. También pueden clasificarse por su aspecto o por familias de tipos (con remate o serif, sin remate, caligráficas, etc.) o por la compañía que las produce (Adobe Fonts, Agfa Fonts, etc.).

Si, durante el desarrollo de un proyecto, varias personas utilizan las mismas fuentes tipográficas cuando trabajan en red, éstas pueden guardarse en un servidor de acceso común. Al usar Suitcase, ATM 4.0 o sus versiones más recientes se pueden utilizar, activar y desactivar las fuentes directamente del servidor. Lógicamente, ello presupone un acceso constante al mismo.

ESTRUCTURA DE LAS FUENTES 3.3

La estructura de las fuentes determina, en gran medida, cómo pueden usarse. Además, las fuentes pueden guardarse en varios tipos de ficheros, con distintas funciones.

CURVAS BÉZIER 3.3.1

Todos los caracteres de una fuente de impresión están generados utilizando curvas Bézier. Por ello, las fuentes de impresión no dependen de la resolución de la impresora, sino que se pueden ampliar sin que muestren defectos de dentado. Las fuentes de impresión no se guardan en un cuerpo fijo (10 puntos, 12 puntos, etc.), sino que pueden ser ampliadas indefinidamente (ver "Imágenes", 5.1).

INDICACIONES PARA MEJORAR LOS PERFILES DE LAS LETRAS IMPRESAS 3.3.2

Cuando se imprimen caracteres pequeños con una impresora de baja resolución, por ejemplo con una impresora láser, las partes más delgadas de determinados caracteres pueden ser difíciles de imprimir. Algunos caracteres tienen una anchura de 1,5 puntos de exposición (ver "Salidas", 9.1.1), pero la impresora no puede imprimir medio punto; ¿cuál ha de ser entonces la elección de la impresora para el ancho de esa línea, 1 ó 2 puntos? La diferencia será de un 50 % más grueso o más fino respecto al ancho original. Para ayudar al RIP a elegir la mejor solución hay una indicación adicional codificada en la propia fuente llamada "Hint". Todas las fuentes PostScript Type 1 contienen indicaciones o hints.

NÚMERO DE IDENTIFICACIÓN DE FUENTE 3.3.3

Cada fichero de fuente se identifica mediante un número de identidad, llamado identificador de fuente (*font ID*), lo que le facilita al ordenador la diferenciación de las fuentes instaladas. Lamentablemente, aunque no sea un hecho habitual, pueden coincidir dos fuentes con el mismo número de identificación, lo que genera problemas si ambas están activas al mismo tiempo, pudiendo causar errores en el uso de los tipos de letra o las fuentes. La aplicación Suitcase tiene una función que soluciona estos problemas automáticamente. También pueden solucionarse manualmente mediante la desinstalación de una de las fuentes o abriendo una de ellas en otra aplicación y asignándole otro número de identificación, otro ID.

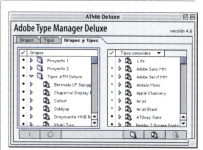

▶ ORGANIZACIÓN DE FUENTES EN GRUPOS
En ATM Deluxe y en Suitcase se pueden configurar grupos de fuentes para grupos de proyectos específicos, y ser activados al mismo tiempo.

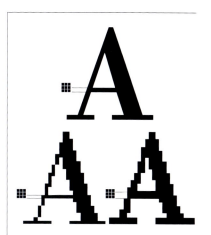

▶ HINTING O INDICACIONES
La figura superior representa una letra formada por curvas Bézier, cuya línea transversal tiene un ancho tal que en términos de impresión es de 1,5 puntos. El "Hint" o indicación define cuál de las dos variantes posibles, 1 ó 2 puntos (ver posiciones a la izquierda y derecha de la figura), es la más adecuada para obtener el mejor resultado.

FORMATOS DE FICHEROS PARA FUENTES 3.4

Hay varias clases de fuentes: TrueType, PostScript Type 1, Multiple Master, TrueType GX y Open Type, entre otros. El más común y seguro para el rasterizado es PostScript Type 1.

POSTSCRIPT TYPE 1 3.4.1

Una fuente PostScript Type 1 para Macintosh está compuesta por dos ficheros de fuentes: una fuente de pantalla y una fuente de impresión. La fuente de pantalla se usa al desplegarse un texto en la pantalla y la fuente de impresión cuando se imprime. La fuente de pantalla no es necesaria cuando se trabaja en entorno de Windows porque en este caso la fuente de impresión se utiliza para ambas funciones.

La fuente de pantalla contiene un juego de caracteres tipográficos que están guardados como mapas de bits, es decir, que están compuestos por pequeñas imágenes basadas en píxels, que se usan para mostrar los caracteres en la pantalla. La fuente de pantalla contiene también la información necesaria para una correcta vinculación con la fuente de impresión. En otras palabras, si se eligió el estilo negrita en el menú de la aplicación, la fuente de pantalla enlaza el fichero de fuente de impresión con el estilo negrita al imprimir. Ello también significa que si no se tiene instalado el estilo negrita en la fuente de impresión de ese tipo de letra, la impresión no presentará el resultado deseado; lo más probable es que en su lugar se use el estilo normal del mismo tipo de letra.

Las fuentes de pantalla suelen instalarse sólo en algunos cuerpos, por ejemplo en 10, 12, 14, 16, 18 y 24 puntos. Si se amplían los caracteres de un texto basado en píxels a un cuerpo mayor que los guardados en la fuente de pantalla, se apreciarán los píxels, debido a que lo que se ha ampliado son las pequeñas imágenes basadas en píxels. Esto se puede evitar instalando la utilidad ATM (ver 3.4.2). En cambio, la fuente de impresión está basada en curvas Bézier y contiene información PostScript, por lo que los caracteres impresos no presentan esos defectos que se ven en la pantalla (ver "Salidas", 9.3).

TRUETYPE 3.4.2

Las fuentes TrueType están compuestas por un solo fichero de fuentes completamente basado en curvas Bézier, por lo que —a diferencia de PostScript Type 1— carecen de una fuente de pantalla separada. Este formato de fuentes es soportado por el sistema gráfico Quickdraw de Macintosh como componente del sistema operativo. Por eso no se necesita la utilidad ATM para lograr caracteres de buena calidad en la pantalla. Lamentablemente, el TrueType tiende a ocasionar problemas en el rasterizado. Debido a ello, en producción gráfica se utilizan principalmente las fuentes PostScript Type 1. Las fuentes TrueType se utilizan más habitualmente en el entorno Windows.

MULTIPLE MASTER 3.4.3

Multiple Master (MM) es un desarrollo del formato PostScript Type 1 lanzado por Adobe. La ventaja de las fuentes Multiple Master es que cada fuente puede adoptar distintas formas, es decir, que de una misma fuente se puede obtener una enorme cantidad de estilos, desde extra fino hasta extra negrita y cualquier combinación entre ambas. Estos estilos no son tan sólo distorsiones tipográficas —como sucede cuando selecciona-

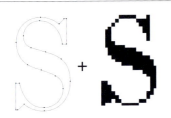

▶ **FUENTES POSTSCRIPT TYPE 1**
Las fuentes PostScript Type 1 están compuestas de dos partes, un fichero de fuente de impresión, basado en curvas Bézier, y un fichero de fuente de pantalla, basado en píxels. Con ATM se puede usar la fuente de impresión también para el despliegue en pantalla.

▶ **SUSTITUCIÓN DE FUENTES CON MULTIPLE MASTER**

Una fuente Multiple Master puede sustituir una fuente que falte, pero nunca imitar exactamente el tipo de letra original.

Puesto que no se produce una recomposición de las líneas en el texto (los cortes de líneas siguen siendo los mismos), si una fuente original ha sido sustituida no puede descubrirse con un vistazo superficial. Ello puede ocasionar problemas, ya que cabe la posibilidad de que las pruebas hayan sido aprobadas e impresas a pesar de usarse fuentes equivocadas.

Por eso es recomendable desactivar "sustituir fuente desconocida por fuente MM" antes del ripeado, para detectar si falta alguna fuente.

mos la negrita desde el menú "Estilo" de una aplicación—, sino que son modificaciones diseñadas de antemano por el creador de la fuente. Las fuentes Multiple Master sólo funcionan si está instalado ATM.

Es posible crear tipos propios, variaciones de la fuente Multiple Master con su propio grosor y anchura. Actualmente, la mayoría de las aplicaciones incluyen la posibilidad de crear tipos propios desde una fuente MM. Si un programa no contiene esta función, puede instalarse ATM Deluxe para disponer de ella. Si se dispone de ATM Deluxe se pueden mantener inactivas las fuentes MM, pero sólo una selección limitada de tipos proporcionados por el creador del programa. Con esta preselección básica de variaciones se pueden interpolar variantes propias.

OPEN TYPE 3.4.4

Open Type es un nuevo formato de fichero de fuentes desarrollado conjuntamente por Adobe y Microsoft. Este formato tiene muchas ventajas. Quizás la principal sea que el mismo fichero de fuentes puede utilizarse tanto para Macintosh como para Windows. Además, la fuente está compuesta por un solo fichero, no por dos, como ocurre en el formato PostScript Type 1. Ello significa que el mismo fichero se utiliza para pantalla e impresión.

Hay dos versiones de fuentes Open Type. O bien están basadas en TrueType, o bien en técnica PostScript. Para la producción impresa es conveniente operar junto con el PostScript para evitar problemas en el ripeado. Las fuentes Open Type en formato PostScript funcionan también en versiones más antiguas de RIP basadas en PostScript.

En las fuentes PostScript Type 1 tradicionales, cada carácter es representado por 8 bits, y cada fichero de fuente puede contener un máximo de 256 caracteres diferentes. Por esta razón, deben crearse ficheros de fuente distintos para, por ejemplo, los estilos negrita, fina o mayúsculas del mismo tipo de letra. Las fuentes Open Type están basadas en un estándar llamado Unicode, con 16 bits por carácter y 65.000 caracteres diferentes por fuente (ver "El ordenador", 2.4). En consecuencia, todas las versiones de caracteres y estilos imaginables pueden guardarse en un mismo fichero de fuente. Open Type es especialmente apropiado para textos que deben producirse en diferentes idiomas. En cambio, si la producción se va a hacer con una fuente PostScript Type 1, suelen necesitarse varios ficheros de fuente del mismo estilo para poder trabajar con las lenguas que tienen caracteres especiales.

▶ **OPEN TYPE, PROS Y CONTRAS**

+ Utiliza el mismo fichero para Macintosh y para Windows

+ Utiliza sólo un fichero por fuente

+ Soporta varios idiomas en el mismo fichero de fuente

+ Incluye todos los estilos de un tipo en el mismo fichero de fuente

+ Permite una tipografía avanzada

− Puede ocasionar errores si se emplea la variante TrueType en lugar de la variante PostScript de la fuente

▶ **ELECCIÓN DE LA VERSIÓN DEL CARÁCTER**
"Open Type" permite elegir entre varias versiones de cada carácter. En "InDesign" se puede elegir fácilmente la versión utilizando esta paleta flotante.

▶ **APOYO PARA OPEN TYPE**
Adobe InDesign permite utilizar todas las funciones de Open Type (ver la ventana de diálogo). QuarkXPress 5 también puede utilizar las fuentes Open Type, pero no con todas las funciones que ofrece Open Type.

TIPOS Y FUENTES

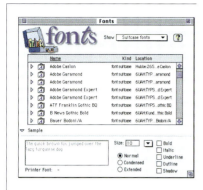

▶ CLASIFICAR CON SUITCASE
Suitcase permite activar fuentes mientras el ordenador está conectado sin tener que instalarlas en la carpeta del sistema.

Ello permite clasificarlas de un modo claro y práctico, así como también usar las fuentes de un servidor.

▶ ATM
Adobe Type Manager permite al ordenador usar las fuentes de impresión, independientemente del cuerpo, también en pantalla. ATM Deluxe tiene además una cantidad de funciones similares a las de Suitcase y permite el antialiasing.

Sin embargo, cada fabricante de fuentes determina los caracteres especiales y los idiomas que considere convenientes en un fichero Open Type de fuente, y la mayoría contiene sólo un idioma.

Las fuentes Open Type también permiten una tipografía avanzada, debido a que una fuente puede contener varias variantes del mismo carácter, como por ejemplo para utilizar al comienzo o al final de una palabra o adaptadas al tamaño de los caracteres empleados. Dado que los ficheros de fuente Open Type contienen un conjunto mayor de caracteres, también se tiene acceso a una mayor variedad de combinaciones diferentes.

PROGRAMAS DE UTILIDADES 3.5

Hemos hablado ya en este capítulo de los programas de utilidades para la gestión de fuentes; los más comunes en OS9 o anteriores son: Suitcase, ATM, ATM Deluxe y Type Reunion. Estas aplicaciones facilitan diseñar con fuentes, realizando funciones que ayudan a mejorar la visualización y la organización de fuentes para un proyecto específico.

SUITCASE 3.5.1
Suitcase permite utilizar las fuentes que se necesitan en cada caso sin tener que tenerlas instaladas en la carpeta del sistema. Además, permite determinar qué tipos de letra se activarán automáticamente al arrancar el ordenador. También permite activar de forma temporal un tipo de letra que se desactivará cuando se apague el ordenador o se reinicie. Con Suitcase se pueden tener las fuentes almacenadas en distintas carpetas o en cualquier dispositivo de almacenamiento accesible, como por ejemplo el disco duro, un CD o el servidor de la Red. Asimismo, es una herramienta para la configuración de grupos de tipos de letra, lo cual resulta muy cómodo cuando se trabaja con documentos que requieren los mismos tipos de forma periódica, ya que se pueden activar y desactivar al mismo tiempo. También permite activar nuevos tipos de letra en una aplicación sin necesidad de reiniciarla.

ATM 3.5.2
Adobe Type Manager (ATM) es una utilidad de Adobe usada fundamentalmente para mejorar la presentación de letras grandes en pantalla. También facilita la impresión de tipos de letra que no sean PostScript. Si se trabaja en el entorno Macintosh es casi obligatorio tener instalado ATM. Permite que las fuentes de impresión PostScript Type 1 también se puedan utilizar como fuentes de pantalla en Macintosh, lo cual significa que los caracteres en pantalla conservan su apariencia correcta aun cuando se amplíen a cuerpos muy grandes. Con ATM es posible convertir los caracteres en líneas, que luego se pueden modificar utilizando aplicaciones basadas en PostScript, como Adobe Illustrator y Macromedia Freehand. Aun teniendo instalado ATM puede ser necesario utilizar fuentes de pantalla. Por ejemplo, sin fuentes de pantalla, el ordenador no reconoce las fuentes de impresión correspondientes. Asimismo, los mapas de bits generados por las fuentes de pantalla se ven con mayor claridad en cuerpos pequeños que sus equivalentes generados por ATM.

ATM DELUXE 3.5.3

Las versiones más recientes de Adobe Type Manager (ATM) han sido mejoradas con la inclusión de una base de datos de fuentes que contiene información del estilo y los pesos de sus caracteres. Entre otras ventajas, mediante ATM Deluxe es posible sustituir en un documento una fuente perdida por otra que da una apariencia similar, sin modificar la composición de las líneas (aunque para ello se requiere que estén instaladas fuentes Multiple Master). Cuando este programa descubre que falta una fuente, él mismo crea una fuente equivalente para sustituirla, basándose en alguna de las dos fuentes Adobe Sans o Adobe Serif Multiple Master, y de acuerdo con la información que le proporciona la base de datos sobre la fuente que falta. ATM elige la fuente Multiple Master más apropiada y la reduce hasta alcanzar las características del tipo original, manteniendo la maquetación de la página.

Otras funciones útiles de ATM Deluxe

Antialiasing
El *antialiasing* es una técnica para redondear el contorno de los caracteres en pantalla, diluyéndolos con tonos de gris. Al rebajar el tono de las líneas del contorno de los caracteres se disimula su apariencia dentada y el aspecto de las letras se asemeja más al de sus equivalentes impresos con mayor resolución. Con el *antialiasing* los caracteres pequeños pueden quedar desenfocados, por lo que existe la posibilidad de desactivar esta opción para cuerpos pequeños.

Creación de grupos de fuentes
ATM Deluxe permite crear grupos personalizados de fuentes, que luego pueden ser activados y desactivados al mismo tiempo. Ello resulta muy práctico cuando se trabaja con distintos proyectos que implican el uso de un conjunto de fuentes, dado que así se evita tenerlas todas instaladas.

Búsqueda de fuentes
ATM Deluxe puede buscar y encontrar por sí mismo cualquier fuente en el disco duro del ordenador o en otros dispositivos de almacenaje conectados (CD, disquetes, disco duro externo, etc.). Pero, para que funcione, todas las fuentes de pantalla deben estar instaladas vía ATM Deluxe y estar guardadas en maletas de tipos; no deben guardarse en la carpeta de tipos de la carpeta del sistema.

Previsualización de fuentes e impresión de muestras
ATM Deluxe puede desplegar las fuentes en pantalla o imprimir muestras.

TYPE REUNION 3.5.4

Type Reunion es una utilidad muy práctica de Adobe que reúne todas las fuentes de una misma familia y facilita la selección de los estilos de letra para el documento. Las fuentes de una misma familia se presentan agrupadas en el menú, en lugar de estar diseminadas entre las demás en estricto orden alfabético. En versiones más recientes, el nombre de cada tipo de letra aparece desplegado en el menú usando sus diferentes estilos. ■

▶ **ANTIALIASING CON ATM**
ATM puede suavizar los contornos de los caracteres de las fuentes de pantalla mediante el antialiasing. Pero su aplicación a los caracteres en cuerpos pequeños puede hacerlos de difícil lectura, por lo que se recomienda desactivar la función de antialiasing de ATM para ellos, si existe la fuente de pantalla correspondiente.

▶ **FORMAS ALEATORIAS**
El código PostScript permite que los caracteres de una fuente tengan distintas formas cada vez que se imprimen. Aquí se muestra un tipo de letra que utiliza esta función. FF Beawulf es un ejemplo de fuente PostScript Type 1 que puede variar sus formas.

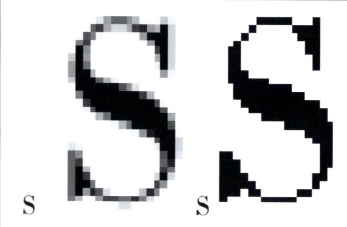

▶ CÓMO FUNCIONA LA CORRECCIÓN DE BORDES DENTADOS (ANTIALIASING)
El antialiasing permite una mejor reproducción de los caracteres en pantalla. Las líneas del contorno de los caracteres se suavizan con tonos del mismo color. Si los caracteres se ven como la S de la derecha (sin aplicación de antialiasing) probablemente falta esa fuente de impresión y es necesario instalar ATM.

▶ MULTIPLE MASTER
Una fuente en formato Multiple Master puede tener asignadas diferentes intensidades de negro y anchura, con un perfil casi sin saltos. Las fuentes están ya diseñadas de tal modo que permiten obtener las variaciones tipográficamente correctas.

TEORÍA DEL COLOR

4

| FASE ESTRATÉGICA |
| FASE CREATIVA |
| ▶ DIGITALIZACIÓN DE ORIGINALES |
| ▶ PRODUCCIÓN DE IMÁGENES |
| SALIDAS/RASTERIZADO |
| PRUEBAS FINALES |
| PLANCHAS E IMPRESIÓN |
| MANIPULADOS |
| DISTRIBUCIÓN |

¿QUÉ ES UN COLOR?	40
EL COLOR DE LAS SUPERFICIES	41
EL OJO Y EL COLOR	41
LA MEZCLA DE COLORES	42
MODELOS DE COLOR	44
FACTORES QUE INFLUYEN EN LA REPRODUCCIÓN DEL COLOR	48
OBTENCIÓN DE LOS COLORES CORRECTOS EN IMPRESIÓN	49
TRABAJO CON COLORES Y LUZ	57
LA GESTIÓN DEL COLOR EN LAS APLICACIONES	59

CAPÍTULO 4 TEORÍA DEL COLOR

LA TEORÍA DEL COLOR SE REFIERE A CÓMO EL OJO HUMANO PERCIBE LOS COLORES, Y A LA DESCRIPCIÓN Y GESTIÓN DE DICHOS COLORES EN EL MONITOR Y EN LA IMPRESIÓN. LA TEORÍA DEL COLOR TIENE RELACIÓN CON TODAS LAS ÁREAS DEL PROCESO DE PRODUCCIÓN GRÁFICA: FOTOGRAFÍA, ESCANEADO, PRESENTACIÓN EN PANTALLA, PRUEBAS FINALES E IMPRESIÓN.

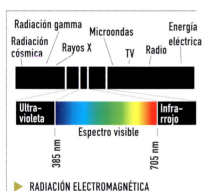

▶ RADIACIÓN ELECTROMAGNÉTICA
El ojo humano sólo puede percibir una parte limitada de toda la franja de frecuencias de radiación electromagnética. Esa porción es conocida como "espectro visible".

▶ EL COLOR DE UNA SUPERFICIE
Al incidir sobre una superficie, una parte de la luz es absorbida por ésta y el resto es reflejada. La composición de la luz reflejada es la que le da a esa superficie su color.

En este capítulo se tratarán los conceptos básicos de la teoría del color, es decir, de la percepción del color por el ojo humano. También se examinarán los principales modelos de color y las mezclas de colores. Se analizarán los factores que influyen en la reproducción de los colores y hablaremos de cómo trabajar para obtener los colores deseados en la impresión, refiriéndonos a algunos conceptos básicos que deben tenerse en cuenta cuando se trabaja con luz y colores en producción gráfica. Finalmente, se analizarán distintas aplicaciones de gestión de color.

¿QUÉ ES UN COLOR? 4.1

Los colores no son más que un producto de la mente. El cerebro ve diferentes colores cuando el ojo humano percibe diferentes frecuencias de luz. La luz es una radiación electromagnética, igual que una onda de radio, pero con una frecuencia mucho más alta y una longitud de onda más corta. El ojo humano sólo está capacitado para percibir un rango limitado de estas frecuencias, intervalo que se denomina 'espectro visible de la luz', y que abarca desde los tonos rojos del orden de los 705 nanómetros (nm) hasta los tonos azul violáceos del orden de los 385 nm, pasando por todos los colores intermedios. Las longitudes de onda que quedan fuera del espectro visible por ser superiores a la del color rojo se denominan 'ondas infrarrojas' y se perciben como energía térmica (calórica). En el otro extremo, más allá del espectro visible del violeta, se encuentra la luz ultravioleta, cuyo contenido energético es tal que puede broncear la piel.

Cuando el ojo humano recibe luz que contiene igual cantidad de cada una de las longitudes de onda de la parte visible del espectro, ésta es percibida como luz blanca. La luz diurna, por ejemplo, contiene todas las longitudes de onda y por eso se percibe como blanca.

Cada persona percibe los colores de forma distinta. Hay personas que tienen mayor dificultad para percibir determinados colores que otras. A menudo se habla de diferentes grados de daltonismo, problema que es más frecuente entre los hombres que entre las mujeres; estas personas no pueden distinguir entre sombras de tonos rojos y verdes, por ejemplo.

EL COLOR DE LAS SUPERFICIES 4.2

Cuando la luz blanca incide sobre una superficie, una parte del espectro visible es absorbida por ésta y la otra es reflejada y registrada por el ojo humano. El color que se percibe es el resultado de la mezcla de las longitudes de onda reflejadas. Se puede decir que la luz es *filtrada* por la superficie sobre la que incide. Así, con luz diurna el césped se percibe de color verde, dado que su superficie refleja la porción verde del espectro visible y absorbe el resto.

EL OJO Y EL COLOR 4.3

La retina del ojo está cubierta por pequeños receptores sensibles a la luz, es decir, por una serie de células visuales denominadas bastoncillos y conos. Los bastoncillos son sensibles a la luz, pero no al color. Utilizamos los bastoncillos para ver con escasa iluminación —en la oscuridad todo se percibe como blanco y negro—. Los conos son menos sensibles a la luz, pero pueden percibir los colores. Hay tres tipos de conos, cada uno de los cuales es especialmente sensible a una parte específica del espectro visible: a los colores rojos, a los verdes y a los azules, respectivamente. Esta combinación permite percibir todos los colores del espectro visible —aproximadamente 10 millones de matices o sombras—, muchos más de los que se pueden reproducir en la impresión en cuatricromía.

El ojo percibe también progresiones tonales. Si se divide la escala de tonos entre el negro y el blanco en 65 franjas iguales, el ojo humano puede diferenciar un máximo de aproximadamente 65 niveles de gris. Si el ojo tuviera la misma sensibilidad para cambiar las tonalidades en cada uno de los 65 niveles, podría pensarse que el ojo percibe la luz siguiendo una función lineal. Pero, en realidad, la sensibilidad del ojo se comporta de forma diferente en las distintas zonas de la escala de grises, siguiendo una función logarítmica.

El ojo es más sensible a las variaciones de tono en las zonas iluminadas que en las zonas oscuras, es decir, que cuanto más luminosas sean las zonas de la escala de color más grados cromáticos distinguirá en ellas el ojo. De este modo, el ojo puede diferenciar unos 100 niveles de gris, pero si la escala supera estos 100 niveles, el ojo no es capaz de registrar la transición entre ellos. A veces la escala de grises se percibe como una progresión continua del blanco al negro, sin escalones. Esto es importante para comprender el tramado de medios tonos, la técnica utilizada para la impresión de las escalas de grises (ver "Salidas", 9.1).

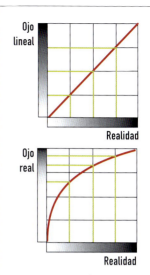

▶ **EL OJO ES LOGARÍTMICO**
Si el ojo percibiera la luz de modo lineal, el ser humano tendría la misma sensibilidad para distinguir las diferencias tonales a lo largo de toda la escala de grises (diagrama superior). Pero el ojo percibe la luz según una función logarítmica, y es mucho más sensible en las zonas más claras de la escala de grises (diagrama inferior).

▶ **ENGAÑANDO AL CEREBRO**
Una escala de grises está dividida en secciones que son percibidas por el cerebro como una serie de grados. Si se utilizan secciones más finas, el cerebro no percibe ya la transición entre los grados como saltos, y ve la escala como un tono continuo.

LA MEZCLA DE COLORES 4.4

Una fotografía en color generalmente está compuesta por miles de colores diferentes. Pero cuando se imprime una fotografía en color no pueden utilizarse miles de tintas, ni tampoco se puede presentar una imagen en un monitor utilizando miles de fuentes luminosas. En lugar de ello, debe encontrarse una aproximación a los miles de colores de la foto mezclando los tres colores primarios. En impresión estos colores son: cyan, magenta y amarillo. En pantalla los tres colores primarios son: rojo, verde y azul.

En los monitores, las tres fuentes luminosas —roja, azul y verde— se combinan conjuntamente para producir todos los demás colores. La mezcla de diferentes fuentes luminosas coloreadas se denomina 'mezcla aditiva de colores'. Este método se utiliza en todos los dispositivos que crean colores a partir de fuentes luminosas, como los monitores, el televisor, etc. En impresión se utilizan tres tintas de diferente color —cyan, magenta y amarillo, además del negro—, para obtener todos los colores. Este proceso de mezcla de tintas se denomina 'mezcla sustractiva de colores'.

MEZCLA ADITIVA DE COLORES 4.4.1

La mezcla aditiva de colores se explica como la combinación de determinadas cantidades de luz roja, verde y azul (RGB), con objeto de crear nuevos colores. Si se mezclan las tres fuentes de luz en su máxima intensidad, el ojo humano percibirá el color blanco como resultado. La mezcla de los mismos tres colores primarios con menor intensidad se percibirá como un gris neutro. Si se apagan las tres fuentes se logra el negro. Si sólo una de las tres fuentes de luz está apagada y las otras dos emiten con su intensidad máxima, se obtendrán los siguientes resultados: rojo + verde = amarillo; azul + verde = cyan; rojo + azul = magenta. Las distintas combinaciones de dos o tres colores primarios de fuentes luminosas, en sus diferentes intensidades, permiten reproducir en el monitor la mayoría de los colores.

La mezcla aditiva de los colores se utiliza en los monitores de los ordenadores, los televisores y en los proyectores de vídeo. La pantalla de un monitor está compuesta por un cierto número de píxels, y cada píxel contiene tres pequeñas fuentes luminosas: una roja, otra verde y otra azul. La mezcla de los colores de estas tres fuentes luminosas le dan al píxel su color específico (ver "El ordenador", 2.2.14).

▶ ROJO + VERDE + AZUL = BLANCO
Un modelo aditivo de colores crea colores combinando fuentes luminosas. Los monitores de ordenador utilizan este modelo.

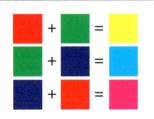

▶ LA TABLA DE ADICIONES
Muestra de cómo se pueden combinar las distintas fuentes luminosas para obtener amarillo, cyan y magenta.

▶ MEZCLA SUSTRACTIVA DE COLORES
Las distintas superficies filtran (sustraen) diferentes longitudes de onda de luz. La primera superficie absorbe el componente luminoso rojo, reflejando sólo el verde y el azul. La tabla de adiciones muestra la combinación de verde + azul, que da como resultado el cyan. De la misma forma, la tabla muestra cómo se perciben el magenta y amarillo.

▶ COLORES ADITIVOS PRIMARIOS
Los colores primarios del modelo aditivo de colores y sus combinaciones.

▶ COLORES SUSTRACTIVOS PRIMARIOS
Los colores primarios del modelo sustractivo de colores y sus combinaciones.

▶ EL PÍXEL EN EL MONITOR
Las pantallas de los monitores están estructuradas basándose en una cuadrícula de píxels. Cada píxel tiene una fuente de luz roja, una de luz verde y una de luz azul, cuya intensidad puede regularse. El color gris un tanto azulado de la pantalla se genera por la combinación de las fuentes de luz verde, azul y roja, pero esta última sólo tenuemente iluminada.

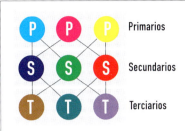

▶ COLORES PRIMARIOS, SECUNDARIOS Y TERCIARIOS

Cyan, magenta y amarillo son los colores primarios del modelo sustractivo. Mezclando los colores primarios de dos en dos se obtienen los colores secundarios. Aquí —en esta figura que representa el modelo sustractivo—, el azul, el verde y el rojo son colores secundarios. Mezclando estos colores secundarios se obtienen los colores terciarios.

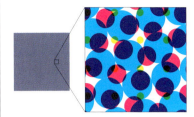

▶ UN COLOR IMPRESO

En impresión, los colores se producen mezclando puntos de medio tono de cyan, magenta y amarillo de diferentes dimensiones.

▶ EL NEGRO EN LA TEORÍA Y EN LA PRÁCTICA

La impresión superpuesta de cyan, magenta y amarillo, teóricamente, debería dar el negro como resultado, pero más bien resulta un gris marrón oscuro. Por tal motivo, también se añade una tinta negra. Existe cierta controversia sobre si la "K" de CMYK proviene de la expresión Key color o si es la K de black.

▶ GAMAS DE COLOR

La gama de color es el rango de colores que teóricamente se puede crear con un determinado modelo de color. Así, los diferentes modelos de color tienen diferentes gamas. Cuanto mayor sea el espacio cromático, tanto mayor será la cantidad de colores que, en la práctica, se podrá crear con ese modelo.

MEZCLA SUSTRACTIVA DE COLORES 4.4.2

En impresión se crean los colores mezclando tintas de los tres colores primarios, cyan, magenta y amarillo (CMY). Este método es conocido como 'mezcla sustractiva del color', debido a que las tintas filtran la luz blanca que incide sobre la superficie, sustrayendo o absorbiendo todos los colores del espectro excepto el tono mezclado que se desea reflejar. Es decir, que una parte del espectro de colores de la luz que incide sobre la superficie es sustraída o absorbida.

Una superficie no impresa refleja su propio color —blanco, si el soporte de impresión es un papel blanco, por ejemplo—. En teoría, mezclando cantidades iguales de cyan, magenta y amarillo se debería obtener el color negro —las tintas absorberían todas las ondas visibles del espectro—. Pero, lamentablemente, las tintas de impresión no son capaces de absorber completamente la luz visible. La impresión de estas tres tintas superponiendo cantidades iguales de cada una de ellas no da como resultado el color negro, sino más bien un gris marrón oscuro. Por tal motivo, se ha agregado una cuarta tinta —negra (K)— para ser también utilizada en impresión.

Los tres colores (cyan, magenta y amarillo) son los llamados colores primarios. Mezclados de dos en dos se obtienen los colores secundarios: rojo, verde y azul-violeta. Si se mezclan los colores secundarios se obtienen los colores terciarios, que contienen todos los colores primarios. En impresión, la mayoría de los colores visibles se pueden reproducir mezclando los colores primarios en diferentes proporciones. Actualmente, se hacen mezclando puntos de diferentes tamaños de medios tonos de los colores primarios. El tamaño del punto del medio tono varía según el sombreado que se desea obtener.

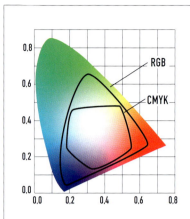

▶ RGB TIENE UN ESPACIO DE COLOR MAYOR QUE CMYK

El modelo RGB tiene una gama de color más amplia que el modelo CMYK. El área mayor del diagrama representa la gama de colores que registra el ojo humano. Sus tres esquinas están delimitadas por la zona de conos del ojo, la cual es sensible al rojo, al verde y al azul.

Nota: Esta ilustración es solamente esquemática, dado que está impresa en cuatricromía y, por lo tanto, no puede reproducir todo el espectro visible por el ojo humano.

▶ CMY

CMY (con negro incluido) es el modelo sustractivo de color utilizado para crear cuatricromías.

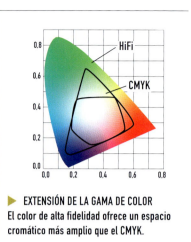

▶ EXTENSIÓN DE LA GAMA DE COLOR

El color de alta fidelidad ofrece un espacio cromático más amplio que el CMYK.

MODELOS DE COLOR 4.5

Para ayudar a mantener la consistencia del color en el transcurso de un proyecto, así como para comunicarse con los distintos proveedores y profesionales gráficos, existen diversos modelos estándar de colores que se utilizan como base para identificar los colores. Algunos de esos modelos se emplean con más frecuencia que otros, pero cada uno de ellos presenta ventajas e inconvenientes. Ciertos modelos atienden a cómo deben mezclarse las tintas, mientras que otros describen las características físicas de los diferentes colores; en algunos el color es singular y en otros se especifica básandose en cómo lo percibe el ojo humano.

Estos modelos contemplan diferentes gamas de color, lo que determina para cada modelo la extensión del espacio cromático que, teóricamente, se puede crear. Cuanto mayor es la gama de un modelo de color, tanto mayor es la cantidad de colores que se pueden crear con él, aunque no existe ningún modelo de color con una gama que cubra toda la parte visible del espectro. Los más utilizados son: RGB, CMYK, conversiones multicolor, NMI, PANTONE, CIE y NCS.

▶ RGB

Es el modelo aditivo de color que se usa principalmente para imágenes digitales y para presentación en los monitores de color.

RGB 4.5.1

RGB —*Red* (rojo), *Green* (verde), *Blue* (azul)— es un modelo aditivo de color que se utiliza en las imágenes digitales y en los monitores de color. Los colores se definen claramente mediante valores que indican la combinación de los tres colores primarios. Por ejemplo, un rojo cálido se define como R= 255, G= 0 y B= 0. Pero esta definición no nos informa, en realidad, de cómo el ojo percibe este color. Además, la percepción de un cierto valor del color varía según el monitor o el escáner utilizados, o sea, que un color determinado no se percibirá necesariamente de forma idéntica en distintos periféricos.

CMYK 4.5.2

CMYK proviene de los nombres de los colores *Cyan, Magenta, Yellow y blacK*, y es un modelo de color sustractivo. Cuando se quiere tomar una imagen digital y crear una cuatricromía, debe efectuarse la conversión de la imagen digital RGB a los colores CMYK

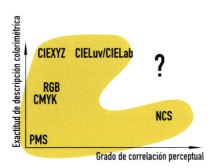

▶ **LA EXACTITUD DE LOS SISTEMAS DE COLOR**
No existe un sistema de color que se ajuste a nuestra percepción, y al mismo tiempo, sea físicamente correcto. Los sistemas CIE son exactos pero dificultan la precisión de los colores próximos del conjunto del espectro luminoso. El NCS es fácil de utilizar, pero no muy preciso. RGB y CMYK son bastante exactos físicamente, pero no se ajustan del todo a nuestra percepción. Las combinaciones de colores Pantone y su terminología no coinciden con la percepción del color.

(ver "Imágenes", 5.8). El color resultante de una combinación de colores vendrá definido por el porcentaje de cada color primario. Por ejemplo, un rojo cálido puede estar compuesto por los porcentajes siguientes: C= 0 %, M= 100 %, Y= 100 %, K= 0 %. Al igual que con el modelo RGB, esta composición no nos indica nada sobre cómo será percibido este color por el ojo humano. Una combinación específica de CMYK puede generar percepciones distintas según las tintas empleadas, las características del papel o la máquina de imprimir utilizada. La gama de color CMYK es menos extensa que la gama de color RGB.

CONVERSIONES MULTICOLOR 4.5.3

De la misma manera que una imagen digital RGB se puede convertir en CMYK, pueden convertirse imágenes que contengan más colores que los cuatro primarios ampliando la gama cromática. Hay modelos de colores de seis, siete u ocho tintas. La impresión con estos modelos se denomina 'impresión de alta fidelidad', porque se puede reproducir con mayor fidelidad la imagen original. Las conversiones multicolor más corrientes son las de seis colores (hexacromía), ampliando los CMYK con el color verde y el color naranja. La impresión con seis colores es difícil de justificar, ya que los colores adicionales no son fáciles de manejar; su uso requiere tener experiencia en impresión, mientras que la ampliación del rango de color puede resultar prácticamente inapreciable.

TONO, SATURACIÓN, BRILLO – HSV (HUE, SATURATION, VALUE) 4.5.4

HSV es un modelo de color que simula la percepción de los colores del ojo humano. Este modelo facilita el trabajo con los colores en el ordenador. Existen diversas versiones de este modelo: HLS (*Hue, Luminance, Saturation*) y HSB (*Hue, Saturation, Brightness*), pero el valor de la luminosidad y el brillo se refieren a lo mismo: iluminación.

El modelo HSV se basa en la ubicación de todos los colores del espectro visible en una forma cilíndrica. El valor del color (por ejemplo, los valores de luminosidad y brillo) es fijo a lo largo del eje central del cilindro. La distancia desde el centro determina el grado de saturación del color, mientras que siguiendo la periferia del cilindro se puede encontrar el tono. Este modelo facilita el trabajo con los colores en el ordenador, ya que permite modificar de forma sencilla el color con respecto a sólo una de las tres variables (tono, saturación y brillo).

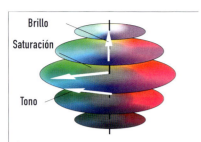

▶ **HLS**
La localización vertical del color en el modelo HLS determina su brillo. La distancia horizontal desde el eje central determina el grado de saturación del color, mientras que el tono de color se localiza a lo largo de la circunferencia.

▶ **GUÍA PANTONE**
Para seleccionar el color Pantone se usan las guías impresas de este modelo.

▶ **LA CONVERSIÓN DE LOS COLORES PANTONE**

La conversión de colores Pantone a colores CMYK da a menudo un color completamente diferente. Hay guías de colores específicas para facilitar este tipo de conversión.

PANTONE 4.5.5

Pantone es un modelo muy utilizado, aunque a veces inexacto, para describir los colores. Este modelo está basado en la combinación de nueve colores diferentes, seleccionados basándose en su utilidad. Los colores Pantone están clasificados mediante un código para facilitar su elección. El modelo Pantone se usa principalmente para imprimir con colores directos.

Un modelo de color como el Pantone, que utiliza combinaciones especiales de pigmentos para cada color en particular, tiene mayores posibilidades de reproducir directamente colores saturados. Por ejemplo, un amarillo claro en el modelo Pantone es un pigmento amarillo claro y no se necesita engañar al ojo ajustando el porcentaje de la composición de los colores, como ocurre con el modelo CMYK. Ello significa que el modelo Pantone tiene una gama de color mucho más amplia que el modelo CMYK. Por ello, cuando se quiera hacer la conversión de Pantone a CMYK deberá tenerse en cuenta que no es posible reproducir todos los colores del modelo Pantone.

CIE 4.5.6

Commission International de l'Éclairage o CIE es un modelo de color creado por esta institución. Este modelo está basado en los resultados de extensos estudios sobre la percepción humana del color, realizados desde principios de los años treinta. Dado que la sensibilidad a los colores varía de un individuo a otro, se creó un colorímetro patrón basado en el promedio de la percepción de los colores analizados. Se concluyó que la percepción humana del color se puede describir con arreglo a tres curvas de sensibilidad denominadas *tristimulus values*, las cuales, combinadas con las características de la luz que incide sobre una superficie y los colores de la luz que puede reflejar una superficie iluminada, permiten definir el color de la superficie con gran precisión.

CIEXYZ y CIELAB son variantes del modelo CIE. CIELAB es un desarrollo de CIEXYZ, y el sistema está basado en la percepción del color por el ojo humano. Dado que el sistema CIE se basa en tres parámetros diferentes se puede decir que es un modelo tridimensional y, por esta razón, configura un cierto espacio —espacio de color—. En el modelo CIELAB los colores se definen asignando valores para L, A y B, mientras que en el modelo CIEXYZ se asignan X, Y y Z respectivamente. En el sistema CIELAB un movimiento o cambio en el espacio de color (expresado en valores CIELAB) es relativo al cambio de color (expresado en longitud de onda), mientras que en el cambio de color

▶ **FRESAS ROJAS**
Utilizando el modelo HLS y trasladándose a lo largo de la flecha de tono, se puede hacer rejuvenecer a las fresas rojas variando su color y volviéndolas verdes.

▶ **FRESAS VERDES**
Desplazando los tonos rojos aproximadamente un tercio de circunferencia en el círculo en el área verde, la totalidad del rojo cambia a verde.

▶ LUZ × SUPERFICIE × TRISTIMULUS = CIE

La luz entrante se compone de determinadas longitudes de onda.

Una superficie de color refleja unas longitudes de onda mejor que otras.

El ojo humano tiene distinta sensibilidad para cada una de las diferentes longitudes de onda, como muestran las curvas tristimulus $\bar{x}$, $\bar{y}$ y $\bar{z}$, que corresponden a la sensibilidad en cada uno de los tres conos del ojo de un observador estándar.

Multiplicando cada una de las curvas $\bar{x}$, $\bar{y}$ y $\bar{z}$ por las otras dos se obtienen tres valores: X, Y y Z, que se denominan valores CIE.

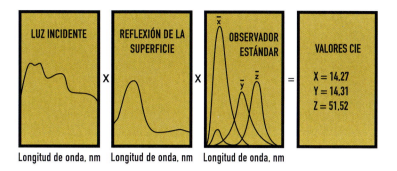

se produce movimiento. Por ejemplo, si se mueve entre dos lugares o entre dos colores, dentro del espectro azul del cambio de color, el cambio percibido en color sería idéntico si el mismo movimiento fuera conducido a cualquier otro lugar del espectro.

Las diferencias que se perciben entre dos colores se expresan con el símbolo ΔE (*delta E*). Un cambio de color en el espacio de color con una determinada longitud de onda o distancia no necesariamente tiene el mismo valor de ΔE. Si ΔE es menor que 1, el ojo no puede percibir ninguna diferencia entre los colores. En la industria gráfica, se utiliza el CIELAB, sobre todo cuando se desea trabajar con un modelo independiente, porque la definición del color está basada en la percepción de los colores por el ojo humano.

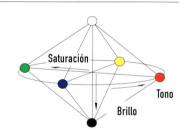

▶ EL MODELO NCS
Se basa en una división en tres categorías: oscuridad (brillo), densidad de color (saturación) y tono (color), que se pueden visualizar como un doble cono.

▶ DIFERENTES MODELOS DE COLOR

MODELO	RGB	CMYK	SEPARACIÓN – MULTICOLOR	HSV
SIGNIFICADO	Rojo, verde, azul	Cyan, magenta, amarillo, negro	Color de alta fidelidad	Tono, saturación, brillo
USO	Escaneado, edición de imágenes, almacenamiento	Impresión en cuatricromía	Impresión con colores más fuertes	Ordenadores
FUNCIÓN	Modelo aditivo; espacio cromático más amplio que el CMYK	Modelo sustractivo; gama de color determinada por el proceso de impresión	Modelo sustractivo (CMYK + verde y naranja, por ejemplo). Espacio cromático más amplio que el CMYK	Utilizado para modificar colores en el ordenador

MODELO	PANTONE	CIE	NCS	
SIGNIFICADO	Pantone Matching System	(Commission Internationale de l'Éclairage)	Natural Color System	
USO	Tintas directas en impresión	Expresión física exacta, visualmente determinada	Industria textil y de pinturas	
FUNCIÓN	Muestrario colores predefinidos Espacio cromático más amplio que el CMYK	Dispositivo de almacenamiento independiente	División visual, escalones iguales	

TEORÍA DEL COLOR

> **EL RANGO DE TONOS EN LA IMPRESIÓN**
>
> El rango de tonos en impresión es la gama de colores que se puede crear con una tinta determinada, teniendo en cuenta el papel y la técnica de impresión que se van a utilizar. Por ejemplo, la gama de colores que se obtiene del cyan en una impresión CMYK en offset sobre papel estucado.

> **EL RANGO DE COLORES EN LA IMPRESIÓN**
>
> El rango de colores en impresión es la gama completa de colores que se puede generar con un modelo de color determinado siguiendo un proceso específico. Por ejemplo, la gama de colores que se puede lograr en una impresión CMYK en offset sobre papel estucado.

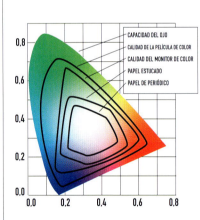

> **DIFERENTES GAMAS DE COLOR**
> El diagrama muestra la amplitud de los diferentes espacios de color que se pueden obtener con distintos medios.

NCS 4.5.7

NCS, Natural Color System (sistema natural de color), es un modelo sueco. Se basa en la oscuridad (brillo), el tono (color) y la densidad de color (saturación), y puede representarse mediante un diagrama de doble cono. La diferenciación entre los colores se divide en niveles que están basados en cómo son percibidos por el ojo humano. El modelo NCS se utiliza principalmente en la industria textil y de pinturas.

FACTORES QUE INFLUYEN EN LA REPRODUCCIÓN DEL COLOR 4.6

La reproducción del color se refiere a la manera en que son reproducidos los colores en un monitor o en una impresora. Los dos factores que más influyen en la reproducción del color son: el rango de tono y el rango de color. El rango de tono es la gama de colores que puede crearse con uno de los componentes específicos de un modelo de color, en un proceso determinado; por ejemplo, la gama de colores posible utilizando el cyan en un modelo CMYK sobre papel estucado en una máquina de impresión offset. El rango de colores es la gama de colores completa que puede crearse con un modelo de color específico desarrollando un proceso determinado; por ejemplo, la gama de colores que se puede lograr con un modelo CMYK sobre papel estucado en una máquina de impresión offset.

Considerando la impresión, la reproducción del color depende básicamente del modelo de color, de las características del papel, de la técnica de impresión y de las tintas utilizadas. Cuando se crean originales para ser reproducidos como imágenes impresas es importante tener en cuenta estos factores y hacer los ajustes necesarios para conseguir la máxima similitud entre el original y la imagen impresa (ver "Imágenes", 5.7).

EL MODELO DE COLOR Y EL COLOR DE LA REPRODUCCIÓN 4.6.1

El modelo de color utilizado influye en la reproducción del color, debido a que cada modelo sólo puede reproducir los colores existentes dentro de su propia gama. Cada modelo de color tiene diferentes gamas. Por ejemplo, si se imprime en color de alta fidelidad, con seis colores, se podrá conseguir una gama de color mucho más amplia que con CMYK, porque las dos tintas agregadas amplían la gama de color. Ello permite reproducir un rango de tonos más amplio y, por lo tanto, obtener una mayor similitud con la imagen original.

LA TÉCNICA DE IMPRESIÓN Y EL COLOR DE LA REPRODUCCIÓN 4.6.2

La técnica de impresión empleada puede influir en la reproducción del color. Esto se debe a que cada técnica de impresión requiere unos determinados tipos de tintas, así como un determinado espesor de la tinta sobre la superficie del soporte a imprimir. El espesor de tinta ayuda a determinar el rango de tonos que se pueden imprimir; cuanta más tinta se pueda aplicar sobre el papel, tanto mayor será el rango de tonos y tanto mejor la reproducción del color.

Otro ejemplo de cómo influye la técnica de impresión sobre la reproducción del color se puede observar en la impresión offset, en la que las tintas no se adhieren totalmente una a la otra debido a que se imprimen una sobre otra antes de que se hayan secado por completo (técnica que se denomina 'húmedo sobre húmedo'). Por ello, no es posible reproducir todos los colores que teóricamente podrían obtenerse según el rango de tonos del modelo de color (ver "Impresión", 13.4.4).

EL PAPEL Y EL COLOR DE LA REPRODUCCIÓN 4.6.3

Las características del papel utilizado (color, superficie, estructura, características de impresión, etc.) influyen de forma decisiva en la reproducción del color. Son pocos los tipos de papel completamente blancos, la mayoría tiene un leve tono de color y otros un tono fuerte, como el papel salmón del *Financial Times* de Londres o del *New York Observer*. Es difícil ajustar la reproducción del color para estas variaciones de papel, como se pone de manifiesto en los resultados que se obtienen al imprimir sobre diferentes tipos de papel (ver "El papel", 12.5.4).

El brillo del papel depende de su estructura y del tratamiento de su superficie, factores determinantes en la cantidad de luz que es reflejada. Por ejemplo, para las impresiones artísticas habitualmente se utiliza un papel más brillante que el papel destinado a la impresión de periódicos o revistas. Cuanta más luz refleje el papel, tanto más amplio será el rango de tonos y mejor la reproducción del color. Otros soportes de impresión, como la tela y el plástico, también tienen características particulares que afectan a la reproducción del color. Con el objetivo de obtener los mejores resultados posibles, se pueden realizar algunos ajustes en la reproducción del color durante el proceso para compensar las cualidades de ciertos materiales (ver "Imágenes", 5.8).

LAS TINTAS DE IMPRESIÓN Y EL COLOR DE LA REPRODUCCIÓN 4.6.4

Un modelo de color sustractivo como CMYK se basa en valores teóricamente exactos de los colores. Pero, en la realidad, los pigmentos de color nunca pueden reproducir esos colores con exactitud. Cuanto más cerca se encuentren de los valores teóricos, tanto mayor será la concordancia de color que se obtenga. Los diferentes procesos de impresión requieren tintas de cualidades muy distintas entre sí, y eso dificulta la comparación de resultados.

OBTENCIÓN DE LOS COLORES CORRECTOS EN IMPRESIÓN 4.7

Para saber cuál será el aspecto en el producto final impreso de los colores creados en el ordenador es necesario comenzar calibrando los dispositivos que configuran el ordenador. Luego deberán analizarse las características del proceso de impresión. Esta fase se denomina caracterización de la impresión. Concluida esta tarea, se podrán ajustar los restantes equipos y materiales (monitores, impresoras, pruebas, etc.), para aproximarse al máximo a las características deseadas y simular la impresión. Si este trabajo de ajuste se realiza con rigor, se puede obtener un resultado realmente satisfactorio entre la presentación en el monitor, el listado de colores, las pruebas y la impresión final. Este proceso es relativamente fácil de llevar a cabo si siempre se imprime el mismo producto (como por ejemplo, un periódico) con el mismo equipo.

Si se imprimen distintos productos en diferentes equipos, el proceso descrito anteriormente se vuelve más complejo. En este caso, una solución es utilizar un sistema de gestión de color (CMS, *Color Management System*), donde también se tienen en cuenta las características del escáner, de los monitores, de las impresoras y de las pruebas.

CÓMO ELEGIR UN COLOR 4.7.1

No es recomendable seleccionar el color a partir de lo que se ve en pantalla, dado que no es posible obtener una similitud absoluta entre la imagen observada en el monitor y el

---

▶ **TÉRMINOS RELATIVOS AL COLOR**

Tinta	Materia líquida colorante. En impresión, la composición que sirve para imprimir. Por extensión, también puede hacer referencia a las tintas en polvo.
Color	Un tono, saturación y brillo determinados. También incluye el concepto general que se refiere a la percepción humana de las longitudes de onda de la luz reflejada.
Tono	La longitud de onda dominante en un color, que le da al mismo su nombre específico. También expresa la situación del color en el espectro.
Saturación	El grado de pureza de un color, o sea, su mayor o menor proximidad al tono pleno (puro, intenso, medio, pálido, etc.).
Brillo	La cantidad de luz que tiene un color (que va de claro o valor alto a oscuro o valor bajo). Expresa su proximidad al blanco o al negro.

resultado final impreso. Por tal motivo es conveniente utilizar guías de colores con ejemplos de superficies impresas con colores predefinidos. En el mercado se pueden encontrar guías generales de colores con muestras de distintos tipos de papel, y también algunas industrias gráficas suministran sus propias guías. Los colores de las guías están definidos en valores CMYK. Si se selecciona un tono para cuatricromía se puede utilizar una guía de color general, pero dado que las condiciones de la impresión varían (en función del papel, la máquina de impresión y las tintas utilizadas), el resultado no siempre es exactamente igual a la reproducción del catálogo. Para asegurar completamente la correcta reproducción del color deberá imprimirse la propia guía.

Si se quiere un color saturado o un color especial (como dorado o plateado), deberán utilizarse colores directos, cuyo modelo más corriente es el Pantone. Sus escalas de color también están en el mercado, pero son relativamente caras.

ESTABILIZACIÓN Y CALIBRACIÓN 4.7.2

La estabilización tiene como finalidad asegurar que todos los dispositivos del proceso de impresión den siempre el mismo resultado. Las causas de las inconsistencias pueden ser debidas a fallos mecánicos o fluctuaciones de las condiciones medioambientales, como variaciones de la humedad y la temperatura. La calibración supone ajustar los equipos a unos valores predefinidos. Por ejemplo, para un valor del tono de cyan del 40 % en el ordenador, el valor de cyan en la impresora, en la prueba final o en la máquina de imprimir también debe ser del 40 %. Los distintos dispositivos suelen ser calibrados mediante un software específico de calibración.

SIMULACIÓN 4.7.3

También se pueden calibrar los equipos mediante la comparación de trabajos similares. Por supuesto, esta simulación no es un procedimiento exacto, pero es bastante fácil de realizar y sus resultados son aceptables.

Otra forma de calibrar los dispositivos utilizando el método de simulación es presentar en pantalla e imprimir un documento que ya se había utilizado anteriormente, como base de un proceso completo de impresión y ajustar los dispositivos conforme a su apariencia. La idea es ajustar el software y el monitor de manera que la imagen en pantalla se parezca al impreso tanto como sea posible. Asimismo, se pueden ajustar la impresora de color y la prueba final para simular el producto impreso final. Un método más preciso consiste en medir primero los valores del producto impreso final y, posteriormente, ajustar los dispositivos para obtener valores equivalentes.

SISTEMA DE GESTIÓN DE COLOR 4.7.4

Un sistema de gestión de color (CMS, *Color Management System*) permite mantener el control de los colores durante el proceso de producción gráfica. Hace que los colores se vean correctamente en la pantalla y asegura que las salidas y las pruebas de preimpresión sean similares al producto impreso final. Los colores siempre se ven afectados por los dispositivos: observación en pantalla, escaneado o impresión. Mediante la grabación de las desviaciones del color, se pueden crear perfiles que aseguren su compensación durante la impresión. Este sistema facilitará la correspondencia entre el producto final impreso y el original, con independencia de los dispositivos utilizados. Un sistema de gestión de color debe definir los colores y asegurar su consistencia durante cada fase del proceso de impresión. RGB y CMYK son modelos de color 'dependientes de dispositivo' porque la reproducción del color será diferente según el dispositivo utilizado. De la misma manera que, por ejemplo, en una tienda de electrodomésticos se observan las diferencias entre los distintos televisores, aun cuando estén emitiendo una misma imagen.

Al no poder mantener la consistencia en todos los dispositivos y procesos, los modelos RGB y CMYK no son apropiados para los sistemas de gestión de color. Por ello, es necesario disponer de un sistema de gestión de color independiente de los dispositivos. Este modelo se denomina 'independiente de dispositivo' debido a que no se ve influido por los dispositivos que se utilizan en el proceso de la producción gráfica. CIELAB es uno de estos sistemas, y define los colores basándose en la percepción del observador. Una vez elegidos los colores con los que se quiere trabajar con los valores colorimétricos independientes de dispositivo, es necesario ajustar los dispositivos consecuentemente. Cada equipo o dispositivo de la línea de producción tiene sus cualidades y sus carencias, que se pueden medir y guardar en los perfiles de dispositivo. El sistema de gestión del color utiliza los perfiles para facilitar la tarea de realizar los ajustes de las señales RGB del monitor. Si los televisores del ejemplo anterior hubieran utilizado un sistema de gestión de color, cada aparato habría utilizado los colores CIELAB como base y, con la ayuda de los perfiles que describen las cualidades y carencias del aparato, habría convertido esos valores colorimétricos en señales RGB, únicas para cada televisor. Esos valores RGB se hubieran ajustado de acuerdo con el perfil de dispositivo y, como resultado, los colores hubieran sido iguales en todos los aparatos de la tienda. En las máquinas de imprimir es necesario ajustar el color, por la ganancia de punto, los colores primarios, la solución de mojado, el papel, etc.

Los fabricantes de software y hardware de la industria gráfica han desarrollado un trabajo conjunto con el propósito encontrar una normativa común para los sistemas de gestión de color. Este grupo de fabricantes se denomina International Color Consortium (ICC), y la normativa acordada ha adoptado el mismo nombre. Es una especificación que define cómo debe funcionar el sistema de gestión de color y que describe cómo deben configurarse los perfiles de color.

LOS COMPONENTES DEL SISTEMA ICC 4.7.5

El sistema ICC se divide en tres componentes principales:
• El espacio de color independiente de dispositivo, CIELAB, también llamado *Reference Color Space* (RCS) o *Profile Connection Space* (PCS) (ver 4.5.6).
• Los perfiles ICC para diversos dispositivos, por ejemplo: el perfil del monitor, el perfil del escáner, los perfiles de la impresora y los perfiles de la máquina de impresión. Los perfiles describen las características del color de cada dispositivo.
• El módulo de gestión de color (CMM, *Color Management Module*), que calcula las conversiones de color entre los diferentes dispositivos, basándose en los valores de los perfiles. Cuando se trabaja con un sistema de gestión de color, el resultado final se ve influido por los tres componentes mencionados. Por ejemplo, al escanear una imagen, el sistema de gestión de color utiliza el perfil ICC para compensar las variables del escáner y calcula los valores de los colores registrados en él según los valores que tienen en el espacio cromático independiente de dispositivo (CIELAB).

▶ CORRECCIÓN ICC DEL COLOR ESCANEADO
Al escanear una imagen, el módulo de gestión de color (CMM) corrige cada uno de los colores usando un ICC del propio escáner. El módulo calcula cuál es el valor que debería tener cada color en el espacio de color independiente de dispositivo, para ajustar así los colores de la imagen digital de manera que correspondan a los de la imagen original.

▶ ESPECTROFOTÓMETRO
Un espectrofotómetro mide la composición espectral de un color en las salidas de impresora, las pruebas de impresión, la máquina de impresión y el monitor.

LOS PERFILES ICC 4.7.6

El perfil de un dispositivo describe el espacio de color, sus puntos fuertes y sus puntos débiles y compara la reproducción de color de un determinado dispositivo con una carta de colores preimpresos, que funcionan como valores de referencia (basada en CIELAB). Las diferencias entre los dos valores constituyen la base del perfil y permiten generar la información de las compensaciones de color. De ese modo puede saberse cómo alcanzar el mismo valor que el de referencia de la carta de colores. Los colores que no están incluidos como valores de referencia en la carta de colores son calculados e interpolados por el módulo de gestión de color a partir de los valores de dos o más colores de referencia cercanos.

Algunos fabricantes incluyen los perfiles con el suministro de determinados equipos, como escáners e impresoras. Son perfiles genéricos para el modelo de equipo suministrado y no tienen en cuenta los puntos fuertes y débiles específicos de cada dispositivo en particular. El problema de los perfiles estándar es que diferentes unidades de un mismo modelo de equipo ofrecen a menudo resultados diversos. Por eso, es preferible trabajar con los llamados perfiles ICC, específicos para un determinado entorno. Esto quiere decir que, aun cuando en una empresa se tenga un único modelo de monitores, es conveniente definir perfiles para cada monitor por separado para lograr los mejores resultados posibles.

En el mercado hay varias aplicaciones para configurar perfiles específicos, como Logo Profilemaker Pro, Agfa Colortune o Heidelberg Printopen y Scanopen. Algunos fabricantes tienen sus propios sistemas para la creación de perfiles, como Barco y Radius.

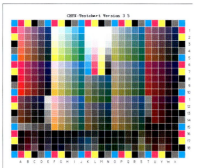

▶ GRÁFICO O CARTA DE COLOR IT8
El aspecto de las cartas de color está definido en el estándar ISO IT8. La mayoría de los fabricantes de aplicaciones para generación de perfiles tienen sus propias plantillas basadas en IT8. Ésta es la carta que viene con Logo Profilemaker Pro.

Para crear perfiles se necesita el software y una carta de color estandarizada con diferentes áreas de referencia de colores. La aplicación que crea el perfil tiene exactamente definidos los valores de referencia en CIELAB para cada color en el gráfico. La carta de color se imprime, se muestra en pantalla o se escanea sobre una determinada unidad, y el resultado se compara con los valores de referencia. Por ejemplo, para generar un perfil para un escáner se escanea un gráfico de color sobre papel fotográfico o transparencia, y el color digital escaneado se compara área por área con los valores de referencia. Las diferencias entre los valores de lectura del escáner y los valores de referencia constituyen la base del perfil. Los perfiles para dispositivos de salida se hacen generalmente imprimiendo en impresora o máquina de imprimir un gráfico de color. El resultado se mide con un espectrofotómetro y los valores obtenidos se comparan con los valores de referencia. El espectrofotómetro mide los colores directamente de la pantalla, cuando se utiliza para generar un perfil.

▶ COLORSYNC
Apple ColorSync es el módulo de gestión de color más corriente y siempre acompaña al sistema operativo de Apple.

El aspecto de los gráficos de color está definido en el estándar ISO IT8. La mayoría de los fabricantes de software para generación de perfiles tienen sus propios gráficos basados en el patrón IT8. Hay cartas de color en papel fotográfico o en transparencias de los fabricantes más conocidos, como Agfa, Kodak y Fuji, y utilizan distintas emulsiones en sus películas y papeles para conseguir distintos resultados al escanear. Por ejemplo, para escanear imágenes fotografiadas con película Fuji en los trabajos de preimpresión, deberá utilizarse un perfil previamente configurado con cartas de color en película Fuji. De esta manera, se asegurará una compensación correcta.

Las cartas de color contienen hasta 300 campos de referencia de colores primarios, secundarios, terciarios y tonos de gris. Los gráficos de los diferentes fabricantes se diferencian entre sí porque utilizan sus propios campos de color además de los definidos en el estándar IT8. Esto ayuda a los fabricantes a mejorar los puntos débiles de los dispositivos.

LOS MÓDULOS DE GESTIÓN DE COLOR 4.7.7

El módulo de gestión de color (CMM, *Color Management Module*) es una aplicación que calcula las conversiones de color entre los diferentes dispositivos, utilizando perfiles ICC. Apple ColorSync es el módulo más corriente y siempre está incluido con el sistema operativo de Apple. Otros fabricantes, como Kodak, Heidelberg o Agfa, tienen módulos propios. Todas las aplicaciones que convierten o manipulan colores utilizan un módulo de gestión de color para hacer las conversiones. Por ejemplo, el software del escáner utiliza CMM cuando realiza la lectura digital de una imagen, y el programa de edición de imágenes utiliza CMM cuando convierte los colores a CMYK.

Cuando los distintos fabricantes eligen su método para realizar las conversiones, sus propios módulos de gestión de color suelen actuar basándose en las siguientes premisas:
- Todos los colores neutros (grises) deben ser conservados en la conversión.
- El contraste tiene que ser el mayor posible después de la conversión.
- Al hacerse la conversión, todos los colores deben poder ser representados por el dispositivo cuyo perfil fue utilizado en la conversión, es decir, todos los colores deben estar dentro del espacio de color posible del dispositivo.

Ciertas partes del espacio de color son difíciles de convertir y pueden causar problemas. Por ejemplo:
- Los colores claros pueden quedar poco diferenciados o mezclados cuando el módulo de gestión de color trata de crear un rango de tonos lo más amplio posible. Lo mismo ocurre con los tonos casi negros.
- Los colores saturados dan problemas cuando están fuera del espacio de color del dispositivo. Esos colores tienen que trasladarse al espacio de color del dispositivo para poder ser reproducidos. Este proceso siempre altera el color y también puede afectar a los colores que ya están dentro del espacio de color.
- Los colores que están en el borde del espacio de color del dispositivo y que cubren grandes áreas pueden perder las diferencias de matices al ser convertidos.

Existen cuatro vías diferentes para convertir colores. La principal diferencia entre ellas es el modo de gestionar el traslado de los colores que están fuera del espacio de color del dispositivo. Estos cuatro modos de conversión tienen los siguientes nombres:
- Conversión perceptiva
- Conversión absoluta
- Conversión relativa
- Conversión saturada

CONVERSIÓN PERCEPTIVA 4.7.8

El método de conversión perceptiva de colores se utiliza principalmente cuando se convierten imágenes fotográficas. Cuando se convierte una imagen, se mantiene la distancia relativa en el espacio de color (ΔE). Los colores que están fuera del espacio de color del dispositivo se trasladan a su interior, pero también se trasladan los que están dentro para mantener la diferencia relativa de los colores. Dado que el ojo humano es más sensible a las diferencias entre colores que a los colores aislados, la conversión perceptiva es un buen método para utilizar en la separación de colores de fotografías. El término *perceptivo* hace referencia a cómo el cerebro y el ojo humano trabajan juntos para percibir los colores.

CONVERSIÓN ABSOLUTA 4.7.9

El método de conversión absoluta del color se aplica ante todo para simular la impresión mediante pruebas de impresión. Los colores que están fuera del espacio de color del sistema de pruebas se trasladan a su interior, mientras que los colores que están dentro no varían. Las diferencias tonales entre los colores que quedan fuera del espacio de color y los que están en el borde desaparecen. Este método es apropiado en aquellas situaciones en las que es importante reproducir los colores con la mayor fidelidad posible, como en el caso de los sistemas de pruebas finales de preimpresión. Para evitar los problemas ocasionados por las pérdidas tonales, es conveniente que el espacio de color del sistema de pruebas sea mayor que el de la impresión final.

CONVERSIÓN RELATIVA 4.7.10

A veces, una conversión perceptiva puede ser la causa de una pérdida de contraste y una saturación de las imágenes. En esos casos, una conversión relativa dará un resultado mejor. La distancia relativa (ΔE) entre los colores que estaban fuera del espacio cromá-

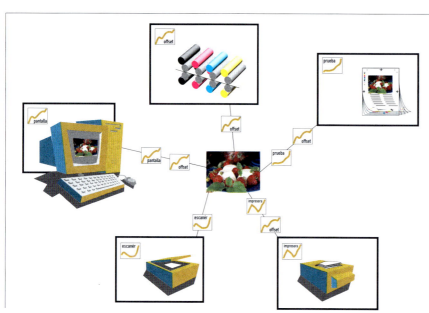

▶ **SISTEMAS DE GESTIÓN DE COLOR**
Cada dispositivo del proceso de la producción gráfica tiene sus puntos fuertes y débiles. Estas características se pueden medir y guardar en los llamados perfiles ICC.

Para simular una impresión en la pantalla del ordenador, se tendrá en cuenta la información que el perfil del monitor nos proporciona sobre la presentación de los colores en la pantalla y, también, la información que nos proporciona el perfil de la máquina de impresión sobre las características de ésta. Combinando la información de los dos perfiles, se obtendrá una buena simulación de la impresión final en el monitor.

Si se quiere simular el resultado de la impresión final con una impresora de color, se deberá combinar el perfil de la impresora con el perfil de la máquina de impresión.

tico posible del dispositivo se conserva después de haberlos trasladado al interior del mismo. Y los colores que estaban dentro del espacio cromático mantienen sus valores colorimétricos originarios después de la conversión. Los colores trasladados se convierten en colores lo más cercanos posible a los colores originarios mediante la conservación de su brillo. Pero la distancia relativa entre dos colores en la periferia del espacio de color cambia; ahora dos colores pueden tener el mismo valor.

CONVERSIÓN SATURADA 4.7.11

Cuando se trabaja con imágenes basadas en objetos, es apropiado trabajar con la conversión saturada. El propósito de este método es lograr un resultado con la mayor saturación posible, lo que se consigue cambiando la distancia relativa (ΔE) entre los colores pero manteniendo la saturación. De esta manera, se obtiene la saturación máxima permitiendo que cada color conserve su valor de saturación independientemente de si está fuera o dentro del espacio de color posible de un dispositivo determinado.

PARTES DEL SISTEMA DE GESTIÓN DE COLOR EN EL PROCESO DE PRODUCCIÓN 4.7.12

Cuando se quiere previsualizar en pantalla una impresión, se debe tener en cuenta la sistemática de visualización de los colores. Por ejemplo, deberán hacerse ciertos ajustes en el perfil del monitor para compensar los puntos fuertes y débiles y mostrar una imagen correcta. También deberá considerarse el espacio de color de la impresora utilizando el perfil de impresión. Así, no se verán en el monitor colores que no puedan reproducirse en la impresora. Cuando se combinan dos perfiles se puede lograr una buena simulación de la impresión final en el monitor. Si en vez de esta simulación se quiere ver el resultado en salida de impresora de color, se puede combinar el perfil de impresión con el perfil de la impresora, etc.

IMÁGENES EN RGB O EN CMYK 4.7.13

Actualmente, la mayoría de profesionales trabaja con las imágenes en los modos de color RGB o CMYK, aun cuando se estén usando sistemas ICC. La elección depende de si el RIP o el servidor OPI pueden recibir y hacer las separaciones de las imágenes en modo RGB cuando se rasterizan y se obtienen salidas en película o plancha (ver "Salidas", 9.3.4). Si se tiene un flujo de producción que soporta el modo RGB, se puede trabajar con imágenes en RGB o en su conversión a CMYK. Esta conversión tiene el inconveniente de que el proceso debe hacerse a partir de la especificación del método de impresión, lo que es contrario a la práctica habitual. No obstante, con RGB las imágenes no deben ajustarse hasta que se ha decidido el proceso de impresión.

EL MODO RGB 4.7.14

Cuando se trabaja con imágenes en modo RGB se usan espacios de color RGB predefinidos en CIELAB. Cuando la imagen es escaneada, los valores RGB del escáner son compensados y convertidos usando el perfil del escáner y el módulo de gestión de color para valores CIELAB. Esos valores CIELAB pueden ser luego traducidos a valores RGB dentro del espacio de color RGB. Los distintos espacios de color RGB tienen distintas características, lo cual es determinante para la elección del trabajo. En Adobe Photoshop se selecciona el espacio de color RGB que se va a utilizar en `Archivo -> Ajustes de color -> RGB`. En Adobe Photoshop, versión 5 y posteriores, se incluye la información sobre el espacio de color RGB en el fichero, cuando se guarda la imagen. Esa composición puede modificarse en Archivo –> Ajustes de color –> Perfiles, donde también puede definirse cómo deberá reaccionar la aplicación si se abre un fichero sin la información guardada en el mismo del espacio de color RGB.

Los espacios de color RGB incluidos en Adobe Photoshop definen diferentes estándares de configuraciones RGB adaptados para impresora, vídeo, película, televisión, web, etc.

ColorMatch RGB se basa en el espacio de color RGB de un monitor Radius PressView. Los monitores Radius son utilizados de forma habitual en la producción gráfica profesional y tienen un espacio de color RGB amplio, apropiado para propósitos de producción gráfica. Por eso, muchos recomiendan el uso de este espacio cromático.

Adobe RGB tiene un espacio cromático más amplio que ColorMatch RGB. Eso significa que también tiene más colores fuera del espacio CMYK, lo cual puede ocasionar problemas en la conversión de RGB a CMYK. Este espacio tenía anteriormente el nombre SMPTE-240M; por lo que si se encuentran imágenes definidas en SMPTE-240M, se debe usar Adobe RGB.

sRGB es un estándar utilizado por Hewlett-Packard y Microsoft, y está basado en el estándar HDTV. Hewlett-Packard y Microsoft utilizan sRGB como un estándar para navegadores de Internet y material no basado en PostScript.

sRGB usa como base el espacio de color que puede desplegar un monitor corriente de PC, lo que implica ciertas limitaciones. El espacio de color es mucho menor que los demás espacios de color RGB comúnmente utilizados y no es apropiado para la reproducción de imágenes, ya que parte del espacio de color CMYK quedan fuera del rango RGB.

Apple RGB era usado anteriormente como un espacio de color RGB estándar por Adobe Photoshop y Adobe Illustrator. Al no ser mucho más amplio que el espacio sRGB, tampoco es apropiado para la producción gráfica.

Wide Gamut RGB es un espacio cromático tan amplio que la mayoría de los colores definidos en él pueden visualizarse en un monitor normal y reproducirse en máquinas de imprimir. Al igual que Adobe RGB, este espacio puede causar problemas en la conversión de RGB a CMYK.

Monitor RGB/Simplified Monitor RGB se basa en las configuraciones del monitor para definir su propio espacio cromático RGB y se utiliza principalmente cuando no se trabaja con flujo ICC.

CIE RGB es un espacio cromático RGB anticuado que ya casi no se usa. Sigue estando en Adobe Photoshop por si se necesita abrir un fichero antiguo cuya imagen esté definida en él.

NTSC es un espacio cromático RGB antiguo que se usa en entornos de vídeo. Sigue estando en Adobe Photoshop por si se necesita abrir un fichero antiguo, cuya imagen esté definida en él.

PAL/SECAM es un espacio cromático RGB estándar para emisiones de televisión en Europa.

EL MODO CMYK 4.7.15

Cuando se trabaja en el modo CMYK es necesario realizar una conversión CIELAB a la hora de realizar determinadas acciones, como imprimir una imagen en un sistema de pruebas finales. En otras palabras, en el modo CMYK la imagen ya está ajustada y separada en cuatricromía para la impresión offset, pero debe ser convertida desde el modo

CMYK al modo CIELAB, y a continuación, convertirlo al modo CMYK ajustado al sistema de pruebas.

LOS PROBLEMAS DEL ESTÁNDAR ICC 4.7.16

A pesar de que el ICC es un estándar, las distintas aplicaciones para generar perfiles (Logo Profilmaker Pro, Agfa Colortune, Heidelberg Printopen y Scanopen, etc.) dan distintos resultados, aun cuando todas tienen los mismos cometidos y aplican las mismas especificaciones ICC. Y también se ha constatado que los diferentes módulos de gestión de color pueden dar resultados distintos aunque se utilicen perfiles idénticos.

Estos problemas se deben a que las especificaciones del estándar ICC no son lo suficientemente exactas. Dado que el estándar fue desarrollado por compañías pertenecientes a diferentes ámbitos de la industria gráfica, no se definió con especificaciones excesivamente estrictas, y así permitir el margen de maniobra necesario para que las diferentes empresas lo adaptasen según sus propios intereses para lograr los mejores resultados.

El estándar define cómo estructurar los perfiles, pero no cómo deben ser utilizados por los módulos de gestión de color. Todos los colores que no estén incluidos como valores de referencia son interpolados por el módulo de gestión de color basándose en los valores de dos o más colores de referencia cercanos, pero en el estándar no está especificado cómo hacer ese cálculo, y la calidad varía de una marca a otra. Los problemas con el estándar ICC se ponen de manifiesto en las conversiones, por lo cual no es posible predecir los resultados con un 100 % de precisión.

TRABAJO CON COLORES Y LUZ 4.8

LUZ Y COLOR 4.8.1

El tipo de luz desempeña un papel determinante en la percepción de los colores por el ojo humano. Aun cuando el cerebro es a menudo indulgente ante las variaciones debidas a distintas fuentes luminosas, el uso de diferentes fuentes de luz puede ocasionar variaciones significativas tanto en el momento de realizar la fotografía como durante la producción. Lo que hace que la luz sea tan importante es que puede hacer variar drásticamente la composición del color. El color de los objetos que vemos es —como ya se ha explicado— el resultado de la luz reflejada por dichos objetos. Pero el color de la luz reflejada

▶ **EN LA ESCALA KELVIN NO HAY GRADOS**

Las unidades de temperatura en las escalas Celsius y Fahrenheit se llaman grados. En la escala Kelvin las unidades se llaman solamente Kelvin. ¡Los grados no existen en la escala Kelvin!

°C °F K

▶ **TEMPERATURAS DE COLOR APROXIMADAS**

Temperaturas aproximadas de diferentes fuentes de luz:

- Velas: 1.500 K
- Bombilla de tungsteno: 2.650 K
- Lámpara fotográfica: 3.200 – 3.400 K
- Luz de observación estándar: 5.000 K
- Luz solar directa: 5.000 K aprox.
- Luz de un cielo nublado: 5.500 – 7.000 K
- Luz de un cielo azul despejado (no directa del sol): 11.000 K aprox.

▶ **LUZ DE OBSERVACIÓN ADECUADA – PARTE 1**
Debido a que el color de una superficie depende de la luz que incide sobre ella, la misma superficie puede parecer de diferentes colores al ser observada bajo diferente iluminación.

▶ **LUZ DE OBSERVACIÓN ADECUADA – PARTE 2**
Dos superficies pueden tener el mismo color expuestas a una luz y diferentes colores bajo otra luz. Este fenómeno se llama 'metamerismo'.

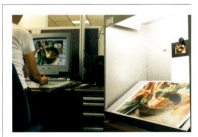

▶ **CAJA DE OBSERVACIÓN**
Es importante observar los originales, las pruebas finales y el producto impreso bajo la luz adecuada.

TEORÍA DEL COLOR

▶ EFECTO DE CONTRASTE – PARTE 1
Ejemplo de un efecto de contraste con colores. El color de la estrella azul se percibe de manera completamente diferente dependiendo de si el color que le rodea es verde o naranja.

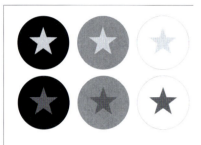

▶ EFECTO DE CONTRASTE – PARTE 2
La percepción de un mismo tono de gris depende de su entorno. Las tres estrellas de la fila superior son del mismo tono, pero se perciben como si fuesen de un tono diferente a causa de su entorno. Lo mismo ocurre con las estrellas de la fila inferior.

▶ LA PELÍCULA APROPIADA PARA LA LUZ APROPIADA
En las fotografías tomadas a la luz de tungsteno (bombilla corriente) con película para luz diurna predominará un color amarillo, mientras que la película apropiada para luz de tungsteno reproducirá los colores de forma más adecuada.

depende también de la composición de la luz incidente. Hay una gran diferencia en el color de un objeto si es observado bajo una luz rojiza o si es observado bajo una luz azulada. Por ejemplo, una superficie que bajo una luz blanca se percibe como roja, se percibirá como anaranjada si se ilumina con una luz amarilla.

Debido a esas diferencias, es importante observar las fotografías y los impresos bajo la luz apropiada. El color de la luz suele ser indicado como temperatura de color, medido en unidades Kelvin (K). Una iluminación normal, neutra, tiene una temperatura de color de 5.000 K, lo que equivale aproximadamente a la luz diurna natural, y por eso suele usarse como luz de referencia para la observación de originales de imagen, pruebas finales e impresiones. Un valor de temperatura de color más elevado da una luz más fría y azulada, mientras que una temperatura inferior da una luz más cálida y amarillenta.

Hay varias soluciones posibles para el manejo de las condiciones de observación en el lugar de trabajo. Para observar originales de imagen, pruebas finales e impresiones, se pueden tener mesas de luz para ver transparencias y cajas de observación con la iluminación adecuada. Una solución práctica es tener una iluminación en toda la sección, con la composición y temperatura de color de la luz correcta.

FENÓMENOS DE LA LUZ Y DEL COLOR 4.8.2

La percepción ocular también puede crear confusión. Un determinado color se puede percibir de distintas maneras según el color que se le coloque al lado. Este fenómeno se denomina 'efecto de contraste'. Otro fenómeno distinto es el que se produce cuando dos colores se ven completamente iguales bajo una luz determinada y completamente distintos bajo otra luz; este efecto se conoce como 'metamerismo', y depende de la composición de la luz y de su filtrado por las tintas.

▶ LA ESCALA KELVIN

Kelvin es una medida de temperatura que se utiliza para describir las fuentes de luz. Cuando se utiliza la unidad Kelvin para describir una fuente de luz no se está haciendo referencia a su temperatura real. El concepto de temperatura de color describe la cantidad de luz de una determinada fuente luminosa poniéndola en relación con la luz que emitiría un cuerpo negro calentado a una temperatura equivalente medida en Kelvin.

La escala de temperatura Kelvin comienza en el cero absoluto (–273 °C ó –459,4 °F), por lo que no tiene valores bajo cero.

Esto significa que una temperatura indicada en grados Celsius es igual a una temperatura en Kelvin (K) –273. O sea que 5.000 K = 4.727 °C. Para calcular la temperatura en Fahrenheit se usa la siguiente fórmula: F = 9/5 (K –273) + 32. Así, 5.000 K = 8.541,6 °F.

▶ **LUZ DE INTERIORES**
En los interiores la luz puede variar considerablemente. Hay grandes diferencias de temperatura de color entre la luz de flash (rostro de la derecha), de tungsteno (rostro de la izquierda) o fluorescente (fondo de ambas imágenes).

▶ **DIFERENTES PELÍCULAS FOTOGRÁFICAS OFRECEN DISTINTOS RESULTADOS**
Las películas de fabricantes diferentes dan distintos resultados. Hay variaciones en el color y en el contraste.

TIPOS DE LUZ Y DE PELÍCULA FOTOGRÁFICA 4.8.3

La película fotográfica es muy sensible a las diferentes temperaturas de color de la luz. Si se toman fotografías a la luz de una lámpara de tungsteno (bombilla corriente) con una película para luz diurna y flash, las imágenes presentarán un fuerte color amarillo. Las distintas películas fotográficas reproducen el color de modo diferente. Algunas dan colores más saturados, en otras uno de los tres colores primarios aparece siempre más acentuado. Por ello, es conveniente comprobar cómo se comportan las distintas películas fotográficas en las circunstancias específicas en que se trabaja.

LA GESTIÓN DEL COLOR EN LAS APLICACIONES 4.9

En las aplicaciones de edición de imágenes es importante gestionar los colores de forma que se visualicen en pantalla de una manera realista y que luego salgan bien impresas, es decir, tal como se había pensado. Hay aplicaciones que son mejores que otras para conseguir este fin, y las hay que no proporcionan posibilidad alguna para la gestión del color. A continuación analizamos Adobe Illustrator y Adobe Photoshop al respecto.

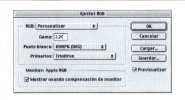

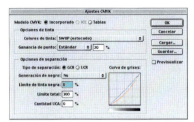

▶ SIMULACIÓN DE LA IMPRESIÓN EN ADOBE PHOTOSHOP 5.5

En las versiones de Photoshop anteriores a 6.0 las configuraciones se hacen de otra manera.

En Archivo –> Ajustes de color se puede configurar tanto RGB como CMYK, en Ajustes RGB y CMYK respectivamente. El espacio cromático con el que se trabaja en el ordenador suele ser Adobe RGB.

En Ajustes CMYK se selecciona el Modelo CMYK que se va a usar: Incorporado, ICC o Tablas. La elección del modelo dependerá de las especificaciones de impresión. Se puede encontrar más información sobre cómo hacer las configuraciones en la página 101.

▶ SIMULACIÓN DE LA IMPRESIÓN EN PANTALLA

Las configuraciones para simular la impresión en pantalla funcionan de la misma manera en Adobe Illustrator 9.0 y en Photoshop 6.0. Primero se debe seleccionar el perfil de pantalla. Esto se hace en el menú de Apple (bajo el símbolo de la manzana) en Paneles de control –> Monitores –> Color.

Después en la aplicación se pasa a Vista –> Ajuste de prueba –> Personalizar. Aquí se selecciona primero el perfil ICC que se va a usar en la simulación. Si se selecciona Mantener valores de color, los colores de la imagen con-

servarán sus valores en la conversión de un espacio cromático a otro. Entonces, por ejemplo, puede visualizarse en pantalla una imagen CMYK tal como se verá en el pliego impreso, siempre y cuando no se hagan nuevamente las separaciones con el perfil ICC que se seleccionó para la separación de colores de la imagen. Este procedimiento se usa para controlar si una imagen puede ser utilizada sin separarla nuevamente, es decir, sin necesidad de hacer una conversión de CMYK a CMYK vía CIELAB (ver Teoría del color, 4.7.15). Después se selecciona el modo de conversión (habitualmente Perceptual).

Las posibilidades de selección en Simulación sólo existen en Photoshop, no en Illustrator. Dan simulación del blanco del papel (punto blanco) y del negro total de la imagen de impresión (punto negro). Si no se activa específicamente tinta negra, el color negro siempre se observa con la máxima intensidad de negro que permite la pantalla, sin contemplar la simulación de la imagen impresa.

ADOBE ILLUSTRATOR Y ADOBE PHOTOSHOP 4.9.1

Tanto en Adobe Illustrator como en Adobe Photoshop es posible simular los cambios tonales que tienen lugar en el proceso de impresión (ver "Imágenes", 5.8.4 e "Impresión", 13.4.1).

A partir de Adobe Photoshop 6.0 y de Illustrator 9.0 las configuraciones se hacen exclusivamente utilizando perfiles ICC; en versiones anteriores existen otras maneras de realizar simulaciones. En los recuadros adjuntos se amplía la información de estas configuraciones.

En versiones anteriores, las configuraciones para la simulación de la impresión en pantalla se utilizaban también en los ajustes para la impresión en offset, es decir, durante la conversión de RGB a CMYK (ver "Imágenes", 5.8). A partir de las versiones Illustrator 9.0 y Photoshop 6.0 esas configuraciones se hacen por separado (ver pág. 101). ■

IMÁGENES 5.

- FASE ESTRATÉGICA
- FASE CREATIVA
- ▶ DIGITALIZACIÓN DE ORIGINALES
- ▶ PRODUCCIÓN DE IMÁGENES
- SALIDAS/RASTERIZADO
- PRUEBAS FINALES
- PLANCHAS E IMPRESIÓN
- MANIPULADOS
- DISTRIBUCIÓN

IMÁGENES BASADAS EN OBJETOS GRÁFICOS	62
IMÁGENES BASADAS EN PÍXELS	65
FORMATOS DE FICHERO PARA IMÁGENES	71
COMPRESIÓN	73
ESCANEADO DE IMÁGENES	76
EDICIÓN DE IMÁGENES	83
HERRAMIENTAS EN ADOBE PHOTOSHOP	90
AJUSTES PARA IMPRESIÓN	94
ESCÁNERS	102
CÁMARAS DIGITALES	106

▶ GRÁFICOS BASADOS EN PÍXELS
Las imágenes digitales fotográficas están compuestas por minúsculos elementos cuadrados de color, denominados píxels. El ojo humano no los puede percibir si no se amplía suficientemente la imagen.

▶ IMÁGENES BASADAS EN OBJETOS GRÁFICOS
Están compuestos por curvas y rectas. Estas imágenes pueden ampliarse sin que su calidad se vea afectada.

CAPÍTULO 5 IMÁGENES
LAS IMÁGENES SON UNA PARTE FUNDAMENTAL DEL PROCESO DE LA PRODUCCIÓN GRÁFICA. LA CREACIÓN DE IMÁGENES QUE PERMITAN OBTENER UN PRODUCTO IMPRESO CORRECTO REQUIERE DETERMINADOS CONOCIMIENTOS. LAS IMÁGENES SON CAPTADAS MEDIANTE UN ESCÁNER O UNA CÁMARA, LUEGO SON EDITADAS Y PREPARADAS PARA LA IMPRESIÓN. MUCHAS DECISIONES RELACIONADAS CON EL TRATAMIENTO DE LAS IMÁGENES DEBEN TOMARSE EN EL TRANSCURSO DEL PROCESO.

Trabajar con imágenes digitales requiere tener conocimientos de la teoría del color y de las técnicas de impresión. En este capítulo se tratará del escaneado de imágenes, de su edición, la conversión de color, los ajustes de imágenes para la impresión y los diferentes tipos de compresión de imágenes. También se estudiarán los distintos tipos de escáners y cámaras digitales.

En primer lugar, se tratarán los tipos básicos de formatos de fichero y de imágenes digitales; éstas son las imágenes basadas en objetos gráficos y las imágenes basadas en píxels. Las primeras están compuestas por figuras geométricas formadas por rectas y curvas calculadas matemáticamente que delimitan superficies y formas, mientras que las segundas están compuestas por píxels de diferentes colores y tonos.

IMÁGENES BASADAS EN OBJETOS GRÁFICOS 5.1

Los logotipos y las ilustraciones son ejemplos de imágenes que suelen estar realizadas a partir de gráficos basados en objetos. Dichos objetos pueden incluir curvas sencillas, líneas rectas, círculos, cuadrados y otras formas geométricas más complejas. Además, los objetos gráficos pueden tener perfiles de diferentes espesores y diferentes colores, formas y degradados. Estos gráficos en ocasiones son llamados erróneamente gráficos vectoriales. Esta denominación proviene de la época en que se utilizaban exclusivamente curvas vectoriales en el software para gráficos. De forma simplificada, un vector es una línea recta entre dos puntos. Con esta técnica, una curva se creaba a partir de una serie de líneas rectas muy cortas. Sin embargo, al ampliar las imágenes así creadas, las líneas rectas se hacían

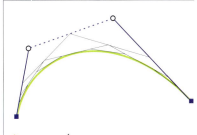

▶ **CURVAS BÉZIER**
El gráfico muestra cómo se crea una curva Bézier. Una serie de puntos de anclaje determinan la forma de la curva. Los objetos gráficos se generan principalmente a partir de este tipo de curvas.

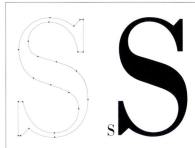

▶ **GRÁFICOS BÉZIER**
Los gráficos Bézier se basan en curvas y, como resultado, se obtienen líneas con contornos redondeados.

▶ **GRÁFICOS VECTORIALES**
Los gráficos vectoriales se basan en líneas rectas y, como resultado, se obtienen contornos angulares en objetos redondeados.

visibles y las curvas aparecían formadas por una serie de pequeñas líneas rectas. Actualmente, los objetos gráficos están basados en curvas Bézier, que son un tipo de curva que puede adoptar cualquier forma.

Los objetos gráficos rellenan el área limitada por varias líneas. Para dibujar una línea recta o curva que vaya de un punto a otro de la imagen se deben introducir una serie de valores matemáticos en el ordenador. Con las curvas así creadas se logran figuras muy precisas con contornos bien delimitados, que pueden ampliarse sin que su calidad se vea afectada. Sólo las limitaciones de la impresora o el monitor utilizados pueden in-fluir en la calidad de la imagen. Los objetos gráficos ocupan poca memoria, ya que en cada objeto se definen únicamente la localización y la información relativa a su configuración, dos valores muy sencillos. Esto también es aplicable a los colores que se utilizan en los objetos gráficos, que también se expresan numéricamente.

CONTORNOS Y LÍNEAS 5.1.1

Una línea o un contorno en un objeto gráfico puede adoptar cualquier color. También pueden definirse su espesor y su estilo (línea continua o discontinua), así como la forma de sus esquinas (curvadas, angulares, etc.).

RELLENOS 5.1.2

Las líneas curvas y los objetos cerrados pueden rellenarse con colores, degradados y formas. Los colores son expresados numéricamente en términos de la cobertura de tinta requerida para su impresión, mientras que las formas y los degradados pueden seleccionarse desde un menú predeterminado.

MOTIVOS (PATTERN) 5.1.3

Una forma consiste en un pequeño grupo de objetos que se repiten en el interior de una forma cuadrada. Es fácil elaborar formas personalizadas.

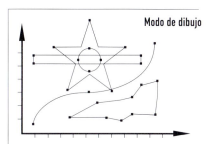

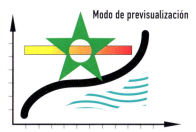

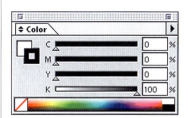

▶ **CREACIÓN DE OBJETOS GRÁFICOS**
En Adobe Illustrator los objetos con líneas se crean a través de un sistema de coordenadas invisible. Con la paleta de colores se les pueden asignar distintos atributos, como relleno, grosor, líneas, contorno, degradados, etc.

▶ **CURVAS BÉZIER**
Muestra cómo las curvas Bézier configuran una letra y un logotipo. Desde cada punto de anclaje se puede recomponer y modificar la forma de la imagen.

▶ **DEGRADADOS**
En Adobe Illustrator se pueden crear degradados entre dos o más colores. Una función similar existe en Macromedia Freehand.

▶ **PERFORACIÓN**
Un objeto gráfico puede contener partes huecas, denominadas perforaciones. En la imagen, la fotografía del fondo es visible a través del círculo en el centro del rectángulo.

▶ **CONVERSIÓN DE IMÁGENES DE PÍXELS A OBJETOS GRÁFICOS**

▶ Un dibujo de líneas (line art) de baja resolución aparece con los bordes dentados, pero puede ser mejorado mediante la conversión a curvas Bézier.

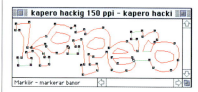

▶ Hay aplicaciones que permiten hacer la conversión a objeto gráfico a través de un programa informático (en este caso, Adobe Streamline).

▶ El resultado es una imagen con bordes nítidos que se puede ampliar o reducir al tamaño deseado. Esta imagen también se puede modificar, por ejemplo, en Adobe Illustrator.

▶ Las fotografías también se pueden convertir en objetos gráficos, pero con un resultado distinto.

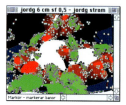

▶ Adobe Streamline divide la imagen en un determinado número de colores, consistentes en formas geométricas monocromáticas.

▶ La imagen adquiere aspecto de póster. En este caso se ha dividido la imagen en 10 colores diferentes, creando así 171 objetos gráficos con un total de 836 puntos de anclaje.

DEGRADADOS 5.1.4

El degradado es el resultado de una serie de transiciones graduales entre colores a distancias determinadas. Los degradados pueden ser lineales o radiales.

PERFORACIONES 5.1.5

Una curva situada en un objeto cerrado —por ejemplo, un círculo dentro de un cuadrado— puede definirse como una perforación. En este ejemplo, la perforación significa que el círculo abre un hueco en el cuadrado. Ello significa que cualquier obje-to que se coloque detrás del cuadrado será visible a través del hueco circular.

APLICACIONES PARA OBJETOS GRÁFICOS 5.1.6

Los objetos gráficos se crean mediante software de ilustración como Adobe Illustrator o Macromedia Freehand. También hay aplicaciones que convierten imágenes basadas en píxels a objetos gráficos, como Adobe Streamline. Estas aplicaciones se utilizan a menudo para convertir logotipos basados en píxels a objetos gráficos y así poder utilizarlos en cualquier tamaño. Los objetos gráficos se guardan habitualmente en formato de imagen EPS. También pueden guardarse en el formato original de la aplicación de ilustración en que se crearon, pero entonces no podrá trabajarse con esos dibujos en ninguna aplicación de autoedición.

FICHEROS EPS PARA OBJETOS GRÁFICOS 5.1.7

Los ficheros EPS pueden contener imágenes basadas tanto en píxels como en objetos. Un fichero EPS de una imagen que solamente contenga objetos gráficos está compuesto de dos partes: los objetos y una imagen de previsualización basada en píxels, en fichero de formato PICT (en Macintosh) o BMP (en Windows). Esta imagen de previsualización puede ser en blanco y negro o en color, y tendrá siempre una resolución de 72 ppp (píxels por pulgada, ppi en inglés), ya que ésta es la resolución estándar del monitor. Se utiliza cuando se colocan las imágenes EPS en los documentos.

Los objetos en el fichero EPS, como ya se ha comentado, son independientes del tamaño de la imagen, de manera que el fichero conserva siempre el mismo tamaño, cualquiera que sea el tamaño de la imagen. No obstante, si se ha creado una imagen basada en un objeto grande y se guarda en formato EPS, el tamaño del fichero de la imagen de previsualización también será grande —normalmente, la primera imagen es la que ocupa más espacio en la memoria—. Si no se dispone de espacio suficiente para guardar imágenes EPS, se puede optar entre comprimir o guardar la imagen de previsualización en blanco y negro. Con esta última alternativa se pierde definición respecto a la imagen en color, pero la calidad de la impresión no se ve afectada.

IMÁGENES BASADAS EN PÍXELS 5.2

Cuando se escanean fotografías o ilustraciones, se crean imágenes basadas en píxels o píxels gráficos. Un píxel gráfico está compuesto por pequeños cuadrados de color, similares a los componentes de un mosaico. Los píxels gráficos también se pueden crear directamente en el ordenador o con una cámara digital.

RESOLUCIÓN 5.2.1

Cuando se quiere imprimir una imagen basada en píxels con un tamaño determinado se debe tener en cuenta que la imagen está compuesta de un cierto número de píxels/cm^2 o píxels/pulgada^2 (ppp). La resolución de una imagen se mide en ppp, y de esta forma se indica el número y el tamaño de los píxels que componen la imagen. A veces se usa incorrectamente la unidad dpi (*dots per inch*) en vez de la de ppi (*pixels per inch*). Dpi es la unidad utilizada para definir la resolución de salida en impresoras y filmadoras. Si la resolución de una imagen es baja los píxels tendrán cierto tamaño, con lo que la imagen mostrará un aspecto similar al de un mosaico. En cambio, si la resolución es alta, el ojo humano no podrá percibir que la imagen está compuesta por píxels. Hay un nivel de resolución apropiado para cada imagen; una mayor resolución no siempre implica obtener una imagen de mejor calidad y, además, ocupará más espacio en el disco.

▶ **PROS Y CONTRAS DE LOS OBJETOS GRÁFICOS**

+ Contienen un número ilimitado de colores.
+ Pueden ampliarse sin pérdida de calidad.
+ Son sencillos de reproducir con precisión sin que se pierda calidad.
+ Ocupan poca memoria.
– No se pueden utilizar para imágenes fotográficas.

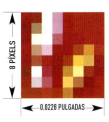

▶ **RESOLUCIÓN DE LA IMAGEN**

Una imagen basada en píxels tiene siempre una cierta resolución, es decir, un cierto número de píxels por pulgada (ppp), o ppi en inglés. En este ejemplo: 8 píxels/0,0228 pulgadas = 350 píxels/pulgada o 350 ppp.

IMÁGENES

▶ **MODOS DE COLOR**
Muestra de algunos ejemplos de la misma imagen en distintos modos de color. También se muestra cuáles fueron las tintas utilizadas en cada modo.

▶ **IMAGEN DE LÍNEA**
Una imagen de línea está compuesta sólo de píxels completamente negros o completamente blancos, sin ningún tono intermedio.

▶ **RESOLUCIÓN PARA IMÁGENES DE LÍNEA (LINE ART)**

Las imágenes de línea requieren una resolución más alta cuanta mayor calidad de impresión se quiera obtener:

Impresiones láser, en papel de periódico
600 – 800 piíxels por pulgada

Papel de calidad, no estucado
800 – 1.200 ppp

Papel de mayor calidad, estucado
≥ 1.200 ppp

MODOS DE COLOR 5.2.2

Las imágenes basadas en píxeles pueden ser en blanco y negro o en color y, en ese caso, estar compuestas por un número variable de colores. Se suele decir que las imágenes tienen distintos modos de color. El ejemplo más sencillo de un modo de color es un dibujo de línea, que sólo contiene dos colores: el blanco y el negro. En cambio, una cuatricromía puede contener hasta 16,7 millones de colores diferentes. Entre ambos extremos encontramos imágenes en escala de grises, como las fotografías en blanco y negro; imágenes duotono, con fondos tramados en blanco y negro, imágenes en color indexado para editar en web e imágenes en modo RGB para la edición para web o multimedia. Cada píxel de la imagen precisa una determinada memoria, que varía en función del modo de color en que se ha guardado, y que se expresa en bits por píxel. Cuanto mayor sea la cantidad de bits por píxel, tanto mayor será la cantidad de tonos y colores diferentes que puede adoptar cada píxel, proporcionando más matices a la imagen.

IMAGEN DE LÍNEA 5.2.3

Las imágenes de línea *(line art)* son imágenes que sólo contienen píxeles blancos y negros. Ejemplos de imágenes de línea son los logotipos monocromáticos o algunas ilustraciones gráficas. Las fuentes de pantalla (imágenes de los caracteres que se muestran en el monitor del ordenador) son también imágenes de línea (ver "Fuentes tipográficas", 3.4.1), así como los textos e imágenes recibidos por fax.

Las salidas de las imágenes de línea no se obtienen por rasterizado (ver "Salidas", 9.1). Por eso, los requisitos que influyen en su resolución son distintos de los de las imágenes basadas en píxeles (ver 5.5.9). Las imágenes de línea requieren una resolución alta para que no sean percibidas como dentadas debido a los píxeles. El proceso de impresión determina el nivel de resolución necesario. A partir de 600 ppp se comienza a obtener una calidad lo suficientemente buena como para que los píxeles no resulten molestos a la vista en impresiones láser o en impresiones sencillas. Entre 1.000 y 1.200 ppp se reproducen la mayoría de los detalles en impresión offset con papel no estucado. Para obtener un resultado óptimo en una impresión offset de papel estucado se requiere una resolución de más de 1.200 ppp. Cuando se escanea en modo imagen de línea una imagen en blanco y negro ya impresa la resolución debe aumentarse de 1.200 a 1.800 ppp para mantener el corte de perfil y el tamaño de los puntos de medios tonos, dependiendo de la frecuencia de trama (ver 5.5.6). Hay que tener presente que la resolución máxima de una imagen nunca será

▶ DUOTONO
Una imagen en duotono tiene partes blancas y negras, pero la escala entre ambas tiene un fondo de color.

▶ DUOTONO SIMULADO
Una imagen en escala de grises impresa sobre un fondo de color se denomina duotono simulado. Las partes blancas de la imagen en escala de grises reciben el color de ese fondo.

▶ IMAGEN EN ESCALA DE GRISES EN COLOR
También se puede imprimir una imagen en escala de grises con un solo color directo en vez del negro.

superior a la resolución de la impresora. Por ejemplo, una imagen de línea de 1.200 ppp que se imprima en una impresora de 600 puntos por pulgada no se verá mejor que una imagen de dibujo de línea de 600 ppp.

IMÁGENES EN ESCALA DE GRISES 5.2.4

Una imagen en escala de grises contiene píxeles que pueden adoptar tonos entre el 0 % y el 100 % de un color particular. El rango de tonos desde blanco (0 % de negro) hasta negro (100 % de negro) se divide en una escala de un número determinado de niveles, normalmente 256, considerado estándar cuando se trabaja en PostScript. Esto hace que el modo de escala de grises sea apropiado para fotografías en blanco y negro tramadas.

DUOTONO/TRITONO 5.2.5

Como su nombre indica, en este modo se utilizan dos tintas en lugar de una. Si se quieren reproducir detalles más finos en una imagen en blanco y negro, hacerla más suave o colorearla con otro color distinto del negro, se utiliza el duotono o bitono. Generalmente se imprime un bitono con negro y el color directo elegido. Para que la imagen no quede más oscura al imprimir con un color más, los tonos negros deben hacerse más brillantes. El programa de edición de imágenes calcula la relación entre la primera y la segunda tinta. Obviamente, también se puede imprimir con dos colores directos en lugar de negro y un color directo. Si la imagen en escala de grises se imprime con tres tintas se la llama tritono, y con cuatro tintas, cuatritono.

Cuando se convierte una imagen en escala de grises a imagen duotono se utiliza la misma imagen de píxeles para ambas tintas. Desde un punto de vista técnico, se parte de la misma imagen de escala de grises, pero en la salida, la imagen se separa en dos colores: la tinta negra y la tinta directa. La información relativa a los colores directos que se agrega a la ya existente de la imagen en escala de grises es la especificación de cuáles son las dos tintas y de las curvas que indican los porcentajes de cada una, sin que la necesidad de memoria de la imagen en duotono sea muy superior a la de la imagen en escala de grises.

Es importante que las salidas de las imágenes de medios tonos a partir de la imagen duotono tengan los ángulos de trama correctos. Esto significa que los ángulos tienen que estar claramente separados para evitar el efecto moiré (ver "Salidas", 9.1.6). Los ángulos de trama

▶ Una imagen digital en blanco y negro está compuesta por píxeles con distintos tonos de gris. La escala entre negro y blanco se divide en varios niveles.

▶ Normalmente, las imágenes digitales en escala de grises tienen 256 tonos de gris diferentes, lo cual hace que el ojo humano no pueda percibir los saltos entre dos niveles.

▶ Muestra de una escala de grises para una imagen duotono con negro y cyan. Las partes más oscuras son negras y las más luminosas son blancas. La escala entre el blanco y el negro tiene un fondo de un color, conservando su contraste en comparación con una imagen en escala de grises.

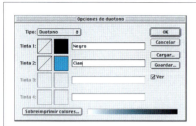

▶ OPCIONES EN EL MODO DUOTONO
Para crear una imagen en duotono primero deben elegirse los colores con que se va a imprimir la imagen. En este caso se han utilizado dos de los cuatro colores de la cuatricromía.

▶ CURVA DUOTONO
La distribución de las dos tintas directas es determinada por sus dos curvas correspondientes. El resultado se muestra en la parte inferior de la ventana.

▶ GUARDAR LA IMAGEN DUOTONO
La imagen duotono debe guardarse como imagen EPS, pero no son necesarias más especificaciones.

▶ IMAGEN EN ESCALA DE GRISES
Las imágenes en escala de grises están compuestas de píxels con distintos tonos de gris. La imagen en escala de grises es apropiada para fotografías en blanco y negro.

▶ DUOTONO – RESUMEN

- Imagen en escala de grises basada en píxels que se imprime a dos colores
- La relación entre los dos colores se determina mediante curvas
- Funciona sólo en formato EPS
- Es importante tener en cuenta el ángulo de la trama de medios tonos

---

se pueden definir desde la aplicación en que se haga la salida. En QuarkXPress es adecuado indicar que la tinta directa tenga el mismo ángulo de trama que el cyan o el magenta.

Los duotonos compuestos son el resultado de imprimir negro y blanco sobre un fondo de color. También se puede optar por imprimir una imagen en escala de grises con una sola tinta plana. Es conveniente guardar las imágenes duotono en formato EPS (fichero PostScript Encapsulado). En el formato TIFF no se puede trabajar con duotonos.

CREACIÓN DE IMÁGENES DUOTONO 5.2.6

Se inicia a partir de una imagen en escala de grises. Seleccionar Duotono en Photoshop: Imagen –> Modo –> Duotono. Existe una serie de combinaciones útiles de duotono preseleccionadas entre las que se puede elegir. Si se quiere configurar una combinación personalizada, se deben seleccionar las tintas que quieran aplicarse a la imagen. La selección se hará a partir de la muestra del menú de colores. Para cambiar el porcentaje de tinta de un color a fin de obtener los diferentes tonos, se puede hacer clic en el símbolo de la curva de este color, y después modificarla. Se podrán observar los cambios en la escala de tonos en la parte inferior de la ventana. También se pueden generar tritonos y cuatritonos definiendo los colores y las curvas adicionales. No hay que olvidar que la tinta elegida en Photoshop tiene que estar definida exactamente con el mismo nombre en el documento de trabajo de la aplicación de autoedición.

RGB 5.2.7

Rojo, verde y azul, o RGB, son los colores que se usan para escanear una imagen de color (ver 5.9.1). Estos colores también son los que reproduce un monitor. Por ello, cuando se quieren visualizar las imágenes en pantalla, como por ejemplo en las presentaciones multimedia, se utiliza el modo RGB. Cada píxel de la imagen tiene un valor que indica su cantidad de rojo, de verde y de azul. Esta combinación es percibida por el ojo humano como un color determinado (ver "Teoría del color", 4.4.1). Se podría considerar que una imagen RGB está compuesta por tres imágenes separadas de píxels. Técnicamente, se trata de tres imágenes en modo de escala de grises, que representan rojo, verde y azul respectivamente. Esto también implica que una imagen RGB ocupa el triple de memoria que una imagen en escala de grises del mismo tamaño y resolución. Para poder imprimir una imagen RGB hay que pasarla a las tintas cyan, magenta, amarillo y negro, es decir, al denominado modo de cuatricromía o CMYK (ver 5.8).

CMYK 5.2.8

Para imprimir imágenes fotográficas u otras imágenes de color se usan generalmente las tintas de color cyan, magenta, amarillo y negro, lo que se conoce como cuatricromía. La transición del modo RGB al modo CMYK se denomina conversión. Desde el punto de vista puramente técnico, una imagen en cuatricromía está compuesta por cuatro imágenes separadas, todas en escala de grises, y cada una de ellas determina la cantidad de la tinta respectiva que se habrá de usar en la máquina de impresión. Una imagen en cuatricromía ocupa un 33 % más de memoria que la misma imagen en modo RGB, dado que está compuesta por cuatro ficheros separados en lugar de tres (ver 5.8).

IMÁGENES EN COLOR INDEXADO 5.2.9

En algunas ocasiones, puede interesar elegir sólo unos colores determinados en una imagen digital. Ello puede deberse a que se quiera reducir la memoria ocupada por el fichero de la imagen o porque vaya a mostrarse en un monitor que sólo permite un número limitado de colores. Para este propósito es indicado el uso del color indexado , como por ejemplo, en el caso de la creación de imágenes GIF para la web.

Una imagen en modo de color indexado puede desplegar hasta un máximo de 256 colores diferentes. Éstos están definidos en una paleta donde cada casilla contiene un color y tiene asignado un número, lo que implica que a cada píxel de la imagen le corresponde un valor entre 1 y 256 según el color de la paleta que tenga. Por eso, una imagen en modo de color indexado contiene una sola imagen de píxeles del mismo tamaño que una imagen en escala de grises más una paleta. Generalmente se toma como base una imagen RGB,

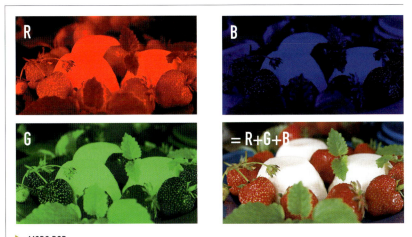

▶ **MODO RGB**
El modelo RGB se basa en la mezcla de iluminación de tres colores. El ojo humano percibe esta combinación como color.

▶ **MODO CMYK**
El modelo CMYK se basa en la combinación de cuatro tintas de distintos colores mediante la impresión de medios tonos, uno sobre otro. El resultado es una imagen de color completa.

▶ **COLOR INDEXADO**
Esta imagen contiene sólo 256 colores y es apropiada para ser mostrada en pantalla. A la derecha se muestra la paleta del sistema Macintosh, que presenta 256 colores.

y sus colores se ajustan a los colores más cercanos de los 256 existentes en la paleta predefinida. Otra posibilidad es que el programa mismo calcule cuáles son los 256 colores que mejor coinciden con la imagen en cuestión y que configure la paleta según estas consideraciones. También se pueden usar paletas con menos de 256 colores para reducir aún más el tamaño de los ficheros de la imagen. Esto se hace a menudo en las páginas web. Las imágenes indexadas no son, normalmente, las más apropiadas para fotografías en color, ya que éstas suelen contener más de 256 colores.

▶ **MODO DE COLOR Y MEMORIA: MEMORIA NECESARIA**

Imagen de línea	1 bit por píxel	$= 2^1 =$ 2 tonos: blanco y negro
Escala de grises	8 bits por píxel	$= 2^8 =$ 256 tonos de gris
Color indexado	De 3 a 8 bits por píxel	$= 2^8 =$ 256 colores
Duotono	8 bits por píxel	$= 2^8 =$ 256 tonos de gris*
RGB	8+8+8 = 24 bits por píxel	$= 2^8 \times 2^8 \times 2^8 = 256 \times 256 \times 256$ = 16,7 millones de colores
CMYK	8+8+8+8 = 32 bits por píxels	$= 2^8 \times 2^8 \times 2^8 \times 2^8 = 256 \times 256 \times 256 \times 256$ = 4.300 billones de colores**

*La imagen se basa aún en una imagen de píxels en escala de grises.

** La imagen proviene del modo RGB, que tiene 16,7 millones de colores. Como la separación de colores no comporta la creación de otros nuevos, se mantienen los 16,7 millones de colores.

UN EJEMPLO DE CÁLCULO
Una imagen de 10 × 15 cm con una resolución de 300 ppp contiene 120 píxels por centímetro (1 pulgada = 2,5 cm). Esto significa que contiene en total: (10 × 120) × (15 × 120) = 2.160.000 píxels. Dado que 8 bits son 1 byte, resulta sencillo realizar el cálculo del tamaño del fichero para esta imagen en sus diferentes modos. Imagen de línea = 270 Kbytes; escala de grises / color indexado / duotono = 2,16 Mbytes; RGB = 6,48 Mbytes; CMYK = 8,64 Mbytes.

FORMATOS DE FICHERO PARA IMÁGENES 5.3

Las imágenes basadas en píxeles pueden guardarse en diferentes formatos de fichero. Algunos de ellos se han convertido, más o menos, en estándares en el entorno industrial. Los formatos se diferencian principalmente por los modos de color que pueden gestionar, así como por el nivel de sus propiedades o características. Los formatos para imágenes más comunes son Photoshop, EPS, DCS, TIFF, Scitex CT, PICT, GIF y JPEG. Algunos se usan sólo en Macintosh y otros sólo en Windows. Los dos formatos más utilizados en producción gráfica son TIFF y EPS.

PHOTOSHOP 5.3.1

Este formato de imágenes basadas en píxeles se usa principalmente en la edición de la imagen. No se puede usar para las salidas. Una de sus ventajas es que es capaz de guardar imágenes en capas, lo que permite mayor creatividad en el retoque de las imágenes. Diversas aplicaciones pueden leer el formato de ficheros Photoshop.

EPS 5.3.2

El PostScript encapsulado, o EPS (*Encapsulated PostScript*), gestiona imágenes basadas en objetos e imágenes basadas en píxeles. Este formato es utilizado tanto por Adobe Illustrator como por Adobe Photoshop. Para las imágenes de píxeles hay una serie de funciones en formato EPS. Las imágenes pueden seleccionarse con máscaras, y el formato de fichero puede almacenar información sobre los tipos de medios tonos en pantalla y la frecuencia de pantalla, así como información para realizar la transferencia de funciones a la hora de hacer los ajustes de impresión.

Un fichero EPS consta de dos partes: una imagen de previsualización, de baja resolución, y una imagen PostScript, que puede contener tanto imágenes basadas en objetos como imágenes basadas en píxeles. La imagen de previsualización (PICT) se utiliza cuando se quiere colocar la imagen, utilizando el software de maquetación. El formato de fichero EPS es distinto para Windows y para Macintosh. La parte de píxeles del fichero EPS de alta resolución puede ser comprimida en JPEG sin perder ninguna de sus funciones EPS. Como su nombre indica, el código PostScript está encapsulado en un fichero. Por eso, los ficheros en formato EPS están relativamente protegidos, pero ello también significa que la imagen no se puede modificar una vez colocada en la página. EPS admite modos de imágenes de línea, de escala de grises, RGB y CMYK, así como imágenes basadas en objetos.

DCS Y DCS2 5.3.3

Separación de colores en autoedición, o DCS (*Desktop Color Separation*), es una variante del formato EPS para imágenes en cuatricromía. DCS tiene todas las funciones de EPS. La diferencia más importante estriba en que el fichero DCS está dividido en cinco ficheros parciales: una imagen de baja resolución en formato PICT para el montaje de la imagen y cuatro imágenes de alta resolución, una para cada color (C, M, Y, K). DCS2 es un desarrollo del formato DCS que permite guardar una imagen en una determinada cantidad de ficheros parciales, según el número de colores que contenga. Por ejemplo, si se tiene una imagen en cuatricromía que además tiene dos colores directos, la imagen se guarda en siete ficheros de imagen separados: una imagen de baja resolución para el mon-

▶ RGB Y CMYK

RGB es un modelo aditivo de color que se utiliza para monitores, mientras que CMYK es un modelo sustractivo de color que se utiliza en impresión.

▶ EPS, PROS Y CONTRAS

+ Permite trazados de recorte (clipping paths)

+ Puede guardarse con la información de las tramas de medios tonos

+ Puede guardarse con los requisitos de impresión relacionados con el color

+ Es seguro porque está encapsulado

+ Puede dividirse en cinco ficheros (DCS, Desktop Color Separation. Ver el recuadro siguiente)

+ Puede comprimirse con JPEG

− No puede modificarse en las aplicaciones de autoedición

− El tamaño del fichero es ligeramente mayor que el de TIFF

▶ DCS, PROS Y CONTRAS

Este tipo de fichero realiza las mismas funciones que EPS, pero se divide en cinco ficheros parciales

+ La parte de baja resolución puede transmitirse con facilidad

− Existe un mayor riesgo de pérdida o de daño de los ficheros parciales

> **TIFF. PROS Y CONTRAS**
>
> \+ El contraste y brillo del color pueden modificarse en la aplicación de autoedición
>
> \+ Puede comprimirse con LZW
>
> \+ Los ficheros ocupan menos espacio que los de EPS
>
> – No puede contener ni trazados ni información de tramas de medios tonos

> **MODOS DE COLOR PARA LOS DISTINTOS FORMATOS DE FICHEROS DE IMAGEN**
>
> TIFF – Imágenes de línea, escala de grises, RGB y CMYK
>
> EPS – Imágenes de línea, escala de grises, RGB, CMYK e imágenes basadas en objetos
>
> PICT – Imágenes de línea, escala de grises, RGB e imágenes basadas en objetos
>
> GIF – Color indexado, con un máximo de 256 colores
>
> Scitex CT – Escala de grises y CMYK
>
> Scitex LW – Imágenes de línea

> **LA CONSTRUCCIÓN DE IMÁGENES EN FUNCIONES DE SUS FORMATOS**
>
> TIFF – Encabezamiento de fichero y mapa de bits
>
> EPS – Información PostScript encapsulada y previsualización en PICT
>
> GIF – Paleta de color e información comprimida del mapa de bits
>
> JPEG – Fichero con reducción visual y en codificación Huffman

taje y seis imágenes de alta resolución, una para cada color (C, M, Y, K y los dos colores directos). Por eso, el formato de imágenes DCS2 es apropiado para la confección de originales digitales de imagen que contengan colores directos, hecho frecuente en la impresión de materiales de *packaging*.

Una ventaja del formato DCS es que el preimpresor o el impresor pueden enviar las imágenes de baja resolución al diseñador o editor para que pueda colocar las imágenes en el documento. Las imágenes de alta resolución sustituyen a las de baja resolución cuando se quiere obtener el documento de salida. Un pequeño inconveniente es que deben mantenerse cinco ficheros en vez de uno, lo que aumenta el riesgo de que algún fichero desaparezca o resulte dañado, y la imagen quede inutilizada.

TIFF 5.3.4

Tagged Image File Format, o TIFF, es un formato de imagen de fichero abierto para imágenes basadas en píxeles. Está compuesto por un encabezamiento de fichero e información sobre el contenido de la imagen, su tamaño y sobre cómo es leída por el ordenador, a modo de manual de instrucciones para abrir la imagen. La ventaja de las imágenes TIFF es que pueden ser comprimidas con el método LZW, directamente desde Photoshop (ver 5.4.2). El formato TIFF también es distinto para Macintosh y para Windows. TIFF maneja imágenes de línea y de escala de grises en RGB y CMYK.

SCITEX CT Y SCITEX LW 5.3.5

Scitex CT (*Continous Tone*), para imágenes en color e imágenes en escala de grises, y Scitex LW (*Line Work*), para imágenes de línea, son dos formatos menos frecuentes. Son usados por escáners, sistemas de tratamiento de imágenes y RIP de Scitex. Photoshop también puede manejar estos formatos.

PICT 5.3.6

El formato PICT (*Picture Format*) es exclusivo de Macintosh. El ordenador lo usa internamente para trabajar con iconos y otros gráficos del sistema. También se usa para el montaje de imágenes de baja resolución en formato EPS y en el sistema OPI. Se utiliza principalmente para imágenes de línea, de escala de grises y de RGB. Las imágenes PICT no son apropiadas para la fase de impresión.

GIF 5.3.7

GIF (*Graphics Interchange Format*) es un formato de fichero que se utiliza fundamentalmente para la web. Originariamente, este formato fue creado por CompuServe para comprimir imágenes que eran transmitidas por vía telefónica. Una imagen GIF está siempre en modo indexado, en modo de línea o en escala de grises, y el número de colores puede variar entre un mínimo de 2 y un máximo de 256. El número de colores viene determinado por la cantidad de bits que tenga asignado cada píxel, cantidad que puede oscilar entre 1 y 8. Los colores se eligen de una paleta que puede ajustarse de acuerdo con el contenido de las imágenes en cuestión, o bien pueden usarse las paletas predefinidas en Macintosh o en Windows. Dispone también de una paleta predefinida para la web, que en realidad es una combinación de las paletas de Macintosh y Windows.

JPEG 5.3.8

El formato JPEG (*Joint Photographic Experts Group*) es una técnica de compresión de imágenes, que además funciona como un formato propio de imágenes. La ventaja de JPEG es que el formato es el mismo en todas las plataformas. JPEG funciona para los modos de escala de grises, de RGB y de CMYK (ver 5.4.4).

PDF 5.3.9

El formato PDF (*Portable Document Format*) gestiona tanto imágenes basadas en objetos gráficos como imágenes basadas en píxels. Adobe Photoshop 6 y Adobe Illustrator 9 pueden guardar y editar imágenes en PDF de alta resolución. El formato PDF es probablemente el más utilizado porque reúne las mejores cualidades de los formatos EPS y Photoshop; además, constituye el mejor éstandar y se abre en todas las plataformas.

COMPRESIÓN 5.4

Las imágenes ocupan mucho espacio de almacenamiento en el ordenador. En la mayoría de los casos esto no es un problema, pero cuando se transportan —particularmente por la red o por vía telefónica— es importante minimizar la memoria utilizada para asegurar la reducción del tiempo de transmisión. Por eso suelen comprimirse. Hay dos clases de compresión de imágenes: sin pérdida de información (*lossless*) y con pérdida de información (*lossy*). Existe también la posibilidad de utilizar aplicaciones de compresión, que pueden usarse con todo tipo de ficheros.

COMPRESIÓN DE IMÁGENES SIN PÉRDIDA DE INFORMACIÓN (LOSSLESS) 5.4.1

Este tipo de compresión reduce el tamaño del fichero de una imagen sin disminuir su calidad. Cuando la imagen se descomprima se verá igual que antes de la compresión. Desde el punto de vista puramente técnico, la compresión simplifica el proceso de almacenamiento digital de la imagen.

Una forma sencilla de compresión sin pérdida de la información es la codificación secuencial. Se utiliza para imágenes de línea, que sólo contienen píxels blancos y negros. Normalmente, para cada fila de píxels se consigna la secuencia de cantidad de cada color. Una línea de píxels podría mostrar: negro, negro, negro, blanco, blanco, blanco, blanco, blanco, blanco, blanco, blanco, blanco, blanco, blanco, blanco, blanco, blanco, negro, negro, negro, negro, negro, negro. Si la imagen se comprime con codificación secuencial, la línea se define como: 3 negro, 14 blanco, 6 negro; lo cual requiere menos memoria. Normalmente, una imagen contiene muchas zonas continuas del mismo color, y con la compresión se puede ahorrar espacio. Otros ejemplos de compresión sin pérdida de información son las compresiones Huffman y LZW (método que desarrollaron los investigadores Lempel, Ziv y Welch). La codificación Huffman se utiliza —en una versión modificada— en los equipos de telefax.

COMPRESIÓN LZW 5.4.2

La compresión LZW puede utilizarse para imágenes guardadas en formato TIFF. Este método requiere unos segundos adicionales al situar una imagen TIFF comprimida con LZW, en comparación con una no comprimida. Una compresión LZW puede manejar imágenes de línea, en escala de grises, RGB y CMYK. En una imagen de línea que se com-

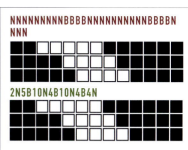

▶ **CODIFICACIÓN SECUENCIAL**
Requiere menos memoria indicar secuencias en cantidad de píxels (2 5 10 4 10 4 4) que tener que indicar el color de cada píxel (1 1 0 0 0 0 0 1 1 1 1 1 1 1 1 1 1 0 0 0 0 1 1 1 1 1 1 1 1 1 0 0 0 0 1 1 1 1) cuando varios píxels en línea y sin interrupción son iguales, conformando grupos uno tras otro. Éste es el fundamento de la codificación secuencial.

▶ Imagen de línea no comprimida
321 Kbytes

▶ Imagen en cuatricromía no comprimida
2.100 Kbytes

▶ La misma imagen comprimida con LZW
66 Kbytes

▶ La misma imagen comprimida con LZW
1.400 Kbytes

▶ **COMPRESIÓN Y TAMAÑOS DE FICHERO**
Muestra de ejemplos de la reducción de tamaño del fichero, aplicando la misma técnica de compresión LZW a imágenes en modos distintos. LZW tiene su mayor efecto de compresión en imágenes de línea, mientras que las imágenes en escala de grises y en cuatricromía se reducen aproximadamente a la mitad.

prime con LZW el tamaño del fichero original se reduce alrededor de una décima parte, mientras que en las imágenes en escala de grises, RGB y CMYK, el tamaño del fichero original se reduce aproximadamente a la mitad.

COMPRESIÓN DE IMÁGENES CON PÉRDIDA DE INFORMACIÓN (LOSSY) 5.4.3

Con estas técnicas de compresión generalmente se elimina aquella información que el ojo humano no es capaz de percibir. Se pueden gestionar pequeñas modificaciones de un color o detalles en una superficie que, en su mayor parte, sea monocromática. Se podría decir que se simplifica la imagen. Pero si se comprime demasiado, la pérdida de información puede ser excesiva: se pierde calidad y nitidez y, al final, la imagen parece estar formada por una serie de campos monocromáticos de diferentes tamaños.

JPEG 5.4.4

El método más común de compresión de imágenes con pérdida de información es JPEG. La abreviatura JPEG proviene de *Joint Photographic Experts Group*, que es el nombre del grupo que lo diseñó. La compresión JPEG permite definir la cantidad de información que puede perderse de la imagen y, con ello, determinar el nivel de compresión. En los niveles más bajos de compresión, cuando la pérdida es menor, la imagen se reduce aproximadamente una décima parte de su tamaño original. En esos casos se elimina tan poca información que normalmente es inapreciable a simple vista. En casos de compresión más alta,

▶ **JPEG, PROS Y CONTRAS**
+ Reduce considerablemente el tamaño de los ficheros
+ Opera en cualquier tipo de plataforma informática
+ Puede utilizarse en el formato EPS y colocarse directamente en la página
− Elimina información de la imagen
− Requiere más tiempo para abrir y guardar

▶ Imagen no comprimida
2.100 Kbytes

▶ JPEG compresión baja
840 Kbytes

▶ JPEG compresión media
165 Kbytes

▶ JPEG compresión alta
61 Kbytes

> ▶ LZW, PROS Y CONTRAS
>
> \+ La imagen no pierde información
>
> \+ Puede usarse en TIFF e importarse directamente a la página
>
> \+ Resulta un buen método para imágenes de línea
>
> – Supone una reducción pequeña del tamaño de los ficheros
>
> – Precisa más tiempo para abrir y guardar ficheros

▶ JPEG – CALIDAD DE LA IMAGEN Y TAMAÑO DE LOS FICHEROS
La compresión con pérdida de información puede parecer peligrosa, pero el hecho es que se pueden comprimir imágenes con JPEG sin que se note ninguna diferencia en el resultado final. Por supuesto la compresión alta es evidente, pero con un grado menor de compresión es muy difícil percibir cambios. Comprimir imágenes implica que éstas ocupen menos memoria, lo cual resulta muy ventajoso para su almacenamiento o su transferencia vía Internet. (Las ampliaciones parciales junto a estas figuras se han aumentado tres veces.)

es posible percibir los cambios si se comparan la imagen original y la comprimida. Con JPEG se puede comprimir una imagen tanto como se quiera, pero la imagen resultante puede ofrecer una merma de calidad sustancial. Si se edita una imagen en formato JPEG, se comprimirá cada vez que se guarda, por lo que no es conveniente guardar imágenes en este formato si se deben editar repetidas veces.

JPEG es un formato independiente de imagen que trabaja en los entornos Windows, Macintosh y otros. Esto significa que los ficheros JPEG pueden trasladarse con facilidad entre los mismos. En el formato EPS se puede optar por comprimir las imágenes utilizando el formato JPEG. El resultado de la compresión JPEG es un fichero EPS normal, con todas sus ventajas e inconvenientes. Las imágenes basadas en píxels de alta resolución pueden comprimirse también con JPEG, pero el fichero tiene una imagen normal de previsualización.

COMPRESIÓN DE FICHEROS 5.4.5

Todos los tipos de ficheros de datos pueden ser comprimidos, sin pérdida de información, con resultados diversos en cuanto a la reducción del tamaño. Simplemente convierte el fichero de una forma más eficiente utilizando los unos y los ceros. Hay muchos programas que emplean esta técnica, incluso para comprimir ficheros de imágenes (Compact Pro, Stuffit, ZIP, Disk Doubler, etc.).

ESCANEADO DE IMÁGENES 5.5

En esta sección se examinarán los requisitos para escanear imágenes en un ordenador, incluyendo las definiciones de los aspectos relacionados con los tonos: rangos, compresión y gamma. Otros conceptos importantes de esta sección son la resolución, la frecuencia de trama y los valores de muestreo. En primer lugar, se analizará qué requisitos deben tenerse en cuenta a la hora de escanear cada tipo de original.

ORIGINALES DE LA IMAGEN 5.5.1

Se entiende como original de imagen el material original que se escanee en el ordenador con el objetivo de servir para la creación de imágenes digitales. Un original puede ser papel fotográfico (reflectivo), diapositivas o negativos (transparente) o ilustraciones pintadas a mano sobre papel, tela, etc.

Cada original es apropiado para unas situaciones determinadas. Para imprimir imágenes en gran formato o ampliar parcialmente una imagen es importante elegir originales grandes. La resolución máxima del escáner impone ciertos límites a la ampliación de la imagen. Si el escáner tiene una resolución baja no será posible ampliarla demasiado. El tamaño del original es particularmente importante cuando se usan diapositivas o negativos, porque si la imagen se amplía demasiado, el grano de la película puede quedar claramente visible en la reproducción.

Cada original tiene su propio ciclo de vida. Una fotografía *polaroid* probablemente sólo conservará su calidad un par de años, mientras que una copia de blanco y negro en papel fotográfico correctamente tratada y conservada en ambiente seco, oscuro y fresco podrá sobrevivir más de cien años.

RANGO DE TONOS 5.5.2

El concepto de rango de tonos se refiere al número de tonos que pueden ser reproducidos por un determinado tipo de original. La diapositiva es el material que puede reproducir el mayor rango de tonos. Por ello, a menudo se utiliza como original para el escaneado, dado que contiene la máxima información. El rango de tonos se expresa en unidades de densidad, medida que nos indica el contraste máximo entre el área más clara y el área más oscura de la imagen. Una diapositiva original suele tener un rango de tonos de 2,7 a 3,0 unidades de densidad. En cambio, una impresión sobre papel estucado tiene

▶ **DENSIDAD EN DIFERENTES ORIGINALES**

Impresión (papel periódico)	d 0,9 – d 1,0
Película fotográfica	d 1,8
Impresión en papel estucado	d 1,8 – d 2,2
Negativo	d 2,5
Transparencias	d 2,7
Realidad	over d 3,0

▶ **IMAGEN MUY LUMINOSA**
La imagen muy luminosa es brillante y tiene muchos detalles en las áreas claras.

▶ **IMAGEN DE TONOS MEDIOS**
En la imagen de tonos medios los detalles se encuentran fundamentalmente en las zonas de tonos intermedios.

▶ **IMAGEN DE SOMBRAS**
La imagen de sombras es una imagen oscura con muchos detalles en las áreas oscuras.

un rango de tono de 2,2 unidades de densidad, una impresión de periódico un rango aproximado de 0,9 unidades de densidad y un negativo de 1,8 unidades.

COMPRESIÓN DE TONOS 5.5.3

Por lo general, el papel utilizado en impresión no puede reproducir la misma cantidad de información de imagen que una imagen original. Por ello, cuando se reproduce una película original necesitamos comprimir el rango de tonos de la imagen original para adaptarla al rango del papel en el que se quiere imprimir. Así, cuando se escanea la imagen, debe tenerse en cuenta el rango de tonos del papel que se utilizará para imprimir y hacer los ajustes pertinentes. En la práctica, un rango de tonos bajo en impresión significa que las pequeñas variaciones tonales que se pueden apreciar en el original ya no se verán en el impreso. Las variaciones tonales de mayor amplitud en el original serán reproducidas como escalones en lugar de como transiciones suaves, y los tonos cercanos entre sí parecerán un solo tono.

▶ **COMPRESIÓN DE TONOS**
Debido a que el rango de tonos es menor en la impresión que en el original, debe ser comprimido. La compresión supone pérdida de tonos, por lo que hay que determinar la importancia y prioridad de los tonos que se quieren conservar.

TIPOS DE MOTIVOS 5.5.4

La compresión de tonos supone pérdida de información de la imagen. Para utilizar la información de los originales de la mejor manera posible, se puede controlar la compresión del tono y priorizar determinadas áreas de la imagen, dándoles un mayor rango de tono que al resto. Antes de escanear debe analizarse el original y decidir qué áreas de la imagen quieren priorizarse.

Por ejemplo, en una imagen con muchos detalles en las partes oscuras se debe dar prioridad a esas partes oscuras y comprimir las áreas más claras, preservando de ese modo la información importante de la imagen.

Se han dividido las imágenes en tres categorías o motivos: imágenes muy luminosas (nevadas), imágenes de tonos medios e imágenes de sombras (nocturnas). Una imagen muy luminosa es brillante y tiene muchos detalles en las zonas claras. En las imágenes de tonos medios los detalles están fundamentalmente en las zonas intermedias. Las imágenes de sombras son imágenes oscuras con muchos detalles en las zonas oscuras.

GRÁFICO DE VALOR TONAL (CURVA GAMMA) 5.5.5

Se puede ajustar la compresión del tono de una imagen con ayuda del gráfico de valor tonal. El gráfico permite ver cómo los valores tonales de la imagen original se traducen a los valores tonales de la impresión. Una curva gamma lineal no afecta a la traducción de tonos, mientras que una curva gamma con distintas curvaturas permite el control de la traducción de tonos de diferentes maneras.

El valor gamma indica la inclinación y la posición de la curva gamma. Se suele recomendar un valor gamma de 1,8, dado que corresponde aproximadamente al modo en que el ojo humano percibe los tonos. Por eso, resulta un valor apropiado para escanear una imagen común de tonos intermedios. En cambio, una imagen de sombras con detalles importantes debe ser escaneada con un valor gamma superior, de manera que los detalles de las áreas oscuras realmente queden destacados en la impresión. Sin embargo, la reproducción de los detalles de las áreas claras de la imagen será de una calidad un tanto inferior. Por otro lado, una imagen muy luminosa debe escanearse con un valor gamma

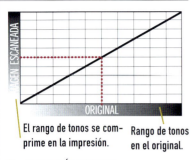

▶ **COMPRESIÓN DE TONOS**
El rango de tonos posible en la impresión es menor que en el original de imagen. Por eso hay que comprimirlo en el escáner.

El rango de tonos se comprime en la impresión. Rango de tonos en el original.

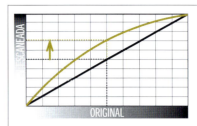

▶ **CURVA GAMMA PARA IMÁGENES MUY LUMINOSAS**
Esta curva gamma tiene un valor gamma inferior a 1,8 y se utiliza para imágenes muy luminosas. Se da prioridad a los tonos claros de la imagen, mientras que se comprimen los oscuros.

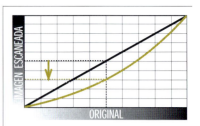

▶ **CURVA GAMMA PARA IMÁGENES DE SOMBRAS**
Esta curva gamma tiene un valor gamma superior a 1,8 y se usa para imágenes de sombras. Aquí se da prioridad a los tonos oscuros de la imagen, mientras que los claros se comprimen.

inferior a 1,8, de manera que todos los detalles de las áreas claras del original queden reproducidos en la impresión. En este caso, se perderá calidad en los detalles de las áreas oscuras.

RESOLUCIÓN Y FRECUENCIA DE TRAMA 5.5.6

Cuando se escanea, se debe definir la resolución de la imagen. Ésta se indica en píxels por pulgada (ppp). Hay dos aspectos que determinan la resolución de escaneado: la frecuencia de trama en la que queremos imprimir y la necesidad de modificar o no el tamaño de la imagen. Por otro lado, la lineatura de trama vendrá determinada por el método de impresión y el papel que vayamos a utilizar.

FACTOR DE MUESTREO 5.5.7

La relación existente entre la resolución de la imagen digital y la frecuencia de trama de la máquina de imprimir se denomina factor de muestreo (*sampling factor*). Mediante diversos tests se ha visto que el valor óptimo del factor de muestreo es 2, es decir, que la resolución digital de la imagen debe ser doble que la lineatura de trama. Por ejemplo: una imagen que ha de imprimirse con una lineatura de 150 lpi (líneas por pulgada) debe escanearse con una resolución de 300 ppp. Si el factor de muestreo utilizado es inferior a 2, la calidad de la imagen puede verse afectada, pero hasta 1,7 es muy difícil que el ojo humano lo perciba. Si el factor de muestreo disminuye hasta situarse alrededor de 1, los píxels creados en el proceso de escaneado se podrán ver nítidamente en la imagen impresa. Por otra parte, incrementando el factor de muestreo por encima de 2 no mejora la calidad de la imagen; sin embargo, la imagen ocupa más memoria, lo que puede dificultar su utilización en el ordenador (ver los ejemplos en la página 80).

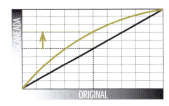

▶ GAMMA INFERIOR A 1,8
Las imágenes de esta columna están escaneadas con la curva gamma recomendada para las imágenes muy luminosas.

▶ IMAGEN MUY LUMINOSA
Conserva sus contrastes en las zonas claras, pero se pierde la calidad de los detalles de las zonas oscuras.

▶ IMAGEN DE TONOS MEDIOS
Pierde parte de sus contrastes en las zonas oscuras.

▶ IMAGEN DE SOMBRAS
Pierde sus contrastes en las zonas oscuras.

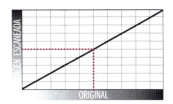

▶ GAMMA IGUAL A 1,8
Las imágenes de esta columna están escaneadas con la curva gamma más apropiada para las imágenes de tonos medios.

▶ IMAGEN MUY LUMINOSA
Pierde parte de sus contrastes en las áreas claras.

▶ IMAGEN DE TONOS MEDIOS
Conserva sus contrastes en las áreas de tonos medios, pero se pierde la calidad de los detalles de las áreas oscuras y claras.

▶ IMAGEN DE SOMBRAS
Pierde parte de sus contrastes en las áreas oscuras.

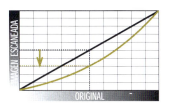

▶ GAMMA SUPERIOR A 1,8
Las imágenes de esta columna están escaneadas con la curva gamma más apropiada para las imágenes de sombras.

▶ IMAGEN MUY LUMINOSA
Pierde todos sus contrastes en las áreas claras.

▶ IMAGEN DE TONOS MEDIOS
Pierde parte de sus contrastes en las áreas claras.

▶ IMAGEN DE SOMBRAS
Conserva sus contrastes en las áreas oscuras, pero desaparecen los detalles de las áreas claras.

EL FACTOR DE ESCALADO [5.5.8]

En el momento de elegir la resolución del escaneado hay que tener en cuenta si se querrá ampliar total o parcialmente la imagen resultante con relación al original. La relación entre el tamaño del original y la imagen impresa se denomina 'factor de escalado'. Por ejemplo, si se desea imprimir una imagen en un tamaño tres veces mayor al original, el factor de escalado es 3. En este caso, para conservar su nitidez hay que triplicar la resolución del escaneado que se habría utilizado si la imagen se imprimiera en el mismo tamaño que el original.

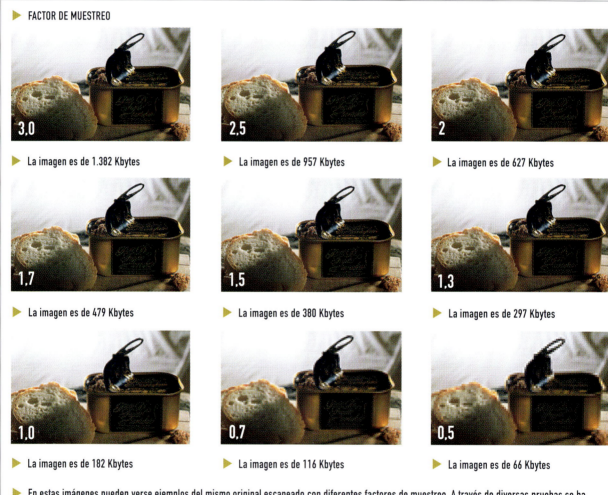

▶ **FACTOR DE MUESTREO**

3,0 — ▶ La imagen es de 1.382 Kbytes
2,5 — ▶ La imagen es de 957 Kbytes
2 — ▶ La imagen es de 627 Kbytes
1,7 — ▶ La imagen es de 479 Kbytes
1,5 — ▶ La imagen es de 380 Kbytes
1,3 — ▶ La imagen es de 297 Kbytes
1,0 — ▶ La imagen es de 182 Kbytes
0,7 — ▶ La imagen es de 116 Kbytes
0,5 — ▶ La imagen es de 66 Kbytes

▶ En estas imágenes pueden verse ejemplos del mismo original escaneado con diferentes factores de muestreo. A través de diversas pruebas se ha constatado que un factor de muestreo superior a 2 no proporciona mayor calidad de imagen, sino que únicamente da lugar a un fichero más grande para trabajar. Alrededor de 2, suele darse una relación óptima entre tamaño del fichero y calidad de la imagen. El efecto de una resolución demasiado baja con relación a la frecuencia (bajo factor de muestreo, como en la última imagen) se pone de manifiesto especialmente en los contornos diagonales, como ocurre, por ejemplo, con el borde superior de la lata abierta. En términos generales, las resoluciones bajas dan lugar a imágenes desenfocadas y, en casos extremos, se perciben los píxels. Estas nueve imágenes están rasterizadas a 100 lpp o lpi (líneas por pulgada, lines per inch) para que el efecto de una resolución demasiado baja se vea más claramente.

RESOLUCIÓN ÓPTIMA DE ESCANEADO 5.5.9

La resolución de escaneado se determina multiplicando la lineatura, el factor de muestreo y el factor de escalado. Por ejemplo, si se dispone de una imagen que va a imprimirse con una lineatura de trama de 150 lpi en un tamaño de 170 % del original, la resolución óptima de escaneado será: $150 \times 2 \times 1{,}7 = 510$ ppp. Se puede seleccionar en el escáner la resolución superior más próxima a ese valor para así lograr una buena calidad y un escaneado rápido. En este caso, probablemente se elegirá una resolución de 600 ppp, ya que los valores predefinidos del escáner para resolución se expresan de 100 en 100. Hay que tener presente que la resolución de la imagen en el ordenador debe ser el doble de la lineatura de trama, mientras que la resolución de escaneado equivale a la resolución de la imagen multiplicada por el factor de escalado. En el ejemplo anterior, la resolución de la imagen equivaldría a 300 ppp, mientras que la resolución de escaneado sería igual a $1{,}7 \times 300 = 510$ ppp. La mayoría de los programas de escáner suelen tener una función que calcula automáticamente la resolución óptima de escaneado, siempre que se introduzcan los valores de lineatura de trama y factor de escalado.

¿CUÁNTO SE PUEDE AMPLIAR UNA IMAGEN? 5.5.10

La capacidad de ampliación de una imagen viene determinada por el original y la resolución máxima de captura del escáner. La resolución máxima de escaneado equivale a la longitud mínima de avance de la que el cabezal del escáner es capaz. Si un escáner tiene una resolución máxima de 1.200 píxels por pulgada, significa que, como máximo, puede escanear un original de imagen con 1.200 ppp.

Volviendo al ejemplo anterior y considerando que el escáner tiene una resolución máxima de lectura de 1.200 ppp, una imagen impresa a 150 lpp requiere una resolución de imagen / escaneado de 300 ppp, si se aplica el factor óptimo de muestreo de 2. Es decir, que la ampliación máxima posible de la imagen es: 1.200 ppp / 300 ppp = 4. Así, una imagen impresa a 150 lpp, con una resolución del escáner de 1.200 ppp, puede ampliarse como

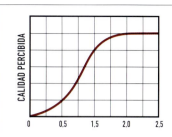

▶ **FACTOR DE MUESTREO**
Con un factor de muestreo superior a 2 no se percibe ninguna mejora en la calidad. Se ocupa memoria innecesariamente, dificultando el trabajo en el ordenador.

▶ **RESOLUCIÓN ÓPTIMA DE ESCANEADO**
Resolución óptima de escaneado = frecuencia de trama (lpp) × factor de muestreo* × factor de escalado (%)
* Es conveniente que el factor de muestreo sea 2

▶ **FRECUENCIA DE TRAMA Y FORMATO DE IMAGEN**

	A6	A5	A4	A3	Tamaños del fichero en RGB:	
500 ppp/250 lpp	4	5	6	7	1 – aprox. 2,25 MB	5 – aprox. 36 MB
350 ppp/175 lpp	3	4	5	6	2 – aprox. 4,5 MB	6 – aprox. 72 MB
240 ppp/120 lpp	2	3	4	5	3 – aprox. 9 MB	7 – aprox. 144 MB
170 ppp/85 lpp	1	2	3	4	4 – aprox. 18 MB	

Cuando se modifica el tamaño de una imagen, la resolución y, en consecuencia, la frecuencia de trama, se ven afectadas. La tabla muestra la relación entre: tamaño del fichero, formato y resolución de imagen, y frecuencia. Por ejemplo, en una imagen digital ampliada al 200 %, de A6 a A4, la resolución se ve reducida a la mitad y podrá imprimirse como máximo con una frecuencia de la mitad. Una imagen que se ha escaneado en formato A6 para 250 lpp, o sea, con 500 ppp, puede ampliarse a A5 para 175 lpp, a A4 para 120 lpp o a A3 para 85 lpp (en todos los casos el código en las tablas superiores es 4).

▶ **FRECUENCIA DE TRAMA RECOMENDADA**
La siguiente tabla indica las frecuencias de trama recomendadas para las diferentes calidades de papel y técnicas de impresión.

Papel

De periódico	65 – 85 lpp
No estucado	100 – 133 lpp
Estucado mate	133 – 170 lpp
Estucado brillante	150 – 300* lpp

Métodos de impresión

Offset	65 – 300* lpp
Huecograbado	120 – 200 lpp
Serigrafía	50 – 100 lpp
Flexografía	90 – 120 lpp

* Offset sin agua

▶ EL FACTOR DE ESCALADO

▶ Ejemplos de una imagen con diferentes factores de escalado. Las pruebas han demostrado que las ampliaciones hasta el 120 % dan buen resultado. En cambio, en las ampliaciones superiores al 120 % se produce una merma visible de la calidad. Esa reducción de la calidad se aprecia claramente en los contornos diagonales, como en el borde superior de la lata abierta. En términos generales, las ampliaciones demasiado grandes producen imágenes desenfocadas y, en casos extremos, se hacen visibles los píxels.

▶ AMPLIACIÓN MÁXIMA

Factor máximo de escalado = resolución máxima del escáner/resolución de imagen (por ejemplo: 4 = 1200/300).

máximo un 400 %. Por eso, si se escanea una imagen que va a imprimirse en un tamaño grande, es preferible utilizar un original grande, ya que si se utiliza un original pequeño se corre el riesgo de no poder ampliar la imagen suficientemente.

COLOCACIÓN DE UNA IMAGEN 5.5.11

Cuando se coloca una imagen en una aplicación de autoedición se puede modificar su tamaño. Pero debe tenerse en cuenta que la resolución de la imagen escaneada depende de su tamaño, es decir, que los cambios de tamaño que se realicen en la aplicación de autoedición influirán directamente en su resolución. Así, la ampliación de una imagen tendrá como efecto una disminución de su resolución.

Por ejemplo, si una imagen que ha sido escaneada con factor de muestreo 2 se amplía al 150 % en la aplicación de autoedición, el factor de muestreo se reducirá a 2/1,5 = 1,33, siendo demasiado bajo. Si se adoptara un factor de muestreo de 1,7, se podría ampliar la imagen hasta 2/1,7 = 1,18, es decir, un 118 %. Esta operación permite calcular el margen disponible para ampliar una imagen sin una pérdida visible de calidad. Por ello, las guías generales para ampliar imágenes en una aplicación de autoedición son de 115–120 %.

Si se quiere ampliar más la imagen, existen cuatro alternativas: escanearla nuevamente con una resolución más alta, reducir la frecuencia de trama en la máquina de impresión, aceptar la pérdida de calidad o interpolar una resolución más alta en la aplicación de autoedición.

Con la interpolación no se logra la misma calidad que al escanear la imagen con la resolución apropiada, pero el resultado es mejor que si se imprime con una resolución demasiado baja (ver 5.6.3).

ALMACENAMIENTO Y REUTILIZACIÓN DE IMÁGENES DIGITALES 5.5.12

La resolución del escaneado limita la frecuencia de trama máxima y el tamaño de la imagen. La conversión a CMYK limita a su vez el campo de aplicación de la imagen. Por ese motivo, las imágenes que van a utilizarse para diferentes propósitos deben archivarse sin separación de colores y con una resolución alta. Estos tipos de imágenes también pueden denominarse originales digitales de imagen. Se puede optar por archivarlas en RGB o en CIELAB. Cuando están preparadas para su impresión se realiza la conversión. Teóricamente, nunca se puede evitar la limitación de tamaño de una imagen escaneada, pero con una resolución lo suficientemente alta, es posible crear un original digital que pueda utilizarse para casi todo. En cambio, si tenemos una imagen digital que se utiliza siempre para el mismo tipo de producción, se puede guardar con la conversión ya hecha.

EDICIÓN DE IMÁGENES 5.6

Hay una serie de procedimientos que normalmente se realizan en la edición de las imágenes escaneadas con el fin de lograr una buena calidad de impresión. A menudo, la mayoría de los procesos de edición de una imagen suponen pérdida de información (de detalles, de colores, etc.). Eso significa que se puede destruir la imagen si se actúa de forma descuidada o se realizan demasiadas tareas. Por eso, en la labor de edición de imágenes es importante aplicar la menor cantidad de pasos posible y realizarlos en el orden correcto. También se pretende mantener un flujo de trabajo estable. A pesar de que todos los pasos desde el punto de vista técnico *estropean* la imagen, el resultado final generalmente consigue producir una sensación de mejora. Y ése es justamente el propósito de la edición de imágenes.

Para evitar perder información en la imagen de forma innecesaria es conveniente llevar a cabo los ajustes de brillo, contraste y colores cuando se escanea el original. A continuación se revisarán las etapas de la edición de imágenes, tomando como ejemplo una imagen escaneada.

EL ORDEN CORRECTO DE LAS ETAPAS 5.6.1

Para la edición de una imagen se recomienda seguir el siguiente orden: primero, encuadrar y recortar la imagen hasta obtener el contenido y tamaño definitivos; ello facilitará y simplificará el resto del trabajo. Seguidamente, realizar los ajustes estéticos necesarios de carácter general y, después, los que sólo afectan a áreas específicas. Finalmente, se llevarán a cabo los cambios que precisa el proceso de impresión previsto, como los ajustes de definición y la conversión de colores.

▶ **AMPLIACIÓN DE IMÁGENES**
Si el tamaño de una imagen se amplía tres veces, la imagen resultante requiere 9 píxels donde la imagen original sólo tenía 1 píxel. También se utiliza entonces una memoria 9 veces mayor para almacenar y editar esta nueva imagen con relación a la anterior, más pequeña.

▶ **BIT Y BYTE**

B   byte (1 byte = 8 bits)

KB KiloByte (210 bytes = 1.024 bytes)

MB MegaByte (220 bytes = 1.048.576 bytes = 1.048 kilobytes)

GB GigaByte (230 bytes = 1.073.741.824 bytes = 1.073 megabytes)

▶ REPRODUCCIÓN DE IMÁGENES PASO A PASO

A continuación se indica cuál es el procedimiento adecuado en Adobe Photoshop para ajustar una imagen recién escaneada.

Para todas las imágenes:

1. Encuadrar y recortar la imagen con exactitud.
2. Definir la resolución con el valor correcto.
3. Definir los puntos blanco y negro. Niveles (Ctrl+L).
4. Definir brillo y contraste con Curvas (Ctrl+M).

Para las imágenes en color:

5. Definir el balance de colores. Equilibrio de color (Ctrl+B).
6. Definir saturación y color selectivo. Tono/saturación o color selectivo.

Para todas las imágenes:

7. Realizar los retoques necesaris, etc.
8. Guardar la imagen, si se va a archivar y utilizar para otros proyectos.
9. Enfocar la imagen con Máscara de enfoque.

Para las imágenes en color:

10. Realizar la separación de colores conforme a los requisitos del tipo de impresión escogida.

Para todas las imágenes:

11. Guardar la imagen en un formato de fichero apropiado.

▶ PÉRDIDA Y MEJORA AL MISMO TIEMPO

A la izquierda se muestra una imagen recién escaneada que todavía no ha sido sometida a ningún proceso de edición y, por lo tanto, no ha perdido información alguna. El histograma situado debajo de la imagen describe la distribución de tonos a lo largo de toda la escala tonal: los oscuros a la izquierda y los claros a la derecha. La altura de las columnas describe la cantidad de píxels para cada tono. A la derecha vemos la misma imagen después de haber sido modificada. Un buen número de tonos ha desaparecido de la imagen, lo cual queda representado por los espacios vacíos del histograma correspondiente. La imagen está deteriorada en el sentido de que ha perdido información, pero se percibe como una mejora. Tan pronto como se ajusta una imagen, desaparece parte del contenido de la información. Esto no ocasiona ningún problema en la práctica, a menos que se modifique demasiado. Si se ajusta repetidas veces o en un orden incorrecto, desaparecen más tonos y, al final, la calidad de la imagen sí que disminuye.

1. RECORTE DE LA IMAGEN [5.6.2]

Previamente debe confirmarse que la composición de la imagen es correcta. Para ello, pueden eliminarse las partes innecesarias recortando la imagen, para no trabajar con una imagen más grande de lo necesario. Una imagen más pequeña permite realizar las modificaciones de forma más rápida. No debe olvidarse que si se quiere imprimir a sangre, ésta ha de extenderse fuera del límite de la página.

2. RESOLUCIÓN CORRECTA [5.6.3]

Después del escaneado, y particularmente si la imagen se recupera de un archivo digital, se debe ajustar su resolución a los requerimientos de la impresión final. El cálculo de la resolución óptima de una imagen ha sido tratado anteriormente en este capítulo. El ajuste es sencillo; únicamente debe confirmarse que Photoshop esté configurado para utilizar la interpolación bicúbica cuando se quieran modificar imágenes. Éste es el mejor método de Photoshop para escalado y giro de imágenes, o sea, para operaciones en las cuales los píxeles son recalculados.

3. DEFINIR LOS PUNTOS BLANCOS Y NEGROS [5.6.4]

Debido a que las máquinas de impresión ofrecen un rango de tonos menor que la realidad y que la mayoría de los originales, debe aprovecharse al máximo el rango de tonos posible en el proceso de impresión. Esto se hace mediante una definición correcta de los puntos blancos y negros. La colocación de los puntos negros y blancos determina el contraste de

▶ PUNTOS BLANCOS Y NEGROS
Podemos ajustar los puntos blancos y negros de la imagen utilizando Niveles. Hacer clic en Automático o ajustar manualmente como se describe a continuación.

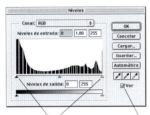

▶ RECORTE DE LA IMAGEN
En la mayoría de los programas para edición de imágenes el icono para encuadre y recorte tiene el aspecto de dos escuadras.

▶ COMPROBACIÓN DEL PUNTO BLANCO
Comparando el punto blanco sólo se visualizan las áreas completamente blancas de la imagen como blancas y el resto aparece negro. Y a la inversa cuando se comprueba el punto negro.

Con la tecla alt pulsada, colocar el puntero del ratón y mantenerlo en el triángulo blanco o negro para controlar los puntos blancos y negros respectivamente.

Ver no tiene que estar marcado para poder acceder a esta función.

▶ ¿QUÉ ES BLANCO?
El cerebro decide qué es lo que se percibe como blanco en una imagen. El motivo determina la interpretación. Es decir, si el cerebro sabe que cierta área de la imagen tiene que ser blanca, la misma se percibe como blanca aun cuando no lo sea del todo, como en el ejemplo de arriba.

la imagen, asegurando que lo que es blanco en la imagen digital también lo sea en el impreso, y no gris claro; y que el negro aparezca realmente como tal.

En el menú Imagen –> Ajustar –> Niveles hay varias maneras de ajustar los puntos blancos y negros. En ocasiones, es suficiente con utilizar la corrección automática. El programa localiza las áreas más claras y oscuras y las selecciona como punto blanco y negro respectivamente. Para ver cuáles serán las áreas completamente blancas y completamente negras, se mantiene pulsada la tecla *alt* y se hace clic en el triángulo blanco y en el negro, respectivamente. Luego, se verán en pantalla las áreas que no deben recibir tinta y aquellas que recibirán la totalidad de tinta de impresión. Debe tenerse en cuenta que Ver no tiene que estar activado para que esta función pueda ejecutarse. Los porcentajes con que tendrán que imprimirse los puntos blancos y negros pueden ser predefinidos. La asignación de los valores dependerá de la técnica de impresión, pero en la impresión offset no es conveniente que el punto blanco sea inferior al 3 %.

IMÁGENES

4. AJUSTE DE BRILLO Y CONTRASTE [5.6.5]

En la mayoría de los casos se quiere ajustar el brillo y el contraste de la imagen, pero sólo en ciertas zonas. Por ejemplo, puede ser que se quieran aclarar las áreas oscuras pero conservar el resto intacto. La mejor opción para el ajuste del brillo y del contraste en Adobe Photoshop es Imagen –> Ajustar –> Curvas.

5. AJUSTE DE LA DESVIACIÓN DEL COLOR [5.6.6]

Una imagen editada con un equilibrio de grises equivocado presentará una tonalidad dominante generalizada incorrecta. En ese caso, la imagen aparecerá como si tuviera un fondo de un determinado color. Hay varias herramientas que permiten cambiar el equilibrio de grises de una imagen y eliminar la desviación del color; una de ellas se encuentra en Curvas, Equilibrio de color y Variaciones, en el menú Imagen –> Ajustar.

Equilibrio de color permite regular cada color, mientras que Variaciones permite visualizar diversas variantes de la misma imagen con diferentes compensaciones de las desviaciones de color. En Variaciones se pueden modificar también el brillo, los tonos medios o las zonas oscuras de una imagen, así como los tonos altos.

Para lograr un equilibrio correcto de grises y eliminar rápidamente la desviación del color, se puede seguir el siguiente procedimiento: en primer lugar, debe desplegarse la paleta Información en Ventana –> Información. Entonces, hay que disponer la paleta de tal modo que podamos ver los valores CMYK. Después buscaremos en la imagen un

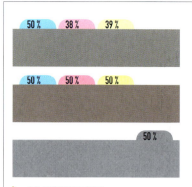

▶ BALANCE DE GRISES
Igual cantidad de tinta de los tres colores sustractivos primarios no proporciona el equilibrio de grises. Esto se puede apreciar en esta figura, comparando esa combinación con un bloque tonal neutro que tiene 50 % de negro.

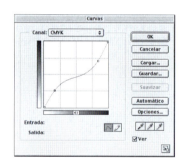

▶ BRILLO Y CONTRASTE
Utilizando Curvas se puede ajustar tanto el brillo como el contraste de la imagen y, en cierta medida, también los puntos blancos y negros.

Cuando cambia la forma de la curva también cambia el aspecto de la imagen. En este caso, una curva más plana en su zona media da a la imagen un aspecto más suave, mientras que una mayor verticalidad en la misma zona le proporciona un aspecto más duro. Hay que tener presente que los extremos de la curva permanecen en el mismo lugar, por lo que los puntos blancos y negros no se ven afectados.

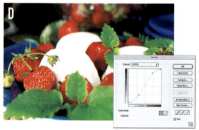

A: Esta imagen está sin ajustar, la curva es recta. B: La misma imagen se ha suavizado aplanando la zona media de la curva. Los puntos blancos y negros no resultan afectados. C: Se le ha dado algo más de brillo a las áreas oscuras de la imagen. El resto se mantiene igual que en A. D: Toda la imagen se ha vuelto más dura, debido a que se le ha dado mayor verticalidad a la zona media de la curva.

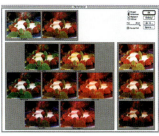

▶ **AJUSTE CROMÁTICO GENERALIZADO**
El ejemplo muestra la misma imagen antes y después de un ajuste cromático generalizado. En la imagen de la izquierda se puede apreciar un predominio del cyan. En la imagen de la derecha se ha hecho un ajuste basándose en las áreas que deben ser neutrales; éstas sirven de referencia para determinar el cambio de todos los colores de la imagen.

▶ **AJUSTE DE LA DESVIACIÓN DE COLOR – I**
Variaciones es una de las tres herramientas para el ajuste cromático global de la imagen. Permite previsualizar los cambios que se van produciendo en ella.

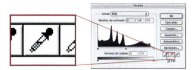

▶ **AJUSTE DE LA DESVIACIÓN DE COLOR – II**
Seleccionando la herramienta para medir los píxels grises en Niveles y haciendo clic en el área de la imagen que se desea que sea neutra, se puede corregir la desviación de color en toda la imagen..

área que sea de un gris neutro, mediremos el número de píxels de esa área con el cuentagotas (*) y compararemos el resultado con los valores correctos del equilibrio de grises. Luego, ajustaremos toda la imagen hasta que el área que debe ser neutra haya adoptado los valores correctos (ver 5.8.2 e "Impresión", 13.4.3). Los valores correctos del equilibrio de grises para cada combinación técnica de impresión y papel deberían ser facilitados por el impresor. Más adelante, en este mismo capítulo, se ofrecen algunas recomendaciones generales al respecto (ver 5.8.2). Una vez logrado el equilibrio de grises en las áreas más importantes de la imagen, el resto debería ser también correcto. No obstante, si hay diferentes luces en distintas áreas de la imagen, puede ser necesario realizar este ajuste para cada área en particular.

▶ **AJUSTE DE LA DESVIACIÓN DE COLOR - III**
Al corregir la desviación de color en Equilibrio de color se produce un ajuste cromático general en la imagen.

6. AJUSTES DE DESVIACIÓN DE COLOR [5.6.7]

A veces hay que corregir ciertas desviaciones de color en una imagen. Se trata de colores con referencias naturales, como el color de la piel, el de la hierba, el del cielo, etc., que necesitan ser corregidos para que presenten un tono natural. La herramienta Imagen –> Ajustar –> Tono/Saturación permite ajustar por separado el tono, la saturación y el brillo de cada color. Esta herramienta también permite realizar los cambios generales en la imagen, como por ejemplo darle más saturación a todos los colores. Asimismo, se puede utilizar para otros retoques, como cambiar el color a una fresa, una banderola u otros objetos de una imagen.

7. SELECCIÓN DE RETOQUES [5.6.8]

Antes de guardar una imagen es conveniente eliminar imperfecciones, como polvo, rayas, manchas, etc., y llevar a cabo los retoques o montajes adicionales (ver 5.7.10). Si se desea hacer selecciones en la imagen, éste es el momento adecuado.

8. ARCHIVAR LA IMAGEN [5.6.9]

Si se precisa archivar la imagen para volver a utilizarla en proyectos futuros, es el momento de hacerlo, ya que todavía está en modo RGB. Cuando una imagen ha sido modificada de cara a su impresión, es difícil reutilizarla para otro fin.

(*) El cuentagotas *(eyedropper)*, también posee la función de medir los píxels.

▶ CORRECCIÓN CROMÁTICA SELECTIVA – PARTE I

En Color selectivo o en Tono/Saturación se pueden modificar los colores que se elijan en la imagen, cada uno por separado. Incluso se puede lograr que fresas ya maduras vuelvan a ser verdes.

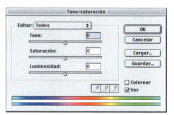

▶ CORRECCIÓN CROMÁTICA SELECTIVA – PARTE II

Tono/Saturación es la herramienta más sencilla para ajustar colores aislados. Si, por ejemplo, sólo se desea modificar los verdes, se marcará sólo ese color.

9. ENFOQUE DE LA IMAGEN 5.6.10

La sensación de que una imagen está desenfocada se debe generalmente a la carencia de transiciones suficientemente marcadas entre los tonos oscuros y claros en los contornos de determinadas áreas. Para dar una mayor definición a la imagen, se deben localizar las transiciones suaves de tonos que causan esa sensación y definirlas. Este tipo de definición artificial se aplica a la mayoría de las imágenes en distintos grados. Una imagen se desenfoca cuando se realiza la conversión en trama de medios tonos y en el proceso de impresión. Por eso, a veces es necesario repetir el proceso de definición.

La 'máscara de enfoque' es el mejor filtro de enfoque en Adobe Photoshop. Este filtro también está disponible en muchos otros programas de edición de imágenes. Esta herramienta tiene tres parámetros:
• Radio.
• Umbral.
• Cantidad.

Radio

Cuando se ajusta el 'radio', se debe encontrar la longitud de la transición tonal que causa el desenfoque de la imagen. Las transiciones tonales largas son componentes normales que se deben conservar, dado que forman parte de las escalas naturales de los motivos de la imagen. Las transiciones tonales más cortas siempre deben ser nítidas. Probablemente, las transiciones cortas no serán visibles en la imagen de trama rasterizada, de manera que realizar el enfoque en estos casos sería en vano. En Máscara de enfoque se realizan los ajustes para las transiciones tonales cortas en el parámetro radio. Allí, simplemente se señalan las longitudes, en cantidad de píxels, que deben tener las transiciones tonales para quedar enfocadas. Normalmente, el valor del radio se sitúa entre 0,8 y 1,6. No hay que olvidar, además, que la resolución es importante. Si la resolución de la imagen es demasiado alta, el proceso de definición no se apreciará notablemente en la impresión.

Valor del umbral de delimitación

Sólo puede realizarse el proceso de transición entre dos detalles actuales. Las transiciones se definen como la diferencia de brillo entre dos superficies. Para evaluar esta diferencia, se define el valor del 'umbral' de delimitación, que expresa la diferencia que debe existir para que se aplique el proceso de afinado. Esta evaluación se realiza porque, si esta función se aplicara a diferencias tonales demasiado pequeñas, también afectaría a otros detalles, como el grano de la película captado por el escáner o las estructuras naturales en las áreas del motivo de la imagen, lo que produciría una sensación de desigualdad no deseada.

La diferencia de los niveles de la máscara de enfoque normalmente es 7–9. Si la imagen tiene mucho grano, el umbral puede aumentar hasta 20–30. La medida del umbral indica la diferencia en tono de gris requerida para que la transición entre las áreas se considere como contorno o borde. Dado que una imagen está compuesta por 256 niveles de gris desde el blanco hasta el negro, el umbral indica la diferencia mínima entre dos tonos, para que el filtro le aplique el proceso de definición a esa transición tonal (enfoque).

Cantidad

La función 'cantidad' determina el grado de definición de las transiciones tonales. Si el valor dado es demasiado bajo, la imagen contará con una definición extra. En caso de un

▶ FUNCIONAMIENTO DEL FILTRO MÁSCARA DE ENFOQUE

▶ La máscara de enfoque, de Adobe Photoshop es un filtro que permite definir tres parámetros diferentes: radio, umbral y cantidad.

▶ Muestra de ejemplos de transición suave y fuerte en una misma imagen. La diferencia entre las áreas adyacentes indica si la transición debe ser considerada como un contorno que necesita el filtro de enfoque (transición dura) o si es un degradado (transición suave) que tiene que conservarse.

▶ Estos tres parámetros se ilustran en la figura de la derecha.

El radio es la medida que indica cuál debe ser el grado de desenfoque para que esas áreas aparezcan enfocadas con ayuda del filtro. La medida se expresa como la cantidad de píxels en el ancho del área de transición desenfocada; en este caso, cuatro píxels. Sólo el desenfoque en torno al radio definido será corregido por el filtro.

El nivel de umbral determina la diferencia de tono que debe haber entre dos áreas adyacentes para que entre ellas se perciba un borde definido.

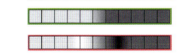

Este valor constituye la diferencia mínima que debe existir entre los niveles tonales para que la transición sea nítida.

Con la función Umbral se puede hacer un ajuste para afinar intencionadamente superficies granulosas.

La Cantidad es simplemente el valor que indica el grado de definición. Si el afinado es excesivo puede crear contornos molestos.

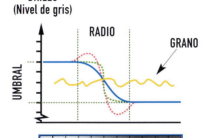

▶ Muestra de una serie de píxels extraídos de un área desenfocada de una imagen (azul). Un área desenfocada significa que la transición entre claro y oscuro es suave, representada por la curva más aplanada (la curva azul del diagrama).

Para darle mayor nitidez a la imagen se puede hacer una gradación más acusada de las transiciones suaves, dándole mayor verticalidad a la curva en esa zona (curva verde).

Pero si se enfoca excesivamente la imagen, aparecen las llamadas aureolas a lo largo de los contornos (curva roja).

▶ En la segunda imagen se ha aplicado una cantidad excesiva de afinado, lo que provoca un fenómeno molesto: el halo alrededor de los contornos. Este hecho se produce porque se genera una línea luminosa junto al lado claro del contorno y una línea oscura junto al lado oscuro. En esta ilustración se aprecia claramente este fenómeno.

valor excesivo de 'cantidad', se produce un borde extra oscuro en el lado oscuro del contorno y un borde luminoso junto al lado claro, creando un efecto *aureola*. Por lo general, es conveniente que el valor de 'cantidad' se sitúe entre el 100 y el 200 %.

Los valores de los parámetros de `máscara de enfoque` (radio, umbral y cantidad) recomendados en esta sección no pretenden ser válidos para todos los casos. Es conveniente realizar pruebas en cada ocasión y tratar de encontrar los valores que mejor se adapten. En imágenes muy desenfocadas puede ser difícil lograr mayor nitidez con los valores aquí recomendados, debido a que en ese tipo de imágenes no existen diferencias tan pequeñas de radio y umbral. En esos casos se puede intentar con un radio más elevado y un valor menor de cantidad. Cuando la evaluación de la imagen se hace en pantalla, es importante que su previsualización se haga al 100 % (escala 1:1). Puesto que ello significa que cada píxel de la imagen corresponde a un píxel de pantalla, permite evaluarla mejor.

10. SEPARACIÓN [5.6.11]

Para hacer la conversión de RGB a CMYK se deben definir previamente los valores de ajuste de impresión, ya que la conversión debe ajustarse para cada proceso específico de impresión (ver 5.8). En Adobe Photoshop sólo es necesario seleccionar `Imagen –> Modo –> Color CMYK` y la separación se realiza automáticamente.

11. GUARDAR LA IMAGEN EN EL FORMATO APROPIADO [5.6.12]

En la práctica, sólo hay dos formatos de imagen que se utilizan en producción gráfica: TIFF y EPS. No existe ninguna diferencia cualitativa importante entre ambos formatos, y los dos ocupan el mismo espacio. La principal diferencia entre ellos radica en su distinto modo de operar. El fichero EPS también puede guardarse como fichero DCS (ver 5.3.2, 5.3.3 y 5.3.4).

HERRAMIENTAS EN ADOBE PHOTOSHOP [5.7]

En esta sección se examinarán brevemente algunas de las herramientas más usuales para la edición de imágenes en Adobe Photoshop.

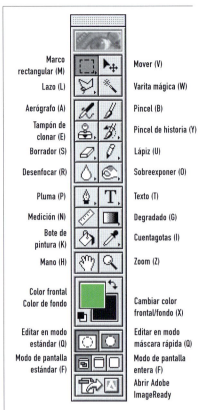

▶ LA PALETA DE HERRAMIENTAS Y PHOTOSHOP

Muchas de las herramientas tienen opciones (una pequeña flecha en el botón de la herramienta indica si existe un menú). Para acceder a ellas, se debe pulsar alt y hacer clic sobre el botón de la herramienta o sólo hacer clic sobre el botón de la herramienta y mantener pulsado el ratón, y el menú aparece.

Para el acceso rápido a una herramienta, se pulsa la tecla de la letra que aparece entre paréntesis.

▶ EVITAR LAS CARAS 'ROSAS'

Para evitar los rostros rosas, una regla simple es darle aproximadamente un 15 % más de amarillo que de magenta al tono de la piel de las personas de tez blanca.

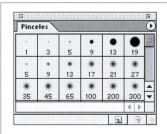

▶ PINCEL Y LÁPIZ

Se puede elegir entre diferentes formas y tamaños de pincel y de lápiz, y también crear formas personalizadas.

HERRAMIENTAS PARA PINTAR 5.7.1

Todas las herramientas para pintar de Adobe Photoshop pueden configurarse en función del tamaño (grosor). En herramientas como el pincel o el lápiz se pueden tratar los bordes suaves, configurar como aerógrafo y también definir la dureza y la forma. Todas las herramientas ofrecen opciones especiales para controlar distintos aspectos de los colores, como su opacidad, su transparencia, etc.

EL TAMPÓN DE CLONAR 5.7.2

Cuando se quiere eliminar un área no deseada y sustituirla por otra área de la misma imagen, la herramienta apropiada es el tampón de clonar. Se utiliza para eliminar polvo, rayas, etc., copiando otra parte de la imagen. Para utilizar esta herramienta se pulsa la tecla alt y se hace clic sobre el área de la imagen que se quiere clonar. Luego se pueden suplantar las áreas de la imagen que se deseen retocar por la superficie seleccionada. El área desde la que se copia queda señalada con una pequeña cruz.

LA HERRAMIENTA ESPONJA 5.7.3

La herramienta esponja se utiliza para oscurecer o difuminar un área de la imagen.

HERRAMIENTAS DE ENFOQUE Y DESENFOQUE 5.7.4

Si se quiere dar un efecto borroso a un área, se utiliza la herramienta de desenfoque. Cuanto más se pinta sobre esa área más borrosa queda. Es una herramienta muy útil para eliminar efectos de contorno o detalles que no se desea que destaquen. La herramienta de enfoque tiene la función contraria, es decir, afinar o enfocar áreas de la imagen. Pero a menudo no se obtiene la calidad deseada.

SOBREEXPOSICIÓN Y SUBEXPOSICIÓN 5.7.5

Sobreexposición y subexposición son dos herramientas inspiradas en las técnicas fotográficas de cuarto oscuro. Una determinada área de la imagen se aclara u oscurece mediante su sobreexposición o subexposición, de forma similar a los procedimientos utilizados en fotografía.

AERÓGRAFO, PINCELES, LÁPICES, BORRADORES 5.7.6

Son herramientas para dibujar y pintar. El lápiz sirve para colorear, el pincel puede pintar con diferentes grados de transparencia y suavidad. El aerógrafo funciona de la misma manera que un aerógrafo auténtico, añadiendo suavemente más pintura mientras se mantiene presionado, y también se utiliza para difuminar los bordes. Es apropiado para crear sombras y efectos similares. El borrador simplemente elimina la imagen en el área donde se aplica, y puede utilizarse en diversas formas. Una de sus funciones más prácticas es Borrador de historia, con la que, en lugar de borrar completamente el área sobre la que se aplica, se recupera el área que había sido guardada anteriormente.

PLUMA 5.7.7

Esta herramienta se utiliza para crear curvas Bézier con el fin de crear trazados (*paths*). Las curvas Bézier también pueden utilizarse para crear selecciones.

▶ **CÓMO CREAR UNA MÁSCARA RÁPIDA**

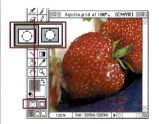

Buscar la herramienta máscara rápida en la caja de herramientas.

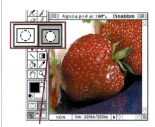

Entrar en el modo máscara rápida haciendo clic sobre el icono de la derecha.

Utilizar las herramientas de pintura para crear la máscara (aquí, la máscara creada sobre la fresa ya está casi toda cubierta de rojo).

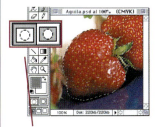

Regresar al modo estándar, creando así el contorno de la máscara, haciendo clic sobre el icono de la izquierda.

▶ CÓMO CREAR UNA SELECCIÓN CON TRAZADOS EN ADOBE PHOTOSHOP

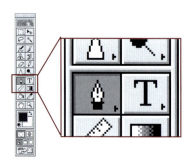

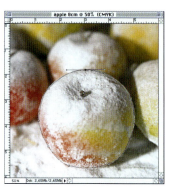

1. Tomar como base una imagen donde el objeto que se quiera seleccionar tenga contornos definidos.

2. Seleccionar la herramienta pluma en la caja de herramientas.

3. Crear un trazado con la herramienta pluma. Este trazado puede abarcar uno o varios objetos. Para obtener mejores resultados, es conveniente realizando ligeramente en el interior.

4. Guardar el trazado haciendo clic en Guardar trazado en la pestaña Trazados. Ponerle un nombre identificativo. Se pueden guardar varios trazados en la misma imagen, pero sólo se puede usar uno por selección.

5. Elegir la opción Trazado de recorte para guardar el trazado. Un valor demasiado bajo del número de puntos que se desvían del trazado ralentiza el proceso. Normalmente se recomienda un valor en torno a 8–10.

6. Guardar la imagen, que requiere un formato EPS.

7. ¡Listo! La imagen aparece como una selección al ser importada a la aplicación de autoedición. También podemos utilizarla como una salida o como una selección de acuerdo con el trazado que se había creado. Además, el fichero digital original queda intacto y visible si la imagen ha sido editada en Photoshop (3.er paso).

DEGRADADO 5.7.8

Con esta herramienta se pueden crear degradados entre el color frontal y el color de fondo que se haya elegido. Es particularmente útil para crear una selección tonal en máscara rápida.

MÁSCARA RÁPIDA 5.7.9

La máscara rápida permite colocar una selección en una imagen de forma rápida y sencilla. Se hace clic en el icono de máscara rápida para pintar, bien sobre las partes de la imagen que se quieren seleccionar, o bien sobre las que no se vayan a seleccionar, según cómo esté configurada la aplicación Photoshop. Cuando se crea la máscara, se puede usar cualquier herramienta de pintura. Esto significa que se pueden crear selecciones con distintos efectos. Para retornar al modo normal se hace clic en el icono Editar en modo estándar. La máscara será visible como una línea de contorno. También se puede hacer clic en el icono de máscara rápida cuando se tiene una selección que se quiere manipular como una máscara.

CAPAS 5.7.10

La herramienta capas (*layers*) es muy útil para realizar retoques. También se puede utilizar para crear imágenes compuestas de varias partes (por ejemplo, una imagen con texto, un objeto con sombras) que se quieran mantener separadas hasta el último momento.

BOTE DE PINTURA Y VARITA MÁGICA 5.7.11

Estas dos herramientas tienen funciones similares. No obstante la varita mágica crea una selección, mientras que el bote de pintura rellena un área con el color frontal. Ambas funciones se ejecutan en los colores que han sido seleccionados. El rango de los colores contiguos se determina mediante la función Tolerancia, en el menú Opciones.

SELECCIONES 5.7.12

Hay dos maneras de crear una selección: volver blanco el fondo de la imagen o usar trazados. Si se utiliza el primer método, se puede aprovechar la ausencia de líneas de contorno nítido del motivo, alternativa necesaria si se quiere seleccionar una imagen con poca profundidad de campo. Una de las ventajas de este método es que, además de hacer la selección, se puede añadir o mantener la sombra detrás del motivo. Otra ventaja es que funciona en todos los formatos de ficheros para imágenes. La desventaja de volver el fondo blanco es que éste se pierde definitivamente y, además, no se puede colocar la selección en otra imagen u objeto sin que esté rodeada de ese fondo blanco. Es más corriente que se hagan selecciones de imágenes usando trazados. Utilizando la herramienta pluma se crea una curva Bézier a lo largo del contorno del motivo elegido. También se puede crear otra curva en el interior de la primera para crear así un agujero en el motivo seleccionado. Por ejemplo, en la imagen de un anillo, se puede dibujar una curva alrededor del mismo y hacer un agujero donde se quiera que sea transparente. Los contornos de una imagen seleccionada con trazado serán completamente definidos.

▶ **AJUSTE DE LAS HERRAMIENTAS**
En el menú Opciones se pueden ajustar las herramientas utilizadas. Todas las herramientas tienen diferentes parámetros.

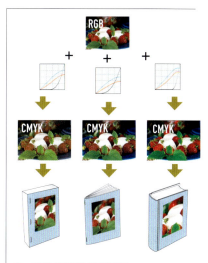

▶ **SIMILAR PERO DIFERENTE**
En cada trabajo una imagen debe separarse utilizando una única curva. En consecuencia, la misma imagen debe ajustarse y editarse de distinta manera según el uso que se le vaya a dar. Por eso es difícil reutilizar una imagen ya separada en colores para otros propósitos distintos de aquellos para los que fue adaptada.

▶ **FACTORES DETERMINANTES EN LA SEPARACIÓN**

Los tres factores principales que se deben tener en cuenta para la separación de colores y los ajustes para la impresión son:
- Tipo de papel
- Proceso y tintas de impresión
- Trama de medios tonos

AJUSTES PARA IMPRESIÓN 5.8

En una campaña de publicidad en la que aparezca la misma imagen impresa en un periódico, en una revista, en carteles para exteriores y en carteles para los autobuses o el metro, podemos tener la certeza de que la imagen se habrá adaptado especialmente para cada uno de esos soportes. Técnicamente se trata de cinco imágenes digitales completamente distintas para los cinco usos mencionados, y cada una de ellas se habrá ajustado para su propósito específico. Una imagen digital que ya ha sido ajustada para ser impresa, generalmente sólo se podrá utilizar con el tipo de soporte para el que ha sido ajustada inicialmente.

La forma más habitual de presentar imágenes en color en soporte papel es imprimirlas a cuatro tintas: cyan, magenta, amarillo y negro. Combinando estos colores se pueden obtener muchos de los colores auténticos, pero se está lejos de poder reproducir todos los colores (ver "Teoría del color", 4.4.2). En teoría, para representar imágenes es suficiente con utilizar tres tintas: rojo, verde y azul. Si se imprimen las tres en tono máximo (*full tone*) el resultado debería ser el color negro, pero, en la práctica, el resultado es más bien un marrón oscuro sucio, debido a que las tintas de impresión existentes no contienen pigmentos perfectos. Este fenómeno se denomina *trapping* (ver "Impresión", 13.4.4). Por eso, se agrega la tinta negra para compensar esas limitaciones. Otra razón para incluir la tinta negra es que así se puede imprimir texto negro utilizando sólo una tinta en lugar de tres, evitando de ese modo el problema de los fallos de registro.

Los escáners y los ordenadores trabajan con tres colores para representar las imágenes: rojo, verde y azul (ver "Teoría del color", 4.4.1). Para imprimir una imagen digital debe efectuarse la conversión de los tres colores en que fue escaneada a los cuatro colores que se utilizan para imprimir, lo que se denomina conversión a CMYK. Esto se puede realizar en el ripeado, en el escaneado o mediante un software de edición de imágenes como Adobe Photoshop.

Al convertir imágenes de RGB a CMYK deben adaptarse para el soporte que se vaya a utilizar y la técnica específica de impresión. Los tres factores principales que se deben tener en cuenta cuando realizamos la conversión y los ajustes para la impresión son: el tipo de papel, el proceso de impresión y la trama para medios tonos. Estos tres factores plantean requisitos especiales respecto a cómo debe hacerse la conversión. También determinan cómo podría generarse el negro en relación con los otros tres colores. Por ejemplo, cuál podría ser el grado UCR/GCR utilizado (ver 5.8.3). El proceso de impresión, y a veces también el tipo de papel, determinan el balance de grises de la imagen. Los tres factores (tipo de papel, proceso de impresión y trama de medios tonos) influyen en la ganancia de punto que se produce en el proceso de impresión y en la producción de las planchas. Al hacer la separación de colores de una imagen hay que definir, entre otros, los valores de cantidad de tinta, UCR/GCR, balance de grises, ganancia de punto y estándar de color. A continuación, se exponen estos conceptos y su significado.

COBERTURA DE TINTA 5.8.1

En una impresión normal en cuatricromía se utilizan las cuatro colores (CMYK) y cada color puede alcanzar, para un tono lleno, un valor tonal máximo del 100 %. Si se da un valor tonal del 100 % a cada tinta, se llega —en teoría— a una cobertura total de tinta del 400 % (por ejemplo, en un fondo negro compuesto por 100 % de cyan, 100 % de magenta, 100 % de amarillo y 100 % de negro). Pero esto es imposible de lograr en la práctica (ver

▶ **DEFINIR EN LA SEPARACIÓN DE COLORES**

Antes de convertir una imagen debemos definir los valores de:
- Cobertura de tinta
- Balance de grises
- UCR/GCR
- Ganancia de punto
- Estándar de color

▶ **COBERTURA TOTAL DE TINTA**
Esta imagen tiene una gran cantidad de tinta en las áreas oscuras. Incluye las cuatro tintas que, en conjunto, llegan hasta el 343 % de cobertura de tinta.

▶ **EQUILIBRIO DE GRISES CORRECTO Y FALSO**
El equilibrio de grises de la imagen inferior es correcto, mientras que el de la imagen superior es falso, y por eso presenta una desviación de color molesta.

"Impresión", 13.4.4). La cobertura del 400 % no es alcanzable. El exceso de tinta causa distintos problemas, como que las tintas se corran o que se precisen tiempos de secado muy prolongados.

Al hacer la conversión de colores de la imagen, se puede definir el límite de tinta total que se considere adecuado y, sobre esa base, se recalcula la imagen. Si por ejemplo se indica un límite de tinta total del 300 %, ninguna parte de la imagen va a contener más del 300 % de tinta. Dependiendo del tipo de papel y del proceso de impresión, el límite de tinta total suele situarse entre 240 % y 340 %. Si el producto impreso debe barnizarse en la impresión será necesario contar con el barniz como si fuera una tinta más, lo cual implica que el límite de tinta total debe ser reducido para lograr que el barniz quede bien adherido y no ocasione problemas.

EQUILIBRIO DE GRISES 5.8.2

Si la cantidad de tinta para la impresión es la misma para las tres tintas (C, M e Y), el resultado no será una superficie gris neutral, a pesar de que, en teoría, debería ser así. Ello se debe al color del papel, a que las tintas no se adhieren completamente entre sí (variando su adherencia según el orden en que se imprimen), a las diferencias de ganancia de punto y a que los pigmentos de las tintas no son perfectos.

Si no es correcto, los colores naturales que normalmente se toman como referencia en las imágenes —como el color de la hierba, de la piel o de una fruta— no se perciben como naturales. Una imagen con un equilibrio de grises erróneo tendrá una desviación de color. Para lograr un correcto equilibrio de grises debe ajustarse la imagen basándose en las discrepancias descritas. Un valor común de equilibrio de grises es el siguiente: 40 % cyan, 29 % magenta y 30 % amarillo. Esta combinación suele dar un tono gris neutro en papel estucado para impresión offset (ver "Impresión", 13.4.3).

▶ GRIS NEUTRO
En la práctica, una combinación CMY de 30 / 30 / 30 no dará un gris neutro. En cambio, una combinación CMY de 30 / 20 / 21 sí.

▶ CÓMO FUNCIONA EL GCR

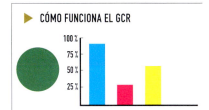

Esta combinación de tintas está compuesta por C = 90 %, M = 25 % e Y = 55 %. La cantidad total de tinta resultante es 170 % (90+25+55).

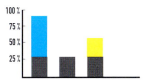

La combinación de estas tres tintas conforma un componente gris compuesto por C = 25 %, M = 25 %, Y = 25 %. El componente gris se sustituye por la cantidad equivalente de negro para obtener el mismo gris, o sea, K = 25 %.

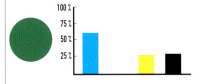

Esta combinación contiene una cantidad total de tinta considerablemente menor, pero da el mismo resultado final. La cantidad total de tinta en este caso es de 120 %.

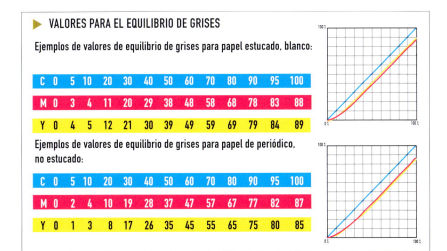

▶ VALORES PARA EL EQUILIBRIO DE GRISES

Ejemplos de valores de equilibrio de grises para papel estucado, blanco:

C	0	5	10	20	30	40	50	60	70	80	90	95	100
M	0	3	4	11	20	29	38	48	58	68	78	83	88
Y	0	4	5	12	21	30	39	49	59	69	79	84	89

Ejemplos de valores de equilibrio de grises para papel de periódico, no estucado:

C	0	5	10	20	30	40	50	60	70	80	90	95	100
M	0	2	4	10	19	28	37	47	57	67	77	82	87
Y	0	1	3	8	17	26	35	45	55	65	75	80	85

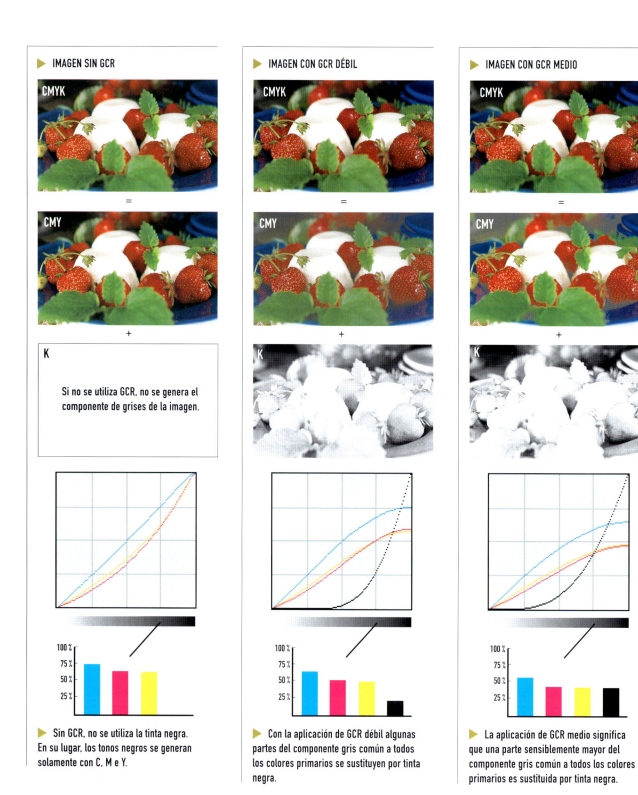

▶ IMAGEN SIN GCR

▶ IMAGEN CON GCR DÉBIL

▶ IMAGEN CON GCR MEDIO

Si no se utiliza GCR, no se genera el componente de grises de la imagen.

▶ Sin GCR, no se utiliza la tinta negra. En su lugar, los tonos negros se generan solamente con C, M e Y.

▶ Con la aplicación de GCR débil algunas partes del componente gris común a todos los colores primarios se sustituyen por tinta negra.

▶ La aplicación de GCR medio significa que una parte sensiblemente mayor del componente gris común a todos los colores primarios es sustituida por tinta negra.

▶ **IMAGEN CON GCR MÁXIMO**

=

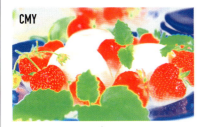

+

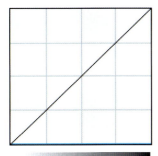

▶ Con GCR máximo se sustituye por tinta negra el componente gris común a todos los colores primarios.

▶ **IMAGEN CON UCR**

=

+

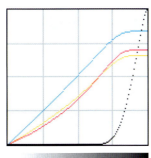

▶ UCR sustituye por negro el componente gris común a todos los colores primarios solamente en las áreas oscuras neutras de la imagen.

▶ **CON O SIN GCR**

Se les haya o no aplicado GCR a las imágenes, éstas deberían dar idéntico resultado. Pero si en la máquina de impresión la cantidad de tinta varía durante la tirada o no es uniforme, la imagen convertida mediante GCR se verá menos afectada

▶ Una imagen separada sin GCR o con GCR débil está compuesta, principalmente, por los tres colores primarios y, por eso, se ve más afectada por las pequeñas variaciones en la dosificación de tinta en la máquina de imprimir; incluso pequeñas variaciones pueden ocasionar una desviación de color significativa.

▶ Como una imagen separada con GCR está compuesta por menos tonos comprendidos en los colores primarios, el balance de grises no se ve tan afectado por las fluctuaciones de tinta de la máquina de imprimir. Por ello, una misma imagen se mantiene idéntica en todos los pliegos de la tirada.

> **VENTAJAS DE GCR/UCR**
>
> Algunas de las ventajas de GCR/UCR son:
>
> - Facilidad para lograr y mantener el equilibrio de grises en la impresión y, con ello, una calidad de impresión más uniforme.
> - Menos problemas de corrimiento y de contornos poco claros en la impresión, debido a la menor cantidad total de tinta.
> - Posibilidad de lograr colores más exactos con un límite bajo de tinta total.

▶ **BLANCO Y NEGRO EN CUATRICROMÍA**
Una imagen en blanco y negro puede ser separada e impresa con CMYK, para lograr tonos más suaves y mayor profundidad en la imagen. Pero entonces es particularmente importante que se utilicen valores correctos en el equilibrio de grises, ya que en caso contrario se produce fácilmente el fenómeno de desviación de color.

UCR, GCR Y UCA 5.8.3

Si se imprimen las tintas C, M e Y con un equilibrio de grises correcto se obtiene un tono gris neutro. Pero esta combinación de tintas puede sustituirse por tinta negra y obtener del mismo modo el tono de color gris neutro. Esta operación permite reducir la cantidad total de tinta. Este proceso se denomina UCR (*Under Color Removal*). El UCR afecta solamente a las áreas neutras de la imagen.

Incluso los colores que no sean gris neutro contienen un componente gris. Si se toma como ejemplo una combinación de C = 90 %, M = 25 %, Y = 55 %, el componente gris conformado por las tintas se define como C = 25 %, M = 25 %, Y = 25 %. Si se sustituye este componente gris por negro (K = 25 %) y se combina con la cantidad restante de cyan (C = 65 %) y de amarillo (Y = 30 %) se obtiene, en teoría, el mismo color en la imagen. La sustitución por negro de ese componente gris que los diferentes colores de la imagen tienen en común se denomina GCR (*Gray Component Replacement*). El grado de GCR se puede variar sustituyendo sólo una parte del componente gris por negro. En el ejemplo mencionado, podría sustituirse sólo una parte menor del componente gris, por ejemplo C = 10 %, M = 10 %, Y = 10 % por K = 10 %. Luego se combina el color negro (K = 10 %) con las partes restantes de cyan, magenta y amarillo (C = 80 %, M = 15 %, Y = 45 %).

El propósito de la aplicación de GCR es reducir la cantidad total de tinta sin alterar los colores de la imagen. Ello es más fácil que obtener el equilibrio de grises en la impresión y además proporciona una calidad más uniforme. Las conversiones GCR también dan menos problemas con el maculado en la máquina de impresión, porque la cantidad de tinta es menor. En las imágenes que son particularmente sensibles a los cambios de color debería efectuarse la conversión con GCR. Las imágenes en negro de cuatricromía, por ejemplo imágenes en blanco y negro, compuestas por las cuatro tintas CMYK, son un ejemplo de este tipo de imágenes sensibles.

Cuando se sustituye el negro por otros colores, los tonos más oscuros de la imagen pueden parecer pálidos. Para evitarlo, se puede añadir un poco de color a los tonos oscuros más acusados. Es lo que se llama UCA (*Under Color Addition*). Las definiciones de UCR, GCR y UCA pueden utilizarse en aplicaciones de separación de colores, como por ejemplo Adobe Photoshop o Linocolor.

GANANCIA DE PUNTO 5.8.4

La ganancia de punto es un fenómeno técnico que consiste en el aumento de tamaño de los puntos de la trama que se produce durante el proceso de impresión. En la práctica,

▶ **IMAGEN NO AJUSTADA**
La ganancia de punto de esta imagen no está ajustada y por eso quedó demasiado oscura.

▶ **IMAGEN AJUSTADA**
La ganancia de punto de esta imagen está ajustada y por eso el resultado es el deseado.

significa que la impresión de una imagen cuya ganancia de punto no se haya ajustado quedará demasiado oscura. Para alcanzar una calidad óptima en la impresión de las imágenes, cuando la imagen está en CMYK debe compensarse en función de la ganancia de punto prevista, por lo que es necesario conocer la ganancia de punto del papel y de la técnica de impresión utilizados.

El tamaño de los puntos de trama aumenta cuando son copiados en la plancha. Pero esto sólo es aplicable para películas y planchas negativas. Si, por el contrario, se usan películas y planchas positivas, se produce el efecto opuesto: una pérdida de punto. La ganancia de punto en la máquina de impresión se produce cuando la tinta es transferida de la plancha al papel. Cada tipo de papel posee características propias que afectan a la ganancia de punto, y por eso la impresión debe realizarse teniendo en cuenta esos factores. Si una imagen se ajusta mal, por ejemplo, para un papel estucado fino (que tiene una ganancia de punto baja), cuando la impresión debe realizarse en papel de periódico (que tiene una ganancia de punto alta), la imagen quedará excesivamente oscura. También hay una ganancia de punto óptica que depende de cómo se refleja y se difunde la luz en el papel.

La técnica de impresión utilizada influye asimismo sobre el nivel de ganancia de punto. Por ejemplo, una rotativa offset de bobina se caracteriza por una ganancia de punto mayor que la de la máquina de imprimir offset de hojas, para la misma calidad de papel. Ciertos tipos de papel se adecúan más a una determinada frecuencia de trama. Los fabricantes de papel recomiendan una frecuencia de trama apropiada para cada tipo de papel.

La ganancia de punto se mide utilizando valores tonales del 40 % y 80 %. Un valor corriente de ganancia de punto es aproximadamente del 23 % en el tono de 40 % para una trama de 150 lpp y papel estucado (película negativa). La ganancia de punto siempre se mide en unidades de porcentaje absolutas. Eso significa que, en el ejemplo que acabamos de mencionar, un valor tonal del 40 % de un área determinada en la película se transforma en un valor del 63 % en la impresión (40 % + 23 % = 63 %).

ESTÁNDARES DE COLOR 5.8.5

Cuando se convierte una imagen a CMYK debe tenerse en cuenta el estándar de color utilizado. En diferentes países y continentes se usan distintas definiciones de los colores cyan, magenta, amarillo y negro para las tintas. En Estados Unidos, se utiliza el estándar SWOP,

▶ **GANANCIA DE PUNTO ÓPTICA**
Es un efecto óptico que depende de cómo se refleja y se difunde la luz en el papel.

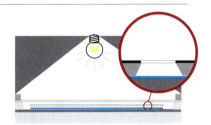
▶ **GANANCIA DE PUNTO EN LA REALIZACIÓN DE LA PLANCHA**
Por efecto de la propagación de la luz entre la película y la plancha, el tamaño de los puntos de la trama de medios tonos aumenta/encoge al copiar las planchas.

▶ **GANANCIA DE PUNTO EN LA MÁQUINA DE IMPRIMIR OFFSET**
Los puntos de trama se comprimen, y aumentan en la línea de contacto (nip), entre los cilindros. En consecuencia, las áreas tonales y las imágenes se oscurecen.

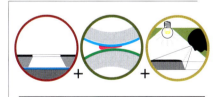
= GANANCIA TOTAL DE PUNTO
▶ **GANANCIA TOTAL DE PUNTO**
El valor total es la suma de las ganancias/pérdidas de punto que se producen de película a plancha, en la impresión y por efecto óptico.

▶ GANANCIA DE PUNTO

El valor total de la ganancia de punto se puede medir con un densitómetro y una tira de control. Se suelen utilizar valores tonales del 40 % y a veces del 80 % como valores de referencia.

La ganancia de punto se mide siempre en unidades de porcentaje absolutas. Así, una ganancia de punto del 23 % significa que un valor tonal del 40 % se transformará en un valor del 63 % en la impresión.

Para definir un área tonal que tenga un valor del 40 % en la impresión debe trazarse una línea horizontal que vaya desde el valor del 40 % del eje de impresión hasta el punto en que se cruce con la curva que describe la ganancia de punto. Luego, desde este punto de intersección se traza una línea vertical hacia abajo, hasta el eje de la película, que da la respuesta.

En el ejemplo, debe ajustarse el valor del bloque tonal del 40 % al 22 % (papel estucado), al 18 % (papel no estucado) o al 15 % (papel de periódico) —aproximadamente— para obtener el resultado correcto en el impreso.

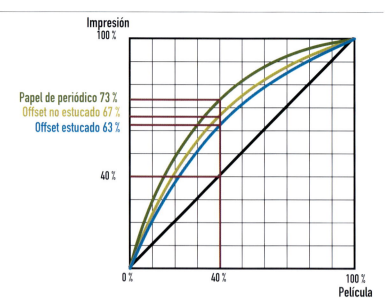

▶ CURVAS DE GANANCIA DE PUNTO

Las curvas muestran la ganancia de punto en todo el campo tonal para tres tipos de papeles, usando película negativa. El eje horizontal muestra el valor de tonos en la película y el vertical en la impresión. Para saber cómo un cierto valor tonal se ve influido por la ganancia de punto se traza una línea vertical desde ese valor en el eje horizontal hasta que se cruce con la correspondiente curva de ganancia de punto. Luego, trazando una línea horizontal desde el punto de intersección, se ve cuál es el valor tonal que se obtendrá en el impreso. Esta imagen muestra cómo la ganancia de punto que afecta a un tono con valor del 40 %: se transforma en un 63 % en papel estucado, en un 67 % en papel no estucado y en un 73 % en papel de periódico.

▶ VALORES GUÍA PARA LA SEPARACIÓN

PAPEL DE PERIÓDICO	aprox. 85 lpp
Ganancia de punto	33%-neg / 26%-pos
GCR	alto
Cobertura de tinta	240–260%

PAPEL NO ESTUCADO	aprox. 120 lpp
Ganancia de punto	27%-neg / 20%-pos
GCR	bajo/medio
Cobertura de tinta	280–300%

PAPEL ESTUCADO	aprox. 150 lpp
Ganancia de punto	23%-neg / 16%-pos
GCR	bajo/ UCR
Cobertura de tinta	320–340%

▶ CONVERSIÓN DE COLORES CON PERFIL ICC EN ADOBE PHOTOSHOP

Se puede realizar la gestión de colores en Adobe Photoshop utilizando Edición –> Ajustes de color. Actualmente, el método más común para separar los colores de las imágenes es utilizar perfiles ICC. La separación se determina por los tres factores siguientes: perfil (CMYK), motor (engine) y propósito (intent).

Mediante Espacios de trabajo –> CMYK debe seleccionarse un perfil ICC desarrollado, partiendo de los requisitos propios, o seleccionando un perfil estándar lo más similar posible a dichas características. En el perfil está la información de ganancia de punto, equilibrio de grises, máxima cobertura de tinta, estándar de color y grado de GCR .

En gestión de color deberá indicarse cómo se gestionarán los perfiles y colores existentes. Normalmente hay ya una opción preseleccionada (Mantener perfiles incrustados), que hace que los colores de una imagen con un perfil ya incorporado no se conviertan, sino que permanezcan como están.

El módulo de gestión de colores que se ha de utilizar se elige en Conversión –> Motor (ver "Teoría del color", 4.7.7). Adobe Photoshop tiene su propio módulo, pero también se puede elegir el de otros proveedores.

En la opción Conversión –> Propósito hay cuatro métodos de conversión para elegir: perceptual, saturación, relativo o absoluto. Su adecuación depende del tipo de imagen al que se apliquen. Por ejemplo, la conversión perceptual es la más corriente para las imágenes digitales obtenidas a través de un escáner (ver "Teoría del color", 4.7.8 y 4.7.11).

Si al hacer la conversión se selecciona Compensación, el valor de color más oscuro en la imagen va a ser representado por el valor de color más oscuro del nuevo espacio de color. Ello resulta especialmente interesante si pasamos de un espacio de color menor a uno mayor, por ejemplo, de RGB a conversión CMYK.

Para efectuar la separación actual de colores ir a Imagen –> Modo –> CMYK. En el ejemplo se muestra cómo convertir de Adobe RGB al perfil de impresión Eurostandard Coated.

▶ SISTEMA DE SEPARACIÓN INCORPORADO EN ADOBE PHOTOSHOP

El método de separación incorporado en Adobe Photoshop es el método tradicional para separar imágenes y se utiliza cuando no se tiene acceso a ningún perfil ICC. Se basa en la selección manual del estándar de color de las tintas y de la definición de los valores de ganancia de punto, de cantidad GCR y UCA, de cantidad máxima de tinta negra y de cobertura máxima de tinta.

Como de costumbre, ir a Edición –> Ajustes de color. Seleccionar Curvas –> CMYK –> CMYK personalizado y aparecerá un cuadro de diálogo donde se pueden definir los factores mencionados.

Las tintas de impresión se eligen a partir de los estándares de color predefinidos. En Estados

Unidos se utiliza SWOP y en Europa la EuroScale. Existe la alternativa de definir colores de tinta personalizados utilizando los valores CIELAB o CIExyz, eligiéndolo en Opciones de tinta –> personalizado.

En Opciones de separación se define la cobertura de tinta y el GCR. Aquí se eligió un GCR débil y una cobertura de tinta alta, del 340 %. Hay dos modos de compensar la ganancia de punto en Adobe Photoshop: Estándar y Curvas.

El método Estándar es el más corriente. Es una manera sencilla de indicar la ganancia de punto, pero tiene ciertas limitaciones. Photoshop elige por defecto un valor de ganancia de punto cuando se hace la selección personalizada en Colores de tinta, valor que rara vez coincide con la realidad y que, por eso, debe ser corregido. La ganancia de punto se indica sólo en tono de 40 % como referencia y los demás valores los calcula el mismo programa. La anancia de punto es indicada entonces como un solo valor para todos los colores, o sea que no se considera el hecho de que suele variar de una a otra tinta.

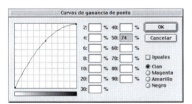

El método Curvas es un modo para indicar la ganancia de punto de forma más precisa, dado que permite definirla hasta en 13 valores porcentuales diferentes y, además, permite hacerlo por separado para cyan, magenta, amarillo y negro.

▶ **COLOR HI-FI O DE ALTA FIDELIDAD**
Los cuatro colores básicos CMYK son completados con otros dos, tres o cuatro colores. De esta manera se obtiene un rango de colores considerablemente más amplio. Hexachrome, usada en este ejemplo, es la más común de estas técnicas y se basa en seis colores: CMYK más un verde y un naranja. En estas imágenes se ven los puntos de trama en los seis colores.

mientras que EuroScale es su equivalente europeo. Dentro de estos estándares de colores existen diversas posibilidades de elección en función de los distintos tipos de papel y técnicas de impresión, como por ejemplo Eurostandard Coated para un papel estucado que se imprime con tintas según EuroScale. Cuando se hace la conversión a CMYK es necesario realizar la selección del estándar de color que se va a utilizar en la impresión; luego, la imagen será convertida a cuatricromía según las características de las tintas utilizadas.

ESPECIFICACIONES DE IMPRESIÓN 5.8.6

Para lograr reproducciones de alta calidad es necesario conocer los valores de determinados parámetros para la conversión a CMYK. El impresor debe facilitar los valores de ganancia de punto, estándar de color, GCR/UCR, cobertura de tinta y equilibrio de grises para el papel elegido para la impresión. En la ilustración de la página 100 se muestran algunos valores recomendados para papel de periódico, papel estucado y papel no estucado de diferentes industrias gráficas. Otra forma de obtener los valores de conversión es elaborando el perfil ICC. Si ha sido generado correctamente, el perfil ICC contendrá definiciones para todos los valores de conversión necesarios.

HI-FI COLOR 5.8.7

En los últimos años han aparecido nuevas técnicas de conversión que se basan en más colores, además de los cuatro colores tradicionales. Puede hablarse entonces de separaciones de seis, siete u ocho colores. Esto hace que el rango de colores sea más amplio y que se pueda reproducir una parte considerablemente más grande del espectro del color. En consecuencia, conseguimos imágenes impresas más fieles a los originales. A menudo se usan los cuatro colores básicos CMYK completándolos con dos, tres o cuatro colores más. Hexachrome es la más común de estas técnicas y se basa en seis colores, CMYK más un verde y un naranja.

ESCÁNERS 5.9

Para poder transferir imágenes al ordenador y luego editarlas se necesita un escáner, que permite leer un original y convertirlo en una imagen digital. Hay dos tipos básicos de escáners: de tambor y planos. En el escáner de tambor la imagen original se coloca en un tam-

▶ **ESCÁNER DE TAMBOR**
Los originales se colocan sobre un tambor de cristal.

▶ **ESCÁNER PLANO**
Los originales se sitúan sobre una superficie plana de cristal.

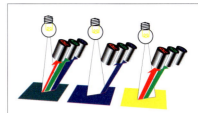

▶ EL ESCANEADO — SUS PRINCIPIOS
La fuente de luz del escáner ilumina con luz blanca una superficie. La luz reflejada es dividida en tres componentes —rojo, verde y azul— mediante unos filtros de color. De esta manera se obtiene la información en RGB de la composición de la luz reflejada que tiene cada color.

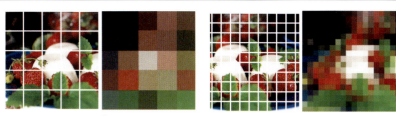

▶ EL ESCANEADO DE IMÁGENES
Para escanear una imagen, el escáner divide su superficie en una cuadrícula donde cada casilla corresponde a un punto de lectura. Cuanto más densa sea la cuadrícula seleccionada (= mayor resolución), más información se obtiene de la imagen y tanto mayor será su fichero digital. Cada punto de lectura se transforma en un elemento de la imagen en el ordenador, denominado píxel, cuyo color será el promedio del punto de lectura. La resolución de escaneado se mide en número de píxels por pulgada (ppp).

bor de cristal, mientras que en el escáner plano se coloca sobre una superficie de cristal plana, como en una fotocopiadora. Hay escáners de toda clase de precios, desde 100 hasta más de 100.000 euros. La diferencia entre ellos radica en la calidad, la productividad y lo avanzado de sus programas de control.

CÓMO FUNCIONA UN ESCÁNER [5.9.1]

Para escanear una imagen, el escáner divide su superficie en una cuadrícula donde cada casilla corresponde a un punto de la lectura digital. Cuanto más densa sea la cuadrícula elegida (mayor resolución de captura o escaneado), más información se obtiene de la imagen y mayor es su fichero digital. Cada punto del escáner se transforma en un elemento de la imagen en el ordenador (píxel). La resolución de escaneado se mide y se expresa en el número de píxels por pulgada (ppp) (ver 5.5.9). La fuente de luz del escáner ilumina con luz blanca cada punto de lectura. La luz que se refleja (si se usa un original opaco) o que se transmite (se filtra si se utiliza un original transparente) desde el punto de lectura es portadora del color que cada punto tiene en el original.

La luz reflejada o transmitida se divide luego en tres componentes —rojo, verde y azul— mediante filtros de color. Las diferentes intensidades de los rayos de luz rojos, verdes y azules dan diferentes colores (ver "Teoría del color", 4.4.1). Cuando la luz reflejada o transmitida es dividida en los tres componentes primarios, el escáner traduce la intensidad de cada uno de ellos a un valor numérico entre 0 y 255. La intensidad de luz de cada color primario determina el valor numérico: 0 significa ausencia de luz y 255 significa máximo de luz. Cada color primario aditivo puede, por consiguiente, ser reproducido en 256 niveles de tono o grados de intensidad. Cada punto de lectura de la imagen original se transforma en un píxel en el ordenador. El color del píxel se describe como la mezcla en RGB de tres valores de color que en conjunto conforman el color que tiene el punto de lectura en el original. Es decir, que la mezcla de rojo = 0, verde = 0 y azul = 0 nos da negro (ausencia de luz); mientras que la mezcla de rojo = 255, verde = 255 y azul = 255 nos da blanco (máximo de luz). Cuando todos los puntos de lectura del original han sido leídos por el escáner, la imagen digital generada se asemeja a un mosaico formado por pequeñísimos elementos de imagen. Este mosaico se denomina mapa de bits (*bitmap*).

▶ TRES MODOS DE CLASIFICAR LOS ESCÁNERS

Dependiendo de su construcción, se pueden clasificar en tres tipos:
- De un paso (single pass) o tres pasos (three pass)
- De fotomultiplicadores o células CCD
- Planos o de tambor

ESCÁNER DE TAMBOR [5.9.2]

El escáner de tambor recibe su nombre por el tambor, de gran tamaño, sobre el que se monta el original para ser escaneado. El tamaño máximo del original físico que admite el escáner puede variar según la marca, pero suele ser A3. Por razones obvias, un escáner de tambor sólo puede escanear originales que se puedan curvar. Si, por ejemplo, se quiere escanear la cubierta dura de un libro, hay que fotografiarla o hacerlo en un escáner plano. Las diapositivas deben desmontarse de sus marcos antes de colocarlas en el tambor de cristal. Los escáners de tambor son productos voluminosos y caros, pero ofrecen una alta calidad y una gran productividad. Por lo general, se usan en las empresas de preimpresión y las industrias gráficas que tienen altas exigencias de calidad y un gran volumen de imágenes.

ESCÁNER PLANO [5.9.3]

En los últimos años los escáners planos han aumentado su popularidad. El original se coloca sobre una bandeja de cristal, lo que supone una ventaja si el original no se puede curvar. El tamaño máximo del original que admiten los escáners planos también suele ser A3, aunque varía según la marca. Estos productos son más baratos y fáciles de manejar que los escáners de tambor. Sus precios y calidades son muy variados. Podemos encontrar escáners desde poco más de 100 euros hasta de más de 10.000 euros. Los escáners de máximo nivel pueden competir perfectamente con los mejores escáners de tambor en calidad de imagen.

EL ESCANEADO [5.9.4]

El escáner de tambor escanea la imagen iluminándola y leyéndola con un cabezal de lectura que contiene fotomultiplicadores o células CCD (ver el recuadro), que perciben la intensidad de la luz reflejada o transmitida. El tambor con la imagen gira a gran velocidad mientras el cabezal de lectura se desplaza lentamente a lo largo de la superficie de la imagen. En cambio, la captación en un escáner plano se realiza mediante una serie de células CCD (ver el recuadro) que, en un intervalo de medida, se desplazan a lo largo de la imagen inmóvil, captando una línea entera en cada paso.

CCD (*Charge Coupled Device*) = Células o sensores CCD.

▶ ESCANEADO EN UN ESCÁNER PLANO
La luz incidente es reflejada por el original opaco y luego captada por las células CCD.

▶ ESCANEADO EN UN ESCÁNER DE TAMBOR
La luz pasa a través del original de película y continúa a través del tambor de cristal en rotación. Después, la luz es conducida vía un espejo al centro del tambor, donde se encuentran las células CCD o los fotomultiplicadores.

ESCÁNERS DE UN PASO Y DE TRES PASOS 5.9.5

La mayoría de los escáners pueden captar simultáneamente los componentes rojo, verde y azul de los colores. Es lo que se llama captación de un paso (*single pass*). Sin embargo, los escáners que sólo pueden captar uno de los tres colores componentes cada vez necesitan hacer tres veces la captación de la imagen y, por ello, se les llama escáners de tres pasos (*three pass*). Por esta razón, un escáner de un paso es casi siempre tres veces más rápido que uno de tres pasos. Otra ventaja de la captación de un paso es que se obtiene un mejor registro entre los tres colores.

MECÁNICA Y ELECTRÓNICA 5.9.6

La mecánica y la electrónica del escáner son factores determinantes en la precisión del escaneado de las imágenes. La precisión óptica influye en la reproducción del color y el enfoque, mientras que la precisión mecánica es importante para asegurar la estabilidad y la uniformidad de la captación en cada momento. Una mala precisión óptica supone una reproducción de color sucia y un enfoque defectuoso, mientras que una mala precisión mecánica puede generar rayas y desplazamientos de los colores.

FOTOMULTIPLICADORES Y CÉLULAS CCD 5.9.7

La calidad de los fotomultiplicadores o de las células CCD del escáner es importante para asegurar la correcta traducción de las señales luminosas. Las células CCD tienen dificultad para distinguir diferencias tonales particularmente en las áreas oscuras de las imágenes; también tienen una tendencia al envejecimiento, lo cual reduce su capacidad de reproducir colores y transiciones tonales de una manera correcta. La producción de células CCD de alta calidad y con resistencia al envejecimiento es extremadamente cara.

RANGO 5.9.8

El rango del escáner es un parámetro importante que describe el rango máximo de tonos que el escáner puede captar del original, incluyendo los pequeños cambios de color. El rango del escáner está limitado por el grado de sensibilidad de los fotomultiplicadores o de las células CCD. Para entender las limitaciones del rango de un escáner, éste puede compararse con el rango de tonos del original físico de una imagen. Por ejemplo, una diapositiva tiene un rango máximo de tonos de 2,7 unidades de densidad (ver 5.5.2). Un escáner que tenga un rango de tonos menor que el original nunca podrá reproducirlo de manera óptima. Algunos escáners de tambor tienen un rango superior a los escáners planos, por lo cual —por lo menos en teoría— deberían proporcionar una calidad mayor. Un escáner con rango pequeño no puede registrar las diferencias de matiz en las áreas oscuras de una imagen, sino que las percibe todas como negras, dando como resultado una imagen plana y sin contrastes.

RESOLUCIÓN DE BITS 5.9.9

El número de bits asignados para cada color se denomina resolución de bits (*bit depth*) del escáner. Existen escáners con una resolución de profundidad de bits de 10, 12 ó 14 bits por color. Ello significa que a partir de 256 tonalidades, una profundidad de bits de 10 bits permite 1.024; de 12 bits da 4.096; de 14 bits, 16.384 y de 24 bits, 16,7 millones de colores. Es decir, que cuanto mayor sea la profundidad de bits, tanto mayor será la informa-

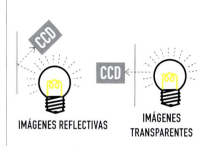

▶ **LA CAPTACIÓN DE LA IMAGEN**
La captación tiene lugar cuando la luz incidente sobre la imagen se refleja en la misma o se transmite a través de ella. Los originales reflectivos (opacos) reflejan la luz, mientras que los transparentes (negativos y diapositivas) la filtran.

▶ **CCD Y FOTOMULTIPLICADORES**
La traducción de intensidad de luz en señales digitales tiene lugar ya sea mediante las llamadas células CCD (Charge Coupled Device, dispositivo de carga acoplada) o mediante fotomultiplicadores. Las células CCD son sensibles a la luz y registran las intensidades luminosas, que se transforman en señales electrónicas digitales. Los fotomultiplicadores funcionan de manera similar, pero dan señales electrónicas análogas.

▶ **256 TONOS**
El ordenador suele trabajar con 1 byte (= 8 bits) por color básico. 8 bits en el sistema numérico binario representan los valores que van desde 0 hasta 255 en el sistema numérico decimal (2^8 = 256, por lo que representan 256 valores posibles).

> **LA CALIDAD DEL ESCÁNER**
>
> La calidad del escáner está determinada por:
>
> - Su mecánica y electrónica
> - Los fotomultiplicadores o las células CCD
> - Su rango
> - Su resolución de bits (número de bits por color primario)
> - Su resolución
> - Su software

ción de la imagen obtenida con el escaneado. El ojo humano no es capaz de diferenciar tantos niveles, pero un mayor número de bits permite obtener más información en áreas de la imagen especialmente importantes, como aquellas áreas de sombras de una imagen oscura en las que hay muchos detalles.

RESOLUCIÓN [5.9.10]

Otro indicador importante de la calidad de los escáners es su resolución máxima de escaneado. Un escáner de alta calidad puede capturar imágenes con más de 3.000 ppp. Una resolución alta es importante para tener la posibilidad de ampliar significativamente una imagen. Por ejemplo, una diapositiva con un formato habitual (24 × 36 mm) que se quiera ampliar diez veces tiene que escanearse con una resolución de 3.000 ppp.

EL SOFTWARE DEL ESCÁNER [5.9.11]

La mayoría de los escáners vienen con avanzados programas de aplicación, para dar respuesta a las diferentes especificaciones del proceso de escaneado. La calidad del escaneado depende en gran medida del programa de aplicación y debe tener buenas posibilidades de selección para enfoque, separación y ajustes para la impresión, corrección cromática selectiva, resolución de captura, grado de ampliación y recorte. También debe poder gestionar y crear formatos de fichero como TIFF, EPS, DCS y JPEG, así como también espacios de color RGB, CMYK y CIELAB. Muchos de estos factores pueden modificarse en una fase posterior del proceso, pero a menudo se gana tanto en calidad como en tiempo de producción haciendo todas las configuraciones en el escaneado. Puede ser difícil, o incluso imposible, ajustar a posteriori una imagen escaneada de forma defectuosa (ver 5.5.9).

CÁMARAS DIGITALES [5.10]

Las cámaras digitales están estrechamente relacionadas con los escáners. La diferencia radica en que las cámaras digitales no trabajan con ningún original de imagen en el sentido que se le ha dado a esta expresión (papel o transparencia), sino que el motivo es *escaneado* directamente de la realidad por la cámara o el ordenador. La ventaja de las cámaras digitales es que la imagen se digitaliza directamente al ser captada y permanece accesible permanentemente para su posterior tratamiento digital. Dado que no se utiliza película, se ahorra el tiempo de revelado y escaneado. Y como la imagen es digital desde el inicio, se puede enviar fácilmente a través de la red. Ésa es la razón de que la fotografía digital tenga ya un uso muy extendido entre los fotógrafos de prensa, pues de esa manera pueden entregar sus imágenes en la redacción rápidamente y con comodidad. El inconveniente de las cámaras digitales es que la calidad de las imágenes no es tan buena como la de un original tradicional escaneado con un escáner de alta calidad.

La tecnología de una cámara digital está basada en el mismo principio que la de un escáner: la luz blanca es reflejada y dividida en tres componentes (rojo, verde y azul). La principal diferencia es que, en la cámara digital, es el objeto real en lugar del original el que refleja la luz. Hay cámaras digitales de todo tipo de precios; las más baratas tienen una resolución y una calidad de imagen considerablemente menor que las más caras. Las cámaras digitales se suelen clasificar en tres categorías: cámaras digitales compactas, réflex (SLR) y cámaras de estudio.

> ▶ **DIFERENTES TIPOS DE CÁMARA DIGITAL**
>
> Hay tres tipos de cámara digital: compacta, réflex y de estudio. Las cámaras de consumo son por lo general las más baratas, mientras que las de estudio son las más caras.

CÁMARAS COMPACTAS 5.10.1

Es el tipo más sencillo y más barato de cámaras digitales y está destinado al mercado de gran consumo. Son cámaras más asequibles, pero no ofrecen imágenes de gran resolución. A menudo su diseño es tan pequeño como el de las cámaras de bolsillo tradicionales. Dada la baja resolución que ofrecen, la mejor aplicación para las imágenes que obtenemos de ellas es la presentación en el monitor. Estas cámaras tienen una matriz fija con células CCD. El sistema óptico es fijo y son completamente automáticas. En la mayoría de los casos no se puede cambiar la memoria de almacenamiento, sino que cuando ésta está llena deben eliminarse las imágenes digitales, para así poder almacenar otras nuevas. Pero en algunos modelos existe la posibilidad de cambiar la unidad de memoria, que puede ser un disquete, un pequeño disco duro o una tarjeta de memoria *flash*. La resolución habitual de este tipo de cámaras es de 1.600 × 1.200 píxels, que suele ser suficiente para imprimir imágenes del tamaño de una postal, usando lineatura de 150 lpp. Estas cámaras cuestan entre 200 y 300 euros, aproximadamente.

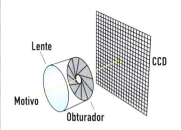

▶ TÉCNICA CCD
Las cámaras digitales réflex y las compactas capturan el motivo en una matriz CCD.

CÁMARAS SLR 5.10.2

Este tipo de cámara digital es una modificación de la cámara convencional réflex. La parte digital de la cámara consiste simplemente en un soporte digital situado en la parte posterior de la cámara. Podría decirse que este soporte es una matriz con millones de células CCD que hace la función de película digital. Al igual que la película tradicional, la matriz CCD es sensible a la luz. Registra los componentes rojo, verde y azul de la luz y luego los transforma en señales digitales.

La exposición funciona —en principio— como en una cámara corriente, es decir, usando un obturador. A la manera tradicional, se selecciona el obturador y el tiempo de exposición. Cuando el obturador se abre, la matriz CCD es alcanzada por la luz y registra entonces el motivo, o sea, genera la imagen. Ciertas cámaras digitales réflex requieren tres exposiciones por imagen, una por cada color primario (RGB), por lo que no son apropiadas para motivos en movimiento; se denominan cámaras *threeshot*. En cambio, con las cámaras digitales de una sola toma se puede, en principio, trabajar como con una cámara convencional; se denominan cámaras *oneshot*. La resolución de la imagen en las cámaras digitales está predeterminada por la matriz CCD y depende de la cantidad de células CCD. El uso de una matriz fija no permite variaciones en la resolución. Las cámaras digitales réflex de mejor calidad y más caras ofrecen una resolución de imagen que suele ser suficiente para la impresión en tamaño A5 con una lineatura de 150 lpp. La cantidad de información de imagen que pueden almacenar varía entre 15 y 20 megabytes.

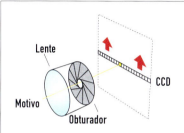

▶ TÉCNICA DE BARRIDO
Las cámaras digitales de estudio tienen una hilera de células CCD que, lentamente, realizan un barrido del motivo.

▶ FOTOGRAFÍA DIGITAL. PROS Y CONTRAS

+ No necesita revelado
+ Evita tener que escanear los originales
+ Resulta fácil disponer de las imágenes
+ Mayor rapidez
− Menor calidad de imagen
− Presenta dificultades con motivos en movimiento

CÁMARAS DE ESTUDIO 5.10.3

La versión más grande y más cara de cámara digital es la cámara de estudio. Tiene la resolución más alta y, generalmente, ofrece la mejor calidad de imagen. En lugar de una matriz utiliza una hilera de células CCD. La exposición se basa en la técnica de escaneado de imágenes, o sea, que la línea de células CCD se desplaza a lo largo del cuerpo de la cámara para registrar el motivo. Las células CCD son sensibles a la luz y registran el motivo de la misma manera que un escáner plano registra una imagen.

Esta técnica es considerablemente más lenta que la de las cámaras réflex y las compactas el tiempo de exposición (el tiempo que tarda en capturar la luz) puede llegar a varios minutos. En cambio, ofrece una resolución superior y mejor calidad. Al igual que en un escáner, en una cámara de estudio se puede variar la resolución. La información de imagen que puede almacenar a resolución máxima suele ser de aproximadamente 100-150 megabytes, lo cual es suficiente para imprimir hasta en tamaño A2 con lineatura de 150 lpp. Debido a que la exposición lleva tanto tiempo, este tipo de cámaras no es adecuado para motivos en movimiento, sino principalmente para fotografiar productos en un estudio profesional, donde la exigencia de calidad es extremadamente alta. Por lo general, es más cara que los otros tipos de cámaras, pudiendo superar los 10.000 euros.

ILUMINACIÓN 5.10.4
Como sucede con la fotografía tradicional, una iluminación adecuada es muy importante para lograr una buena imagen digital. Es necesario prestar una mayor atención a los contrastes, pero los procedimientos no se diferencian demasiado de los de la fotografía tradicional.

CALIDAD 5.10.5
La calidad de imagen que se puede lograr con las cámaras digitales más sofisticadas ha mejorado mucho. Para la producción de catálogos simples u otros impresos que no requieran una calidad muy alta, la fotografía digital es una herramienta muy efectiva para la reducción de los costes. Se puede hacer gran cantidad de fotografías y rápidamente elegir las que se quieren usar, sin tener que pensar en los costes de película y revelado. ■

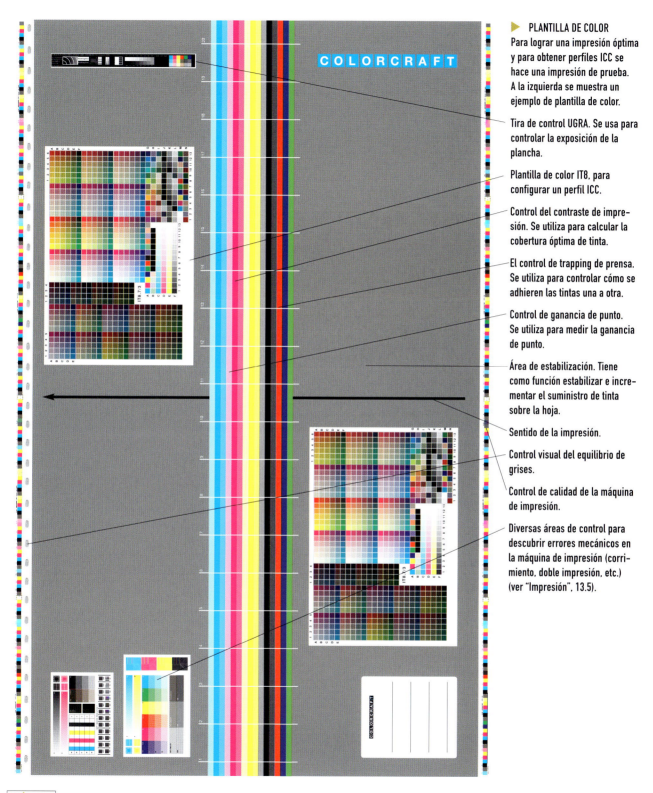

▶ PLANTILLA DE COLOR
Para lograr una impresión óptima y para obtener perfiles ICC se hace una impresión de prueba. A la izquierda se muestra un ejemplo de plantilla de color.

Tira de control UGRA. Se usa para controlar la exposición de la plancha.

Plantilla de color IT8, para configurar un perfil ICC.

Control del contraste de impresión. Se utiliza para calcular la cobertura óptima de tinta.

El control de trapping de prensa. Se utiliza para controlar cómo se adhieren las tintas una a otra.

Control de ganancia de punto. Se utiliza para medir la ganancia de punto.

Área de estabilización. Tiene como función estabilizar e incrementar el suministro de tinta sobre la hoja.

Sentido de la impresión.

Control visual del equilibrio de grises.

Control de calidad de la máquina de impresión.

Diversas áreas de control para descubrir errores mecánicos en la máquina de impresión (corrimiento, doble impresión, etc.) (ver "Impresión", 13.5).

DOCUMENTOS 6.

FASE ESTRATÉGICA
FASE CREATIVA
▶ DIGITALIZACIÓN DE ORIGINALES
PRODUCCIÓN DE IMÁGENES
▶ SALIDAS/RASTERIZADO
PRUEBAS FINALES
PLANCHAS E IMPRESIÓN
MANIPULADOS
DISTRIBUCIÓN

SOFTWARE PARA LA PRODUCCIÓN DE ORIGINALES	112
FUENTES TIPOGRÁFICAS	113
TRABAJAR CON COLORES	114
TRABAJAR CON IMÁGENES	118
TRABAJAR CON LOGOTIPOS	120
SOBREIMPRESIÓN Y RESERVA	120
SUPERPOSICIÓN (TRAPING) Y CONTRACCIÓN (CHOKING)	121
SANGRE	123
DOBLE PÁGINA	123
EL CONTROL Y LA ENTREGA DE LOS DOCUMENTOS	124

CAPÍTULO 6 DOCUMENTOS

CREAR DOCUMENTOS Y PRODUCIR ORIGINALES PARA LA IMPRESIÓN ES CONSIDERABLEMENTE MÁS DIFÍCIL DE LO QUE PUEDA IMAGINARSE EN UN PRINCIPIO. ES NECESARIO CONOCER DETALLADAMENTE LOS REQUISITOS Y LIMITACIONES DE LAS MÁQUINAS DE IMPRIMIR. ADEMÁS, SE DEBE SABER MANEJAR EL SOFTWARE Y CONOCER EL MODO DE OBTENER LAS SALIDAS CORRECTAMENTE.

▶ **SOFTWARE PARA LA PRODUCCIÓN GRÁFICA**
Para crear imágenes —basadas en píxels y en objetos—, textos y páginas se utilizan distintos programas, incluso si los programas sólo coinciden parcialmente con los requeri-mientos. Es preferible usar el programa más apropiado para cada función con vistas a obtener los mejores resultados. Por ejemplo, no se recomienda utilizar un procesador de textos para diseñar páginas.

Al crear un documento para su impresión debería tenerse en cuenta que el diseño es sólo una parte importante del proceso. Igualmente importantes son la preparación y la impresión del documento. Los documentos que no estén correctamente preparados pueden causar un incremento de los costes y retrasos en la producción, o dar lugar a un producto impreso insatisfactorio.

En este capítulo se proporcionará la información necesaria para preparar documentos para la impresión de forma satisfactoria. Los temas que se abordarán son: gestión de fuentes, definición y selección de colores, gestión de imágenes y logotipos, reserva y sobreimpresión, *trapping*, dobles páginas y sangres. También se desarrollará una lista de comprobaciones finales, para revisar el documento antes de enviarlo a la imprenta. Pero primero, se contemplarán los diferentes programas que se utilizan para la preparación de originales.

SOFTWARE PARA LA PRODUCCIÓN DE ORIGINALES 6.1

Cuando se produce un documento original se necesitan varios tipos de aplicaciones de software: de procesamiento de textos, de ilustración, de edición de imágenes y de autoedición. Es importante elegir aplicaciones que sean de uso habitual en la industria gráfica, para así facilitar a las demás partes involucradas en el proceso el acceso a los ficheros y el trabajo con ellos. También es importante elegir aplicaciones que funcionen eficientemente en la producción gráfica.

PROCESADORES DE TEXTO 6.1.1

Microsoft Word es la aplicación de procesamiento de textos más utilizada. En ocasiones también se usa Word Perfect. Usando estas aplicaciones se crean textos que luego se pueden trasladar a una aplicación de autoedición. Normalmente es preferible trabajar con versiones anteriores de Microsoft Word y Word Perfect porque no suelen causar problemas; en cambio, las aplicaciones de autoedición no siempre pueden importar los ficheros de las versiones más recientes. Este mismo principio debe aplicarse si se pretende que otra persona pueda abrir un fichero en otra aplicación de procesamiento de textos. También es importante tener presente que las imágenes incluidas en documentos de texto no pueden ser importadas por aplicaciones de autoedición, ni tampoco la tipografía.

APLICACIONES DE AUTOEDICIÓN 6.1.2

QuarkXPress, Adobe InDesign y Adobe PageMaker son las aplicaciones de autoedición más comunes y son muy similares en prestaciones. Se utilizan para combinar textos, ilustraciones e imágenes en páginas para crear originales, lo cual constituye el fundamento para la impresión. Las tres aplicaciones mencionadas son apropiadas para la producción gráfica, dado que están basadas en el lenguaje de descripción de páginas PostScript (ver "Salidas", 9.3.3). Estas aplicaciones se utilizan generalmente sobre plataforma Macintosh, pero también están disponibles en entorno de Windows.

APLICACIONES DE EDICIÓN DE IMÁGENES 6.1.3

Para imágenes basadas en píxeles, Adobe Photoshop es la aplicación estándar y la más común en la industria gráfica. También hay otras aplicaciones que, por lo general, sólo gestionan los formatos de imágenes de Photoshop. Es conveniente guardar las imágenes en formato EPS, DCS (EPS de cinco ficheros), PDF o TIFF (ver "Imágenes", 5.3).

APLICACIONES DE ILUSTRACIÓN 6.1.4

Para crear ilustraciones e imágenes basadas en objetos se utilizan Adobe Illustrator y Macromedia Freehand. Es conveniente guardar las imágenes en formato EPS (ver "Imágenes", 5.1.7).

APLICACIONES MENOS APROPIADAS 6.1.5

Las aplicaciones como Microsoft Word, Corel Word Perfect, Microsoft PowerPoint y Microsoft Excel no están basadas en el lenguaje de descripción de páginas PostScript (ver "Salidas", 9.3.3). Por eso, no son las más apropiadas para el proceso de creación de documentos originales para impresión, aunque ello no significa que sean aplicaciones que originen problemas.

FUENTES TIPOGRÁFICAS 6.2

Hay dos tipos de fuentes que se utilizan en la producción gráfica: PostScript y TrueType. PostScript Level 1 es la más común y mejor estandarizada de las dos. Las fuentes TrueType no están basadas en PostScript y por eso no se adecuan tan bien a las salidas como las fuentes tipográficas PostScript Level 1. Cuando un documento con fuentes

---

▶ **FORMATOS DE FICHERO APROPIADOS**

Texto: Word, RTF, ASCII

Imágenes basadas en píxeles: DCS, EPS, TIFF, PDF

Gráficos basados en objetos: EPS, PDF

Originales de página: ficheros QuarkXPress, Adobe PageMaker, InDesign

Originales para imprimir (arte final): PDF, PostScript, EPS

▶ **DIVIDIR DOCUMENTOS LARGOS**

Adobe PageMaker y QuarkXPress tienen limitaciones en el número de páginas de un documento. Se pueden dividir en varios documentos menores. Esta división facilita el trabajo y la gestión de los documentos.

▶ **RECOMENDACIONES PARA LA TIPOGRAFÍA**

No utilizar las funciones cursiva, negrita, contorno, etc. del programa de autoedición. Utilizar, en cambio, directamente las versiones de los tipos de letra que se quieran utilizar; así se evitan fallos en la salida.

▶ FICHERO DE FUENTE CORRECTO – PARTE I
Aun cuando dos ficheros de fuentes de diferentes fabricantes tengan el mismo nombre, puede haber grandes diferencias entre ellos. Por eso es importante que todos los que trabajen con el mismo documento tengan realmente los mismos ficheros de fuentes.

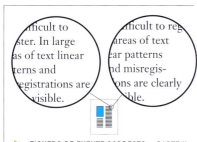

▶ FICHERO DE FUENTE CORRECTO – PARTE II
Se pueden tener sorpresas desagradables como cambios en el texto y la composición de las líneas, si se utilizan fuentes que tengan el mismo nombre pero que sean de diferentes fabricantes.

TrueType se quiere imprimir en una impresora PostScript, los caracteres deben convertirse a curvas Bézier. Esta conversión puede originar cambios en la tipografía. En la práctica, provocará errores en la salida impresa aunque en la pantalla el documento parezca correcto. Si se elige trabajar con PostScript Level 1 (el estándar para las salidas) el riesgo de tener problemas tipográficos se reducirá.

Dado que los caracteres PostScript están basados en curvas Bézier, generalmente se pueden ampliar sin pérdida de calidad (ver "Fuentes tipográficas", 3.4.1).

Un mismo tipo de letra puede presentar diferencias en función de qué fabricante lo proporcione, a pesar de tener el mismo nombre; por eso es importante ser fiel a un solo fabricante. Si se sustituye una fuente por otra con el mismo nombre pero de distinto fabricante, pueden aparecer sorpresas desagradables, como cambios en la distribución de los textos y las líneas. Es imposible conocer cuántos tipos de letra existen; ningún proveedor puede tenerlos todos ni todas las versiones de cada tipo. Cuando se entrega un documento se suele entregar también una copia de las fuentes utilizadas. Ello no es estrictamente necesario, pero se trata de una costumbre bastante extendida para asegurar que no haya variaciones en los tipos utilizados y que la impresión se realice sin problemas (ver "Fuentes tipográficas", 3.2.2).

TRABAJAR CON COLORES 6.3

En la producción de originales se suele trabajar con un número determinado de colores en el documento. En esta sección se revisarán brevemente los aspectos más importantes que hay que considerar cuando se trabaja con colores. Se analizará la relación entre los colores directos y las cuatricromías y sus distintos usos.

ELECCIÓN DE COLORES 6.3.1

Para elegir los colores del documento debe decidirse si se va a imprimir con tintas planas, con cuatricromía o con ambos tipos. Los colores en cuatricromía incluyen las cuatro tintas de impresión CMYK, y las tintas planas o directas son las tintas de impresión especiales premezcladas. Estas últimas existen en una gran variedad de colores y suelen identificarse por el modelo de color Pantone (ver "Teoría del color", 4.5.5).

Las tintas planas se utilizan:
- Para los impresos con sólo uno o dos colores.
- Para los textos de color, no negros.
- En aquellos casos en que un determinado color debe ser idéntico al de una muestra, por ejemplo, en elementos corporativos y fondos de color.

Las cuatricromías se utilizan:
- Para imprimir imágenes de color.
- Cuando se utilizan más de dos colores.

Las cuatricromías y las tintas planas se utilizan conjuntamente:
- Para lograr determinados efectos de diseño mediante una o más tintas planas en una imagen que, por lo demás, requiere cuatricromía.

- Para lograr ciertos colores especiales (por ejemplo, el color del oro o la plata, un color fluorescente, etc.) que requieren tintas planas porque no se pueden obtener con la combinación de cuatricromía.
- Para los casos en los que es importante que un cierto color quede idéntico a la muestra (por ejemplo, en logotipos y fondos de color).

Nota importante: La representación en el monitor de los colores de impresión es pobre. Por eso, se debería evitar elegir los colores directamente desde la pantalla. Independientemente de que se imprima en cuatricromía o tintas planas, es preferible utilizar guías para la elección de los colores.

TRABAJAR CON COLORES DE CUATRICROMÍA 6.3.2

Trabajar con cuatricromía significa que se aplica el modelo sustractivo del color, o sea, los colores cyan, magenta, amarillo y negro (CMYK). La combinación de estos colores permite reproducir una enorme variedad de colores diferentes (ver "Teoría del color", 4.5.2). Los muestrarios de cuatricromía contienen combinaciones de CMYK que se pueden imprimir en distintos tipos de papel. Existen guías de cuatricromía para papeles estucados, papeles no estucados y papeles de periódico. Se debe usar el muestrario impreso en el tipo de papel que más se asemeje al que se va a utilizar en la impresión; de esta forma, se podrá apreciar directamente la combinación de colores necesaria para obtener el resultado deseado en el impreso. Cuando se combinen cuatricromías debe evitarse crear combinaciones con una cantidad excesiva de tinta. Dependiendo del proceso de impresión y del tipo de papel, no se puede imprimir con más del 240 al 340 % de tinta (aunque, en teoría, el valor máximo sea de 400 %). Una impresión fina en offset suele aceptar aproximadamente un 340 % de cobertura de tinta, mientras que el valor para la impresión en papel de periódico suele ser de un 240 % aproximadamente. Los valores exactos los facilita en cada caso el impresor (ver "Impresión", 13.4.5).

Cuando se imprimen varias tintas una sobre otra no se logra nunca una coincidencia total en la sobreimpresión, sino que se produce el fenómeno denominado 'fuera de registro'. En objetos grandes, como imágenes, ilustraciones, fondos o textos extensos, apenas se nota. Pero en objetos como textos pequeños, líneas finas o ilustraciones con pequeños

▶ **GUÍAS DE COLORES PARA CMYK**
No deben elegirse los colores basándose en el aspecto que presentan en la pantalla. En su lugar, es conveniente utilizar una guía de colores impresos en un papel similar al que se va a utilizar en la impresión. Las guías proporcionan la información de las combinaciones CMYK de los diferentes colores que contienen.

Un texto está formado por líneas finas. Si el texto se colorea utilizando varios colores, como en este caso, probablemente se producirá falta de registro.

Es más seguro componer el texto en uno de los colores de la cuatricromía o en un color directo, de esa forma es imposible que se produzca fallo de registro.

▶ **FALLO DE REGISTRO EN EL TEXTO**
Debe evitarse el uso de la cuatricromía en los textos con caracteres pequeños si no queremos que se produzca fallo de registro.

No es conveniente utilizar tipos de letra con serif para un texto con caracteres pequeños que quiera imprimirse en negativo sobre un fondo, ya que los remates de las letras se verán alterados.

Un tipo de letra de palo seco mayor, que no esté compuesto por líneas tan finas, resulta más adecuado.

▶ **TEXTO EN NEGATIVO EN ÁREAS TONALES CON CUATRICROMÍA**
Se debe evitar el uso de fuentes con remate o serif de tamaños pequeños en textos en negativo sobre fondos compuestos de varios colores.

Con fondos de una sola tinta no se producirán fallos de registro. Por eso siempre es más seguro colocar los textos en negativo sobre superficies que sólo contengan una tinta.

▶ **LOS BLOQUES IMPRESOS CON UNA TINTA SON SEGUROS**
Si se quieren evitar fallos de registro en un texto en negativo, se tendrá que colocar sobre un fondo que esté impreso con una sola tinta.

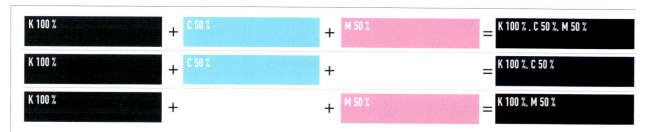

▶ **NEGRO INTENSO – PARTE I**
Mezclando un 100 % de negro con un 50 % de cyan y un 50 % de magenta se obtiene un tono negro más intenso que si sólo se usa negro. Sólo con cyan y negro, el tono también queda negro intenso, pero con un efecto más frío. Con negro y magenta se obtiene un negro intenso equivalente, pero con un efecto más cálido.

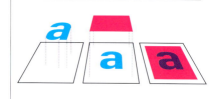

▶ **LAS TINTAS DE LA CUATRICOMÍA SON TRANSPARENTES**
Ésta es la premisa para la combinación de los colores sustractivos, e implica que un objeto impreso será visible a través de la tinta que se imprima sobre el mismo.

▶ **TAMBIÉN EL NEGRO ES TRANSPARENTE**
Un fondo compuesto por un 100 % de tinta negra no podrá cubrir completamente los objetos compuestos por alguna de las otras tintas de la cuatricromía. Para que queden totalmente cubiertos se requiere un fondo negro intenso.

▶ **NEGRO INTENSO – PARTE II**
Si se coloca una imagen en cuatricromía sobre un fondo negro que sólo esté impreso con tinta negra, éste será percibido como más pálido que los tonos más oscuros de la imagen. Esto se pone particularmente de manifiesto en los impresos con tipos de papel de calidad inferior.

detalles, la falta de registro se hace mucho más evidente y los objetos se perciben como si estuviesen desenfocados. Por eso no es apropiado utilizar combinaciones de cuatricromía para dar color a los textos o a elementos de línea. En caso de ser importante que texto o líneas tengan un color determinado, es mejor imprimirlos con una tinta plana. El mismo fenómeno puede producirse si se utilizan textos o líneas en negativo sobre un fondo de color o sobre una imagen. En esos casos, sería conveniente utilizar como color de fondo un solo color de la cuatricromía, por ejemplo el negro, o una sola tinta plana. No obstante, si se quiere colocar texto en negativo sobre un fondo, lo mejor es elegir un tipo de letra de palo seco, pues los tipos con serif tienen remates finos que pueden desaparecer si se imprimen sobre un fondo en cuatricromía. El grado de la falta de registro varía considerablemente en las distintas técnicas de impresión, por ejemplo, la impresión de periódico tiene más probabilidad de fallos de registro que la impresión offset de hojas (ver "Impresión", 13.5.1)

Un fondo negro que deba ser negro intenso requiere una combinación de tintas que contenga un 100 % de negro y alrededor de un 50 % de cyan o magenta. Eligiendo el magenta se obtiene un negro más cálido y con el cyan un negro más frío. En estos casos es importante contraer el cyan y el magenta (que se hagan más pequeños que el bloque

▶ BLANCO Y NEGRO JUNTO A CUATRICROMÍA
Otro problema habitual es que una imagen en escala de grises suele verse pálida sobre un fondo saturado o junto a una fotografía en cuatricromía.

▶ GUÍA PANTONE
Existen guías Pantone preimpresas para ayudar a escoger el color Pantone correcto. En este modelo, se pueden extraer del catálogo muestras de los colores. También hay guías especiales que muestran propuestas de conversión de los colores CMYK a los colores de la guía Pantone.

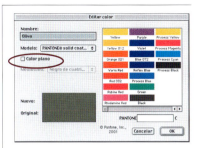

▶ CONVERSIÓN DE CMYK A COLORES PANTONE
Cuando se quiera imprimir sólo en cuatricromía, se pueden usar los colores Pantone en QuarkXPress, en Adobe InDesign y en Adobe PageMaker. Pero entonces es importante asegurarse de que el color Pantone haya sido separado en cuatricromía (CMYK) antes de enviarlo a un dispositivo de salida. Adobe PageMaker, Adobe InDesign y QuarkXPress pueden separar los colores planos automáticamente en el documento. Por ejemplo, en QuarkXPress el casillero del color directo debe estar desactivado (ver la figura). Entonces el programa aplica sus propios valores de separación, los cuales rara vez suelen dar buen resultado. Por eso es conveniente controlar los colores planos que se vayan a utilizar consultando un catálogo, y separarlos manualmente indicando el valor de cada una de las tintas CMYK que compondrán el color plano del documento.

tonal negro), de manera que no sean visibles si se produce falta de registro (ver 6.7). Si se coloca una foto de color al lado de un negro intenso es conveniente utilizar el método mencionado para que el fondo no resulte más pálido que las partes más oscuras de la imagen. También se puede utilizar el fondo negro intenso en aquellos casos en los que se quiere cubrir otros elementos. Las tintas de cuatricromía son *transparentes*, lo cual implica que un objeto impreso que esté debajo de un área impresa solamente con una tinta de la cuatricromía se deja ver. Por lo tanto, un fondo que sólo esté compuesto por negro (K) no cubrirá suficientemente otros objetos.

TRABAJAR CON COLORES PLANOS 6.3.3

Si se trabaja con colores planos y con cuatricromía, o con más de dos colores planos, es conveniente averiguar primero con cuántas tintas pueden imprimir las máquinas de impresión disponibles. Si sólo se puede imprimir con cuatro tintas, un impreso que deba incluir una tinta plana además de los cuatro colores de la cuatricromía deberá repetir dos veces el proceso de impresión, lo que puede influir de forma decisiva en el coste del producto. Hay muchas industrias gráficas que disponen de máquinas que pueden imprimir con cinco, seis u ocho tintas. Si un documento en cuatricromía y dos tintas planas se imprime en una máquina de seis tintas, se pueden imprimir las seis al mismo tiempo.

Cuando se imprime en cuatricromía estándar más una o dos tintas planas se puede, por ejemplo, combinar imágenes en cuatricromía con textos, con logotipos o con tramas de tintas planas. Otra forma común de incluir tanto tintas planas como cuatricromías en el mismo impreso es combinando el negro con una tinta plana, lo cual es habitual para hojas de carta con membrete y para tarjetas de visita. Hay catálogos o guías PMS (*Pantone Matching System*) especiales que permiten elegir tintas planas y ver cuál será su aspecto final en el producto impreso. Estos muestrarios de color están disponibles para papel estucado y no estucado (ver "Teoría del color", 4.7.1).

Al imprimir, cada color se corresponde con una película. El número de películas corresponde al número de planchas y al número de tintas de impresión. Si se trabaja con imágenes en cuatricromía y con dos tintas planas, el documento tendrá que imprimirse con seis tintas: CMYK para las imágenes, más las dos tintas planas. Una manera de comprobar que se ha seleccionado la cantidad correcta de tintas en el documento es hacer una prueba láser con separaciones. Cada tinta seleccionada en el documento aparecerá en una página impresa por separado, del mismo modo que cuando se imprimen las películas gráficas. Por ejemplo, si se ha hecho una página digital que contiene una imagen a todo color y dos colores directos, en la impresora se obtendrán seis páginas: las cuatro correspondientes a los colores de la imagen —una por cada color de la cuatricromía— y los colores directos. Si hay otras tintas de impresión que también están definidas en la caja de colores, también ellas van a generar separaciones en la prueba láser, aun cuando no hayan sido utilizadas en el documento. Por eso, las tintas no utilizadas deben eliminarse antes de entregar el material para la salida de las películas. Asimismo, existe el riesgo de tener que abonar la impresión de películas de las páginas en blanco provenientes de los colores de tintas seleccionadas pero no utilizadas. Al hablar con el impresor debe especificarse cuáles son las tintas planas que se han utilizado en el documento.

Cuando se vaya a convertir un color plano en cuatricromía, habrá que:
- Comparar la guía Pantone con una guía de cuatricromía y encontrar la combinación de tintas CMYK que más se parezca a la tinta plana. Hay guías Pantone que muestran los colores Pantone y las combinaciones de colores CMYK equivalentes.
- Marcar la casilla correspondiente en la definición de color de los colores directos.
- Definir la combinación de tintas CMYK que se ha seleccionado basándose en las guías de colores.

Adobe Photoshop, Adobe InDesign y QuarkXPress pueden hacer la conversión de colores de las tintas directas automáticamente en el documento. Pueden aplicarse los valores de conversión propios de los programas, pero no suele dar buen resultado. Por consiguiente, es recomendable recorrer uno por uno los colores directos y separarlos.

TRABAJAR CON BARNIZ 6.3.4

A veces se quiere utilizar barniz en ciertos elementos del impreso —por ejemplo, en un logotipo— para crear un efecto especial (ver "Preparación del proceso de impresión", 14.12.2). El barniz se puede considerar como una tinta directa. Puesto que el barniz se define en el documento como un color especial, deben indicarse los objetos que queremos que tengan barniz. Para asegurarnos de que las instrucciones son correctas, se puede sacar una prueba láser solamente con el barniz. Las superficies del impreso que salen negras son las que luego recibirán el barniz en la máquina de impresión.

TRABAJAR CON IMÁGENES 6.4

Además de los colores y la tipografía, las imágenes son un componente importante en la producción de los originales. Antes de iniciar la producción de un original, es conveniente realizar un esquema de las imágenes, decidir qué tamaño tendrán y determinar si deben editarse de un modo específico. También es importante elegir el formato de imágenes correcto y saber cómo manejar en el documento las imágenes vinculadas.

> ▶ **SUGERENCIA PARA IMÁGENES**
>
> Cuando se guarda un documento en Adobe PageMaker no deben incluirse imágenes. Lo mejor es guardarlas como enlaces.

▶ **LAS IMÁGENES EN LOS DOCUMENTOS**
En la figura superior se observa la ventana Uso –> Imágenes para gestión de enlaces de imágenes en QuarkXPress.
En la figura inferior se observa su equivalente en Adobe InDesign, Archivo –> Vínculos.
En QuarkXPress se puede localizar en qué página está la imagen, el tipo de fichero, el estatus del vínculo y si la imagen va a ser impresa o no.

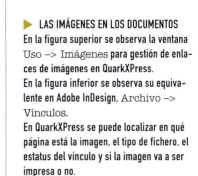
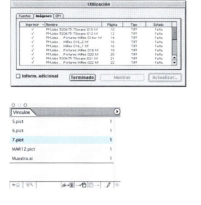
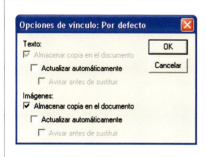
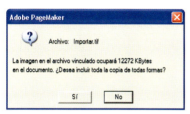

FORMATOS DE IMAGEN PARA IMPRESIÓN 6.4.1

Las imágenes escaneadas están definidas en el modelo de color RGB. Para poder imprimirlas tienen que convertirse de RGB (modelo de color utilizado por escáners, cámaras digitales y monitores) a CMYK (modelo de color utilizado para la impresión). Al hacerse la conversión, también se ajusta la imagen al tipo de papel y a la técnica de impresión que vayan a utilizarse (ver "Imágenes", 5.8).

Hay tres formatos de imagen que son apropiados para la impresión: EPS, DCS y TIFF. Para que se puedan imprimir, las imágenes que no estén guardadas en esos formatos deben convertirse a CMYK y volver a guardarse en alguno de los formatos mencionados, empleando un programa como Adobe Photoshop (ver "Imágenes", 5.3).

IMPORTAR Y EDITAR IMÁGENES 6.4.2

Cuando se colocan las imágenes en una aplicación de autoedición, lo primero que debe hacerse es definir su tamaño en el producto impreso. Esto es importante porque la calidad de la imagen dependerá de la ampliación del escaneado. Normalmente, se puede ampliar una imagen con una aplicación de autoedición hasta un 120 % del tamaño del original sin tener una pérdida significativa de calidad. Con ello, se asume que la resolución óptima es la del 100 %. Si la imagen se amplía más del 120 %, lo más indicado es volver a escanearla con una resolución más alta (ver "Imágenes", 5.5.9 y 5.5.11).

Otra razón importante para predeterminar el tamaño final de la imagen es que la resolución del escaneado de la imagen influye en el tamaño del conjunto del documento, del tamaño de la imagen impresa y de la lineatura utilizada para la impresión. Si se desconoce el tamaño final de la impresión, las imágenes se suelen escanear con una resolución alta para evitar problemas de calidad. De este modo se pretende evitar que, en el caso de tener que ampliar mucho la imagen, la resolución quede demasiado baja. Pero este método es muy caro, ya que el precio de escaneado está directamente relacionado con el tamaño del original físico y la resolución aplicada. Una imagen escaneada con una resolución más alta de lo necesario no supone una mejora del producto final impreso, pero sí representa una mayor inversión de tiempo y un mayor coste.

Es sencillo modificar las imágenes en la aplicación de autoedición, girándolas o deformándolas, pero estos cambios harán que las salidas precisen mucho más tiempo, debido

▶ **LAS IMÁGENES MONTADAS EN EL DOCUMENTO**
En Adobe PageMaker se puede elegir entre guardar las imágenes importadas en el documento o vincularlas, y es conveniente evitar lo primero. Como se puede ver en la ventana de diálogo inferior, es preferible optar por guardar sólo imágenes pequeñas en el documento.

a que el RIP deberá recalcular esas imágenes de alta resolución para cada nueva salida. Esto se puede evitar —y es conveniente hacerlo— si las imágenes se ajustan en la aplicación de edición de imágenes, antes de importarlas a la aplicación de autoedición.

IMÁGENES VINCULADAS 6.4.3

Cuando se colocan imágenes en una aplicación de autoedición, se genera una imagen de baja resolución en el documento. Esta imagen de baja resolución tiene un enlace o vínculo (*link*) con la imagen de alta resolución. Cuando se hace una salida del documento, el programa sustituye la imagen de baja resolución por la correspondiente de alta resolución gracias al enlace.

El enlace opera con el nombre y la localización de la imagen de alta resolución en la estructura de ficheros del ordenador. Si se cambia el nombre de los ficheros después de haberlos colocado en la aplicación, el enlace desaparece. Si se cambian de ubicación, se puede reactualizar el enlace dando la nueva ubicación a la aplicación. También se rompen los enlaces si el documento se entrega a algún colaborador externo para que trabaje con él. En este caso, al recuperar el documento, los enlaces deben reactualizarse. Se puede comprobar que todos los enlaces sean correctos, a través de Uso –> Imágenes, en QuarkXPress, y de Archivo –> Enlaces, en Adobe PageMaker y en Adobe InDesign. También se pueden reactualizar enlaces a través de Actualizaciones e indicando a la aplicación dónde están los ficheros de imágenes.

En Adobe PageMaker, las imágenes importadas se pueden guardar directamente en el fichero del documento, en vez de vincularlas. Pero es preferible evitarlo, para no tener que trabajar con documentos grandes y difíciles de manejar. Además, tampoco será posible efectuar correcciones en las imágenes guardadas directamente en el documento.

TRABAJAR CON LOGOTIPOS 6.5

Es corriente que los logotipos se diseñen con colores directos. Cuando se imprime en cuatricromía, es necesario hacer la conversión a CMYK de estos colores. Para hacerlo correctamente es conveniente utilizar una guía de colores que indique la composición de la cuatricromía más apropiada para cada color directo del logotipo. Actualmente, la mayoría de las empresas suelen disponer de un logotipo en cuatricromía, para evitar así el riesgo de diferencias entre los resultados en las diversas aplicaciones.

Los logotipos normalmente están construidos con imágenes basadas en objetos y no se guardan como imágenes de píxeles. Al quedar definidos por valores matemáticos, se pueden escalar sin perder calidad. Los logotipos que estén guardados como imágenes de píxeles conviene que se traduzcan a curvas Bézier. Esta conversión puede hacerse en Adobe Streamline (ver "Imágenes", 5.1.6).

SOBREIMPRESIÓN Y RESERVA 6.6

Cuando debe superponerse un objeto a otro (como cuando queremos imprimir un objeto en primer plano sobre un fondo), se puede elegir entre imprimir el objeto directamente sobre el fondo o reservar un hueco con la misma forma que ese objeto e imprimirlo sobre el papel en blanco en el área vacía resultante de la reserva. En el primer ejemplo, que se

▶ **LOGOTIPOS EN VARIAS VERSIONES**
Cuando se crean nuevos logotipos es conveniente, desde el inicio, confeccionar una versión en color directo y una versión CMYK. También es útil tener una versión en blanco y negro.

denomina 'sobreimpresión', la tinta del objeto de primer plano se imprime sobre la tinta del objeto de fondo generando un nuevo color. En el segundo ejemplo, que se denomina 'reserva' (ver imagen), el texto tendrá el color que se ha seleccionado en la aplicación de autoedición. Si no se especifica, en las aplicaciones de autoedición suele seleccionarse por defecto la reserva. Este método puede generar en la impresión filetes molestos a la vista, a causa de las imperfecciones de registro en la imprenta (en el ejemplo, entre el texto y el color de fondo).

Cuando el contraste entre un objeto oscuro y un fondo claro es sustancial, lo más sencillo es utilizar la sobreimpresión. En caso de texto negro siempre se recomienda la sobreimpresión, para evitar los fallos de registro entre los objetos, además, la salida de la página es más rápida. También se suele recomendar la sobreimpresión para líneas finas o letras de cuerpo pequeño, siempre y cuando las tintas superpuestas den un color final apropiado.

Cuando se produce *trapping*, las dimensiones del objeto en el impreso cambian un poco. Este efecto se hace más evidente cuanto menor es el objeto, ya que la dimensión del *trapping* es la misma con independencia del tamaño del objeto. Por esta razón, en lo posible, se debe utilizar sobreimpresión para los objetos pequeños y no la reserva de color. Si se utiliza la sobreimpresión para un texto negro colocado en parte sobre un fondo de color y en parte sobre un fondo blanco, la parte del texto impresa sobre el fondo de color quedará más oscura. Para que esto no suceda se debe optar por hacer una reserva de color para el texto negro; entonces todo el texto se imprimirá sobre fondo blanco y, por lo tanto, tendrá el mismo color.

SUPERPOSICIÓN (TRAPPING) Y CONTRACCIÓN (CHOKING) 6.7

Como ya se ha mencionado anteriormente, al imprimir con varias tintas siempre se producen mayores o menores desplazamientos de registro entre las mismas. La razón principal es que las dimensiones del papel cambian tanto en ancho como en longitud durante el proceso de impresión (ver "Impresión", 13.3.6). Si se ha usado la reserva, los fallos de registro se manifiestan como contornos blancos o de un color erróneo entre el objeto y el fondo. Incluso fallos de registro muy pequeños pueden resultar molestos. El problema es más significativo en offset de bobina y en flexografía.

Para solucionar este problema se pueden utilizar los procesos de superposición y contracción. En el proceso de superposición uno de los objetos es ampliado ligeramente para coincidir con el otro objeto. Así, por ejemplo, cuando existen dos fondos adyacentes, uno de ellos se expande y se solapa algo con el otro, para que luego en el impreso no aparezca un filete blanco entre ellos. Las aplicaciones más utilizadas para la producción de originales digitales de impresión, como Adobe PageMaker, QuarkXPress, Adobe InDesign y Adobe Illustrator, tienen herramientas incorporadas de *trapping*. También existen aplicaciones especializadas para *trapping*, como Imation Trapwise e Island Trapper, pero son caras y requieren una gran memoria en el ordenador, lo que las convierte en aplicaciones apropiadas sólo para entornos de gran producción.

Mientras el *trapping* dificulta el proceso por la ampliación de los objetos en primer plano con un color superpuesto, la contracción requiere que la sobreimpresión o reserva se contraiga. Ambas funciones hacen que se solapen el objeto y el fondo, evitando que aparezca un hueco si se produce un pequeño fallo de registro. El nivel de *trapping* viene determinado por la dimensión del fallo de registro en el proceso de impresión. A mayor

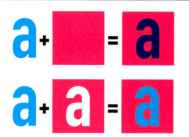

▶ SOBREIMPRESIÓN Y RESERVA – PARTE I
Aquí puede verse cómo los colores de las tintas se combinan en la sobreimpresión dando lugar a un resultado no deseado.

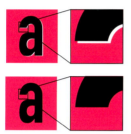

▶ SOBREIMPRESIÓN Y RESERVA – PARTE II
Cuando el color del objeto superpuesto no es sensible a las variaciones de color que pueden darse al combinar las tintas, como por ejemplo el negro, es conveniente usar la sobreimpresión para evitar los filetes.

▶ TINTA TRANSPARENTE EN SOBREIMPRESIÓN
Debido a que las cuatricromías son transparentes, determinados objetos o áreas sobre las que se sobreimprime pueden ser visibles. Ello puede ocasionar problemas, como en esta imagen.

fallo de registro, mayor es el *trapping*. El solapado se produce cuando usando contracción y expansión se crea un nuevo color oscuro. Como resultado se obtiene un contorno perceptible, que a veces puede resultar molesto. De cualquier modo, muchas veces es preferible este contorno que un vacío en blanco; contorno que es más evidente cuando existe contraste entre el primer plano y el fondo.

Las partes más oscuras del objeto o del fondo son las que determinan la forma que podremos ver. Por esa razón, se suelen expandir o contraer las partes más claras, para evitar que el ojo perciba un cambio de forma. Por ejemplo, si se contrae un fondo amarillo bajo un texto azul oscuro, el texto conservará su forma óptica. Pero si en lugar de ello se expandiera el texto oscuro, éste quedaría deformado. En el ejemplo de la imagen contigua se han utilizado —para simplificar— sólo dos tintas de la cuatricromía, pero obviamente el *trapping* también funciona si el objeto y el fondo están compuestos por más de dos tintas; entonces, se aplica un *trapping* para cada color según se necesite.

Si el objeto del primer plano y el fondo son similares no es necesario el *trapping*, pues los contornos generados por los fallos de registro darán un color muy cercano a ambos. Tampoco es necesario el *trapping* cuando ambos usan tintas compartidas y uno de ellos tiene valores mayores de cobertura en todas las tintas, ya que se utilizan los valores de tinta en común sólo en los lugares que corresponde.

Las aplicaciones de autoedición sólo permiten el *trapping* de objetos simples, como texto y fondos tramados. Para aplicar el *trapping* de una manera correcta a objetos más complejos, como por ejemplo degradados y fotografías con transiciones suaves (donde la cantidad de *trapping* debe ajustarse poco a poco a lo largo del degradado), es necesario manejar aplicaciones de *trapping* más avanzadas.

CANTIDAD DE TRAPPING 6.7.1

Es difícil recomendar de forma general qué valores son los más adecuados para el *trapping*, dado que se trata de valores que varían según el proceso de impresión y el tipo de papel. Si uno mismo quiere hacer el *trapping*, deben contrastarse los valores con el impresor. Normalmente, se aplican valores entre 0,1 y 0,5 puntos, según la técnica de impresión. Cuando se entrega el material digital para su impresión, es importante informar al impresor de si ya está hecho el *trapping* o si es necesario que lo haga él.

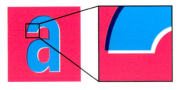

▶ **SOBREIMPRESIÓN DE TEXTOS PEQUEÑOS**
Es preferible sobreimprimir textos pequeños para evitar las deformaciones que puede producir la reserva o el trapping.

▶ **FALLOS DE REGISTRO CON LA RESERVA**
Al aplicar la reserva, los fallos de registro en la máquina impresora producen filetes blancos o de colores erróneos.

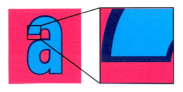

▶ **TRAPPING Y CONTRACCIÓN**
Cuando se produce el trapping el objeto se amplía, mientras que con la contracción se reduce el tamaño de la reserva.

▶ **CONTORNOS "DECOLORADOS"**
Cuando se produce el trapping o la contracción se generan contornos de un tercer color. Si dos objetos tienen tonos similares, el área solapada adquiere un tono sucio, mucho más oscuro que cada uno de los dos colores, lo que puede resultar molesto.

▶ **CAMBIOS DE FORMA DE LOS OBJETOS OSCUROS**
El ojo registra más fácilmente los cambios de forma en los objetos oscuros. Para evitar cambios molestos a la vista, en este caso es conveniente contraer el fondo. En el ejemplo superior se expandió el texto oscuro y ello provocó una forma incorrecta.

SANGRE 6.8

Las imágenes o fondos que se extienden hasta el borde del papel en el producto acabado se dice que son elementos a sangre. Es importante que estos elementos se extiendan un poco más allá del borde del formato de la página, de tal manera que realmente queden a sangre después de que el impreso haya sido cortado y esté acabado. Si no se hiciera así, se correría el riesgo de que los elementos en cuestión no llegasen hasta el borde de la página una vez terminado el proceso de postimpresión. Como resultado aparecería una zona blanca no impresa entre el elemento y el borde de la página. Es necesario mantener este sobrante o margen de seguridad, que se denomina 'sangre', porque los procesos de impresión y de postimpresión nunca son completamente exactos. Se suele recomendar dejar un mínimo de 5 mm adicionales más allá de las líneas de corte.

DOBLE PAGINA 6.9

A veces se coloca una imagen u otro objeto en una doble página. Cuando se imprime, estas dos páginas quedan a menudo en diferentes pliegos o en partes separadas del mismo pliego. Ello significa que no se imprimen una a continuación de la otra (ver "Postimpresión", 14.3.1). Luego, en la postimpresión, los pliegos son plegados, cortados, etc., y es muy difícil que el registro entre las dos páginas quede perfecto. Es conveniente evitar, en lo posible, colocar objetos particularmente sensibles de forma que atraviesen el centro de una doble página "falsa", por ejemplo textos de cuerpo pequeño o líneas finas. Las imágenes que cruzan el centro de forma inclinada son otros de los elementos proclives a presentar imperfecciones de registro entre las páginas.

También las pequeñas variaciones en el color de las imágenes, originadas por los cambios en el suministro de tinta durante la tirada e, incluso, de una tirada a otra, pueden ocasionar problemas en estas dobles páginas sin medianil. Por eso, las imágenes u otros objetos a sangre que pasen sobre el centro de una falsa doble página pueden diferir entre sí en cuanto al color.

▶ APLICAR TRAPPING SÓLO A LA MITAD DEL OBJETO
Para no generar objetos decolorados se les debe aplicar el trapping sólo donde sea necesario.

▶ CUÁNDO EL TRAPPING NO ES NECESARIO
Cuando un objeto y un fondo de color tienen una composición de cuatricromía similar, los filetes generados por fallos de registro tendrán un color cercano al objeto y al fondo. Por eso no es necesario ni expandir ni contraer el objeto y el fondo.

▶ DOBLES PÁGINAS
La doble página falsa de la izquierda está compuesta por dos hojas impresas separadamente. La doble página de la derecha es parte de una misma hoja.

▶ IMÁGENES A SANGRE
Si se coloca una imagen hasta los bordes del documento lo más probable es que en la impresión aparezca un contorno blanco a su alrededor. La solución es que la imagen se extienda 5 mm fuera de la página, desapareciendo el excedente al cortar la hoja después de ser impresa. De este modo, en el producto acabado la imagen se extenderá con seguridad hasta el borde, o lo que es lo mismo, estará 'a sangre'.

▶ IMPRESIÓN EN LA DOBLE PÁGINA

▶ **PARTE I**
Durante la tirada siempre se produce una cierta variación en el suministro de tinta en las hojas, e incluso puede producirse entre los lados derecho e izquierdo de una misma hoja. Por eso, se debe evitar situar objetos o imágenes enteras con colores muy sensibles a estas pequeñas variaciones de forma que atraviesen el centro de una doble página.

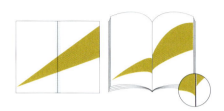

▶ **PARTE II**
Nunca se puede lograr un registro del 100 % entre las dos páginas de una doble página. Por eso se debe evitar colocar imágenes u objetos en diagonal sobre el medianil de las dobles páginas.

▶ **PARTE III**
Debe evitarse que las líneas finas crucen las dobles páginas. Las líneas más gruesas son menos sensibles a los fallos de registro.

EL CONTROL Y LA ENTREGA DE LOS DOCUMENTOS 6.10

Antes de entregar los originales para la etapa siguiente, es importante realizar un último control y después agrupar todos los ficheros pertenecientes al documento en una carpeta (imágenes, ilustraciones, logotipos, fuentes, etc.). QuarkXPress, Adobe InDesign y Adobe PageMaker tienen funciones para guardar el documento, reunir todos los objetos y colocarlos en una carpeta. En QuarkXPress esta acción se hace desde el menú Archivo, seleccionando Recopilar para impresión. Todos los documentos e imágenes se reúnen en la carpeta creada. Además, se genera un informe que contiene datos de las fuentes tipográficas, las imágenes y los colores usados, e información adicional sobre el documento. En Adobe InDesign esta función se selecciona en Archivo –> Package; al hacer uso de ella, primero se controla la corrección del documento, el llamado *preflight* (ver "Control, pruebas y corrección", 10.4), para después poner el documento en una carpeta junto con las imágenes, los tipos de letra y un informe. En Adobe PageMaker hay dos funciones similares. Una de ellas se lleva a cabo en Archivo –> Guardar como mediante la selección de Impresión remota en Copiar. Entonces se guardan los documentos, las imágenes y la información de *trapping*, pero no se obtiene ningún informe. La otra función se encuentra en Herramientas –> Plug-ins –> Guardar para impresión, y está mucho más desarrollada: se genera un informe y también se guardan los tipos de letra.

Cuando se debe enviar material a otros estudios o empresas para que continúen el trabajo, es importante que todo esté bien estructurado y clasificado. Todos los discos Zip y Jaz deben estar etiquetados especificando su contenido y a quién pertenecen. También es conveniente eliminar las versiones viejas del trabajo de los medios de almacenamiento utilizados, e incluso los ficheros que no pertenecen a esa producción. Se les debe poner nombres a los ficheros y organizarlos de tal modo que toda la información pueda localizarse con facilidad. Si la entrega de ficheros se realiza por módem, ISDN o Internet, es

▶ **RECOPILAR DOCUMENTOS PARA IMPRESIÓN**
QuarkXPress tiene una función para guardar el documento y reunir todos los objetos e imágenes relacionados antes de su salida. Todos los archivos se colocan en una carpeta, junto con un informe del contenido.

conveniente comprimir todos los ficheros pertenecientes a un documento en un solo fichero. Ello hace que la transferencia sea más rápida y, además, enviando un solo fichero más grande es más fácil que la transferencia salga bien. Conviene comprimir los ficheros con carácter autoejecutable, de manera que el destinatario no tenga que disponer de un programa de descompresión para poder abrirlos y trabajar con ellos. También debe tenerse en cuenta la dificultad de recepción de los ficheros comprimidos por un ordenador que tenga una plataforma informática diferente a aquella que se utilizó para crearlos (ver "Imágenes", 5.4.5). Siempre es conveniente enviar pruebas impresas, aun cuando el material digital se envíe por alguna vía de comunicación informática. Es suficiente con pruebas corrientes en blanco y negro de impresora láser, asegurándose siempre de que corresponden a la versión más reciente del documento. Las pruebas cumplen una doble función: permiten comprobar que el documento que se entrega es el correcto y también descubrir y evitar posibles fallos en etapas posteriores. En los trabajos en cuatricromía (CMYK) también es apropiado imprimir el documento con separación de colores en una impresora láser y confirmar que las reservas y las sobreimpresiones son correctas. En caso de que hubieran quedado imágenes guardadas en RGB, sólo saldrían impresas en negro. ∎

▶ **ENVIAR LA VERSIÓN MÁS RECIENTE**
Los impresos que enviamos deben ser pruebas de la versión más reciente. No se debe hacer ningún cambio en el documento posteriormente a la impresión de la prueba, de lo contrario se corre el riesgo de que la empresa de preimpresión o la imprenta introduzca cambios en el documento final basándose en la errónea versión anterior.

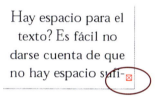

▶ **¿ESTÁ TODO EL TEXTO? – PARTE II**
Adobe PageMaker advierte de que el texto no ha cabido en su totalidad mostrando una flecha roja en el borde inferior de la caja de texto.

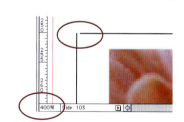

▶ **¿ESTÁ TODO EL TEXTO? – PARTE III**
Adobe InDesign advierte de que el texto no ha cabido en su totalidad mostrando una cruz roja en el borde inferior derecho de la caja de texto.

▶ **LA TOLERANCIA CORRECTA PARA EL TRAZADO DE LA SELECCIÓN**
Al crear una máscara debe definirse su tolerancia. Un valor de 8 píxels suele ser apropiado.

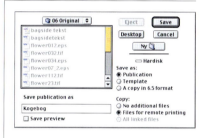

▶ **GUARDAR PARA IMPRESIÓN REMOTA**
Es una función de Adobe PageMaker, mediante la cual se guarda un documento con sus objetos e imágenes en una carpeta.

▶ **¿ESTÁ TODO EL TEXTO? – PARTE I**
¿Cabe todo el texto? QuarkXPress muestra este símbolo cuando en el espacio asignado para el texto no han entrado todas las palabras. Es muy fácil despistarse y que pase desapercibido.

▶ **PRUEBA CON SEPARACIÓN DE COLOR**
Una buena manera de controlar que el documento esté correcto consiste en imprimir una prueba con separación de colores en una impresora láser en blanco y negro. Esta función se define en Archivo –> Imprimir.

▶ **¿SE TOCAN REALMENTE LAS LÍNEAS FINAS?**
Con una ampliación podemos comprobar que los marcos y las líneas finas realmente se unen de la manera correcta.

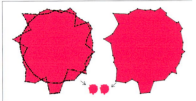

▶ REDUCCIÓN DE LOS PUNTOS DE ANCLAJE
Es preferible evitar demasiados puntos de anclaje. En esta ilustración de un punto irregular se observan demasiados puntos de anclaje. Puede obtenerse el mismo resultado con menos puntos y se ripea más rápidamente.

▶ PREFLIGHT
Es el nombre de la función de Adobe InDesign que controla los enlaces, tipos de letra, etc., de un documento.
También puede reunir el documento con todas las fuentes, objetos e imágenes correspondientes para colocarlo todo en una carpeta y crear un informe.

▶ GUARDAR PARA ENVIAR A UN CLIENTE O PROVEEDOR
Es la segunda función de Adobe PageMaker, mediante la cual se guarda un documento con sus fuentes, objetos e imágenes en una carpeta generando un informe.

▶ MÁS SUGERENCIAS

Apuntamos a continuación algunas sugerencias adicionales a tener en cuenta antes de entregar el documento a otros estudios o empresas de preimpresión para que continúen el trabajo.

EL DOCUMENTO

- ☐ Controlar que no haya páginas en blanco (vacías) no deseadas en el documento.
- ☐ Indicar la medida exacta de las líneas finas, pues no basta con las imprecisas denominaciones 'fina', 'hair-line' o similares.
- ☐ Controlar en una ampliación que los marcos y líneas finas realmente se unan de la manera correcta.
- ☐ Reunir todas las páginas en la menor cantidad de documentos posible, para así reducir la labor de puesta en marcha en cualquier trabajo posterior.
- ☐ Controlar que la disposición de las páginas esté hecha de tal modo que las impares hayan quedado en el lado derecho. A menudo se producen cambios en el orden cuando se reorganiza el documento.
- ☐ Quitar los objetos que hayan quedado fuera del formato.
- ☐ Definir el formato del documento de modo que presente el mismo tamaño que el formato final del impreso. No se puede, por ejemplo, trabajar con un documento en formato A3 si éste está destinado a ser un fascículo de formato A4. En lugar de ello, seleccionar que las páginas A4 se presenten como dobles páginas en la pantalla.

LOS FICHEROS

- ☐ Que los creadores y los destinatarios de los ficheros tengan diferentes versiones de programas y plug-ins puede generar problemas. Por eso, debe confirmarse que el destinatario puede recibir y abrir los ficheros con el software adecuado.

LOS COLORES

- ☐ Vaciar la paleta de colores de la aplicación de autoedición de todos los colores que no vayan a ser utilizados en la impresión. Si no se hace, puede que se impriman películas innecesariamente.

LAS IMÁGENES

- ☐ Debe comprobarse que los enlaces de las imágenes corresponden a las imágenes que van a ser utilizadas y que no enlazan con bocetos o similares (a menos que se haya acordado que alguien se encargará de sustituirlos posteriormente).
- ☐ ¿Está bien recortada la imagen?
- ☐ Debe confirmarse que no se ha indicado ningún color de fondo para las imágenes colocadas en cajas.
- ☐ Es conveniente que las imágenes TIFF tengan ya definido un fondo blanco en la caja de imágenes; de otro modo, pueden aparecer bordes dentados en los degradados hacia el blanco.
- ☐ Los trazados (paths) de los objetos y las ilustraciones no deben tener demasiados puntos de anclaje ni estar definidos con una tolerancia demasiado baja.
- ☐ Los colores planos (por ejemplo, Pantone) utilizados en imágenes vinculadas deben tener exactamente el mismo nombre que en el documento de maquetación para que en la salida no se produzcan complicaciones.
- ☐ Las imágenes TIFF en escala de grises y las imágenes de línea pueden colorearse en QuarkXPress, pero ello no es posible con las imágenes EPS.

LA TIPOGRAFÍA

- ☐ Controlar en la prueba que el texto no presente cambios en la partición de las líneas.
- ☐ ¿Cabe el texto? Es fácil que pase desapercibido que no todo el texto cabe dentro de la caja.

LOS DISPOSITIVOS DE ALMACENAMIENTO

- ☐ Hay que seleccionar un dispositivo de almacenamiento que sea estándar en la industria gráfica.

ALMACENAMIENTO Y ARCHIVO 7

- FASE ESTRATÉGICA
- FASE CREATIVA
- ▶ DIGITALIZACIÓN DE ORIGINALES
- ▶ PRODUCCIÓN DE IMÁGENES
- ▶ SALIDAS/RASTERIZADO
- PRUEBAS FINALES
- PLANCHAS E IMPRESIÓN
- MANIPULADOS
- DISTRIBUCIÓN

SISTEMAS DE ALMACENAMIENTO	128
MEDIOS DE ALMACENAMIENTO	129
DISCOS DUROS	130
DISCOS MAGNÉTICOS	131
CINTAS	132
DISCOS ÓPTICOS	133
COMPARACIÓN	136
ARCHIVO	138

CAPÍTULO 7 ALMACENAMIENTO Y ARCHIVO EXISTEN DIVERSOS SOPORTES DIGITALES APROPIADOS PARA ALMACENAR LOS DIFERENTES TIPOS DE ARCHIVOS DE FORMA EFICAZ. ES CONVENIENTE DESARROLLAR UN BUEN SISTEMA DE ALMACENAMIENTO DE FICHEROS QUE PERMITA ACCEDER A ELLOS Y UTILIZARLOS DE FORMA SENCILLA.

Cuando se guarda un fichero con el que se está trabajando en el ordenador, debe almacenarse en alguna parte. Normalmente, los ficheros se almacenan en el disco duro del propio ordenador o en un servidor; pero también se pueden almacenar en otros dispositivos, como CD o cintas. Estos dispositivos son más económicos que los discos duros y suelen utilizarse para transferir ficheros a otros usuarios que no están conectados en red o, simplemente, para archivar ficheros que no se necesita que estén en el disco duro. Este sistema es una alternativa para ahorrar espacio en el disco duro o acceder más frecuentemente al servidor, pues permite ocupar ese espacio sólo con el material que se utiliza de forma más habitual.

En este capítulo se describirán y analizarán los diferentes tipos de soporte de almacenamiento digital: discos duros, soportes magnéticos, discos ópticos y cintas. Asimismo se valorarán cuáles son los medios más apropiados para las distintas necesidades de almacenamiento. Finalmente, se verá el proceso de archivo y el uso de programas de archivo y bases de datos.

▶ **ARCHIVO Y FICHERO**
En este libro el término 'archivo' se usa exclusivamente como equivalente al inglés archive, o sea, para referirse a los temas relacionados con sistemas de almacenamiento. Pero 'archivo' también puede utilizarse como equivalente a 'fichero', file.

SISTEMAS DE ALMACENAMIENTO 7.1

El proceso de producción gráfica involucra a menudo una gran cantidad de ficheros de distinto tipo: textos, trazados, logotipos, imágenes, fuentes tipográficas, ilustraciones, etc. Por eso, es importante disponer de una estructura de almacenamiento organizada en la propia empresa o estudio. Una buena estructura facilita el acceso a los ficheros utilizados e indica claramente cuál es la versión más reciente de cada documento.

Cuando varias personas trabajan a través de una red y almacenan sus ficheros en un servidor de acceso común, es especialmente importante archivar y asignar nombre a los ficheros siguiendo un método claro de ordenación. De lo contrario, comenzará a reinar el caos y será muy difícil encontrar lo que se busca. En un servidor es necesario que exista una estructura general para organizar los ficheros que diariamente utilizan los usuarios. También es conveniente elaborar una rutina para el archivo de ficheros no utilizados, con el fin de liberar espacio en el servidor antes de que se haya ocupado su espacio de almacenamiento completamente, ya que puede ser mucho más difícil crear una estructura a posteriori. Además, el disco duro del ordenador no es el sistema más adecuado para almacenar información durante mucho tiempo. Por eso, es preferible archivar los ficheros con los que ya no se trabaja diariamente en medios más baratos, como discos Zip o CD. Si después se quiere reanudar el trabajo con un fichero, se trata simplemente de trasladarlo de nuevo al disco duro del ordenador o al servidor de uso común.

Para reducir al mínimo el riesgo de que por error se borren o se archiven ficheros todavía en uso, es necesario que, en todo momento, en las rutinas que se siguen para guardar ficheros, todos los usuarios puedan saber cuáles son las últimas versiones de cada archivo.

MEDIOS DE ALMACENAMIENTO 7.2

La mayoría de usuarios almacena los ficheros que utiliza habitualmente en su propio disco duro. Pero cuando se quieren archivar o intercambiar ficheros con otros usuarios o transportarlos, se necesitan otros tipos de dispositivos de almacenamiento. Existen diferentes soportes de almacenamiento apropiados para diferentes situaciones. Las diferencias entre ellos pueden ser bastante grandes, tanto en precio como en funcionalidad, por lo que se deben conocer sus ventajas e inconvenientes para poder elegir el medio más correcto para cada propósito.

▶ MÉTODO PARA NOMBRAR FICHEROS
Al guardar y archivar ficheros es importante seguir un método que nos permita asignarles nombres a las carpetas, de manera que podamos identificarlas rápidamente y localizar los trabajos. Identificar los ficheros y las carpetas con el número de orden de pedido y con el nombre de los clientes o de los trabajos es uno de los sistemas más corrientes.

▶ SISTEMA DE CARPETAS
Cuando se guardan diversos ficheros en un mismo espacio, es conveniente utilizar un sistema de carpetas que facilite el trabajo y permita encontrar los diferentes ficheros de acuerdo con unos criterios claros.

▶ COMPARAR MEDIOS DE ALMACENAMIENTO

Al elegir un medio de almacenamiento es importante comparar los siguientes factores:
- Coste por MB
- Capacidad de almacenamiento
- Velocidad de transferencia
- Tiempo de acceso
- Vida útil o durabilidad
- Difusión
- Compatibilidad / estandarización

▶ ALMACENAMIENTO DE FICHEROS

Diferentes nombres habituales para el almacenamiento de ficheros son:
- Producción
- Distribución
- Transporte
- Archivos a corto plazo
- Archivos a largo plazo
- Copias de seguridad *(backup)*

> **DISCOS DUROS**
>
> Campos de empleo apropiados para los discos duros:
> - Almacenamiento y procesado de ficheros durante el tiempo de producción
> - Transporte de gran cantidad de datos

> **DISCOS DUROS, PROS Y CONTRAS**
> + Son muy rápidos
> − Son relativamente caros
> − Son sensibles a posibles daños provocados por campos magnéticos
> − Son sensibles a los golpes y sacudidas

CRITERIOS PARA LA ELECCIÓN DEL MEDIO DE ALMACENAMIENTO 7.2.1

La elección de los medios de almacenamiento debe enfocarse a partir del uso que se dará a la información almacenada. El almacenamiento durante el proceso de producción, el archivo a corto y a largo plazo, la creación de copias de seguridad (*backup*), el transporte y la distribución…, cada uso en particular implica diferentes requisitos en cuanto al medio de almacenamiento se refiere. Los factores que hay que tomar en consideración en cada caso son: el coste, la capacidad, la velocidad de lectura y escritura, el tiempo de acceso, los aspectos de seguridad, la vida útil, la disponibilidad, la difusión en el mercado y el grado de estandarización. Por tiempo de acceso se entiende el tiempo que tarda el ordenador en encontrar en ese dispositivo el fichero que se indica. La velocidad de transferencia de datos hace referencia a la cantidad de datos que pueden ser leídos o escritos por segundo con un determinado medio de almacenamiento. La seguridad se refiere al grado de sensibilidad del dispositivo para sufrir daños por fenómenos como campos electromagnéticos, descargas eléctricas o golpes. La vida útil de un medio de almacenamiento viene determinada por el tiempo que puede guardarse la información almacenada y puede ser leída, así como por su deterioro o desgaste físico por el uso. Si un medio de almacenamiento es tan utilizado que la industria ha desarrollado una versión estándar, fabricada y vendida por muchos fabricantes y distribuidores, entonces el medio se considera estandarizado y completamente asequible.

TIPOS DE MEDIOS DE ALMACENAMIENTO 7.2.2

Existen dos categorías básicas de sistemas de almacenamiento: los magnéticos y los ópticos. También hay un medio de almacenamiento híbrido, que combina las tecnologías magnética y óptica. La diferencia más clara entre los dispositivos magnéticos y ópticos es que los primeros pueden ser borrados y reutilizados, mientras que los segundos no pueden volver a grabar. Esta particularidad significa que los medios ópticos son más adecuados para almacenar información mientras que los magnéticos se adaptan mejor a las necesidades de la producción y el transporte de ficheros. Los sistemas magnetoópticos aparecen directamente en el escritorio del ordenador como un disco duro, lo cual facilita su uso. A continuación, analizamos más detalladamente los diferentes tipos de dispositivos de almacenamiento.

DISCOS DUROS 7.3

Constituyen el medio de almacenamiento digital más rápido desde el punto de vista del tiempo de acceso y de la velocidad de transferencia (lectura/escritura). Se utilizan generalmente para almacenar durante el curso de un proyecto, cuando la velocidad es un factor primordial. Los discos duros están incorporados a todos los ordenadores, son los llamados discos duros locales o internos y son fijos. Si se necesita más espacio en el disco duro, se pueden acoplar al Macintosh discos duros externos a través de los puertos SCSI, FireWire o USB. Los discos duros periféricos también pueden utilizarse para transportar importantes cantidades de información.

Un disco duro está compuesto por varios discos apilados, uno encima de otro, con un eje. Cada disco está cubierto por una capa sensible magnéticamente. Cuando se guarda información en el disco duro, ésta se almacena en pistas magnéticas que luego el ordenador interpreta como series de unos y ceros. Los cabezales lector/escritor se desplazan a muy poca dis-

MEDIOS DE ALMACENAMIENTO SEGÚN SUS DIFERENTES USOS Y CARACTERÍSTICAS

Importancia de los factores	Producción	Distribución	Transporte	Archivo (a corto plazo)	Archivo (a largo plazo)	Copia de seguridad
Rapidez	Muy alta	relativa	alta	relativa	baja	baja
Seguridad	Baja	muy alta	relativa	alta	muy alta	alta
Vida útil	Baja	muy alta	relativa	alta	muy alta	relativa
Difusión	Baja	muy alta	alta	baja	baja	baja
Coste/MB	Baja	muy alta	baja	alta	muy alta	alta

La producción necesita rapidez tanto en velocidad de transferencia (lectura/escritura) como en tiempo de acceso. Los ficheros que deben ser archivados durante un tiempo más bien corto es conveniente almacenarlos en un medio económico pero relativamente rápido. Para el archivo a largo plazo, las exigencias respecto a coste/MB, seguridad y vida útil son muy altas. Las copias de seguridad (backup) requieren principalmente un medio barato y seguro. Si se han de transportar ficheros entre workstations y sistemas de gestión, es imprescindible que el medio esté bien difundido en ambos entornos de la empresa, de modo que el destinatario los pueda abrir, leer y procesar; una alta velocidad de transferencia (lectura/escritura) también suele ser importante en estos casos. Los medios de almacenamiento que serán distribuidos requieren un alto grado de estandarización y seguridad.

tancia de los discos mientras graban o simplemente leen, haciéndose muy sensibles durante la operación. Si el disco duro es sacudido durante su funcionamiento, el cabezal podría golpear el disco y dañar la información que contiene. Este fenómeno se llama *head crash*.

DISCOS MAGNÉTICOS 7.4

Los discos magnéticos flexibles o disquetes (*floppy disks*) son los sistemas de archivo regrabables más comunes, a pesar de su limitada capacidad de almacenamiento (1,4 megabytes). La mayoría de los ordenadores personales tiene incorporada la disquetera para este tipo de disco. Sin embargo, los disquetes están siendo sustituidos cada vez más por los CD y la transferencia de información vía Internet.

▶ **DISCOS MAGNÉTICOS**

Usos apropiados para los discos flexibles (excepto floppy disks):
- Almacenamiento durante la producción
- Transporte de gran cantidad de datos

▶ **DISCOS MAGNÉTICOS, PROS Y CONTRAS**

Ventajas e inconvenientes de los discos magnéticos (excepto floppy disks):
+ Tienen una gran difusión en el sector
+ Las unidades de lectura son rápidas y baratas
+ Están altamente estandarizados
− Son caros (en relación a los megabytes almacenados)
− Son sensibles a los campos magnéticos y al polvo
− Son sensibles a los golpes

▶ **DISCO DURO**
Un disco duro está compuesto por un conjunto de platos con superficies magnetizables que son leídos y grabados por los cabezales.

▶ **PLATOS Y CABEZALES DEL DISCO DURO**
Los platos y los cabezales componen un compacto y delicado sistema de grabación y lectura de información, que queda almacenada en la fina capa que recubre ambas caras de los platos.

▶ **DISQUETE**
Un disquete tiene 1,44 MB de capacidad.

▶ **DISCO Y LECTOR JAZ**
Un disco Jaz tiene 1 ó 2 GB de capacidad.

▶ **DISCO Y LECTOR ZIP**
Un disco Zip tiene 100, 200 ó 250 MB de capacidad.

▶ **CAPACIDAD DE ALMACENAMIENTO DE LOS DISCOS MAGNÉTICOS**
- Disquetes – 1,44 MB
- Discos Zip – 100, 200, 250 MB
- Discos Jaz – 1 ó 2 GB

▶ **CINTAS MAGNÉTICAS**
Usos apropiados de las cintas:
- Archivo a corto plazo
- Archivo a largo plazo
- Copias de seguridad

▶ **CAPACIDAD DE ALMACENAMIENTO DE LAS CINTAS**
Cinta DDS – hasta 40 GB
Cinta DAT – hasta 40 GB
Cinta DLT – hasta 80 GB
Cinta AIT – hasta 200 GB
Cinta Super DLT – hasta 320 GB
Cinta LTO – hasta 400 GB

Otros tipos de soportes magnéticos regrabables son los discos Jaz y Zip. Son rápidos y tienen capacidad para procesar grandes cantidades de datos. Los discos SyQuest fueron durante mucho tiempo el método de almacenamiento más extendido, pero ya no se fabrican y han sido sustituidos por los discos Jaz y Zip para el transporte de ficheros grandes, como documentos de maquetación o imágenes. Todos los discos magnéticos flexibles requieren unidades de escritura/lectura compatibles, específicas para cada tipo de disco, que se conectan o se incorporan al ordenador. Estos dispositivos son relativamente baratos, pero el coste de los discos —calculado por megabyte— es alto, a veces incluso son más caros que los discos duros.

CINTAS 7.5

La cinta es también un medio magnético de almacenamiento. Hay varios tipos de cintas, pero las más comunes son las DLT (*Digital Linear Tape*), DAT (*Digital Audio Tape*) y Exabyte. Las cintas son un medio relativamente lento, pero mucho más barato por megabyte y tienen gran capacidad de almacenamiento. Por lo general se consideran un medio apto para copias de seguridad, pero se pueden utilizar también para el archivo a largo plazo, en especial si se trata de grandes cantidades de datos. Todos los tipos de cintas requieren dispositivos compatibles de lectura/escritura específicos, que se conectan a la unidad de trabajo. Además requieren software especial de lectura/escritura. En realidad no se puede hablar de la existencia de un estándar en la fabricación de cintas, incluso existen diversos programas para el mismo tipo de cinta, y a menudo es necesario disponer del mismo software que se utilizó en la escritura para poder hacer la lectura y usar la cinta. Esa falta de estandarización hace que las cintas sean inapropiadas para la distribución o para el transporte de datos.

El almacenamiento de la información en las cintas magnéticas es secuencial, es decir, que todos los datos son almacenados uno detrás de otro en una secuencia a lo largo de la cinta. Por eso, para localizar un fichero, el dispositivo de lectura (la grabadora) tiene que hacer rodar la cinta hasta el sitio donde se encuentre grabado ese fichero. Esto significa que no se tiene acceso directo e inmediato a los ficheros, como es el caso de los discos magnéticos u ópticos. El tiempo de acceso de las cintas puede ser de hasta varios segundos, frente a las escasas centésimas de segundo que tardan los discos. Pero, por otra parte, la velocidad de transferencia de las cintas es bastante alta, por lo que

▶ **ALMACENAMIENTO SECUENCIAL**
La cinta almacena la información en forma secuencial, es decir, los datos son almacenados en línea a lo largo de la cinta..

▶ **CINTA Y LECTOR DAT**
Una cinta DAT puede tener hasta 4 GB de capacidad. Para leer un fichero de una cinta, la unidad lectora tiene que explorar la cinta desde el principio hasta el lugar donde se guardó el fichero. Ello implica que no se tiene un acceso inmediato a los ficheros, como sí ocurre con los discos magnéticos u ópticos.

▶ **SOFTWARE PARA CINTAS**
Para poder leer o escribir en una cinta se necesita un software específico. Estos programas no están estandarizados y existen varios software distintos para el mismo tipo de cinta, por lo que es necesario disponer del mismo software que se utilizó en la escritura para poder leer la cinta.

una vez el usuario ha localizado el fichero, la lectura y la escritura se efectúan rápidamente.

En cuanto a la fiabilidad de las cintas, su sensibilidad a los campos magnéticos —al igual que los discos magnéticos— les resta seguridad. Además, a diferencia de los discos ópticos, las cintas sufren desgaste físico cada vez que son leídas. Según los fabricantes, la mayoría de las cintas tiene una vida útil aproximada de entre cinco y diez años.

DISCOS ÓPTICOS 7.6

Los discos ópticos carecen de superficie magnética, al contrario que los soportes que hemos analizado anteriormente. En consecuencia, son insensibles a posibles daños provocados por campos electromagnéticos y, por ello, son más seguros para el almacenamiento a largo plazo. Tampoco son regrabables ni se pueden borrar, lo cual los hace aún más seguros. Su tiempo de acceso no es tan rápido como el de los discos magnéticos, pero son más asequibles. Tienen una vida útil de entre diez y treinta años. Existen tres tipos de discos ópticos: CD (*Compact Disc*), DVD (*Digital Versatile Disc*) y MO (*Magnetic Optical cartridge*).

DISCOS COMPACTOS (CD) 7.6.1

El CD es el medio óptico más corriente y el más estandarizado para el almacenamiento de información digital. La mayoría de los ordenadores tienen un lector CD incorporado, que no necesita programas especiales de lectura y funciona tanto en Macintosh como en PC. Los CD son un soporte muy adecuado para la publicación electrónica, ya que es un sistema estándar, tiene una amplia difusión y no se puede borrar. Los CD tienen que ser manejados con precaución para que no se rayen ni se dañen, dada su relativa desprotección. Tienen una capacidad de almacenamiento de entre 650 y 700 megabytes.

▶ **CINTAS, PROS Y CONTRAS**

+ Son baratas (en relación a los megabytes almacenados)
+ Tienen gran capacidad de almacenamiento
− Sus tiempos de acceso son lentos
− Son sensibles a los campos magnéticos
− Tienen escasa estandarización (existencia de varios programas diferentes para el mismo tipo de cinta)

▶ **TIPOS DE CD Y SUS USOS**
- CD-DA (Digital Audio) – música
- CD-R – archivo
- CD-RW – archivo

▶ **DIFERENTES USOS DE LOS CD-R**
- Entrega de grandes cantidades de datos.
- Archivo a corto plazo
- Archivo a largo plazo

▶ **CD. PROS Y CONTRAS**
+ Son económicos
+ Las unidades de lectura también son económicas
+ No son sensibles a los campos magnéticos
+ Tienen una larga vida útil
+ Están bien estandarizados
+/– Por lo general no son regrabables
– Carecen de cubierta protectora

▶ **PC Y MAC**
Para que un CD pueda ser leído tanto por PC como por Macintosh es necesario usar el formato ISO.

▶ **UN CD**
Un CD tiene una capacidad de alrededor de 650 MB.

▶ **ALMACENAMIENTO SECTORIAL**
Los discos ópticos almacenan los datos en sectores, de una manera similar a los discos duros y los discos magnéticos.

El CD-ROM (*Compact Disc-Read Only Memory*) es el medio por excelencia para la publicación digital de, por ejemplo, enciclopedias o juegos, y para la distribución comercial, por ejemplo del software para ordenadores. La producción de una edición de CD-ROM se lleva a cabo a través de un proceso de estampación. Primero, con toda la información deseada se crea un disco maestro. Luego, se imprime una forma del disco maestro a partir de la cual se imprimen los CD necesarios para su distribución.

La incorporación del CD-R (*Compact Disc-Recordable*) ha permitido grabar CD en el propio ordenador. La grabación requiere un dispositivo especial de lectura y escritura de CD, que se conecta al ordenador y que mediante un software de grabación puede grabar CD. Grabar un CD completo de 700 MB lleva de 2 a 20 minutos, según la rapidez de la grabadora, y a pesar de que se puede realizar en varias sesiones, los archivos no se podrán borrar ni sustituir. Si sólo se necesitan unos pocos ejemplares, éste es el sistema más apropiado dado su bajo coste y eficacia. Otro desarrollo de esta tecnología es el CD-RW (*Compact Disc-ReWritable*), que permite grabar, borrar y regrabar datos en un mismo disco.

El Foto CD es un sistema desarrollado por Kodak que permite almacenar cien imágenes con cinco o seis resoluciones diferentes en un CD. Las imágenes se almacenan en un formato de compresión especial denominado YCC. El Foto CD ofrece diferentes posibilidades dentro del proceso de producción gráfica.

Un CD está compuesto por tres capas: una capa base de policarbonato, una capa de aluminio reflector portadora de la información grabada y que permite reflejar la luz del láser para su lectura y una capa protectora de laca.

Como en un disco analógico, el CD tiene una sola pista espiral continua, a lo largo de la cual hay una sucesión de incisiones y zonas lisas suavizadas (*pits* y *lands*) grabadas por un láser de gran potencia. La lectura se realiza con un láser de baja potencia que ilumina la pista y que permite decodificar la información: las transiciones entre las incisiones y las zonas lisas son interpretadas como unos mientras que las transiciones sin cambios son interpretadas como ceros.

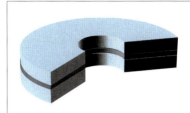

▶ **LA ESTRUCTURA DE LOS CD**
Un CD está compuesto por tres capas: una formada por un sustrato de resina plástica (policarbonato), una delgada capa de aluminio portadora de la información grabada que permite reflejar la luz del láser y una capa protectora de laca.

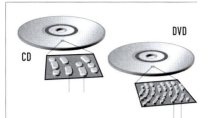

▶ **ALMACENAMIENTO DE INFORMACIÓN EN CD Y DVD**
Los CD y los DVD almacenan información en una sola pista en espiral continua a lo largo de la cual se encuentra una sucesión de incisiones y zonas lisas suavizadas (pits y lands). Estas huellas digitales están impresas con mayor densidad en un DVD que en un CD, pudiendo así almacenarse más datos.

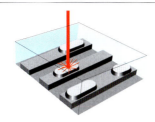

▶ **LA LECTURA DE LOS CD**
La lectura se realiza con un láser de baja potencia que ilumina la pista. El rayo es reflejado por las zonas lisas; las transiciones entre las incisiones y las zonas lisas son interpretadas como unos mientras que las transiciones sin cambio son interpretadas como ceros.

DVD (DIGITAL VERSATILE DISK) 7.6.2

El DVD (*Digital Versatile Disk o Digital Video Disk*) es un nuevo estándar de almacenamiento en disco óptico. Está basado en la tecnología CD, pero la densidad de almacenamiento es mayor, lo cual da al DVD una capacidad de almacenamiento considerablemente superior. Los hay grabados por una sola cara (SS), o por las dos caras (DS). Los discos grabados por una sola cara pueden almacenar 2,6 ó 3,93 GB, mientras que los grabados por ambas caras pueden almacenar hasta 5,2 GB. Las próximas generaciones de DVD seguramente tendrán mayor capacidad de almacenamiento.

La lectura se hace por medio de un rayo láser, igual que en el caso de los CD corrientes; pero su mayor densidad de información requiere un lector específico, el lector DVD, que también puede leer CD-ROM. Los discos DVD pueden almacenar música, textos e imágenes estáticas o en movimiento. Se prevé que en la industria del ocio los DVD sustituyan a la larga a las cintas de vídeo. En la industria de producción gráfica, los DVD se usan generalmente para la distribución al consumidor y para el archivo a largo plazo.

Al igual que los CD, los DVD tienen diferentes denominaciones según sus características. Para almacenar vídeo existen los DVD-Vídeo; para música, los DVD-Audio, y para otro tipo de datos, los DVD-ROM. Los grabables son denominados DVD-R y los regrabables DVD-RW, DVD-RAM o DVD+RW.

MEDIOS MAGNETOÓPTICOS 7.6.3

Los discos magnetoópticos (discos MO) son un híbrido entre medios ópticos y magnéticos que combinan las ventajas de ambas técnicas. Están cubiertos por una capa de plástico transparente que los hace menos vulnerables a rayadas y daños que los CD y los DVD. Todos los discos MO almacenan información en ambas caras, y cada cara debe ser leída por separado, es decir, que no se tiene acceso a ambas caras a la vez, sino que hay que dar la vuelta al disco manualmente. Su capacidad de almacenamiento es de hasta 1,3 GB. La tecnología magnetoóptica está bien estandarizada, aunque no tanto como la de CD.

▶ **TIPOS DE DVD Y SUS USOS**
- DVD-Vídeo – vídeo
- DVD-Audio – música
- DVD-ROM – datos
- DVD-R – archivo
- DVD-RW, DVD-RAM, DVD+RW – archivo

▶ **DIFERENTES USOS DE LOS DVD-R**
- Distribución al consumidor de grandes cantidades de datos
- Archivo a corto plazo
- Archivo a largo plazo

▶ GRABACIÓN Y LECTURA EN LOS DISCOS MAGNETOÓPTICOS

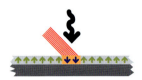

Un láser de gran potencia calienta primero el disco para que un campo magnético externo pueda alterar el sentido de la magnetización.

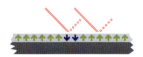

La lectura se realiza con un láser de baja potencia que es reflejado por la superficie del disco. Las transiciones entre dos puntos con diferentes sentidos de magnetización son interpretadas como unos, mientras que las transiciones sin cambio son interpretadas como ceros.

▶ DISCOS MO
Los hay de formato de 5,25 ó 3,5 pulgadas y tienen una capacidad de hasta 1,3 GB.

▶ DVD, PROS Y CONTRAS
+ Son económicos
+ Las unidades de lectura también son económicas
+ No son sensibles a los campos magnéticos
+ Tienen una larga vida útil
+ Tienen gran capacidad de almacenamiento
− Carecen de protección ante la acción mecánica

▶ DISCOS, PROS Y CONTRAS
+ Son insensibles a los campos magnéticos
+ Tienen una larga vida útil
+ Están protegidos contra la acción mecánica
− Las unidades de lectura son caras
− La velocidad de grabación es baja

Los discos MO requieren unidades de lectura/escritura especiales que se conectan a la unidad de trabajo. Los discos en sí son relativamente baratos, pero las unidades de lectura son caras; por eso este sistema es práctico sólo si se utilizan un gran número de discos. Suelen usarse para el transporte de grandes cantidades de datos y para el archivo a corto y a largo plazo.

Para grabar un disco MO, un láser de alta potencia calienta primero el disco a una temperatura de 200 °C, para que un campo magnético externo pueda alterar el sentido de la magnetización, lo que sólo es posible mientras el disco está caliente. Por eso los discos MO, a temperatura ambiente, no son sensibles al influjo de campos magnéticos externos. Para regrabar el disco hay que borrar primero la información que contiene, por lo que el proceso de grabación durará el doble de tiempo que el de lectura. En la primera pasada se neutraliza el campo magnético y en la segunda se graban los nuevos sentidos de magnetización de la información que se quiere almacenar. La lectura se realiza con un láser de baja potencia que es reflejado por la superficie del disco según el campo magnético almacenado. Las transiciones entre dos puntos con diferentes sentidos de magnetización son interpretadas como unos, mientras que las transiciones sin cambio son interpretadas como ceros.

COMPARACIÓN 7.7

Dado que cada medio de almacenamiento tiene sus propiedades específicas, la elección de uno u otro depende completamente del campo de uso: producción, transporte, distribución o archivo.

PRODUCCIÓN 7.7.1

Se recomienda almacenar los archivos relacionados con un proyecto en ejecución en el disco duro, ya sea en el disco duro interno del ordenador, en discos duros externos o en un servidor. Este método facilita el acceso a los archivos que debemos utilizar a diario durante el proceso de producción de un proyecto determinado.

TRANSPORTE 7.7.2

Para el transporte de ficheros entre distintos lugares, los discos magnéticos flexibles son los más adecuados, tanto por el grado de estandarización de su uso como por su carácter de regrabables. También los CD (no regrabables) pueden ser una buena alternativa, porque son de uso común en la industria y porque resultan muy seguros, pues la información no puede ser borrada ni alterada por error. Los discos magnetoópticos también son apropiados para el transporte, pero su difusión no es tan común. La transmisión vía Internet se está convirtiendo en el sistema más popular de transportar archivos.

DISTRIBUCIÓN 7.7.3

Si se quieren distribuir productos digitales a gran cantidad de usuarios en el mercado de consumo masivo, es sumamente recomendable elegir el CD, debido a que no puede ser borrado, tiene una larga vida útil y es un formato muy estandarizado.

ARCHIVO A CORTO PLAZO 7.7.4

Los ficheros que tienen que ser archivados durante un corto tiempo pueden almacenarse en discos magnéticos. Pero estos discos no son apropiados para almacenamiento durante períodos prolongados debido a su sensibilidad a los campos magnéticos. Los discos CD-R y los MO se utilizan con frecuencia para archivos a corto plazo, pero en realidad son los más adecuados para archivos a largo plazo, debido a la gran perdurabilidad de su almacenamiento.

ARCHIVOS A LARGO PLAZO Y COPIAS DE SEGURIDAD 7.7.5

Es conveniente almacenar los archivos a largo plazo de grandes cantidades de información y las copias de seguridad (*backup*) en cintas o en discos ópticos. Las cintas tienen gran capacidad de almacenamiento y su coste es bajo; por eso, son apropiadas para guardar grandes cantidades de información, pero no tienen una vida útil tan prolongada como los discos ópticos. Cuando se trata de almacenar documentos valiosos durante un tiempo prolongado, la seguridad es el factor más importante. En ese caso, es conveniente elegir los discos ópticos. Entre ellos, los CD-R son tan económicos como las cintas, por lo que son la mejor alternativa, aunque no almacenan tanta información como aquéllas. Los discos duros y los discos magnéticos no son adecuados para el archivo a largo plazo debido a su alto coste por megabyte (MB).

▶ **LOS USOS DE LOS DISCOS MO**

Los discos MO son adecuados para:
- Transportar grandes cantidades de datos
- Archivo a corto plazo
- Archivo a largo plazo

▶ **CAPACIDAD DE ALMACENAMIENTO DE LOS DISCOS**

CD — hasta 650 MB

DVD — hasta 17 GB

Discos MO — dos tamaños:
128/256 MB (3,5 pulgadas)
650/1.300 MB (5,25 pulgadas)

▶ **DIFERENCIAS DE COSTE POR MB**

El diagrama muestra el coste por megabyte (MB) de diferentes medios de almacenamiento. Los discos flexibles y los discos duros son considerablemente más caros que los CD y las cintas. Los disquetes (1,44 MB), que comparativamente tienen la menor capacidad de almacenamiento, resultan también más caros por megabyte.

ZIP (100 MB)
DISQUETE (1,44 MB)
JAZ (1.000 MB)
MO (1,3 GB)
DISCO DURO
DVD (5,2 GB)
CD (700 MB)
DAT/DLT (40/80 GB)

ALMACENAMIENTO Y ARCHIVO

▶ **PROPIEDADES DE LOS MEDIOS DE ALMACENAMIENTO**

	Discos duros	Disquetes	Zip/Jaz	cintas DAT/DLT	CD-R/CD-RW/DVD	Discos MO
Velocidad de transferencia	alta	baja	alta	media	alta/media	media
Sensibilidad	alta	alta	alta	media	baja	baja
Vida útil	media	corta	corta	media	larga	larga
Capacidad de almacenamiento	hasta 80 GB	1,3 MB	250/2.000 MB	4/80 GB	650/650/5.200 MB	1,3 GB
Tecnología de almacenamiento	magnética	magnética	magnética	magnética	óptica	magnetoóptica
Difusión	grande	grande	media	pequeña	grande	pequeña
Estandarización	aceptable	buena	aceptable	mala	buena	aceptable
Campo de uso 1	producción	transporte	transporte	copia de seguridad	archivo	archivo
Campo de uso 2	transporte	distribución	producción	archivo	distribución	transporte

ARCHIVO 7.8

Cuando se tienen almacenados muchos ficheros, puede ser difícil mantenerlos ordenados. Para facilitar el archivo y la búsqueda existen programas específicos de gestión de archivos.

ARCHIVO DIGITAL 7.8.1

Un archivo digital almacena ficheros e información sobre ellos. Normalmente se trata de imágenes digitales y textos, pero también se puede guardar cualquier otro tipo de ficheros: documentos de maquetación, ficheros de sonido, programas, etc. Cuando hablamos de 'archivo digital' nos referimos a un sistema compuesto por un programa de archivo, una base de datos donde se reúne la información sobre los ficheros y el medio físico utilizado (también llamado unidad, soporte o dispositivo) donde están almacenados los propios ficheros.

Los archivos digitales tienen muchas ventajas y pueden solucionar muchos de los problemas que a veces surgen en los archivos manuales. Quizás la mayor ventaja de un archivo digital sea que requiere mucho menos espacio que un archivo manual tradicional. En unas pocas cintas o CD se puede almacenar una cantidad muy grande de ficheros. A diferencia de los archivos manuales, el manejo digital no está limitado a una estructura jerárquica, sino que puede utilizar las posibilidades de la técnica digital para crear referencias cruzadas entre todo tipo de diferentes entradas. Por ejemplo, una misma imagen puede estar bajo varias referencias distintas y, no obstante, ser archivada en un solo lugar; una misma imagen que contenga gatos y perros puede encontrarse tanto bajo la entrada 'perros' como bajo la entrada 'gatos', e incluso quizás también en 'gatos y perros', dependiendo de la estructuración del sistema de archivo.

El programa de archivo es, en realidad, una manera de simplificar el manejo de una base de datos. En ella se reúne toda la información que hay en el archivo acerca de los ficheros. Por ejemplo: el nombre de los ficheros, la fecha en que se han archivado, su tamaño, las imágenes que contienen, dónde están ubicados, etc.

▶ **ARCHIVOS DIGITALES Y ARCHIVOS MANUALES**
En los archivos digitales se hace uso de referencias cruzadas, a diferencia de los archivos manuales, donde casi siempre se está limitado a una estructura jerárquica.

La base de datos se suele almacenar en discos duros. De esa manera, se puede buscar rápidamente en el archivo sin tener acceso directo a los ficheros archivados, los cuales se encuentran en otro dispositivo de almacenamiento.

Cuando se archiva un fichero, se transfiere al medio de almacenamiento correspondiente, por ejemplo una cinta o un CD. Luego se describe el fichero en el programa de archivo, que guarda la información acerca del mismo en la base de datos. Cuando se registra una imagen, se crea una pequeña copia de baja resolución, llamada *thumbnail*, con enlace a la imagen de alta resolución. Por medio de esas imágenes *thumbnail* se pueden identificar las imágenes de alta resolución del archivo, a pesar de estar almacenadas en otro dispositivo. Por cada fichero que se guarda en el archivo, se crea una ficha de registro en la cual se puede describir y clasificar el fichero. De ese modo, es posible usar la función de búsqueda basándose en la información que se registró y así encontrar el fichero de una forma rápida y sencilla.

▶ **LAS TRES PARTES DE UN ARCHIVO DIGITAL**
Un archivo digital generalmente está compuesto por tres partes: programa de archivo, base de datos y medio de almacenamiento.

CLASIFICACIÓN, DESCRIPCIÓN Y ESTRUCTURA 7.8.2

Cuando se tienen que archivar ficheros digitales durante un tiempo prolongado o si la cantidad de ficheros es muy elevada, es conveniente clasificarlos conforme a una estructura determinada, de manera que podamos encontrarlos nuevamente sin grandes esfuerzos. El sistema de la clasificación es determinante a la hora de facilitar o dificultar la gestión del archivo. Un objeto se clasifica describiéndolo tan rigurosamente como sea posible en la ficha de registro, de acuerdo con sus características específicas. La ficha de registro puede contener distintos campos, como por ejemplo nombre, número de identificación, fotógrafo, cliente, propietario, fecha, resolución, medidas, etcétera. Los datos serán introducidos por quien archive el fichero. También suele haber casillas para *palabras clave* y para texto de descripción libre. Al describir una imagen con palabras clave, se crea un glosario del que posteriormente se pueden elegir palabras para clasificar nuevas imágenes; también se pueden agregar nuevas palabras al glosario. En el espacio para texto libre se puede escribir lo que se quiera, por ejemplo un texto que describa la imagen. La clasificación es un momento crítico en todo el proceso de archivo de ficheros y no está directamente relacionada con los medios y las técnicas de almacenamiento que se utilicen. La estructura de la clasificación es el factor determinante del buen funcionamiento del archivo y es especialmente importante si también otros usuarios —ajenos al mismo estudio u oficina— han de tener acceso a él, pues los usuarios externos a menudo utilizan una forma de búsqueda completamente diferente de la de los internos.

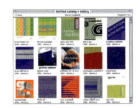

▶ **IMÁGENES THUMBNAILS**
Al hacer una búsqueda de imágenes en un programa de archivo, el resultado aparece en la pantalla como imágenes en miniatura o thumbnails.

LA BÚSQUEDA 7.8.3

Para la búsqueda de un fichero en un archivo digital hay muchos modos de proceder. Es corriente que haya un cuadro de búsqueda que contenga una serie de campos predefinidos, cada uno con su título, donde se puede escribir una palabra de búsqueda que concuerde con el título en cuestión. A veces se puede combinar esta función con una persiana desplegable que presenta un glosario de donde se pueden elegir palabras de búsqueda —las que mejor describen el fichero que se busca— para colocar bajo cada título. Estos glosarios facilitan una mayor precisión en la elección de palabras de búsqueda adecuadas, y mejoran la eficacia del sistema, pues permiten seleccionar un criterio que aumentará las posibilidades de éxito en la búsqueda.

▶ **FICHA DE REGISTRO**
Cada archivo que se añade a una base de datos genera una ficha de registro donde se almacena toda la información importante sobre ese archivo. Esta información se almacena junto con el fichero y facilita su búsqueda posteriormente.

Los archivos digitales utilizan el álgebra booleana para limitar o aumentar la cantidad de resultados (ver la ilustración). Esto significa que se combinan dos o más palabras de búsqueda con las funciones booleanas 'y', 'o', 'no'. Por ejemplo, cuando se busca por perros *y* gatos se accede sólo a las imágenes que contienen ambas palabras clave y, por consiguiente, quedan excluidas las que contengan sólo perros o sólo gatos. Si se hace la búsqueda de perros *o* gatos, se accede a las imágenes que sólo contienen perros, a las que sólo contienen gatos y también a las que contienen perros y gatos. Si, en cambio, se busca por perros *no* gatos, aparecen sólo la imágenes con perros y no las que tienen perros y gatos. Los resultados de la búsqueda pueden aparecer en pantalla en forma de lista o de presentación de las imágenes en miniatura (*thumbnails*) correspondientes, y a partir de éstas se puede luego identificar la imagen buscada. ∎

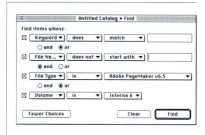

▶ **CUADRO DE BÚSQUEDA**
Para buscar un fichero se despliega primero un cuadro de búsqueda. Allí deben introducirse los términos de búsqueda adecuados para al fichero en cuestión. Se pueden combinar varios términos distintos aplicando las variables booleanas (and, or, not).

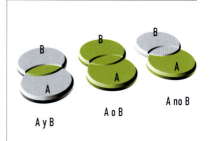

▶ **ÁLGEBRA BOOLEANA**
La aplicación del álgebra booleana consiste en la creación de grupos de objetos afines con la ayuda de variables booleanas como 'y', 'o', 'no'. Esta ilustración muestra los resultados de una búsqueda utilizando las variables 'y', 'o' y 'no', respectivamente.

▶ **ARCHIVO DIGITAL DE IMÁGENES, PROS Y CONTRAS**

En comparación con el archivo manual:

+ Se requiere relativamente poca experiencia y pocos conocimientos para efectuar búsquedas
+ Los tiempos de búsqueda son cortos
+ El procedimiento de búsqueda es más libre
+ Aumenta la posibilidad de acierto en el resultado de la búsqueda
+ Permite una clasificación más rigurosa
+ No se produce ningún desgaste de las imágenes físicas originales
+ Ocupa poco espacio físico
+ Permite realizar la búsqueda de muchas maneras diferentes
+ Es fácil hacer copias de seguridad

– No se tiene acceso al original físico, y la imagen no se puede ver con tanta calidad
– La creación de un archivo digital requiere experiencia en la gestión del ordenador
– Los problemas técnicos pueden limitar el acceso a la información almacenada en la base de datos
– Las imágenes ocupan un gran espacio de almacenamiento
– Las imágenes están limitadas para siempre a sus resoluciones y tamaños
– Con el tiempo, los formatos de fichero se desarrollan y puede resultar difícil o imposible abrir las imágenes almacenadas digitalmente si no se hacen regularmente las actualizaciones necesarias

¿QUÉ ES UNA RED?	142
LAN Y WAN	143
¿DE QUÉ ESTÁ COMPUESTA UNA RED?	143
DISPOSITIVOS DE RED	145
TÉCNICA DE TRANSFERENCIA Y CAPACIDAD DE LA RED	147
TIPOS DE REDES LOCALES	149
CONEXIONES DIAL-UP	150
INTERNET	151

CAPÍTULO 8 REDES Y COMUNICACIÓN

PARA PODER TRANSFERIR FICHEROS ENTRE ORDENADORES Y PERMITIR A DIVERSOS USUARIOS COMPARTIR LOS MISMOS PERIFÉRICOS (IMPRESORAS, SERVIDORES, FILMADORAS, ETC.), LOS ORDENADORES ESTÁN CONECTADOS A UNA RED. EN UNA RED LA INFORMACIÓN —COMO UN FICHERO O UN TRABAJO PARA IMPRESIÓN— SE INTERCAMBIA ENTRE LOS ORDENADORES Y LOS PERIFÉRICOS A TRAVÉS DE UNA SERIE DE SEÑALES DIGITALES.

En este capítulo se abordarán conceptos como LAN y WAN, los componentes de una red, los fundamentos de las técnicas de transferencia y la capacidad de una red, los diferentes tipos de redes, las conexiones de acceso telefónico a redes (*Dial-up Connections*) e Internet. Pero, primero, definiremos qué es una red, su estructura básica y sus funciones.

¿QUÉ ES UNA RED? 8.1

Una red es un sistema de conexión entre varios ordenadores que les permite comunicarse entre sí y compartir recursos (dispositivos periféricos, programas e información).

Una red es algo más que simplemente cables, y puede reunir una o varias de las siguientes características:

1. La presencia de cables de red y la existencia de tarjetas de red en los diversos equipos. Ésta es la parte física de la red —el hardware—, cuya complejidad y cantidad de elementos depende de las dimensiones y del tipo de red. Aquí se incluyen los siguientes componentes de conexión física de las estaciones de trabajo entre sí y con otros dispositivos en común: el cableado de la red, una tarjeta de interfaz de red (*Network Interface Card*, NIC) para cada ordenador y una serie de dispositivos de red (o equipo de conectividad).

2. La existencia de un protocolo de red que gobierna las comunicaciones. Ésta es la parte lógica de la red —el software— compuesta por el protocolo de red (*network protocol*),

▶ **PERIFÉRICOS EN LA RED**
Al conectar dispositivos periféricos a una red podemos compartir impresoras, escáners y módems con otros ordenadores de nuestra red. Así, todos los ordenadores de esa red pueden, por ejemplo, utilizar la misma impresora.

que se encarga de la comunicación entre las unidades conectadas a la red, y por el sistema operativo de red, SOR (*Network Operating System*, NOS), que administra y coordina desde el servidor todas las operaciones y recursos de la red.

3. La red permite:
   - Compartir periféricos, como impresoras, servidores, módems, etc.
   - Compartir bases de datos con otros ordenadores de la red
   - Acceder a la información del disco duro del ordenador de otros usuarios de la red
   - Enviar mensajes entre los ordenadores, como en el caso del correo electrónico en intranets

▶ **LAN**
Del inglés, Local Area Network. Es una red local limitada, por ejemplo, a una oficina o un edificio.

LAN Y WAN 8.2

Las redes reciben a veces su denominación según su alcance geográfico. Por ejemplo, una red que está limitada a una oficina, un edificio o poco más, suele denominarse red local o red de área local, y para designarla se utiliza el término LAN, del inglés *Local Area Network*. Ejemplos de redes locales habituales en la industria gráfica son Localtalk, Ethernet y la interfaz de datos distribuida por fibra óptica o FDDI (*Fiber Distributed Data Interface*).

A la interconexión de redes locales de grandes distancias se les llama WAN, del inglés *Wide Area Network*. Este tipo de redes es utilizada, por ejemplo, por empresas con oficinas en varias ciudades diferentes, que conectan sus LAN en una WAN. Para ello se puede utilizar la línea telefónica: un ordenador puede llamar a otro ordenador y luego enviar ficheros por la línea telefónica; de esa manera se pueden interconectar los ordenadores y todas las redes locales, independientemente de la distancia.

▶ **WAN**
Del inglés, Wide Area Network. Se utiliza cuando diferentes redes locales están interconectadas a grandes distancias para crear una red común; por ejemplo, en una empresa con oficinas en varias ciudades.

¿DE QUÉ ESTÁ COMPUESTA UNA RED? 8.3

Una red está formada por una serie de componentes que incluyen cables, tarjetas de interfaz de red, protocolos de red y diferentes elementos como servidores, repetidores, *hubs*, puentes, conmutadores y *routers*. Como se mencionó en 8.1, una red de telecomunicaciones necesita un componente físico (el hardware) y un componente lógico (el software). El componente físico de conexión entre las estaciones de trabajo (o sea, los ordenadores de los usuarios con acceso a la red) y de ellas con los dispositivos en común incluye normalmente las tarjetas de interfaz de red (*Network Interface Card*, NIC), el cableado y el equipo de conectividad. El componente lógico consiste básicamente en el protocolo y el sistema operativo de la red, SOR (*Network Operating System*).

En esta sección se describirán los elementos básicos, imprescindibles, que hacen posible la comunicación entre las estaciones de trabajo (los ordenadores, incluido el servidor) y con los dispositivos periféricos, si los hay. Éstos son: el cableado de la red, las tarjetas de interfaz, el protocolo y el sistema operativo. Los demás elementos se van agregando según la complejidad de la red.

Los cables conectan físicamente los equipos. Las tarjetas de interfaz facilitan la comunicación entre el ordenador y los cables. El protocolo de red contiene las reglas de cómo debe conducirse la comunicación. Los servidores de red y otros dispositivos de red como repetidores, *hubs*, puentes, conmutadores y *routers* son componentes necesarios para construir la red. Seguidamente, se estudiará con más detalle cada uno de estos elementos.

▶ **LOS COMPONENTES DE UNA RED**

Una red generalmente consiste en:
- Cableado
- Tarjetas de interfaz de red
- Dispositivos de red (servidores, repetidores, hubs, puentes, routers, etc.)
- Protocolos de red

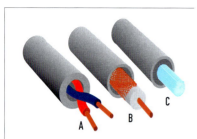

▶ **TIPOS DE CABLE DE RED**
Hay tres tipos principales de cables de red:

A: Cable de par trenzado

B: Cable coaxial

C: Cable de fibra óptica

EL CABLEADO DE RED [8.3.1]

Los cables constituyen el medio de transferencia por el que viajan las señales de información. El tipo de cable que se usa en la red tiene importancia para la velocidad de transferencia que se puede lograr. También determina la extensión de la red, así como la seguridad de transmisión, además del tiempo que tarde en transferirse un fichero. Su influencia en la seguridad de la transferencia viene dada por el hecho de que las señales pueden perder potencia cuanto mayor sea la distancia que deban recorrer, dependiendo del tipo de cable. Principalmente hay tres tipos de cables de red: el cable de par trenzado, el cable coaxial y el cable de fibra óptica.

El cable de par trenzado (*twisted-pair*) es el más común. Está compuesto por pares trenzados de hilos de cobre. Es el tipo más sencillo y barato de los tres, similar a un cable telefónico normal y corriente. Tiene una capacidad de transferencia de las señales de cien metros. La potencia de las señales se atenúa con la distancia y, además, se producen interferencias que son producto, entre otras cosas, de los campos eléctricos que se generan en torno a los cables de corriente eléctrica y a los aparatos eléctricos. Todo ello aumenta la posibilidad de error en la transferencia y a veces hay que enviar nuevamente la información. Para reducir su sensibilidad a las interferencias se han desarrollado los cables de par trenzado blindados o cables STP y FTP (*Shielded Twisted-Pair* y *Foiled Twisted-Pair*). El blindaje consiste en un revestimiento o pantalla metálica protectora que rodea el cable.

El segundo tipo de cable, el cable coaxial, está formado por un conductor central de cobre revestido por un aislamiento de plástico que, a su vez, está recubierto por un tubo metálico aislante y protector que lo hace insensible a las interferencias. Como máximo transmite las señales a 185 metros de distancia. Es un tipo de cable habitual y, a pesar de ser más caro que el cable de par trenzado, es más económico que el cable de fibra óptica.

El tercer tipo de cable es el de fibra óptica. En la tarjeta de interfaz de red, las señales eléctricas se transforman en señales de luz, que luego son transportadas a través de las fibras de vidrio del cable. De esa manera, se consigue una red completamente inmune a las interferencias electromagnéticas y al acceso indebido y, además, un largo alcance y un mayor ancho de banda. La distancia máxima de transferencia de las señales es de 20 kilómetros y el cable de fibra óptica permite velocidades de transferencia más elevadas que los otros dos tipos de cable, aunque, por otro lado, es muy caro y requiere un hardware especial.

La elección del tipo de cable es, por lo general, una cuestión de precio-rendimiento, según sean las necesidades de protección contra las interferencias electromagnéticas y el acceso indebido. Es normal que se combinen diferentes tipos de cables en una misma red. En ciertas partes puede ser suficiente con un cable de par trenzado, mientras que en otras, donde la carga de la red o las distancias son muy grandes, sólo un cable de fibra óptica puede ofrecer las prestaciones que se necesitan.

TARJETAS DE INTERFAZ DE RED [8.3.2]

La tarjeta de interfaz de red (*Network Interface Card*, NIC) es una placa de circuitos que suele instalarse en un *slot* del ordenador. Esta tarjeta se encarga de la comunicación entre el ordenador y los cables de la red. Los diferentes tipos de red requieren diferentes tarjetas (ver "El ordenador", 2.2.8).

PROTOCOLO DE RED 8.3.3

Para que los ordenadores conectados a una red puedan comunicarse los unos con los otros es necesario que hablen el mismo lenguaje. Para eso se usa un protocolo de red, que consiste en un conjunto de reglas para que se puedan transferir paquetes de datos entre los ordenadores y demás dispositivos de la red. El protocolo especifica detalladamente las normas y procedimientos que deben seguir los programas empleados en la red para intercambiar información. Parte de esas especificaciones está normalmente implementada en el sistema operativo de la red y cumple la función de asegurar una correcta gestión de los paquetes portadores de datos y de los mecanismos de enlace que hacen posible la transferencia por la red. En definitiva, el protocolo es algo así como un lenguaje y su gramática.

Algunos protocolos de red están mejor estandarizados que otros y pueden ser usados en varios tipos de red; a menudo, al usar un cierto tipo de red, hay que usar un cierto tipo de protocolo. Appletalk y TCP/IP son los protocolos más corrientes dentro de la industria gráfica. Appletalk y Ethertalk son los protocolos de red de Apple, comunes en redes con muchos ordenadores Macintosh. Appletalk se utiliza en Localtalk, que es la solución de red propia de Apple. Ethertalk se usa en redes Ethernet (ver 8.6).

En las redes donde hay una combinación de ordenadores Apple Macintosh, Windows y Unix es más común el uso del protocolo TCP/IP, que es el acrónimo de *Transmission Control Protocol/Internet Protocol* (Protocolo de Control de Transmisión/Protocolo Internet). TCP/IP es también el protocolo usado para comunicarse vía Internet. Es el mejor estandarizado y es compatible con la mayoría de las redes existentes. Existen otros protocolos de red, pero su análisis excede el marco de este libro.

▶ **LOS PROTOCOLOS MÁS CORRIENTES**

Los protocolos de red más corrientes en la industria gráfica son:
- Appletalk
- Ethertalk
- TCP/IP

▶ **DISPOSITIVOS EN UNA RED**

Ejemplos de diferentes dispositivos en una red:
- Servidores
- Repetidores
- Hubs
- Puentes
- Routers

DISPOSITIVOS DE RED 8.4

Además de los dispositivos comentados en los puntos anteriores, una red suele tener uno o más servidores y otros dispositivos especiales de conexión. El servidor (*server*) es un ordenador en la red que tiene a su cargo las funciones centrales necesarias para todos los usuarios. Los repetidores, los *hubs*, los puentes y los *routers* son diferentes ejemplos de dispositivos de conectividad que se utilizan para extender o dividir la red en diferentes zonas o segmentos o bien para conectar diferentes redes entre sí. A continuación presentaremos brevemente los principales dispositivos de conectividad de una red.

SERVIDORES 8.4.1

Un servidor es un ordenador central al que están conectados los otros ordenadores de la red. Normalmente, suele ser un ordenador potente que administra todos los dispositivos de la red y gestiona diferentes funciones.

El principal objetivo de un servidor es almacenar ficheros para que puedan ser compartidos por varios usuarios. Existen diversos programas que permiten al servidor administrar impresoras o filmadoras para hacerlas accesibles de forma ordenada a los usuarios (esta función se conoce con el nombre de *spool*). Otras aplicaciones permiten que el servidor proporcione información sobre el tráfico y la capacidad de la red, inclusive la identificación de los usuarios conectados y su actividad en la red.

Un servidor también puede estar conectado a Internet vía módem, RDSI (ISDN), DSL (línea del suscriptor digital), etc. Ello permite que los usuarios de la red local se conecten —a través del servidor— con ordenadores externos y viceversa. De esta manera,

▶ **LA TELECOMUNICACIÓN EN LA RED**
El servidor puede conectarse a Internet vía módem, RDSI (ISDN), DSL, etc. Esta conexión permite a los usuarios de la red local —a través del servidor— conectarse con ordenadores externos y viceversa. De esta manera se puede conectar la red local (LAN) a una red de gran alcance (WAN). También suele estar a cargo del servidor la gestión del correo electrónico.

> **FUNCIONES DE LOS SERVIDORES**
>
> Las funciones más comunes de los servidores son:
> - Gestión de ficheros
> - Gestión de las salidas
> - Supervisión de la red
> - Comunicación y correo electrónico
> - Servicios de seguridad (accesos)
> - Copias de seguridad

> **UNIDADES DE RED**
> Las unidades de red se montan normalmente en un chasis, como el que muestra la figura. Los dispositivos como routers, hubs y conmutadores (interruptores o switches) tienen todos un aspecto similar.

usando estos dispositivos de telecomunicación, se pueden ampliar las redes locales (LAN) o de gran alcance (WAN). También suele estar a cargo del servidor la gestión del correo electrónico, así como la administración del sistema de seguridad de la red, dando contraseñas, niveles de acceso, permisos para copiar, mover y eliminar ficheros, etc. Así, por ejemplo, un grupo de usuarios puede recibir autorización para abrir ficheros pero no para guardarlos o borrarlos, mientras que se autoriza a una sola persona para eliminarlos permanentemente, con el fin de reducir al mínimo el riesgo de hacerlo por error, etc.

El servidor también facilita la administración y automatización de las copias de seguridad (*backup*) de ficheros. Por ejemplo, para las copias de seguridad se pueden utilizar las llamadas unidades de disco duro 'espejo', que consisten en tener dos unidades de disco duro en el servidor. Desde la estación de trabajo siempre se trabaja en la misma unidad de disco duro y, cuando se guarda o se hace algún otro cambio en esa unidad, hay un programa en el servidor que *refleja* (copia) el cambio para almacenarlo en la otra unidad de disco duro, teniendo así ambas siempre el mismo contenido. Si alguno de los discos duros se estropea, toda la información queda intacta en su disco duro espejo. También se puede permitir que el servidor se encargue de las copias de seguridad en otros medios de almacenamiento, como las cintas magnéticas o los discos ópticos (véase el apartado 7.7.5).

Los servidores gestionan funciones de uso frecuente y comunes a todos los usuarios. Por eso, si se posee una gran red, debería considerarse la posibilidad de repartirla entre varios servidores diferentes, para asegurar un mejor rendimiento del sistema y una mayor seguridad en el funcionamiento.

REPETIDORES [8.4.2]

Los repetidores se utilizan para extender la red geográficamente. Como ya se mencionó anteriormente al tratar el cableado, la distancia impone limitaciones físicas al alcance geográfico de una red, dado que las señales pierden potencia cuanto mayor es la distancia que deben recorrer por el cable. Un repetidor amplifica las señales y, de esa manera, alarga la red. El repetidor amplifica todas las señales en el cable, independientemente de su origen o destino final.

HUBS [8.4.3]

Los *hubs* son unidades utilizadas para conectar diferentes partes de una red, como puentes y *routers*. Existen dos tipos de *hubs*: pasivos y activos. Los activos funcionan como repetidores y amplifican todas las señales. Los pasivos no amplifican sino que solamente funcionan como unidades de conexión entre dispositivos de la red. Algunos *hubs* están construidos de tal manera que cada estación de trabajo conectada a ellos tiene siempre asignado un nivel constante de ancho de banda, lo que implica que el usuario no se ve afectado en la misma medida por el tráfico de la red.

PUENTES Y ROUTERS [8.4.4]

Los puentes (*bridges*) y *routers* (especie de encaminadores, creadores de rutas) se utilizan para conectar las partes de una red, las llamadas zonas o segmentos de red. Estos dispositivos sólo transfieren la información enviada de una zona o segmento a otra directamente, en lugar de enviarla por toda la red. De esa manera, disminuye el tráfico innecesario en la red y la competición por el ancho de la banda se reduce.

¿QUÉ CONTIENE UN PAQUETE?

Cada paquete está construido de tal manera que su primera parte contiene la información acerca de las direcciones de las estaciones transmisora y receptora, y su última parte, información acerca del contenido del paquete, lo que permite controlar al ordenador de destino si la transmisión ha tenido éxito y si toda la información ha sido recibida. Entre la parte inicial y la final de cada paquete está el segmento correspondiente del fichero original.

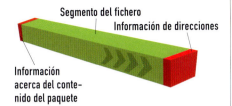

Cuando se recibe el paquete, el ordenador de origen notifica que puede enviarse el próximo paquete. El último paquete contiene la información que concluye la transferencia.

LOS PAQUETES EN UNA RED

Si se tiene un fichero de 1 Mbyte que se divide en paquetes de 500 bytes, resultan un total de 2.000 paquetes. En una red común Ethernet categoría 3, teóricamente se pueden enviar 10 Mbits por segundo, lo cual significa 2.500 paquetes de 500 bytes por segundo. De acuerdo con ello, un fichero de 1 Mbyte tarda apenas un segundo en ser transferido.

TÉCNICA DE TRANSFERENCIA Y CAPACIDAD DE LA RED 8.5

Un tema importante cuando se opera en una red es la velocidad de transmisión. Esta velocidad se mide en cantidad de bits por segundo e indica el volumen de información que puede transmitirse por la red en un cierto período de tiempo. Teóricamente, la velocidad de transmisión de una red depende, en primer lugar, del tipo de red y del tipo de cable que se utilice.

En realidad, también desempeña un papel muy importante el protocolo de red que se utilice, la manera en que esté construida la red y su volumen de tráfico. El volumen de tráfico depende, en cada momento, de la cantidad de ordenadores conectados y del tamaño de los ficheros que se envían.

Los ordenadores comparten la capacidad de la red, lo que hace que la velocidad de transmisión, el ancho de banda, disminuya en el caso de que haya un gran volumen de tráfico. El ancho de banda (*bandwidth*) es la velocidad máxima de transmisión que teóricamente se puede obtener con un sistema de comunicación.

¿CÓMO FUNCIONA LA TRANSFERENCIA DE DATOS? 8.5.1

Ethernet es un tipo de red utilizado con frecuencia y un buen ejemplo para analizar cómo funciona la transferencia de datos. Para enviar un fichero desde un ordenador a otro a través de una red Ethernet con un protocolo Ethertalk, la estación de origen pregunta primero si la estación de destino está accesible en la red. Al recibir una respuesta positiva, el ordenador transmisor divide el fichero que se quiere enviar en pequeños segmentos llamados paquetes de datos. En la red Ethernet, el tamaño de los paquetes suele ser de entre 64 y 1.514 bytes.

Cada paquete está construido de tal manera que su primer segmento contiene la dirección de las estaciones transmisora y receptora, y el último segmento, la información sobre el contenido del paquete. Esta disposición permite controlar al ordenador de destino si la transferencia ha tenido éxito y si toda la información ha sido recibida. La información que transmite el paquete se transporta entre estos dos segmentos. El contenido del fichero se transmite entre la parte inicial y la final de cada paquete. La información de direcciones permite que cada paquete llegue al ordenador de destino y que éste al recibir el paquete, se lo comunique al remitente, tras lo cual puede ser enviado el siguiente paquete. El último paquete contiene también la información que finaliza la transferencia.

TRANSFERENCIA DE FICHEROS A TRAVES DE LA RED

Antes de enviar un fichero, el ordenador de origen pregunta si el ordenador de destino está en la red. Al recibir una respuesta afirmativa, divide el fichero que se debe transferir en una serie de segmentos llamados paquetes, y los envía. El último paquete contiene también la información que finaliza la transferencia.

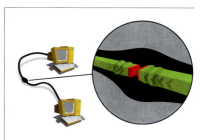

▶ **COLISIONES DURANTE LA TRANSMISIÓN**
Cuando dos ordenadores quieren enviar cada uno su paquete exactamente al mismo tiempo, se produce una colisión y ninguno de los paquetes es enviado, por lo cual deben ser expedidos nuevamente. La repetición del comando la gestiona un generador numérico aleatorio para evitar que los paquetes sean enviados simultáneamente otra vez.

▶ **TRÁFICO DE CONTROL**
Todas las terminales conectadas a una red se comunican continuamente para confirmar que están accesibles. Esto sucede mediante el envío recíproco, a intervalos regulares, de pequeñas preguntas y respuestas. Cuantas más terminales haya en la red, tanto mayor será el tráfico de control y, en consecuencia, mayor será también la carga de la red.

¿QUÉ AFECTA AL RENDIMIENTO DE LA RED? [8.5.2]

En una red, hay diferentes usuarios conectados que quieren enviar información de distintos tipos. Ethernet sólo permite enviar un paquete por transmisión a través de la red. Tan pronto como se envía un paquete, la red queda bloqueada hasta que llega a la dirección correcta. A continuación, la red vuelve a estar nuevamente accesible para poder enviar un nuevo paquete desde alguno de los ordenadores.

En ocasiones, puede suceder que dos ordenadores quieran enviar simultáneamente un paquete cada uno; en ese caso se produce una colisión, ninguno de los paquetes puede enviarse y debe repetirse la operación. Con el fin de prevenir las colisiones, el nuevo envío posterior se gestiona a través de un generador numérico aleatorio, que elimina el riesgo de que ambos ordenadores intenten de nuevo enviar sus paquetes a la vez. Sin embargo, la conexión de muchos ordenadores a la red aumenta las probabilidades de colisión. Cuanto mayor sea el número de paquetes transmitidos, mayor será el ancho de banda utilizado. Un gran volumen de repetición de envíos de este tipo consume gran cantidad del ancho de banda accesible de la red.

Además de todo el tráfico consistente en transferencia de ficheros y salidas a impresoras, también tiene lugar el llamado control de tráfico de red, un cierto volumen de tráfico de control a través de la red. Todas las unidades conectadas a la red tienen continuamente que comunicarse entre sí, confirmando que están accesibles, y ello se realiza mediante el envío mutuo de pequeñas preguntas y respuestas a intervalos regulares. Es decir, que una mayor cantidad de unidades acopladas genera inmediatamente un aumento del tráfico de control y, por lo tanto, una mayor carga en la red.

OBTENER LA MÁXIMA CAPACIDAD DE RED [8.5.3]

Una manera habitual de reducir la carga de red es dividirla en zonas, para lo cual se usan *routers* y puentes. El principio consiste en dividir la extensión de la red en una cierta cantidad de redes pequeñas e independientes unas de otras, las llamadas zonas o segmentos. A este procedimiento también se le llama segmentación de la red. Cada segmento funciona como una pequeña red separada, lo cual implica, por ejemplo, que no se produzca ningún tráfico de control entre equipos de dos zonas diferentes. Además, el rendimiento de la red en una zona no se ve afectado por la congestión de tráfico en otra zona. Por ejemplo, si se colocan potentes ordenadores de procesamiento de imágenes en la zona 1 y ordenadores para autoedición en la zona 2, los usuarios de la zona 2 no notarán en su trabajo nada de la gran carga de la red en la zona 1. De esa manera, cada zona funciona como una pequeña red dentro de la red. Si por el contrario, los ordenadores de la zonas 1 y 2 trabajaran en la misma zona o en una red no segmentada, la carga de la red se vería notoriamente aumentada, y cada uno de los usuarios sufriría los efectos del empeoramiento del rendimiento de la red. Una red Ethernet mal construida, no segmentada, alcanza sólo la mitad del rendimiento que se puede obtener con la misma red cuando ésta está bien construida y segmentada. Otra ventaja de la segmentación de la red es su menor vulnerabilidad a los fallos técnicos o mecánicos; si se daña un cable, sólo se ve afectada una zona y no toda la red. Por todo ello, tenemos mucho que ganar reflexionando sobre cuál es el mejor modo de construir nuestra red.

TIPOS DE REDES LOCALES 8.6

En esta sección, abordaremos los tipos más comunes de redes locales (LAN) y conexiones de Internet en la industria gráfica. Las más corrientes son Localtalk, Ethernet y FDDI (*Fiber Distributed Data Interface* o interfaz de datos distribuida por fibra óptica). Las conexiones de Internet que se tratarán son módems, líneas RDSI (ISDN) y conexión por cable.

LOCALTALK 8.6.1

Localtalk es la más sencilla de las redes locales de Apple. Es tan lenta que ya apenas se utiliza. Lo único que Localtalk es capaz de transmitir con una velocidad razonable son documentos de texto. La velocidad teórica de transmisión es de 230 kilobits por segundo, lo cual equivale a 28,75 kilobytes por segundo, es decir, que es cuarenta veces más lenta que una red normal Ethernet categoría 3 (ver 8.6.2). En una red Localtalk se utiliza el protocolo de red Appletalk y cables de par trenzado.

ETHERNET 8.6.2

En la actualidad, el estándar de red más extendido en la industria gráfica es Ethernet categoría 3. Tiene una velocidad teórica de transmisión de 10 megabits por segundo, que equivale a 1,25 megabytes por segundo. En una red Ethernet se suele utilizar el protocolo de red Ethertalk (de Apple) o TCP/IP. Se pueden usar todos los tipos de cable en una misma red, e incluso combinarlos.

Ethernet categoría 5, o Fast Ethernet, es una versión más desarrollada que Ethernet categoría 3. Tiene una velocidad teórica de transmisión de 100 megabits por segundo, es decir, que es diez veces más rápida que Ethernet categoría 3. Al estar basada en una técnica similar a ésta, la red se puede actualizar con facilidad.

FDDI 8.6.3

FDDI (*Fiber Distributed Data Interchange*) es un estándar para redes de fibra óptica. Una red FDDI puede transmitir teóricamente con una velocidad de hasta 100 megabits, que equivale a 12,5 megabytes. Estas redes son caras y requieren cable de fibra óptica. El protocolo de red suele ser TCP/IP. Es común en las empresas que gestionan grandes cantidades de datos y que tienen una exigencia de seguridad muy alta.

SCSI 8.6.4

SCSI son las siglas de *Small Computer System Interface* y se suelen pronunciar 'escasi' en español (*scuzzy* en inglés). El SCSI no es en realidad una red, sino una interfaz de gran velocidad propia del ordenador para su comunicación con dispositivos periféricos, como discos duros externos, escáners, etc. La comunicación vía cable SCSI es muy rápida, 24 megabits por segundo, lo cual equivale a 3 megabytes/s. Hay una versión más nueva del estándar SCSI llamada SCSI-2 o Fast-SCSI, que ofrece 80 megabits por segundo (10 megabytes/s). En la actualidad, la mayoría de los ordenadores, escáners y otros periféricos siguen el estándar SCSI. Los cables SCSI tienen una longitud limitada de seis metros y por eso no se puede, en principio, utilizar la tecnología SCSI en contexto de red.

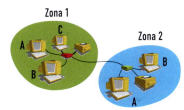

▶ **DIVISIÓN EN ZONAS**

Podemos disminuir el tráfico de una red utilizando routers y puentes para dividirla en zonas. De este modo ya no es necesario el control de tráfico entre las zonas, por ejemplo, entre la estación A de la zona 1 y la estación A de la zona 2. Además, la congestión del tráfico en una zona no afecta a las demás.

▶ **APLICACIONES QUE GENERAN TRÁFICO**

Algunos programas de aplicación como Adobe Photoshop generan tráfico, debido a que preguntan en la red por la existencia de otros programas con el mismo número de serie; esto se hace para controlar que el mismo programa, que requiere licencia, no esté instalado en más ordenadores de los permitidos.

Para no recargar el tráfico de la red innecesariamente, es conveniente cerrar esas aplicaciones cuando no se estén usando.

▶ CERRAR "ARCHIVOS COMPARTIDOS" (FILE SHARING)

Si se tiene habilitada la opción de "archivos compartidos" (file sharing) en un Macintosh, se produce una gran cantidad de tráfico de control que reduce el rendimiento de la red.

Para aprovechar la capacidad de una red al máximo, es conveniente tener cerrada esta función en todos los ordenadores excepto en los servidores y, además, tener una cantidad limitada de servidores.

▶ MÓDEM ANALÓGICO

El módem analógico convierte la información digital del ordenador en señales analógicas de tonos, que luego son transmitidas por la red telefónica. El módem receptor interpreta las señales de tonos y las convierte nuevamente en información digital.

▶ MÓDEM RDSI

El módem RDSI (ISDN) no necesita traducir las señales digitales del ordenador a señales analógicas, tal como hace el módem analógico, pues utiliza una red de telecomunicación digital propia que es un desarrollo de la red telefónica analógica convencional.

CONEXIONES DIAL-UP 8.7

Se llama *dial-up connections* a las conexiones de acceso telefónico; son conexiones a la red que utilizan las líneas telefónicas existentes. Permiten establecer comunicación entre ordenadores o entre redes, incluso a grandes distancias. La comunicación en una red utilizando líneas telefónicas requiere un hardware —los módems— para convertir el lenguaje del ordenador en señales que puedan ser transportadas por las líneas telefónicas. Hay dos tipos de módems: los analógicos, para las líneas telefónicas más viejas, y los RDSI (ISDN), para la red telefónica digital. Para todos los tipos de conexiones de acceso telefónico se necesita un software de comunicación.

MÓDEMS ANALÓGICOS 8.7.1

Los módems analógicos permiten que los ordenadores se comuniquen a través de la red telefónica convencional. Con un módem analógico, un ordenador puede sencillamente *llamar por teléfono* a otro ordenador utilizando la línea telefónica. Un módem analógico convierte la información digital en señales analógicas de tonos, que así pueden ser transmitidas por la red telefónica. El módem receptor interpreta las señales de tonos y las convierte nuevamente en información digital.

El módem se conecta al puerto de módem del ordenador (ver "El ordenador", 2.2.9). Para poder hacer uso de un módem se necesita un software de comunicación, que suele estar incluido en la compra del aparato. Los módems analógicos sólo permiten una velocidad de transmisión relativamente lenta. En la actualidad, los más rápidos pueden transmitir información a una velocidad de entre 56.600 bits/s y 7,2 kilobytes por segundo.

RDSI (ISDN) 8.7.2

RDSI (Red Digital de Servicios Integrados) o en inglés ISDN (*Integrated Services Digital Network*) es un modo de telecomunicación cuyo uso ha aumentado en la industria gráfica. Los módems RDSI funcionan sobre el mismo principio que los módems corrientes, es decir, utilizando la conexión de acceso telefónico (*dial-up connection*). La diferencia radica en que utiliza la red de telecomunicación digital, que es un desarrollo de la red telefónica analógica convencional.

A través de la RDSI se alcanzan velocidades de transmisión más altas que con módems analógicos, muy útiles para el envío de documentos de texto e imágenes de baja resolución, pero todavía demasiado lentos para el envío de grandes cantidades de datos. La transmisión tiene lugar por dos canales y la velocidad máxima es de 128 kilobits (= 15 KBytes) por segundo.

Desafortunadamente, es un sistema que todavía no está generalizado. En la actualidad existen tres tipos distintos de tarjetas de interfaz de red RDSI para ordenadores Macintosh en el mercado (Planet, Leonardo y OST), así como diferentes tipos de software (Easy Transfer, Leonardo Pro y ISDN-Manager son los más habituales). Para asegurarse una comunicación sin problemas se requiere que tanto el transmisor como el receptor tengan el mismo tipo de tarjeta y de software de comunicación.

INTERNET 8.8

Internet es el nombre con el que se denomina la red global que conecta millones de LAN y WAN en todo el mundo. En Internet se utiliza TCP/IP como protocolo. El acceso a Internet es posible a través de un ordenador, ya sea mediante la red telefónica (*dial-up connection*) o directamente mediante una conexión fija de cable o inalámbrica (*wireless*).

CONEXIÓN A INTERNET FIJA 8.8.1
La conexión fija a través de cable permite disponer de una conexión directa a Internet a través de la red local. Esta conexión ofrece un enlace continuo con Internet mediante alguna compañía operadora de telecomunicaciones.

CONEXIÓN A INTERNET DIAL-UP 8.8.2
Cuando utilizamos una conexión de acceso telefónico a Internet a través de módem analógico o RDSI (ISDN), el módem de nuestro ordenador contacta a través de la red telefónica con nuestro proveedor de acceso a Internet situado en el otro extremo, quien nos da acceso a Internet.

Mediante una conexión *dial-up* con Internet permanecemos conectados solamente durante el tiempo que dura la llamada. Si la llamada se hace con módem analógico debemos esperar a que éste se conecte cada vez que se quiere acceder a Internet, lo que suele llevar entre 15 y 30 segundos. En cambio, utilizando el módem RDSI, esta misma conexión se realiza en un segundo.

El funcionamiento de Internet está basado en una plataforma que permite a la información enviada tomar alguno de los muchos caminos diferentes que existen para llegar a destino, lo cual aumenta las probabilidades de que la transferencia se produzca con éxito. Internet siempre intenta, en primer lugar, enviar la información por el camino más rápido pero, si no es posible, toma otro camino. Ello significa que a veces se puede tardar más tiempo en recibir el correo electrónico o en acceder a una página web.

APLICACIONES EN INTERNET 8.8.3
Hay muchos tipos de aplicaciones que hacen uso de Internet: World Wide Web, el correo electrónico y FTP son las más comunes. Todas estas aplicaciones funcionan independientemente del tipo de ordenador que se use y del punto geográfico donde uno se encuentre. En otras palabras, funciona igualmente bien el envío de correo electrónico desde un Macintosh a otro que a un PC, y se puede leer una página web tanto en un ordenador Unix como en un PC, etc. No obstante, todavía pueden aparecer ciertos problemas con la transferencia de algunos signos, aunque se producen mejoras constantes a medida que se desarrollan los programas.

Existen varios modos de conexión a Internet más rápidos que con módems tradicionales. Los dos tipos más corrientes son ADSL y módem de cable. También existen distintos tipos de conexión inalámbrica.

ADSL significa *Asymmetric Digital Subscriber Line* (Línea de Abonado Digital Asimétrica), y es un método basado en el uso de las líneas de cobre del sistema telefónico para la transferencia digital de datos, en lugar de transferencia analógica como se hace con los módems tradicionales. La palabra 'asimétrica' se refiere a que las velocidades de transferencia de información vía ADSL difieren en el sentido ascendente (Usuario > Red, o sen-

▶ **FTP – File Transfer Protocol**
El protocolo de transferencia de ficheros (FTP) es un estándar para la transferencia de ficheros entre dos ordenadores vía Internet. Con FTP se puede entrar en otro ordenador —frecuentemente un servidor— y descargar o coger ficheros desde el propio ordenador. Ambos ordenadores deben tener programas FTP.

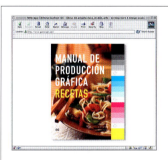

▶ **World Wide Web – WWW**
En Internet se navega a través de páginas web vinculadas que pueden contener texto, sonido, imágenes estáticas y en movimiento y programas interactivos.

▶ **VELOCIDADES TEÓRICAS DE TRANSMISIÓN USANDO DIFERENTES TECNOLOGÍAS**

En esta tabla se presenta un resumen comparativo de las velocidades teóricas de transmisión para los diferentes tipos de redes y telecomunicaciones. También se incluyen, para cada red, ejemplos sobre el tiempo de transmisión de un fichero de 10 MB (la última columna).
* Observar que la velocidad en la primera tabla es en kilobits por segundo y en la segunda tabla es en kilobytes por segundo.

Hay que destacar que, debido a errores e información superflua, estas velocidades de transmisión nunca se alcanzan en la realidad; un valor más realista es un 60–70 % de los valores teóricos. Además, la alta carga de la red puede reducir la velocidad aún más.

	VELOCIDAD (Kbit/s)	VELOCIDAD (Kbyte/s)	10 MByte
Módem analógico	56,6	7,1	24 min
RDSI 1×	64	8	21 min
RDSI 2×	128	16	11 min
Localtalk	230	28,8	5,8 min
Conexión fija	512	64	2,6 min

	VELOCIDAD (Mbit/s)	VELOCIDAD (MByte/s)	10 MByte
Conexión fija	2	0,25	40 s
USB	12	1,5	6,6 s
SCSI	24	3	3,3 s
SCSI 2	80	10	1 s
Ethernet	100	12,5	0,8 s
FDDI	100	12,5	0,8 s
FireWire	400	50	0,2 s

tido *upstream*) respecto al sentido descendente (Red > Usuario, o sentido *downstream*), o sea, para la carga y descarga de ficheros (*UpLoad/DownLoad*).

Teóricamente, el ADSL común desempeña velocidades de descarga de hasta 6 Mbit por segundo, pero corrientemente la velocidad es inferior a 1 Mbit/s. La carga de ficheros es considerablemente más lenta que la descarga.

El módem de cable se basa en la conexión a Internet por la red de TV-cable. Las velocidades habituales de descarga son de alrededor de 1 Mbit/s, y también aquí es más lenta la carga.

Para poder conectarse a Internet por ADSL o por la red de TV-cable se necesitan módems especiales. A diferencia de la conexión tradicional vía módem, se paga generalmente por este servicio una tarifa mensual fija, pudiendo estar constantemente conectado sin costes adicionales.

WWW 8.8.4

World Wide Web (más conocida como www, triple w o simplemente "la web") permite navegar por páginas web enlazadas que contienen texto, sonido, imágenes estáticas y en movimiento y programas interactivos. Los programas lectores de Internet o navegadores (*browsers*) más comunes son Netscape Navigator y Microsoft Internet Explorer.

CORREO ELECTRÓNICO 8.8.5

El *e-mail* o correo electrónico significa, como su nombre indica, que se envían mensajes electrónicos entre dos ordenadores. Un mismo mensaje también puede ser enviado simultáneamente a varias direcciones. Los programas más comunes para Macintosh son Microsoft Outlook, Eudora, Claris E-mailer y First Class, aunque también Netscape Navigator y Microsoft Internet Explorer gestionan correo electrónico.

El correo electrónico puede llevar uno o varios ficheros adjuntos (*attachments*). Éstos pueden ser cualquier fichero digital, aunque hay ciertas limitaciones relacionadas con el tamaño del envío.
- El tamaño total del envío.
- El servidor de correo electrónico receptor.
- El tipo de ordenador (el sistema operativo) del receptor del mensaje.

Para hacer más rápido el envío de ficheros grandes mediante el correo electrónico, se suele recomendar su previa compresión. Los programas de compresión también pueden convertir varios ficheros en uno solo. De esa manera se logra una transferencia más rápida y más segura (ver "Imágenes", 5.4.5 y "Documentos", 6.10).

FTP 8.8.6

Las siglas FTP significan *File Transfer Protocol*. Se trata de un estándar para la transferencia de ficheros entre dos ordenadores vía Internet. Mediante el sistema FTP se puede entrar en otro ordenador y descargar o coger ficheros a través del propio ordenador. Para ello, ambos ordenadores deben tener un programa FTP. Los más habituales son Anarchie y Fetch. También las versiones más recientes de navegadores web (*web browsers*) soportan FTP.

LA VELOCIDAD POR INTERNET 8.8.7

La velocidad de transmisión por Internet —cuando se envía correo electrónico o ficheros y para la lectura de páginas web— puede variar enormemente. Por lo general, siempre es más lento trabajar en Internet que en la red local. Si se utiliza un conexión de acceso telefónico con un módem analógico normal de 56,6 Kbps (kilobits por segundo), se pueden transferir ficheros comprimidos a velocidades de 6 kbps, mientras que las velocidades teóricas de una red local se sitúan entre los 10 y los 100 Mbps (megabits por segundo). Una conexión a Internet fija, mediante cable físico, puede alcanzar una velocidad hasta diez veces mayor que la de un módem.

TRANSFERENCIA DE FICHEROS 8.8.8

El modo más corriente de transferir ficheros a otro ordenador por Internet es enviarlos con FTP o adjuntarlos al correo electrónico. La mayor diferencia entre estas dos opciones es que con FTP se suele poner el fichero en un servidor FTP, mientras que con el correo electrónico el fichero se envía a la cuenta de *e-mail* del destinatario después de pasar por varios servidores de correo electrónico. FTP requiere acceso al servidor mediante nombre de usuario (*user name*) y contraseña (*password*). Con FTP se puede tanto entregar un fichero en destino como hacer el fichero accesible de modo que el otro usuario lo recoja.

Cuando se utiliza la tecnología Internet dentro de una empresa u organización se le llama *intranet* y se utiliza para la gestión interna de la información. Si se permite que usuarios externos tengan acceso a partes de ella, se denomina *extranet*.

PROTECCIÓN CONTRA LA INTRUSIÓN EN LA RED LOCAL [8.8.9]

Es conveniente proteger las redes con conexión exterior, por ejemplo vía módem o Internet, frente a posibles intrusiones. Ello se hace equipando el ordenador que gestiona la comunicación con un 'cortafuegos' (*firewall*), que es un programa especial que permite pasar solamente el tráfico autorizado. Hay muchos tipos diferentes de sistemas cortafuegos en el mercado. ■

SALIDAS 9

- FASE ESTRATÉGICA
- FASE CREATIVA
- DIGITALIZACIÓN DE ORIGINALES
- PRODUCCIÓN DE IMÁGENES
- ▶ SALIDAS/RASTERIZADO
- ▶ PRUEBAS FINALES
- PLANCHAS E IMPRESIÓN
- MANIPULADOS
- DISTRIBUCIÓN

TRAMA DE MEDIOS TONOS	157
LENGUAJE DE DESCRIPCIÓN DE PÁGINA	164
POSTSCRIPT	164
PDF	172
OPI	183
IMPOSICIÓN	187
LAS IMPOSICIONES MÁS CORRIENTES	189
IMPRESORAS	190
IMPRESORAS DE ALTO VOLUMEN	195
FILMADORAS	196

CAPÍTULO 9 SALIDAS

UNA VEZ FINALIZADO EL DOCUMENTO EN FORMATO DIGITAL, YA ESTÁ LISTO PARA LA SALIDA EN SOPORTE PAPEL, PELÍCULA O PLANCHAS. EN ESTE CAPÍTULO SE ABORDARÁN TÉRMINOS COMO COMO POSTSCRIPT, RIP, OPI Y PDF. DADO QUE EN ESTA FASE DEL PROCESO DE PRODUCCIÓN ES HABITUAL ENCONTRARSE CON ALGÚN PROBLEMA, RESULTA IMPORTANTE FAMILIARIZARSE CON LOS CONCEPTOS BÁSICOS DE LA GESTIÓN DE SALIDA.

Salida (output) es el término genérico que normalmente se utiliza para referirse a los diferentes tipos de salidas de impresión. En este capítulo se tratarán los conceptos básicos relacionados con la gestión de las salidas. Se puede obtener un documento de salida en una impresora, en una filmadora o también en un fichero. No obstante, sea cual sea el tipo de salida, siempre hay una etapa común: el documento digital debe ser traducido a un formato de fichero que pueda ser presentado en la pantalla. Este formato de fichero se denomina 'lenguaje de descripción de página' (*Page Description Language*, PDL). Adobe PostScript es el lenguaje de descripción de página estándar utilizado por la industria. PDF es otro formato de fichero de Adobe cuyo uso va en aumento y que se está convirtiendo en estándar tanto para las salidas de impresión como para la presentación en pantalla. Ambos formatos serán objeto de estudio en este capítulo, como también el programa OPI, que es un software de producción y salidas utilizado habitualmente en la industria gráfica.

Antes de obtener la salida de un proyecto con películas para imprimir, se puede hacer la imposición digital o manual. Si se realiza digitalmente, se colocarán las páginas del documento individualmente en el ordenador y la película de salida ya estará impuesta. Si se decide realizar la imposición manual, se imprimirá cada página en una película separada y luego se hará el montaje del conjunto manualmente. En este capítulo se revisarán también los fundamentos del trabajo de imposición. Finalmente, se analizarán más detalladamente los diferentes tipos de dispositivos de salidas, incluidas las impresoras y filmadoras.

Pero primero se revisará el proceso denominado rasterización, proceso de conversión de textos e imágenes en puntos de medios tonos utilizando tramas de medios tonos, que constituye el fundamento de todas las tecnologías de impresión y salidas.

TRAMA DE MEDIOS TONOS 9.1

Una fotografía contiene tonos continuos (transiciones de cambios de tonalidad de color). Sin embargo, una máquina de imprimir no puede imprimir tonos continuos, sino que para lograr un efecto similar combina superficies impresas y no impresas, funcionando más o menos como un sello. La trama de medios tonos se utiliza para simular los tonos grises con los colores negro y blanco. De ese modo se engaña al cerebro, que percibirá las transiciones tonales como si fuesen continuas. La imagen se divide en partes tan pequeñas que el ojo humano no las percibe como tales al observar la imagen a una distancia normal. Cuanto más pequeñas sean estas partes, mejor será la calidad de la percepción de la imagen.

Una trama de medios tonos está compuesta por pequeños puntos ordenados en líneas. El tamaño de los puntos varía en función de los tonos que se quieren simular. En las áreas claras estos puntos son pequeños, mientras que en las áreas oscuras son grandes. Un mayor número de líneas de trama en un mismo espacio da una mayor densidad de trama. Una densidad de trama más alta divide la imagen en partes más pequeñas, lo cual significa que los puntos en la trama son más pequeños y su cantidad mayor, lo que a su vez permite transiciones tonales y detalles más finos. Un área negra está completamente cubierta por puntos de trama, con una cobertura de tinta del 100 %. Un área blanca no contiene ningún punto de trama, su nivel de cobertura es del 0 %. Una superficie gris tendrá una cobertura de tinta de entre el 1 % y el 99 %, según el nivel del gris que se desee.

Un procesador denominado RIP (*Raster Image Processor*) calcula la trama para medios tonos, y luego es expuesta en una película en una filmadora. La mayoría de los fabricantes de procesadores RIP han desarrollado su propia técnica de trama para medios tonos, lo que implica que los resultados pueden presentar ligeras diferencias dependiendo del equipo utilizado para el rasterizado. Algunos ejemplos de tecnologías de rasterización son: Agfa Balanced Screening (ABS), High Quality Screening (HQS) de Linotype Hell y Adobe Accurate Screening (AAS).

PUNTOS DE TRAMA 9.1.1

Los puntos de trama comprenden una cierta cantidad de puntos de exposición en la filmadora. La resolución de una filmadora se mide en dpi (*dots per inch*, puntos por pulgada, ppp). Los puntos de exposición están colocados dentro de un patrón cuadriculado o retícula denominada celda de medios tonos. El punto de medio tono se construye desde el centro de la celda de medio tono hacia la periferia. El número de puntos de exposición utilizados para construir el punto de medio tono determina su tamaño. El punto de trama más pequeño está compuesto por un solo punto de exposición y el más grande por todos los posibles en una celda. El tamaño de la celda está determinado por la frecuencia de trama.

FRECUENCIA DE TRAMA 9.1.2

La frecuencia de trama (*screen frequency*) es una medida que hace referencia al número de celdas de medios tonos por línea. Se expresa en líneas por pulgada (*lines per inch*, lpi) o en líneas por centímetro (lpc). Las líneas a las que se refiere esta unidad lpi son filas formadas por un cierto número de celdas de trama consecutivas. Cuanto más baja sea la lineatura de trama que se utiliza, mayor será cada celda de la trama y, por tanto, su punto de

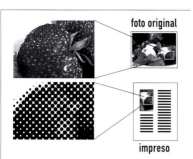

▶ **LA TRAMA – SIMULACIÓN DE TONOS DE GRIS**
Una máquina de imprimir no puede producir tonos continuos, como ocurre en una fotografía, donde hay transiciones tonales sin escalones. La máquina sólo puede imprimir con o sin color. En impresión, para poder reproducir tonos de gris se utiliza una trama de puntos de semitono o medios tonos, o sea, pequeños puntos a lo largo de líneas fijas, cuyo tamaño varía según el tono que se quiera simular. La trama engaña al cerebro, haciéndole percibir transiciones continuas de tonos, a pesar de haber trabajado sólo con blanco o negro.

▶ **TRANSICIONES TONALES CONTINUAS**
En la escala de grises de la parte superior se ha simulado una transición tonal continua. En realidad no es continua, pero como la trama es muy fina, no se aprecia la transición.

En la escala de grises de la parte inferior se ha impreso la misma transición tonal, pero con una trama más gruesa. El cerebro percibe también este ejemplo como una transición tonal continua, pero puede verse que la escala de grises está formada por diferentes tamaños de puntos en blanco y en negro, los dos colores que podemos reproducir con tinta negra.

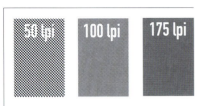

▶ LINEATURA

La lineatura de trama se mide en líneas por pulgada, lpi (lines per inch), que es la medida del número de celdas de trama por pulgada. Cuanto menor sea la lineatura, más grandes serán las celdas de medios tonos y los puntos de medios tonos. En la figura superior se muestran dos ejemplos de lineaturas. Con una lineatura de 50 lpi el ojo humano todavía puede percibir los puntos de trama, mientras que con 175 lpi se perciben como un tono uniforme.

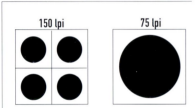

▶ LINEATURA REDUCIDA A LA MITAD

Si se reduce una lineatura de trama a la mitad, la celda de medios tonos será cuatro veces mayor. Como resultado, un punto de trama con el mismo tono de gris tendrá un tamaño cuatro veces menor en una trama de 150 lpi que en una trama de 75 lpi.

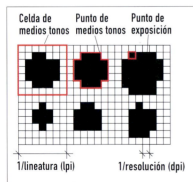

▶ RESOLUCIÓN Y LINEATURA

Esta ilustración muestra la diferencia entre la resolución de salida (dpi) y la lineatura de trama (lpi).

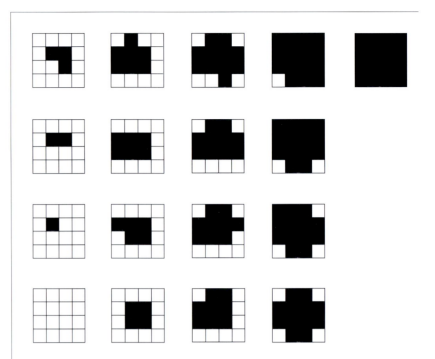

▶ ESTRUCTURA DEL PUNTO DE TRAMA

El punto de trama se construye con puntos de exposición dentro de una celda, comenzando desde el centro y yendo hacia la periferia de la celda, siguiendo siempre ese mismo patrón. El número de puntos de exposición que caben en la celda determina el número de unidades elementales que puede incluir el punto de trama y, en consecuencia, la cantidad de tonos de gris que puede simular la trama. En este caso $4 \times 4 + 1 = 17$ tonos (siempre se suma uno por la celda no rellena, el color blanco).

trama. Eso significa que un punto de trama con un valor tonal del 50 % de cobertura en una trama con 60 lpi es cuatro veces mayor que el mismo punto de trama con 120 lpi.

Cuanto mayor sea la frecuencia de trama, más finos serán los detalles que se obtendrán en una imagen. El tipo de papel y la técnica de impresión ayudan a determinar la frecuencia de trama con que se puede imprimir. Los proveedores de papel suelen hacer recomendaciones sobre la lineatura máxima para los diferentes tipos de papel, y también el impresor puede facilitar esta información. Si la frecuencia de trama es demasiado alta, se corre el riesgo de que los puntos de trama crezcan y se junten unos con otros, con la consiguiente pérdida de contraste en la impresión. Una frecuencia de 85 lpi es adecuada para los periódicos; para la impresión de más calidad lo normal es una frecuencia de 150 lpi.

RESOLUCIÓN DE SALIDA 9.1.3

Cuando se obtiene una película mediante una filmadora debe elegirse una resolución de salida. Las filmadoras tienen un número de valores por defecto, cuya resolución se indica en puntos por pulgada (dpi, *dots per inch* o cantidad de puntos de exposición por unidad de longitud). Las resoluciones habituales son 1.200, 2.400 y 3.600 dpi. La lineatura y el

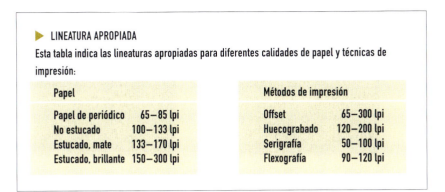

LINEATURA APROPIADA
Esta tabla indica las lineaturas apropiadas para diferentes calidades de papel y técnicas de impresión:

Papel	
Papel de periódico	65 – 85 lpi
No estucado	100 – 133 lpi
Estucado, mate	133 – 170 lpi
Estucado, brillante	150 – 300 lpi

Métodos de impresión	
Offset	65 – 300 lpi
Huecograbado	120 – 200 lpi
Serigrafía	50 – 100 lpi
Flexografía	90 – 120 lpi

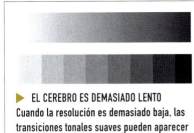

EL CEREBRO ES DEMASIADO LENTO
Cuando la resolución es demasiado baja, las transiciones tonales suaves pueden aparecer como franjas separadas de diferentes tonos. Debido a este fenómeno, pueden presentarse los llamados efectos franja (banding).

rango de tonos deseados pueden determinar la resolución que se obtenga en la salida de la filmadora. Cuanto mayor sea la lineatura que se quiere utilizar para la impresión final, más alta deberá ser la resolución de salida de la filmadora. Una resolución mayor proporciona un mayor rango de tonos pero también es más lenta, mientras que una resolución más baja permite una impresión más rápida.

RANGO DE TONOS 9.1.4

El rango de tonos es el número máximo de tonos de gris que se puede obtener con una determinada lineatura y una determinada resolución de salida en la filmadora. La relación entre la lineatura y la resolución de salida determina cuál es el rango de tonos que puede ser reproducido. La fórmula para calcularlo es: número de grises = (resolución de salida/lineatura) ^{2} + 1. Aplicando esta fórmula, una trama con lineatura de 133 lpi impresa a 2.400 dpi en la filmadora tendrá: (2.400/133) ^{2} + 1 = 327 grises.

Una imagen en escala de grises en el ordenador generalmente está compuesta por 256 tonos de gris, y una imagen en cuatricromía tiene 256 tonos en cada uno de los colores primarios que la componen (ver "Imágenes", 5.2.4 y 5.2.8). Para poder reproducir todos esos tonos se debe elegir una resolución de salida que —dada la lineatura con que se quiere imprimir— dé por lo menos 256 tonos de gris. Ello significa que las condiciones del ejemplo mencionado (133 lpi y 2.400 dpi), que da 327 tonos de gris, son más que suficientes. En la práctica, el ojo humano no puede diferenciar entre 256 tonos de gris, pues como mucho puede distinguir 64 tonos. Los tonos de gris del ordenador y de la filmadora se crean siguiendo una función lineal: cada tono de grises ocupa un nivel de tamaño uniforme en el rango de tonos global. Sin embargo, la percepción de los tonos de gris por el ojo humano es logarítmica, lo que significa que la sensibilidad del ojo a las diversas partes de la escala de grises es distinta. Es decir, para compensar las áreas a las que el ojo es más sensible, deben reproducirse más de 64 tonos de gris lineales. Puede ser difícil determinar exactamente el número de tonos necesarios, pero se recomienda no bajar de 100 tonos de gris por cada componente cromático del color de la imagen; o sea, que es conveniente seleccionar una resolución de salida que por lo menos pueda reproducir 100 tonos de gris para la lineatura con que se quiere imprimir. Volviendo al ejemplo anterior de una lineatura de 133 lpi, los 2.400 dpi son más que suficientes; pero si se seleccionara una resolución de 1.200 dpi, la filmadora podría reproducir sólo 82 tonos de gris, lo cual no es recomendable (ver la ilustración).

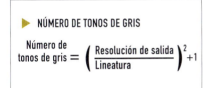

NÚMERO DE TONOS DE GRIS

$$\text{Número de tonos de gris} = \left(\frac{\text{Resolución de salida}}{\text{Lineatura}}\right)^2 + 1$$

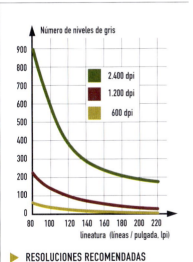

RESOLUCIONES RECOMENDADAS
Si se quiere un rango de tonos compuesto por un mínimo de 100 niveles de gris, se recomienda utilizar una lineatura de trama de 100 lpi para una resolución de salida de 1.200 dpi. Si se quiere incrementar la resolución a 2.400 dpi se puede utilizar una lineatura de 200 lpi.

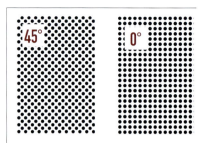

PERCEPCIÓN DE LOS PATRONES POR EL CEREBRO
Los patrones confunden fácilmente el cerebro, cuando los ángulos se mueven entre 0 y 90 grados. Para que el patrón de una trama sea lo menos perceptible posible, se efectúa una rotación de 45 grados.

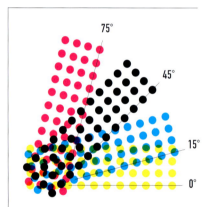

LOS ÁNGULOS DE TRAMA EN LAS CUATRICROMÍAS
El color negro es el que más confusión provoca al cerebro, por lo que su ángulo de trama se sitúa a 45 °, que es el que menos afecta a la percepción del cerebro. El color amarillo es el que menos confunde, por lo que se sitúa a 0 °.

De acuerdo con estos parámetros, se puede creer que con 100 tonalidades de gris sería suficiente. Entonces, ¿por qué las imágenes digitales contienen 256 tonos de gris y algunas veces incluso más? Cuando se abre una imagen, por ejemplo en Adobe Photoshop, el contenido original de información es de 256 tonos. Al editar la imagen de diferentes maneras (corrección de color, trabajos de retoque y otras manipulaciones) se destruye información; por eso se necesita trabajar con más información de imagen de la que se requiere en la salida final. Normalmente, es suficiente con los 256 tonos, pero en casos de retoques importantes y repetidas correcciones en la misma imagen, puede suceder que ciertas áreas de la imagen editada no mantengan la suficiente información para realizar una buena reproducción (ver "Imágenes", 5.5).

Si es así, ¿por qué no se utiliza siempre la máxima resolución de salida posible, para evitar la preocupación de si el rango de tonos va a ser suficiente o no? La razón es que una resolución demasiado alta supone mayor tiempo de impresión y no necesariamente ofrece mayor calidad. Por ejemplo, una salida de un documento a 2.400 dpi necesita el doble de tiempo que una salida a 1.200 dpi, y si es a 3.600 dpi supone el triple de tiempo. Por otro lado, una resolución de salida demasiado baja da un rango de tonos demasiado pequeño y, por lo tanto, una mala reproducción de imágenes y áreas tonales. Si se quiere un rango de tonos compuesto por un mínimo de 100 niveles de gris, se puede utilizar una lineatura de hasta 100 lpi para una resolución de salida de 1.200 dpi. A su vez, 2.400 dpi son suficientes para una lineatura de 200 lpi, de cara a obtener una cantidad suficiente de niveles de gris.

ÁNGULOS DE TRAMA 9.1.5

El cerebro puede percibir con facilidad patrones en ángulos de entre 0 y 90 grados. Por ello, para que el patrón de la trama sea lo menos visible posible se gira a 45 °. Pero en la impresión en cuatricromía tenemos cuatro tramas —una por cada tinta— que se deben colocar en cuatro ángulos distintos, claramente separados, para evitar efectos de moiré (ver 9.1.6). Debido a que el negro produce el mayor contraste con el papel, es el color percibido con mayor claridad. Por eso se le da a la trama del negro el ángulo que más neutraliza su fuerza de impacto, o sea, 45 °. El amarillo es el color que produce menos contraste con el blanco del papel y por eso se le da el *peor* ángulo, 0 °. Los ángulos de las tramas del cyan y del magenta se orientan lo más cerca de 45 ° que sea posible, pero en direcciones opuestas y lo más lejos posible el uno del otro. Para la impresión en offset se recomienda 45 ° para el negro, 15 ° para el cyan, 75 ° para el magenta y 0 ° para el amarillo. De esa manera, se obtiene una dispersión uniforme de 30 ° entre los tres colores más visibles. Pero estos ángulos de trama son aplicables sólo para offset. Otras técnicas de impresión como la serigrafía y el huecograbado requieren otros ángulos de trama.

MOIRÉ 9.1.6

La orientación de las tramas es muy importante para asegurar la calidad de impresión. Un ángulo erróneo en la orientación de la trama puede ocasionar el efecto conocido como moiré. Es un efecto que se produce en el trabajo impreso, que suele percibirse a simple vista y es muy molesto. Actualmente, las técnicas de tramado de medios tonos evitan el efecto moiré asignándoles a las películas de cada color lineaturas de trama algo distintas entre sí. También se suelen ajustar un poco los ángulos de sus tramas, con el mismo

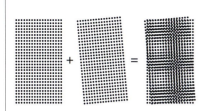

▶ **MOIRÉ**
Moiré es un efecto geométrico de distorsión, ocasionado por la interacción de dos patrones de trama, situados uno encima de otro. Ese efecto geométrico se percibe fácilmente y puede ser muy molesto en un impreso.

▶ **LOS ÁNGULOS DE TRAMA INCORRECTOS PROVOCAN MOIRÉ**
Si la impresión de la imagen tiene ángulos de trama incorrectos, puede aparecer el efecto moiré, que será visible en el impreso.

▶ **MOIRÉ DE OBJETO**
A veces, el patrón de la estructura de una imagen interacciona con las tramas de medios tonos y ocasiona el objeto moiré.

propósito. De esa manera, se obstaculiza considerablemente que las tramas de las películas que componen el documento interfieran unas en otras.

A veces también se puede descubrir moiré en partes aisladas de la imagen. A este efecto se le conoce como 'objeto moiré', y no es resultado de ningún error en la definición de los ángulos de las tramas, sino de la interacción de la trama con la estructura misma de ese objeto de la imagen. Es bastante inusual, pero puede aparecer en ciertas imágenes o áreas especialmente susceptibles de producir moiré, como lo son las chaquetas a cuadros, ciertos tejidos estampados, los paneles de los altavoces, etc. En la pantalla de televisión se produce un fenómeno similar cuando alguien lleva puesto un traje a rayas.

TRAMA DE ROSETA 9.1.7

Cuando los ángulos de trama utilizados en la impresión están bien registrados se obtiene una forma de roseta. Si se mira atentamente una imagen impresa, esta forma será más o menos visible en distintas áreas de la imagen. A pesar de que la trama de roseta a veces puede resultar molesta a la vista en ciertas partes de la imagen, se trata de un fenómeno normal de trama y no de un efecto muaré. Por lo general, las rosetas resultan más visibles a bajas lineaturas de trama.

Las pruebas analógicas y algunas pruebas digitales reproducen los puntos de trama con gran exactitud, y las formas de roseta pueden ser muy evidentes, lo cual no significa que vaya a suceder lo mismo en la impresión final. Si, por ejemplo, se tiene una prueba analógica de un anuncio de periódico en 85 lpi (lineatura baja), la forma de roseta puede resultar molesta a la vista debido a que se reproduce con gran exactitud en el papel de calidad utilizado en las pruebas; pero luego, al imprimirse el anuncio en el papel de inferior calidad que se utiliza en los periódicos, los puntos de trama ya no quedan definidos tan nítidamente y la estructura de roseta no se percibe entonces de forma tan evidente.

TIPOS DE PUNTO DE TRAMA 9.1.8

No todos los puntos de trama tienen forma redonda. Los puntos pueden ser redondos, elípticos o cuadrados, aunque la forma redonda es la más habitual. Según la técnica de

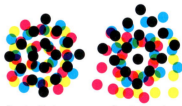

Roseta abierta   Roseta cerrada

▶ **TRAMA DE MEDIOS TONOS CONFIGURADA EN ROSETAS**
Cuando los ángulos de trama utilizados en la impresión están bien registrados, el resultado suele ser un patrón de puntos de trama con estructura de rosetas. Hay dos tipos principales de rosetas: con el centro en blanco o roseta abierta y con un punto central o roseta cerrada. No hay acuerdo sobre cuál de las dos es más apropiada.

▶ ESCANEADO DE IMÁGENES
Cuando se escanean imágenes impresas (reproducidas mediante puntos de trama, por lo tanto), existe el riesgo de generar moiré a causa de la interacción entre las tramas de la imagen impresa y las de la impresión.

> ▶ LAS FORMAS DE LOS PUNTOS DE TRAMA
>
> • Puntos elípticos:
> Son adecuados para algunos tipos de objetos. Por ejemplo, en tonos de piel y productos en la misma imagen. Las tramas con puntos elípticos tienen tendencia a crear patornes.
>
> • Puntos cuadrados:
> Pueden utilizarse para imágenes detalladas y de alto contraste, como por ejemplo las joyas. Son menos apropiados para los tonos de la piel.
>
> • Puntos redondos:
> Son apropiados para imágenes de altas luces, como por ejemplo los tonos de la piel. Menos adecuados para imágenes con muchos detalles en zonas de sombras.
>
> La elección de la forma de los puntos de la trama también depende de la técnica de impresión utilizada.

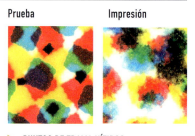

Prueba | Impresión

▶ PUNTOS DE TRAMA NÍTIDOS
Las pruebas analógicas y la impresión offset sin agua dan puntos de trama más nítidos que la impresión offset con agua. A causa de una reproducción tan exacta, las rosetas pueden percibirse con una nitidez que las hace molestas a la vista.

impresión, y a veces el tipo de producto impreso, puede ser más apropiado utilizar las formas elípticas o cuadradas. Las esquinas de los puntos cuadrados tienen un valor tonal del 50 %, con lo que el ojo puede percibir esta transición como sombras suaves. Los puntos redondos funcionan de la misma manera, pero dan un tono más oscuro, aproximadamente del 70 %. Debido a su forma, los puntos elípticos tienen dos puntos de interacción, al 40 % en los extremos del eje largo y al 60 % en los extremos del eje corto. Esto implica que en este tipo de trama existan dos puntos críticos en una transición tonal y a veces se pueden generar líneas en la imagen, precisamente allí donde los puntos han comenzado a juntarse. Hay tramas que combinan diferentes formas de puntos para diferentes valores tonales en la misma trama. Agfa Balanced Screening, por ejemplo, combina puntos de trama redondos y cuadrados para aprovechar los beneficios de ambas formas.

MODULACIÓN DE LA FRECUENCIA DE TRAMA. TRAMADO ESTOCÁSTICO 9.1.9

La gran diferencia entre el tramado estocástico y el tramado de medios tonos tradicional radica en que en el primero varía la cantidad de puntos de trama por unidad de superficie en vez de variar el tamaño. El nombre utilizado en la industria gráfica, 'trama estocástica', no es en realidad muy correcto. Estocástico significa 'aleatorio', y la composición de la trama estocástica no es aleatoria, si bien lo parece. El nombre 'tramado por modulación de frecuencia' o tramado FM (*Frequency Modulated Screening*), es más adecuado.

En una trama FM, todos los puntos de trama son del mismo tamaño; aproximadamente, son como los puntos más pequeños en una trama tradicional. Un área oscura en una imagen tramada tradicional contiene puntos de trama grandes, mientras que la misma área con trama FM contiene una mayor cantidad de puntos. Podría parecer que estos puntos están colocados de forma aleatoria dentro de las celdas de la trama, pero en realidad, están colocados por un programa en función de un cálculo matemático. Hay varios tamaños diferentes de punto, según el tipo de papel elegido. Los tamaños más pequeños se pueden emplear en papeles de superficie más fina y requieren una resolución de salida más alta. Los tamaños mayores son más adecuados para papeles de inferior calidad y requieren resoluciones de salida más bajas. Los tamaños de punto estocástico disponibles dependen del fabricante. Por ejemplo, Agfa tiene puntos de 14, 21 y 36 micrómetros.

▶ **FORMAS DE PUNTOS DE TRAMA**
Las diferentes formas de puntos de trama tienen propiedades distintas, que se hacen visibles en las transiciones tonales suaves.

▶ **SITUACIONES CRÍTICAS PARA LOS PUNTOS ELÍPTICOS**
Dada su forma, los puntos elípticos muestran dos valores tonales diferentes, 40 % en el lado menor y 60 % en el lado mayor. Por esta razón, pueden crearse interacciones y causar líneas no deseadas.

▶ **TRAMADO CONVENCIONAL Y FM**

▶ **PARTE 1**
En el tramado FM, los puntos de trama son todos del mismo tamaño, pero están diseminados a distancias variables. El convencional tiene puntos de trama de diferentes tamaños a la misma distancia uno de otro.

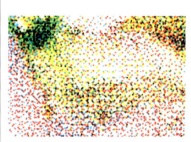

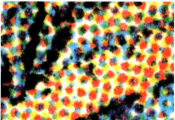

▶ **PARTE 2**
En esta ilustración se puede ver la diferencia entre el tramado FM y el convencional.

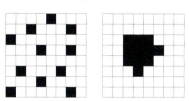

▶ **PARTE 3**
En la técnica FM (izquierda) los puntos de exposición están diseminados en la celda. En la técnica convencional (derecha) los puntos de exposición están reunidos y posicionados en el centro. Ambas celdas tienen el mismo tono de gris, aproximadamente del 17 % (11/64).

El tramado FM permite una reproducción de detalles mejor que las tramas convencionales. Esto se hace particularmente evidente cuando se usan en papeles de inferior calidad, puesto que para otras tramas es necesario aplicar lineaturas bastante bajas. No obstante, con tramado estocástico, los fondos y las transiciones tonales suaves pueden parecer manchas. Con este tipo de tramado no hay ángulos de trama y, en consecuencia, desaparecen los problemas de muaré o rosetas molestas. Al igual que para las tramas convencionales, distintos fabricantes han desarrollado sus propias versiones de esta tecnología, como por ejemplo Cristalscreening de Agfa, Diamond Screening de Linotype-Hell y Full Tone Screening de Scitex.

En términos generales, el tramado FM requiere un mayor control en todas las fases del proceso. Cuando se confeccionan las planchas a partir de películas, es muy importante trabajar en un ambiente sin polvo. La primera vez que se trabaje con tramado FM deben realizarse pruebas previas para asegurar un buen resultado. Las curvas de ganancia de punto y las densidades de los tonos llenos suelen ser diferentes de las aplicadas en la producción con tramado tradicional. Es importante que exista un diálogo fluido entre el personal de preimpresión y el impresor, antes y durante la producción.

Hay pocos sistemas de pruebas analógicas que puedan producir pruebas correctas basadas en tramado FM. Como alternativa, habrá que utilizar pruebas digitales y revisar las películas cuidadosamente.

OTRAS TECNOLOGÍAS DE TRAMADO 9.1.10

Además de las tecnologías de tramado descritas anteriormente hay otras menos corrientes, como la de líneas de trama y la de puntos de trama divididos. Esta última divide cada punto de trama de tamaño normal en cuatro puntos más pequeños, lo que da la impresión de doble lineatura de trama pero conservando el mismo valor tonal en la celda original.

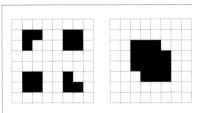

▶ PUNTO DE TRAMA DIVIDIDO
Si se tiene una trama con puntos de trama divididos, la trama se estructura a partir de cuatro unidades separadas, dentro de la celda. Ésta mantiene el número de tonos grises pero la resolución parece que sea doble. En los dos ejemplos de la ilustración se ve la diferencia (para un mismo valor tonal del 20 %).

▶ TRAMA LINEAL
A veces se utiliza para generar determinados efectos. La trama lineal (que consiste en líneas en lugar de puntos) generalmente ofrece una calidad inferior de imagen.

LENGUAJE DE DESCRIPCIÓN DE PÁGINA 9.2

Un lenguaje de descripción de página (*Page Description Language*, PDL) es una aplicación gráfica que describe el contenido y la estructura de una página. Para imprimir un documento, el formato de fichero utilizado para crearlo (por ejemplo, QuarkXPress, Adobe InDesign o Microsoft Word) debe ser traducido, mediante el RIP, a un formato de fichero que pueda ser comprendido por la impresora o la filmadora. El lenguaje de descripción de página se utiliza entonces para describir su contenido (texto, imágenes, ilustraciones, etc.) y la colocación de estos elementos en el procesador o la impresora. El RIP traduce la descripción de página a una imagen rasterizada.

Hay una gran cantidad de lenguajes de descripción de página desarrollados por distintas empresas. La mayoría de ellos requiere que se use un software y un hardware de la misma compañía para funcionar correctamente. Pero, en la industria gráfica actual, donde los programas y máquinas de diferentes fabricantes deben poder comunicarse entre sí sin impedimentos, es necesario contar con un lenguaje de descripción de página que sea independiente de la marca del resto de dispositivos y programas, como lo son los lenguajes AFP de IBM, PCL de HP o CT/LV de Scitex. Sin embargo, PostScript de Adobe es el lenguaje que domina el mercado, y en la práctica se ha convertido en el más utilizado en la industria gráfica. PostScript es un estándar abierto, lo cual significa que otras compañías pueden utilizarlo.

POSTSCRIPT 9.3

PostScript se inició como un lenguaje de programación, pero actualmente debe considerarse más bien como un sistema compuesto por diferentes partes. Tiene tres componentes principales: traducción de los ficheros al código PostScript, transferencia y rasterizado del mismo. Inicialmente, el código estaba basado en ficheros de texto de 7 bits (ASCII), pero en la actualidad también puede guardarse como código binario de 8 bits (ver "El ordenador", 2.4).

Cuando se imprime un documento, primero se traduce el fichero al código PostScript. De ese modo se crea un fichero PostScript que luego, mediante un controlador de impresora (*printer driver*) PostScript, se envía a un dispositivo de salida compatible con PostScript que lo rasteriza (ver 9.1 y 9.3.4). Los tres pasos son igualmente importantes para conseguir un buen resultado final. Adobe ha reunido todas las especificaciones PostScript en un manual de referencia denominado *The PostScript Language Reference Manual*, que contiene información completa para elaborar programas o máquinas que operan con PostScript. Lamentablemente, a menudo surgen problemas con los llamados *clones* PostScript, tanto con los RIP como con los controladores de impresora. El problema más corriente consiste en cambios en la composición de la línea original cuando se guarda y se ripea el fichero, o sea, que varían los lugares de los cortes de línea originales. Por eso se suele recomendar la utilización de sistemas originales de Adobe.

También es posible guardar un documento en formato PostScript. Este formato bloquea el aspecto del documento. El documento no se puede abrir desde el fichero PostScript y tampoco se pueden hacer cambios en él, el fichero no puede ser editado. Si se quieren hacer cambios, deben hacerse en el fichero original y luego guardarlo como un fichero PostScript completamente nuevo (ver cómo se crea un fichero PostScript en la pág. 168). Algunos programas, por ejemplo, de imposición y de *trapping*, están basados en formato PostScript. Para poder procesar un documento en esos programas, debe guardarse como fichero PostScript antes de que pueda editarse con ellos. Ese tipo de programas no cambia el contenido actual del documento, sino que sólo quita o añade información del documento original.

El PostScript es similar a un lenguaje de programación, por lo que nunca ofrece una sola forma de describir una información. En muchos ficheros PostScript, una gran cantidad de información se localiza al principio o encabezamiento del fichero (*header*). Generalmente, esa información tiene como finalidad conseguir que el seguimiento de los códigos sea más eficiente y que los comandos largos puedan ser reducidos en el código siguiente. Adobe Illustrator utiliza generalmente esta técnica, lo cual se puede apreciar si se comparan los ficheros guardados en formato Adobe Illustrator con los de formato EPS. El fichero EPS es menor que el fichero Adobe Illustrator.

POSTSCRIPT ESTÁ BASADO EN OBJETOS GRÁFICOS 9.3.1

PostScript es un lenguaje de descripción de página basado en objetos, en el cual la página se describe sobre los objetos que la componen. En un fichero PostScript, los objetos (tipografía, líneas, curvas, rectángulos, degradados, patrones, círculos, etc.), son descritos mediante curvas que responden a ecuaciones matemáticas. Una imagen formada por píxels, por ejemplo una fotografía escaneada, se guarda en el fichero PostScript como un mapa de bits con un encabezamiento de fichero.

Como los objetos en PostScript están basados en curvas Bézier, se pueden ampliar o reducir las páginas sin pérdida de calidad; aunque esta afirmación no es totalmente cierta, ya que si existe una imagen formada por píxels en el fichero, no se podrá ampliar la página sin que se pierda calidad. La ampliación de un mapa de bits reduce la resolución de la imagen (ver "Imágenes", 5.5.9, 5.5.10 y 5.5.11).

GESTIÓN DE FUENTES EN POSTSCRIPT 9.3.2

Cuando se crea un fichero PostScript para su salida o para ser guardado para un procesamiento posterior, se puede elegir entre adjuntar al fichero las fuentes o utilizar las fuentes que están ya almacenadas en el dispositivo de salida. En los dispositivos de salida PostScript nivel 2 existen 35 fuentes estándar, mientras que en los de nivel 3 hay 136. Si se trabaja reiteradamente con un impreso que siempre utiliza los mismos tipos de letra, es práctico tener esas fuentes guardadas en el dispositivo de salida. De esa manera se reduce el tamaño del fichero PostScript, y, en consecuencia, su creación, transferencia e impresión son más rápidas.

CREACIÓN DE FICHEROS POSTSCRIPT 9.3.3

Cada vez que se obtiene un documento de salida desde el ordenador en una impresora compatible PostScript, se crea un fichero PostScript. Éste contiene toda la información de cómo será la página cuando se imprima. En vez de obtener la salida a través de un dispositivo de salida, también se puede optar por guardarlo como fichero PostScript en el disco duro utilizando un procedimiento similar.

Para traducir un fichero a PostScript existen básicamente dos caminos, según el tipo de aplicación en que se trabaje. El procedimiento más corriente es utilizar aplicaciones basa-

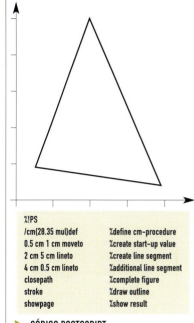

▶ **CÓDIGO POSTSCRIPT**
Cuando el código PostScript se envía a una impresora, ésta crea el triángulo de la figura (ver imagen superior). El texto después de "%" es un comentario que no se imprime.

▶ **ASCII OCUPA MÁS MEMORIA**
Un fichero en formato ASCII ocupa más memoria que un fichero binario, pero se puede leer como un fichero corriente de texto.

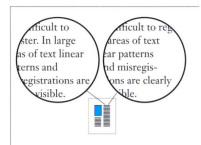

▶ RECOMPOSICIONES DE LOS TEXTOS
Diferentes variantes de RIP y controladores de impresora pueden causar cambios en la partición de las líneas. Éste es un error difícil de descubrir antes de que sea demasiado tarde.

▶ CAMBIAR EL TAMAÑO DE UNA PÁGINA
Si una página está compuesta sólo por objetos gráficos, se puede cambiar de tamaño sin pérdidas considerables de calidad al convertirla en PostScript. En QuarkXPress y en Adobe InDesign se hace en `Archivo –> Ajustar página`

▶ SELECCIONAR EL CONTROLADOR DE IMPRESORA
En el `Selector`, dentro del símbolo de `Manzana`, se puede seleccionar el controlador de impresora que se quiera utilizar. LaserWriter 8.x es uno de los más corrientes.

das en PostScript, como Adobe InDesign, Adobe PageMaker, Adobe Framemaker, QuarkXPress, Adobe Illustrator, Macromedia Freehand, etc. Estas aplicaciones convierten el fichero a un fichero PostScript, pero previamente debe elegirse un controlador de impresora (*printer driver*) y después un PPD (*postscript printer description*). El PPD permite al programa acceder a la información exacta del dispositivo de salida (resolución, formatos de salida, etc.), de manera que el fichero PostScript se ajuste de acuerdo a estas características (esto es válido para los controladores de impresora LaserWriter 8.0 y superiores así como para los controladores de impresora para PC 4.x y superiores). La aplicación con la que se está trabajando recibe entonces ayuda del controlador de impresora para enviar el fichero al dispositivo de salida elegido. En Macintosh, la selección de controlador de impresora (por ejemplo, LaserWriter 8.0) se hace utilizando la función `Selector`.

QuarkXPress utiliza la función *Printer description file*. Funciona igual que el PPD y se selecciona desde dentro de QuarkXPress. Para no dar lugar a confusión con el formato de fichero PDF (*portable document format*) de Adobe, en lo sucesivo se utilizará el nombre completo *Printer description file* y no sus siglas para referirnos a este tipo de fichero de descripción de impresora de QuarkXPress.

El segundo camino se utiliza cuando se trabaja con aplicaciones no basadas en PostScript (como MS Word, WordPerfect, MS PowerPoint, etc.). Estas aplicaciones traducen el documento a PostScript utilizando el controlador de impresora, que a su vez es asistido por un PPD que añade la información sobre el dispositivo de salida, como en los ejemplos mencionados anteriormente. Cuando se utilizan aplicaciones no basadas en PostScript, a menudo aparecen variaciones inesperadas en el aspecto del documento al crear el fichero PostScript; por ejemplo, los textos pueden verse afectados por cambios en la composición de las líneas (cortes de línea en sitios distintos de los originales). Estas deficiencias pueden deberse a diferencias entre distintos PPD y controladores de impresora, o a que el controlador de impresora es un mal traductor y genera un código PostScript defectuoso.

Como norma, es conveniente utilizar los controladores de impresora propios de Adobe (LaserWriter 8.x para Mac y controladores de Adobe para PC) o preguntar a nuestro proveedor de servicios informáticos cuál es el controlador de impresora recomendado. Rápidamente se entenderá que es mejor trabajar siempre con el mismo controlador de impresora y PPD durante la creación del documento y del fichero PostScript. Cuando se cambian los controladores de impresora, normalmente se pueden ver algunos errores en la composición de la página directamente en pantalla.

Teniendo en cuenta los problemas descritos cuando se trabaja con aplicaciones no basadas en PostScript, puede ser mejor entregar los ficheros PostScript al RIP. Se bloquean todas las especificaciones del fichero PostScript y se evita la aparición de alteraciones en el documento (como la recomposición de las líneas en un texto). En cambio, cuando se trabaja en aplicaciones basadas en PostScript, las especificaciones de la composición de la página se guardan directamente en el formato del fichero del programa, sin depender del *driver* de una impresora en particular. Por tanto, la composición de la página no se ve afectada por el controlador de impresora que haya sido utilizado y por eso no se producen problemas de transferencia de ficheros entre diferentes ordenadores y controladores de impresora. Los ficheros creados en aplicaciones basadas en PostScript pueden entregarse para su rasterización sin que ello afecte a la composición del texto.

POSTSCRIPT RIP 9.3.4

La siglas RIP corresponden a *Raster Image Processor*. Un RIP consta de dos partes principales: el intérprete PostScript y un procesador de imágenes rasterizadas. El intérprete recibe y traduce la información PostScript y luego el procesador genera un mapa de bits por cada separación de color de la página. Existen dos tipos de RIP: RIP hardware y RIP software. Los RIP hardware son de hecho ordenadores especialmente diseñados para el ripeado. Los RIP software consisten en un programa especial de ripeado, que se instala en un ordenador estándar. Los RIP hardware generalmente son más rápidos, debido a que están especialmente construidos para el ripeado, mientras que los RIP software son más flexibles y fáciles de cambiar porque se instalan y funcionan en ordenadores estándar. Un RIP PostScript puede ejecutar operaciones adicionales, como por ejemplo descompresión y separación de colores de la imagen, junto con el ripeado.

Los documentos creados en aplicaciones como QuarkXPress o Adobe InDesign se describen en el formato específico de la aplicación. Para poder ver el documento en la pantalla, el código de la aplicación tiene que ser traducido a un lenguaje inteligible para el monitor. Para la salida del documento, el código de la aplicación utilizada debe ser traducido al código PostScript con las correspondientes definiciones de salida. El intérprete PostScript del RIP recibe esa información de la aplicación, interpreta lo que se ha de hacer con la página y ejecuta todos los cálculos. Cuando toda la página ha sido calculada, incluyendo imágenes, caracteres, logotipos, etc., e información de página, se genera un mapa de bits por cada tinta que se utilizará en la máquina de imprimir (cuatro para CMYK, por ejemplo). Los mapas de bits, compuestos por ceros y unos, controlan luego el dispositivo de exposición del equipo de fotocomposición informándole de los puntos que deben ser expuestos y de los que no deben serlo. Para imprimir las películas correspondientes a una misma página en CMYK, ésta se calcula cuatro veces, una por cada color.

▶ IMPRESORA – INFORMACIÓN ESPECÍFICA

Cuando se selecciona Printer description file en Ajustar página –> Descripción de la impresora en QuarkXPress, se presenta la siguiente información acerca del dispositivo de salida: su resolución, posibles formatos de papel y lineatura de trama recomendada.

▶ DESCARGAR DESCRIPCIONES DE IMPRESORA

La mayoría de los fabricantes de impresoras tiene sus descripciones de impresora (Printer description files y PPD), accediendo a sus sitios web. Esos ficheros pueden descargarse gratuitamente.

Adobe:	http://www.adobe.com
Hewlett Packard:	http://www.hp.com
Kodak:	http://www.kodak.com
Canon:	http://www.canon.com
Minolta:	http://www.minolta.com
Agfa:	http://www.agfa.com
Epson:	http://www.epson.com
Fiery:	http://www.fiery.com
Ricoh:	http://www.ricoh.com

▶ PPD Y PDF

PPD – (descripción de impresora PostScript)

Los ficheros PPD contienen información acerca del dispositivo de salida (resolución, formatos de salida, etc.). Hay ficheros PPD para todos los dispositivos de salida basados en PostScript, y deben estar colocados en la carpeta extensiones/descripciones de impresora, dentro de la carpeta del sistema del ordenador. El PPD que se utilizará se define en Selector, al seleccionar la impresora. En PageMaker también se puede definir el fichero PPD yendo a Archivo –> Imprimir.

PDF – Printer description file

Printer description file se utiliza en QuarkXPress y contiene, al igual que los ficheros PPD, información sobre el dispositivo de salida (resolución, formatos de salida, etc.). Estos ficheros Printer description file existen para todos los dispositivos de salida basados en PostScript, y deben estar colocados en la carpeta PDF de la carpeta de la aplicación QuarkXPress. El Printer description file que vayamos a utilizar se define en QuarkXPress yendo a Archivo –> Ajustar página –> Descripción de la impresora.

▶ CÓMO CREAR UN FICHERO POSTSCRIPT

Para crear un fichero PostScript, se empieza siguiendo el mismo procedimiento que cuando se quiere obtener una copia en una impresora. A continuación se detallan las instrucciones para crear un fichero PostScript desde QuarkXPress. Puede haber alguna variación según la versión de la aplicación y según el controlador de impresora que se use, pero las definiciones son las mismas. El sistema es similar al utilizado cuando se crea un fichero PostScript en PageMaker o Indesign.

1. Seleccionar LaserWriter 8.x en Selector. Marcar una impresora PostScript y hacer clic en Crear.

2. Seleccionar PPD haciendo clic en Seleccionar PPD.

Cuando se crea un fichero PostScript en QuarkXPress no es necesario seleccionar PPD, sino que se define Printer description file en la etapa 4 (Printer description). En cambio, PageMaker y otros programas requieren que se seleccione un PPD.

En lo sucesivo, el PPD seleccionado va a quedar vinculado a la impresora elegida hasta que se cambie nuevamente de PPD.

En PageMaker, también se puede cambiar PPD en Imprimir. Esa selección no queda vinculada a la impresora sino al documento.

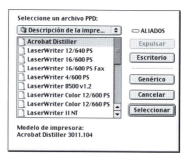

3. Se podrá ver en pantalla una ventana con todos los ficheros PPD instalados en la carpeta del sistema del ordenador. Señalar el fichero que se quiera usar y hacer clic en Seleccionar. Si se va a utilizar el fichero PostScript para crear un fichero PDF es conveniente seleccionar Acrobat Distiller PPD.

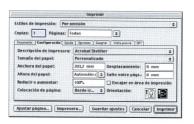

4. En QuarkXPress, ir a Archivo –> Imprimir –> Configuración y rellenar la ventana que se despliega según la figura de arriba.

Si se está utilizando el fichero PostScript para crear un fichero PDF, las separaciones y registros deben estar inactivos.

5. Si se hace clic en Ajustar página, aparecerá el siguiente cuadro. En esta ventana las casillas deben estar sin señalar. Si se está utilizando archivo PostScript para crear un fichero PDF, la descripción de impresora debería ser Acrobat Distiller.

6. Hacer clic en Ajustar página y seleccionar Trabajo PostScript en Formato. Rellenar la ventana de la pantalla superior. No debería seleccionarse nada.

Hacer clic en Guardar.

7. Hacer clic en Impresora, seleccionar Archivo como destino y Guardar como Archivo como general. Llenar la ventana de la pantalla superior. Asegurarse de que todos los tipos están incluidos.

8. En la siguiente pantalla, debe decidirse dónde se guarda el fichero PostScript.

Cuando se hace clic en Guardar, el ordenador inicia la creación del fichero PostScript. El fichero tendrá un sufijo ".ps" y en un entorno windows tendrá el sufijo ".prn".

▶ CÓMO IMPRIMIR UN DOCUMENTO CON SEPARACIONES DE COLOR

A veces es conveniente controlar los documentos en color mediante la impresión en separación de colores en una impresora en blanco y negro. Los fundamentos son los mismos que para una impresión corriente o para crear un fichero PostScript.

A continuación se detallan las instrucciones para hacer esta impresión desde QuarkXPress. Puede haber alguna variación dependiendo de la versión de la aplicación y el controlador de impresora que se utilicen, pero las definiciones son las mismas. La impresión con separaciones hecha desde PageMaker funciona de manera similar.

1. Seleccionar LaserWriter 8.x en Selector. Seleccionar la impresora PostScript en blanco y negro normalmente en uso y hacer clic en Configurar.

2. Operar con PPD (PostScript printer description), haciendo clic en Seleccionar PPD.

En lo sucesivo, el PPD seleccionado va a quedar vinculado a la impresora seleccionada hasta que se cambie nuevamente el PPD.

En PageMaker, también se puede cambiar PPD en Imprimir. Esa selección no queda vinculada a la impresora sino al documento.

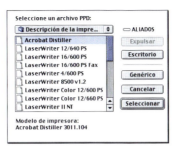

3. Ahora se verá una ventana en pantalla con todos los ficheros PPD que haya instalados en la carpeta del sistema del ordenador. Marcar el fichero PPD correspondiente a la impresora y hacer clic en Seleccionar.

4. En QuarkXPress, entrar ahora en Archivo –> Imprimir. Rellenar la ventana de acuerdo con el ejemplo. Cuando se escoge Separaciones cada componente de color en el documento se imprimirá en una hoja separada. Si el listado de colores no está vacío en documentos de cuatricromía o contiene colores directos que no han sido utilizados, estos colores no se imprimirán correctamente (ver "Documentos" 6.3.3).

Si no se selecciona Separaciones, el documento se imprimirá compuesto: todos los colores se imprimirán en la misma salida. Si se imprime compuesto en una impresora de blanco y negro todos los colores serán impresos en escala de grises en la misma hoja. Si se imprime compuesto en una impresora de cuatro colores, la cuatricromía se separa automáticamente e imprime todos los colores en una hoja. Cuando se selecciona la salida con marcas de registro, cada página contiene información sobre los componentes de color que han sido impresos. Esto puede facilitar las pruebas.

5. Si se hace clic en Configuración en la ventana precedente, aparecerá la siguiente. Seleccionar una descripción de im-presión y comprobar que se selecciona un tamaño de papel que la impresora pueda manejar.

6. Hacer clic en Ajustar página y seleccionar Opciones de PostScript. Rellenar la ventana de acuerdo con el ejemplo superior. No se debe marcar nada.

7. Hacer clic en Imprimir y se iniciará la impresión en separación de colores.

▶ ¿QUÉ COMPROBACIONES SE PUEDEN REALIZAR?

- Que los colores del documento están convertidos a cuatricromía
- Si en el listado de colores hay colores sin utilizar
- Las sobreimpresiones y la reserva
- Que se haya aplicado la separación de colores a las imágenes. Las imágenes en RGB sólo saldrán en la impresión correspondiente al negro
- La sangre

> **MENSAJES DE ERROR DE POSTSCRIPT**
>
> Si hay algún error en el fichero PostScript, por lo general aparece un mensaje de error al ejecutar la salida.
>
>
>
> Esos mensajes pueden ser de difícil interpretación, pero he aquí unas sencillas sugerencias para localizar los fallos más comunes:
>
> - Comprobar que se haya usado el PPD o PDF correcto.
> - Comprobar que se haya usado el controlador de impresora correcto, por lo general LaserWriter 8.x.
> - Intentar realizar la salida en otro dispositivo de salida PostScript. Así se puede saber si el problema está o no en el dispositivo.
> - Quitar las imágenes del documento e imprimir. Así se puede constatar si la causa del problema es alguna de las imágenes.
> - Asegurarse de que las fuentes estén activadas al ejecutar la salida del fichero PostScript.
> - Traducir el fichero PostScript a PDF con Acrobat Distiller; si el error es de PostScript, la traducción a PDF no funcionará y entonces se podrá leer la causa del problema en el fichero LOG del submenú de Inspección de Información.

Cuanto más compleja es una página, tanto mayor es el tiempo necesario para los cálculos y, por lo tanto, el tiempo total de ripeado. Pero no existe una relación exacta entre tamaño del fichero y tiempo de ripeado, aparte del hecho lógico de que un tamaño mayor de fichero supone un tiempo de ripeado mayor que un fichero más pequeño. La razón es que no sólo el tamaño del fichero determina el tiempo de ripeado de una página, sino también, y principalmente, la complejidad de la misma. Una página compleja contiene, por ejemplo, muchos tipos de letra diferentes, ilustraciones complicadas con varias capas de información y muchos objetos, imágenes silueteadas con muchos puntos de anclaje, imágenes giradas y escaladas, o imágenes que no fueron encuadradas y recortadas en la aplicación de tratamiento de imágenes sino en la de autoedición. El ripeado de este tipo de página precisa mucho tiempo, aun cuando el tamaño del fichero sea pequeño. Por eso es tan difícil estimar de antemano el tiempo de ripeado de un documento. Por otro lado, la exposición de la película en el equipo de fotocomposición lleva siempre el mismo tiempo, independientemente del tamaño del fichero o de la complejidad del documento.

POSTSCRIPT NIVEL 1 9.3.5

El nivel 1 fue la primera versión de PostScript, lanzada a mediados de la década de los ochenta. Las dos versiones siguientes se basan en el mismo lenguaje de descripción de página, pero incorporan nuevos elementos y mejoras. Los diferentes niveles son compatibles entre sí, es decir, que un RIP PostScript 3 puede ripear un fichero de nivel 1 y viceversa. Sin embargo, la información específica de los niveles 2 y 3 se pierde cuando se imprime en un dispositivo de salida de nivel inferior. Comparándolo con los otros niveles, el nivel 1 es un lenguaje de descripción de página bastante simple que, por ejemplo, no da soporte a la gestión de color.

POSTSCRIPT NIVEL 2 9.3.6

Hasta la llegada del nivel 2, los productos PostScript no permitían la gestión de color. Anteriormente, sólo lo permitían algunos productos especialmente diseñados por algunos fabricantes. Pero con la introducción del nivel 2, todos los productos PostScript pudieron dar soporte al sistema de color CMYK e imágenes en RGB y CMYK. También se agregaron al lenguaje nuevas funciones, como el soporte de modelos de color independientes de dispositivo (CIE), una técnica de rasterización más avanzada, filtros de compresión y descompresión, mayor soporte de funciones únicas de ciertas impresoras de escritorio, etc.

POSTSCRIPT NIVEL 3 9.3.7

En la versión más reciente, Adobe eliminó del nombre la palabra 'nivel', de modo que su denominación es sólo PostScript 3. El desarrollo del programa se centró en dos partes: la optimización del ripeado de los ficheros PostScript y la adaptación a Internet. El número de fuentes que se pueden instalar en los dispositivos de salida se incrementó de 35 a 136, agilizando el proceso de ripeado, y eliminando la necesidad de adjuntar las fuentes al fichero que se tiene que ripear.

Cuando se ripea con PostScript 3, cada objeto del fichero PostScript se trata separadamente con el objetivo de aumentar la velocidad. En este proceso se utiliza también el formato PDF. Cuando el RIP empieza a procesar el fichero, éste se convierte en una lista

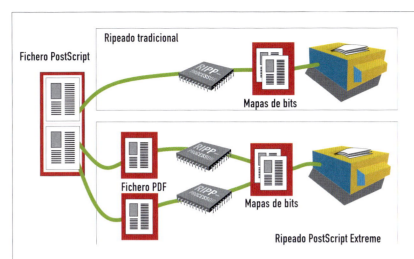

▶ POSTSCRIPT EXTREME
Al ripear el fichero utilizando PostScript 3, éste se traduce primero a un fichero PDF. Cada página del documento se procesa separadamente (imagen inferior). El fichero es "página - independiente". Utilizando la técnica PostScript tradicional, el fichero completo se procesa secuencialmente (imagen superior).

donde cada página es un ítem independiente. Esta lista es un fichero PDF. La gran diferencia respecto a la versión anterior es que, de esta manera, se pueden procesar las páginas por separado en lugar de tener que procesarlas todas secuencialmente desde el principio hasta el final del documento.

La conversión a PDF también tiene como efecto la eliminación de información innecesaria, como, por ejemplo, las partes de la imagen que se quitaron de la misma al recortarla. Esto también ayuda a reducir el tiempo de procesado. Además, la utilización de PDF implica que los RIP PostScript 3 pueden procesar ficheros PDF directamente, sin pasar por la vía PostScript.

Adobe ha desarrollado una nueva técnica de ripeado, PostScript Extreme, que aprovecha la independencia de las páginas distribuyendo el ripeado de las mismas entre diferentes procesadores. De esta manera, las páginas que tardan mucho más tiempo en ser ripeadas debido a su mayor complejidad no obligan a las menos complejas a esperar su turno.

Entre las adaptaciones de PostScript 3 a Internet destaca la posibilidad de dar direcciones de Internet a los dispositivos de salida PostScript, lo que permite la impresión en un dispositivo de salida vía Internet, independientemente del lugar donde uno se encuentra. PostScript 3 también introduce mejoras en el soporte de las salidas directas de ficheros HTML.

PDF 9.4

En 1993, Adobe lanzó el formato de fichero PDF con el fin de crear un formato de fichero independiente de la plataforma utilizada y de la aplicación en que haya sido creado. Esto significa que el documento siempre tendrá el mismo aspecto en la pantalla o impreso, independientemente de la plataforma —MacOS, Windows, Linux, Unix, etc.— en la que se ha creado o desde la que se lee el fichero. Los ficheros PDF se utilizan en la actualidad para diversos fines: imágenes, corrección de pruebas, edición digital, publicaciones online, etc.

Un fichero PDF, por definición, está siempre bloqueado, es decir, no se puede editar. Sin embargo, actualmente existe la posibilidad de realizar ciertas modificaciones directamente mediante Adobe Acrobat, utilizando la herramienta Touchup. También existen algunos programas de utilidad que permiten hacer modificaciones en los ficheros PDF.

El formato PDF tiene una estrecha relación con PostScript, aunque se diferencia del mismo en muchos aspectos. Una de estas diferencias es que el formato PDF está mejor estandarizado que PostScript. Mientras que en PostScript se puede describir una misma página de diferentes maneras, en PDF se puede describir solamente de una manera. Esto es una gran ventaja, ya que facilita la interpretación del aspecto de la página por parte del RIP, reduciendo considerablemente el riesgo de errores en el ripeado y, por consiguiente, en la salida. Otra diferencia importante es que en PostScript todas las páginas de un documento dependen unas de otras, de forma que no es posible imprimir solamente una página sino que deben imprimirse todas. En cambio, en un fichero PDF las páginas de un documento son independientes, lo que permite imprimirlas de una en una.

Para crear ficheros PDF, primero se crean ficheros PostScript que después son convertidos a PDF. Con la conversión se simplifica el código y se elimina la información PostScript superflua. Tanto las imágenes como los textos pueden ser comprimidos, lo que reduce también la cantidad de memoria necesaria. La posibilidad de comprimir el fichero y que sus páginas sean independientes hace que el formato PDF sea adecuado para la edición y distribución digital. En ese sentido, PDF se ha convertido ya en el formato más habitual para la entrega digital de anuncios y otros productos de impresión.

▶ USO DE FICHEROS PDF

Los ficheros PDF son apropiados para diferentes usos, como por ejemplo:
- Distribución digital
- Uso independiente de la plataforma
- Pruebas digitales
- Publicación digital
- Original (arte final) para impresión en blanco y negro

▶ FUNCIONES DE USO COMUN UTILIZANDO LA FAMILIA DE PROGRAMAS DE ADOBE ACROBAT

PROGRAMA	Crear	Probar	Editar	Preparar para imprimir	Imprimir	Búsqueda	Lectura	Archivo
Reader					×	×	×	
Acrobat 5.0	×		×		×	×	×	
Distiller	×							
Catalog						×		×
Capture	×							

PDF/X 9.4.1

PDF/X es un estándar ISO para artes finales u originales digitales de impresión (*digital ArtWork*). Se trata de un fichero PDF controlado de modo que no contenga fallos gráficos o use funciones PDF que puedan ocasionar problemas en el ripeado y en la prensa. Un fichero PDF/X es un fichero PDF que cumple con alguna de las diferentes especificaciones PDF/X existentes. Apago Checkup y Enfocus PitStop son programas que pueden controlar y ajustar el fichero para que siga la especificación PDF/X.

Enfocus tiene incluso un módulo de extensión (*plug-in*) para Adobe Acrobat o Acrobat Reader cuya única función es controlar si el fichero PDF cumple con el perfil PDF/X elegido. El programa se llama Certified PDF Reader y puede descargarse gratuitamente en www.enfocus.com. Dispone de una tira de control que se puede colocar en el documento, y que en la salida muestra si el mismo sigue el estándar PDF/X. Es un producto de Global Graphics y puede descargarse gratuitamente en su sitio web www.globalgraphics.com.

▶ TEST PDF/X
Colocando una tira de control en el documento digital ya totalmente diagramado (el original digital de página), antes de crear el fichero PDF, se puede ver —haciendo una impresión— si el fichero sigue el estándar PDF/X. La tira se puede descargar gratuitamente en www.globalgraphics.com

LA FAMILIA ACROBAT DE ADOBE 9.4.2

Adobe ha desarrollado una familia completa de aplicaciones en torno al formato de ficheros PDF. Las más comunes son: Acrobat Reader para la lectura de ficheros PDF, Adobe Acrobat para la gestión de corrección de pruebas y la edición de ficheros PDF, Acrobat Distiller para crear los ficheros PDF, Acrobat InProduction para la producción gráfica, Acrobat Catalog para el archivo y la búsqueda de ficheros y Acrobat Capture para convertir en ficheros PDF los documentos de papel escaneados. Adobe también tiene un controlador de impresora, el PDF Writer, con el que se pueden crear ficheros PDF directamente de la aplicación de autoedición. Además de las aplicaciones de Adobe ya mencionadas, hay una serie de extensiones de otros productores de software, también basadas en el formato PDF.

Acrobat Reader

Acrobat Reader es la aplicación más extendida de la familia Adobe. Es necesaria para leer ficheros PDF. Es gratuita y también puede ser usada para imprimir ficheros PDF en papel (se puede descargar en www.adobe.com). Para su impresión, Acrobat Reader traduce el fichero PDF a PostScript y lo envía al dispositivo de salida. En los RIP PostScript 3 se pueden ripear los ficheros PDF directamente, sin necesidad de abrir el fichero, simplemente enviándolos a la impresora.

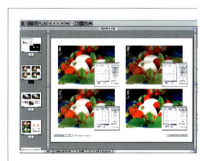

▶ ¡MIRAR ES GRATIS!
Adobe Acrobat Reader es una aplicación gratuita para ver ficheros PDF. Se puede navegar por el fichero haciendo clic en las imágenes en miniatura de la izquierda.

Adobe Acrobat

Adobe Acrobat permite modificar y editar un documento PDF. Esta aplicación es básicamente un Acrobat Reader con una serie de funciones adicionales, como por ejemplo creación de enlaces (*links*) entre diferentes páginas o diferentes documentos e incluso entre documentos y páginas en Internet. De ese modo, se pueden crear documentos interactivos basándose en un fichero que inicialmente estaba destinado a la impresión, y también se pueden crear formas y campos para formas digitales.

En la producción gráfica, el PDF también se utiliza para la corrección de pruebas. Adobe Acrobat tiene funciones de apoyo muy prácticas para trabajar con la corrección de pruebas en forma digital. Una de ellas consiste en la posibilidad de añadir *post-its* con

▶ CÓMO CREAR UN FICHERO PDF

Cuando se crea un fichero PDF siempre es conveniente iniciar el proceso haciendo un fichero PostScript del documento original.

A continuación, se detallan los pasos que deben seguirse para crear ficheros PDF en Acrobat Distiller. Debe tenerse en cuenta si el fichero PDF será utilizado para impresión o para presentación en pantalla, ya que en este último caso será mucho más pequeño.

También se puede crear un fichero PDF a través de PDF Writer, al cual se accede en el Selector. Sin embargo, no es un buen sistema para crear ficheros PDF, ya que sólo es apropiado para documentos de texto.

1. Iniciar Acrobat Distiller y hacer las definiciones para impresión o visualización en pantalla. Luego seleccionar Archivo –> Abrir y localizar el fichero PostScript que se vaya a utilizar. Indicar dónde se guardará el fichero. Al hacer clic en Guardar, Distiller comienza el trabajo y se crea el fichero PDF, que recibirá el sufijo ".pdf".

▶ ACROBAT DISTILLER: PASOS PARA CREAR FICHEROS DE PANTALLA

1. Seleccionar Opciones de trabajo y marcar las especificaciones señaladas en esta pantalla en la función General.

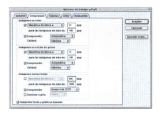

3. En la función Fuentes se seleccionan las especificaciones aquí marcadas.

5. En la función Avanzado se seleccionan las especificaciones aquí marcadas.

2. Marcar la función Compresión y hacer las siguientes especificaciones. Las imágenes se ajustan a 72 dpi (resolución de pantalla) y se aplica una compresión media-alta.

4. En la función Color se selecciona la conversión de las imágenes. Ello supone modificar la información específica para impresión de las imágenes.

▶ ACROBAT DISTILLER: PASOS PARA CREAR FICHEROS DE IMPRESIÓN

1. Seleccionar Opciones de trabajo y hacer las especificaciones marcadas en la función General, tal y como indica esta imagen.

2. Marcar la función Compresión y hacer las siguientes especificaciones: las imágenes se ajustan a 300 dpi y se aplica una compresión baja.

3. En la función Fuentes seleccionar las especificaciones marcadas aquí arriba. Hay que tener en cuenta que la especificación Incrustar todas las fuentes no debe estar marcada.

4. En la función Color seleccionar las especificaciones marcadas. Ello significa que se conserva en el documento la información específica para impresión.

5. En la función Avanzado seleccionar las especificaciones marcadas en esta pantalla.

comentarios sobre el contenido o la composición del documento. Otras funciones prácticas son las de resaltar, tachar y subrayar las partes seleccionadas del documento, o la función de comparar dos documentos para asegurarse de que los cambios han sido realizados. Además, existe la posibilidad de firmar digitalmente y aprobar ficheros PDF. En Adobe Acrobat también se pueden hacer determinados cambios en el texto y en las imágenes existentes (ver también 9.4.4).

Acrobat Distiller

Acrobat Distiller es la aplicación necesaria para crear ficheros PDF. Esta aplicación es básicamente un software basado en los RIP, que traduce los ficheros PostScript a ficheros PDF. Acrobat Distiller permite configurar el fichero PDF de varias maneras definiendo distintos parámetros, como por ejemplo, el grado de compresión, la gestión de fuentes, la resolución de ilustraciones e imágenes, etc. (ver también 9.4.2).

Acrobat InProduction

Acrobat InProduction es una aplicación para todos aquellos que trabajan con PDF en la producción gráfica profesional. Permite el control, la separación en cuatricromía y la conversión de colores de los ficheros PDF, así como también la definición de marcas de corte, sangre y parámetros de *trapping*. Existen diversas aplicaciones similares diseñadas por las principales compañías del sector, como Agfa, Heidelberg, etc.

Acrobat Catalog

Con la aplicación Acrobat Catalog se pueden generar ficheros indexados para un mejor control de gran número de documentos PDF. Si los documentos están indexados en Acrobat Catalog, se pueden realizar búsquedas de texto y frases en miles de documentos directamente desde Adobe Acrobat. Es una aplicación muy útil en la labor de archivo, ya que funciona como si fuera una base de datos.

Acrobat Capture

Acrobat Capture es una aplicación que puede interpretar textos escaneados. Utilizando la técnica denominada OCR (*Optical Character Recognition*) de reconocimiento óptico de caracteres, la aplicación identifica los textos y los convierte en tipografía, creando ficheros PDF compactos, bien diseñados y localizables.

Utilidades

Existen también un gran número de programas de utilidades (*plug-ins*) para Adobe Acrobat, desarrollados por fabricantes de software independientes. Utilizando estos *plug-ins* se pueden extender las funciones de las aplicaciones que componen la familia Acrobat. Algunos ejemplos de interés para la producción gráfica son Crackerjack y PitStop, de Enfocus. Crackerjack permite hacer separaciones en cuatricromía directamente desde Adobe Acrobat. Con PitStop se pueden hacer cambios en los ficheros PDF; casi todo se puede modificar: los textos, los colores, la colocación de objetos e imágenes, la forma de los objetos, etc. Tiene incluso una función de *preflight* (revisión preliminar) que crea imformes de errores que se pueden imprimir. PitStop existe también como programa independiente en una versión basada en el servidor.

Adobe Photoshop y Adobe Illustrator

Ambas aplicaciones, Adobe Photoshop y Adobe Illustrator, han incorporado mejoras continuas para facilitar la gestión de ficheros PDF. Como resultado de estas mejoras, muchos de los *plug-ins* serán sustituidos por funciones internas en ambas aplicaciones.

CREACIÓN DE FICHEROS PDF 9.4.3

El trabajo para generar un fichero PDF comienza con la creación de páginas en una aplicación de autoedición, de ilustración, de procesamiento de texto o de presentación. Una vez se dispone de estas páginas, se crea un fichero PostScript utilizando el programa adecuado (ver pág. 168). Se abre este fichero PostScript con Acrobat Distiller para convertirlo en PDF. Pero se requiere un fichero PPD especial, Acrobat Distiller PPD, para que el fichero PostScript pueda ser interpretado por Acrobat Distiller. Es importante que las

---

▶ **LA FAMILIA ACROBAT DE ADOBE**

Adobe ha desarrollado una familia completa de aplicaciones en torno al formato de ficheros PDF. Las más comunes son:

Acrobat Reader – Para la lectura de ficheros PDF.

Adobe Acrobat – Para la edición de ficheros PDF.

Acrobat Distiller – Para crear ficheros PDF.

Acrobat InProduction – Utilizado en la producción gráfica.

Acrobat Catalog – Para archivo y búsqueda de ficheros PDF.

Acrobat Capture – Para la conversión de documentos de papel, mediante escaneado, en ficheros PDF.

Adobe también tiene un controlador de impresión, PDF Writer, con el cual se pueden crear ficheros PDF directamente desde una aplicación de imposición. Además de los programas descritos, existen utilidades basadas en formatos PDF disponibles de empresas de software distintas a Adobe.

▶ **NO UTILIZAR PDF WRITER**

Debe evitarse crear ficheros PDF utilizando el controlador de impresora PDF Writer de Adobe en el `Selector`. En su lugar, es mejor hacerlo mediante PostScript y Acrobat Distiller.

definiciones especificadas en Acrobat Distiller sean las adecuadas respecto al fichero PDF específico que se debe generar, de manera que éste resulte óptimo para el uso al que está destinado. Por ejemplo, si el fichero PDF se va a utilizar exclusivamente para la visualización en pantalla, entonces se puede omitir las fuentes, reducir la resolución y comprimir las imágenes, para así generar un fichero de tamaño más reducido. En cambio, si el fichero también debe adaptarse para su impresión, es conveniente que las imágenes no se compriman o la compresión sea muy baja, de manera que su calidad sea buena. Las definiciones más importantes que afectan al modo de creación de los ficheros PDF se encuentran en `Ajustes -> Opciones de trabajo`. Aquí se especifican las definiciones generales y avanzadas así como las definiciones de tipo de letra, compresión y gestión de color (ver "Cómo crear un fichero PDF" en la pág. 174).

Utilizar Acrobat Distiller es la mejor alternativa para crear ficheros PDF, pero también se puede utilizar un controlador de impresora (*printer driver*) especial, llamado PDF Writer. Del mismo modo que se selecciona una impresora común en el `Selector`, bajo la Manzana, se selecciona PDF Writer, cuyo símbolo también se encuentra entre los demás controladores. Después, al ejecutar el comando de salida, `Imprimir` (por ejemplo desde la aplicación de autoedición), el documento se guarda como fichero PDF. Se recomienda utilizar PDF Writer con documentos de texto sencillos. Sin embargo, cuando se tengan páginas con un contenido más complejo (imágenes, ilustraciones o texto maquetado), es conveniente hacer primero un fichero PostScript y luego usar Adobe Acrobat Distiller para generar el fichero PDF. PDF Writer genera el fichero PDF directamente y sin utilizar PostScript, y por eso tiene dificultad para interpretar páginas complejas. Adobe InDesign, Adobe Photoshop y Adobe Illustrator también pueden guardar directamente documentos e imágenes como ficheros PDF.

PRUEBAS CON FICHEROS PDF 9.4.4

Cuando se recibe un fichero PDF destinado a la producción gráfica, debemos empezar por contrastar la prueba. El primer paso es abrirlo y revisarlo en pantalla. No obstante, los ficheros PDF que se ven correctos en pantalla pueden contener errores ocultos, por lo que también deben hacerse controles técnicos, básicamente de la información general, de los tipos de letra y de aquellos puntos relacionados con los ajustes técnicos de la máquina de imprimir.

Información general

Se puede controlar la información relacionada con el fichero PDF abriéndolo en Acrobat y eligiendo luego `Archivo -> Información de documento -> General`. Allí se puede ver la información que se le haya agregado (título, tema, autor y palabras clave). La información más importante está detrás de los títulos `Creador, Producido en y Versión PDF`. Allí, la información nos indica cuál es la aplicación que generó el fichero PostScript original a partir del cual se creó el fichero PDF (por ejemplo: QuarkXPress 4.0), cuál es la aplicación que creó el fichero PDF (por ejemplo: Acrobat Distiller 4.0) y cuál es la versión de formato PDF que tiene el fichero que se está controlando (por ejemplo: 1.3, 1.2 o 1.1).

Saber cuál es la versión PDF del fichero es especialmente importante si se tiene en cuenta que las versiones 1.2 y 1.1 carecen de cierta información que es de uso esencial en la producción gráfica; la versión PDF 1.3 es la única versión de los formatos PDF que se puede usar en la producción gráfica profesional. ¡Atención! Para obtener un fichero

> **ALTERNATIVAS DE GESTIÓN DE FUENTES EN PDF**
>
> A continuación, resumimos las diferentes alternativas respecto a gestión de fuentes en los ficheros PostScript (abreviado PS) y PDF, y sus consecuencias para el fichero PDF:
>
> • Fuente no incluida en PS y no incluida en PDF
>
> –> La fuente es reemplazada por Multiple Master
>
> • Fuente no incluida en PS e incluida en PDF (fuente activa en el sistema)
>
> –> Se visualiza la fuente correctamente en pantalla, pero no está incluida en el fichero
>
> • Fuente no incluida en PS e incluida en PDF (fuente no activa en el sistema)
>
> –> Es reemplazada por Courier
>
> • Fuente incluida en PS y no incluida en PDF
>
> –> La fuente es reemplazada por Multiple Master
>
> • Fuente incluida en PS e incluida en PDF
>
> –> La fuente correcta está incluida en el fichero

PDF versión 1.3 correctamente y que funcione bien es necesario que esté creado con Adobe Acrobat Distiller 4.05 o posterior.

También es importante saber cuál fue la aplicación que generó el fichero PostScript original, ya que de esta manera se puede entender qué información se ha incluido y cuál no en el fichero PDF con el que se va a trabajar. Un fichero PDF creado desde Microsoft Word, por ejemplo, no incluye ninguna información cromática en CMYK, dado que Word no lo gestiona. Ello implica que ese fichero PDF deberá someterse a separación de colores antes de ser procesado en un dispositivo de salida.

Tipos de letra

Los tipos de letra siempre constituyen un tema central en producción gráfica. Acrobat Distiller permite elegir si se quieren incluir o no las fuentes en el fichero PDF. Se pueden incluir completa o parcialmente, es decir, sólo los caracteres que se usan en el documento. Cuando se crean ficheros PDF para impresión es conveniente optar por incluir todos los tipos de letra en el fichero PDF. Si no se hace así, se aplica el sistema de reemplazo de tipos de letra de Acrobat basado en la técnica Multiple Master (ver "Fuentes tipográficas", 3.4.3).

Desde la versión Adobe Acrobat Distiller 4.0, las fundiciones de fuentes digitales pueden optar por bloquear sus tipos para la inclusión en ficheros PDF. Muchas empresas han hecho uso de esta posibilidad dada la falta de claridad reinante en torno a los derechos de autor sobre la utilización de los tipos. Y, por lo tanto, no es posible incluirlos cuando se genera el fichero PDF. Pero todos los tipos de Adobe pueden incluirse. En Acrobat se puede controlar fácilmente el estatus de los tipos en el fichero PDF que se ha recibido; en Archivo –> Información de documento –> Fuentes se obtiene una lista de los tipos de letra utilizados y en qué medida están incluidos en el fichero PDF.

Cuando se van a controlar los tipos en un fichero PDF, es importante que en el ordenador estén desactivados todos los tipos. El fichero PDF contiene información sobre cuáles son los tipos que se usan en el documento; en caso de que esos tipos estén accesibles en el sistema del ordenador, se activan también en el fichero PDF, lo que llevaría a creer que están incluidos cuando en realidad no lo están, dado que todo parece correcto. En cambio, si se utiliza InProduction o PitStop, se puede conseguir la información de la inclusión o no de los tipos de letra en el fichero PDF independientemente de la gestión de las fuentes a nivel del sistema del ordenador.

Control preflight

Realizar un *preflight* supone controlar diferentes parámetros técnicos de relevancia para el proceso de impresión, como el formato, los modos de color, las separaciones, las marcas de corte, los sangrados y el *trapping* (ver *preflight*). Hay una serie de programas con los que se puede hacer esta revisión de los ficheros PDF; los hay especializados sólo para ficheros PDF y los hay de carácter general, es decir, que pueden controlar tanto ficheros PDF como de Adobe InDesign, QuarkXPress, Adobe PageMaker, etc.

Quizá el programa más corriente para *preflight* de ficheros PDF sea Acrobat InProduction de Adobe, con el cual no sólo se puede controlar, sino también hacer separación en cuatricromía, conversión de color, definición de marcas de corte, sangrados y *trapping*. Hay que tener en cuenta que la mayoría de programas de *preflight* pueden descubrir errores en el documento, pero no solucionarlos. Por eso, un fichero PDF que no se haya creado correctamente para la máquina de impresión que se va a utilizar, tiene que crearse nuevamente, ya que los errores descubiertos en el documento deben corregirse en la aplicación en la que se crearon las páginas.

EDITAR FICHEROS PDF 9.4.5

A pesar de que los ficheros PDF están por definición bloqueados para su procesamiento definitivo, es posible hacer algunas correcciones y cambios menores en ellos. La posible amplitud de esos cambios también está determinada en parte por las definiciones de seguridad asignadas al crear el fichero.

Configuraciones de seguridad

Cuando se guarda un fichero PDF se pueden incluir configuraciones de seguridad que lo protejan de diferentes maneras. Para conocer las configuraciones de seguridad válidas para un fichero PDF hay que entrar en `Archivo -> Información de documento -> Seguridad`. Los ficheros PDF se pueden proteger con contraseñas (*password*) para así tener control sobre el tipo de acceso al documento que tienen los diferentes usuarios. Se puede permitir o prohibir su lectura, salida a impresora, modificación, copia de texto e imágenes, agregado o cambio de notas y agregado o modificación de campos. Se debe tener presente que si se permite la salida a impresora, el usuario siempre puede crear un nuevo fichero PostScript desde Adobe Acrobat y después, con Acrobat Distiller, puede crear un nuevo fichero PDF sin ninguna definición de seguridad y, por tanto, queda bajo el control total de ese usuario.

Cuando se envía un fichero PDF a la empresa que realiza la producción, es conveniente permitir todos los cambios, ya que puede ser necesario hacer correcciones en el último momento. En cambio, si se envía un fichero PDF para el control y la corrección del contenido del documento, lo más adecuado es no permitir cambios, pero sí que el usuario que debe realizar esa labor pueda añadir apuntes y copiar textos para, por ejemplo, poder pegarlos en una nota.

Edición de texto

Editar textos resulta muy fácil con Adobe Acrobat. Sin embargo, sólo podemos introducir cambios en líneas individuales, lo que, por ejemplo, no nos permite cambiar el corte de línea. Podemos añadir una nueva línea con la herramienta de texto, pero los cortes de línea y la partición de palabras debemos hacerlos manualmente. Para editar texto en Acrobat se requiere tener instaladas las fuentes necesarias. Si no se tienen, el tipo de letra del texto editado será reemplazado por otro tipo accesible para el ordenador. Normalmente, no es recomendable editar un texto en Acrobat; sólo debe hacerse a pequeña escala y cuando es absolutamente necesario. Los cambios importantes deben realizarse en el archivo original.

Modificar imágenes y objetos gráficos

Las imágenes y los objetos gráficos también pueden editarse en Adobe Acrobat. Para ello se utiliza la herramienta `Touchup`, con la que se selecciona la imagen entera o el objeto para desplazarlos a otro lugar, recortarlos, quitarlos o copiarlos y pegarlos en otras partes del documento. También se pueden abrir imágenes o ilustraciones individuales de Adobe Photoshop o de Adobe Illustrator, editarlas y luego guardarlas directamente en el fichero PDF, que automáticamente se recompone integrando los cambios.

Crear ficheros PDF

La mayoría de las aplicaciones de autoedición actuales permite crear ficheros PDF como si fueran imágenes. Pero para crear el fichero PDF en versiones anteriores es necesario exportar el fichero PDF como fichero PostScript o EPS. Cuando se exporta como fichero PostScript, es conveniente incluir todas las fuentes utilizadas en el documento. Se puede optar entre exportar código PostScript nivel 1, nivel 2 o PostScript 3. Si se opta por PostScript nivel 1, el fichero se descomprime (un fichero PDF siempre contiene información comprimida), lo cual implica que el fichero Post-Script va a ser considerablemente mayor que el fichero PDF (en cuanto a cantidad de datos). En cambio, si se exporta código PostScript nivel 2 o PostScript 3, el resultado será un fichero ligeramente mayor que el fichero PDF original, ya que estas dos versiones soportan información comprimida. También podemos exportar el fichero PDF como EPS. Esto supone que cada página se exporta como una imagen en formato EPS y, por lo tanto, tendremos un EPS por cada página que exportemos. En este caso, es importante optar por el uso de PostScript nivel 1 para la exportación, debido a que la mayoría de las aplicaciones no pueden descomprimir un fichero EPS.

SALIDA DE FICHEROS PDF 9.4.6

Es importante conocer cómo funciona Adobe Acrobat cuando se prepara la salida de los ficheros PDF. A continuación, se revisarán las cuestiones más significativas de este proceso.

OPI

Adobe Acrobat tiene soporte para comentarios OPI (*Open Prepress Interface*), es decir, que se puede trabajar con ficheros PDF en un flujo de producción OPI (ver 9.5). En la práctica, esto significa que se pueden crear ficheros PDF con imágenes OPI de baja resolución. Cuando se envía el fichero PDF al dispositivo de salida, la imagen de baja resolución es reemplazada por la imagen de alta resolución. Sin embargo, no todos los programas OPI siguen el estándar para comentarios OPI, por lo que se debe hacer un doble control para comprobar si el proceso trabaja con su programa OPI concreto.

Separación de colores

No se pueden imprimir las separaciones de colores de los ficheros PDF directamente desde Adobe Acrobat. Para hacerlo se necesita usar un *plug-in* como CrackerJack de Lantana, Adobe InProduction o PDF OutputPRO de Callas. Estos programas permiten plantear la separación de colores de forma similar a la de QuarkXPress, InDesign o PageMaker. Otra alternativa es hacer la separación de colores de los ficheros PDF directamente en el programa RIP, en conexión con su salida (todos los RIP PostScript 3 dan soporte a la llamada función de "separación en RIP"). También existen programas exclusivamente diseñados para separación de colores de ficheros PostScript y PDF.

Los ficheros PDF pueden contener elementos definidos en RGB o elementos que todavía no están en separación de colores en CMYK (imágenes, textos o gráficos). Si se quiere ejecutar una impresión con separación de colores, primero debe hacerse la separación en cuatricromía de estos elementos. Esto ocurre con frecuencia con los ficheros PDF que se crean desde aplicaciones Microsoft Office, debido a que éstas no dan soporte a la separación en cuatricromía. Puede ser difícil descubrir si está hecha o no la separación de colores de las imágenes en un fichero PDF, pero aplicando *plug-ins* como Quite a Box of Tricks, de Quite, se puede verificar que todas las imágenes estén convertidas a CMYK, además de otras funciones.

Colores planos

A partir de Acrobat 4.0 y PDF 1.3, los colores planos siempre se incluyen en el fichero PDF. Para constatar si un fichero PDF contiene colores planos o no, se requiere un programa de *preflight* como Acrobat InProduction, Enfocus PitStop, Quite A Box of Tricks, PDF OutputPRO de Callas o CrackerJack de Lantana.

Marcas de registro

Adobe Acrobat no puede incluir en la salida marcas de registro o de corte. Estas marcas deben añadirse con otro programa, como Acrobat InProduction.

Sangrados

En PDF 1.2 y anteriores no era posible definir la información del sangrado en el fichero PDF. Para resolver este problema se definía un formato de página de mayor tamaño, para así engañar a Acrobat y lograr la inclusión del sangrado. Actualmente esto ya no es necesario. El sangrado se especifica cuando se escribe el fichero PostScript. Esta información se incluye en el fichero PDF, creando un formato de página idéntico al formato del documento PostScript, incluidas las sangres que se hayan especificado. Por ejemplo, una página en QuarkXPress con formato de documento de 210 × 210 con 5 mm de sangrado da lugar a un fichero PDF 220 × 220.

La especificación PDF 1.3 contiene las siguientes definiciones de formatos de página: formato de salida, formato de sangrado (la página incluyendo sangres), formato final y formato gráfico (libre elección de superficie para la página).

Para acceder a esta información en el fichero PDF, el programa que crea el fichero PostScript debe recoger estas definiciones de superficie —muchas aplicaciones todavía no ofrecen este soporte—. Esto no quiere decir que no se puedan incluir los sangrados en el fichero PDF, pero hay que tener en cuenta que otras aplicaciones que trabajen con este fichero no podrán interpretar el sangrado que contiene el fichero PDF.

Trapping

Si se crean archivos PostScript en los que no se ha realizado la separación de colores en QuarkXPress, no se incluyen los valores de *trapping*. Esto significa que los ficheros PDF creados desde documentos QuarkXPress no contienen ninguna información de *trapping*. Para solucionar este problema existen programas independientes que pueden llevar a cabo el *trapping* en los ficheros PDF.

JDF – JOB DEFINITION FORMAT 9.4.7

Hoy en día existe una mayor necesidad de automatización y comunicación entre diferentes sistemas de producción gráfica y administración. Al mismo tiempo, la producción gráfica tiene lugar generalmente en entornos mixtos, con sistemas de diferentes provee-

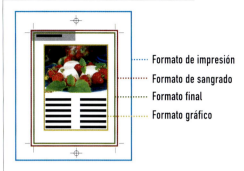

▶ DIFERENTES FORMATOS EN UN FICHERO PDF
A partir de la versión 1.3 de PDF se pueden crear páginas PDF con sangrado. Para hacerlo posible, Adobe ha definido varios formatos diferentes que describen la estructura de la página. Esos formatos son: el formato de impresión, el formato de sangrado (la página incluidas las sangres), el formato final y el formato gráfico (libre elección de superficie para la página). Los ficheros PDF de la versión 1.3 contienen información de estos formatos.

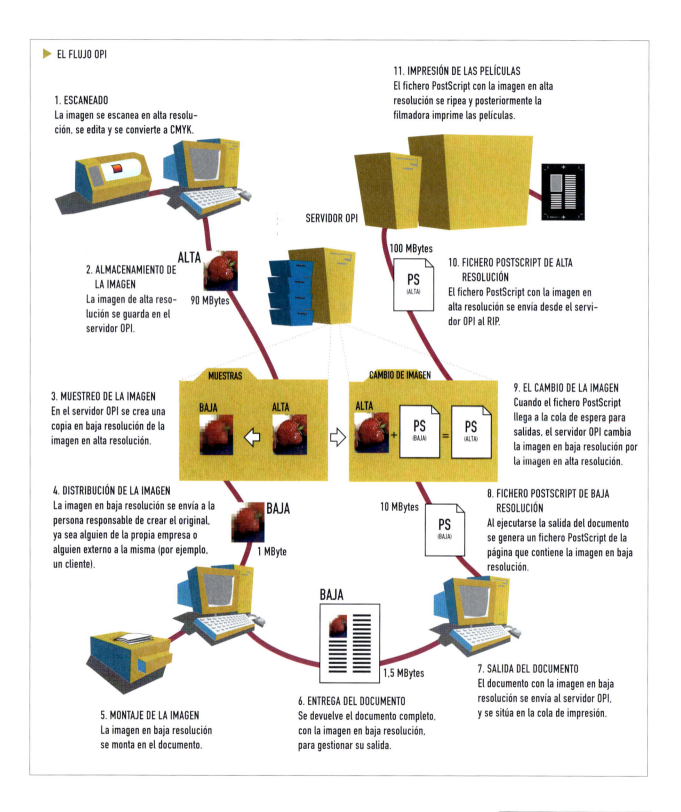

dores. Por eso, las empresas Heidelberg, Man Roland, Agfa y Adobe desarrollaron un trabajo conjunto con el propósito de diseñar un estándar para facilitar la comunicación entre sistemas administrativos y de producción.

Ese estándar se llama JDF (Formato de definición de trabajos) y tiene como partida los flujos de producción basados en PDF. Está basado tanto en PJTF (*Portable Job Ticket Format*) de Adobe —que enlaza información sobre el trabajo de preimpresión a los ficheros mismos, como por ejemplo maquetación, *trapping* y ripeado— como también en PPF (*Print Production Format*) de CIP3, que ha tenido la función de posibilitar el intercambio de información entre diferentes pasos de la producción (como imposición, impresión y postimpresión). JDF define cómo estructurar la información en una especificación de trabajos; esta especificación se guarda en formato XML y puede considerarse como una orden digital de trabajos que tiene por función enlazar sistemas administrativos y de producción. La idea es que los metadatos, o sea, la información que se alimenta en el sistema administrativo acerca de cómo se deben realizar los trabajos, también pueda usarse para el control de los sistemas de producción (por ejemplo, la información de cantidad de páginas, plegado, imposición). Además, los sistemas de producción han de poder intercambiar información unos con otros (por ejemplo, cubrimiento de tinta, plegado, corte). De este modo, se hace posible un mayor control y un grado superior de automatización.

La responsabilidad sobre el desarrollo del estándar JDF ha pasado actualmente a CIP4 —International Cooperation for the Integration of Processes in Prepress, Press and Postpress—, que es el nuevo nombre de la anterior CIP3. CIP4 es gestionada conjuntamente por proveedores de sistemas para el sector gráfico, por lo que puede asegurar un desarrollo independiente.

OPI 9.5

Cuando varias personas trabajan juntas en un mismo proyecto de producción gráfica, es habitual que las imágenes y los documentos se guarden en un servidor de red. Cuando se mueven grandes ficheros de imágenes en alta resolución desde el servidor hasta nuestro ordenador, la red se carga de forma considerable, y la operación de insertar la imagen en nuestra maqueta tarda demasiado tiempo. La congestión que esta situación crea en la red reduce drásticamente su rendimiento y ralentiza el trabajo de todos los ususarios que operan con ella. Cuando se ejecuta la salida del documento con las imágenes de alta resolución hacia la impresora, el documento se envía a través de la red y provoca una nueva situación de sobrecarga. Además, el ordenador desde el que se ha realizado el envío del fichero queda bloqueado durante todo el tiempo que precisa la ejecución del proceso de salida. Cuando se trabaja con grandes ficheros con muchas imágenes, esta situación puede convertirse en un problema.

Para reducir la congestión de la red, así como para mejorar y agilizar la gestión de las salidas, se puede equipar al servidor con el software OPI (*Open Prepress Interface*). La mayoría de las empresas que gestionan grandes cantidades de imágenes utilizan algún software OPI. Por cada imagen en alta resolución que se guarda en el servidor, OPI crea automáticamente una pequeña copia en baja resolución con el mismo nombre de fichero. Esta pequeña imagen tiene normalmente 72 píxels por pulgada, la misma resolución que el monitor. Cuando se importa la imagen al documento, se usa la copia en baja resolución en lugar de la imagen original en alta resolución. Dada su baja resolución, necesita menos

▶ **IMPOSICIÓN MANUAL**
En la imposición manual, las películas de cada página se montan en el astralón, verificando que el montaje es correcto de acuerdo con el esquema de imposición. El trabajo se hace en una mesa de montaje iluminada.

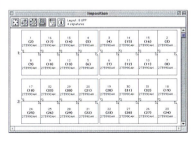

▶ **IMPOSICIÓN DIGITAL**
En la imposición digital las páginas se montan en un pliego digital en el ordenador. Aquí se muestra un ejemplo de diversas imposiciones.

DISTINTOS TIPOS DE IMPOSICIÓN

La máquina de imprimir es la unidad del proceso de producción gráfica de mayor coste unitario. En cualquier trabajo de impresión, siempre se pone el máximo empeño en reducir el tiempo de utilización de la máquina, aprovechando todo el espacio de impresión disponible (hojas de papel con el mayor formato posible), de 4, 8, 16 ó 32 páginas (ver "El papel", 12.1.1).

Al imprimir un libro o un fascículo, se imprimen varias páginas en un mismo pliego. La distribución de las páginas en una hoja se denomina imposición y varía en función del tamaño máximo del formato de papel admitido por la máquina de impresión.

Para hablar de las variaciones en la imposición utilizaremos como ejemplo un fascículo de ocho páginas, DIN A4. Este fascículo, una vez acabado, estará compuesto por dos hojas de DIN A3 plegadas por el medio y grapadas en el pliego.

En cada hoja de A3 caben cuatro páginas de A4, dos a cada lado. Desde el punto de vista del proceso de postimpresión, un fascículo de ocho páginas puede hacerse de dos maneras: plegando dos pliegos A3 separados que luego son grapados o partiendo de un pliego A2 con plegado en ángulo recto, luego grapado y después guillotinado.

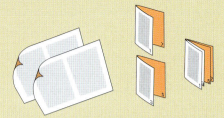

Fascículo de ocho páginas confeccionado con dos pliegos A3

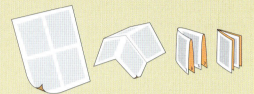

Fascículo de ocho páginas confeccionado con un pliego A2

IMPOSICIÓN PARA MÁQUINA DIN A3 DE UN FASCÍCULO DIN A4 DE OCHO PÁGINAS

Si se imprime en formato A3 como formato máximo, debe hacerse una imposición para cuatro caras (un solo plegado). Ello significa que se hacen cuatro puestas a punto, dado que cada pliego A3 pasa dos veces por la máquina (una vez por cada cara). Cuando la impresión está completa, se tienen dos pliegos de A3 de cuatro páginas con dos páginas A4 de cada cara. Las dos hojas se doblan y se grapan, formando así un fascículo de ocho páginas de A4 (ver la ilustración de la derecha).

IMPOSICIÓN PARA MÁQUINA DIN A2 DE UN FASCÍCULO DIN A4 DE OCHO PÁGINAS

Si se imprime en un formato grande, como A2, se debe hacer una imposición de caras de A2 (o sea dos plegados). Esto significa que se hacen dos puestas a punto de la máquina, dado que se trata de un solo pliego de A2 que pasa dos veces por la máquina, una vez por cada cara. Cuando la impresión está lista, se tiene un pliego de formato A2 de ocho páginas con cuatro páginas A4 de cada cara del pliego. La hoja se pliega en ángulo recto y luego se grapa, formando así un fascículo de A4 de ocho páginas (ver la ilustración de la derecha).

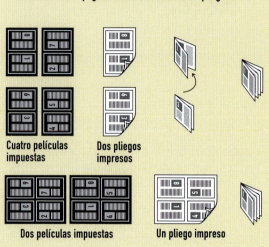

Cuatro películas impuestas   Dos pliegos impresos

Dos películas impuestas   Un pliego impreso

IMPOSICIÓN PARA MÁQUINA DIN A1 DE UN FASCÍCULO DIN A4 DE OCHO PÁGINAS

Si se imprime en un formato grande, A1, se debe hacer una imposición de una página de A1, y sólo se debe hacer una puesta a punto, puesto que el pliego de A1 pasa dos veces, una por cada cara, sin que se cambie la plancha. Las páginas 1, 8, 4 y 5 se imponen en una de las mitades del pliego A1 y las páginas 2, 7, 3 y 6 en la otra mitad. Después, la hoja de es impresa por una cara. Se le da la vuelta a la hoja y, con la misma plancha, se imprime la otra cara. Este procedimiento de impresión se denomina 'tiro retiro'. Cuando se ha completado la impresión, la hoja se pliega y se obtienen ocho páginas de A4. La hoja es plegada en ángulo recto y grapada, formando el fascículo de ocho páginas A4 (ver la ilustración de la derecha).

El número de colores utilizados para el impreso no afecta al procedimiento descrito, siempre que las prensas tengan tantos cuerpos de impresión como colores se precisen.

Para trabajar con estos procedimientos es necesario que cada página quede impresa en el lugar correcto del pliego para que el orden de todas las páginas de la publicación sea correcto. En otras palabras, es necesario saber cómo hacer la imposición.

Fascículo de ocho páginas confeccionado con un pliego A1

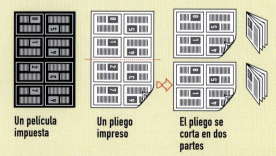

Un película impuesta   Un pliego impreso   El pliego se corta en dos partes

INFLUENCIA DE LAS TINTAS SOBRE LA IMPOSICIÓN

Si todas las páginas de un producto impreso no van a imprimirse con los mismos colores, puede resultar más barato dividir la impresión entre varias máquinas. Por ejemplo, una prensa de un solo cuerpo de impresión tiene un coste por hora menor que una de cuatro cuerpos. Puede ser mejor imprimir las caras de pliegos que requieren una sola tinta en máquinas de un solo cuerpo y las que requieren cuatro tintas en máquinas de cuatro cuerpos, etc.

Al producir los originales se puede estudiar la imposición y la distribución de tintas, si se conoce previamente el formato del producto. Por ejemplo, puede ocurrir que se quiera imprimir un fascículo de ocho páginas con negro, a excepción de la página 3, que se debe imprimir en cuatricromía. Esto implica que la cara del pliego de impresión donde esté la página 3 deberá imprimirse en una máquina de cuatricromía. En los ejemplos de más abajo, se puede usar cuatricromía para todas las páginas que están en la misma cara del pliego que la página 3 sin ocasionar costes adicionales (si no se tienen en cuenta los costes ocasionados por la separación de colores, claro está).

En una máquina de DIN A3, toda la cara del pliego de la página 3 tiene que ser impresa en una máquina de cuatricromía. Aun cuando la página 6 requiera una sola tinta, deberá imprimirse en la misma máquina. En cambio, todas las demás páginas pueden imprimirse en una máquina con un solo cuerpo de impresión.

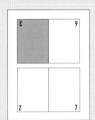

En una máquina de DIN A2 toda la cara del pliego donde está la página 3 tiene que ser impresa en una máquina de cuatricromía y, por consiguiente, también las páginas 2, 6 y 7.

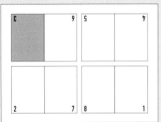

En una máquina de DIN A1 todas las páginas del fascículo están en cada una de las caras del pliego. Ello significa que todo el pliego deberá ser impreso en una máquina de cuatricromía y que todas las páginas serán impresas simultáneamente, con independencia de si requieren otras tintas o no.

▶ PUESTA A PUNTO

La puesta a punto de la máquina de imprimir es el conjunto de operaciones que se realizan en ella, hasta la obtención de un primer pliego impreso aprobado, antes de continuar —sin interrupción— el tiraje propiamente dicho. Dado el alto coste por hora de las prensas offset se considera necesario que las puestas a punto sean mínimas y rápidas. A continuación, se indican algunos de los factores que deben tenerse en cuenta en la puesta a punto de la máquina (ver "Impresión", 13.3).

- Puesta a punto del proceso de producción de planchas
- Regulación del dispositivo de alimentación y del recibidor
- Registro de las hojas
- Preajuste de los tornillos de los tinteros
- Equilibrio agua-tinta
- Registro
- Cobertura de tinta
- Correspondencia con las pruebas

memoria y puede ser rápidamente importada en el documento. Luego, cuando el documento tiene que imprimirse, se envía al servidor con las imágenes en baja resolución. Allí, las imágenes en baja resolución se sustituyen por las imágenes en alta resolución correspondientes, para luego enviar el documento al RIP. Con este procedimiento, el documento se envía rápidamente y el ordenador queda libre para otros trabajos.

En la práctica, esto significa que una red sin un sistema OPI puede tardar horas en dar salida a un documento, mientras que si cuenta con un sistema de este tipo, el proceso apenas dura unos minutos. No obstante, el actual sistema de salida a impresora no es tan rápido. El programa OPI es simplemente una alternativa de utilización del servidor, para procesar la salida en vez de que lo haga cada ordenador. El OPI también disminuye la congestión de la red, dado que la cantidad de información que se envía por ella se reduce considerablemente.

Las imágenes de baja resolución creadas por un software OPI están únicamente destinadas a facilitar el montaje en las aplicaciones de autoedición. Si se quiere editar las imágenes de alguna manera, es necesario abrirlas en una aplicación de edición de imágenes en su versión original en alta resolución. En el documento donde se ha montado la imagen en baja resolución se guardan los llamados comentarios OPI, que indican el nombre del fichero y dónde está guardado. De ahí la importancia de no mover ni cambiar el nombre de los ficheros de imágenes, porque el servidor OPI no podría encontrar la imagen correspondiente en alta resolución en el momento de la salida.

Los programas OPI más habituales en estos momentos son Color Central (para entorno Mac y Windows) y Helios (sólo para entorno Unix). Helios sigue el estándar OPI. Los ficheros PDF también pueden usar OPI estándar y utilizar imágenes en baja resolución en OPI, que se envían en ficheros PDF para su rasterización.

IMPOSICIÓN 9.6

▶ **IMPOSICIÓN DIGITAL. PROS Y CONTRAS**
+ Requiere menos personal.
+ El proceso de trabajo es más rápido.
+ Proporciona un registro más preciso.
+ Se pueden guardar esquemas de imposición como modelos que rápidamente pueden ser utilizados de nuevo.
− Si se quiere hacer una imposición completamente digital, todo el material que compone el impreso debe ser digital. Por ejemplo, el material de publicidad que a menudo se entrega en película también debe ser entregado en forma digital. La alternativa es dejar páginas en blanco en la imposición digital de la película, para después montar los anuncios de forma manual.
− Si ha ocurrido algun fallo en la película o en la plancha, es necesario realizar nuevamente la salida en película de toda la imposición. La alternativa es imprimir nuevamente sólo la página que salió mal, recortar la parte correspondiente de la película impuesta y luego, manualmente, montar la nueva película de la página.

▶ **ESQUEMA DE IMPOSICIÓN**
Para saber el lugar que cada página tiene que ocupar en el pliego de impresión se utiliza un esquema de imposición.

▶ **EL TIEMPO DE PRODUCCIÓN EN MÁQUINAS DE DIFERENTES FORMATOS**
Ilustración esquemática de los tiempos de producción de un fascículo de ocho páginas en las máquinas de diferentes formatos. El coste es determinante para elegir el tipo de máquina de impresión, lo cual, a su vez, influye en la imposición. El factor que, en última instancia, resulta decisivo para determinar cuál es el formato de máquina más apropiado es su coste por hora.

La máquina de imprimir es la unidad de mayor coste de todo el proceso de producción gráfica. Por ello debe minimizarse su tiempo de utilización, empleando pliegos de papel tan grandes como sea posible. Cuando se imprimen documentos de varias páginas, éstas se colocan en el pliego de modo que se obtenga el mayor aprovechamiento posible del papel. Después de imprimir, el pliego es doblado y cortado, dando lugar a varias hojas más pequeñas. Las páginas deben ser colocadas en el pliego de impresión de una manera especial, de tal modo que después del plegado y cortado cada página ocupe el lugar que le corresponde en relación con las demás. La colocación de las páginas de una manera correcta y su ajuste para el proceso de postimpresión se denomina imposición.

La imposición pueden ser manual o digital. En la imposición manual se utilizan películas (fotolitos) individuales para cada página (cada página del producto impreso se imprime en una película separada). Las páginas deben colocarse siguiendo un esquema de imposición y montado sobre un soporte de película transparente (astralón). El conjunto completo se utiliza para exponer la plancha de impresión. En la imposición digital la distribución e imposición de las páginas se realiza en un programa de imposición en el ordenador, por ejemplo, Imation Presswise o Preps de Scenicsoft. Este montaje digital se imprime en una filmadora que puede imprimir formatos grandes, obteniéndose la película impuesta. La imposición digital tiene muchas ventajas. La más importante es el ahorro de tiempo y personal que supone, debido a que las páginas no precisan el montaje manual. Si se trata de un impreso de muchas páginas, el coste del trabajo de la imposición manual puede representar una parte considerable del coste total de la impresión.

FACTORES DETERMINANTES DE LA IMPOSICIÓN 9.6.1

Son varios los factores que influyen en la realización de la imposición. El más importante es la maquetación (*layout*), que determina el formato de la publicación y la colocación de las imágenes a color, entre otras cosas. Este proceso, a su vez, determina la cantidad de planchas de impresión y, por lo tanto, la cantidad de ajustes de máquina. Por lo general, se prefiere reducir al mínimo la cantidad de ajustes de máquina, dado que es una labor que lleva tiempo y encarece de forma considerable el trabajo de producción. Otro factor importante que determina cómo hacer la imposición es el tratamiento de postimpresión (los acabados); en parte, porque también en esta fase se prefiere reducir en lo posible los ajustes de máquinas, y en parte por las limitaciones de las máquinas en cuanto al tamaño de los pliegos que pueden admitir y a la cantidad de plegados que pueden realizar. El presupuesto y una serie de parámetros técnicos de la prensa son otros factores que también influyen en la imposición.

COSTES E IMPOSICIÓN 9.6.2

Como ya se ha señalado, en todos los procesos se tiene como objetivo reducir costes. Por ejemplo, para imprimir un fascículo de ocho páginas de DIN A1, es probable que una máquina de imprimir de A1 sea el formato de máquina menos costoso (ver en la pág. 185 la diferencia del número de puestas a punto de máquina según su formato). La efectividad de costes depende del volumen de la tirada y del coste por hora de las máquinas. Una máquina de impresión de A1 es más económica que una máquina de imprimir de A2 o de A3 cuanto mayor sea la tirada, o sea, el tiempo de impresión. También es probable que una máquina de A2 pueda resultar más económica para un tiraje pequeño, ya que si bien requiere más tiempo de impresión que la de A1, el coste por hora puede ser mucho

▶ **PLIEGO Y DIRECCIÓN DE FIBRA**

Los acabados influyen en la elección del formato de papel y también en la dirección de fibra del papel.

También se deben tener en cuenta los bordes de pinzas y los recortes de papel.

▶ **TENER EN CUENTA LA COMPOSICIÓN DE LA MANCHA DE IMPRESIÓN**

Si la publicación tiene páginas con imágenes o fondos grandes de color, es aconsejable no imponer demasiadas páginas en la misma cara del pliego de impresión. Esto se hace para evitar que, en la impresión, unas páginas afecten negativamente a las otras (impresión fantasma).

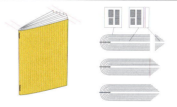

▶ **DESPLAZAMIENTO**

Las páginas del producto plegado son empujadas hacia fuera causando un desplazamiento del área de la imagen, más pronunciada cuanto más cerca está del centro, y menos al principio y final del pliego. Esto se compensa en la imposición mediante el desplazamiento gradual de la caja de impresión de las páginas en relación al medianil, que se reduce, y cortando luego los cortes delanteros de las mismas (corte delantero de remate).

menor y, por lo tanto, el coste total más ventajoso. La ilustración de la página 186 muestra una comparación de los tiempos de producción para determinadas máquinas de imprimir.

LA POSTIMPRESIÓN Y LA IMPOSICIÓN 9.6.3

La imposición está directamente condicionada por el formato del papel utilizado, por su dirección de fibra y por el tipo de postimpresión que deberá hacerse. El formato del pliego de impresión puede, a su vez, verse limitado por el máximo admitido por las máquinas de postimpresión, al mismo tiempo que existe la necesidad de reducir las puestas a punto de las máquinas incluso en la postimpresión. El plegado en ángulo recto de un pliego de dieciséis páginas requiere el mismo tiempo que el de uno de ocho páginas, pudiendo con el primero reducir a la mitad el número de entradas en la plegadora. El coste del plegado se reduce, pues, prácticamente a la mitad. Los bordes de pinzas y los recortes obligados por las operaciones de postimpresión afectan también a la imposición. El borde de pinzas es el espacio adicional que se deja entre el área impresa y el borde del pliego para que las máquinas de impresión o de postimpresión puedan sujetarlo y desplazarlo. El sitio ocupado por el borde de pinzas se tiene en cuenta en la tarea de imposición y suele ser marcado en el esquema de imposición. El taller de postimpresión entrega normalmente un esquema de imposición donde están marcadas las dimensiones y localiza-

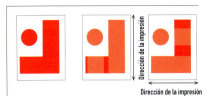

▶ **IMPRESIÓN FANTASMA**
Los fondos son sensibles a otros objetos impresos en el pliego. Este fenómeno se denomina impresión fantasma y se manifiesta en forma de marcas o tiras no deseadas en los fondos y áreas impresas. La imagen de la derecha muestra la imagen impresa correctamente y las dos imágenes de la izquierda muestran marcas de impresión fantasma, que aparecen en diferentes direcciones.

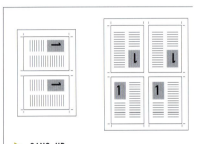

▶ **GANG-UP**
Muestra de una imposición 2-Up y una 4-Up.

▶ **FORMA PRIMERA – FORMA INTERIOR**
Cada cara de la hoja requiere una puesta a punto. O sea, que se necesita imponer dos juegos de películas para cada hoja, uno para cada cara.

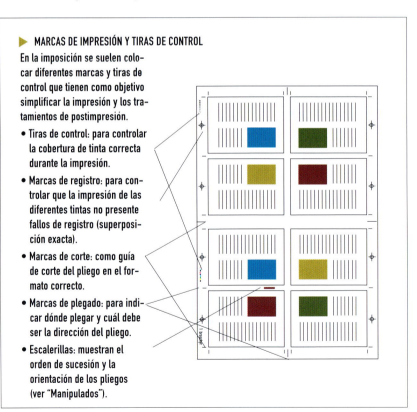

▶ **MARCAS DE IMPRESIÓN Y TIRAS DE CONTROL**
En la imposición se suelen colocar diferentes marcas y tiras de control que tienen como objetivo simplificar la impresión y los tratamientos de postimpresión.

- **Tiras de control:** para controlar la cobertura de tinta correcta durante la impresión.
- **Marcas de registro:** para controlar que la impresión de las diferentes tintas no presente fallos de registro (superposición exacta).
- **Marcas de corte:** como guía de corte del pliego en el formato correcto.
- **Marcas de plegado:** para indicar dónde plegar y cuál debe ser la dirección del pliego.
- **Escalerillas:** muestran el orden de sucesión y la orientación de los pliegos (ver "Manipulados").

ciones de los bordes de pinzas y los recortes de papel (ver "Manipulados", 14.13.1 y 14.13.2).

Durante el plegado, se produce un fenómeno que se denomina desplazamiento de la página. Consiste en el desplazamiento de las dobles páginas centrales en relación con las demás debido —en parte— al plegado (ver la ilustración). Este fenómeno debe compensarse en la imposición mediante la reducción gradual de los medianiles pertenecientes a un mismo pliego (ver "Manipulados", 14.3.3).

PARÁMETROS TÉCNICOS E IMPOSICIÓN 9.6.4

Si las páginas tienen grandes áreas con fondos, es conveniente evitar poner demasiadas páginas en los pliegos de impresión. Los fondos consumen mucha tinta y pueden robar tinta de otras áreas impresas. Además, los fondos son muy sensibles a perturbaciones provenientes de la impresión de otras partes del pliego, fenómeno denominado 'impresión fantasma' (*ghosting*), que se presenta como huellas de otros objetos. Este fenómeno es más común en máquinas de impresión de formatos menores y puede evitarse girando la imposición 90 °.

LAS IMPOSICIONES MÁS CORRIENTES 9.7

La imposición de una publicación puede hacerse de maneras diferentes. A continuación se describen las técnicas más corrientes:

IMPOSICIÓN MÚLTIPLE 9.7.1

Según la cantidad de copias del producto que se coloquen en la misma cara de un pliego, la imposición se denomina 2-Up, 3-Up o 4-Up. Estas imposiciones se utilizan más frecuentemente si el producto sólo tiene una o dos páginas impresas. Entonces, siempre se trata de imponer en un mismo pliego la mayor cantidad posible de copias de las páginas, con el fin de aprovechar al máximo el papel y de reducir al mínimo el tiempo de uso de la máquina de impresión. Por ejemplo, si el producto consiste en un pliego DIN A4 y va a imprimirse en una máquina A2, se puede hacer una imposición 4-Up. La impresión de un producto aplicando algún tipo de imposición *gang-up* no excluye la posibilidad de combinar esta técnica de imposición con las demás que se describen a continuación.

IMPOSICIÓN NORMAL EN HOJAS 9.7.2

Es el tipo de imposición más común. Para cada cara del pliego debe hacerse su propia puesta a punto —dos puestas a punto por hoja—. La cara del pliego que contiene la primera y la última página (si el impreso tiene cuatro páginas o más) se denomina blanco o primera forma. La cara que contiene la página 2 y la penúltima página se denomina forma interior. En el ejemplo del fascículo de ocho páginas, las ilustraciones 1 y 2 (ver pág. 184), son una muestra de imposiciones normales en hojas para las máquinas de imprimir de A3 y A2.

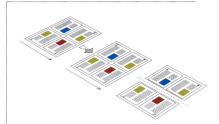

▶ "TIRO RETIRO"
Se coloca una forma primera sobre una mitad de la hoja y una forma interior sobre la otra mitad. Cuando la impresión de esta primera cara se ha completado, se voltean, y se vuelve a cargar el alimentador con las hojas ya impresas, procediendo a la impresión de la otra cara. Ambas caras se imprimen, pues, con una sola puesta a punto (sin cambio de planchas).

'TIRO RETIRO' Y 2-SET 9.7.3

'Tiro retiro' y *2-Set* son las dos técnicas de imposición basadas en una situación en la que el pliego tiene espacio suficiente para, al menos, contener dos veces las páginas del producto que se quiere imprimir. En estos métodos, se coloca la primera forma en una de las mitades del pliego y una forma interior sobre la otra mitad. Se denomina *2-Up*, o *2-Set* o *2-On* porque se hacen dos impresiones en un pliego. Después de terminada la tirada, se voltean los pliegos siguiendo un eje central de simetría y —sin cambiar la(s) plancha(s)— se imprimen en el dorso. De esa manera, las dos caras del pliego se han impreso con una sola plancha por tinta y, por lo tanto, también con una sola puesta a punto. Incluso cuando el producto requiera cuatro tintas en una de las caras del pliego y sólo una tinta en la otra, puede ser igualmente rentable aplicar este tipo de imposición en lugar de hacer dos entradas en máquinas distintas.

'Tiro retiro', como también se denomina, es la más corriente de los dos tipos de imposición. En este caso, las pinzas de la máquina cogen el pliego en el mismo borde de pinzas para la impresión de ambas caras, lo cual facilita el registro entre las mismas, a diferencia de lo que sucede en la variante llamada 'volteo', que necesita un borde de pinzas en la cabeza y en el pie del pliego (ver "Impresión", 13.2.3).

En la variante 'volteo' (*work and tumble*), el eje de simetría de volteo del pliego está situado a lo largo del pliego, o sea, perpendicular al sentido de alimentación del mismo (y al eje de simetría en 'tiro retiro'). Ello significa que para la impresión de la otra cara la volteta a lo largo hace que el borde de pinzas esté en el extremo opuesto del pliego, lo que hace más difícil el registro entre las caras. En este caso, es suficiente una ligera diferencia en las dimensiones del largo de los distintos pliegos de la pila para que se produzcan fallos de registro.

▶ IMPRESORA LÁSER

▶ FOTOCONDUCTOR
Es un material fotosensible cuya carga eléctrica se ve afectada por la luz.

IMPRESORAS 9.8

Actualmente hay una gran variedad de impresoras en el mercado, desde las más económicas de sobremesa (su precio está sobre los 100 euros), hasta las impresoras para uso profesional (cuyo precio puede superar los 1.000 euros). Para la producción gráfica profesional es necesario que la impresora esté basada en PostScript. Éstas a menudo son más caras, pero muchas impresoras no basadas en PostScript se pueden actualizar a PostScript. A continuación, analizaremos los tres tipos más comunes de impresora: láser, de inyección de tinta y de sublimación.

IMPRESORAS LÁSER 9.8.1

Las impresoras láser (*laser printer*) son las más utilizadas en la actualidad. Funcionan de forma similar a una fotocopiadora, dado que ambas se basan en un proceso xerográfico. Hay muchos tipos de impresoras láser, desde las pequeñas de escritorio (de blanco y negro o de color) hasta las de alto volumen, con distintos tamaños y velocidades de varios cientos de páginas por minuto. La tecnología de impresión con láser se utiliza también en ciertos tipos de impresión digital.

▶ **EL PROCESO XEROGRÁFICO**
Las copiadoras y las impresoras láser se basan en la misma tecnología: el proceso xerográfico. En esta técnica, la luz modifica la carga eléctrica de un fotoconductor y un tóner, aplicando calor y presión mecánica.

A continuación se analizan esquemáticamente los pasos en el funcionamiento de una impresora láser (impresión en blanco).

▶ **LOS COMPONENTES DE UNA IMPRESORA LÁSER**
Los números de las figuras indican la correlación de pasos que sigue una impresión:

▶ 1. El tambor fotorreceptor se carga eléctricamente antes de ser expuesto a la luz láser.

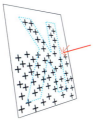

▶ 2. El haz de luz láser incide sobre un espejo giratorio octogonal que, al reflejarlo, barre el ancho del tambor fotorreceptor que gira, produciendo una descarga línea a línea en los puntos de la imagen.

▶ 3. Después de la exposición a la luz, se deposita el tóner en el tambor fotorreceptor, en las áreas de la imagen, dada su atracción electrostática. El tóner puede tener una carga opuesta para aumentar aún más esa atracción.

▶ 4. El fotorreceptor entra en contacto con el papel, que tiene el mismo tipo de carga pero de mayor potencial, lo que genera la atracción y transferencia del tóner al papel.

▶ 5. Una vez el tóner se ha transferido al papel, su adherencia se mantiene sólo gracias a una débil carga eléctrica, hasta que la aplicación de calor y de una ligera presión mecánica produce su fijación permanente.

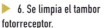

▶ 6. Se limpia el tambor fotorreceptor.

EL PROCESO XEROGRÁFICO 9.8.2

Las impresoras láser están basadas en una técnica que se conoce con el nombre de proceso xerográfico. Este proceso se inicia con la carga eléctrica de un tambor rotatorio llamado tambor fotográfico conductor, portador de una carga eléctrica (el tipo de carga depende de la marca y el modelo). Este tambor tiene la misma superficie que el papel que se va a imprimir. Mediante un sistema óptico, un haz de luz láser genera una línea recta de luz láser que incide sobre el tambor, invirtiendo la carga o bien en los puntos del mismo donde se debe imprimir la hoja, o bien en los puntos de no impresión, según el fabricante. Es decir, que la exposición del tambor a la luz láser produce una imagen de carga invertida sobre la cual luego se adhieren las partículas del tóner (las partículas de tóner pueden tener carga estática o ser neutras, según la marca). Luego, el papel se carga con una carga electrostática mayor que la de la imagen del tambor, pero de distinto signo. Cuando el papel entra en contacto con el tambor, el tóner se transfiere del tambor al papel debido a que éste tiene una carga opuesta a la carga del tóner y un valor superior. En este punto, el tóner se esparce sobre el papel, y queda ligeramente adherido a él, bajo el efecto de una débil carga eléctrica. Para que el tóner quede fijado al papel es necesario ejercer una presión mecánica y provocar calor, lo que se hace mediante procedimientos

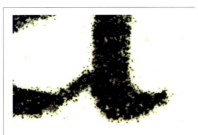

▶ **IMPRESIÓN XEROGRÁFICA**
Para que el tóner quede permanentemente fijado, éste se calienta y se funde sobre el papel mientras se somete a la presión de un rodillo. La impresión con tóner da como resultado que tanto los puntos de trama como el texto queden un tanto imprecisos, ya que las partículas de tóner no siempre van a parar al lugar que les corresponde.

diferentes, según el fabricante. Para la fijación del tóner, la temperatura suele ser aproximadamente de 200° C. En las impresoras láser de cuatricromía, el proceso descrito se repite cuatro veces, una por cada color (CMYK).

LA EXPOSICIÓN EN LA IMPRESORA LÁSER 9.8.3

En la impresora láser, el tambor es expuesto con ayuda de un láser. Para poder exponer todo el tambor lo más rápidamente posible, se utiliza un espejo multipoligonal giratorio, generalmente un octaedro. Gracias a la rotación del espejo, uno de sus lados, junto con el haz de luz del láser que incide sobre él, genera una línea recta de luz láser que puede exponer todo el ancho del tambor. La luz láser se detiene cuando llega a los puntos del tambor que no deben ser expuestos.

Cuando ese lado del espejo ha expuesto una línea del tambor, éste avanza un poco impulsado por un motor, y otro lado del espejo puede exponer la línea siguiente. El espejo rota rápidamente, a menudo a miles de revoluciones por minuto, lo que hace que las impresoras láser sean sensibles a los golpes. Hay variantes de impresoras láser que en lugar de un único haz de luz láser y un espejo giratorio utilizan un elevado número de diodos láser integrados en un solo cabezal, cada uno de los cuales expone una línea del tambor. Este tipo de máquinas se denominan impresoras LED (*Light-emitting Diodes*).

RESOLUCIÓN DE LA IMPRESORA LÁSER 9.8.4

La resolución de una impresora láser depende principalmente de tres factores: el tamaño del punto de exposición de la luz láser, la dimensión de los pasos del motor del tambor y la dimensión de las pequeñas partículas de polvo del tóner. Los puntos de exposición de la luz láser están determinados por el mismo láser y también por la óptica de la impresora. Hay impresoras que tienen diferentes resoluciones en las diferentes direcciones, porque el motor del tambor puede desplazarse a pasos menores que el tamaño del punto de exposición de la luz láser o viceversa. Las impresoras láser suelen tener una resolución de unos 600 ppp. El tóner es el factor que más influye en la limitación de la resolución. Cuanto más pequeñas sean las partículas, tanto mayor será la resolución. Las partículas de tóner tienen algunos micrómetros de diámetro. En las impresoras LED, el mayor o menor espacio entre los diodos también influye en la resolución.

IMPRESORAS LÁSER CON IMPRESIÓN DE EXPOSICIÓN EN BLANCO E IMPRESIÓN DE EXPOSICIÓN EN NEGRO 9.8.5

Los fabricantes utilizan diferentes tecnologías. Por ejemplo, la diferencia entre la impresión de exposición en blanco y en negro. En las impresoras de exposición en negro, el haz del láser describe las partes negras del material adherido en el tambor, mientras que en la impresión de exposición en blanco dibuja las partes blancas, es decir, las que no están impresas en el tambor. Las impresoras de exposición en blanco dan líneas más finas que las impresoras de exposición en negro, lo que significa que un mismo documento tendrá distinto aspecto según el tipo de impresora que se haya utilizado.

EL PAPEL PARA LAS IMPRESORAS LÁSER 9.8.6

El papel que se utiliza en las impresoras láser debe tener ciertas características. No debe ser demasiado liso, como un papel estucado, porque en ese caso el tóner tendrá dificultad

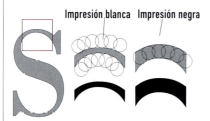

▶ IMPRESIÓN DE EXPOSICIÓN EN BLANCO Y EXPOSICIÓN EN NEGRO
En la impresión de exposición en blanco, la luz láser define las áreas blancas. En la impresión de exposición en negro, el haz de luz describe las partes negras de material impreso. Las principales diferencias entre ambas impresoras se observan en la reproducción de líneas sobre objetos pequeños, especialmente en los ángulos.

También las líneas finas son reproducidas de diferente manera en cada caso: quedan más gruesas en las impresoras negras.

▶ IMPRESORAS DE INYECCIÓN DE TINTA
Hay impresoras de inyección de tinta que pueden imprimir grandes formatos, en este caso una imposición completa. Algunas imprimen también en soportes especiales, por ejemplo, banderolas de promoción.

para adherirse a su superficie. Tampoco ha de perder su carga estática muy rápidamente, porque entonces no atraerá al tóner. Finalmente, debe tolerar una temperatura relativamente alta para la fijación del tóner. El papel estucado brillante, por ejemplo, puede quemarse, a causa del calor.

Las impresoras láser más comunes trabajan con un formato de papel A4 y A3, con gramajes entre 80 y 135 g/m^2. Es importante no alimentar la impresora con un papel demasiado grueso, ya que ésta podría estropearse. También es importante que el papel no sea demasiado flácido, ni tampoco tan rígido que no pueda curvarse fácilmente para seguir el recorrido que le marca la impresora. Dado que en las impresoras láser no se puede usar papel estucado, se han desarrollado una serie de papeles especiales —a menudo algo caros— que imitan el estucado.

La mayoría de las impresoras láser también pueden utilizarse para imprimir transparencias para retroproyectores; en estos casos es conveniente seguir las recomendaciones del fabricante para elegir aquellas que resistan el calor en el proceso de fijación del tóner.

PAPEL PREIMPRESO EN IMPRESORAS LÁSER 9.8.7

Es bastante frecuente que en las impresoras láser se use papel preimpreso en offset, como membretes o formularios.

En esos casos, deben tenerse en cuenta algunas cuestiones para evitar problemas de manchado. Cuando se crea un preimpreso debemos asegurarnos de que el papel es adecuado para impresión offset y también para impresión láser. Además, es conveniente evitar los diseños con líneas verticales y fondos grandes y pesados, debido a que pueden manchar el tambor de fijación del tóner. Pero, sobre todo, la impresión offset debe estar completamente seca antes de usar el papel preimpreso en la impresora. (Como medida de prudencia, se aconseja esperar un mínimo de dos semanas.)

Cuando se usa papel preimpreso debemos ser conscientes de las dificultades de lograr un registro perfecto con la impresión láser. En estas impresoras no hay ninguna manera sencilla de ajustar el posicionamiento de la impresión láser sobre el papel y, además, su variación normal es de aproximadamente 1 mm.

IMPRESORAS DE INYECCIÓN DE TINTA 9.8.8

La tecnología de inyección de tinta o tecnología *inkjet* se basa en el disparo de pequeñas gotas de tinta sobre el papel. Se utiliza a menudo para la inserción de direcciones en productos impresos (como periódicos, revistas y materiales publicitarios), pero también es frecuente que se utilice en impresoras de escritorio, impresoras de cuatricromía o para pruebas digitales.

LA TECNOLOGÍA INKJET 9.8.9

Hay dos técnicas principales para la impresión con inyección de tinta. Una de ellas utiliza un disparo continuo de gotas por todos los conductos; al mismo tiempo, mediante un mecanismo bajo la acción de un campo eléctrico, las gotas que no deben impactar el papel se desvían nuevamente hacia el depósito. En la otra variante, se disparan las gotas selectivamente y no de forma continua, es decir, sólo en los puntos del papel que deben ser impresos. En ambos métodos, las gotas están provistas de una carga eléctrica y son dirigidas, por acción de un campo eléctrico, hacia los lugares que deben imprimirse. Su diá-

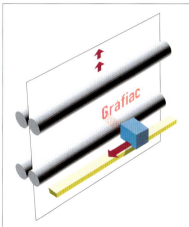

▶ **IMPRESORAS DE INYECCIÓN DE TINTA**
En estas impresoras, un pequeño cartucho de tinta se desplaza a lo ancho del papel. En todos los puntos que tienen que colorearse se dispara una pequeña gota contra el papel. Después de entintar una línea, el papel continúa su marcha para que pueda colorearse la siguiente línea.

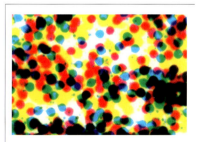

▶ **LA TECNOLOGÍA INKJET**
La tecnología inkjet está basada en un sistema que dispara diminutas gotas de tinta sobre el papel. Las gotas tienen un diámetro de unas 10 micras, aunque éste varía según el fabricante.

> **CARACTERÍSTICAS BÁSICAS DE UNA IMPRESORA**
>
> **Resolución:**
> Se mide en puntos de exposición por pulgada, dpi (dots per inch).
>
> **Velocidad:**
> Es la cantidad de páginas A4 por minuto que puede imprimir, ppm (page per minute).
>
> **Precisión mecánica:**
> Es la exactitud en la colocación de la mancha sobre el papel.
>
> **Correspondencia de color:**
> Es el grado de correspondencia de los colores de una impresora a color con el estándar EuroScale.
>
> **Estabilidad:**
> Es la frecuencia con que se tiene que calibrar nuevamente una impresora a color.
>
> **Coste de tintas:**
> Es la magnitud del consumo de tóner o tintas y su coste.
>
> **Calidades de papel:**
> Son los tipos de papel que admite la impresora, si requiere papel especial y sus costes.

metro es de unas 10 micras, dependiendo del fabricante. Si el flujo es continuo, las gotas son más pequeñas y proporcionan una mayor resolución y un mejor rango tonal.

LAS TINTAS INKJET [9.8.10]

La tinta de una impresora de inyección de tinta está compuesta principalmente por una mezcla de disolventes (60–90 %) y colorantes. Los disolventes suelen ser agua, polietileno y glicol (o una mezcla de estos últimos). La composición de la tinta es un factor muy importante en la función de la impresora y en la calidad final de la impresión. Uno de los problemas más corrientes en las impresoras de inyección de tinta es que la tinta se seca en la boquilla que produce las gotas. Para evitarlo, se añade polietileno y/o glicol a las tintas creadas a base de agua. Los colorantes están compuestos también por pigmentos puros o bien por colorantes disueltos o tintes. El inconveniente de los pigmentos es que sus residuos obturan los inyectores con mayor facilidad pero, por otro lado, son menos sensibles a la luz y al agua una vez sobre el papel. Los pigmentos dan una mayor saturación de color que los tintes. Éstos, por su parte, son más sensibles al agua y a la luz, pero no suelen ocasionar problemas técnicos por la obturación de las boquillas. Es conveniente evitar aquellas tintas cuya composición sea tóxica, inflamable o perjudicial para el medio ambiente.

EL PAPEL DE LAS IMPRESORAS INKJET [9.8.11]

Cuando se trabaja con impresoras *inkjet*, la elección del papel es todavía más importante que en el caso de las impresoras láser, pues el proceso se vuelve muy delicado en el momento en que la tinta debe impactar en el papel. En ciertas impresoras *inkjet* sólo se puede usar el papel proporcionado por el fabricante. El mayor problema que puede producirse es el corrimiento de tinta, que sucede cuando dos tintas se mezclan. Para evitarlo, las tintas deben secarse rápidamente; es decir, el papel debe absorber el líquido de la tinta (los disolventes) rápidamente, sin que el colorante penetre también en el papel, pues si se absorbe demasiada cantidad de colorante, la densidad se ve afectada negativamente.

El papel absorbe la tinta también hacia los lados, originándose un efecto similar al que se produce cuando escribimos con un rotulador sobre un periódico: una ganancia de punto de aproximadamente tres veces el tamaño de la gota. Un crecimiento de punto demasiado grande también afecta negativamente a la densidad. La absorción de los disolventes de la tinta por parte del papel requiere que éste tenga estabilidad dimensional, de modo que no se altere su formato bajo el influjo del líquido. Debido a que es frecuente que los fabricantes de impresoras recomienden sus propios papeles, las alternativas de formato y gramaje son limitadas y el papel suele ser caro.

IMPRESORAS DE SUBLIMACIÓN [9.8.12]

Las impresoras de sublimación (*dye-sublimation*), también llamadas impresoras de transferencia térmica, se basan en una tecnología que recuerda a las viejas máquinas de escribir. Sin embargo, la tinta no se transfiere al papel por la acción de la presión mecánica sobre la cinta, como en las máquinas de escribir, sino mediante el calentamiento de la cinta. Es una tecnología relativamente cara y se utiliza principalmente en ciertas pruebas digitales y en impresiones en papel fotográfico o transparencias para retroproyectores.

▶ IMPRESORA DE ALTO VOLUMEN
Una impresora de alto volumen produce salidas en blanco y negro a una velocidad de entre 100 y 400 páginas por minuto, y ofrece la posibilidad de cambiar durante la marcha a otra caja de alimentación de papel (por ejemplo, con fondo de color). Suelen tener además procesos sencillos de postimpresión incorporados (como el grapado).

LA TECNOLOGÍA DE SUBLIMACIÓN 9.8.13

La tinta de una impresora de sublimación no es ni líquida ni en polvo, sino que está hecha de parafina o ésteres de cera sobre una cinta de película de poliestireno o de papel condensador. La cinta de color (*ribbon*) se calienta con un cabezal de impresión térmico y el color queda fijado en el papel debido a que éste tiene una superficie de mayor rugosidad que el material base de la cinta de color. El cabezal de impresión está compuesto por varios pequeños radiadores aislados con porcelana. Cada uno de ellos puede tener diferentes temperaturas, lo que permite regular la cantidad de tinta que se transfiere a cada punto de la impresión.

LAS CINTAS DE COLOR DE LA IMPRESORA DE SUBLIMACIÓN 9.8.14

La cinta de color de una impresora de sublimación está colocada en un rollo continuo, como en las máquinas de escribir. El coste de este tipo de cintas es elevado. Las cintas de papel condensado suelen ser más baratas que las de base poliéster pero su calidad es algo inferior. Las cintas de color tienen alrededor de 10 micras de grosor, de las cuales aproximadamente 4 micras son tinta.

EL PAPEL DE LAS IMPRESORAS DE SUBLIMACIÓN 9.8.15

La elección del papel para las impresoras de sublimación depende del criterio de cada usuario, siempre y cuando se tenga en cuenta la rugosidad de la superficie. Estas impresoras requieren un papel con una superficie de rugosidad bastante fina, sin importar si es estucado o no. Una rugosidad demasiado alta supone una calidad de impresión muy inferior.

IMPRESORAS DE ALTO VOLUMEN 9.9

La mayoría de impresoras de este tipo están diseñadas para realizar también tareas de postimpresión, como el grapado. Los productos impresos con estas impresoras suelen ser informes, manuales y material de enseñanza, es decir, publicaciones que deben actuali-

▶ **FILMADORA**
Una filmadora pasa desapercibida por su aspecto exterior. A la derecha, la película ya expuesta es alimentada en una máquina de revelado, denominada procesadora.

zarse a menudo, con tiradas limitadas y de muchas páginas. Este tipo de productos están creados normalmente con aplicaciones no basadas en PostScript, como Microsoft Word. Por ello, es conveniente entregar el material en ficheros PostScript para su impresión (ver 9.3.3).

EFECTIVIDAD DE COSTES – COMPARACIÓN CON PRENSAS OFFSET 9.9.1

Desde un punto de vista puramente económico, las impresoras de alto volumen son las más apropiadas para publicaciones con muchas páginas y de tiradas pequeñas. El competidor más cercano es el offset en prensas que impriman en ambas caras del pliego en la misma tirada. El volumen de impresión que determina cuál de ambas posibilidades conviene más está en torno a los mil ejemplares, dado que el coste de arranque de la impresora de alto volumen es relativamente bajo, mientras que el precio por ejemplar es alto.

A menudo, el coste de los trabajos de postimpresión es mayor para los trabajos en offset debido a que los pliegos impresos tienen que ser plegados primero, mientras que las impresoras de alto volumen pueden incluir la preclasificación, etc. Los fabricantes de equipos de postimpresión han desarrollado sistemas similares de procesamiento que aprovechan estas ventajas, por ejemplo los equipos que pueden conectarse directamente a las impresoras o utilizarse *online*.

LA CALIDAD DE LAS IMPRESORAS DE ALTO VOLUMEN 9.9.2

Las impresoras de alto volumen más corrientes tienen una resolución de unos 600 ppp. Con esa resolución se logra una calidad de imagen suficiente para imágenes de línea, capturas de pantalla e imágenes fotográficas sencillas. Las impresoras de alto volumen son más adecuadas para documentos que contienen principalmente información en formato texto.

FILMADORAS 9.10

Una filmadora funciona, en principio, como una impresora láser. Pero en lugar de imprimirse un papel con tintas en polvo, se expone y revela una película o un papel fotosensible. Por lo general, una filmadora tiene una resolución considerablemente mayor que una impresora láser (aproximadamente 3.600 y 600 ppp, respectivamente) debido a que la capa de emulsión de la película tiene una resolución muy alta. En cambio, en la impresora láser las partículas de tóner y el papel imponen limitaciones a su resolución. Además de la filmadora que expone la película, se necesita una máquina que la revele después de su exposición. Esta máquina recibe el nombre de procesadora. Funciona de forma separada, pero generalmente se construye acoplada a la filmadora para formar un solo equipo.

El RIP de la filmadora calcula la página rasterizada y genera un gran mapa de bits donde cada punto de exposición en la filmadora es representado por un uno o por un cero (superficie expuesta o no expuesta). En caso de impresión policromática, se genera un mapa de bits para cada tinta.

Un láser muy fino expone las áreas seleccionadas siguiendo la información del mapa de bits. La película no expuesta se almacena en forma de rollo en un compartimento, que va alimentando la filmadora a medida que se requiere. La película expuesta, tras la procesadora, se enrolla nuevamente. Después, este rollo formado pasa por un baño de revelado y, tras ser lavado y secado, sale listo para la confección de la plancha. Si la procesadora es *online*, la película pasa directamente de su exposición al revelado sin ser enrollada entre esos dos pasos. También existen filmadoras que imprimen directamente planchas de impresión en lugar de película. Funcionan de una manera similar, con una tecnología que se denomina CTP (*Computer To Plate*). La gran ventaja de esta tecnología es que se evita el manejo manual de película y plancha (ver "Película y plancha", 11.4).

TRES TIPOS DE FILMADORAS 9.10.1

Hay tres tecnologías diferentes para filmadoras: de arrastre (*capstan*), de tambor externo y de tambor interno.

En las filmadoras de arrastre o *capstan* la película está almacenada en una cinta y va avanzando a medida que se va exponiendo. La exposición se realiza mediante un láser que atraviesa un cristal de cuarzo. Este cristal de cuarzo es controlado por la información del mapa de bits del RIP, que le dice cuándo dejar pasar o no el láser, según se trate de un área que haya de ser expuesta o no. Después de haber atravesado el cristal, el rayo láser incide sobre un espejo octogonal —al igual que en las impresoras láser— y se lleva a cabo un barrido de luz láser sobre la película, a lo largo de una línea transversal. Una vez expuesta una línea de la película, ésta avanza y se expone la siguiente línea, y así sucesivamente. La película ya expuesta se enrolla en una cinta. En estas filmadoras es muy importante que la película avance con mucha precisión y que la rotación del espejo sea exacta.

En la tecnología de tambor externo (*external drum*), la película se corta para luego ser tensada y adherida sobre un tambor que al rotar permite su exposición mediante la luz láser. El láser atraviesa primero un cristal de cuarzo y después es reflejado por un espejo que, cada vez que el tambor hace un giro, se desplaza hacia el otro extremo del mismo. En este tipo de filmadoras es muy importante que la película sea tensada alrededor del tambor y que la rotación del espejo sea muy precisa.

En la tecnología de tambor interno (*internal drum*) la película se introduce en el tambor, se corta y se adhiere al tambor por succión. El haz de luz del láser es conducido directamente a través de un cristal y después reflejado por un espejo que gira por efecto de un tornillo en el interior del tambor. El espejo se desplaza a lo largo de la película en toda su longitud. Cuando la película está completamente expuesta se introduce una nueva hoja en el interior del tambor y la película ya expuesta se enrolla en una nueva cinta. La precisión en el movimiento del espejo al recorrer la película es crucial en esta técnica. Es la única técnica en la que la película está inmóvil durante la exposición, por lo que suele considerarse la más precisa y, actualmente, es la más utilizada.

En todos los tipos de filmadoras, la precisión y la repetibilidad son factores muy importantes. La repetibilidad es la capacidad de la filmadora de realizar la exposición exactamente de la misma manera varias veces consecutivas. La escasa precisión puede producir fallos de registro entre las cuatro películas correspondientes a los diferentes colores de la cuatricromía. En los casos en que haya una película que, por error, deba ser producida nuevamente, una mala repetibilidad puede provocar que la segunda película no sea expuesta de la misma manera, y, en consecuencia, no se logre un buen registro con las restantes películas del juego.

La exposición y el revelado de las películas es determinante para la calidad de la impresión. Por eso es importante que la filmadora esté calibrada y que se cambie el líquido de

La película se desplaza durante la exposición.

El láser incide sobre un espejo en rotación.

▶ **FILMADORA CAPSTAN**
En la filmadora capstan, la luz láser se desplaza barriendo la película en sentido transversal; ésta avanza un paso después de que haya sido expuesta cada línea. No hay ninguna limitación práctica respecto al largo de la película.

La película está fijada sobre el tambor en rotación.

La luz láser se desplaza a lo largo del tambor.

▶ **TAMBOR EXTERNO**
La película se corta y se fija sobre el tambor. Luego, el láser se desplaza paralelamente al tambor, que se pone en rotación. Por cada rotación completa, el láser avanza una línea, y así sucesivamente hasta que toda la película queda expuesta.

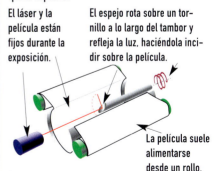

El láser y la película están fijos durante la exposición.

El espejo rota sobre un tornillo a lo largo del tambor y refleja la luz, haciéndola incidir sobre la película.

La película suele alimentarse desde un rollo.

▶ **TAMBOR INTERNO**
La película es alimentada hacia adentro del tambor. Éste se mantiene inmóvil durante la exposición. En este tipo de filmadora, el láser rota y se desplaza transversalmente a través de la película.

revelado de la procesadora con la frecuencia adecuada. Las filmadoras deben calibrarse de un modo lineal, es decir, un tono de 50 % en el ordenador debe resultar de 50 % en la película. Una filmadora no calibrada puede dar valores tonales completamente erróneos. Si el líquido de revelado antiguo pierde su capacidad de revelar la película correctamente, el resultado es una película con un entintado irregular. ■

REVISIÓN Y PRUEBAS 10

- FASE ESTRATÉGICA
- FASE CREATIVA
- DIGITALIZACIÓN DE ORIGINALES
- PRODUCCIÓN DE IMÁGENES
- SALIDAS/RASTERIZADO
- ▶ PRUEBAS FINALES
- PLANCHAS E IMPRESIÓN
- MANIPULADOS
- DISTRIBUCIÓN

ERRORES FRECUENTES EN EL PROCESO DE PRODUCCIÓN GRÁFICA	201
PRUEBAS EN PANTALLA (SOFT-PROOFS)	201
PRUEBAS DE IMPRESORA LÁSER	202
CONTROL DE DOCUMENTOS (PREFLIGHT)	202
PRUEBAS	205
PRUEBAS DE PRENSA	205
¿QUÉ DEBE CONTROLARSE?	206
REVISIÓN DE LAS PRUEBAS	207
PRODUCCIÓN DE LAS PRUEBAS	209

CAPÍTULO 10 REVISIÓN Y PRUEBAS

ES IMPORTANTE REALIZAR Y REVISAR DIVERSAS PRUEBAS DURANTE TODO EL PROCESO DE PRODUCCIÓN GRÁFICA, EMPEZANDO DESDE LAS ETAPAS INICIALES. LAS PRUEBAS PERMITEN DETECTAR Y CORREGIR LOS ERRORES EN UNA ETAPA DETERMINADA, ANTES DE PASAR A LA SIGUIENTE, AHORRANDO TIEMPO Y RECURSOS. MUCHAS VECES SE ESTÁ DEMASIADO OCUPADO PARA DEDICAR TIEMPO A LAS PRUEBAS, PERO SI EL TRABAJO SALE MAL, SE DEBERÁ ENCONTRAR EL TIEMPO NECESARIO PARA REPETIR EL PROCESO.

▶ **COSTES DE LOS ERRORES**
Los fallos siempre cuestan dinero. Cuanto antes se corrijan, menor será el coste.

Durante el proceso de producción gráfica, es necesario asegurar, en cada etapa y antes de pasar a la siguiente, que el resultado hasta ese momento ha sido el deseado. Para ello pueden utilizarse diversos sistemas de revisión y pruebas. Por ejemplo, el documento puede previsualizarse en la pantalla del ordenador, imprimirse en impresora, utilizar aplicaciones de *preflight*, se pueden hacer pruebas analógicas o digitales, e incluso pruebas de prensa en una máquina de impresión.

Durante el transcurso del proyecto se debe revisar el texto, las imágenes y la composición de los originales. Las pruebas láser se usan principalmente para revisar el texto, el diseño y la maquetación de las páginas antes de producir las películas o las planchas para la impresión. Los programas de *preflight* permiten controlar que el documento está completamente listo para entrar en máquinas. Suele recurrirse a las pruebas analógicas y digitales básicamente antes de comenzar la tirada en la máquina de impresión. En producciones especialmente importantes se puede hacer también una prueba de impresión en la prensa, como última prueba previa a la tirada. Es un procedimiento caro, pero justificado en ciertos casos. También se pueden hacer las pruebas en la prensa cuando se necesita un número elevado de pruebas de cada página.

Todos estos procedimientos de revisión y pruebas tienen el mismo objetivo: asegurar que cada etapa se realiza como se ha planificado. Cuanto más tarde se descubre un fallo en el proceso de producción, más tiempo precisa su corrección y más cara resulta. Por eso es tan importante incluir en la planificación el tiempo necesario para realizar una serie de controles a lo largo de todo el proceso.

En este capítulo se analizarán diferentes sistemas de revisión y pruebas, el contenido de las *check lists* y la confección de pruebas. Para comenzar, revisaremos qué tipo de errores pueden producirse.

ERRORES FRECUENTES EN EL PROCESO DE PRODUCCIÓN GRÁFICA 10.1

Son muchos los errores que pueden producirse durante la preparación de los documentos digitales que se utilizarán en la producción gráfica. Para simplificar, los agruparemos en cinco categorías principales:

- Fallos estéticos, por ejemplo, errores tipográficos.
- Fallos de ordenador causados por las aplicaciones, los controladores o los sistemas operativos.
- Fallos en el documento causados por descuido, inexperiencia o falta de conocimientos.
- Fallos causados por errores de preimpresión.
- Fallos mecánicos, causados, por ejemplo, por filmadoras mal calibradas, o fallos en el OPI.

La realización de pruebas analógicas es la única vía para controlar todos estos tipos de errores, pero como se realiza cuando el proceso de producción está muy avanzado, corregir los errores que se detectan es muy costoso. Por eso, es preferible seguir un plan de controles desde el inicio del proceso gráfico.

PRUEBAS EN PANTALLA (SOFT-PROOFS) 10.2

Una cuidadosa revisión de texto e imágenes en un monitor de ordenador bien calibrado es una primera forma de corrección, efectiva y barata, para asegurarse de que todo se está desarrollando adecuadamente. En las aplicaciones de edición de imágenes y de autoedición hay además buenas herramientas destinadas al control de diferentes parámetros. En la pantalla se puede controlar la tipografía, la colocación de las imágenes, las ilustraciones, los logotipos y los textos.

También se puede controlar la partición de palabras, la alineación, el formato, las cajas de texto, el *trapping*, los calados, las sobreimpresiones y las sangres (ver "Documentos", 6.6, 6.7 y 6.8). Un experto en producción gráfica puede utilizar una aplicación de edición de imágenes para revisar la correspondencia de color (*color matching*), la edición de imágenes, la cobertura total de tinta, el UCR/GCR y los ajustes por ganancia de punto (ver "Imágenes", 5.7).

Una forma muy práctica para crear una prueba en pantalla, que puede mostrarse al cliente y facilitar la corrección del documento, se obtiene generando un fichero Acrobat PDF desde el documento (ver "Salidas", 9.4). Los ficheros PDF pueden enviarse fácilmente vía *e-mail* al personal que debe revisar el trabajo. Con la aplicación Adobe Acrobat se pueden añadir notas digitales en el documento, con comentarios para la corrección y ajuste de la prueba. La creación de un fichero PDF desde la aplicación en que se está trabajando también es un buen método para comprobar que el original digital podrá ser ripeado e impreso en película o plancha (ver 10.4.2).

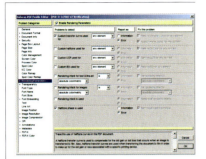

▶ FLIGHTCHECK
Una captura de pantalla —o pantallazo— de FlightCheck de Markzware. Este programa revisa documentos QuarkXPress y Adobe PageMaker con sus correspondientes ilustraciones, imágenes y fuentes.

PRUEBAS DE IMPRESORA LÁSER 10.3

Las pruebas láser son utilizadas, básicamente, para corregir la tipografía, controlar la posición de las imágenes, las ilustraciones y los logotipos y revisar los textos (ortografía y contenido). También permiten comprobar la partición de palabras, la alineación, el formato, las cajas de texto y las sangres (ver "Documentos", 6.8). Estas pruebas se hacen en impresoras láser PostScript, en blanco y negro o a color. Una buena manera de comprobar si el documento está preparado para ser ripeado es hacer una separación de colores, con la impresora láser (ver "Salidas", pág. 169). Este tipo de salida permite, además, verificar las reservas, las sobreimpresiones y el número de colores que componen el documento. Las imágenes y la exactitud de los colores no pueden revisarse con una prueba láser, dado que la correspondencia entre este tipo de pruebas y el producto final obtenido en la máquina de impresión es insuficiente.

CONTROL DE DOCUMENTOS (PREFLIGHT) 10.4

El término *preflight* es un préstamo del campo de la aviación, donde se emplea para referirse al control y revisión del avión realizado por el piloto antes del despegue. En producción gráfica se usa este concepto para el control que se hace del original digital de impresión (también llamado arte final digital, *digital art work*) previamente a su salida a película o a forma de impresión. En español se usa preferentemente la denominación *preflight* (o *preflighting*, o *preflight-check*), pero también se hace referencia a esta función con los nombres de control, revisión preliminar, chequeo, prechequeo, verificación, comprobación previa, etc. Para ello se emplean programas de comprobación electrónica que son utilidades específicas de *preflight*, las cuales —paso a paso— controlan el documento en relación a una serie de parámetros predefinidos. Teniendo en cuenta que los defectos gráficos son corrientes en los documentos digitales que se entregan para la producción, el *preflight* es un paso muy importante. Ls fallos que se descubren tan tardíamente como en las salidas de película o de forma de impresión resultan costosas de solucionar; y es aún peor si el fallo se descubre en la prensa. El *preflight* contribuye a descubrir y corregir los defectos más comunes, reduciendo así los riesgos de costes extraordinarios y de retrasos en la entrega.

¿CÓMO FUNCIONA EL PREFLIGHT? 10.4.1

La razón por la que el *preflight* se considera complicado es que el concepto de *preflight* puede significar cosas diferentes.

La mayoría de los fallos gráficos los puede descubrir uno mismo, por lo menos mientras se esté todavía en la maquetación del documento digital (o sea, en la aplicación de autoedición) o en la aplicación de edición de imágenes. Pero es fácil olvidarse de controlar todo, y lleva tiempo. Por eso es conveniente aplicar programas de *preflight*.

Si se ha llegado tan lejos en el proceso de producción que el fichero ya ha sido transformado a formato EPS, PostScript o PDF, estando así más cerca de la impresión, entonces es necesario acudir a la ayuda de algún software que pueda analizar el fichero y controlar si todo está correcto.

Hay una serie de programas especializados únicamente en *preflighting* de ficheros. Además, hay muchos programas estándar que tienen incorporadas funciones de *preflight* más o menos avanzadas, o que las tienen accesibles en un módulo de extensión. Esas funciones se aplican en diferentes fases de la producción, para el control de diversos aspectos.

El proceso de *preflighting* se efectúa mediante un programa de *preflight* situado en una carpeta en un servidor. Cuando aparece un nuevo fichero en esa carpeta, el mismo es controlado automáticamente y se genera un informe, que da cuenta de los fallos que hubiera. El fichero es trasladado a una carpeta si todo está correcto, o a otra carpeta si hay algún defecto. En ciertos sistemas, el informe es directamente enviado por correo electrónico a un destinatario predefinido.

Por lo general, se tienen diferentes carpetas para diferentes proyectos o tipos de producto, ya que un programa de *preflight* controla automáticamente los ficheros basándose en las condiciones gráficas válidas justamente para ese proyecto. Los parámetros a controlar están definidos en lo que se llama el perfil, que se crea en el programa de *preflight*. Los programas de *preflight* pueden controlar multitud de aspectos, pero no todos son siempre de relevancia. Ello hace que los informes de fallos generados puedan resultar demasiado grandes y difíciles de interpretar, si no se ha ajustado correctamente el perfil específico. Por eso es conveniente crear perfiles sencillos que solamente controlen los fallos más importantes. El mismo modo de trabajo se emplea también en los programas de *preflight* que trabajan con ficheros PostScript o PDF, que se tratarán más adelante.

PREFLIGHT EN EL PROGRAMA DE AUTOEDICIÓN 10.4.2

Los programas de autoedición que dominan el mercado tienen, o se les pueden agregar, funciones de *preflighting*.

Aquí se controla a grandes rasgos que los documentos, fuentes, colores e imágenes estén correctos. Esas funciones constituyen una manera cómoda de controlar los documentos digitales ya maquetados (o sea, los originales o maquetaciones digitales) antes de su salida como pruebas o de sus envíos a otro taller.

Este control en el documento de autoedición es bueno porque tiene lugar en una fase temprana, pero no puede reemplazar el control posterior —por ejemplo del fichero PDF ya imprimible— debido a que son muchos los fallos que pueden aparecer en el proceso restante. Además, este control no es tan detallado como los controles posteriores que hacen los programas de *preflight*.

Adobe InDesign 2.0 tiene una función *preflight* incorporada que permite descubrir los fallos más corrientes. Se la encuentra en `Archivo –> Preflight`. InDesign confecciona un informe que muestra con un triángulo amarillo de advertencia cuáles son las cosas que pueden dar problemas.

Para QuarkXPress en Mac hay una función similar en forma de una extensión de Gluon que se llama QC (puede descargarse gratuitamente en: www.gluon.com). Si se usan programas que no tienen funciones para *preflighting*, es de gran utilidad seguir la sencilla lista de revisión que se muestra a continuación, para así evitar la mayoría de los problemas que pueden aparecer.

▶ **PRUEBAS**
Son las pruebas utilizadas para comprobar que el trabajo de preimpresión se ha ejecutado adecuadamente. Proporcionan una última oportunidad para hacer las correcciones necesarias antes de confeccionar las planchas.

▶ **PRUEBAS OZÁLIDAS**
Las pruebas ozálidas son un tipo especial de pruebas analógicas basadas en las películas que se utilizan en la impresión. Estas pruebas suelen ser en azul y blanco, por lo que no permiten controlar los colores. Pero permiten hacer un último control de las películas, de su contenido y de las imposiciones completas.

▶ CHECKLIST — LISTA DE REVISIÓN

Los programas de preflight controlan diferentes errores. Muchos de ellos se pueden evitar controlando uno mismo el documento. Revisa nuestra lista de preflighting manual:

▶ IMÁGENES

- Tener una resolución suficientemente alta, pero no innecesariamente alta. Las imágenes han de tener una resolución equivalente al doble de la lineatura de trama.
- No recortar las imágenes en la aplicación de autoedición, hacerlo en la aplicación de edición de imágenes.
- Las imágenes deben estar ajustadas para la impresión de la forma que requiere justamente la impresión específica que se va a hacer (el perfil ICC correcto o los valores correctos de compensación de ganancia de punto, equilibrio de grises, cantidad total de tinta, UCR/GCR, etc.).
- Las imágenes basadas en objetos también deben tener valores correctos de equilibrio de grises y de cantidad total de tinta (por ejemplo, 320 %).
- Comprobar que la imágenes no estén en modo de color RGB, Lab o indexado (formato BMP o GIF).
- Si se utilizan imágenes JPEG, controlar que la compresión no sea demasiado alta.
- Controlar que estén todas las fuentes para las imágenes basadas en objetos que las necesiten o convertir todos los tipos de letra a trazados (caracteres con contornos).
- Controlar sobreimpresión y reserva (calado) en imágenes basadas en objetos.
- Comprobar que todos los enlaces de las imágenes estén actualizados y que funcionen.

PREFLIGHT DE DOCUMENTOS DE AUTOEDICIÓN ABIERTOS 10.4.3

Hay una serie de programas de *preflight* independientes que se usan para controlar documentos de autoedición abiertos, como por ejemplo los ficheros XPress, PageMaker o InDesign.

Preflight Pro de Extensis y FlightCheck de Markzware son ejemplos de programas de ese tipo.

Trabajan también con ficheros de imágenes, como los EPS de Adobe Illustrator y Photoshop, Macromedia Freehand, Corel Draw, etc.

Preflight Pro crea, además, ficheros PDF.

PREFLIGHT DE FICHEROS POSTSCRIPT 10.4.4

Cuando el documento de autoedición está listo, el siguiente paso en la producción es crear un fichero PostScript (ver "Salida"s 9.3.3) para su salida o para su conversión a formato PDF. A veces, justamente hay que entregar ficheros PostScript a la empresa de preimpresión o a la imprenta. Para ello hay programas de *preflight* que hacen el control del mismo fichero PostScript, por ejemplo FlightCheck de Markzware o ProScript, de la empresa noruega Cutting Edge.

Cuando se hace el *preflighting* de ficheros PostScript también se controla que el código PostScript sea correcto, de modo que el fichero pueda ser interpretado por el RIP cuando posteriormente se haga la salida en película, plancha o impresión digital.

ProScript puede también simplificar y mejorar el código PostScript y ajustar, por ejemplo, imágenes o colores erróneos. El resultado es un fichero PostScript o EPS mejorado y ajustado. Por eso a veces se usa ProScript-EPS para entregar material digital de comerciales. Con ayuda de ProScript también se puede hacer una revisión previa en pantalla del fichero PostScript, lo que, de otro modo, es difícil.

PREFLIGHT DE FICHEROS PDF 10.4.5

Finalmente, el *preflighting* puede hacerse cuando el fichero ya se ha convertido a formato PDF.

Se hace poco más o menos de la misma manera que para los ficheros PostScript.

Apogee Create de Agfa, PDF Inspektor de Callas, FlightCheck de Markzware, A Box of Tricks de Quite y PitStop de Enfocus, controlan todos los ficheros PDF.

PitStop puede, así como ProScript, ajustar ciertos defectos en el fichero. PitStop también se encuentra como extensión para Acrobat, dando, hasta cierto punto, la posibilidad de tratar un fichero PDF. Por ejemplo, mover y escalar imágenes, ajustar colores, modificar nodos en gráficos basados en objetos o corregir texto.

El hecho de crear un fichero PostScript para después convertirlo a PDF supone en sí mismo la verificación de que es posible ripear el documento. Pero el fichero puede igualmente contener la mayoría de los fallos que hemos mencionado anteriormente.

PRUEBAS 10.5

El objetivo de estas pruebas es asegurar que todo el trabajo de preimpresión esté bien hecho, y facilita una última posibilidad de corrección, previa a la producción de las planchas. También sirven de guía al impresor respecto a las expectativas del cliente sobre el resultado de la impresión. Las pruebas se confeccionan utilizando técnicas especializadas y, a menudo, pueden simular el producto impreso acabado. Hay dos categorías de pruebas: analógicas y digitales. Las pruebas analógicas se hacen a partir de las películas que luego se utilizarán para la confección de las planchas. Las pruebas digitales, en cambio, se confeccionan antes de las películas, imprimiendo el fichero definitivo del arte final en impresoras de color de muy alta calidad. Ambos tipos proporcionan una buena muestra de lo que será el producto final impreso, en cuanto a calidad y color. El control de la calidad y del contenido de las películas o fotolitos sólo se puede hacer mediante las pruebas analógicas.

Existe gran cantidad de denominaciones diferentes para las pruebas finales de preimpresión, a menudo determinadas por los proveedores y materiales utilizados. Cromalín (*Chromaline*), *Colorart*, *Matchprint* y *Agfa-proof* son algunos de los nombres más corrientes de pruebas analógicas. *Iris*, *Rainbow*, *Approval* o *Digital chromaline* son los nombres de algunas de las pruebas digitales más comunes (ver "Salidas", 9.5).

La calibración de las pruebas es muy importante, independientemente de si son analógicas o digitales. Al impresor le sería prácticamente imposible realizar bien un trabajo entregado con una mala prueba de color. Por eso es sumamente importante que la prueba esté calibrada correctamente, ajustada a las condiciones de la máquina de impresión que se usará. No obstante, debemos ser conscientes de que nunca se puede lograr una correspondencia del 100 % entre la prueba y el producto impreso. La razón de ello es que las pruebas de preimpresión se confeccionan con procesos, máquinas, tintas y papel diferentes de los que se usarán para el producto final de imprenta.

PRUEBAS DE PRENSA 10.6

Al realizar pruebas de prensa (*press proofs*) se imprimen algunos ejemplares del producto final en la máquina de impresión antes de imprimir toda la edición. Las pruebas de prensa se realizan normalmente en máquinas de impresión que no serán utilizadas para la edición final del producto, pero al ser realizadas con equipos similares, ofrecen la muestra más aproximada a la versión final. Al realizar un proyecto publicitario, normalmente se realizan las pruebas de esta manera, aunque se realizan en una offset de hojas, mientras que el periódico o revista donde se insertarán los anuncios puede ser impreso en una rotativa. En este caso —aunque los resultados son bastante satisfactorios— tampoco se logra una coincidencia perfecta entre la prueba y la impresión. La producción de una prueba de prensa auténtica es generalmente muy cara y no siempre es una decisión acertada desde el punto de vista de la efectividad de costes.

▶ **COLORES**

- Eliminar todos los colores planos no separados si se va a imprimir sólo en cuatricromía. Eliminar también los colores planos no separados que no se vayan a utilizar.
- Ajustar correctamente sobreimpresión y reserva (normalmente, el negro se sobreimprime).
- Utilizar el equilibrio de grises correcto para el gris de cuatricromía (no valores iguales de C, M, Y).
- Comprobar que no se sobrepase la cantidad total de tinta en fondos de color, líneas, tipografía, etc.

▶ **TIPOGRAFÍA Y FUENTES**

- Entregar todas las fuentes empleadas (incluso aquellas que se hubieran usado en imágenes y logo-tipos), o bien incluirlas en el fichero en caso de entregar los documentos en formato PDF.
- Evitar fuentes TrueType.
- No utilizar los estilos "negrita", "cursiva" o "outline" vía funciones de la aplicación de autoedición.
- Los textos pequeños, especialmente con remate o serif, no es conveniente imprimirlos en varias tintas.
- Los textos pequeños, especialmente con con remate o serif, no es conveniente que estén en negativo contra un fondo con varias tintas.

▶ **PÁGINAS**

- Mínimo 5 mm de sangre para las imágenes y otros objetos a sangre.
- Entregar la cantidad de páginas correcta. Quitar las páginas no utilizadas del documento.
- Comprobar que la paginación impar queda siempre en el lado derecho.
- Quitar los objetos no utilizados que hayan quedado fuera de la página del documento.

- Evitar líneas más finas que 0,3 puntos, y no definirlas seleccionando "hair-line" o "fina" sino indicando la medida exacta.

▶ **PDF PARA IMPRESIÓN**
- No modificar la resolución de las imágenes.
- Incluir todos los tipos de letra.
- No hacer un fichero PDF con PDF Writer.
- Elegir un formato de papel mayor si hay sangrados.
- Evitar el formato ASCII.

▶ **PRUEBAS DE IMÁGENES**

Si el proyecto requiere que las imágenes sean de gran calidad, es conveniente realizar pruebas de impresión de éstas.

En otros casos, será suficiente con la revisión de las imágenes en una pantalla bien calibrada. Cuanto mayores sean los conocimientos sobre imágenes y preimpresión de la persona que vaya a realizar las comprobaciones, más fiable será la revisión en pantalla.

¿QUÉ DEBE CONTROLARSE? 10.7

A continuación se analizan las distintas partes que deben controlarse en las pruebas durante el proceso de preimpresión, así como también cuándo y dónde es apropiado hacerlo.

REVISIÓN DEL TEXTO 10.7.1

Es conveniente revisar minuciosamente el contenido del texto. Primero puede hacerse en pantalla y luego mediante una impresión láser. Una vez resuelto este punto, no deberían introducirse nuevos cambios en el texto. Los cambios de texto en etapas de producción posteriores suponen un gasto considerable de tiempo y dinero.

REVISIÓN DE LAS IMÁGENES 10.7.2

Para revisar las imágenes en el ordenador es importante calibrar la pantalla cuidadosamente. La pantalla utiliza un modelo aditivo de color (RGB), mientras que la imprenta utiliza un modelo substractivo (CMYK) (ver "Teoría del color", 4.4.1 y 4.4.2). Por ello no se puede confiar en la correspondencia de color entre la pantalla y las versiones impresas. Sin embargo, con una pantalla correctamente calibrada, es posible obtener una gran similitud con el producto impreso.

El tamaño y la resolución de las imágenes se puede controlar en la aplicación de edición de imágenes. Las manipulaciones, los retoques y los ajustes de enfoque, así como la correspondencia de color también pueden ser revisados con bastante fiabilidad en un programa de edición de imágenes. En Adobe Photoshop hay herramientas de medición que permiten controlar los valores cromáticos y el cubrimiento de tinta en cualquier área seleccionada de una imagen. Para ello se requieren sólidos conocimientos de preimpresión e impresión. Un editor de imágenes o un técnico experto en escaneado puede controlar los trabajos de edición, los valores cromáticos, el límite de tinta total, el UCR/GCR y los ajustes por ganancia de punto (ver "Imágenes", 5.7).

Si el producto requiere imágenes de gran calidad, siempre es conveniente realizar pruebas finales de preimpresión. A diferencia de la pantalla, las pruebas están basadas, al igual que la impresión en prensa, en el modelo de color CMYK, lo que significa que la reproducción del color se corresponde mejor con el producto final. Las pruebas digitales son excelentes para el control de imágenes, a condición de que estén minuciosamente calibradas y producidas conforme a las características de la máquina de impresión final. Las pruebas analógicas también son excelentes para el control de imágenes, pero son generalmente más caras que las digitales, debido a que se producen a partir de las películas. La ventaja de las pruebas analógicas es que las imágenes son rasterizadas y reproducidas del mismo modo que en la impresión final de prensa. Además, las películas y las pruebas analógicas tienen por lo general una resolución mayor que las digitales, lo cual puede ser especialmente importante en ciertos casos, por ejemplo, si se quieren controlar las transiciones tonales finas. Las pruebas a color láser no son recomendables para el control de imágenes por su mala correspondencia de color con la impresión final.

PRUEBAS DE PÁGINAS 10.7.3

Cuando se quiere revisar un página completa de un original se pueden controlar muchos parámetros desde la pantalla del ordenador. Es importante comprobar la tipografía y la colocación de los textos, las imágenes, las ilustraciones y los logotipos. También se pueden controlar elementos como los espacios en blanco, la partición de palabras, la alineación y los cortes de línea, el formato, las cajas de texto, el *trapping*, los calados/ sobreimpresiones y las sangres (ver "Documentos", 6.6, 6.7 y 6.8). Para una mejor visión del conjunto de cada página es conveniente terminar esta revisión con una prueba láser en blanco y negro o color, en la cual se repitan los controles anteriores. Es preferible que el tamaño de la prueba sea el mismo que el del producto final, es decir del 100 % (con los sangrados incluidos, si los hubiera).

Si la prueba láser es a color, también se puede controlar que todos los objetos de la página tengan, aproximadamente, el color previsto (teniendo presente que este método está lejos de ser el más exacto para la reproducción de colores). Se puede controlar que la conversión de colores sea correcta haciendo una prueba láser con separación de colores (ver "Salidas", pág. 155); en este caso, para una página a cuatricromía deben imprimirse cuatro páginas, una por cada tinta. Si se va a imprimir con una o más tintas directas, también se imprimirá una página por cada tinta directa. Si se obtienen páginas con tintas directas que no se quieren utilizar en la impresión, probablemente sea porque se ha olvidado realizar la separación de colores de uno o más colores directos en el documento, o bien se haya olvidado eliminar los colores que se había decidido no utilizar. En las pruebas láser con separación de colores también se pueden controlar las reservas y las sobreimpresiones.

Cuando se emplea la tecnología tradicional, una de las últimas fases es la confección de películas. En esta fase es interesante realizar pruebas analógicas de preimpresión para comprobar que no hay ningún fallo a causa del ripeado, la exposición o el revelado. Con las pruebas analógicas se puede hacer un último control de las páginas, antes de la impresión. Una forma sencilla de hacerlo es colocar la prueba láser ya aprobada sobre la prueba analógica, en una mesa de luz, para ver si existen diferencias entre ambas. Si se han hecho todos los controles en las fases anteriores, no se debería encontrar ningún fallo en la prueba analógica. El objetivo de esta revisión es asegurar que las películas, su exposición y su revelado se han realizado correctamente. Además, las pruebas analógicas le dan al impresor una pauta de cómo se espera que sea el producto final.

REVISIÓN DE LAS PRUEBAS 10.8

En las pruebas de impresión puede haber muchas diferencias respecto al producto final, como la técnica de impresión que se está simulando, el tipo de papel utilizado, los pigmentos de los colores, la trama o la simulación de la ganancia de punto, entre otras.

DIFERENTES TÉCNICAS DE IMPRESIÓN 10.8.1

Ciertas técnicas de impresión, tipos de papel y tintas pueden ser muy difíciles, por no decir imposibles, de simular en una prueba. La impresión en offset sobre papel estucado es la más fácil de simular con un sistema de pruebas de impresión. Otras técnicas —como el huecograbado, la flexografía o la serigrafía— son considerablemente más difíciles de

▶ **PREFLIGHT, PROS Y CONTRAS**

+ Modo barato de evitar errores caros
+ Puede descubrir fallos que son difíciles de ver manualmente
+ Puede realizarse automáticamente
+ Es rápido

− Controla sólo fallos técnicos
− Control minucioso, que genera a menudo largas listas de fallos difíciles de interpretar
− Los programas son difíciles de ajustar para perfiles diferentes

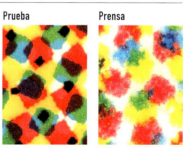

▶ **PUNTOS DE TRAMA EN PRUEBA Y EN PRENSA**
Muestra de imágenes ampliadas de los puntos de trama de una prueba y de una impresión real en prensa. La fina calidad del papel empleado en la prueba analógica hace que los puntos de trama sean reproducidos con mayor enfoque y precisión que en la impresión final.

simular. Es decir, que se puede esperar una correspondencia mucho mayor entre una prueba y una impresión en offset que con otras técnicas de impresión. La impresión de periódicos en offset de bobina también es difícil de simular. Por ello, es habitual que en este caso se hagan pruebas de impresión en prensa.

TIPO DE PAPEL U OTRO SOPORTE 10.8.2

Tanto las pruebas analógicas como las digitales a menudo se hacen sobre el material proporcionado por el fabricante del sistema de pruebas, lo que supone una limitación en las posibilidades de elección de papel. Estos papeles suelen ser blancos y brillantes. Si para el producto final en la máquina de impresión se ha elegido un papel blanco, satinado y estucado, la prueba puede presentar un aspecto muy similar. En cambio, si se utiliza un papel no estucado, un tanto opaco y amarillento, los colores de la prueba y de la impresión diferirán bastante. En algunos sistemas de pruebas se puede emplear el mismo papel que en la tirada de prensa, lo cual es una gran ventaja a la hora de valorar la correspondencia del color entre la prueba y el producto final.

TINTAS/COBERTURA DE TINTA/DENSIDAD 10.8.3

En las pruebas se utilizan tintas diferentes a las usadas en la máquina de imprimir. En Europa, por lo general es preferible que las tintas sigan el estándar de color EuroScale, pero ciertos sistemas de pruebas utilizan el estándar SWOP de Estados Unidos, que es algo diferente. Para que la prueba quede lo más parecida posible a la impresión final, también es importante simular la densidad de aquélla. La densidad depende de la cantidad de tinta que la máquina de impresión puede depositar en un papel determinado (ver "Impresión", 13.4.2). La capacidad de simulación de la impresión de los sistemas de pruebas suele ser limitada. Ciertos sistemas no se pueden ajustar, tienen siempre una densidad fija que a menudo es mayor que la de la máquina de imprimir. Ello significa que la prueba tendrá un rango tonal más alto que la impresión, dando un resultado más coloreado y brillante que en el producto final. Las pruebas digitales generalmente permiten simular mejor la densidad de la impresión que las analógicas.

LAMINACIÓN 10.8.4

La mayoría de las pruebas analógicas pueden ser laminadas con una capa brillante. Entonces la prueba presenta una superficie brillante y colores más vivos que los que se pueden obtener en la máquina de impresión. Por esa razón no se recomienda la laminación de las pruebas, pues un cliente que haya visto una prueba analógica laminada se sentirá defraudado al ver el producto final.

PUNTOS DE TRAMA, PATRONES DE TRAMA, TRANSICIONES TONALES, MOIRÉ 10.8.5

Como las pruebas analógicas se hacen directamente a partir de las películas con las que se hará la impresión, son producidas con la misma técnica de tramado que ésta. Por eso, en una prueba analógica también se pueden controlar fenómenos de trama como el moiré. La calidad del papel u otro material empleado en las pruebas analógicas hace que los puntos de trama sean reproducidos con mayor enfoque y precisión que en la impresión final; ésa es la razón de que resulten más visibles en la prueba que en la prensa, si ésta tiene una

▶ **PRUEBA ANALÓGICA**
Después de exponer la prueba en el dispositivo de exposición, ésta es revelada en una máquina especial. Aquí se muestra la máquina Fuji Color Art.

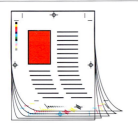

▶ **PRUEBA DE SUPERPOSICIÓN**
Las pruebas de superposición se confeccionan superponiendo las diferentes películas de acetato, una por cada tinta, colocadas con registro una sobre otra.

lineatura más baja. Este fenómeno a veces puede generar un molesto patrón de rosetas en la prueba. Sin embargo, la estructura de rosetas no se percibe tan claramente en la prensa debido a que los puntos de trama no se reproducen con tanto enfoque.

Los sistemas de pruebas digitales tienen una resolución de salida muy baja (generalmente de 300 a 600 ppp) en comparación con las filmadoras (1.200 a 3.600 ppp). Si se usara la tecnología tradicional de tramado en los sistemas de pruebas digitales, se obtendría un rango tonal demasiado reducido (ver "Salidas", 9.1.4). Por ello, se emplea el tramado estocástico (ver "Salidas", 9.1.9), sin que se vean los puntos de trama. Dado que la prueba digital reproduce el arte final con distinta tecnología de tramado que la empleada en la prensa, no es posible descubrir eventuales fenómenos de tramado, como por ejemplo el moiré, en la prueba misma. La baja resolución de las pruebas digitales también puede ocasionar que las transiciones tonales más sutiles salgan diferentes de las que saldrán en la máquina de imprimir.

TINTAS PLANAS/COLORES PANTONE (PMS) 10.8.6

Ni los sistemas de pruebas analógicas ni los de pruebas digitales pueden simular las tintas planas o directas PMS (Pantone), lo cual significa que por lo general se está limitado a las cuatro tintas del proceso de la cuatricromía: cyan, magenta, amarillo y negro. Si se utilizan colores Pantone en el documento, se pueden hacer las pruebas de dichos colores utilizando en su lugar alguna tinta de la cuatricromía para cada color Pantone; obviamente, ello no ofrece una reproducción correcta del color, pero permite ver si están todos los elementos y si el aspecto general es aproximadamente el deseado. Este tipo de pruebas debe ser completado con una referencia impresa (por ejemplo, una muestra de un catálogo
Pantone) para mostrar el aspecto que tendrá un área de tonos con el color plano seleccionado.

GANANCIA DE PUNTO 10.8.7

Para que la prueba de preimpresión sea lo más parecida posible a la impresión en la máquina de imprimir, es importante poder simular la ganancia de punto de la prensa. Los sistemas de pruebas suelen tener una capacidad limitada para lograrlo, aunque algunos son mejores que otros. Por lo general, las pruebas digitales se pueden calibrar con mayor exactitud que las analógicas respecto a la ganancia de punto.

TRAPPING 10.8.8

Cuando se hace una prueba, el fenómeno de *trapping* no se produce como en la impresión final (ver 13.4.4). En una prueba de color las tintas se adhieren una a otra completamente, a diferencia de lo que sucede en la prensa. Por lo general, las pruebas digitales pueden calibrarse con mayor exactitud que las analógicas respecto al *trapping*.

PRODUCCIÓN DE LAS PRUEBAS 10.9

Los dos tipos principales de pruebas, analógicas y digitales, pueden producirse de diversas maneras.

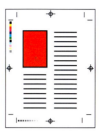

▶ **PRUEBA DE LÁMINAS**
Las pruebas de láminas se realizan mediante la laminación de un soporte con diferentes capas de pigmento (CMYK), que luego se exponen una a una usando las películas.

▶ **PRUEBAS ANALÓGICAS, PROS Y CONTRAS**

+ Aseguran el estado correcto de las películas
+ Aseguran el estado correcto del documento
+ Tienen una resolución alta
− Tienen un impacto ambiental negativo
− Exigen una confección manual (y, por lo tanto, una alta dotación de personal)

▶ **MÁQUINA DE PRUEBAS DIGITALES**
Estas máquinas tienen tanto el aspecto como el funcionamiento técnico de impresoras de gran tamaño.

PRUEBAS ANALÓGICAS 10.9.1

Hay tres tipos de pruebas analógicas (también llamadas pruebas químicas o fotoquímicas): superposición, de lámina y ozálidas. Todas las pruebas analógicas están basadas en la separación de colores (CMYK), lo que significa que se realizan a partir de las películas correspondientes a los colores (C, M, Y, K) utilizados.

Las pruebas por superposición se confeccionan exponiendo las películas sobre láminas de acetato, una por cada tinta, para luego colocarlas una sobre otra; por ejemplo, DuPont Cromacheck y 3M Color Key son sistemas de producción de este tipo de pruebas.

Las pruebas de láminas se confeccionan mediante la laminación de un soporte con diferentes capas de pigmento (CMYK) que se exponen de una en una utilizando las películas correspondientes. Cuando el soporte ya está laminado con la primera capa de pigmento, se monta la película correspondiente y se expone en un dispositivo. Después se revela el primer color en una máquina especial de revelado. La siguiente capa de pigmento es laminada sobre la anterior, se monta la película correspondiente, se expone, y así sucesivamente hasta cuatro veces para una prueba normal de cuatricromía. Algunos ejemplos de sistemas de pruebas de láminas son: Fuji Color Art, 3M MatchPrint, DuPont Cromalín y Agfa-proof.

Las ozálidas se producen exponiendo las películas sobre un papel revestido sensible a la luz UV, que se revela en vapor de amoníaco. Son pruebas en color azul y blanco, por lo que no es posible controlar los colores; por lo general, el papel es del mismo tamaño que el pliego de impresión, lo cual permite hacer la revisión de los sangrados y de la imposición.

La calibración de una prueba analógica se regula controlando, a intervalos regulares, la exposición y el revelado con tiras de control. Los sistemas de pruebas analógicas tienen sus limitaciones respecto a la capacidad de simulación de la impresión final. Los fabricantes suelen ofrecer diferentes materiales para facilitar una mayor semejanza. Pero normalmente no se puede modificar el cubrimiento de tinta ni el equilibrio de grises. Los factores determinantes de la calidad de un sistema de pruebas analógicas son, sobre todo, la calidad de las tintas o pigmentos, la calidad del soporte, el equipo de exposición y el tipo de revelado que se emplee.

PRUEBAS DIGITALES 10.9.2

Tradicionalmente se han usado sistemas analógicos de pruebas de preimpresión, basados en la separación de colores, para controlar las películas con las que se han de insolar las planchas de impresión. Pero actualmente también se usan las pruebas digitales, por ejemplo, Iris de Scitex, Rainbow de 3M y Approval de Kodak. Sin embargo, con las pruebas digitales ya no es posible controlar si las películas fueron producidas correctamente (su exposición y revelado) ni si su contenido es correcto. Lo que se comprueba es en realidad el fichero digital que luego será la base de las películas.

En el mercado existen diferentes tecnologías para realizar pruebas digitales, siendo las más corrientes en la actualidad las de inyección de tinta, las de sublimación y las xerográficas. Un sistema de pruebas digitales no es en realidad más que una impresora a color muy avanzada (ver "Salidas", 9.7). La tecnología de tramado (rasterizado) de estos sistemas es diferente de la tecnología de tramado tradicional. En las impresoras de inyección de tinta se utiliza un tipo de tramado estocástico (ver "Salidas", 9.1.9). Los sistemas que utilizan una tecnología tradicional de tramado son Approval de Kodak, Polaproof de

Polaroid y Fuji Finalproof. Dado que cada fabricante de sistemas aplica su propia tecnología de tramado, el resultado puede diferir en mayor o menor medida de la tecnología que luego se aplicará en la impresión de las películas.

Los sistemas de pruebas digitales son controlados por programas de aplicación que poseen diferentes niveles de sofisticación. Sus parámetros y las posibilidades de ajuste de los mismos son factores determinantes para poder realizar, a su vez, la calibración y el ajuste de la prueba digital en función de las características de la prensa. En estas aplicaciones se puede regular la ganancia de punto, el límite de tinta total y el equilibrio de grises. Se pueden predefinir una serie de curvas con diferentes valores que se seleccionan para la salida. De esta manera, la prueba digital se puede adaptar bastante bien a las condiciones de la prensa. Los elementos determinantes de la calidad en un sistema de pruebas digitales son: el programa, la resolución, el soporte, la tecnología de tramado, las tintas, la fiabilidad operacional y la repetibilidad de la máquina (ver "Salidas", pág. 194). ■

▶ **PRUEBAS DIGITALES. PROS Y CONTRAS**

+ Son respetuosas con el medio ambiente
+ Ofrecen buenas posibilidades de simulación
+ Para hacerlas se emplea el mismo papel que en la tirada (a veces)
+ No requieren películas
+ Requieren menos personal

− No aseguran que las películas estén correctas
− No aseguran que el documento esté correcto
− Tienen una baja resolución
− Carecen de tramado
− No emplean separación de colores

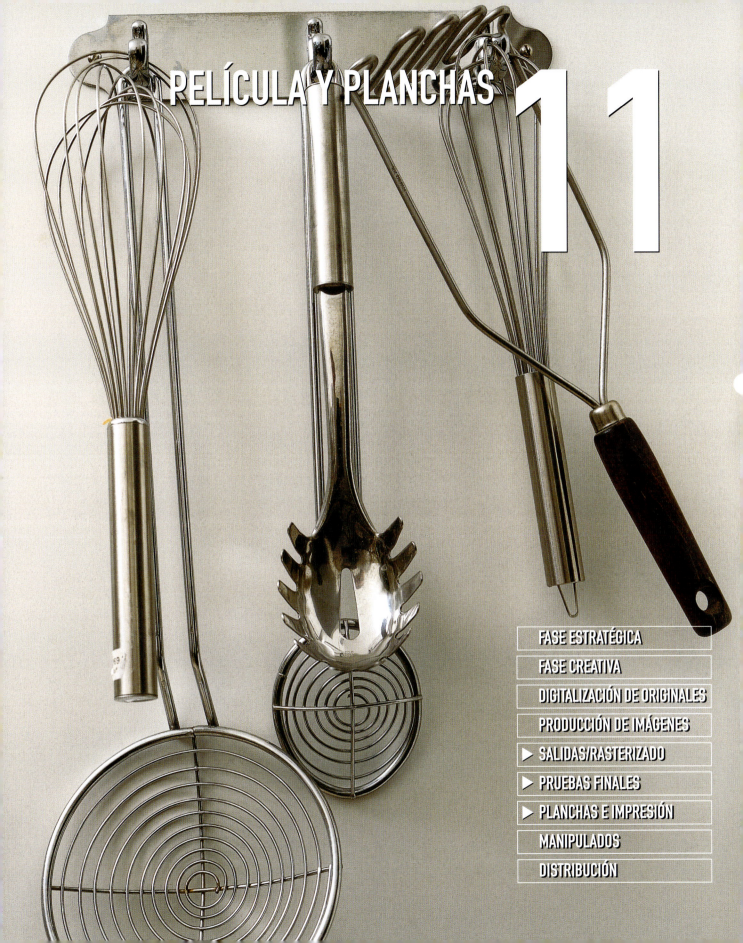

PELÍCULA Y PLANCHAS

11

- FASE ESTRATÉGICA
- FASE CREATIVA
- DIGITALIZACIÓN DE ORIGINALES
- PRODUCCIÓN DE IMÁGENES
- ▶ SALIDAS/RASTERIZADO
- ▶ PRUEBAS FINALES
- ▶ PLANCHAS E IMPRESIÓN
- MANIPULADOS
- DISTRIBUCIÓN

PELÍCULA	214
PLANCHAS DE OFFSET	217
REIMPRESIÓN	219
COMPUTER TO PLATE	219

CAPÍTULO 11 PELÍCULA Y PLANCHAS

LAS PELÍCULAS SE EMPLEAN EN VARIAS TÉCNICAS DE IMPRESIÓN PARA LA CONFECCIÓN DE LAS PLANCHAS O FORMAS DE IMPRESIÓN. ESTAS PELÍCULAS SON LA BASE DE LAS PLANCHAS O FORMAS DE IMPRESIÓN UTILIZADAS PARA OBTENER EL PRODUCTO FINAL IMPRESO. ESTE CAPÍTULO SE CENTRARÁ FUNDAMENTALMENTE EN EL USO DE LAS PELÍCULAS Y LAS PLANCHAS EN IMPRESIÓN OFFSET, LA TÉCNICA DE IMPRESIÓN MÁS UTILIZADA.

El proceso de impresión está basado en el principio de imprimir o no imprimir determinadas superficies. En este sentido, las superficies pueden ser impresas con una carga total de tinta o bien puede no imprimirse nada sobre ellas (ver "Salidas", 9.1). En este capítulo se tratarán las películas (fotolitos) y las planchas y su utilización para producir trabajos impresos.

PELÍCULA 11.1

La película consiste en un soporte de plástico recubierto con una capa de emulsión sensible a la luz. Es expuesta en una filmadora y luego revelada mediante la aplicación de líquidos. La presencia de estos líquidos genera el impacto ambiental más importante de la industria gráfica. De ahí que muchos fabricantes de película estén empleando grandes esfuerzos en el desarrollo de las llamadas 'películas secas', que no necesitan de ningún producto químico para su revelado.

La película ya revelada (el fotolito) se coloca sobre una plancha de impresión y se expone a una radiación luminosa. La plancha posee una capa de polímero sensible que reacciona a la exposición. Este método recuerda el utilizado por los fotógrafos cuando hacen las copias de contacto. Después de la exposición se revela la plancha impresora empleando líquidos de revelado. Actualmente, la industria trabaja también con 'planchas secas', que no necesitan ser reveladas con productos químicos.

PELÍCULA POSITIVA Y NEGATIVA 11.1.1

La película puede ser positiva o negativa. En la película positiva expuesta y revelada todas las áreas impresas aparecen en negro, mientras que las áreas no impresas quedan transparentes. Este tipo de película tiene un aspecto similar a una página impresa en una impresora láser en blanco y negro. En cambio, la película negativa expuesta y revelada tiene el aspecto contrario: todas las áreas impresas quedan transparentes mientras que las no impresas quedan negras.

En la impresión offset se puede utilizar tanto película positiva como negativa y, en realidad, no se puede afirmar que una sea mejor que la otra. Ambas tienen ventajas e inconvenientes. Algunos impresores prefieren usar película positiva, mientras que otros prefieren trabajar con película negativa. Parece haber un condicionamiento geográfico de estas preferencias: en Estados Unidos se usa principalmente película negativa, mientras que en la mayor parte de Europa se utiliza la película positiva.

TÉCNICAS DE IMPRESIÓN DIRECTAS E INDIRECTAS 11.1.2

Suele distinguirse entre técnicas de impresión directas e indirectas. En las directas se aplica la tinta directamente desde la forma impresora al papel (u otro soporte material). En este caso, la imagen que va a imprimirse debe estar invertida en la forma impresora para que aparezca correctamente en el papel, como en el proceso de estampar un sello. La flexografía y el huecograbado son ejemplos de esta técnica directa de impresión.

En las técnicas indirectas, la tinta es transferida desde la forma impresora a un cilindro porta-mantilla, que a su vez la transfiere al papel. Por eso, la imagen de impresión de la forma debe estar en positivo, pues se invierte en el cilindro porta-mantilla y luego vuelve a quedar en positivo en el papel. La impresión offset es una técnica indirecta de impresión.

PELÍCULA DE LECTURA POSITIVA O INVERTIDA 11.1.3

Las técnicas de impresión directas e indirectas requieren diferentes tipos de películas. Las primeras emplean películas con imágenes positivas, y la emulsión hacia arriba (RREU, *Right Reading Emulsion Up*), mientras que las técnicas de impresión indirectas utilizan películas de imágenes invertidas, y la emulsión hacia abajo (RRED, *Right Reading Emulsion Down*), como se denominan en la industria gráfica.

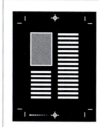 

▶ **PELÍCULA NEGATIVA Y POSITIVA**
En la película negativa, todas las áreas de impresión quedan transparentes mientras que las no impresoras quedan negras. En la película positiva ocurre exactamente al revés.

▶ **PELÍCULA DE UNA PÁGINA**
Cada página del documento se imprime en una película separada.

▶ **LOCALIZAR LA CARA DE LA EMULSIÓN**

Si no se sabe con certeza cuál es la cara de la emulsión, se puede colocar la película a contraluz: el lado de la emulsión de la película es mate, mientras que el otro lado es brillante.

También se puede intentar rascar suavemente el borde de la película: ello hará que del lado de la emulsión salte un poco de la misma, cosa que no sucede al rascar el otro lado.

La capa de emulsión es muy sensible y no debe ser dañada. Si ha sido rayada, esos defectos serán directamente transferidos a la plancha y, por lo tanto, a la impresión.

▶ **PELÍCULA POSITIVA – PELÍCULA NEGATIVA, PROS Y CONTRAS**

PELÍCULA POSITIVA	PELÍCULA NEGATIVA
+ La imagen de impresión es fácil de controlar, dado que está en positivo	– La imagen de impresión es difícil de controlar dado que está en negativo
– El polvo y la suciedad pueden afectar a las áreas de impresión y al producto final	+ El polvo y la suciedad no afectan a las áreas de impresión
Puede producirse una pérdida de punto en la exposición de la plancha	Puede producirse una ganancia de punto en la exposición de la plancha

PELÍCULA Y PLANCHAS

▶ PELÍCULA IMPUESTA
Las páginas del documento se han montado ya en el ordenador y se imprimen conjuntamente en una película de mayor tamaño.

▶ DENSITÓMETRO PARA PELÍCULAS
Para controlar la densidad de una película se emplea un densitómetro.

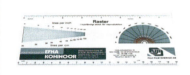

▶ COMPROBADOR DE LA LINEATURA DE TRAMA – SCREEN RULING METER
Con una plantilla transparente especialmente graduada (screen ruling meter) se pueden medir la lineatura y el ángulo de trama sobre la película.

Esta distinción nada tiene que ver con la diferencia entre películas positivas y negativas, sino que se refiere a si los textos o imágenes se presentan invertidos o no del lado de la película que contiene la capa de la emulsión.

Ambos tipos de películas se ditinguen observándolas desde el lado de la emulsión. Si la imagen impresa está invertida, la película es negativa, y si la imagen impresa está correctamente orientada, la película es positiva.

JUEGO DE PELÍCULAS [11.1.4]

Si se imprime con varias tintas hay que realizar una película por cada tinta. A ese conjunto de películas se le llama juego de películas (o juego de fotolitos), o, en caso de impresión de una cuatricromía, juego de cuatro colores.

MONTAJE E IMPOSICIÓN [11.1.5]

En una máquina de imprimir, cada hoja suele incluir varias páginas del producto final impreso. Ello significa que las planchas impresoras contienen normalmente varias páginas. Cuando se producen las películas originales se puede imprimir cada página del documento en una película separada, o bien varias páginas juntas en lo que se llama una película impuesta. Cuando se usan varias películas separadas, el montaje y la imposición deben efectuarse manualmente en una película de mayor tamaño. El montaje final del conjunto se utiliza para insolar la plancha de impresión. Si se hace la imposición digitalmente, el montaje de las páginas se realiza en el ordenador, utilizando una aplicación de imposición antes de la salida de la película; de ese modo, se obtiene una película impuesta

---

▶ **LA REVISIÓN DE LA PELÍCULA**

Hay cuatro factores técnicos que es conveniente revisar en las películas:

1. LA DENSIDAD
La densidad de la película debe ser de 3,5 a 4 unidades de densidad. Una densidad demasiado baja hará que la película quede transparente donde no debe serlo.

2. EL VALOR TONAL
Los valores tonales de la película deben ser correctos para que todos los valores porcentuales del tramado en la impresión también lo sean. Esta comprobación se puede hacer con un densitómetro para películas midiendo el 50 % en una tira de control de la película. El tono debe estar alrededor del 50 % cuando se realiza la medición, y se suele aceptar una desviación del 2 %.

3. LA LINEATURA DE LA TRAMA
Se mide con el comprobador de lineatura de trama (screen ruling meter).

4. LOS ÁNGULOS DE TRAMA
Se miden con el comprobador de lineatura de trama. La orientación aproximada de los ángulos debe ser: C= 15°, M= 75°, Y= 0°, K= 45°, en impresión offset.

También es conveniente revisar que la película no esté rayada y que el formato sea correcto.

que contiene todas las páginas de una cara del pliego, y a partir de la misma se puede pasar directamente a la insolación de la plancha (ver "Salidas", 9.6).

PLANCHAS DE OFFSET 11.2

Hay muchos tipos de planchas. Las más comunes son de aluminio recubierto con un polímero fotosensible (plástico). También hay variantes cuyo soporte es el poliéster o incluso el papel (para la denominada imprenta rápida).

PLANCHAS POSITIVAS Y NEGATIVAS 11.2.1

Las planchas pueden ser positivas o negativas. Las primeras se utilizan para las películas positivas, mientras que las segundas se utilizan para las películas negativas. En ambos casos la imagen resultante después del revelado de la plancha es positiva.

PRODUCCIÓN DE PLANCHAS DE IMPRESIÓN OFFSET 11.2.2

Para la insolación de la plancha de impresión, la película se coloca directamente al lado de la plancha. A continuación la plancha es expuesta durante un tiempo (varios segundos) en una insoladora. Para que la insolación se realice correctamente es importante que el tiempo de exposición sea exacto. Una exposición errónea de la plancha puede dar valores tonales incorrectos (demasiado altos o demasiado bajos, dependiendo de si el tiempo de exposición es demasiado largo o demasiado corto), e incluso impedir que los puntos de la trama de la película se transfieran a la plancha. Se puede determinar el tiempo correcto utilizando tiras de control. Dado que la fuente de luz de las insoladoras envejece y sus propiedades cambian, es conveniente controlar si los tiempos de exposición indicados continúan siendo los adecuados. Las insoladoras modernas corrigen automáticamente el tiempo de exposición de acuerdo con el envejecimiento de la lámpara.

Antes de que se ejecute la exposición, la película es succionada contra la plancha en la insoladora, por acción de un sistema de vacío. Para lograr una transferencia homogénea de la película a la plancha es muy importante que no se formen burbujas de aire entre ambas. Asimismo, este proceso debe tener lugar en un ambiente sin polvo, dado que éste crea burbujas de aire e impide que las superficies de la película y de la plancha queden perfectamente adheridas en todos los puntos. Las partículas de polvo pueden dar lugar en la plancha a los llamados flúos (*flush*, efecto de ausencia o malformación del punto de trama). Además, las partículas de polvo de mayor tamaño pueden hacerse visibles en la plancha, especialmente si se trabaja con películas y planchas positivas.

Si se utilizan películas y planchas negativas, las zonas iluminadas de la capa de polímero de la plancha se endurecen durante la exposición. Luego, cuando la plancha es sometida

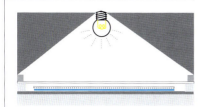

▶ INSOLACIÓN DE LA PLANCHA
La película se coloca sobre la plancha, y es succionada mediante vacío para asegurar una adhesión total, sin que haya burbujas de aire entre película y plancha. Luego se expone la plancha con la lámpara de la insoladora.

▶ INSOLACIÓN DE LA PLANCHA
La plancha se expone a una fuente de luz ultravioleta (UV) en la insoladora. Para prevenir lesiones oculares y en la piel, se cuelga una cortina de protección.

▶ REVELADORA DE PLANCHA
Después de la exposición, la plancha es revelada en la reveladora de planchas.

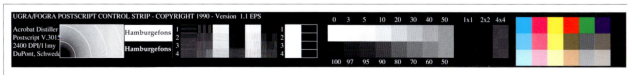

▶ TIRA DE CONTROL UGRA/FOGRA
Con una tira de control se puede comprobar si el tiempo de exposición de la plancha ha sido correcto.

▶ **PELÍCULA RRED Y PLANCHA RREU**
Para los métodos de impresión indirectos se requiere una película con imagen en negativo (con la emulsión hacia abjo, RRED) y una plancha con imagen en positivo (con la emulsión hacia arriba, RREU), como en este ejemplo de la impresión offset.

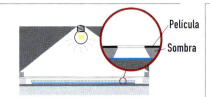

▶ **GANANCIA DE PUNTO EN LA EXPOSICIÓN DE LA PLANCHA**
Cuando se utilizan películas y planchas negativas se produce una ganancia de punto en la plancha. Ello se debe a que la luz no atraviesa la película verticalmente, sino que se difunde hacia zonas que teóricamente no deben ser expuestas, agrandando así los puntos.

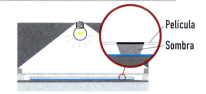

▶ **PÉRDIDA DE PUNTO EN LA EXPOSICIÓN DE LA PLANCHA**
Cuando se utilizan películas y planchas positivas se produce una pérdida de punto en la plancha. Ello se debe a que la luz no atraviesa la película verticalmente, sino que se difunde hacia zonas que teóricamente no deben ser expuestas, pero en este caso invadiendo el borde de los puntos y reduciendo así su tamaño.

al baño de revelado, las zonas no expuestas son eliminadas bajo la acción de los líquidos. Al revelar la plancha, las áreas no expuestas, no endurecidas o no impresas, quedan limpias de nuevo. Las áreas no impresas son representadas por las superficies no cubiertas de la plancha base, y las áreas impresas por la capa de polímero.

Como las planchas tienen una capa de polímero fotosensible, deben almacenarse protegidas de la luz para que no se deterioren. Una plancha normal de offset húmedo puede imprimir una tirada de entre 70.000 y 1.000.000 de hojas, según el fabricante y el tipo de plancha. Si el volumen de la tirada es muy alto, se pueden someter las planchas a un proceso de endurecimiento después del revelado, para que aguanten una mayor cantidad de hojas.

PLANCHAS DE LECTURA DERECHA O INVERTIDA 11.2.3

Cuando se expone la forma impresora, la capa de emulsión de la película tiene que estar siempre directamente colocada contra la forma impresora. Una imagen en negativo en la película da una imagen en positivo en la forma impresora. Si se aplica un procedimiento indirecto de impresión se obtiene entonces una imagen de impresión en negativo en el cilindro porta-mantilla, que a su vez produce una imagen de impresión en positivo sobre el papel. Utilizando el procedimiento de impresión directa se usa una película con imagen en positivo (derecha) que da una imagen de impresión en negativo (invertida) en la forma impresora, que a su vez produce una imagen de impresión en positivo sobre el papel (ver 11.1.2 y 11.1.3).

JUEGO DE PLANCHAS 11.2.4

Cuando se imprime con varias tintas se necesita una plancha por cada tinta. Este conjunto de planchas para la misma hoja se denomina juego de planchas, o en el caso de una impresión en cuatro colores, juego de planchas de cuatricromía.

REGISTRO 11.2.5

Para que todos los colores de una impresión queden perfectamente superpuestos, la cadena de producción película-plancha-máquina de impresión emplea un sistema de registro. Por ejemplo, se encuentra un cierto número de espigas de fijación en las que se encajan las perforaciones de registro de la plancha. Cuando las películas están montadas en un astralón, las perforaciones se hacen en éste y se utiliza como base una regleta de registro de acero con espigas, igual que en la máquina de imprimir. Hay también una regleta de acero con varias espigas sobre la que se encaja el primer astralón para luego montar las películas de las páginas separadas correspondientes a uno de los colores de la cuatricromía. Después se encaja el siguiente astralón en las espigas de la regleta y se monta el siguiente juego de películas correspondiente a otro color, y así sucesivamente. Este procedimiento asegura el registro correcto de todos los colores.

Algunas filmadoras pueden realizar las perforaciones de registro en las películas durante su exposición. No es posible utilizar este método cuando la imposición se realiza digitalmente. Para la exposición de las planchas, se utiliza igualmente la regleta de registro con espigas. La plancha se encaja, y tanto ésta como la película se montan correctamente con las espigas.

REIMPRESIÓN 11.3

Se llama reimpresión a la segunda impresión o a las impresiones sucesivas de un trabajo una vez finalizada la primera impresión. Acabada la producción, el impresor tiene la obligación de almacenar las películas utilizadas durante un período mínimo de seis meses. Si el cliente prevé la reimpresión total o parcial, debe informar al impresor para que las películas sean guardadas durante un período de tiempo más prolongado. Si el impresor no puede guardar las películas, el cliente asumirá esta responsabilidad. Las órdenes de reimpresión se gestionan con mayor facilidad si las películas están debidamente identificadas: fecha, nombre del proyecto, número de pedido o de la factura de la producción inicial, etc.

COMPUTER TO PLATE 11.4

En producción gráfica, siempre se intenta evitar los pasos innecesarios. La impresión de la película y su copia en la plancha impresora son pasos intermedios que se eli-minan con el proceso denominado 'directo de ordenador a plancha' (*computer to plate*) o CTP.

Con el CTP, el original digital se expone directamente en la plancha en un equipo especial de procesado y filmado de planchas (*platesetter*). Su aspecto es básicamente similar a una filmadora para formatos grandes de película.

También se puede transferir el material digital directamente desde el ordenador al papel, eliminando el paso de confección de planchas. Esta técnica es la base de la impresión digital, y es adecuada principalmente para tiradas pequeñas, pues las tiradas grandes todavía requieren planchas de impresión (ver "Impresión", 13.9).

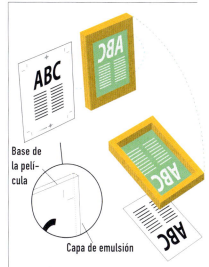

▶ **PELÍCULA RREU Y FORMA IMPRESORA RRED**
Película con emulsión hacia arriba y forma de impresión con emulsión hacia abajo. Los métodos de impresión directos requieren películas RREU y formas de impresión RRED, como es el caso de la serigrafía.

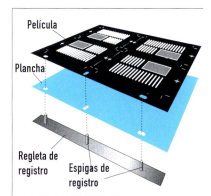

▶ **REGLETA DE REGISTRO**
Para lograr un buen registro entre película y plancha se hace una serie de perforaciones en ambas. Para el montaje y la exposición de la plancha en la insoladora se utiliza una regleta de registro con espigas en las que se encaja y se fija el material perforado. Usando un sistema de espigas idéntico también en la máquina de imprimir se logra el registro en la impresión de las diferentes tintas.

▶ PERFORADORA DE REGISTRO PARA PLANCHAS
Se utiliza para perforar la plancha antes de su exposición.

▶ EQUIPO CTP
Muestra de un sistema de CTP

▶ FLUJO TRADICIONAL Y FLUJO CTP
Aquí se puede ver en qué se diferencia el flujo película + plancha del flujo CTP. Puesto que requiere menos pasos, la tecnología CTP proporciona más rapidez.

EQUIPO DE CTP – PLATESETTER 11.4.1

El equipo de CTP (*platesetter*) funciona básicamente como las filmadoras de películas. La máquina es alimentada con planchas de impresión en vez de película. La capa de emulsión de las planchas se diferencia ligeramente de la de las planchas tradicionales. Hay dos tipos principales de planchas para los equipos de CTP, según se haga la exposición con luz o con calor. Al igual que las filmadoras comunes, las *platesetter* pueden ser de tambor interno o externo. También hay modelos de máquina plana o arrastre (ver "Salidas", 9.10.1). Uno de los requisitos para poder trabajar con *platesetters* es que todos los elementos que constituyen la base para la impresión sean digitales. Debe utilizarse la imposición digital (ver "Salidas", 9.5). Para registrar la impresión de diversos colores, las planchas son perforadas durante la exposición (ver 11.2.5).

VENTAJAS Y DESVENTAJAS DE LA TECNOLOGÍA CTP 11.4.2

Para evaluar las ventajas de la tecnología CTP es necesario aclarar primero con qué se está comparando. Gran parte de la producción basada en películas se hace todavía con películas individuales para cada página que se montan manualmente. El solo el hecho de pasar del montaje manual a la imposición digital implica ya determinadas ventajas (ver "Salidas", 9.5), pero cuando se compara con la insolación de planchas, las ventajas son menos evidentes. Al comparar la tecnología CTP y la producción tradicional, debe tenerse en cuenta que el proceso de esta última comprende: salida de una película digital impuesta, revelado de la película, exposición de las planchas y revelado de las planchas.

Ventajas del CTP frente a la producción tradicional:

+ Reducción del consumo de material. No se necesitan películas ni líquidos reveladores.

+ Ahorro de personal. No se precisan recursos dedicados al proceso de producción de películas.

+ Mayor rapidez del flujo de trabajo. Se eliminan los siguientes pasos del proceso de producción: exposición de las planchas y procesado de las películas.

+ Menor impacto ambiental. Eliminación de las películas y el revelado. Con ello se eliminan también los costes del sistema de reciclaje, así como los costes de los equipos necesarios para el trabajo con películas y los productos químicos de revelado. Pero es necesario ser consciente de que los sistemas CTP actuales también requieren cierto revelado químico de las planchas, aunque esté muy por debajo del nivel de las películas tradicionales.

+ Mejor calidad. Se evitan los fallos de calidad que surgen por el uso de películas, como las rayadas, las variaciones en la exposición de la película (una filmadora suele tener una precisión con una desviación de aproximadamente el 2 %) y los problemas de vacío por un contacto insuficiente entre la película y la plancha.

+ Mayor definición de los puntos de la trama.

La mayoría de las ventajas mencionadas son de carácter técnico y de efectividad de costes y afectan principalmente al impresor. Para el cliente el beneficio no es particularmente notorio, pero a largo plazo es probable que las industrias gráficas que trabajen con *platesetters* puedan ofrecer precios más competitivos y plazos de entrega más cortos. Las planchas CTP son actualmente más caras que las tradicionales, lo cual hace desaparecer una parte del beneficio económico. Pero con el tiempo, el aumento del volumen de ventas de planchas CTP probablemente hará que baje su precio.

Desventajas del CTP frente a la producción tradicional

- Está limitado al formato digital. La producción en tecnología CTP exige que la base para realizar la impresión sea una imposición digital. Los trabajos deberán entregarse en formato digital.

- Elevado coste de repetición de las planchas. Si la plancha se daña, se produce un error en el ripeado o debe efectuarse alguna corrección, por mínima que sea, es necesario insolar una nueva plancha impuesta completa. Es más caro confeccionar una nueva plancha que una nueva película. En la producción tradicional, si se trata de un fallo pequeño, se puede imprimir la corrección en una nueva película de la página donde está el error y luego montarla manualmente.

- Costes de reimpresión. En el proceso tradicional, si el cliente quiere hacer una reimpresión del producto, tiene, durante seis meses, la propiedad de las películas impuestas. Pero no tiene los mismos derechos sobre los ficheros digitales impuestos que constituyen la base de la producción CTP. El impresor no tiene la obligación de guardar los ficheros digitales, y entonces la reimpresión debería tener (en teoría) el mismo coste que la primera impresión.

Cuando se trabaja con *platesetters*, se deben realizar pruebas finales de preimpresión digitales o imprimir películas para hacer pruebas analógicas de imágenes y páginas, con el fin de comprobar que todo está correcto antes de confeccionar la plancha. La utilización de pruebas analógicas puede simplificar el proceso, ya que el tiempo es menor y son más manejables; aunque si se utilizan películas también es conveniente, ya que es más fácil corregir errores en esta fase que en una fase posterior del proceso de producción.

La mayoría de las desventajas que presenta la tecnología CTP seguramente serán solucionadas en un futuro próximo. Ya en la producción tradicional se procura obtener todo el material en forma digital. Los fabricantes han desarrollado impresoras, compatibles con los sistemas CTP, que pueden sacar pruebas de los ficheros ya ripeados. Se trata de una especie de prueba fotográfica que permite comprobar que no existe ningún fallo en el ripeado. Además, el fichero ripeado se puede guardar, para así no tener que hacerlo nuevamente desde el principio en caso de error. Aunque estos ficheros ripeados ocupan mucha memoria y su gestión resulta pesada, se ahorra tiempo utilizándolos para corregir los fallos en lugar de tener que ripear nuevamente la imposición completa. También hay sistemas que son capaces de cambiar páginas aisladas en el fichero ripeado, lo cual permite una mayor flexibilidad.

▶ **PRECISIÓN EN CTP**

Con el CTP se logra una menor ganancia de punto y una mayor precisión, gracias a que desaparece el paso de la película a la plancha.

Margen de error Tecnología tradicional		Margen de error Tecnología CTP	
película	± 2 %	plancha	± 2 %
plancha	± 2 %	prensa	± 4 %
prensa	± 4 %		
Total	± 8 %	Total	± 6 %

▶ **PRUEBA FINAL CTP**
Muestra de una impresora de inyección de tinta para sistema CTP, que puede imprimir ficheros ya ripeados, una especie de prueba fotográfica para sistemas CTP. Se utiliza para comprobar que no se ha producido ningún imprevisto en el ripeado.

Para tener éxito con la producción basada en CTP se requiere principalmente:

- Personal de preimpresión competente.
- Destreza para realizar la imposición.
- Material completamente digital.
- Pruebas finales digitales.
- Sistema eficaz de control y confirmación de la calidad.
- Archivos digitales.

EL DESARROLLO DE LA TECNOLOGÍA CTP 11.4.3

Los equipos de CTP tienen precios elevados, por lo que principalmente los utilizan las industrias gráficas de cierta dimensión o las grandes imprentas y servicios de preimpresión. Pero ya se están desarrollando soluciones más económicas y mejor adaptadas a las necesidades de empresas más pequeñas. Lo más probable es que en el futuro se utilicen principalmente las planchas CTP térmicas, pues muchos fabricantes han desarrollado planchas de este tipo que no necesitan revelarse, es decir, que ya quedan listas sólo con la exposición. Esta tecnología evita el revelado químico, lo cual supone una reducción importante del impacto ambiental.

También hay sistemas CTP que exponen las planchas directamente en la máquina de imprimir, que incorpora el equipo de CTP. La plancha se sujeta automáticamente en el cilindro de impresión y luego se desarrolla la exposición en la propia máquina de imprimir. La Quickmaster DI de Heidelberg es un ejemplo de este tipo de solución y es probable que veamos más innovaciones como ésta en el futuro. ∎

EL PAPEL 12

FASE ESTRATÉGICA
▶ FASE CREATIVA
▶ DIGITALIZACIÓN DE ORIGINALES
▶ PRODUCCIÓN DE IMÁGENES
SALIDAS/RASTERIZADO
PRUEBAS FINALES
▶ PLANCHAS E IMPRESIÓN
▶ MANIPULADOS
▶ DISTRIBUCIÓN

TERMINOLOGÍA DEL PAPEL	225
COMPOSICIÓN DEL PAPEL	227
FABRICACIÓN DEL PAPEL	228
CLASIFICACIÓN DEL PAPEL	230
CÓMO ELEGIR UN PAPEL	231

CAPÍTULO 12 EL PAPEL LA ELECCIÓN DEL PAPEL ES UNA DECISIÓN IMPORTANTE EN EL PROCESO DE PRODUCCIÓN GRÁFICA. EL PAPEL ELEGIDO NO SÓLO PROPORCIONA PERSONALIDAD Y ESTÉTICA AL PRODUCTO FINAL, SINO QUE TAMBIÉN AFECTA A LA CALIDAD DE TEXTOS E IMÁGENES, ASÍ COMO AL CORRECTO FUNCIONAMIENTO DE LA MÁQUINA DE IMPRIMIR. FINALMENTE, LOS ACABADOS Y LOS COSTES DE DISTRIBUCIÓN TAMBIÉN PUEDEN VERSE AFECTADOS POR LA ELECCIÓN DE PAPEL.

Existen muchas clases de papel que son utilizadas para todo tipo de aplicaciones. En este capítulo nos limitaremos a analizar los tipos de papel que se utilizan en la producción gráfica, los denominados papeles de calidad (*fine papers*). Las características del papel son de vital importancia en el resultado final de la impresión, por eso es conveniente elegirlo lo antes posible, preferentemente antes de empezar a trabajar con el original digital. De esta forma, se podrán realizar todos los ajustes necesarios, de acuerdo con las características del papel que se ha seleccionado, optimizando así la calidad del producto final. A menudo sucede que el papel se elige demasiado tarde o que, en el último momento antes de la entrada en máquinas, se decide cambiar el papel que se había seleccionado. Otras veces se elige el tipo de papel sin pensar en las consecuencias concretas que ello supone para el producto final. La elección de papel influye, por ejemplo, en la legibilidad, la calidad de

> ▶ **PREGUNTAS IMPORTANTES ANTES DE ELEGIR EL PAPEL:**
> - ¿Qué sensación se desea que comunique el producto impreso?
> - ¿Qué longevidad debe tener?
> - ¿Cuál puede ser su coste?
> - ¿Qué es más importante, la legibilidad del texto o la calidad de las imágenes?
> - ¿Cuáles serán su lineatura y rango de tonos?
> - ¿Cuál será la técnica de impresión utilizada?
> - ¿Qué acabados se le darán?
> - ¿Cómo se distribuirá?
> - ¿Qué importancia tiene para el cliente el impacto ecológico?

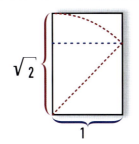

▶ **LOS FORMATOS A**
Los formatos A se basan en una hoja de una superficie de 1 m² (A0 = 1.189 x 841 mm). El lado corto respecto al largo guarda la relación 1 : √2 (ó 1 : 1.414) que se podría representar usando la diagonal de un cuadrado completo para trazar un arco y añadiendo al cuadrado el área adicional así obtenida.

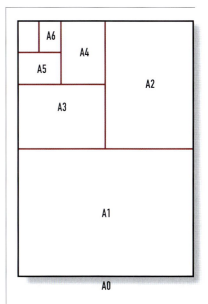

▶ **LOS FORMATOS A**
Las proporciones de los formatos A permiten dividir las hojas en dos partes idénticas, en formatos más pequeños. A4 = A0/16

textos e imágenes, la producción del arte final digital, la tirada, la calidad de la impresión, los acabados y la estabilidad y durabilidad del producto impreso. Estos temas serán tratados más detalladamente en este capítulo. Para empezar, se revisará la terminología propia del papel, su proceso de fabricación y su clasificación.

TERMINOLOGÍA DEL PAPEL 12.1

Para poder entender la influencia del tipo de papel elegido sobre el producto final impreso, es necesario familiarizarse con los siguientes términos y conceptos: formato, gramaje, dirección de fibra, estabilidad dimensional, volumen específico y opacidad.

FORMATO 12.1.1

A la hora de comprar papel para realizar un trabajo específico, es mejor elegir alguno de los tamaños de papel más corrientes para minimizar la merma y el desperdicio. Hay una serie de formatos estándar, entre los cuales el formato A (compuesto por los tamaños A0, A1, A2, A3, A4, etc.) es el más común.

Por ejemplo, una hoja A4, que tiene un ancho de 210 mm, tendrá una longitud de 210 × 1,414 = 297 mm. Los formatos A toman como referencia el formato A0, que tiene una relación longitud/anchura de 1/√2. Así que, cuando se corta una hoja A0 por la mitad de su altura se obtienen dos hojas A1, cuyos lados conservan la misma proporción entre sí. Si, a su vez, se cortase la hoja A1 de la misma manera se obtendrían dos hojas A2, y así sucesivamente.

En Estados Unidos el tamaño de los papeles está mucho menos estandarizados, y se basa en la combinación de los formatos de las máquinas de imprimir más usuales y de los más ajustados para la impresión de libros.

GRAMAJE 12.1.2

El peso en gramos por un metro cuadrado de papel (g/m²) se denomina gramaje o peso base, y es la medida más común para definir el peso de un papel. Cuando se habla de un papel de 80 gramos, se está indicando que ese papel pesa 80 gramos por metro cuadrado, o sea, que se habla del peso de una hoja A0. Si queremos saber el peso de una hoja de otro tamaño del formato A pero del mismo gramaje (80 g/m²), sólo tenemos que hacer un simple cálculo. Por ejemplo, una hoja A0 da 16 hojas A4, por lo que cada una pesa 80 g divididos entre 16, es decir, 5 g.

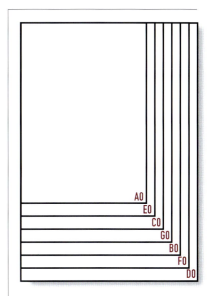

▶ **DIFERENTES FORMATOS ESTÁNDAR**
A0 841 × 1.189 mm
E0 879 × 1.241 mm
C0 917 × 1.297 mm
G0 958 × 1.354 mm
B0 1.000 × 1.414 mm

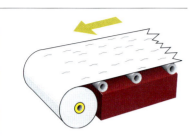

▶ **DIRECCIÓN DE FIBRA 1**
Las fibras del papel se orientan principalmente en la dirección de la banda de la máquina de papel.

▶ **DIRECCIÓN DE FIBRA 2**
Se puede ver cuál es la dirección de fibra de una hoja de papel colocándola sobre el borde de una mesa: el sentido del papel que más se arquea es transversal a la dirección de la fibra.

297 × 210   210 × 297

▶ **DIRECCIÓN DE FIBRA 3**
En la identificación del papel que facilita el fabricante se indica su dirección de fibra. La primera de las dos medidas hace referencia a la dirección opuesta a la dirección de fibra.

DIRECCIÓN DE FIBRA 12.1.3

Cuando se fabrica el papel, las fibras se orientan mayoritariamente en la dirección de la banda de papel (o, lo que es lo mismo, dirección de máquina o dirección de fabricación). Esta orientación suele llamarse 'dirección de fibra' (*grain direction*) del papel. La mayoría de las fibras están orientadas en una dirección, y es más difícil doblar el pa-pel en esa dirección. Este hecho permite deducir cuál es la dirección de fibra de cualquier papel. Para ello se corta un papel en forma de cuadrado y se coloca sobre una mesa, de manera que sobresalga del borde de la misma (primero en un sentido y luego girándolo 90°): el sentido del papel que más se arquea es transversal a la dirección de fibra. También se puede descubrir cuál es la dirección de fibra de un papel apretando fuertemente el borde de una hoja entre la yema de un dedo y una uña y deslizándolos a lo largo de dos bordes consecutivos: el borde que queda más ondulado es transversal a la dirección de fibra. Para determinadas técnicas de impresión, la dirección de fibra del papel tiene gran importancia. El comportamiento del papel en la máquina de impresión empeora si encuentra dificultad para arquearse y seguir el recorrido que debe hacer a través de la máquina. Por eso se requiere el uso de un papel cuya dirección de fibra sea transversal, perpendicular a la dirección de alimentación y avance en la máquina de imprimir. También es importante que la dirección de fibra sea la adecuada en el momento del plegado del papel. Si se pliega transversalmente a la dirección de fibra, se quiebran las fibras y el papel adquiere un aspecto agrietado; en cambio si se pliega el papel en sentido longitudinal de la dirección de fibra, el plegado queda liso y uniforme.

El fabricante facilita la dirección de fibra del papel suministrado. Se expresa mediante un número de dos cifras. La primera cifra indica siempre el lado opuesto a la dirección de fibra. En consecuencia, la dirección de fibra de un papel con la indicación 210 × 297 mm, significa que el lado opuesto a la dirección de fibra viene dado por los 210 mm. En cambio si la indicación fuera 297 × 210 mm, el significado sería que el lado opuesto a la dirección de fibra es el de 297 mm.

ESTABILIDAD DIMENSIONAL 12.1.4

Dado que el papel tiene una dirección de fibra determinada y las fibras tienen distintas características dimensionales, el papel adquiere estas características, y también se comporta de manera distinta según se utilice en uno u otro sentido. La fibras de papel húmedo se contraen y tienen menor adherencia en sentido longitudial que a lo ancho. Simultáneamente, las fibras de papel se contraen y se secan; entonces, la banda de papel se tensa en la dirección de la máquina y se distorsiona su estructura. Como la dimensión de la fibra es mayor en la dirección opuesta a la dirección de la fibra, y como no hay tensiones particulares a través la banda de tensión, el papel es mucho más propenso a cambiar en la dimensión opuesta a la dirección de fibra. Cuando el papel se expone a variaciones de humedad se producen cambios de forma asimétrica.

Este fenómeno implica que en offset húmedo se pueden producir fallos de registro en diferentes direcciones (ver "Impresión", 13.3.6 y 13.5.1). Un papel con una buena estabilidad dimensional conserva una forma relativamente correcta durante toda la impresión y, por eso, se reduce el riesgo de fallo de registro.

VOLUMEN ESPECÍFICO 12.1.5

La relación entre el espesor y el gramaje de un papel se denomina volumen específico (*bulk*) y se expresa en páginas por pulgada (ppi). El volumen específico tiene un rango que oscila entre 200 y 1.000 ppi, dependiendo del tipo de papel, del gramaje y del acabado. El volumen específico es una medida indicativa de la voluminosidad del papel. Un papel con un valor ppi bajo es ligero, grueso y poroso, mientras que un papel con un valor ppi elevado es fino, pesado y compacto. Cuando se usa cola en la encuadernación, es preferible emplear un papel con un volumen específico alto, pues para asegurar una encuadernación resistente la cola debe penetrar en el papel, lo cual resulta más fácil con un papel poroso. A igualdad de peso, los papeles con un alto volumen específico son más consistentes y rígidos que aquellos que tienen un volumen específico bajo.

OPACIDAD 12.1.6

La opacidad es una característica del papel que define su capacidad de absorción de la luz y su resistencia a ser traspasado por ella. Un papel 100 % opaco no es transparente en absoluto. A mayor opacidad, menor transparencia del papel. Para la impresión, es preferible utilizar un papel con un alto coeficiente de opacidad, debido a que normalmente no se desea que texto e imágenes sean visibles en la otra cara. Un ejemplo de papel con un bajo coeficiente de opacidad es el llamado papel parafinado.

Es particularmente importante que el papel de periódico y el papel no estucado tengan un coeficiente de opacidad elevado. Al aplicar la tinta, sus componentes oleaginosos son absorbidos por el papel para permitir que el pigmento se asiente sobre la superficie (ver "Impresión", 13.1.4). Hay tintas que tienen una proporción de componentes oleaginosos bastante elevada, lo que puede aumentar excesivamente el poder absorbente del papel y, por lo tanto, hacerle perder más opacidad de la necesaria para que continúe lo suficientemente opaco. Es lo mismo que sucede cuando cae grasa en un papel impreso: entonces las zonas manchadas pierden opacidad y lo que está impreso allí se hace visible en el reverso.

COMPOSICIÓN DEL PAPEL 12.2

El proceso de fabricación del papel se inicia con la pulpa. Ésta se compone de fibras de celulosa extraídas de la madera. Hay dos tipos de pasta de papel: la química y la mecánica. Para obtener la pasta química, las fibras de celulosa se extraen de la madera mediante su cocción con aditivos químicos a altas temperaturas y presiones, proceso que disuelve la lignina eliminándola total o parcialmente y libera las fibras. La pasta mecánica se obtiene extrayendo las fibras de celulosa de la madera mediante su trituración y molido por medios mecánicos, también a altas temperaturas y presiones. La pasta química suele contener una mezcla de pasta de fibra larga (pulpa de coníferas, madera blanda), de aproximadamente 2 ó 3,5 mm, proveniente de madera de coníferas junto con pasta de fibra corta (pulpa de madera dura), de aproximadamente 1 ó 1,5 mm, proveniente de madera de caducifolios, principalmente píceas. En cambio, la materia prima de la pulpa mecánica es ante todo madera de coníferas, especialmente de abeto y pino.

En la fabricación del papel, se suelen mezclar pasta de fibra corta y de fibra larga según las características del papel que se desea obtener. Las fibras provenientes de coníferas son

---

▶ **VOLUMEN ESPECÍFICO**

El valor (X) del volumen específico del papel corresponde al volumen que ocupa por unidad de peso.

$$\text{Volumen} = \frac{1}{\text{Densidad}} = \frac{\text{Espesor}}{\text{Gramaje}} = X \text{ cm}^3/\text{g}$$

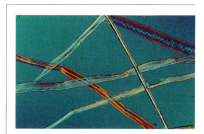

▶ **PASTA DE CONÍFERAS**
Las coníferas dan una pasta de fibra larga (de aproximadamente 2 ó 3,5 mm).

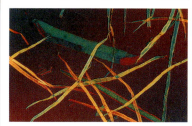

▶ **PASTA DE CADUCIFOLIOS**
Los árboles de hoja caduca (caducifolios) dan una pasta de fibra corta (de aproximadamente 1 ó 1,5 mm).

> **PASTA MECÁNICA/QUÍMICA**
>
> - Los papeles de pasta mecánica contienen más de un 10 % de pasta mecánica y menos de un 90 % de química.
> - Los papeles de pasta química contienen menos de un 10 % de pasta mecánica y más de un 90 % de química.

> **PASTA**
>
> La pasta (stock) es una mezcla de una serie de sustancias, a partir de la cual se llevará a cabo la producción de papel en la empresa papelera. Es una solución fibrosa compuesta por:
>
> - Agua
> - Fibras
> - Cargas de relleno
> - Colas
> - Colorantes

relativamente largas, lo que genera un papel más fuerte, con una red de uniones más resistente por tener más puntos de contacto. En cambio, de las fibras de árboles frondosos se obtiene un papel menos resistente, pero que tiene la ventaja de poseer mayor opacidad.

La pulpa compuesta por más de un 10 % de pasta mecánica y el tanto por ciento restante de pasta química es la que se utiliza para fabricar el papel denominado de pasta mecánica, aun-que la pasta química sea mayoritaria. En cambio, los papeles que contienen menos de un 10 % de pasta mecánica y el resto de química se llaman —aunque parezca extraño— papeles de pasta química o sin pasta mecánica (*wood free*). El papel *wood free* para impresión es muy blanco y resistente, y es el que se usa para la mayoría de los productos impresos. El papel de pasta mecánica a menudo tiene un tono gris amarillento, se utiliza para imprimir periódicos, revistas y catálogos, y amarillea más rápidamente que el papel de pasta química. Agregando una cantidad menor de pasta mecánica a la pasta química se aumenta el volumen específico y la opacidad del papel, al tiempo que se conserva su blancura y su capacidad para obtener una buena reproducción de imágenes. De ese modo, disminuyen las diferencias entre el papel de pasta mecánica y el de pasta química. La pasta mecánica es más barata de producir que la pasta química, y por eso los precios de los papeles de pasta mecánica son generalmente más bajos. Las denominaciones provienen de las disposiciones aduaneras que establecen distintos aranceles para los diferentes tipos de papel; los criterios que definen uno u otro tipo pueden variar entre países (e incluso entre empresas de un mismo país), por lo que esta clasificación ya no se usa tanto como antes.

Aproximadamente el 45 % del consumo total de papel en Estados Unidos es de papel reciclado. Las fibras de celulosa pueden reciclarse cinco o seis veces y constituyen una buena materia prima para la fabricación de papel nuevo si se sigue el proceso correcto. En los últimos años han aparecido en el mercado papeles de calidad fabricados al 100 % con fibras recuperadas.

FABRICACIÓN DEL PAPEL 12.3

Una vez obtenida la pasta quedan tres pasos para la completa elaboración del papel: la preparación de la pasta, la fabricación del papel en la máquina y su tratamiento posterior.

> **BATIDO DE FIBRAS DE CELULOSA**
> El batido de las fibras de celulosa en la fase de preparación de la pasta genera más puntos de contacto entre ellas y, por consiguiente, mejora sus propiedades adherentes, dando lugar a un papel más resistente.

PREPARACIÓN DE LA PASTA 12.3.1

Durante la preparación de la pasta, las fibras de celulosa se trituran, se cortan y se mezclan, y se les agregan cargas de relleno, colas y, si procede, colorantes. Al triturar las fibras, éstas se separan y se hidratan para obtener así un papel resistente. Las materias de relleno más corrientes son caolín o carbonato cálcico ($CaCO_3$) y arcilla. Estos ingredientes mejoran la opacidad y el color del papel con vistas a su impresión. Además, le proporcionan suavidad y elasticidad. El encolado interno de la pasta se realiza con alúmina y resinas, que aumentan su resistencia a la absorción de agua y también impiden que las tintas sean absorbidas inmediatamente por el papel y se extiendan hacia los bordes, dando lugar al corrimiento. Si se desea colorear el papel o darle otros efectos especiales (como, por ejemplo, mezclarlo con hojas, pétalos, etc.), debe hacerse en esta fase de preparación de la pasta.

MÁQUINA 12.3.2

Al entrar en la máquina papelera, la pasta contiene un 99 % de agua, aproximadamente. A partir de esta suspensión acuosa, se produce una banda de papel de doble tela, en la que el agua es succionada por dos mallas. La banda se mueve a gran velocidad, lo que significa que la suspensión debe ser drenada en muy poco tiempo. Para que ésta alcance la velocidad de la banda, la pulpa debe acelerarse desde la máquina. Esta aceleración es la causa de que la mayoría de las fibras se orienten en la dirección de la máquina. Ello afecta a las características del papel, en sentido logitudinal y transversal, lo cual influye, a su vez, en su estabilidad dimensional.

El flujo de la pasta desde la máquina de entrada determina el gramaje del papel. Variando el flujo y la concentración de la suspensión con que se alimenta el formador de doble tela, se obtienen papeles de diferentes gramajes. La formación del papel también se produce en la doble tela. Si se coloca un papel a contraluz y su aspecto es uniforme, es decir, que no presenta grumos, se considera que tiene buena formación. Esta característica es importante para la calidad de la impresión, especialmente en offset, ya que el papel absorberá los componentes oleaginosos de la tinta (ver "Impresión", 13.1.4), y si la impresión se realiza sobre un papel con mala formación aparecerán unas manchas en el color, particularmente en aquellas áreas uniformes totalmente cubiertas de un solo color.

Después de la banda de papel, éste es conducido a la sección de prensado, compuesta por rodillos de acero que utilizan filtros para continuar el drenaje del agua. Mediante el prensado se puede variar el valor del volumen específico del papel. En la fase siguiente, se procede al secado del papel. El nivel de secado óptimo depende del uso que se le quiera dar. Por ejemplo, los papeles para offset de pliegos, para offset de bobina y para copiadoras deben tener diferentes grados de secado.

Si se desean aplicar tratamientos de superficie en máquina, por ejemplo encolado, el papel debe secarse previamente. Después se encolará mediante una prensa encoladora y, finalmente, se secará de nuevo en la sección de secado. El encolado superficial y el estucado en máquina se realizan para darle al papel una mejor estabilidad dimensional y una resistencia que soporte las presiones a las que se verá sometido cuando se le apliquen las tintas en la máquina de imprimir (ver "Impresión", 13.5.2).

▶ **FRAGMENTOS DE PLANTAS EN EL PAPEL**
En la fase de preparación de la pasta, para lograr efectos especiales en el papel, a menudo se mezclan fragmentos de plantas o trozos de papel.

▶ **MÁQUINA PAPELERA**
Las máquinas papeleras suelen ser grandes, tal como puede verse al comparar su tamaño con el de las personas.

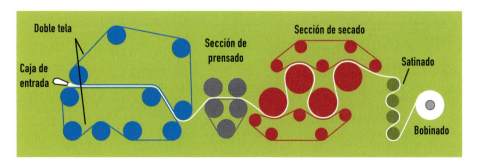

▶ **MÁQUINA PAPELERA**
Ésta es una representación esquemática de una máquina papelera. La pasta preparada es alimentada en la entrada del formador de doble tela, donde es drenada, alcanzando un nivel de secado de entre el 35 y el 50%. En la sección de prensado el papel alcanza un porcentaje de secado de entre el 90 y el 95 %. Finalmente, se realizan el satinado y el bobinado.

▶ **ESTUCADO Y NO ESTUCADO**
Arriba a la izquierda se muestra el papel no estucado y a la derecha el papel estucado. Cuando el papel es estucado se mejoran tanto las propiedades ópticas del papel como su imprimibilidad, y dada su mayor uniformidad superficial se puede usar una mayor lineatura. Además, la retención superficial de la tinta resulta más rápida y homogénea y se logra más brillo en el producto impreso.

El estucado se realiza aplicando sobre el papel una delgada capa de masilla (estuco), compuesta por ligantes (almidón o látex), pigmentos (carbonato de calcio o caolín fino) y otros aditivos, para darle al papel las propiedades deseadas.

ACABADO 12.3.3

El acabado (*finishing*) del papel una vez seco varía según la calidad y las características que se desea que tenga su superficie. El acabado se ejecuta en la propia máquina papelera, y se denomina 'acabado máquina' o 'acabado calandrado'. Durante este proceso, el papel se prensa para obtener un espesor más homogéneo y una mayor finura, así como para asegurar la calidad de la impresión.

Para mejorar aún más las características del papel, éste puede ser estucado. Este proceso consiste en aplicar sobre el papel una delgada capa de masilla con una espátula. Esta capa está compuesta por ligantes (almidón o látex), pigmentos (carbonato de calcio o caolín fino) y otros aditivos suplementarios. El estucado mejora tanto las propiedades ópticas del papel como su imprimibilidad, y permite usar una lineatura más alta, pues con él se consigue que su superficie sea más uniforme (ver "Salidas", 9.1). El papel estucado absorbe la tinta de forma más rápida y homogénea y el producto impreso tendrá un acabado más brillante.

Después del estucado se puede satinar el papel, es decir, darle más brillo (*gloss*). El satinado mejora la calidad de las imágenes, pero reduce la opacidad y la rigidez del papel. Éste se satina sometiéndolo a fricción entre distintos pares de cilindros, proceso que se denomina calandrado.

Finalmente, y con independencia del tipo de tratamiento que se le vaya a dar posteriormente, el papel se enrolla nuevamente en bobinas o se corta en pliegos y luego se embala, según el uso al que esté destinado.

CLASIFICACIÓN DEL PAPEL 12.4

El papel se puede clasificar de acuerdo con los siguientes criterios: por el tipo de superficie que presente, por la composición de la pasta a partir de la cual se ha elaborado y por su gramaje.

PAPEL ESTUCADO Y NO ESTUCADO 12.4.1

Los impresores normalmente distinguen entre papel estucado (*coated*) y no estucado (*uncoated*). El papel estucado puede, a su vez, clasificarse en diversas categorías en función del grado de estucado que posea: ligero, medio o altamente estucado (o papel arte). Además, este tipo de papel puede tratarse para que sea mate o brillante. El papel estucado suele destinarse a la impresión de folletos, libros de arte y revistas. La mayoría de los papeles no estucados se someten al encolado de superficie para mejorar su resistencia, y se utilizan, por ejemplo, para papelería o para la edición de libros de bolsillo.

PAPEL SIN PASTA MECÁNICA, PAPEL CON PASTA MECÁNICA, PAPEL RECICLADO Y PAPEL DE TRAPO 12.4.2

Esta clasificación se basa fundamentalmente en la composición de la pasta del papel y está perdiendo importancia en la producción gráfica actual. Los papeles con más de un 10 % de pasta mecánica tienen menor longevidad, resistencia y blancura. En cambio, son más opacos, tienen mayor volumen específico y son generalmente más baratos que los papeles con menos de un 10 % de pasta mecánica.

El incremento de la demanda de papel de fibra reciclada ha contribuido a que actualmente existan diferentes tipos de papeles de calidad elaborados a base de papel reciclado. La composición de muchos de ellos es de un 50, un 75 o, incluso, un 100 % de fibra recuperada. La diferencia con el papel reciclado de antaño es que el actual ofrece ventajas de imprimibilidad y maquinabilidad, y además la fibra reciclada otorga al papel una alta opacidad.

Cuando en la composición del papel existe por lo menos un 25 % de fibra de algodón, éste se denomina papel de trapo (*rag paper*). El papel de trapo se caracteriza por su alta resistencia y una blandura agradable (producto, precisamente, de la mezcla de fibra de algodón), y resulta adecuado para ciertos tipos de impresión especiales, como por ejemplo para el laminado.

▶ **BOBINA DE PAPEL**
El papel se enrolla en grandes bobinas al final de su proceso de fabricación.

MATE/SEDA O CALANDRADO 12.4.3

Tanto los papeles estucados como los no estucados pueden ser satinados —o calandrados— o mate. También se han desarrollado papeles estucados mate de textura especial, llamados papeles seda. Tienen la ventaja de que su superficie es uniforme pero sin reflejos y permiten combinar una buena legibilidad y una buena calidad de imágenes.

PAPEL O CARTÓN/CARTULINA 12.4.4

El cartón es un producto papelero rígido. Los fabricantes de papel suelen definir el cartón como un papel cuyo gramaje supera los 170 g/m². Si un papel admite variantes con gramajes bajos y cartón con gramajes más elevados, a la variante cartón de ese producto se denomina cartón fino (cartulina). Este tipo de cartón se produce del mismo modo que el papel.

El cartón producido en máquinas específicas para este cometido se denomina cartón gráfico. Hay dos tipos de cartón: multicapa y sólido. La mayoría de los cartones multicapa están compuestos por varias capas que contienen distintos tipos de pasta. El cartón sólido también está formado por varias capas, pero todas ellas del mismo tipo de pasta.

▶ **TIPOS DE PAPEL Y DIFERENCIA DE PRECIOS**

- El papel en hojas es más caro que en bobina
- El papel satinado es más caro que el mate o seda
- El papel de pasta química es más caro que el de pasta mecánica
- El papel coloreado es más caro que el blanco
- El papel de trapo (con más de un 25 % de fibra de algodón) es el más caro

CÓMO ELEGIR UN PAPEL 12.5

A la hora de elegir el papel para el producto impreso deben tenerse en cuenta diversos criterios para su evaluación: la sensación que se quiere que transmita el producto impreso, su perdurabilidad, su precio, su legibilidad, la calidad de las imágenes, la técnica de impresión, los acabados, el medio de distribución, el impacto ecológico que ocasionará y las exigencias del impresor. Todos estos aspectos influyen en la elección del papel.

LA SENSACIÓN QUE TRANSMITE EL IMPRESO 12.5.1

La elección del papel es un factor muy importante de cara a la sensación que despertará un producto impreso. Cada producto tiene un propósito distinto: vender, informar, anunciar una marca, etc. Hay una gran variedad de papeles cuyas cualidades ópticas, táctiles, etc., pueden despertar, según el papel que se elija, una u otra sensación en el lector. Por otro lado, en la elección del papel, también influye la moda.

▶ STOCK DE PAPEL
Normalmente es más económico emplear el papel que el impresor utiliza habitualmente y tiene disponible en su almacén.

▶ IMPRESIÓN SOBRE PAPEL COLOREADO
Para imprimir sobre papel coloreado se debe ajustar la imagen para compensar el color del papel. No obstante, en ciertos casos es muy difícil o imposible dar con la solución adecuada.

LONGEVIDAD DEL IMPRESO 12.5.2

Como mucha gente sabe, el papel de periódico amarillea rápidamente al estar expuesto a la luz, pero eso no constituye un problema cuando se trata de un diario. Sin embargo, si se quiere que un impreso tenga una vida larga, existen dos tipos de papel apropiados para ello: el papel permanente y el papel archivo. La única diferencia entre ambos es que el papel archivo es más resistente, gracias a que contiene fibra de algodón. Como regla general, se puede decir que los papeles de pasta mecánica son más sensibles al paso del tiempo que los papeles de pasta química, y que el empleo de carbonato de calcio en las cargas de relleno durante la preparación de la pasta le da al papel una mejor protección contra el envejecimiento.

EL COSTE DEL IMPRESO 12.5.3

El precio del papel puede variar considerablemente, según la calidad elegida. El precio también se ve influido por la relación entre el impresor y el fabricante o distribuidor papelero y por las cantidades adquiridas; los precios de un mismo papel pueden variar de un impresor a otro.

Hay que tener presente que para las tiradas cortas el precio del papel tiene un peso relativamente bajo en el coste total del impreso, mientras que en las tiradas largas sucede lo contrario.

CALIDAD DE LECTURA Y CALIDAD DE IMAGEN 12.5.4

Cuando se imprimen imágenes, normalmente se desea obtener el mayor contraste posible entre tinta y papel. Pero cuando se trata de impresos donde la información contenida en el texto es lo más importante, los requerimientos de las imágenes pasan a un segundo plano. Un contraste demasiado grande entre el papel y el texto impreso puede causar fatiga ocular. Por eso se recomienda un papel blanco suave (algo amarillento) para impresos con mucho texto; además, es conveniente que sea mate e incluso no estucado, para evitar reflejos molestos. Los libros de texto son un ejemplo de productos impresos en papel no estucado y de una tonalidad ligeramente amarilla.

Las imágenes quedan mejor en papel satinado estucado blanco, ya que así se obtiene el máximo contraste. Si se desean imprimir imágenes en papel coloreado o con un bajo componente de blanco, debe tenerse en cuenta la dificultad de compensar el color del papel, y que ello puede comportar una peor calidad. Lo mismo ocurre cuando se quieren imprimir sobre papel coloreado textos o ilustraciones, pues los colores de estos últimos pueden variar en el producto final impreso. Si texto e imágenes tienen la misma importancia en un impreso, se suele utilizar un papel estucado mate como solución intermedia. Para lograr una calidad de imagen óptima, es necesario que la transferencia de tinta al papel se extienda de manera uniforme, para que no se produzcan manchas, y los papeles estucados son los apropiados en estos casos.

LINEATURA Y RANGO DE TONOS 12.5.5

Cada papel tiene sus limitaciones en cuanto a lineatura de trama y capacidad de reproducir el rango de tonos completo de las imágenes (ver "Imágenes", 5.4.2 y 5.4.3). Cuanto mayor sea la lineatura con que se puede imprimir en un papel, tanto mejor resulta la calidad de la imagen. La capacidad para reproducir el rango de tonos de una imagen puede variar considerablemente entre los diferentes tipos de papel. Estos dos factores deben tenerse en cuenta en el momento de la elección de papel para el impreso.

Los fabricantes de papel recomiendan las lineaturas máximas para sus diferentes papeles. En el escaneado y en la separación de colores, la imagen debe ser adaptada a la lineatura y al rango de tonos permitidos por el papel. Esto presupone, lógicamente, que ya se ha elegido el papel antes de escanear las imágenes.

TÉCNICA DE IMPRESIÓN 12.5.6

Ciertas técnicas de impresión requieren una determinada dirección de fibra para lograr un buen comportamiento del papel en la máquina de imprimir. Las diferentes técnicas de impresión también tienen distintas limitaciones respecto al espesor del papel y al tamaño del pliego. La máquina de imprimir offset requiere un papel con buena resistencia superficial. La tinta muy viscosa tiende a arrancar fibras del papel, mientras que el agua del proceso debilita el papel. En offset seco no hay agua que lo debilite, pero en cambio se usa una tinta aún más viscosa (ver "Impresión", 13.1.5). El huecograbado, por su parte, requiere un papel con una superficie muy lisa, de lo contrario, la aplicación de la tinta sobre el papel puede causar problemas que afecten a la calidad del producto impreso.

Los impresores de impresión digital recomiendan utilizar papeles basados en sus propias pruebas, por lo que es conveniente consultar al impresor e informarse bien antes de tomar una decisión. La técnica xerográfica (impresoras láser y copiadoras) exige papeles de superficie un poco más rugosa, en su mayor parte papeles no estucados, por la dificultad del tóner para adherirse al papel estucado. Tampoco debe usarse papel estucado común en una impresora láser. Sin embargo, los fabricantes de papel han desarrollado papeles especiales que se asemejan al papel estucado para su empleo en impresoras xerográficas. Pero este tipo de papel no es apropiado para offset, dado que, al no absorber los componentes oleaginosos, el pigmento de la tinta se adhiere a él con dificultad (ver "Impresión", 13.1.4).

EL ACABADO DEL PRODUCTO IMPRESO 12.5.7

El tipo de plegado afecta a la elección del papel. En este sentido, es conveniente doblar el papel longitudinalmente a la dirección de la fibra, pues si el plegado es transversal, se rompen las uniones de las fibras y la superficie del papel adquiere un aspecto agrietado (ver "Manipulados", 14.2).

Los papeles gruesos o rígidos siempre tienen que ser hendidos antes de someterlos al plegado. El hendido significa que las fibras son dobladas a lo largo de una línea, donde luego se hará la doblez al papel. Después del plegado las fibras se desplazan fácilmente y no oponen resistencia al doblado. Practicar un hendido puede salvar un trabajo, si por algún motivo no se puede lograr que la dirección de fibra sea la correcta para el plegado (ver "Manipulados", 14.7).

Si la encuadernación se va a hacer mediante encolado, éste será más resistente cuanto menor sea el volumen específico del papel, es decir, cuanto más grueso y poroso sea. El mayor espesor proporciona una mayor superficie de contacto para el encolado, mientras que la porosidad facilita la penetración de la cola. Los papeles estucados y satinados son, por lo general, menos apropiados para la encuadernación mediante encolado (ver "Manipulados", 14.7).

> ### ▶ IMPRIMIBILIDAD
>
> **La imprimibilidad es la suma de aquellas cualidades del papel que permiten una buena calidad de impresión.**
>
> - Los poros del papel hacen posible la absorción de la tinta, evitando el repintado (que la tinta de un pliego manche el siguiente). Al mismo tiempo, el papel debe evitar una penetración tal de la tinta que la impresión se vea desde el reverso de la hoja.
>
> - La uniformidad superficial del papel no debe afectar al contacto entre la forma impresora en la prensa y el papel.
>
> - El papel debe tener una buena resistencia superficial, para que no se desprendan partículas durante la impresión, pues ello puede producir arranques o motas en el impreso. Estos arranques consisten en unas manchitas blancas que aparecen en el producto impreso y que son particularmente visibles en las áreas monocromáticas.
>
> - La porosidad del papel absorbe la luz incidente y aumenta la opacidad.
>
> - El brillo del papel es importante para obtener un buen contraste entre el papel y la tinta.

> **MAQUINABILIDAD**
>
> La maquinabilidad es la cualidad del papel que hace técnicamente posible su uso sin problemas en las máquinas de imprimir.
>
> Las cualidades del papel no deben variar a lo largo de la producción, es decir, que deben mantenerse unas mismas dimensiones, estabilidad dimensional, superficie, etc.

DISTRIBUCIÓN DEL IMPRESO 12.5.8

Si se trata de un producto impreso que debe distribuirse por correo, al elegir el papel se debe tener en cuenta que el límite de peso puede ser determinante. La elección de un papel de poco gramaje puede suponer una tarifa de franqueo más económica, o lo que es lo mismo, un importante ahorro de dinero.

EL IMPACTO ECOLÓGICO 12.5.9

Diversas fuentes aseguran que el 30 % del daño medioambiental que provoca un impreso tiene su origen en el papel. Por eso es recomendable elegir un papel de bajo impacto medioambiental siempre que sea posible. ∎

> **PESO EN GRAMOS DE UN IMPRESO A4 CON DIFERENTE CANTIDAD DE PÁGINAS**
>
> | Gramaje g/m² | Cantidad de páginas (2 páginas = 1 hoja) | | | | | | |
> |---|---|---|---|---|---|---|---|
> | | 2 | 4 | 6 | 8 | 12 | 16 | 24 | 32 |
> | 70 | 4,38 | 8,75 | 13,13 | 17,50 | 26,25 | 35,00 | 52,50 | 70,00 |
> | 80 | 5,00 | 10,00 | 15,00 | 20,00 | 30,00 | 40,00 | 60,00 | 80,00 |
> | 90 | 5,63 | 11,25 | 16,88 | 22,50 | 33,75 | 45,00 | 67,50 | 90,00 |
> | 100 | 6,25 | 12,50 | 18,75 | 25,00 | 37,50 | 50,00 | 75,00 | 100,00 |
> | 115 | 7,19 | 14,38 | 21,56 | 28,75 | 43,13 | 57,50 | 86,25 | 115,00 |
> | 130 | 8,13 | 16,25 | 24,38 | 32,50 | 48,75 | 65,00 | 97,50 | 130,00 |
> | 150 | 9,38 | 18,75 | 28,13 | 37,50 | 56,25 | 75,00 | 112,50 | 150,00 |

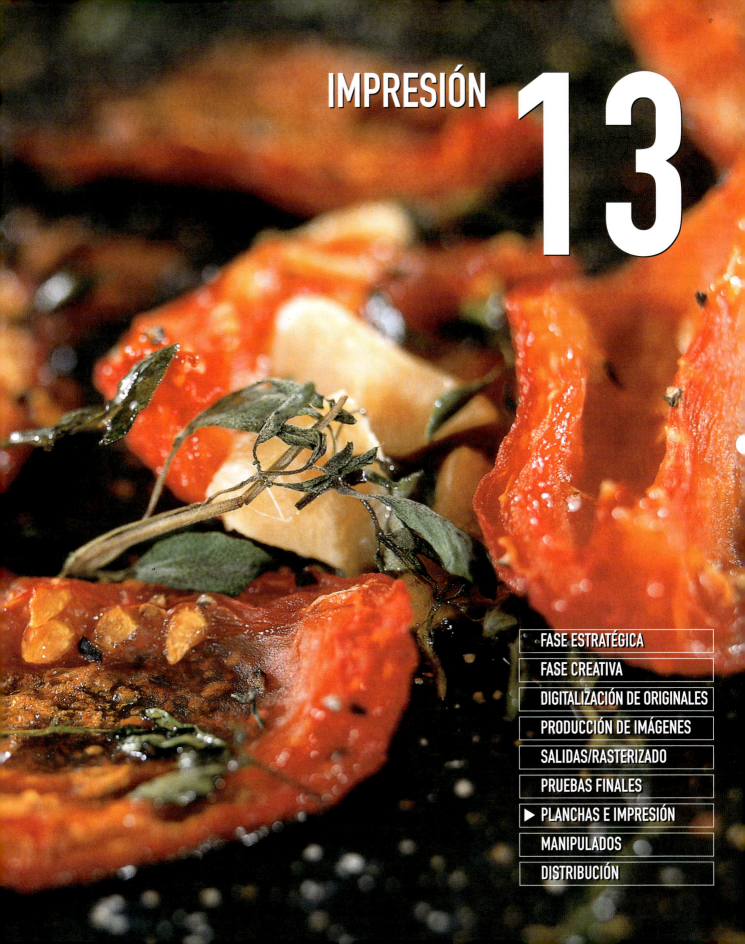

IMPRESIÓN

13

- FASE ESTRATÉGICA
- FASE CREATIVA
- DIGITALIZACIÓN DE ORIGINALES
- PRODUCCIÓN DE IMÁGENES
- SALIDAS/RASTERIZADO
- PRUEBAS FINALES
- ▶ PLANCHAS E IMPRESIÓN
- MANIPULADOS
- DISTRIBUCIÓN

IMPRESIÓN OFFSET	237
MÁQUINAS PARA IMPRESIÓN OFFSET	239
PUESTA A PUNTO DE LA MÁQUINA	242
CONTROLES EN IMPRESIÓN OFFSET	245
INCIDENCIAS DE IMPRESIÓN OFFSET	250
SERIGRAFÍA	252
HUECOGRABADO	253
IMPRESIÓN FLEXOGRÁFICA	255
IMPRESIÓN DIGITAL	257

CAPÍTULO 13 IMPRESIÓN

EL DÍA A DÍA ESTÁ LLENO DE PRODUCTOS IMPRESOS, LA MAYORÍA EN PAPEL, PERO TAMBIÉN EXISTEN PRODUCTOS IMPRESOS EN OTROS SOPORTES, COMO PLÁSTICO, VIDRIO, ALUMINIO O TELA. PARA PRODUCIR TODA ESTA AMPLIA GAMA DE PRODUCTOS, LA INDUSTRIA GRÁFICA HA DESARROLLADO DIFERENTES TÉCNICAS DE IMPRESIÓN.

La mayoría de los productos impresos tiene como soporte el papel, pero también se puede imprimir sobre otros materiales. La técnica de impresión que se utiliza para cada proyecto se elige en función de las exigencias de la calidad, la tirada, el soporte de impresión, el formato y el tipo de producto diseñado. En este capítulo se analizarán las distintas técnicas de impresión y sus características. También se revisarán las incidencias más frecuentes que se producen y se explicará cómo evaluar la calidad de la impresión. Se hará un énfasis especial en la impresión offset, que es, sin duda, la técnica más extendida actualmente.

▶ ELECCIÓN DE LA TÉCNICA DE IMPRESIÓN

La elección de una u otra técnica de impresión se realiza fundamentalmente basándose en:

- Los requisitos de calidad
- El volumen de la tirada
- El tipo de soporte
- El tipo de producto
- El formato del producto final

▶ CADA PRODUCTO REQUIERE DIFERENTES MÉTODOS DE IMPRESIÓN

PRODUCTOS Y SOPORTES	TÉCNICA DE IMPRESIÓN	LINEATURA
Carteles, ropa, cerámica, bolsas. Soportes y superficies diversos, grandes superficies, flexibles y no flexibles.	**Serigrafía**	**50–100 lpi**
Packaging. Envases y embalajes de plástico, vidrio, aluminio y cartón.	Flexografía	90–120 lpi
Productos con tiradas de gran volumen: diarios, periódicos, catálogos, embalajes.	**Huecograbado**	**120–200 lpi**
La mayoría de los productos impresos en papel: diarios, periódicos, libros, revistas, envases, folletos, prospectos.	Offset	65–300 lpi

IMPRESIÓN OFFSET 13.1

Todo el proceso de impresión offset está basado en el principio litográfico. De hecho, existen dos métodos básicos: impresión en húmedo o con agua (*wet offset*) e impresión en seco o sin agua (*water free offset*), técnica de offset que utiliza siliconas en vez de agua.

EL PRINCIPIO LITOGRÁFICO 13.1.1

La impresión litográfica trabaja de forma diferente a la impresión en relieve, en la que las áreas impresoras y no impresoras de la imagen están separadas unas de otras por diferencias de relieve en su superficie. En la impresión litográfica, las áreas impresas y no impresas se diferencian por sus características químicas. En una plancha litográfica, las áreas impresoras están hechas de un polímero y las no impresoras de aluminio. Las primeras son oleófilas, es decir, atraen la tinta, que es grasa, mientras que las áreas no impresoras son oleófobas o, lo que es lo mismo, rechazan la tinta.

En el offset húmedo, el agua se utiliza para que la tinta no se adhiera a las áreas no impresoras de la plancha. Se dice entonces que las áreas no impresoras son hidrófilas (atraen el agua) y las áreas impresoras son hidrófobas (rechazan el agua). En el offset seco (sin agua), en cambio, las áreas no impresoras de la plancha están recubiertas con una silicona oleófoba que rechaza las tintas grasas de la impresión. Como se puede observar en la figura de la derecha, en la plancha offset ya lista para imprimir hay una pequeña diferencia de altura entre las áreas impresoras y no impresoras, pero no es esa diferencia la que genera la impresión.

SOLUCIÓN DE MOJADO 13.1.2

Para que la tinta no se adhiera a las áreas no impresoras de la plancha, ésta se humedece con una delgada película de agua de mojado antes de aplicarle la tinta. Pero la tensión superficial del agua no le permitiría cubrir de forma uniforme toda la superficie, pues en estado puro tiende a generar pequeñas gotas separadas; para evitarlo, se reduce la tensión superficial añadiendo alcohol. Normalmente, para obtener las características deseadas, se añade entre un 8 y un 12 % de alcohol isopropílico a la solución de mojado.

Para obtener una buena impresión, la tinta debe mezclarse con agua antes de ser aplicada a la plancha. Se forma una emulsión agua-tinta, una mezcla de pequeñas gotas de ambos líquidos, similar a la solución que se obtendría si se mezclase agua y aceite. Los valores del PH y la dureza de la solución de mojado deben ser los correctos. Las aguas duras contienen diversas sales minerales que, en ciertas cantidades, pueden causar la separación de los pigmentos de las tintas. Al disolverse, los pigmentos podrían mezclarse con el agua de la emulsión de las partes no impresoras, de modo que éstas se volviesen en parte impresoras. Este fenómeno, por el que la solución adquiere el color de la tinta y lo transporta hasta el papel, se denomina *toning* (coloración de zonas sin imagen). La dureza de la solución se controla mediante un aditivo regulador. También se ajusta la solución de mojado para regular el valor del PH.

LA MANTILLA DE CAUCHO 13.1.3

La impresión offset es una técnica indirecta de impresión, en la cual la tinta no se transfiere al papel directamente desde la plancha impresora. El cilindro porta-planchas transfiere primero la imagen de impresión a un rodillo cubierto por una mantilla de caucho

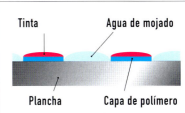

▶ EL PRINCIPIO LITOGRÁFICO

La plancha se moja para que la tinta no se adhiera a las áreas no impresoras; la tinta se adhiere entonces sólo a las áreas de polímero de la plancha.

▶ LA FUNCIÓN DEL AGUA DE MOJADO

El agua de mojado cumple con tres funciones en la impresión offset:

- Que la tinta no se adhiera a las áreas no impresoras
- Que las planchas se mantengan limpias de partículas de papel
- Refrigerar el proceso

▶ ADICIÓN DE ALCOHOL EN EL AGUA DE MOJADO

Mediante la adición de alcohol se reduce la tensión superficial del agua y ésta cubre de forma uniforme las áreas no impresoras con una fina película.

▶ COLORACIÓN
La coloración tiene lugar cuando las áreas no impresoras de la plancha atraen tinta, imprimiéndose parcialmente. Entonces, las áreas blancas del papel se colorean y ocasionan manchas no deseadas en la impresión final.

▶ LA UNIDAD O CUERPO DE IMPRESIÓN
Este esquema muestra las tareas básicas de la unidad de impresión de una máquina de imprimir offset. El proceso de impresión se desarrolla de la siguiente forma:

1. Se añade la solución de mojado, que se adhiere sólo a las áreas no impresoras de la plancha.

2. Se añade la tinta, que se adhiere sólo a las áreas impresoras.

3. La imagen impresora pasa de la plancha a la mantilla de caucho.

4. La mantilla de caucho se presiona contra el papel, que se introduce entre el cilindro porta-mantilla y el cilindro de impresión.

que, a su vez, la transfiere al papel. El papel pasa entre un cilindro porta-mantilla de caucho y un cilindro de impresión. En un procedimiento indirecto de impresión, la imagen de la plancha de impresión se lee en la misma dirección que en la impresión final. En cambio, en las técnicas directas, como la flexografía y la serigrafía, la imagen de la forma impresora es un espejo de la forma impresora (ver "Películas y planchas", 11.1.2).

Es importante que la mantilla de caucho pueda absorber la tinta desde la plancha impresora para transferirla al papel. Si la mantilla tiene dificultad de transferencia de la tinta al papel, se puede rasgar la superficie de éste, dando lugar a pequeñas motas arrancadas del papel. La mantilla de caucho es un objeto delicado que, por efecto del desgaste, debe ser cambiado frecuentemente. También es corriente que la mantilla deba cambiarse porque una compresión excesiva haya provocado una pérdida de su elasticidad como, por ejemplo, cuando una hoja (por algún fallo) pasa doblada por la máquina de imprimir. El papel doblado es demasiado grueso para poder pasar entre el cilindro porta-mantilla y el cilindro de impresión. Un aplastamiento de la mantilla de caucho conlleva una pérdida de elasticidad en las áreas comprimidas.

LA TINTA 13.1.4

Las tres características más importantes de la tinta son:

- Sus características cromáticas, que incluyen su pureza, su correspondencia con el color estándar utilizado (por ejemplo EuroScale o SWOP) y su saturación.
- Sus características físicas, como su fluidez y su viscosidad.
- Sus características de secado sobre el papel.

Las características cromáticas de la tinta dependen de sus pigmentos. Los pigmentos están constituidos por pequeñísimas partículas que pueden ser orgánicas o inorgánicas. Por ejemplo, se utilizan como pigmentos precipitaciones químicas y hollín. Para que los pigmentos queden ligados al papel, se mezclan con un agente aglutinante. La tinta debe tener una buena capacidad de adhesión al papel. El agente aglutinante también proporciona fluidez y cualidades litográficas a la tinta, e influye en sus características físicas. Se formula también para impedir que los pigmentos se disuelvan en la solución de mojado, evitando así el *toning*.

Los agentes aglutinantes en las tintas offset están compuestos por resinas, alquids y aceites minerales. La combinación de estos componentes es lo que le da a la tinta sus propiedades de secado. Al aplicar la tinta sobre el papel, lo primero que se produce es la absorción del aceite mineral. Ello permite que la tinta se asiente, lo cual constituye la primera fase de secado; por eso, es importante que el papel tenga una buena capacidad de absorción. Sin embargo, también es importante que no sean absorbidos los pigmentos, sino que queden sobre la superficie. Si son absorbidos, la saturación de color de la tinta resulta peor. Los pigmentos, los alquids y las resinas que no son absorbidos por el papel, forman una especie de gelatina sobre la superficie. Esta gelatina hace que la tinta quede lo suficientemente seca como para no repintar el siguiente pliego cuando se deposita sobre el anterior en la pila del recibidor.

Este gel se seca después mediante la oxidación del alquid por contacto con el oxígeno del aire. Ésta es la segunda fase de secado, y se denomina 'curado' de la tinta u oxidación. A veces se usa radiación UV (ultravioleta) para acelerar el curado y, en ocasiones, se utilizan agentes secantes sobre el pliego impreso para evitar el repinte. La función de los agentes secantes es mantener separados los pliegos, de modo que la tinta no esté en contacto con el siguiente pliego y lo repinte. Se utilizan agentes secantes con partículas de diferente grosor, según los diferentes grados de rugosidad del papel. Su composición suele ser a base de almidón y carbonato de calcio (KaCO$_3$).

OFFSET SIN AGUA 13.1.5

La impresión offset sin agua funciona en principio de la misma manera que la impresión offset con agua. Como se mencionó anteriormente, en offset sin agua se utiliza una capa de silicona en lugar de agua para diferenciar las áreas de la plancha impresoras de las no impresoras. Se requieren entonces planchas especiales, recubiertas con esa capa de silicona. Al exponer y revelar una plancha de este tipo, la silicona se desprende de las áreas expuestas, dejando al descubierto las áreas impresoras. En offset sin agua se utilizan tintas menos fluidas que en offset con agua. A menudo, las máquinas de imprimir offset sin agua son máquinas de imprimir offset con agua reconstruidas, en las que se han colocado rodillos temperados para regular la temperatura de las tintas y, con ello, sus propiedades impresoras.

Una ventaja de la impresión en seco es que se puede imprimir con un color de saturación más elevado o mayor densidad de tinta, lo que da un rango de tonos más amplio. También proporciona un punto de trama más definido, lo cual permite imprimir con una lineatura de trama más alta. El ajuste de máquina es más rápido, debido a que no se necesita regular la mezcla de tinta y agua. Además, el offset sin agua es más respetuoso con el medio ambiente, ya que no requiere los aditivos de alcohol en la solución de mojado. En contrapartida, las máquinas de impresión en húmedo son más baratas, ya que no requieren temperaturas controladas. Otra desventaja del offset sin agua es que en la impresión pueden producirse motas con más facilidad, por la menor fluidez de la tinta y porque no hay agua para mantener la mantilla limpia de partículas de papel (ver 13.5.2). Tradicionalmente se ha empleado el offset con agua, motivo por el cual la impresión en seco todavía se utiliza poco, sin embargo, mucha gente cree que esta técnica de impresión será de uso habitual en un futuro.

MÁQUINAS PARA IMPRESIÓN OFFSET 13.2

Hay dos tipos de máquinas offset: las de alimentación de hojas y las de alimentación en bobina. El primer tipo es el más habitual, por lo que nos centraremos en las máquinas de imprimir de offset de hojas y su funcionamiento.

OFFSET DE BOBINA 13.2.1

La máquina de imprimir offset de bobina se utiliza por lo general para impresiones de baja calidad. Es adecuada para tiradas grandes, a partir de 15.000 ejemplares aproximadamente. Los acabados avanzados difícilmente se pueden hacer en la fase de impresión, por lo que lo más corriente es que solamente se incluyan el plegado y el grapado (ver "Postimpresión", 14.14.1). Suelen imprimirse en offset de bobina los periódicos, revistas, folletos, etc.

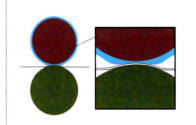

▶ LÍNEA DE CONTACTO (NIP)
La mantilla de caucho se comprime en la línea de contacto (NIP), entre el cilindro porta-mantilla y el cilindro de impresión.

▶ PROPIEDADES DE LA TINTA

La tinta tiene tres tipos de propiedades importantes:

- Propiedades cromáticas.
- Propiedades físicas (viscosidad, fluidez, etc.).
- Propiedades relacionadas con la capacidad de secado.

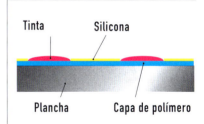

▶ PLANCHA PARA OFFSET SIN AGUA
Las áreas no impresoras de una plancha para offset sin agua están recubiertas con silicona, que repele la tinta grasa y hace innecesaria la solución de mojado.

▶ **OFFSET SIN AGUA, PROS Y CONTRAS**

+ La mayor definición de los puntos de trama permite una impresión con lineatura más alta.

+ La eliminación del factor "equilibrio agua-tinta" reduce el tiempo de ajuste de máquina.

+ Permite una densidad máxima de tinta más elevada en la impresión, lo que proporciona un mayor rango cromático.

+ La ausencia de solución de mojado elimina el uso del alcohol, lo que reduce el impacto ambiental.

− Es más fácil que se produzcan motas, en parte porque la tinta es más viscosa y en parte porque la ausencia del agua de mojado implica también su ausencia como agente de limpieza.

− Es necesario regular la temperatura de los cuerpos de impresión, lo que encarece el proceso.

OFFSET DE HOJAS 13.2.2

Con este sistema de impresión se puede imprimir prácticamente la mayoría de los productos imprimibles en soporte papel. Como su nombre indica, se utilizan hojas de papel. Este sistema ofrece enormes posibilidades de elección respecto al tipo de papel y su calidad. La impresión en offset de hojas puede ser sometida a múltiples tratamientos de postimpresión, como laminación, encuadernación mediante encolado y cosido, etc. Suelen imprimirse de este modo memorias de empresa, pósters, folletos comerciales, libros y otros impresos de calidad.

A continuación, se revisará el estado actual del proceso de impresión de offset de hojas, empezando por el recorrido que efectúa el papel a través de la prensa.

TRANSPORTE DE LA HOJA 13.2.3

En una máquina de imprimir de offset de hojas, los mecanismos de agarre de las hojas y el suministro a los cuerpos de impresión influyen en la calidad final del producto impreso. Estos mecanismos tienen tres funciones principales:

- Recoger una hoja de la pila de papel de la bandeja de entrada.
- Controlar que entre una sola hoja en la prensa cada vez.
- Ajustar o registrar la hoja de modo que todas entren en la máquina de imprimir exactamente de la misma manera. El sistema de registro es importante para asegurar que la imagen será impresa exactamente en el mismo sitio en todas las hojas.

La parte de la máquina de imprimir que recoge el pliego de papel de la pila de entrada se denomina alimentador (*feeder*). Hay varios tipos de alimentadores, pero la mayoría de las prensas contienen cabezales aspiradores neumáticos que alzan el pliego, al tiempo que las boquillas sopladoras laterales aseguran su separación. Así se consigue que se levante una sola hoja cada vez. Cuando el papel está sobre el marcador (*feedboard*), un último control verifica que se dispone de una sola hoja. Si en la máquina entra más de una hoja al mismo tiempo, se corre el riesgo de ocasionar daños en la mantilla de caucho.

▶ **MÁQUINA DE IMPRIMIR OFFSET DE HOJAS**
En primer plano se muestra el alimentador, que separa la hoja, la aspira y la entrega a los dispositivos que la trasladan al cilindro impresor. La hoja impresa es depositada a la salida. En el fondo se ven los cuatro cuerpos de impresión, uno por cada tinta.

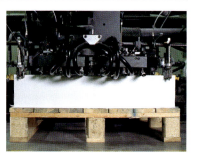

▶ **ALIMENTADOR**
En una máquina de imprimir offset, el dispositivo alimentador recoge una sola hoja de la pila de entrada cada vez y lo coloca en la mesa de transporte.

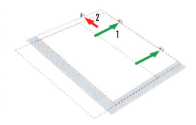

▶ **REGISTRO**
Antes de ser impresa, cada hoja se registra por su parte superior y por uno de sus bordes laterales. Éste es un proceso importante para evitar fallos de registro entre ambas caras del pliego y para que los acabados sean correctamente ejecutados en todas las máquinas a lo largo del proceso de impresión.

Para asegurar la precisión del proceso de impresión, es importante que la situación de la imagen impresa sea exactamente la misma en todos los pliegos de la tirada. Si no fuera así, la precisión de acabados como el plegado o el grapado quedaría comprometida. Para evitar este problema, las hojas de papel se ajustan, o registran, en el marcador antes de continuar su paso por la máquina. El registro se realiza mediante guías frontales y laterales contra dos bordes: el borde frontal (borde de pinzas, la cabeza del pliego) y uno de los bordes laterales, el llamado borde lateral de alimentación. El registro se realiza antes de que las hojas sean tomadas por las pinzas oscilantes para seguir su recorrido y recibir la primera tinta, y se realiza solamente contra dos bordes y no contra todos porque el tamaño de los pliegos suele presentar ligeras variaciones a lo largo de la pila, debido principalmente a los pequeños desplazamientos de las hojas al ser cortadas por la guillotina.

Es importante saber cuál es la esquina del pliego formada por esos dos bordes de registro. Cuando el pliego se imprime en ambas caras, se deben usar los mismos bordes de registro del pliego para ambas. Por lo demás, es difícil que la impresión de la cara y el dorso sea exactamente la misma en toda la tirada (ver "Postimpresión", 14.13.3). Como ya se ha indicado anteriormente, también es importante que se realice el registro de la impresión durante la tirada. Por eso siempre se suele marcar cuál es la esquina entre el borde de pinzas y el borde de alimentación en la pila de pliegos impresos que se enviará a algún proceso de manipulado.

UNIDAD DE IMPRESIÓN 13.2.4

La parte de la máquina de impresión en la que la tinta se transfiere al papel se llama unidad de impresión. En una máquina de imprimir offset, la unidad de impresión está generalmente compuesta por tres partes: un cilindro porta-plancha, un cilindro porta-mantilla y un cilindro de impresión. La estructura de la unidad de impresión y su colocación varía, pero, para simplificar, se consideran cuatro versiones básicas: unidades de tres cilindros, unidades de cinco cilindros, unidades satélite y unidades perfector.

Actualmente, la unidad de tres cilindros es la versión más corriente en las máquinas de imprimir offset de hoja. Está compuesta por un cilindro de impresión, un cilindro porta-mantilla y un cilindro porta-plancha. Este conjunto impresor imprime sólo un color en una de las caras del papel. Cuando se imprime con más de una tinta, hay varios cuerpos de impresión en hilera, uno por cada tinta, cada uno con su unidad de impresión de tres cilindros.

Ciertas máquinas de imprimir offset de hojas de varios cuerpos, construidas con sistemas de tres cilindros, pueden voltear la hoja imprimiendo sobre una cara del papel, mientras el resto de las unidades imprimen sobre el reverso. La máquina capaz de imprimir ambas caras en una sola tirada se denomina máquina de imprimir a dos caras o de retiración.

La unidad de impresión de cinco cilindros también se utiliza principalmente en las máquinas de imprimir de hoja. Está construida con dos cilindros porta-plancha, dos cilindros porta-mantilla y uno de impresión común. Eso significa que se imprime con dos tintas en una misma cara del papel.

La unidad de impresión tipo satélite se utiliza principalmente en máquinas de imprimir de offset de bobina, pero en ocasiones también en offset de hoja. Una hoja que pasa a través de un conjunto impresor tipo satélite se mantiene con la misma grapa de sujeción a través de toda la máquina, lo cual facilita el registro entre las tintas. Este conjunto está generalmente compuesto por cuatro cilindros porta-plancha, cuatro cilindros porta-mantilla y uno de impresión en común. Es decir, que imprime cuatro tintas consecutivamente en una misma cara del papel. También las hay con cinco y con seis grupos entintadores.

▶ **UNIDAD DE IMPRESIÓN DE TRES CILINDROS**
Es la unidad de impresión más corriente en máquinas de imprimir offset de hojas. Está compuesta por un cilindro de impresión, un cilindro porta-mantilla y un cilindro porta-plancha.

▶ **UNIDAD DE IMPRESIÓN DE CINCO CILINDROS**
Se usa en las máquinas de imprimir offset de hojas. Está compuesta por dos cilindros porta-plancha y dos cilindros porta-mantilla, con un solo cilindro de impresión común.

▶ **UNIDAD SATÉLITE**
Se usa principalmente en máquinas de imprimir offset de bobina. Suele estar compuesta por cuatro cilindros porta-plancha, cuatro porta-mantilla y un solo cilindro de impresión común.

▶ **UNIDAD PERFECTOR**
La unidad perfector es utilizada exclusivamente en impresión offset de bobina. No tiene cilindro de impresión, sino que los integrantes de cada par de cilindros porta-mantilla, situados a ambos lados de la cinta de papel, actúan como cilindros de impresión.

▶ **ZONAS DE TINTA**
Cada número del tintero corresponde a una zona específica de tinta del grupo entintador.

▶ **PUPITRE (PANEL DE MANDOS)**
Desde el panel de mandos se pueden controlar los tornillos de tintero de las diferentes zonas. Mediante la medición de la cobertura de tinta de cada zona, en la tira de control de un pliego impreso, se sabe qué zonas necesitan ser ajustadas.

La unidad de impresión perfector se utiliza exclusivamente en máquinas offset de bobina. En la misma unidad de impresión se imprimen las cuatro tintas en ambas caras del papel con una sola pasada por la prensa offset. Esta unidad no incluye ningún cilindro de impresión, sino que los cilindros porta-mantilla, situados a ambos lados de la banda de papel, actúan como cilindros de impresión.

GRUPO ENTINTADOR Y SISTEMAS DE MOJADO 13.2.5

Las máquinas de imprimir están equipadas con sistemas de rodillos entintadores y sistemas de rodillos de mojado. No todos los grupos entintadores y de mojado están configurados como se muestra en la figura de la página 243, pero las diferencias existentes entre los distintos modelos son relativamente pequeñas y tienen idéntica funcionalidad.

CONTROL DE LA COBERTURA DE TINTA 13.2.6

La transferencia de tinta a las diferentes zonas de la plancha se controla mediante los tornillos. Éstos regulan las cuchillas de los tinteros, determinando la cantidad de tinta que se debe dosificar en las diferentes zonas. En las máquinas más antiguas, la regulación se hacía manualmente, basándose en la experiencia y después de haber inspeccionado la plancha o la prueba. A continuación, se ajustaba la dosificación en las distintas zonas según los valores del densitómetro o del espectómetro. Actualmente este método sólo se emplea en máquinas offset antiguas o de menor tamaño. Las máquinas modernas y de mayor tamaño llevan incorporado un pupitre de control, desde el que se regulan las posiciones de los tornillos y, en consecuencia, los flujos de las tintas.

Actualmente existen los llamados sistemas de escaneado de planchas. Antes de su colocación en la máquina de imprimir, las planchas se escanean para obtener información sobre la cobertura de tinta de cada zona. Esta información se transfiere digitalmente a la máquina de imprimir, y permite un buen ajuste de los tornillos de tintero desde el principio, de forma rápida y precisa. El sistema estándar utilizado para realizar este procedimiento de intercambio se denomina CIP3 (cooperación internacional para la inte-gración de los procesos de preimpresión, impresión y postimpresión, *International Cooperation for Integration of Prepress, Press and Postpress*) (ver "Producción gráfica", 16.5).

PUESTA A PUNTO DE LA MÁQUINA 13.3

El concepto de puesta a punto (*makeready*) hace referencia al conjunto de las operaciones que se realizan en la máquina de imprimir hasta la obtención de la primera hoja aprobada. Dado que el tiempo de impresión tiene un coste, el objetivo es que este proceso se realice en el menor tiempo posible, pero, en cualquier caso, existen una serie de pasos necesarios que deben realizarse:

- *Montaje y ajuste de la plancha*
- *Regulación del dispositivo de alimentación*
- *Registro de las hojas*
- *Preconfiguración de los tornillos de tintero*
- *Equilibrio agua-tinta*
- *Registros*
- *Cobertura de tinta*
- *Comprobación de la prueba*

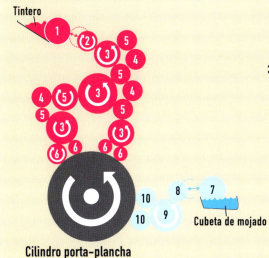

GRUPO ENTINTADOR (PIRÁMIDE) Y SISTEMAS DE MOJADO

El grupo entintador de una máquina de imprimir está compuesto por varios tipos de rodillos con diferentes funciones. El sistema de mojado tiene menos rodillos que el grupo entintador, pero son del mismo tipo y tienen las mismas funciones.

GRUPO ENTINTADOR

1. El rodillo dador (1) toma la tinta del tintero para transferirla al grupo entintador. El rodillo dador gira lentamente y es de acero fundido
2. El rodillo oscilante (2) transfiere la tinta del dador (1) a rodillos dadores (4) a través de un rodillo distribuidor (3) mediante "saltos" entre el dador (1) y ese rodillo distribuidor (3), o sea, que no está en contacto con ambos (1 y 3) al mismo tiempo. El rodillo oscilante está recubierto de goma.
3. Los rodillos distribuidores (3) se ocupan de pulverizar y esparcir la tinta, formando un delgada película. Al mismo tiempo que rotan, oscilan lateralmente y, de esa manera, extienden la tinta mediante el "batido". Generalmente tienen un recubrimiento de plástico. El primer rodillo distribuidor (3) recibe la tinta del rodillo oscilante (2), mientras que los demás rodillos distribuidores (3) reciben tinta de rodillos dadores (4). Los últimos rodillos distribuidores (3) transfieren la tinta a los rodillos entintadores (6).
4. Los rodillos dadores (4) están colocados contra los rodillos distribuidores (3) y toman la tinta de ellos o se la proporcionan, según su posición. Son de acero fundido, pero tienen un recubrimiento de plástico, como los batidores.
5. Los rodillos de transferencia (5) transfieren la tinta entre los rodillos dadores (4). Están recubiertos de goma.
6. Los rodillos entintadores de forma (6) transfieren la tinta de los últimos rodillos distribuidores (3) a la plancha. Tienen un recubrimiento de goma.

SISTEMA DE MOJADO

7. El rodillo dador es de acero cromado.
8. El rodillo oscilante de mojado tiene un recubrimiento de goma que está enfundado en un forro de felpa u otro material similar. Se emplea un forro de este tipo por su capacidad de absorber agua.
9. El rodillo distribuidor es de acero.
10. Los rodillos mojadores tienen el mismo recubrimiento que los oscilantes, goma con un forro de felpa o algún material similar.

También es importante reducir al mínimo la cantidad de entradas en máquina, pues los cambios de plancha suponen mucho tiempo en comparación con la tirada (ver "Salidas", 9.6.2). A continuación se analizará con mayor profundidad cada uno de los pasos de este proceso.

PUESTA A PUNTO DE LA PLANCHA 13.3.1

Con la finalidad de obtener el registro preciso en las diferentes tintas, es importante que las planchas se insertan en la máquina correctamente. Los pernos de fijación y las perforaciones de la plancha facilitan el montaje (ver "Películas y planchas", 11.2.5). La inserción de la plancha se suele hacer manualmente, pero las máquinas con sistemas de cambio automático de plancha son cada vez más comunes.

▶ CONING

El fenómeno conocido como coning se produce cuando la mancha de la primera tinta queda más ancha que la mancha de la última tinta. Su causa es un estiramiento del papel al pasar entre los rodillos de cada conjunto impresor y puede ocurrir tanto en offset de hoja como de bobina.

1. Imagen correcta en la plancha.

2. El papel se estira al pasar entre los rodillos del primer conjunto impresor y recibir la mancha, presentando su mayor deformación en la parte inferior del pliego.

3. El papel recupera su forma original después de la impresión de la mancha, lo cual hace que también la imagen impresa encoja.

4. Al imprimir la segunda tinta, el papel se estira nuevamente y la mancha cae por dentro de los bordes de la primera.

5. Aspecto de la impresión después de aplicar la tinta en los dos conjuntos impresores.

▶ LAS CRUCES DE REGISTRO
Se utilizan para controlar el registro de las diferentes tintas en la impresión. Aquí se muestra su aspecto en una película negativa.

▶ EL TINTERO
La tinta se deposita uniformemente en el tintero y, una vez allí, el rodillo dador la recoge.

▶ MONTAJE DE LA PLANCHA
Es muy importante que la plancha se inserte correctamente para evitar, en lo posible, fallos de registro.

REGULACIÓN DEL ALIMENTADOR 13.3.2

El alimentador debe regularse de acuerdo al formato de la hoja. Además, debe alzar una sola hoja cada vez.

REGISTRO DE LAS HOJAS 13.3.3

Es muy importante que cada pliego sea registrado exactamente antes de entrar en el cuerpo de impresión. Este registro permitirá asegurar que la imagen se imprima en el mismo sitio a lo largo de todo el proceso, de modo que el producto final impreso sea lo más correcto posible.

PRECONFIGURACIÓN DE LOS TORNILLOS DE TINTERO 13.3.4

Realizar cambios en el aspecto de la impresión a través del ajuste de los tornillos de tintero es un proceso relativamente ineficaz. Por eso es tan importante que la configuración inicial se realice lo más minuciosamente posible. Los tornillos de tintero se regulan manual o automáticamente, con la información proveniente del escáner de planchas o del fichero digital original, base de la impresión.

EQUILIBRIO AGUA-TINTA 13.3.5

Es importante realizar el equilibrio agua-tinta de forma correcta. Un exceso de agua ocasiona un exceso de solución de mojado en la tinta, lo que a su vez puede dar lugar a puntos blancos en la impresión. Por otro lado, un déficit de solución de mojado puede provocar un leve entintado en las áreas no impresoras, fenómeno conocido como *dry up*.

REGISTRO 13.3.6

Cuando se imprime con varios colores es de suma importancia obtener el registro correcto, para asegurar que cada tinta se sitúe arriba o abajo, en correspondencia con las otras tintas, con la máxima precisión posible. Lamentablemente, el formato de las hojas de papel se altera al pasar por la máquina de impresión y al ser sometido a la presión de los cilindros (ver ilustración, pág. 244). Por ello nunca se puede alcanzar un registro del 100 %.

COBERTURA DE TINTA 13.3.7

La cantidad de tinta que se transfiere al papel se denomina cobertura de tinta. Es importante que la cobertura de tinta sea correcta. Un exceso de tinta ocasiona repintado y problemas de secado, y las imágenes pueden perder contraste en las áreas más oscuras. Si la cobertura de tinta es demasiado baja, la imagen se decolora. La cobertura de tinta se mide con un densitómetro (ver 13.4.2). Si la cobertura es demasiado baja en un área específica, se debe cambiar la configuración básica solamente en esa zona, regulando la dosificación de tinta con los tornillos de tintero.

Si la cobertura de tinta de uno solo de los colores es demasiado baja, se puede producir una desviación de ese color en las imágenes. Esta situación se define como equilibrio de color defectuoso. El equilibrio de color se controla con las cartas de grises, cuyo color se altera cuando el equilibrio de color no es el correcto (ver 13.4.3).

CONSISTENCIA DE LA PRUEBA 13.3.8

La prueba final de preimpresión le debe dar al cliente una idea clara del aspecto final del producto impreso, por lo que es importante constatar que entre ambos existe la máxima similitud posible. Por eso se suelen hacer ajustes finales en la impresión. Si la prueba y el trabajo de preimpresión fueron correctamente realizados, no será necesario hacer mayores ajustes para obtener un alto nivel de consistencia entre la prueba y el producto impreso.

CONTROLES EN IMPRESIÓN OFFSET 13.4

Al imprimir, siempre deben colocarse tiras de control en las hojas para medir y controlar la calidad de la impresión. El control de impresión es un prerrequisito que facilita los ajustes de los valores del trabajo de preimpresión (por ejemplo, la producción de originales e imágenes) de acuerdo con los requerimientos de impresión. Algunos de los parámetros que deben comprobarse son: la ganancia de punto, la densidad, el equilibrio de grises, el *trapping*, el remosqueo y el doblado de imagen.

GANANCIA DE PUNTO 13.4.1

Cuando la ganancia de punto se da durante la producción de las planchas de impresión, se debe a que el tamaño de los puntos de medios tonos cambia en el momento en que son transferidos a la plancha. Si se utiliza una película negativa se obtendrá una ganancia de punto y si se utiliza una película positiva se obtendrá una reducción de punto. La ganancia de punto se produce cuando la tinta es transferida desde la plancha a la mantilla de caucho, y desde ésta al papel. Al pasar la tinta por las zonas de presión de los rodillos, los

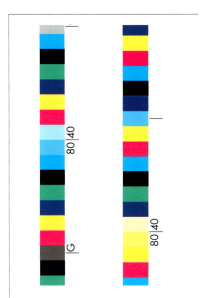

▶ **LAS TIRAS DE CONTROL**
Las tiras de control permiten medir y evaluar diferentes parámetros de calidad necesarios para la impresión.

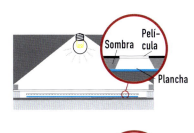

▶ **GANANCIA DE PUNTO – PARTE 1**
Cuando se expone una plancha negativa se producirá una ganancia de punto (arriba). Cuando se expone una plancha positiva se producirá una reducción de punto (abajo).

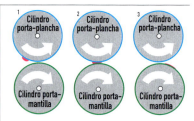

▶ GANANCIA DE PUNTO – PARTE 2
Los puntos de trama se comprimen en la zona de presión entre los cilindros, causando así el crecimiento del área de los mismos.

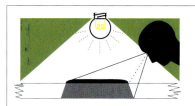

▶ GANANCIA DE PUNTO – PARTE 3
El punto impreso en el papel genera una sombra de la luz reflejada que, a veces, es mayor que el propio punto.

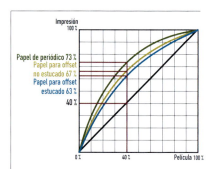

▶ GANANCIA DE PUNTO EN DIFERENTES TIPOS DE PAPEL
Este diagrama muestra una comparación de la ganancia de punto para diferentes tipos de papel.

puntos de trama se agrandan ligeramente, lo cual genera un oscurecimiento de los bloques tonales y de las imágenes. También hay una ganancia de punto óptica que depende de cómo se refleje y se difunda la luz en el papel. La ganancia de punto total en el papel está compuesta por la suma de las ganancias y las pérdidas de punto generadas en la confección de la plancha, en la prensa y por efecto óptico. La ganancia de punto en la máquina de imprimir es la que más influye.

Puesto que la ganancia de punto da como resultado el oscurecimiento del impreso, debe ser compensada en el original digital. Para que ello se pueda hacer correctamente, es necesario saber cuál es la ganancia de punto debida al proceso de impresión, cuál la debida al papel y cuál a la trama que se utilizará. El impresor deben controlar regularmente las ganancias de punto y anotar los valores obtenidos. Una imagen que no haya sido ajustada para compensar la ganancia de punto saldrá más oscura de lo deseado en la impresión.

Dado que la curva de ganancia de punto es una curva continua, es suficiente con indicar los valores para uno o dos valores tonales de la misma. La ganancia de punto se mide en primer término para un valor tonal del 40 %, y a veces también del 80 %. Un valor corriente de ganancia de punto es aproximadamente 23 % en el tono de 40 % para una trama de 150 lpi en un papel estucado (película negativa). La ganancia de punto siempre se mide en unidades de porcentaje absolutas. Eso significa que, en el ejemplo anterior, un área con valor tonal de 40 % en la película se transforma en 63 % en la impresión (40 % + 23 % = 63 %).

Los factores que influyen en el nivel de ganancia de punto en la máquina de imprimir son la calidad del papel, el tipo de proceso utilizado y la lineatura de trama. Los papeles no estucados, por regla general, dan una ganancia de punto mayor que los papeles estucados, y el papel de periódico da una ganancia aún mayor. Los fabricantes tienen la infor-

▶ GANANCIA DE PUNTO

La ganancia de punto se mide con un densitómetro y las tiras de control. Los valores tonales de referencia habituales son el 40 % y 80 %. La ganancia de punto siempre se mide en unidades de porcentaje absolutas. Por tanto, un valor tonal del 40 % en la película se transforma en un 63 % en la impresión, si la ganancia de punto es del 23 %. El efecto que tiene una ganancia de punto del 23 % en el producto impreso se puede leer en la curva del gráfico de la derecha.

Si se quiere saber cómo definir un área tonal con un valor del 40 %, se traza una línea horizontal desde el valor 40 % del eje de impresión y se continúa hasta que corte la curva que describe la ganancia de punto. Desde el punto de intersección se traza entonces una línea vertical hasta el eje película, donde se puede leer el valor correcto. En este caso, si se quiere obtener un valor tonal del 42 % en el impreso, debe ajustarse la película al 25 %.

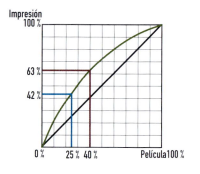

mación de ganancia de punto de sus diferentes calidades de papel. También la técnica de impresión empleada influye en el grado de ganancia de punto. La rotativa offset de bobina, por ejemplo, se caracteriza por un mayor nivel de ganancia de punto que la máquina de imprimir offset de hojas, a igual calidad del papel. Finalmente, una mayor lineatura de trama siempre da una ganancia de punto algo mayor que una lineatura menor, en el caso de que se use la misma técnica de impresión y un papel similar.

DENSIDAD 13.4.2

La densidad es una medida que expresa la cantidad de tinta que aplica la máquina de imprimir en un papel determinado. Si la capa de tinta no es suficientemente densa, el impreso presentará un aspecto mate y apagado. Si hay un exceso de tinta y los puntos de trama se deforman y extienden, se obtendrá un contraste pobre, y también pueden existir problemas de secado que, a su vez, causen el repinte de los pliegos. Por eso es importante utilizar una cantidad de tinta apropiada en relación con el papel. En todo caso, el impresor debe hacer pruebas al respecto. Para medir los tonos sólidos de las tiras de control se utiliza un densitómetro, de tonos llenos. En estas tiras hay por lo menos un área de tono lleno por cada tinta.

EQUILIBRIO DE GRISES 13.4.3

En teoría, si se imprime con los tres colores primarios C, M e Y en cantidades iguales, se debe obtener un gris neutro; sin embargo, en la práctica se obtendrá lo que se conoce con el nombre de desviación de color (ver "Teoría del color", 4.4.2). Las causas de ello pueden ser múltiples: el color del papel, la diferencia de ganancia de punto de cada tinta, la adherencia incompleta de las tintas o imperfecciones de los pigmentos.

El equilibrio de grises es importante porque ayuda a determinar la mezcla correcta de colores. Si el balance de colores no es adecuado, se produce el fenómeno de desviación de color en el impreso. Para conseguir el equilibrio correcto debe conocerse el comportamiento de la máquina de impresión trabajando con un determinado papel, las tintas de impresión y las tramas que se quieren utilizar, y ajustar el trabajo de preimpresión de

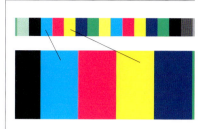

▶ **MARCA DE REGISTRO**
Esta marca se utiliza para controlar el registro de diferentes componentes de color en un impreso. La imagen que se muestra es la que se ve sobre una película negativa.

▶ **DENSIDAD NORMAL**

Los valores habituales para las densidades de tono lleno en máquina de imprimir offset de hoja para papel estucado son:

K: 1,9   C: 1,6   M: 1,5   Y: 1,3

▶ **EQUILIBRIO DE GRISES**
Sin un equilibrio de grises correcto puede producirse el fenómeno de desviación de color en el impreso. En este ejemplo, la parte superior izquierda de la imagen tiene una desviación de cyan.

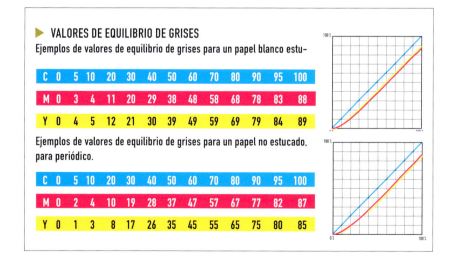

▶ **VALORES DE EQUILIBRIO DE GRISES**
Ejemplos de valores de equilibrio de grises para un papel blanco estu-

C	0	5	10	20	30	40	50	60	70	80	90	95	100
M	0	3	4	11	20	29	38	48	58	68	78	83	88
Y	0	4	5	12	21	30	39	49	59	69	79	84	89

Ejemplos de valores de equilibrio de grises para un papel no estucado, para periódico.

C	0	5	10	20	30	40	50	60	70	80	90	95	100
M	0	2	4	10	19	28	37	47	57	67	77	82	87
Y	0	1	3	8	17	26	35	45	55	65	75	80	85

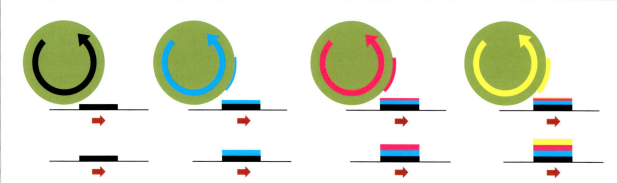

▶ **TRAPPING**
Cuando se imprime mojado sobre mojado, como en la cuatricromía offset, la adherencia de las tintas una sobre otra no es total. El problema va en aumento con cada nueva tinta que se aplica. La imagen superior muestra el resultado real, mientras que la imagen inferior muestra cuál habría sido el resultado si las tintas se hubieran adherido totalmente una sobre otra.

▶ **CAMPOS DE EQUILIBRIO DE GRISES**
El equilibrio de grises puede controlarse en los campos de equilibrio de grises de las tiras de control, donde el gris CMY se compara con el gris compuesto solamente por negro (K).

acuerdo con estos parámetros. Para controlar si el equilibrio de grises es correcto se utilizan tiras de control que están impresas con valores CMY predefinidos y campos de referencia con el tono de gris equivalente impreso solamente con negro (K). Si el balance de grises es correcto, se ha de obtener un valor tonal visualmente similar en los campos de equilibrio de grises y en sus correspondientes campos de referencia con tinta negra.

TRAPPING 13.4.4

Las tintas offset se adhieren con mayor dificultad a otras tintas húmedas que al papel. En offset se imprime normalmente "mojado sobre mojado", lo cual significa que todas las tintas se imprimen unas sobre las otras antes de que se sequen. El significado de *trapping* (atrapando) hace referencia a la cantidad de tinta que es atrapada (que se adhiere) a una tinta ya aplicada en el papel. El grado de *trapping* se puede medir mediante un densitómetro. En las tiras de control hay campos de medición para el *trapping*, disponiendo de campos de sobreimpresión de dos tintas diferentes superpuestas. Su densidad combinada se compara con la densidad individual de los colores correspondientes al imprimir con tonos llenos.

▶ **CAMPOS DE TRAPPING**
El trapping puede revisarse con ayuda de los campos de trapping de las tiras de control. Estos campos contienen dos tintas, una impresa sobre la otra.

▶ **EL ORDEN DE LA IMPRESIÓN Y EL EFECTO TRAPPING**
Si se imprime el cyan antes que el magenta, la capa de cyan será más gruesa y se obtendrá un color de un tono lleno frío y azulado. En cambio, si se imprime primero el magenta, el tono resultante será un azul morado.

LÍMITE DE COBERTURA DE TINTA 13.4.5

Se refiere a la cantidad máxima de tinta que se puede aplicar a un papel específico con un método determinado. Este límite se expresa en porcentajes.

Por ejemplo, si se imprimen las cuatro tintas CMYK una sobre otra con valores plenos de tinta (100 %), se obtiene una cobertura del 400 %. Pero no se puede aplicar tanta tinta sin ocasionar problemas de repintado, pues cada tipo de papel puede absorber sólo una determinada cantidad. Por ello, debe comprobarse cuál es el grado de cobertura de tinta que puede aplicarse a cada papel. Por ejemplo, para un papel estucado brillante el límite es de cerca del 340 %, mientras que para un papel de periódico no estucado está sobre el 240 %. El límite de cobertura de tinta debe determinarse durante la fase de preparación (ver "Imágenes", 5.8).

CONTRASTE DE IMPRESIÓN/NIVEL NCI 13.4.6

Cuando se imprime, se prefiere usar la máxima cantidad de tinta posible, manteniendo a la vez el contraste en las áreas oscuras del impreso. Para determinar la cobertura óptima de tinta debe medirse el contraste de impresión relativo, que consiste en la diferencia de densidad del color entre una trama con tono del 100 % y una trama con tono del 80 % dividida por la densidad del tono 100% (para impresión de periódico se suele utilizar una trama con tono del 70 % en lugar del 80 %). El contraste de impresión óptimo se obtiene cuando la diferencia densitométrica es máxima entre el tono del 80 % y el tono del 100 %, lo que sucede cuando la densidad en tono lleno es lo más alta posible sin que la ganancia de punto resulte excesiva. La densidad de la tinta que da el contraste de impresión óptimo también da la cobertura de tinta óptima. Para medir los tonos con un densitómetro puede utilizarse un filtro de polarización. Este procedimiento se denomina medición NCI (*Normal Color Intensity*).

▶ **EL TRAPPING**

El trapping se mide en los campos de trapping, como se muestra en la figura superior. La fórmula para el cálculo del trapping es:

$$\frac{D_{1+2} - D_1}{D_2}$$

D_{1+2} = Densidad de la superficie con las dos tintas sobreimpresas, medida con el filtro de la segunda tinta en el densitómetro.

D_1 = Densidad de tono lleno de la primera tinta medida en un campo de tono lleno con el filtro de la segunda tinta en el densitómetro.

D_2 = Densidad de tono lleno de la segunda tinta medida en un campo de tono lleno con el filtro de la segunda tinta en el densitómetro.

▶ **EL CONTRASTE DE IMPRESIÓN RELATIVO**

El contraste de impresión relativo se define según la fórmula:

$$\frac{D_{100} - D_{80}}{D_{100}}$$

$D_{100\%}$ = Densidad con tono lleno (100 %) de un color.

$D_{80\%}$ = Densidad con tono del 80 % del mismo color.

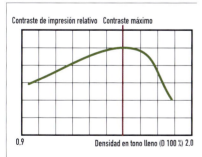

▶ **MEDICIÓN PARA ENTINTADO ÓPTIMO**
La densidad de tono lleno se puede encontrar en el punto más alto de la curva. Corresponde a la densidad de tono óptima, y ofrece el contraste máximo entre el 80 % y el 100 %.

▶ **DENSITÓMETRO**
El densitómetro mide la ganancia de punto y el nivel de entintado (nivel NCI) en la impresión.

▶ **FALLOS DE REGISTRO**
Los fallos de registro generan imágenes desenfocadas, apareciendo bordes coloreados y áreas no impresas.

▶ **¡PARAR LAS MÁQUINAS DE IMPRIMIR!**
Si aparecen motas en la impresión, hay que parar la prensa y limpiar la plancha y la mantilla.

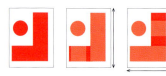

▶ **IMPRESIÓN FANTASMA**
Cuando se produce este fenómeno el rastro de otros objetos impresos aparece en la dirección de impresión. A la izquierda se muestra la imagen correctamente impresa. Las dos imágenes de la derecha fueron impresas en diferentes direcciones (según las flechas) y muestran cómo se puede manifestar este fallo en ambas direcciones.

▶ **MOTAS**
Los desprendimientos de partículas de papel que se adhieren a la plancha o a la mantilla aparecen en la impresión como puntos blancos (motas) que destacan particularmente en bloques tonales oscuros. En el caso de un bloque tonal negro, se puede disimular la vulnerabilidad a las motas mediante la aplicación de un tono negro profundo (ver "Documentos", 6.3.2).

INCIDENCIAS DE IMPRESIÓN OFFSET 13.5

En impresión offset pueden producirse una serie de incidencias indeseadas. Si se conocen las más comunes y se analizan sus causas, los problemas son más fáciles de prevenir. A continuación, se analizan algunas de las incidencias más habituales: fallos de registro, arrancado y moteados, repinte, impresión fantasma, remosqueo y doble impresión.

FALLOS DE REGISTRO 13.5.1

Como se ha mencionado anteriormente, en impresión offset no es posible lograr un registro perfecto entre las diferentes tintas, siempre hay fallos de registro (ver 13.3.6). Esas imperfecciones se suelen disimular mediante *trapping* (ver "Documentos", 6.7). Si no se ha hecho el *trapping* o si la falta de registro es excesiva, se observan decoloraciones en los bordes o huecos en los objetos de color. La falta de registro puede ocasionar también imágenes desenfocadas. La envergadura de los problemas de registro varía en las distintas partes del pliego impreso, siendo mayor hacia los bordes en su parte inferior. Por eso, a veces se opta por no llenar toda la hoja en las impresiones con imágenes que son especialmente sensibles a los desplazamientos de registro.

ARRANCADO Y MOTEADOS 13.5.2

En ocasiones se desprenden del pliego pequeñas partículas de papel durante la impresión. Este fenómeno se denomina arrancado. Cuando estas partículas se adhieren a la superficie impresora de la plancha, dan lugar a puntos blancos no impresos en el papel, ya que las partículas repelen la tinta. Estas manchas blancas se denominan motas. Cuando aparecen moteados en la impresión, hay que parar la máquina de imprimir y limpiar la plancha y la mantilla. Las causas del arrancado pueden ser: la mala resistencia superficial del papel, la alta viscosidad de la tinta o a la excesiva velocidad de impresión. El offset sin agua presenta mayores problemas de arrancado y moteado, porque la viscosidad de las tintas es mayor y porque la solución de mojado que se emplea en el offset con agua mantiene limpias las planchas y mantillas.

REPINTE 13.5.3

Las hojas impresas pueden mancharse mutuamente cuando la cobertura de tinta ha sido muy elevada o cuando se manipulan las páginas antes de que se hayan secado suficientemente. Este problema puede evitarse con el uso de polvos secantes u otros sistemas de secado. La tinta cyan suele ser la de más difícil secado y, por lo tanto, la más propensa al repinte.

REFLEXIÓN 13.5.4

Las grandes masas de color a menudo requieren mucha tinta y ello puede afectar negativamente al resto de la impresión. Además, son muy vulnerables a los efectos que pueda ocasionar la impresión de otros objetos en el mismo pliego. Cualquiera de esos dos factores pueden causar el fenómeno conocido como reflexión o impresión fantasma. Éste se manifiesta en las masas de color, en forma de rastros de la impresión de otros objetos del mismo pliego. Por lo general, son rastros de menor cantidad de tinta causados porque el cilindro porta-plancha no alcanza a tomar suficiente tinta —desde el grupo entintador— para las zonas que precisan mucha. Es más habitual que este fenómeno se produzca en las máquinas de imprimir de pequeño formato (ver la ilustración de la pág. 250).

DEFORMACIÓN DEL PUNTO – REMOSQUEO Y DOBLE IMPRESIÓN 13.5.5

La deformación del punto tiene relación con la alteración de la forma de los puntos de trama, lo que produce una ganancia de punto. La causa de la deformación puede ser un problema en la velocidad periférica relativa entre los rodillos, causado por fallos mecánicos o técnicos en el proceso de impresión, aunque también puede deberse a fallos en la manipulación del material elegido.

Este tipo de deformación es conocido como remosqueo (*slurring*) y ocurre cuando el punto de trama se extiende y adquiere forma ovalada. Puede suceder por una presión excesiva entre el cilindro porta-mantilla y el cilindro de impresión, o porque el cilindro porta-plancha y el cilindro porta-mantilla no rotan exactamente a la misma velocidad. La causa de esta incidencia puede ser que los cilindros tengan distintos perímetros, con velocidades periféricas distintas. Se puede solucionar con una puesta a punto adecuada: colocando hojas de papel entre el caucho y el cilindro de la mantilla.

La doble impresión (*doubling*) se produce cuando se obtienen puntos de trama dobles solapados, uno más fuerte que el otro. La causa de este fenómeno puede ser que la tensión de la mantilla sea insuficiente, de modo que los puntos de trama vayan a parar a diferentes lugares en la mantilla en cada nueva rotación del cilindro.

Los puntos ovalados o duplicados afectan a la ganancia de punto y ocasionan una cobertura de tinta mayor a la definida inicialmente. En consecuencia, la imagen impresa aparecerá más oscura. Existen campos especiales en las tiras de control para detectar estos fallos.

COLORACIÓN 13.5.6

Como se apuntaba anteriormente, una solución de mojado pobre puede hacer que las áreas no impresoras de la plancha se coloreen y se vuelvan impresoras. El *toning* también puede producirse si el agua de la solución de mojado es excesivamente dura; en ese caso, los pigmentos de tinta se disuelven en el agua y colorean el papel.

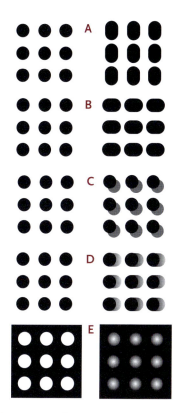

▶ DEFORMACIÓN DE LOS PUNTOS

A. Remosqueo en la dirección de impresión. Puede deberse a una tensión de impresión excesiva o a que los cilindros de la plancha, la mantilla y la impresión no giran a la misma velocidad.

B. Remosqueo transversal a la dirección de impresión. Puede ser causado por el papel o por la mantilla.

C. Doble impresión (sombras). Suele ser causada por una mantilla insuficientemente tensada.

D. Repinte. Puede ocurrir por una cobertura de tinta excesiva o porque los acabados se realizaron antes de que las tintas se hubieran secado suficientemente.

E. Contracción. La puede causar una tensión de impresión excesiva, un tensado insuficiente de la mantilla, una cobertura de tinta excesiva, una cantidad insuficiente de solución de mojado o una combinación de estos factores.

▶ REMOSQUEO
El remosqueo se debe a la extensión de los puntos de trama y consiste en la aparición de puntos ovales en la impresión.

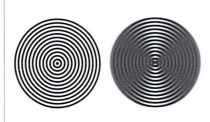

▶ EL CONTROL DEL REMOSQUEO
El remosqueo puede controlarse utilizando las tiras de control: si los puntos están deformados, ello se ve claramente observándolos con el cuentahilos (figura de la derecha).

▶ COLORACIÓN
Este fenómeno se produce cuando las áreas no impresoras adquieren color y se vuelven, en cierta medida, impresoras. Sus causas pueden ser: que el agua de la solución de mojado sea excesivamente dura o que haya una cantidad insuficiente de agua en el equilibrio agua-tinta.

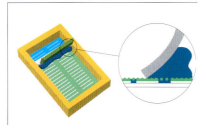

▶ SERIGRAFÍA
La tinta se presiona mediante una rasqueta. El tejido ha sido tratado para que la tinta sólo pueda penetrar en las áreas impresoras.

▶ LA PELÍCULA DE SERIGRAFÍA
En serigrafía se emplea película positiva de lectura derecha.

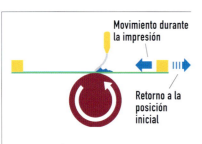

▶ IMPRESIÓN DE OBJETOS CURVADOS EN SERIGRAFÍA
La pantalla se desplaza deslizándose contra el objeto en rotación, mientras la rasqueta permanece fija.

SERIGRAFÍA 13.6

La mayor ventaja de la serigrafía es que con ella se puede imprimir sobre la mayoría de soportes, formas y formatos. Esta técnica se utiliza, entre otras aplicaciones, para imprimir sobre loza, tela, metal y cartón. Así, los soportes pueden ser productos tan variados como tazas, ropa, envases de lata y carteles. La serigrafía difiere significativamente del resto de técnicas de impresión. No se trabaja con una forma de impresión sobre un cilindro, sino directamente sobre el soporte. La matriz de impresión de la serigrafía se denomina pantalla: es una tela que se tensa en un bastidor, uno por cada tinta. La tinta se aplica presionándola con una espátula a través de la pantalla, y de ese modo es transferida al soporte de impresión. La pantalla se prepara de forma que la tinta sólo puede atravesarlo en las áreas impresoras.

La pantalla consiste en un tejido sintético delgado de retícula tupida. Para que la tela sólo permita pasar la tinta en las áreas impresoras, se recubre con una plantilla o cliché. En la serigrafía de carácter artesanal, este cliché consiste en una delgada película de emulsión (*stencil*) que cubre las superficies no impresoras del tejido, pero no las superficies impresoras. Funciona como un molde; se confecciona cortándolo a mano, quitando las partes de la emulsión que cubren las superficies que serán impresoras, humedeciendo el resto con una sustancia adherente y dejándolo secar. Obviamente, este método manual no se usa en la producción a gran escala.

En la serigrafía industrial se emplean otros sistemas: una película de lectura derecha (RRU) se coloca en la pantalla y se revela. Las áreas expuestas a la luz (no impresoras) se endurecen posteriormente mediante el revelado y la emulsión de las áreas no expuestas se elimina con el lavado. Hay diferentes métodos y materiales para producir películas de serigrafía. En algunos de ellos la película se procesa una vez adherida a la tela; en otros se procesa aparte y se adhiere a la tela después.

TEJIDO 13.6.1

Los distintos tipos de tejido normalmente se diferencian por el espesor de la banda, su grado de impermeabilización y el tamaño de su superficie de impresión.

Dependiendo de qué material sea, el tejido empleado en serigrafía se puede clasificar en tres tipos: orgánico (seda), sintético (nylon o poliéster) o metálico (acero inoxidable). También hay telas de materiales combinados (por ejemplo, nylon y poliéster, poliéster metalizado) y diversos tratamientos especiales del material.

Si se clasifica por su estructura, el tipo de tejido lo determinan los siguientes parámetros: el diámetro de los hilos, la densidad del tejido y la superficie. Cuanto más grueso sea el hilo y más denso el tejido, tanto más gruesa será la capa de tinta en la impresión, por lo que el tiempo de secado deberá ser más prolongado.

La tensión y la estabilidad de la pantalla en el bastidor son factores muy importantes. Si la pantalla no está colocado en forma exactamente rectilínea y en ángulo recto en el bastidor, se pueden generar patrones indeseados de interferencias en el diseño y efectos moiré (ver "Salidas", 9.1.6).

Los tejidos se pueden adquirir por separado, pero también se comercializan ya fijados en los marcos. Cuando la emulsión serigráfica es expuesta y unida al tejido, debe comprobarse que las áreas no impresoras no tengan ningún agujero. Es habitual encontrarse con agujeros en la pantalla, que deben parchearse con un relleno.

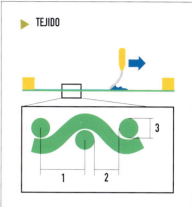

▶ TEJIDO

Las características más importantes del tejido son las siguientes:

1. La densidad del tejido: se expresa en número de hilos por centímetro de borde (de 10 a 200 es lo normal)
2. La superficie libre: se expresa como el porcentaje de la pantalla que está abierta
3. El diámetro de los hilos: se expresa con las siglas S (pequeño), M (mediano), T (normal) y HD (grueso)

LA TINTA DE SERIGRAFÍA 13.6.2

La tinta cuyo secado se produce por la evaporación de sus disolventes causa un daño considerable en el medio ambiente. Por eso, actualmente se utilizan cada vez más tintas al agua de secado por radiación UV. Es importante que la tinta seque rápidamente, ya que la serigrafía no permite la impresión mojado-sobre-mojado, sino que cada tinta tiene que estar seca antes de aplicar la siguiente.

SERIGRAFÍA SOBRE OBJETOS CURVADOS 13.6.3

Para imprimir sobre objetos circulares, como botellas o latas, se utiliza un método distinto al de la serigrafía tradicional. En esta última, el soporte y la pantalla permanecen fijos, mientras que la rasqueta avanza sobre el tamiz para presionar la tinta a través del mismo.

En la impresión serigráfica sobre objetos circulares tanto el soporte como la pantalla se mueven. El soporte, por ejemplo una botella, rota sobre su propio eje mientras la pantalla se desliza contra su superficie a la misma velocidad (ver la ilustración, pág 252). Hay máquinas de impresión de serigrafía que utilizan procedimientos similares para imprimir sobre soportes planos, pero entonces tienen un cilindro de impresión que rota mientras que el soporte acompaña a la pantalla. Otras máquinas imprimen empleando una banda transportadora estrecha.

▶ SERIGRAFÍA, PROS Y CONTRAS

+ Se puede imprimir sobre la mayoría de los materiales, inclusive cartulinas y cartones
+ Tiene un bajo porcentaje de maculatura
+ Pueden usarse tintas al agua
− No es apropiada para lineaturas de trama alta
− Presenta problemas para la reproducción de todo el rango tonal; las transiciones tonales suaves pueden perderse

HUECOGRABADO 13.7

El huecograbado es una antigua técnica de impresión directa que ha utilizado distintos métodos de impresión. Éstos han ido evolucionando: desde el grabado del metal haciendo surcos por donde la tinta penetraba mediante presión, hasta un sistema de exploración que transmite la información de un original a la punta de un diamante que graba electrónicamente un cilindro de impresión.

El huecograbado es una técnica cara, únicamente rentable en impresiones de gran volumen. Las máquinas de huecograbado son máquinas rotativas de bobina, general-

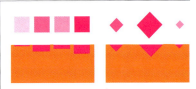

▶ **FORMAS DE IMPRESIÓN DE HUECOGRABADO**
A la izquierda vemos una forma de impresión por grabado químico y la impresión resultante; a la derecha, por grabado mecánico.

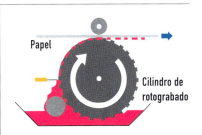

▶ **LA IMPRESIÓN POR HUECOGRABADO**
Las pequeñas celdas de trama se llenan con tinta y una rasqueta elimina la tinta sobrante. La tinta se transfiere de la forma impresora al papel.

▶ **TEXTO TRAMADO**
Debido a la técnica de celdas utilizada en el huecograbado, los textos también quedan tramados (convertidos en trama de medios tonos).

mente de gran dimensión, e imprimen a gran velocidad. El huecograbado es una técnica de impresión directa que utiliza el sistema inverso de la técnica del grabado en relieve: en el huecograbado, las áreas impresoras están más bajas que las no impresoras. No se utilizan planchas, sino que las formas impresoras son los cilindros de huecograbado que consisten en rodillos de acero recubiertos por una lámina de cobre. Las áreas impresoras se graba en el cilindro mediante un sistema mecánico o químico, de modo que se configuran tramas compuestas por unas concavidades minúsculas, llamadas celdas o alvéolos. Para poder reproducir puntos de trama de diferente tamaño en el papel, se modifica el tamaño o la profundidad de los alvéolos, o ambas cosas a la vez. Para imprimir, éstos se llenan de tinta, de modo que ésta se transfiere al papel mediante la presión contra la forma impresora, gracias a la ayuda de un cilindro de impresión revestido de goma.

LA FORMA IMPRESORA 13.7.1
Para cada grabado nuevo hay que colocar una nueva lámina de cobre sobre el cilindro porta-forma. La lámina de cobre de los cilindros se obtiene por electrólisis, aplicando sulfato de cobre y ácido sulfúrico.

GRABADO QUÍMICO 13.7.2
El primer paso para crear un grabado químico es similar al proceso de confección de la plancha offset. Un gel fotosensible sensibiliza una película y se endurece mediante la exposición a la luz, capturando la imagen. El gel no es 'binario' como la plancha offset (en el sentido de que sus distintos puntos sólo pueden ser impresores o no impresores), sino que se endurece más profundamente cuanta más luz de exposición recibe a través de la película.

El grabado de la forma de impresión de cobre se realiza mediante un efecto de corrosión causado por un líquido que actúa sobre el cobre y el gel. Este líquido disuelve de forma progresiva la reserva del gel. Debido precisamente a esta disolución progresiva, la forma de impresión inferior será disuelta en diferentes niveles, según el espesor de la reserva del gel. A través de este proceso se obtiene una trama de celdas o alvéolos con profundidades, dimensiones y formas variables.

HUECOGRABADO, PROS Y CONTRAS
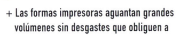

+ Las formas impresoras aguantan grandes volúmenes sin desgastes que obliguen a cambiarlas
+ El coste total por ejemplar en tiradas de gran volumen es bajo
+ La reproducción de imagen es buena

– Las líneas y los textos resultan también tramados, debido a que todas las áreas impresoras son estructuras tramadas
– Se hace un amplio uso de productos químicos y solventes en las tintas
– Los costes de preparación son altos (no resulta rentable para tiradas pequeñas)

GRABADO MECÁNICO 13.7.3

El grabado se realiza a través de una cabeza de lectura, que utiliza luz para leer la información desde una película opalescente. La película está basada en la película gráfica original. La información de la imagen se transmite a la cabeza de grabado, provista de un diamante que, mediante presión mecánica, crea las concavidades (alvéolos) de la trama en la forma impresora. La forma impresora gira, y después de realizar cada rotación completa grabada, la cabeza de grabado se desplaza lo necesario en el cilindro para grabar el área siguiente, y así sucesivamente hasta que se completa el grabado de todo el cilindro. El grabado de cilindros también puede realizarse de forma directa y electrónica a partir de la información digital, obviándose entonces la película opalescente.

En el grabado directo y electrónico (ya se haga de forma mecánica o mediante láser) se pasa directamente de la información digital al grabado del cilindro, sin leer ninguna película, lo cual requiere, obviamente, trabajar con originales completamente digitales (imágenes y textos). Estos sistemas directos de grabado electrónico (mecánico y láser) acabarán imponiéndose en el mercado.

LA TINTA DE HUECOGRABADO 13.7.4

La tinta para huecograbado no debe tener una fluidez demasiado baja, para que el entintado de la forma impresora y la transferencia de la tinta al papel se realice adecuadamente. Por eso la tinta de huecograbado es volátil. Con la técnica de huecograbado no se puede imprimir mojado-sobre-mojado, por lo que la tinta aplicada debe secarse antes de que la tinta siguiente pueda imprimirse sobre el papel. Gracias a que los disolventes volátiles (tolueno) que contiene esta tinta de se evaporan muy rápidamente, se consigue un secado adecuado. Este proceso se acelera, además, mediante un sistema de aire caliente. Finalmente, el tolueno evaporado debe ser recuperado.

IMPRESION FLEXOGRÁFICA 13.8

Como se ha mencionado anteriormente, la flexografía es una de las pocas técnicas modernas de impresión que hace uso del principio de impresión del grabado en relieve. Se define como un sistema gráfico de impresión en relieve, dado que en la forma impresora las áreas impresoras están elevadas. Con esta técnica se puede imprimir sobre la mayoría de soportes: papel, cartón, plástico, metal, etc. Esa versatilidad ha hecho de la flexografía una técnica particularmente popular en la industria del *packaging*.

FLEXOGRAFÍA 13.8.1

La flexografía emplea una forma impresora de goma o de plástico y una técnica de impresión directa. La tinta se transfiere directamente de la forma impresora al soporte. La forma de impresión es, por tanto, una imagen espejo del producto final impreso. Como la forma impresora es de un material elástico, el cilindro de impresión tiene que ser duro, al revés de lo que sucede en el huecograbado, donde el cilindro es blando y la forma de impresión dura.

La tinta que se utiliza en flexografía es muy fluida y a menudo volátil, y hay que prestar atención a que sea transferida de la fuente al papel antes de que se seque. Por ese motivo no es posible emplear un sistema de rodillos entintadores tan complejo como el

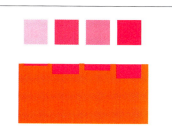

▶ **FORMA IMPRESORA DEL GRABADO QUÍMICO**
En el grabado químico todos los alvéolos tienen el mismo tamaño, pero distinta profundidad. Debido a esta diferencia de profundidad, la cantidad de tinta de cada punto es distinta, lo que da lugar a diferentes tonos en la impresión.

▶ **GRABADO DIRECTO**
En el grabado directo la forma impresora se graba por la transmisión directa de la información digital desde el ordenador al cabezal provisto de la aguja de diamante. Los movimientos de la aguja pueden crear alvéolos de diferentes dimensiones, lo que permite crear una trama de celdas de distinta profundidad.

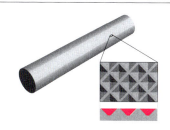

▶ **EL RODILLO ANILOX**
El rodillo anilox está cubierto de pequeñas celdas del mismo tamaño, lo que facilita la transferencia de tinta a la plancha de forma homogénea y rápida.

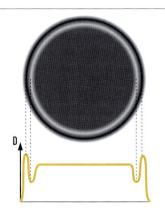

▶ BORDES EN IMPRESIÓN FLEXOGRÁFICA
Muestra de un borde en un punto y su representación en el diagrama de densidad de la tinta para ese punto. Como la capa de tinta utilizada en flexografía es muy delgada y la forma de impresión es compresible, la huella de las celdas resulta visible en las áreas de colores planos. Esta señal se produce porque la línea del contorno del área es más oscura y una pequeña zona es más clara que el resto.

▶ LA PELÍCULA PARA FLEXOGRAFÍA
En flexografía se emplea película negativa de lectura derecha (RREU).

▶ FLEXOGRAFÍA. PROS Y CONTRAS

+ Se puede imprimir sobre la mayoría de materiales
+ Se pueden emplear tintas a base de agua
+ La maculatura es baja
+ Se puede imprimir en distintos formatos
− El remarcado es molesto
− La reproducción del rango tonal completo es problemática, por ejemplo, en el caso de las transiciones tonales suaves

▶ LA FORMA DE IMPRESIÓN PARA LA IMPRESIÓN FLEXOGRÁFICA
La forma de impresión (película o placa) tiene áreas impresoras elevadas de lectura invertida, al igual que un sello.

de offset, sino que se utilizan sólo dos rodillos para la transferencia de la tinta a la forma impresora. Mediante el rodillo anilox se consigue una transferencia uniforme de tinta. La superficie de este rodillo está cubierta de un grabado con pequeñísimas concavidades o celdillas homogéneas, denominadas celdas controladoras. La tinta se transfiere desde la fuente de tinta al rodillo, y una hoja o rasqueta elimina la tinta sobrante, para que se produzca una transferencia uniforme y dosificada del rodillo anilox a la superficie saliente de la forma impresora, ya montada en el cilindro de placa, que a su vez transfiere la imagen al soporte de impresión.

PLANCHAS FLEXOGRÁFICAS 13.8.2

Existen dos versiones principales de planchas utilizadas en impresión flexográfica: las planchas de caucho flexibles y las planchas de fotopolímeros. Las de caucho requieren una placa de zinc y procesos de presión y temperatura para obtener una plancha lista para imprimir. Las planchas de fotopolímeros, que son las más utilizadas, se confeccionan mediante un procedimiento de insolación similar al empleado en la elaboración de las planchas de offset. El polímero es fotosensible, de modo que al exponerlo junto con la película a la luz ultravioleta las áreas impresoras se endurecen. Se utiliza película negativa de lectura derecha o RREU (ver "Película y planchas" 11.1, 11.1.1 y 11.1.3). Las zonas no expuestas se limpian una vez revelada la plancha.

TINTAS PARA FLEXOGRAFÍA 13.8.3

La flexografía se suele utilizar para imprimir sobre materiales no absorbentes, por lo que las tintas empleadas son volátiles. Éstas deben transferirse rápidamente de la fuente a la forma impresora, para que no se sequen las celdillas del rodillo anilox. Las tintas para flexografía deben ser, además, muy fluidas.

IMPRESIÓN DIGITAL 13.9

El concepto de impresión digital agrupa diversos métodos de impresión. El rápido desarrollo de la tecnología digital durante la última década ha permitido la aparición de diversos métodos de impresión especialmente apropiados para tiradas cortas. Sus ventajas son la rapidez y el bajo coste que supone para pequeñas ediciones en cuatricromía. Las páginas se envían directamente del ordenador a la máquina de impresión digital sin necesidad de revelado de película o planchas. No exige puestas a punto complejas y se pueden sacar pruebas fácilmente. Además, el tóner utilizado está seco cuando las hojas llegan a la salida de la máquina de imprimir, lo que permite iniciar los trabajos de postimpresión inmediatamente, sin riesgo de repinte.

Una máquina de impresión digital funciona como una impresora láser a color, con su RIP correspondiente. La diferencia respecto a las impresoras láser radica fundamentalmente en que son máquinas de mayor tamaño, que pueden imprimir más rápidamente y que trabajan con tecnología de tramas tradicional. La mayoría de los sistemas digitales actuales se basan en la tecnología xerográfica.

Como ya se ha mencionado, la impresión digital se utiliza principalmente para ediciones limitadas con plazos de entrega cortos. A menudo es posible entregar el producto terminado un par de horas después de haber recibido la orden de trabajo. También se utiliza frecuentemente para las ediciones de prueba y para las ediciones preliminares. Por ejemplo, cuando se quiere imprimir una nueva revista o periódico, antes de su lanzamiento comercial, puede ser muy interesante imprimir una edición limitada para comprobar su aceptación entre determinados grupos de consumidores seleccionados. Tal y como sucede con las impresoras no digitales, existen ciertas limitaciones en cuanto al tipo de papel que puede utilizarse. Sin embargo, debido al crecimiento del mercado de la impresión digital, cada vez hay más posibilidades de selección de nuevos tipos y formatos de papel.

A corto plazo, la impresión digital no reemplazará a la impresión offset ni a otras técnicas de impresión, sino que más bien las complementará.

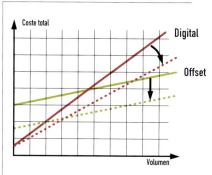

▶ OFFSET Y DIGITAL

La impresión offset tiene un coste de preparación elevado pero un coste por unidad bajo, mientras que la impresión digital tiene un bajo coste de preparación de la tirada y un alto coste por unidad.

Debido al aumento de competitividad en el mercado gráfico actual, los fabricantes de offset tratan de desarrollar máquinas de imprimir cuyos costes y puesta a punto sean inferiores. Al mismo tiempo, los fabricantes de máquinas de impresión digital tratan de rebajar el coste por ejemplar impreso mediante la reducción de los precios de los consumibles y el desarrollo de nuevas máquinas que ofrezcan mayor velocidad de impresión y mayores formatos.

▶ PRENSA DIGITAL
Muestra de un ejemplo de prensa digital de Xeikon.

▶ IMPRESIÓN DIGITAL

- Aproximadamente 50 páginas A4 por minuto
- Proceso 100 % digitalizado: no necesita ni película ni plancha
- Cuatricromía
- Se pueden introducir cambios en la forma impresora durante la tirada (datos de entrada variables)

▶ IMPRESIÓN DIGITAL, PROS Y CONTRAS

+ El coste para tiradas pequeñas es bajo
+ No requiere película ni plancha
+ La puesta a punto es muy rápida
+ Versatilidad. Permite variar datos de entrada
+ No es contaminante
− Elevado coste para tiradas grandes
− La calidad de impresión es algo inferior que con otras técnicas

OFFSET TRADICIONAL	10 Producto acabado
1 Arte final digital	**DIGITAL**
2 Impresión de película	1 Original digital
3 Revelado	2 Imposición digital
4 Prueba final	3 Ripeado/impresión
5 Imposición manual	4 Procesos post-impresión
6 Insolación de plancha	5 Producto acabado
7 Puesta a punto de máquina	
8 Impresión	
9 Procesos post-impresión	

▶ **EL FLUJO DE PRODUCCIÓN**
En la impresión digital se acelera el flujo de producción eliminando los pasos del proceso relacionados con las películas y las planchas.

EFECTIVIDAD DE COSTES – DIGITAL Y OFFSET 13.9.1

Si se comparan los costes de los procesos gráficos de la impresión digital y offset, la primera se caracteriza por un bajo coste de preparación de la tirada y un alto coste por ejemplar del producto, mientras que con la segunda ocurre lo contrario: representa un alto coste de preparación y un bajo coste por unidad. El elevado coste por ejemplar en impresión digital se debe principalmente a la lentitud de las máquinas en comparación con la prensa offset. Pero también influyen otros factores, como que las máquinas de impresión digitales se adquieren a menudo con costosos contratos de servicio y los elevados costes de sus consumibles (tóner, fotoconductores, etc.).

El punto de inflexión exacto en la efectividad de costes entre impresión digital y offset tradicional depende del formato y del tipo de producto; no obstante, se suele estimar que está entre los 500 y los 1.000 ejemplares. El futuro del punto de inflexión es difícil de prever, pero la competencia por parte de la impresión digital ha acelerado el desarrollo tecnológico de las máquinas de imprimir offset. Desde que se introdujo la máquina de impresión digital, los tiempos de puesta a punto de las nuevas máquinas de imprimir offset se han reducido drásticamente. Asimismo, el coste de los materiales para impresión digital está bajando y las máquinas de impresión han ampliado la capacidad de sus tiradas.

Al comparar los costes entre impresión offset y digital también debe tenerse en cuenta que algunos costes del offset tradicional desaparecen con la impresión digital, por ejemplo los costes de preparación de películas y pruebas.

LA CALIDAD EN LA IMPRESIÓN DIGITAL 13.9.2

Debido a la alta competitividad entre los diferentes fabricantes de máquinas de impresión, se han realizado muchos esfuerzos para mejorar la calidad del producto final impreso. Tanto es así que, en la actualidad, la calidad de la impresión digital se está acercando a la de offset. No obstante, existen diferencias considerables de calidad entre los diferentes proveedores. Los que han logrado los mejores resultados de impresión digital, y han llegado más lejos respecto a calidad y grado de rendimiento, a menudo han sido las empresas de servicios de preimpresión y los impresores con departamento de preimpresión. La principal razón es que la impresión digital requiere un flujo de producción rápido y seguro, lo que a su vez exige gran experiencia en la producción gráfica digital, además de los conocimientos necesarios para conseguir y evaluar la calidad gráfica.

DATOS VARIABLES 13.9.3

En la impresión digital es posible variar toda o parte de la información que se imprime en cada hoja. Este hecho fue considerado, en un principio, la gran ventaja de la impresión digital y era conocido como 'datos variables'. La aplicación de la función de datos variables todavía no se ha extendido tal y como se esperaba, pero va en aumento. Este método se utiliza principalmente para poner las direcciones en folletos u otros impresos comerciales y para personalizar cartas; por ejemplo: "Hola Andrés, nos hemos enterado de que te has comprado un coche nuevo…". La función de datos variables requiere crear un archivo en una base de datos; éste debe contener el conjunto de los datos que han de ser sustituidos en los impresos. Es muy importante que toda la información esté guardada de la misma manera y correctamente estructurada. Por eso este trabajo debe llevarse a cabo en estrecha colaboración con el proveedor de la impresión digital. ∎

▶ IMPRESIÓN DIGITAL/XEROGRAFÍA

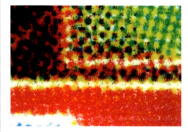

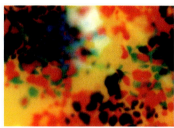

▶ En la impresión digital, los puntos de trama quedan más desenfocados y la reproducción de imágenes resulta de peor calidad que en offset o en huecograbado, debido a que se imprime con tintas en polvo. Dado que los puntos de trama están divididos, el impreso da la sensación de tener una mayor lineatura de la que verdaderamente tiene.

▶ Imprimir con tintas en polvo conlleva que tanto los puntos de trama como el texto queden algo borrosos, ya que las partículas no siempre van a parar al lugar correcto. Ésta es la razón principal de que en impresión digital los textos sean de inferior calidad a los impresos en offset.

▶ DATOS VARIABLES
Ejemplo de cómo la técnica de datos variables puede utilizarse para cambiar texto e imagen durante la tirada.

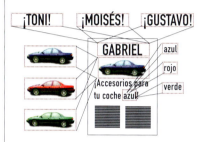

▶ FUNCIÓN DE DATOS VARIABLES
Mediante la sustitución de una o varias partes del mapa de bits por pequeños mapas de bits (que describen los nuevos objetos que han de introducirse en la página), la máquina de impresión cambia la imagen de una hoja a la siguiente durante el mismo proceso de impresión.

▶ PRUEBA ANALÓGICA

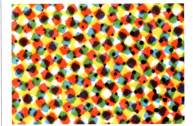

▶ Los puntos de trama en las pruebas analógicas tienen gran exactitud y definición. En la imagen inferior se ve cómo la filmadora los genera. Ello implica que siempre se obtiene una mejor reproducción en la prueba analógica que en la impresión offset.

▶ También el texto tiene una estructura muy exacta y definida en las pruebas analógicas. Aquí se puede ver cómo la filmadora ha generado el texto. Al igual que en el caso anterior, siempre se obtiene una mejor reproducción del texto en la prueba analógica que en impresión offset.

▶ OFFSET

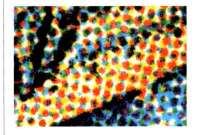

▶ Los puntos de trama en la impresión offset presentan bordes irregulares y falta de definición debido a que son impresos mediante presión sobre el papel. La calidad de la imagen es algo inferior a la que se obtiene en huecograbado y en las pruebas analógicas.

▶ El texto impreso en offset queda bien definido, con bordes claros y diferenciados. La reproducción de texto en offset es mejor que en huecograbado, pero algo peor que en las pruebas analógicas.

▶ HUECOGRABADO

▶ Los puntos de trama en huecograbado se reproducen de forma muy exacta, debido a que no se imprimen mediante presión sobre el papel. Por eso, la reproducción de imágenes es de mejor calidad en huecograbado que en offset.

▶ En huecograbado todo se imprime a partir de tramas (celdas), incluso las áreas sólidas. Ello significa que también los textos son rasterizados, lo cual da lugar a una reproducción del texto de inferior calidad que en offset.

▶ FLEXOGRAFÍA

▶ Los puntos de medios tonos en impresión flexográfica se difuminan con facilidad, debido a que el cliché de goma resbala sobre el soporte en el que se imprime.

▶ También los bordes de los textos impresos con flexografía se difuminan. Ello se traduce en una reproducción de calidad inferior a la de offset. Podemos observar el llamado efecto de remarcado, que se aprecia claramente en el interior del borde de las letras.

▶ SERIGRAFÍA

▶ En serigrafía los puntos de trama son muy irregulares, lo cual afecta negativamente a la calidad de las imágenes.

▶ El texto queda algo deshilachado en los contornos; la calidad de su reproducción, por lo tanto, es inferior a la obtenida en impresión offset.

▶ INYECCIÓN DE TINTA

▶ En la impresión de inyección de tinta se suele utilizar algún tipo de trama de modulación de frecuencia, o FM (estocástica). La tinta se dispara sobre el papel en forma de gotas: cada punto de trama está formado por diversas gotas.

▶ Los contornos del texto a menudo son imprecisos, pues disparando la tinta sobre el papel las gotas no siempre impactan en el interior de las letras, como puede apreciarse en estas ampliaciones. La reproducción del texto es de inferior calidad a la obtenida mediante impresión offset.

MANIPULADOS 14

- FASE ESTRATÉGICA
- FASE CREATIVA
- DIGITALIZACIÓN DE ORIGINALES
- PRODUCCIÓN DE IMÁGENES
- SALIDAS/RASTERIZADO
- PRUEBAS FINALES
- PLANCHAS E IMPRESIÓN
- ▶ MANIPULADOS
- DISTRIBUCIÓN

PLEGADO	266
PROBLEMAS RELACIONADOS CON EL PLEGADO	267
ALZADO	268
HENDIDO	268
ENCUADERNACIÓN	269
GRAPADO METÁLICO	269
FRESADO	270
COSIDO	271
TERMOCOSIDO	271
ENCUADERNACIÓN EN TAPA DURA	271
ENCUADERNACIÓN EN ESPIRAL	271
CORTE	272
OTROS TIPOS DE ACABADOS	273
MANIPULADOS EN EL PROCESO DE IMPRESIÓN OFFSET	274
EQUIPOS DE MANIPULADO	275

CAPÍTULO 14 MANIPULADOS

CUANDO UN PRODUCTO IMPRESO SALE DE LA MÁQUINA DE IMPRIMIR, TODAVÍA QUEDA MUCHO PARA QUE ESTÉ TOTALMENTE ACABADO. EL MANIPULADO COMPRENDE TODOS LOS TRATAMIENTOS DE ACABADO QUE SE APLICAN DESPUÉS DE LA IMPRESIÓN, PARA OBTENER EL PRODUCTO FINAL.

Aunque es la fase final del proceso de producción gráfica, el manipulado influye de forma importante desde el principio, y debería tenerse en cuenta al diseñar el producto. El tipo de papel, la imposición de páginas (ver "Salidas", 9.6) o el sistema de impresión del producto condicionarán el proceso del manipulado. Sin embargo, a pesar de su importancia, a menudo se descuida el manipulado en la planificación de los proyectos de producción gráfica, causando desviaciones de costes.

En este capítulo se revisarán todos los procesos básicos del manipulado, se hablará de su problemática y se presentará la maquinaria utilizada en estos procesos.

▶ PROCESOS DEL MANIPULADO

Corte:
El papel se corta para que tenga un tamaño adecuado a la máquina de impresión y para su posterior manipulado. También se corta el producto una vez impreso y encuadernado, para obtener su tamaño final y cantos igualados.

Plegado:
Consiste en doblar el papel.

Alzado:
Es el proceso de juntar de forma ordenada las hojas plegadas.

Hendido:
Consiste en marcar las hojas para facilitar el plegado de papeles gruesos y rígidos.

Encuadernación:
Procedimientos de sujeción de un conjunto de hojas de un producto impreso.

Taladrado:
Los productos impresos se taladran para poder colocarlos en carpetas de anillas o archivadores.

Laminación:
El pliego impreso se recubre con una película protectora de plástico.

Estampación:
Consiste en la aplicación de una fina película de plástico o metálica, que contiene un pigmento y adhesivo sensible al calor y a la presión. Ello produce una depresión en el material, con el color de la película empleada.

Troquelado:
Se utiliza para producir impresos que tengan formas distintas a las rectangulares (por ejemplo, separadores de archivadores y carpetas), o también si se quiere realizar un hueco en el interior de un impreso (como los sobres con ventana).

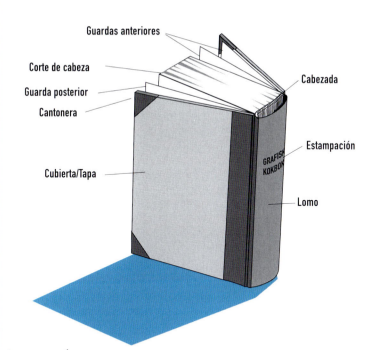

▶ LA ANATOMÍA DEL LIBRO

Los procesos de manipulado tienen su propia terminología. Conocer los nombres de las diferentes partes de un libro es necesario para asegurar una comunicación eficiente, tanto para la elaboración del proyecto como para su producción.

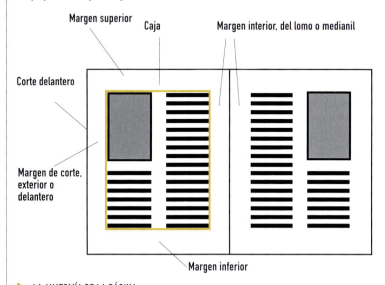

▶ LA ANATOMÍA DE LA PÁGINA

La página tiene también su propia anatomía. Los términos están directamente relacionados con el diseño de la página y desempeñan un papel importante en el proceso del manipulado.

▶ **PLEGADORA DE EMBUDO**
En las rotativas de bobina se utilizan plegadoras con embudo para el doblado de la banda impresa.

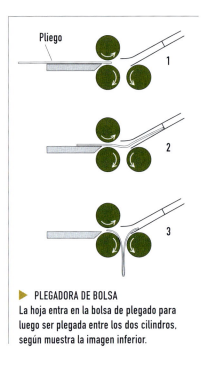

▶ **PLEGADORA DE BOLSA**
La hoja entra en la bolsa de plegado para luego ser plegada entre los dos cilindros, según muestra la imagen inferior.

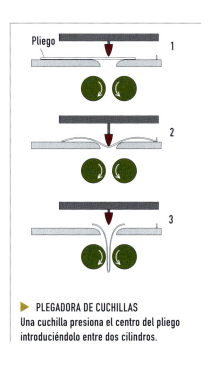

▶ **PLEGADORA DE CUCHILLAS**
Una cuchilla presiona el centro del pliego introduciéndolo entre dos cilindros.

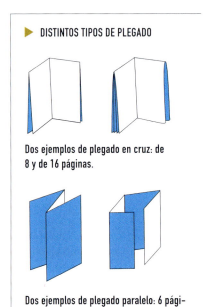

▶ **DISTINTOS TIPOS DE PLEGADO**

Dos ejemplos de plegado en cruz: de 8 y de 16 páginas.

Dos ejemplos de plegado paralelo: 6 páginas (plegado en acordeón). 8 páginas (plegado en ventana).

PLEGADO 14.1

El plegado es una técnica utilizada para crear un conjunto de páginas individuales de menor tamaño que la hoja impresa. Hay varios métodos de plegado, los dos principales son: el plegado paralelo y el plegado en cruz.

En el plegado paralelo, como su nombre indica, todos los pliegues son paralelos entre sí, y se suele utilizar para impresos que no precisan una encuadernación posterior, como folletos o dípticos. En cambio, para productos como libros o revistas se utiliza el plegado en cruz, donde cada pliego se hace en ángulo recto respecto del anterior. De esta manera se consigue un cuadernillo en el que las páginas están colocadas en su orden. También se pueden combinar ambos métodos.

MÉTODOS DE PLEGADO 14.1.1

El plegado de bolsa, una técnica para la que generalmente se utilizan máquinas de plegado sencillas, es el método más común para el offset de hojas. Para técnicas de plegado más complejas, como las de cruz, generalmente se usa una combinación de plegadoras, que se compone de una plegadora de bolsa y una o más plegadoras de cuchillas. En las rotativas de bobina se utilizan, por ejemplo, plegadoras con embudos, de cilindros y de cuchillas.

PROBLEMAS RELACIONADOS CON EL PLEGADO 14.2

Durante el proceso de plegado pueden surgir algunos problemas que afecten negativamente a la calidad del producto impreso. Es muy importante que la dirección de fibra sea paralela al lomo, pues eso facilita el plegado y evita ondulaciones en el margen del medianil. Además se deben prever los empalmes entre dos páginas y el desplazamiento de las hojas plegadas.

EMPALMES 14.2.1

En una hoja plegada se juntan en el lomo páginas que han sido impresas por separado; bien porque salen de hojas diferentes de impresión o bien porque estaban en la misma hoja pero en diferentes sitios. Cuando se juntan dos de estas páginas que llevan impreso un elemento que pasa de una a la otra se habla de empalme. Estos empalmes son especialmente delicados a la hora de plegar porque no se puede garantizar un plegado al 100% exacto, lo que impide el registro perfecto entre una página y la opuesta. En cada pliego sólo hay una doble página que no presenta este problema: la doble página central, ya que sus dos partes se imprimieron juntas (ver ilustración).

▶ **DOBLE PÁGINA CENTRAL**
La doble página de la izquierda consiste en dos páginas impresas separadamente. La doble página de la derecha consiste en una doble página de la misma hoja impresa.

DESPLAZAMIENTO 14.2.2

Cuando se hace un plegado en cruz, la página central es empujada ligeramente hacia fuera y los márgenes de la página se desplazan. Este fenómeno se denomina desplazamiento. El desplazamiento será más pronunciado cuando se utilicen pliegos de 16 o más páginas, porque cada cuadernillo adicional desplaza el central hacia el exterior (ver ilustración). Cuando se recorta el producto impreso después del plegado, el área de texto de las páginas se desplaza hacia la parte exterior de los márgenes, tanto más cuanto más se distancie del centro. Este problema se puede compensar ya en la imposición, reduciendo sucesivamente el margen del lomo (margen interior), en su progreso hacia el centro del pliego. Ello asegura la similitud de los márgenes en el producto final impreso. Las aplicaciones de imposición digital llevan a cabo esta compensación automáticamente; en cambio, si la imposición es tradicional, la compensación debe hacerse manualmente.

▶ **¡ATENCIÓN, EMPALME!**
En el plegado no se puede lograr un registro del 100% entre las dos páginas separadas. En la máquina de imprimir también se pueden producir diferencias de color entre las páginas. Por eso se recomienda evitar que haya objetos o imágenes enteras atravesando el centro de una doble página.

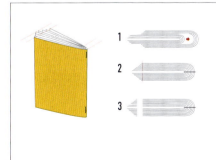

▶ **DESPLAZAMIENTO**
Al plegar las hojas, los bordes delanteros de las páginas se desplazan ligeramente hacia afuera, tanto más cuanto más nos acercamos al centro del cuadernillo y tanto más cuanto más grueso sea el papel. Por eso, al hacer el corte delantero, los márgenes exteriores de las páginas se van reduciendo (fenómeno más pronunciado en las páginas del centro del cuadernillo).

▶ **MARCAS DE ALZADO**
Son aquellas marcas, por lo general en forma de trazos (de color rojo en la imagen), que se colocan durante la labor de imposición, para después poder comprobar —cuando se alzan los cuadernillos— que no falta ningún pliego y que el orden del alzado es correcto.

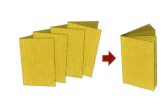

▶ **PLIEGOS INSERTADOS**
Los pliegos se insertan uno dentro de otro. Este método se utiliza, por ejemplo, en el grapado.

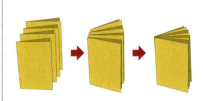

▶ **PLIEGOS ALZADOS**
Los pliegos se colocan ordenadamente uno al lado de otro, formando así un conjunto. Este método se usa para productos que después serán fresados o cosidos con hilo.

ALZADO 14.3

Una vez plegado todo el producto se procede al alzado. En caso de que el acabado final sea grapado, los pliegos se insertan uno dentro de otro en su orden correcto. Cuando el producto va a ser fresado o cosido, los pliegos se colocan uno a continuación de otro. Para comprobar el orden correcto se imprimen unas marcas en el exterior del lomo de cada pliego.

HENDIDO 14.4

Cuando el gramaje del papel supera los 200 g/m², éste suele ser muy difícil de doblar. Para evitar plegados defectuosos se practica el hendido antes del plegado, que es una especie de bisagra que se hace para obtener un plegado limpio. El hendido en el papel a menudo se realiza con la ayuda de un fleje fino de acero, presionando a lo largo de la línea de plegado. De esa manera se reduce la resistencia al doblado de las fibras del papel. El hendido se emplea mucho en los procesos gráficos con soporte cartón.

Por ejemplo, es frecuente que se aplique el hendido en las cubiertas de libros encuadernados en rústica. Se puede obtener un resultado óptimo aplicando una técnica de cuatro hendidos que son: dos, una en cada lado del lomo por donde luego se dobla la cubierta y otros dos que se colocarían a una distancia de entre 3 y 8 mm del lomo, lo que facilita su apertura y cierre y cubre posibles restos de cola o hilo que puedan salir entre el cuerpo y la cubierta.

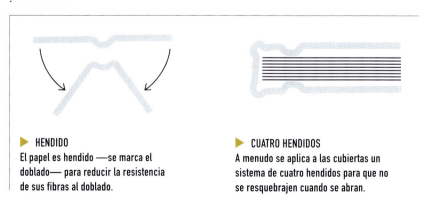

▶ **HENDIDO**
El papel es hendido —se marca el doblado— para reducir la resistencia de sus fibras al doblado.

▶ **CUATRO HENDIDOS**
A menudo se aplica a las cubiertas un sistema de cuatro hendidos para que no se resquebrajen cuando se abran.

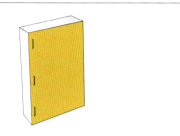 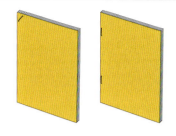 

▶ **GRAPADO LATERAL O GRAPADO PLANO**
En el grapado lateral se usan hojas alzadas sueltas grapadas por el lateral (dos o tres grapas en el borde izquierdo según grosor) o grapadas en una esquina (una grapa en la esquina superior izquierda)

GRAPADO POR EL LOMO O EN CABALLETE

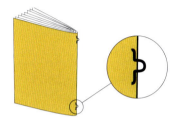

GRAPAS OMEGA

ENCUADERNACIÓN 14.5

La encuadernación consiste en la sujeción de varias hojas impresas y su unión con la cubierta de modo que formen una sola unidad, ya sea un folleto, una revista o un libro. Las técnicas de encuadernación más corrientes son el grapado metálico, el fresado, el cosido y la encuadernación con espiral. En las encuadernaciones con grapas y espiral, la cubierta se une al resto durante el mismo proceso de encuadernación. En las encuadernaciones cosidas o fresadas, en cambio, se forma primero un bloque con los pliegos alzados (cuerpo del libro) que, posteriormente, puede ser cubierto en rústica o tapa dura. En una encuadernación en rústica la cubierta es encolada al lomo del cuerpo del libro. En una encuadernación de tapa dura, la primera y la última página del libro, denominadas guardas, se encolan a los interiores de las tapas (que son de material rígido).

▶ **PEDIR UNA MAQUETA**
En caso de dudas sobre el tipo de encuadernación y papel apropiados, se puede pedir una maqueta al proveedor, lo que también es útil para determinar el ancho del lomo.

GRAPADO METÁLICO 14.6

En la encuadernación profesional, existen básicamente dos tipos de cosido metálico: el grapado lateral o plano, en el cual las grapas se colocan en el borde izquierdo o en una de las esquinas de la página, y el grapado por el lomo, en el que las grapas se colocan en el lomo del producto impreso.

GRAPADO LATERAL 14.6.1

El grapado lateral, o grapado plano, es un método de encuadernación que normalmente se utiliza en proyectos sencillos, como puedan ser las publicaciones internas de una empresa. Algunas copiadoras e impresoras láser pueden incluir esta función y realizar un grapado lateral, insertando dos grapas a lo largo del borde izquierdo, o bien el grapado en esquina, colocando una grapa en la esquina superior izquierda. Las páginas son alzadas individualmente con su cubierta de una página encima.

GRAPADO POR EL LOMO 14.6.2

El grapado por el lomo (o en caballete) se utiliza con hojas plegadas e insertadas. El número de hojas del cuadernillo debe ser limitado, para evitar tanto el desplazamiento progresivo de cada página del cuadernillo como que se desmonte fácilmente la publica-

▶ **ENCOLADO Y COSIDO CON HILO**
En el libro de la parte superior los pliegos están cosidos con hilo. Esto produce un ligero incremento del ancho del lomo respecto al del cuerpo del libro. Cuando se usa el encolado, como en el libro inferior, se obtiene un ancho igualado.

▶ ENCUADERNACIÓN CON CINTA ADHESIVA
En la encuadernación con cinta adhesiva, la cinta sustituye a la cola y se utilizan dos hojas independientes como cubiertas.

ción. Hay una variante modificada de la grapa plana corriente llamada grapa omega, que se utiliza para guardar el producto en cualquier archivador o carpeta con anillas y poder hojearlo fácilmente.

FRESADO 14.7

Cuando un producto impreso contiene demasiadas páginas para emplear el grapado metálico, se puede utilizar el fresado. En este tipo de encuadernación se reunen las hojas, una vez plegadas y alzadas, en un solo paquete. Éste, a su vez, es fresado entre uno y tres milímetros en el lomo. Es importante tener en cuenta que el margen blanco en el centro se reducirá y las imágenes que estén colocadas aquí deben ir a sangre. Luego se aplica una capa fina de cola para poder encolar el cuerpo a la cubierta. Para el fresado son preferibles los papeles no estucados con un cierto grosor (ver "El papel", 12.1.5) a los papeles estucados con acabados brillantes o barnizados, porque la cola necesita una cierta penetración para asegurar la adherencia.

Para la encuadernación en rústica o tapa blanda se encola el lomo de la tripa directamente a la cubierta (por ejemplo, libros de bolsillo y revistas). En los libros de tapa dura también se emplea este tipo de encuadernación, en este caso forrando el cuerpo y las guardas con una tira papel que sirve de refuerzo.

También hay otros métodos de encuadernación encolada, en los cuales el lomo no se fresa sino que se introduce la cola en unos agujeros en el lomo de los pliegos (hay sistemas de perforado de pliegos impresos en rotativa). Este tipo de encuadernación es muy resistente. En otra variante se utiliza una cinta adhesiva para sujetar las hojas y las cubiertas, en vez de la cola; este tipo de encuadernación no es muy duradera y su uso sólo es apropiado para proyectos sencillos y de pocas páginas.

▶ TAPAS DURAS
Los libros de tapa dura pueden ser encuadernados de muchas maneras diferentes. Las más comunes son el fresado y el cosido.

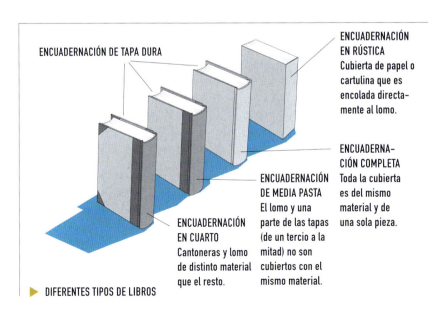

▶ DIFERENTES TIPOS DE LIBROS

ENCUADERNACIÓN DE TAPA DURA

ENCUADERNACIÓN EN RÚSTICA
Cubierta de papel o cartulina que es encolada directamente al lomo.

ENCUADERNACIÓN DE MEDIA PASTA
El lomo y una parte de las tapas (de un tercio a la mitad) no son cubiertos con el mismo material.

ENCUADERNACIÓN EN CUARTO
Cantoneras y lomo de distinto material que el resto.

ENCUADERNACIÓN COMPLETA
Toda la cubierta es del mismo material y de una sola pieza.

COSIDO 14.8

El cosido es el método tradicional utilizado para la encuadernación de libros. Las hojas plegadas son alzadas y se unen mediante el cosido con hilo. Como en otros métodos, es importante que la dirección de la fibra sea paralela al lomo, para asegurar una buena resistencia y apariencia del producto final.

En los libros encuadernados en rústica se encola el cuerpo cosido a lo largo de todo el lomo, sin fresarlo anteriormente, y se cubre con una cartulina, normalmente impresa. En el caso de los libros encuadernados en tapa dura, se encola por el lomo la tripa cosida y las guardas; este conjunto es cortado después por los tres lados restantes (corte de cabeza, de pie y delantero) y posteriormente encolado a la tapa.

TERMOCOSIDO 14.9

El termocosido es una técnica combinada de cosido y encolado que se usa con libros de tapa blanda. Su coste es un término medio entre las técnicas de encolado y cosido. El cosido se realiza en una máquina de coser especial. Cuando cada pliego ha sido plegado, unas agujas traspasan el lomo del cuadernillo con un hilo de plástico que se funde por efecto del calor; al fundirse, los extremos de los hilos se adhieren al cuadernillo. Cuando todos los cuadernillos están cosidos, son alzados y encolados en una máquina de encuadernación encolada, sin necesidad de fresar el lomo. Al hojearlo, el producto final da la impresión de estar cosido.

ENCUADERNACIÓN EN TAPA DURA 14.10

La encuadernación en tapa dura puede ser realizada de diferentes formas, dependiendo de la exclusividad que se quiera dar al producto. La tapa siempre se confecciona con tres trozos de cartón, el plano delantero, el plano trasero y el lomo. En caso de lomo recto (o plano) este trozo de cartón es del mismo grosor que el de los dos planos. Para la tapa de lomo redondo se utiliza una cartulina más fina pero muy resistente. Estos tres trozos de cartón se cubren con lo que se llama forro de la tapa, que puede consistir en un papel impreso, tela u otro tipo de material (PVC, plásticos lisos o gofrados). En la ilustración de la página anterior se pueden ver varias maneras de confeccionar la tapa. La encuadernación en tapa dura con un forro impreso y sin sobrecubierta se llaman "cartoné". Si una vez encuadernado el libro se le pone una sobrecubierta que envuelve y protege el libro, hablamos de "tapa dura con sobrecubierta".

ENCUADERNACIÓN EN ESPIRAL 14.11

Las encuadernaciones de Wire-O, de espiral de plástico y de espiral metálica, son diferentes tipos de encuadernación con espiral. Suelen emplearse para elaborar manuales y cuadernos de notas. Para manejar estos productos es necesario apoyarlos completamente sobre una superficie plana, como cuando se escribe en un cuaderno o se sigue un manual de instrucciones.

En este proceso las hojas sueltas son alzadas y perforadas. Luego se coloca la espiral. Existen diferentes técnicas de colocación, según el tipo de espiral que se quiera utilizar,

▶ **ENCUADERNACIÓN EN WIRE—O**
Es un tipo de encuadernación con espiral que suele utilizarse cuando las páginas del libro deben permanecer abiertas.

▶ **ESCALA DE PRECIOS DE LA ENCUADERNACIÓN**
1 Espiral
2 Cosido
3 Termocosido
4 Encuadernado encolado
5 Grapado

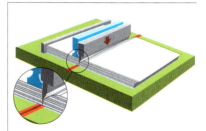

▶ **GUILLOTINA**
En la guillotina, la cuchilla presiona la pila de papel, atravesándolo, con una fuerza de varias toneladas.

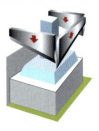

▶ GUILLOTINA TRILATERAL
Una guillotina trilateral corta el producto por la cabeza, el corte delantero y el pie.

▶ GUILLOTINA
Antes del impacto del corte, debe golpearse uniformemente la pila de hojas impresas. Para realizar el corte hay que pulsar dos botones a la vez, para asegurarse de que las manos estén fuera del alcance de la cuchilla.

pues las hay de distintos colores y dimensiones. El mayor inconveniente de este tipo de encuadernación es su relativa inestabilidad: es difícil que los materiales así encuadernados se mantengan derechos y verticales en un estante y, naturalmente, no es posible colocarles un título en el lomo. Además, es una técnica bastante cara.

CORTE 14.12

El papel puede cortarse con diferentes sistemas de cuchillas para obtener el tamaño deseado. Esta tarea puede realizarse manualmente en la guillotina, o bien mientras se lleva a cabo otra etapa del proceso de postimpresión.

La mayoría de los productos impresos deben ser cortados. En el sistema de impresión de hojas puede ser necesario cortar un producto impreso hasta tres veces durante el ciclo de producción. Primero, el papel se corta para darle el formato en que debe ser impreso. Después, las hojas deben ser cortadas de nuevo para que se adapten a las máquinas de post-impresión. Finalmente, el producto debe cortarse después del plegado y encuadernado para obtener el tamaño final.

En los métodos de encuadernación más comunes (grapado y encolado), el corte suele ser el último paso del proceso. Se usa entonces la llamada guillotina trilateral, que corta el producto encuadernado por la cabeza, el corte delantero y el pie. Este último corte es necesario por varias razones. Las páginas que fueron impuestas en el mismo pliego quedan, después del plegado, unidas o bien por la cabeza o bien por el pie (siempre y cuando se haya hecho plegado en ángulo recto con ocho páginas o más). Además, el desplazamiento hace necesario un corte delantero de remate.

▶ SELLADO
Un ejemplo de sellado puede ser el cierre de un plegado enrollado con una etiqueta engomada.

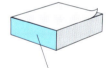

▶ ENCOLADO DE BLOCS
El encolado de blocs es un método sencillo de encuadernación de un paquete de hojas de papel. Uno de los cantos del bloc se recubre con un adhesivo especial.

▶ ENSOBRADO
El ensobrado puede hacerse mecánica o manualmente. Para cantidades de hasta 2.000 ejemplares todavía puede ser rentable ensobrarlos manualmente.

▶ ENFAJADO
Para colocar fajas alrededor de un impreso, de un conjunto de impresos o de un póster se utilizan máquinas enfajadoras.

Las cuchillas de las guillotinas son delicadas y deben afilarse con frecuencia, pues los papeles laminados o barnizados pueden desgastarlas y dañarlas. Una cuchilla en mal estado puede provocar rayas en la superficie de corte.

OTROS TIPOS DE ACABADOS 14.13

Laminados, barnizados, taladrados, troquelados y perforados son otros acabados propios del proceso de postimpresión.

LAMINADO 14.13.1

Mediante el laminado, las hojas impresas se recubren con una película de plástico. Su finalidad es proporcionar una mejor protección contra la suciedad, la humedad y la fricción, aunque también se lleva a cabo por razones estéticas.

Existen variantes de laminado brillantes, mates, con relieve y con textura; y a este proceso se someten, sobre todo, las cubiertas de los productos impresos.

Para hacer la laminación se precisa una máquina especial. Es conveniente utilizar papel estucado o satinado para obtener un resultado de mayor calidad. Las hojas laminadas pueden someterse a hendido o plegado.

BARNIZADO 14.13.2

El barnizado es una técnica utilizada para abrillantar la superficie de un producto impreso. Al contrario que la laminación, el barnizado no proporciona mayor protección contra la suciedad y la fricción, sino que tiene principalmente una función estética. El barniz puede aplicarse en una unidad de entintado corriente de la máquina de imprimir, o bien, mediante una unidad especial. El barnizado sobre papeles estucados da los mejores resultados. El barnizado UV es otro método bastante común; en él el barniz se aplica en una máquina especial de barnizado UV. Puesto que el barniz se cura con luz ultravioleta (UV),

▶ **RELIEVE**
Se pueden obtener relieves con máquinas especiales de impresión; éstas crean diferentes niveles mediante presión, consiguiendo la elevación o la depresión del papel al pasar entre dos superficies.

▶ **ESTAMPACIÓN**
También se puede obtener una superficie dorada o plateada mediante el estampado, que añade una lámina metálica sobre el soporte impreso.

▶ **TROQUELADO**
En el troquelado, el troquel presiona el papel o cartón y lo perfora. En esta imagen se ha troquelado una K en el papel. Esta técnica se emplea, entre otras aplicaciones, para realizar separadores de archivadores y carpetas.

▶ **PERFORADO**
El perforado se hace para facilitar el arrancado de una parte de la hoja (por ejemplo, un cupón de respuesta). El perforado puede realizarse en una prensa de alta presión con una regla de perforación o, como muestra esta ilustración, mediante una rueda de perforación.

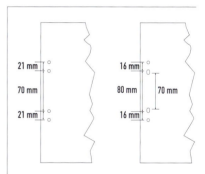

▶ **TALADRADO**
Estándar estadounidense: 2 3/4" cc para 2 agujeros; 4 1/4" para 3 agujeros taladrados (a la izquierda).
Estándar internacional ISO 838: 80 mm para 2 agujeros (a la derecha).

MANIPULADOS

este sistema permite aplicar una capa más gruesa y así obtener un barnizado de mayor calidad de acabado. Las hojas barnizadas deben ser hendidas antes de ser plegadas, o de lo contrario podrían formarse grietas en el doblado a causa de la dureza de la capa de barniz.

El barniz puede aplicarse selectivamente en determinadas partes del producto (sólo sobre las imágenes y los logotipos, por ejemplo). Este método se utiliza para lograr un efecto estético de realce, gracias al brillo del área elegida, o para impedir que en áreas con mucha cobertura de tinta se produzca repinte.

TALADRADO 14.13.3

En el proceso de postimpresión el papel se taladra para poder ponerlo en carpetas o archivadores con anillas. La norma internacional estándar, conocida como ISO 838, es el estándar reconocido fuera de Estados Unidos. Sus indicaciones son: dos agujeros de 6 ± 0,5 mm de diámetro, colocados simétricamente respecto al eje de la hoja y a una distancia de 80 ± 0,5 mm entre sí y de 12 ± 1 mm al corte de la hoja. En Norteamérica, la separación estándar se define de centro a centro de los agujeros y es de 2 3/4".

TROQUELADO 14.13.4

El troquelado se emplea para lograr diferentes siluetas en el papel o cartón, o sea, para crear formas no rectas o irregulares. La matriz de troquelado o molde de corte (denominado troquel) se produce especialmente para la forma que se desea. El troquel opera a presión sobre el papel, cortando así los contornos de la figura. Los costes de producción de un troquel único son relativamente altos, pero normalmente se puede reutilizar en reimpresiones posteriores.

PERFORADO 14.13.5

El perforado se usa básicamente para marcar una parte precortada, que al mismo tiempo sirve de referencia de las partes que se han de separar. Mediante un perforado intermitente de filetes o agujeros en línea se consigue, por ejemplo, que los cheques, recibos, etc., sean más fáciles de cortar. Las perforaciones se suelen hacer en una prensa de alta presión mediante una regla de perforación, pero también pueden realizarse en una troqueladora especial.

MANIPULADOS EN EL PROCESO DE IMPRESIÓN OFFSET 14.14

El proceso de manipulado en offset rotativa se hace en la propia máquina, mientras que el proceso de manipulado en offset de hojas requiere una puesta a punto separada.

A continuación, se revisarán algunos de los factores más importantes que influyen en el proceso de manipulado de offset de hojas.

ESQUEMA DE IMPOSICIÓN 14.14.1

Cuando va a producirse un impreso, es conveniente contactar lo antes posible con el proveedor que realizará las tareas de postimpresión para pedirle el esquema de imposición, donde se puede ver la colocación de las páginas en el pliego. Éste es una copia pequeña

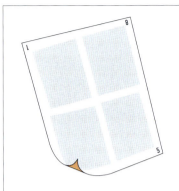

▶ **EL ESQUEMA DE IMPOSICIÓN**
Disponer del esquema de imposición es de gran utilidad, porque permite ver el emplazamiento de las dobles páginas centrales, la distribución del color y la impresión fantasma.

Borde de pinzas

▶ **BORDE DE PINZAS**
El plegado debe tener un borde de pinzas para que la máquina de encuadernación pueda coger las hojas.

del pliego de impresión, doblada conforme a las especificaciones de la plegadora y con las páginas numeradas, o sea, una maqueta.

El esquema de imposición permite:
- Ver dónde están las dobles páginas centrales
- Evitar la impresión fantasma en el pliego
- Ver la distribución del color

EL BORDE DE PINZAS 14.14.2

En el esquema de imposición también se marca el borde de pinzas, cuya función es idéntica al margen en impresión, es decir, ofrecer a las máquinas una zona de manipulación a una distancia segura de los espacios del pliego que compondrán el producto acabado. El margen entre el borde de pinzas y el área de impresión debe ser, por lo general, mayor que los demás márgenes del pliego. Para el grapado metálico se recomienda un borde de pinzas de entre 7 y 15 mm. Las plegadoras no necesitan contar con una zona adicional para el borde de pinzas. En cambio, para el encuadernado sí es necesaria, para que la máquina pueda abrir el cuadernillo.

LA GEOMETRÍA DEL PAPEL 14.14.3

El papel que proviene del distribuidor o que ha sido cortado por el propio impresor no tiene los ángulos perfectamente rectos. El tamaño y la forma del pliego pueden presentar ligeras variaciones dentro de la misma pila de papel. Es importante tener presente estos factores para que los procesos de impresión y de postimpresión sean coordinados con vistas a obtener un buen resultado.

Cuando una máquina de imprimir offset recibe la hoja, ésta es empujada hacia la mesa de marcado, de modo que siempre queda posicionada contra los dos bordes: el borde de pinzas y el de alimentación. Este mecanismo llamado 'guía' asegura que la distancia del área de impresión al borde sea siempre la misma durante todo el tiraje, independientemente de las variaciones de tamaño y forma de los pliegos.

El impresor siempre marca las hojas para identificar la esquina formada por los dos bordes. Si se continúa utilizando esa esquina como guía para el proceso de postimpresión, se evitan desviaciones o inclinaciones en la página.

EQUIPOS DE MANIPULADO 14.15

Las rotativas offset de bobina, como las que imprimen los diarios, tienen algunos procesos de postimpresión *online*, es decir, conectados directamente a la máquina de impresión. En cambio, en la impresión con máquinas de imprimir offset de hojas todos los procesos de postimpresión están separados. En ese caso, aunque se tengan algunas máquinas para acabados sencillos, generalmente se debe recurrir a proveedores de encuadernación especializados, que sepan aportar soluciones adecuadas a los distintos proyectos.

MANIPULADO INDEPENDIENTE Y *ONLINE* 14.15.1

Existen dos sistemas básicos de procesos de postimpresión: independiente y *online*. En este último, los procesos de postimpresión e impresión están directamente conectados,

▶ **GRAPADO METÁLICO**
En la máquina se grapan las hojas ya plegadas con grapas de metal.

▶ **PLEGADORA EN CRUZ**
Una plegadora en cruz puede hacer doblados del pliego en los dos sentidos, tanto longitudinal como transversal.

▶ **PLEGADORA SENCILLA DE BOLSA**
Las plegadoras de bolsa suelen utilizarse para plegados sencillos, por ejemplo para plegar cartas.

compartiendo las funciones de mando y control como si sólo existiera un proceso. En cambio, en los procesos de postimpresión independientes, cada máquina tiene su propia puesta a punto, con la consiguiente maculatura, antes de poder iniciar la producción con el nivel de calidad exigido. El impresor suele entregar al postimpresor una cantidad de pliegos suficiente, en previsión de las máculas que se puedan producir en la puesta a punto de la máquina.

En un sistema *online*, al compartir el mismo sistema de mando, los ajustes de máquina para los acabados se realizan paralelamente a los ajustes para la impresión.

Hasta hace algunos años, la postimpresión *online* era casi exclusiva de las rotativas offset con bobina. Pero la introducción de las técnicas de impresión digital a mayor escala y la carrera por lograr tiempos de producción más cortos han hecho que la postimpresión *online* sea más habitual. Cuando la tirada es pequeña puede ser difícil su justificación económica, y deberá tenerse en cuenta la mayor demora que supone el envío del trabajo a un proveedor de postimpresión, con los consiguientes problemas de coordinación, transportes, puestas a punto, etc. Lamentablemente, estos trabajos menores en *online* suelen presentar un nivel de calidad un tanto inferior a los acabados independientes.

Actualmente, existen en el mercado varias máquinas combinadas de plegado y grapado, diseñadas para producciones sencillas. Estas máquinas pueden conectarse directamente a máquinas de imprimir de alto volumen, máquinas de imprimir digitales o usarse separadamente. Estas máquinas grapan toda la pila de pliegos del producto antes de plegarlos todos juntos, lo que hace que los doblados en cada pliego no sean tan finos como con el sistema de plegado independiente y posterior grapado. Los productos acabados con este método a veces no cierran correctamente. La mayoría de las máquinas plegadoras-grapadoras de sistema modular *online* que se usan para las prensas digitales tienen solamente una cuchilla, que corta el cuadernillo en el canto delantero; ello exige un muy buen registro en la máquina, pero generalmente el resultado es peor que si se usara una guillotina trilateral.

Otro problema en los procesos de manipulado *online* es que la distancia entre el borde del papel y el área de impresión no es constante, lo que no garantiza la precisión del proceso. ∎

> ▶ **RECOMENDACIONES**
>
> - Dejar secar bien los pliegos impresos antes de someterlos a los procesos de manipulado. De lo contrario, es fácil que se produzcan repintes. Las áreas uniformes de un solo color con alta cobertura de tinta y las imágenes con mucha tinta son las más proclives a ocasionar este tipo de problema. La tinta cyan suele presentar una mayor dificultad de secado, por lo que es la tinta más propensa al repinte.
>
> - Plegar siempre siguiendo la dirección de fibra para obtener un producto impreso bien acabado y duradero (ver "El papel", 12.1.3). Si se pliega en sentido contrario, las fibras se quiebran, el papel se debilita y el borde presenta un aspecto agrietado. Además, el impreso tendría dificultad para permanecer cerrado.
>
> - Para plegar papeles de gramajes superiores a 200 g/m^2, es conveniente someterlos previamente a hendido. De lo contrario, existe el riesgo de que la superficie del pliego se resquebraje y de que el cuadernillo tenga dificultad para permanecer cerrado.
>
> - En la encuadernación de grapado en caballete hay que evitar tener demasiados pliegos encartados en el cuadernillo, para que éstos no se abran.
>
> - Disponer de un esquema de imposición para poder ver la distribución de las imágenes (empalmes y dobles páginas centrales). Esto ayuda a evitar problemas al imprimir, como la impresión fantasma.
>
> - Comprobar con el manipulador la cuantía del desperdicio o maculatura, es decir, cuántos pliegos son necesarios para la puesta a punto de las máquinas que intervienen en el proceso del manipulado.

EL MEDIO AMBIENTE 15

- ▶ FASE ESTRATÉGICA
- ▶ FASE CREATIVA
- ▶ DIGITALIZACIÓN DE ORIGINALES
- ▶ PRODUCCIÓN DE IMÁGENES
- ▶ SALIDAS/RASTERIZADO
- ▶ PRUEBAS FINALES
- ▶ PLANCHAS E IMPRESIÓN
- ▶ MANIPULADOS
- ▶ DISTRIBUCIÓN

PAPEL	279
TINTAS IMPRESORAS	282
PACKAGING	284

CAPÍTULO 15 EL MEDIO AMBIENTE

LAS CUESTIONES AMBIENTALES SON VITALES PARA MUCHAS INDUSTRIAS GRÁFICAS. ES MUY IMPORTANTE TENER UNA VISIÓN GENERAL DE ESTOS TEMAS Y CONSIDERAR EL IMPACTO AMBIENTAL QUE PUEDE OCASIONAR EL PROCESO DE PRODUCCIÓN.

La principal contribución que el diseño puede hacer al equilibrio medioambiental depende de una toma de conciencia y de la voluntad de realizar elecciones responsables. En este sentido, los fines del diseño deben hacerse converger con los de la naturaleza: la supervivencia del planeta que consideramos nuestro hogar y la de sus habitantes. Ello supone reconocer una relación de dependencia entre los humanos y el ecosistema, entre el presente y el futuro, y entre las acciones individuales y las globales.

En el caso de los diseñadores, estas acciones tienen que ver con una elección responsable del papel y otros materiales, de las técnicas de impresión y de los procesos de producción empleados; así como también con su capacidad para resolver los problemas de manera creativa y con la forma en que se plantean y se ejecutan los diseños. En este capítulo, se aborda el impacto medioambiental de cada aspecto del proceso del diseño, analizando qué recursos se emplean y qué residuos se generan, con vistas a promover mejores hábitos en el ámbito personal y profesional. Veremos que la vía para lograr un diseño más respetuoso con el entorno pasa por recurrir a la energía eficaz, a la reducción o eliminación de materiales, a la reutilización o el reciclaje, etc., y por evitar el uso de productos tóxicos y materiales no renovables.

Para los diseñadores gráficos, esto significa conocer cómo se talan los árboles y se obtienen los recursos para la producción de papel u otros materiales; si el tipo de tinta que se utiliza contiene materiales contaminantes o si, por el contrario, proviene de materias vegetales, y cómo es utilizada por el impresor. El diseñador debe plantearse qué alternativas de reciclaje existen para el plástico en un proyecto específico y qué parte del proyecto se realiza local o regionalmente, pues el transporte representa otra pieza crucial del puzzle. También se debe prestar atención a los mensajes: ¿refuerzan la concienciación medioambiental o el derroche?

Cada vez existe una oferta más amplia de productos y, entre todos, debemos apoyar, con unos hábitos de consumo responsables, a aquellas empresas que se esfuerzan por hacer posible una economía sostenible. Este capítulo tiene por objetivo promover la educación medioambiental, y confiamos en que la información que aquí se facilita sirva para animar al lector a ampliar por su cuenta los conocimientos sobre el tema.

PAPEL 15.1

Según el Worldwatch Institut, el uso de madera en los últimos cien años se ha duplicado y el consumo del papel se ha multiplicado por seis. "Los habitantes de Europa, Estados Unidos y Japón (es decir, menos de una quinta parte de la población mundial) consumen cerca de la mitad de la madera y más de dos tercios del papel. En los próximos quince años se espera que la demanda global de papel crezca de nuevo un 50 %". Ello contribuye a una expansión de la economía, pero supone una carga para el ecosistema del que depende. Los signos de agotamiento son evidentes: los bosques son cada vez más escasos, las tierras se erosionan, el nivel de CO_2 crece, aumentan las temperaturas y desaparecen plantas y especies animales.

RECICLADO 15.1.1

Que el papel pueda reciclarse no significa que sea la mejor elección medioambiental. Las fábricas de papel han reciclado sus propios desechos y recortes durante muchos años. A estos residuos los denominamos postindustriales.

SOLUCIONES ALTERNATIVAS: primero llegar al consumidor, depositarse en el contenedor de reciclaje y posteriormente ser convertido en pulpa para producir papel de nuevo. Este material reciclado es un residuo postconsumo.

Además de reducir los problemas de los desperdicios sólidos, utilizar la mayor cantidad posible de papel reciclado (o alternativas al papel procedente de los árboles) en cada trabajo es, posiblemente, la mejor acción que un estudio de diseño gráfico puede realizar en la batalla contra el calentamiento global. Los bosques se alimentan y almacenan dióxido de carbono (gas invernadero) que después expulsan a la atmósfera, pudiendo provocar muchos daños.

Hoy en día, utilizar en todos los casos papel reciclado con al menos un 30 % del residuo posterior a su consumo debería ser el mínimo exigible. Hay que recordar que cuanto mayor sea la cantidad de residuo posterior al consumo que se utilice, más se estará ayudando a construir una economía basada en el respeto medioambiental.

SIN CLORO 15.1.2

La utilización de cloro decolorante es, posiblemente, la parte del proceso de producción de papel que provoca efectos más devastadores. El cloro se utiliza para disolver la lignina de la madera (material pegajoso que contiene fibras de celulosa) y blanquear las fibras. Los derivados químicos resultantes de la interacción del cloro, la lignina y las fibras de celulosa son algunas de las sustancias más tóxicas jamás creadas. Algunos estudios han establecido una relación entre la producción de sustancias que utilizan el cloro decolorante para blanquear el papel y las dioxinas, carcinógenos capaces de provocar cáncer, desórdenes reproductores, deformidades, problemas en el desarrollo de los niños y daños en el sistema inmunológico. Al no descomponerse, las dioxinas permanecen en el aire, el agua y la tierra y contaminan la cadena alimenticia y afectan a la fauna y al hombre.

SOLUCIONES ALTERNATIVAS: Para entender a qué nos referimos cuando hablamos de papel libre de cloro es importante primero definir los términos.

El papel libre de cloro (TCF) está hecho a partir de fibras de madera 100 % virgen, manufacturadas sin la adición de cloro ni derivados. Tampoco contiene dioxinas contaminates, ni cualquier otro tipo de productos organoclorados, por lo que no integra componentes tóxicos. Que un papel no contenga cloro garantiza un grado de pureza y que no se generen desechos posteriores a su consumo.

El papel reciclado libre de cloro (PCF) está hecho también sin la adición de cloro ni derivados. Pero el papel recuperado de los desechos sólidos y utilizado para elaborar papel reciclado puede haber sido decolorado con cloro en una primera fase, de manera que no puede garantizarse que el producto final esté totalmente libre de cloro.

El papel elemental libre de cloro (ECF) se elabora sin usar gas clórico elemental como agente blanqueador. En su lugar se emplean dióxido de cloro u otros componentes clóricos considerados por algunos fabricantes de papel como menos dañinos para el medio ambiente. Aunque se detectan niveles inferiores de dióxido de cloro y furanos en las aguas residuales de las fábricas, y también son inferiores los niveles del resto de componentes clóricos relacionados, estas sustancias no han sido totalmente eliminadas. Por otro lado, los métodos blanqueadores mediante dióxido de cloro utilizan veinte veces más agua y energía que los procesos libres de cloro.

Los desechos postconsumo no destinados generan un tipo de papel reciclado que no ha pasado por el proceso de blanqueado en una segunda fase. Los elementos químicos utilizados en el proceso de elaboración de este papel se minimizan debido a que las tintas se dejan en el líquido, y aparecen motas en la lámina final.

La deslignificación de oxígeno y el blanqueo con ozono son procesos que no recurren al cloro, utilizados para separar el revestimiento de las fibras de madera y para decolorar y blanquear la pulpa. Las fábricas que utilizan oxígeno y ozono como blanqueadores pueden enviar las aguas residuales a un sistema de recuperación donde las materias orgánicas se emplean para producir energía y los metales y minerales se filtran. De esta manera se cierra el ciclo.

El peróxido de hidrógeno, que decolora por oxigenación, es quizá la mejor opción porque no genera productos derivados contaminantes como resultado de su uso. Este proceso blanqueador ha sido el elegido por la prensa y para tratar la madera. Aunque estigmatizado desde hace una década por producir papel mate, se ha conseguido mejorar el brillo de la pulpa, de modo que pueda utilizarse para la impresión de calidad y la escritura.

FIBRAS ALTERNATIVAS (SIN MADERA) 15.1.3

Mientras el uso del papel reciclado ayuda a aliviar el problema de los residuos sólidos, el proceso de eliminación de tinta del papel tras el consumo todavía utiliza productos químicos agresivos que se convierten en residuos tóxicos. Aunque el papel reciclado contiene un porcentaje creciente de componentes reciclados, muchas veces su elaboración se complementa con pulpa de madera virgen para mejorar su resistencia a la tensión. Ésta proviene de bosques (algunos de los cuales han tardado muchos años en crecer) y de plantaciones de árboles.

Las estimaciones indican que la mitad de los 4,85 billones de hectáreas de bosque que en un tiempo cubrieron la superficie de la tierra ya han sido devastados. En los últimos 35 años, el consumo de madera se ha duplicado y el uso del papel se ha triplicado. Los árboles, aunque tardan mucho tiempo en crecer, producen fibras consistentes, que necesitan someterse a una gran cantidad de procesos químicos y blanqueadores muy alejados de las necesidades de un medio ambiente sostenible, para llegar a producir papel.

SOLUCIONES ALTERNATIVAS: Una vez detectada la urgente necesidad de conservar y preservar los bosques del mundo, se ha desarrollado una nueva industria alrededor de los "papeles que no utilizan árboles". Se trata de papel elaborado a partir del cultivo de fibra de rápido crecimiento, como el kenaf y el cáñamo; desechos agrícolas tales como vegetales, maíz y cereales, granos de café y pieles de banana; desechos industriales como papel moneda reciclado, trozos de tela vaquera o de algodón textil y adornos industriales; lino, bambú y algas.

De todos ellos, el kenaf es uno de los que permiten albergar mayores esperanzas. De la familia de los hibiscos, esta planta pasa de ser una semilla a superar los cuatro metros de altura en sólo quince meses. Una hectárea de kenaf produce un rendimiento superior a las 4,5 toneladas de fibra utilizable por año. Una hectárea de bosque produce tan sólo 1,8 toneladas de fibra utilizable cada veinte o treinta años.

La fibra de kenaf tiene una mayor dureza y un mejor rendimiento que la de madera, y gracias a su inferior contenido en lignina requiere menos sustancias químicas y energía para ser procesada. Planta muy resistente, el kenaf requiere pocos fertilizantes, pesticidas y agua en comparación con los cultivos convencionales, que se tratan con fertilizantes químicos y pesticidas que contaminan los ríos, lagos, estuarios, océanos y corrientes subterráneas.

La columna vertebral de la industria estadounidense promovió la prohibición del cáñamo en 1935, movida por los intereses de algunos grupos como DuPont y la Hearst Corporations, que pretendían capitalizar el mercado de las fibras sintéticas procedentes de la madera. A pesar de las ventajas industriales y medioambientales que supone, la industria todavía opone resistencia al cultivo del cáñamo, entre otros motivos, por su asociación con la marihuana. Al igual que el kenaf, el cáñamo es una planta resistente de cultivo anual, que requiere poca agua y escasos fertilizantes y pesticidas. Produce de tres a seis toneladas de fibra utilizable al año. A diferencia de la madera, requiere mínimos procesos químicos para el tratamiento de las fibras para la elaboración de papel. Debido a que su proceso de manufacturación puede ser libre de ácidos, el papel de cáñamo ofrece unas características óptimas para su conservación (se dice que puede llegar a durar 1.500 años).

Mientras se habla de una disminución del suministro de madera, paradójicamente, unos 2,5 billones de toneladas de desechos agrícolas están disponibles en todo el mundo cada año. Convertidos en 500 millones de toneladas de pulpa, desechos agrícolas como la paja de trigo podrían producir suficiente fibra para suministrar 1,5 veces el consumo mundial de papel. La producción de pulpa procedente de la paja puede realizarse sin recurrir al cloro ni a ácidos, y los derivados de los desechos sólidos pueden usarse de manera segura como alimento o fertilizante.

A pesar de que la impresión y el reciclado de papel fue problemático en los años setenta, la tecnología de producción —y la novedosa fibra alternativa— de este tipo de papel ha reducido enormemente o incluso eliminado las consecuencias adversas. Las industrias gráficas encuentran ahora más papeles reciclados que imprimen con la misma calidad que los competidores que utilizan métodos de mayor pureza. Los papeles reciclados, como los papeles sin tratamiento, absorben la tinta de manera diferente y varían en brillo y también en precio dependiendo del tipo de acabado. Además, algunos papeles reciclados y de fibras alternativas se presentan en bobina para la impresión en rotativas. El impresor o el distribuidor de papel puede informarnos sobre el tipo de papel menos contaminante.

El mayor inconveniente de muchos de estos papeles es su escasa disponibilidad. Debido a que el mercado no es lo suficientemente maduro y muchos de los fabricantes son pequeñas empresas, la distribución se limita a unas cantidades mínimas, o los precios son más elevados que los de sus equivalentes en papel virgen. De todas formas, merece la pena buscar este tipo de papel y también asumir su coste adicional, pues sólo cuando se utilice este papel se creará un mercado a su alrededor y, con el tiempo, la demanda permitirá una disminución de los precios y que su distribución se generalice.

TINTAS IMPRESORAS 15.2

Existen, principalmente, cuatro factores que deben considerarse cuando se analiza el impacto sobre el medio ambiente y la salud humana de las tintas de impresión: los pigmentos que contienen metales pesados, tales como el bario, el cobre o el zinc; los disolventes petroquímicos, utilizados como portadores de pigmentos o para mejorar el secado, que contienen componentes orgánicos de alta volatilidad (VOC); los desechos peligrosos generados por la manufactura y el uso de las tintas; y los baños, capas incoloras diseñadas para incrementar el brillo y la resistencia al roce y a los productos químicos.

Los metales pesados de los pigmentos pueden contaminar la tierra y las aguas subterráneas cuando se disuelven en el medio ambiente a través de los vertederos, o causar estragos en los sistemas de aguas residuales que no están diseñados para procesar este tipo de residuos químicos. La exposición a estos componentes, especialmente cuando se trata de grandes cantidades, a través de la ingestión, inhalación o absorción, puede causar desórdenes genéticos, irritación pulmonar, espasmos, problemas coronarios o cáncer. Al destintar el papel, las aguas residuales pueden resultar peligrosas para la salud si se detectan en ellas concentraciones de metal pesado u otros elementos contaminantes.

Los disolventes petroquímicos emiten componentes orgánicos de alta volatilidad. Estos gases pueden reaccionar con la luz solar o el aire y convertirse en *fog*, niebla, que contamina el aire que respiramos. Al evaporarse, pueden generar una sustancia irritante para los trabajadores de las imprentas.

La producción estimada de papel y cartón en el conjunto de los países de la Unión Europea, en el año 2001, fue de 88 millones de toneladas métricas, con una disminución del 2,5 % en relación al año anterior. La contribución de España fue de 5,13 millones de toneladas métricas, con un incremento del 2,8 % respecto al año anterior (Fuente de información: Aspapel).

La producción de tintas de impresión en el ámbito europeo, durante el ejercicio 2001, fue de 700.000 Tm, de las cuales 100.000 Tm corresponden al mercado español.

El destino final del papel y cartón impreso, y la merma y desperdicio que se producen en las distintas técnicas de impresión dan una idea de la importancia de los aspectos medioambientales. Las tintas, compuestas por aceite, pigmentos, disolventes y agua, están consideradas como residuos muy peligrosos. Además, la elaboración de la tinta de impresión genera una cantidad similar de residuos. Estos residuos son, a menudo, incinerados, por lo que desprenden más de trescientos componentes químicos tóxicos en el aire, agua y tierra.

Si consideramos los revestimientos, el principal problema que ocasionan es la contaminación del aire. Cuando se utilizan revestimientos UV, aunque emiten pocos o casi ningún VOC (componentes orgánicos volátiles), una baja longitud de onda de luz ultravioleta reacciona con el oxígeno y genera ozono. Por ello, los trabajadores pueden estar expuestos a radiaciones si las condiciones de trabajo son insalubres o inadecuadas. Los revestimientos sedimentarios no experimentan reacciones químicas al secarse, pero al ser básicamente líquidos, los vapores solían desprenderse hacia la atmósfera, generando altos niveles de VOC. Sin embargo, este inconveniente ha sido solventado recientemente, y ya hay disponibles VOC libres de revestimientos sedimentarios. Además, los revestimientos sedimentarios son más fáciles de reciclar que los ultravioletas. La cuestión de si son mejores los revestimientos sedimentarios o los ultravioletas es un tema fundamental en el diseño: pero, ¿el revestimiento es realmente necesario?

SOLUCIONES ALTERNATIVAS: No utilizar colores que contengan pigmentos que excedan los niveles aceptados de componentes como bario, cobre o zinc, tal como queda recogido en la sección 313 del capítulo III del *Superfund Amendments and Reauthorization Action*. Generalmente, son rojos cálidos y ciertos colores metálicos y fluorescentes. Puede encontrarse un listado de estas tintas en www.econewsletter.net.

Los disolventes petroquímicos en las tintas pueden ser reemplazados por aceites de procedencia agrícola, tales como el aceite de soja, trigo o linaza, para reducir las emisiones de VOC y crear un entorno más seguro para los trabajadores de las industrias gráficas. Existen también agentes no tóxicos que pueden limpiarse con mayor rapidez, se descomponen más fácilmente en los vertederos, se adaptan mejor al proceso de destintado y repulpado del reciclado de papel y están elaborados a partir de energías renovables (no como el petróleo, que es un recurso limitado). Algunos impresores advierten que una de las ventajas de utilizar tintas procedentes de productos agrícolas es el brillo de los colores y que consiguen una impresión más eficaz con menos consumo de papel. Hoy en día, puede encontrarse a precios competitivos una gran variedad de estas tintas.

Aunque la tinta de este tipo más utilizada es la de la soja (debido al marketing intensivo que se ha hecho de ella), existen otros aceites, como el de linaza, que algunos fabricantes de tintas consideran superiores, y que dependen de cultivos que no son tan controvertidos como la ingeniería biológica a la que está vinculada la soja.

Una tinta puede contener tan sólo entre un 10 y un 20 % de soja u otros aceites alternativos y ser ya catalogada como procedente de productos agrícolas o vegetales, incluso cuando el resto de sus componentes provengan del petróleo. Por ello, debe consultarse al fabricante si se quiere utilizar una tinta con la mayor cantidad posible de componentes de origen agrícola (hay tintas disponibles de alrededor de un 100 % de procedencia agrícola).

Los desechos de tinta en las imprentas offset y las fábricas de tinta pueden evitarse elaborando tinta reciclada de calidad. Un proceso patentado, conocido como Tecnología de Recuperación de Tinta Litográfica (LIRT), consigue recuperar el 100 % de la tinta de las aguas residuales, una vez transportadas como residuos contaminantes para la incineración. La recuperación tiene lugar sin emisiones sólidas, líquidas ni gaseosas y da lugar a

> **COMUNICACIÓN**

1. Encontrar formas de comunicar la información ambiental a los consumidores.

2. Educar a los clientes acerca de la importancia y los beneficios de un diseño que tenga en cuenta las necesidades ambientales.

3. Leer artículos y libros, y asistir a conferencias sobre este nuevo tema de reflexión. Contar con una biblioteca de consulta.

tres productos comercializables: tinta, disolvente y agua desionizada. Gracias a este proceso se completa el ciclo de recuperación. La tinta reciclada que se genera es rica en pigmento, incluso comparada con la tinta elaborada a partir de materiales puros, tiene cualidades de impresión superiores y genera una menor cantidad de desechos.

Con la tecnología actual, la tinta reciclada sólo está disponible en carbón negro, y es adecuada para sustituir la tinta negra. En el futuro, cuando el proceso de separación sea viable y la demanda del mercado se incremente, los colores de la cuatricromía (cyan, magenta, amarillo y negro) estarán disponibles y su reproducción con tintas totalmente recicladas será una realidad.

PACKAGING 15.3

El envase contiene, protege, preserva e informa, pero también produce el 30 % de los residuos. El impacto ambiental del envasado incluye la polución y la energía consumida por la elaboración del material, el transporte, su venta y posterior reciclado. La mayor parte del impacto ambiental tiene lugar durante la elaboración y la venta del envase, procesos en los que el diseñador tiene una influencia notoria.

SOLUCIONES ALTERNATIVAS: Conocer los diversos tipos de envases —cómo son producidos, distribuidos y vendidos— y ser conscientes de las alternativas viables —más ecológicas y con costes asequibles— son aspectos que los diseñadores no pueden permitirse pasar por alto. Los puntos que deben considerarse para conseguir un diseño con un mínimo impacto son:

- Valorar el producto. ¿Hay alguna forma de rediseñar el producto de modo que el envase pueda eliminarse por completo?
- Evitar el embalaje innecesario y diseñar para producir el mayor impacto visual con el embalaje más reducido y duradero posible.
- Estar al corriente de los avances tecnológicos. Por ejemplo, se está utilizando la pulpa moldeada para sustituir en el envasado a las burbujas de plástico, las cajas de cartón para los zapatos y los tradicionales *packs* de seis bebidas. Afirman que es más económico y ecológico que otros sistemas.
- Diseñar el envase para que pueda volver a rellenarse o reutilizarse.
- Hacer un envase reciclable o reutilizable. Para ayudar al consumidor a reciclar se debe marcar claramente el envase con el símbolo de reciclado y, en el caso de los plásticos, identificarlos de acuerdo con la normativa DIN 6120.
- Diseñar con materiales que puedan ser reciclados por todos los consumidores. Utilizar la menor variedad de materiales posible (dos tipos de plásticos, o plástico y cartón). Si es absolutamente necesario usar más de un material, facilitar al consumidor que pueda separarlos para reciclarlos.
- Utilizar materiales reciclables, de obtención sostenible y biodegradables, con un alto contenido de residuos postconsumo, para sufragar el coste ambiental que supone extraer y procesar materiales vírgenes. Aprovechar toda oportunidad de utilizar fuentes renovables como el kenaf, la pulpa agrícola, los poliláctidos (PLA) o los polímeros (del maíz) en el envase y en el manual, etc.
- Maximizar la percepción positiva de estos materiales y actitudes por parte de los consumidores.

- Evitar los metales pesados, polímeros halogenados y materiales agresivos para el ozono así como otras sustancias peligrosas.
- El producto y el envase forman un solo conjunto. Hacedlos actuar como tal.

Estos puntos pueden entrar en conflicto. Por ejemplo, un material reciclado puede incrementar el peso total del envase, mientras que un material más ligero podría no ser reciclable. Priorizar las cuestiones ambientales en el diseño, además de otros aspectos como los costes, la duración, la resistencia al manipulado y la presentación en el punto de venta, ayudarán a definir el diseño.

ORDENADORES

Los ordenadores están hechos con más de setecientos componentes diferentes, más de la mitad de los cuales son tóxicos. Si se envían a un vertedero, muchos materiales, como plomo, mercurio, zinc, arsénico, cadmio, cromo hexavalente, plástico PVC y retardadores de llamas pueden filtrarse en la tierra y contaminar las aguas subterráneas. En un monitor de ordenador puede encontrarse casi 1,5 kg de plomo.

Se estima que anualmente en la Unión Europea se producen 100.000 toneladas de chatarra electrónica procedente de ordenadores personales que se han quedado obsoletos. En España esta cifra es del orden de las 100.000 unidades. Y se prevé que este número aumente en los próximos años, pues el avance tecnológico hará que la vida útil de los ordenadores se reduzca a la mitad. La Unión Europea está ultimando una directiva que, entre otros objetivos, fija que el 75 % de los ordenadores deberá ser reciclado.

SOLUCIONES ALTERNATIVAS: Avanzar en la cultura del reciclaje y la recuperación. En muchos países europeos ya existen fabricantes especializados en la recuperación de componentes de ordenadores viejos. ■

▶ GUÍA PARA EL DISEÑO RESPONSABLE CON EL MEDIO AMBIENTE

PLANIFICACIÓN DEL DISEÑO

1. Valorar una estrategia responsable con el medio ambiente, acorde con las necesidades del cliente y su producto. ¿Puede utilizarse un material o proceso innovador? ¿Aceptará el cliente esta experimentación y los riesgos que conlleve?

2. Valorar el ciclo de vida del producto, teniendo en cuenta los materiales utilizados, su venta, su reutilización, su capacidad de ser reciclado y su biodegradabilidad.

SELECCIÓN DEL MATERIAL

1. Diseñar el producto minimizando la cantidad de material utilizado.

2. Especificar el contenido de material reciclado a partir de desechos posteriores al consumo.

3. Diseñar pensando en el reciclaje y evitar desechos posteriores al uso.

4. Utilizar papel elaborado a partir de fibras vegetales sostenibles, como kenaf, cáñamo, paja u otras fibras que no provengan de árboles.

5. Maximizar la utilización de materiales reciclados y biodegradables. Diseñar de manera que un material pueda ser reciclado en otro de valor igual o superior, como, por ejemplo, convertir pedazos de algodón en tejidos, antes de convertirlo en papel.

6. Escoger materiales que minimicen o eviten el uso de productos químicos peligrosos (como el cloro) en el proceso de producción.

7. Recopilar ejemplos de papeles para cuya elaboración no se haya recurrido al uso de cloro ni de madera. Ordenarlos en función de sus características medioambientales (el mejor sería el TCF o PCF; después vendría el ECF y aquellos que tienen un alto contenido en PWC; aquellos que contienen entre 50 y un 100 % de desechos posteriores al consumo y, luego, los que tienen más de un 30 % de este tipo de desechos, etc.).

IMPRESIÓN

1. Preguntar al impresor si sigue una política respetuosa con el medio ambiente. Escoger métodos de impresión que minimicen los residuos y el consumo de agua y energía. ¿Puede realizarse el proyecto electrónicamente, haciendo que pase directamente de un soporte digital a las planchas, evitando así la utilización de películas y procesos que requieran productos químicos, etc.?

2. Sustituir el estampado con oro y plata, y la termografía (no reciclables) por el grabado en seco. Utilizar colores no tóxicos en lugar de los que contienen metales pesados. Marcar con una cruz todos los colores tóxicos de la guía Pantone, para que sea fácil recordar que no deben utilizarse.

3. Reservar la utilización de los revestimientos y laminados para los proyectos con ciclos de larga vida, en los que sea especialmente importante asegurar la protección y la apariencia estética.

4. El recubrimiento de tinta sólida incrementa la cantidad de productos químicos necesarios para el destintado del papel recuperado. Utilizar áreas de protección de un color oscuro para minimizar la cobertura de tinta, o escoger un papel que tenga la textura y el color adecuados para lograr el efecto deseado.

5. Escoger con frecuencia papel PWC reciclado y decolorado sin cloro, y proponer a su impresor disponer de él en stock. Este simple hecho tiene un impacto efectivo.

6. Aprovechar al máximo las hojas impresas, aunque sólo sea haciendo puntos de libro. Utilizar los recortes de las hojas impresas para papel de bocetos.

7. Evitar el desperdicio de papel determinando con el impresor el tamaño de las hojas y el gramaje antes de concluir el diseño del producto.

LA PRODUCCIÓN GRÁFICA 16

- ▶ FASE ESTRATÉGICA
- ▶ FASE CREATIVA
- ▶ DIGITALIZACIÓN DE ORIGINALES
- ▶ PRODUCCIÓN DE IMÁGENES
- ▶ SALIDAS/RASTERIZADO
- ▶ PRUEBAS FINALES
- ▶ PLANCHAS E IMPRESIÓN
- ▶ MANIPULADOS
- ▶ DISTRIBUCIÓN

FASE PREVIA	288
ELECCIÓN DE COLABORADORES EXTERNOS	291
SOLICITUD DE PRESUPUESTOS	295
LA PLANIFICACIÓN DE LA PRODUCCIÓN GRÁFICA	300
EL FLUJO DE MATERIAL E INFORMACIÓN	301

CAPÍTULO 16 EL PROCESO GRÁFICO

EN EL PROCESO GRÁFICO INTERVIENEN DIFERENTES PARTES QUE DEBEN COORDINARSE PARA QUE EL RESULTADO FINAL SEA SATISFACTORIO. EL FLUJO DE INFORMACIÓN DURANTE TODO EL PROCESO PUEDE LLEGAR A SER MUY COMPLEJO.

En la fase preliminar del proceso hay que tener en cuenta una serie de cuestiones que, en gran medida, determinan la forma de planificar el proyecto. En este capítulo se abordarán estas cuestiones; se proporcionarán claves para evaluar y seleccionar a los colaboradores externos, para solicitar un presupuesto y para realizar la planificación completa de la producción gráfica. También se analizará el flujo de materiales e información que se maneja en el transcurso del proceso.

FASE PREVIA 16.1

Hay una serie de preguntas que requieren respuesta antes de empezar el proceso de producción. Por ejemplo, es importante saber para quién se imprime el producto, cómo será distribuido y utilizado, qué requisitos medioambientales debe cumplir, etc.

¿CUÁL ES EL OBJETIVO DEL PRODUCTO? 16.1.1

En primer lugar, debemos preguntarnos cuál es el objetivo del producto impreso, qué se quiere lograr y qué se pretende comunicar con él.

Algunas respuestas podrían ser:
- Informar
- Vender
- Entretener
- Embalar

A menudo, el producto impreso pretende abarcar varios de estos objetivos a la vez. Conocer los motivos que justifican su creación ayuda a definir la forma que debe adoptar para llegar a su destinatario.

Por ejemplo:
- Si se quiere vender algo, se hará un anuncio
- Si se quiere informar, quizás se haga una revista o un folleto
- Si se quiere entretener o educar, puede hacerse un libro

DEFINIR EL USUARIO 16.1.2

Es importante reflexionar sobre el público al que se dirige el producto, es decir, quién lo utilizará. Analizar este punto ayudará a determinar cómo debe diseñarse.

Algunos ejemplos de diferentes grupos que pueden convertirse en público de un producto determinado:
- Jóvenes
- Jubilados
- Gente con ingresos medios
- Gourmets

¿CÓMO LLEGAR AL USUARIO? 16.1.3

También debe analizarse cómo se puede llegar al usuario final y cuál es el medio óptimo para hacerlo. La elección del medio puede ser decisiva a la hora de conseguir nuestros objetivos.

Ejemplos de medios para dar a conocer el producto:
- Carteles de publicidad exterior
- Anuncios en prensa
- *Mailing* directo

SELECCIONAR EL TIPO DE PRODUCTO 16.1.4

Dependiendo del tipo de producto impreso y su tirada, varían el precio y la técnica de impresión que se debe utilizar.

Algunos ejemplos:
- Prensa diaria, 20.000 ejemplares
- Libro, 10.000 ejemplares
- *Packaging*, 100.000 ejemplares
- Póster, 500 ejemplares
- Catálogo, 100.000 ejemplares
- Carpetas, 5.000 ejemplares
- Anuncio, 200 ejemplares

▶ **PRIORIDADES EN LA PRODUCCIÓN**
Es imposible combinar un precio reducido, una entrega rápida y una calidad superior. Hay que decidir en qué lugar del triángulo se quiere situar el producto, dependiendo de los aspectos a los que se les dé mayor prioridad.

¿CÓMO SE UTILIZARÁ EL PRODUCTO? 16.1.5

También es importante considerar cómo se utilizará el producto impreso. Por ejemplo, si se piensa utilizar durante un largo período de tiempo, se precisará crear un producto impreso resistente. Algunas cuestiones a tener en cuenta en este sentido son:

- ¿Cuál debe ser la duración del producto?
- ¿Será archivado o, por el contrario, será utilizado con mucha frecuencia?
- ¿Después de su uso, será eliminado?
- ¿Debe cumplir alguna función específica, por ejemplo de embalaje?

Las respuestas a estas preguntas ayudan a determinar cómo se debe imprimir el producto, cómo se debe procesar y qué materiales deben utilizarse para su creación.

Algunos ejemplos:
- Un catálogo que vaya a ser muy hojeado debe ser sometido a acabados que le permitan resistir ese uso; por ejemplo, puede encuadernarse en rústica y se puede laminar la cubierta.
- Un cartel de publicidad exterior tiene que soportar las inclemencias del tiempo durante el período del contrato. Por lo tanto, debe imprimirse con tintas resistentes al agua y en un papel consistente.
- Un libro, cuya finalidad es la durabilidad, deberá encuadernarse con una técnica de calidad, con tapas duras y un tratamiento superficial protector.
- Un diario de información, cuya vida útil es muy corta, puede imprimirse en un papel económico y graparse.

EXIGENCIAS DE CALIDAD 16.1.6

Las exigencias de calidad tienen consecuencias en el precio y en los plazos de entrega. Además, influyen en la elección de los colaboradores externos para la producción. ¿Es realmente importante que el producto sea de gran calidad? ¿Es importante que las imágenes tengan una calidad máxima?

Una división elemental de la producción gráfica en tres niveles de calidad —bajo, medio y alto— permite clasificar los diferentes tipos de impresos según sus características. Algunos productos de baja calidad serían los prospectos, los folletos de instrucciones, los folletos de publicidad de las cadenas comerciales o las publicaciones internas. Los folletos más elaborados y las revistas serían de nivel medio, y de nivel alto algunos anuncios en cuatricromía, las memorias anuales, los libros de arte o el *packaging* exclusivo.

Algunos ejemplos:
- Un libro de arte debe tener una calidad máxima, tanto en lo que respecta al tratamiento de las imágenes y la impresión como al papel y los acabados.
- Una hoja de publicidad de la pizzería de la esquina no necesita tener una gran calidad de imagen, ni de papel, ni de impresión; probablemente, en este caso lo más importante sea un coste bajo.

EL PRESUPUESTO 16.1.7

Cuando se planifica un presupuesto es importante contar con un margen de seguridad para poder asumir eventuales imprevistos que puedan surgir durante la producción.

REQUISITOS MEDIOAMBIENTALES 16.1.8

¿Existen requisitos especiales en relación con los aspectos medioambientales?

Algunos ejemplos:
- Que sea posible el reciclaje del producto.
- Que sea preferiblemente de tintas ecológicas, papel reciclado, etc.

ELECCIÓN DE COLABORADORES EXTERNOS 16.2

Unos buenos resultados en la producción gráfica dependen también de una colaboración eficiente con una serie de proveedores de servicios externos. Por esa razón es importante hacer un análisis y seleccionar a los proveedores más adecuados.

Antes de comparar entre los posibles colaboradores, deben definirse las directrices del proyecto. También hay que valorar qué partes de la producción se harán en la propia empresa y cuáles se contratarán exteriormente. Hacerse cargo de la mayor parte de la producción suele resultar más barato si existen las condiciones necesarias para poder asumirla, pero al mismo tiempo significa tener una mayor responsabilidad en el resultado final.

Hay que tener presente que los diferentes tipos de producción no se adecúan por igual a todos los proveedores. Cada proveedor está preparado para determinadas aplicaciones. Hay impresores especializados en ciertos tipos de producción, que utilizan un proceso de impresión especial, o que operan con unos determinados formatos.

A continuación se analizarán algunos factores que pueden ser de utilidad para la elección de colaboradores externos.

PRECIO 16.2.1

La fijación de los precios en el sector gráfico se encuentra lejos de estar estandarizada. Hay muchas formas diferentes de fijar los precios. Algunas empresas tienen sus propias tarifas, mientras que otras aplican precios individualizados. Es importante dilucidar claramente qué es lo que está incluido en las ofertas recibidas. También es conveniente averiguar si se aplican tarifas especiales por entregas rápidas, y en ese caso, cuáles son las condiciones.

Los precios en la industria gráfica pueden variar mucho de un proveedor a otro. El escaneado de una imagen en cuatricromía puede costar desde 20 hasta 100 euros. Los factores que más influyen sobre los precios son la calidad y los plazos de entrega. Si el proyecto no requiere una calidad óptima ni la máxima rapidez, se pueden conseguir precios más razonables. Pero si las exigencias de calidad son altas y los plazos de entrega cortos, debe asumirse que los precios serán acordes con estos requerimientos.

Otro factor que puede influir en el precio es que el producto o servicio solicitado forme parte de la relación de productos y servicios habituales del proveedor. Es importante recurrir a una empresa que normalmente trabaje con el mismo tipo de producción que solicitamos, pues lo contrario —aun cuando logre hacer un buen trabajo— implicará un precio innecesariamente alto. Si, por ejemplo, se va a imprimir un catálogo, lo más probable es que el mejor precio se consiga en una imprenta que sea especialista en ese tipo de producción.

CALIDAD 16.2.2

Para asegurar la idoneidad de un proveedor respecto al trabajo que se necesita, resulta útil pedirle referencias y revisar muestras de trabajos similares al proyecto para el que se le quiere contratar.

También es conveniente informarse de si la empresa está especializada en la realización de algún tipo de servicios o productos. Se supone que una empresa que tenga como especialidad la edición digital de imágenes podrá ofrecer una mayor calidad en ese campo, pero probablemente también tenga un precio más alto. Si no es necesario que las imágenes sean de gran calidad, quizá convenga trabajar con un proveedor que no esté tan especializado.

FIABILIDAD EN LOS PLAZOS DE ENTREGA 16.2.3

Los plazos de entrega pueden tener mayor o menor importancia en un proyecto. La rapidez o, simplemente, el cumplimiento de los plazos de entrega de un producto o servicio, puede variar considerablemente de un proveedor a otro. La rapidez suele estar asociada a precios más elevados. La seguridad en el cumplimiento de los plazos de entrega es esencial, por ejemplo, cuando se trabaja con anuncios comerciales.

CAPACIDAD DE PRODUCCIÓN 16.2.4

Si se precisa un determinado volumen de producción en un plazo limitado, es importante saber si el proveedor está habituado a realizar pedidos de ese tipo y si dispone del soporte técnico, la maquinaria y la experiencia suficientes para dar respuesta a nuestras necesidades.

ORGANIZACIÓN Y CANALES DE CONTACTO 16.2.5

¿Cómo está organizado el proveedor? ¿Hay una persona de contacto, un responsable con quien tratar las cuestiones relacionadas con nuestro proyecto, o nuestro interlocutor varía según la cuestión a tratar? La respuesta a esta pregunta es importante para determinar el tipo de servicio que se espera del proveedor y el trato que recibiremos como clientes.

CERCANÍA 16.2.6

A menudo, la mayor ventaja que presenta la elección de un proveedor cercano es el ahorro de tiempo, especialmente cuando el plazo de entrega es un factor relevante. Si éste no es el caso, contratar proveedores más alejados puede reportar beneficios económicos, pero entonces debe preverse cómo resolver las posibles dificultades, como la asistencia al arranque de la tirada, la aprobación de las puestas a punto, la aprobación del producto o la toma de decisiones urgentes.

HORARIOS LABORALES Y ACCESIBILIDAD 16.2.7

¿Qué horarios tiene el proveedor? ¿Existen turnos de trabajo? ¿Puede contactarse con él en caso de precisar servicios fuera del horario normal de trabajo? Estos temas están relacionados con la capacidad de producción y los plazos de entrega. Por ejemplo, una empresa que trabaja con turnos puede producir más y, a menudo, puede ofrecer plazos de entrega más cortos que otra que no tenga esa organización.

REFERENCIAS 16.2.8

Es recomendable pedir referencias y muestras de productos realizados por el proveedor. ¿Se corresponden estas referencias con nuestras expectativas de calidad? También puede ser útil solicitar información a los responsables de otras empresas del sector sobre la relación cliente-proveedor, en términos de calidad y cumplimiento de plazos.

Una producción gráfica fluida se basa, en gran parte, en una buena colaboración y en la comunicación. Por eso es importante conocer bien a los proveedores y comunicarse con ellos frecuentemente durante la producción. Encontrar colaboradores para la producción gráfica a menudo implica iniciar una relación de larga duración. Cuando se cambia de proveedor, a veces se produce un incremento de costes no previsto y puede ser necesario un tiempo para adaptar las formas de trabajo.

Además de los descritos, hay otros muchos factores a tener en cuenta en la elección de proveedores. A continuación, se enumeran algunos.

EL PROVEEDOR 16.2.9

¿Parece ser una empresa estable? ¿Tiene buena reputación en el mercado? ¿Cuál es la estructura de propiedad de la empresa? ¿Podrá ser un colaborador externo estable?

TAMAÑO Y RECURSOS 16.2.10

¿Cuál es el tamaño de la empresa? ¿Existen muchas empresas con las mismas especialidades? ¿Cuál es su grado de respuesta si algún trabajador enferma, sale de vacaciones o deja el empleo?

NORMAS INTERNAS DE LA EMPRESA 16.2.11

¿Cuáles son las normas y acuerdos establecidos válidos en la relación comercial empresa-proveedor? ¿Cuáles son las reglas de la industria para esa área y su aplicación? ¿Hay otros acuerdos o normas que sean relevantes para colaborar con ese proveedor? Otros temas que sería interesante conocer en detalle son los referidos a las condiciones de entrega, el control de calidad y los derechos de autor, temas en los que pueden existir rutinas ya establecidas o, por el contrario, poca claridad.

FACTURACIÓN 16.2.12

¿Cuál es la política de facturación de la empresa? ¿Cuáles son las condiciones de pago?

CALIDAD 16.2.13

¿Cómo asegura la calidad del producto? ¿Cómo gestiona el mantenimiento de la calidad del producto y del servicio?

> **LISTA PARA COMPROBAR LA OFERTA DE SERVICIOS DE PREIMPRESIÓN**

INFORMACIÓN GENERAL
- ☐ Exigencias de calidad
- ☐ Tipo de ordenador (Macintosh/Windows) y aplicaciones
- ☐ Formato del producto final
- ☐ Número de páginas del producto final
- ☐ Lineatura que se va a utilizar en la impresión
- ☐ Archivo del material digital
- ☐ Especificaciones de la entrega y distribución
- ☐ Direcciones de destino
- ☐ Plazos de entrega

INFORMACIÓN SOBRE LA PRODUCCIÓN DE ORIGINALES
- ☐ Tareas que se incluyen en la producción de los originales (corrección, tipografía de los documentos existentes, adaptación del lenguaje conforme a patrones predefinidos, realización del original digital de impresión basándose en un boceto o diseño gráfico original, etc.)
- ☐ Tipo de manuscrito
- ☐ Pruebas y correcciones (tipos, número)
- ☐ Distribución (cómo, dónde, cuándo)

INFORMACIÓN SOBRE LAS IMÁGENES
- ☐ Tipo de imágenes (blanco y negro, color)
- ☐ Imágenes digitales originales (formato)
- ☐ Cuántas imágenes deben escanearse
- ☐ Tamaño final de las imágenes
- ☐ Edición de imágenes (trazados, retoques, sombras), cuántas deben editarse y cuál es su complejidad
- ☐ Reutilización de imágenes archivadas

INFORMACIÓN SOBRE LAS SALIDAS
- ☐ Número de tintas
- ☐ Películas (fotolitos) individuales o impuestas
- ☐ Ficheros digitales listos para impresión (PDF, PostScript)
- ☐ Número de juegos de película
- ☐ Control o ajuste de trapping, reserva y sobreimpresión
- ☐ Tipo de trama (eslocástica o convencional)
- ☐ Tipo de prueba final de preimpresión (digital o analógica)

ASPECTOS MEDIOAMBIENTALES 16.2.14

¿Tiene la empresa una política activa en la gestión de los aspectos medioambientales? ¿Cómo aplica en la práctica esos principios y qué efectos tienen?

EL FUTURO 16.2.15

¿Cuáles son los planes de futuro de la empresa? ¿Qué otros servicios prevé ofrecer más adelante? ¿Qué planes de desarrollo tiene para asegurarse su supervivencia en el mercado? Estos temas son siempre importantes, pero aún más si se consideran los constantes cambios a que se ve sometida la industria gráfica.

SOLICITUD DE PRESUPUESTOS 16.3

Cuando se piden ofertas a los proveedores del sector gráfico, es importante que esté incluida toda la información del servicio deseado. De lo contrario, fácilmente puede suceder que los plazos de entrega y los costes no sean los esperados. En esta sección se revisará el contenido de algunas listas de comprobación para diferentes tipos de servicios gráficos. Estas listas contienen el mínimo de información necesaria que debe tenerse en cuenta, y en el caso de que el proveedor ofrezca más de un servicio, deben combinarse.

SERVICIOS DE PREIMPRESIÓN 16.3.1

Los servicios de preimpresión que se incluyen en la solicitud de oferta suelen ser:

- Producción de distintos tipos de originales
- Escaneado de imágenes, retoques y correcciones de color
- Ripeado, impresión de película y pruebas de preimpresión, a veces también la imposición

A continuación, se hace un breve repaso de los puntos más significativos que deberán tenerse presentes.

Información general

• Exigencias de calidad
Debe conocerse la utilidad del producto final y los requisitos de calidad. Es importante que estos dos puntos estén claros desde el inicio, para que todos los implicados estén de acuerdo y tengan conocimiento del nivel de calidad que debe tener el producto final.

• Aplicaciones y tipo de ordenador (Macintosh/Windows)
Deben especificarse las aplicaciones y versiones utilizadas, y si el material entregado fue creado en entorno Macintosh o Windows. El proveedor debe disponer de hardware y software compatibles para poder ejecutar el trabajo.

• Formato y número de páginas del producto final
El número de páginas y el formato influyen directamente en la cantidad de película que se necesitará. A veces, el precio del ripeado y de la impresión de película se define en coste por hoja, y la puesta a punto de los ficheros se establece por página. El número de páginas también influye en el coste del arte final. El precio también depende, obviamente, de los pasos de la producción que se incluyen, por ejemplo, si el precio calculado por página incluye escaneado, edición de imágenes, pruebas, etc.

• Lineatura de trama utilizada en la impresión
La lineatura es una información importante que para muchos proveedores puede influir en el precio. La elección de la lineatura se determina según la técnica de impresión, el tipo de máquina de imprimir y el papel. La elección de papel depende, a su vez, del tipo de acabado elegido. Por todo ello, la decisión de la lineatura no puede realizarse de forma aleatoria, sino que se debe analizar cuidadosamente.

• *Archivo digital del material*
Algunas empresas se encargan del archivo digital del documento y las imágenes, previendo su futura reutilización. Este servicio no debe darse por supuesto y debe solicitarse explícitamente. También debe comprobarse si existen derechos de autor de textos e imágenes, y si su archivo está legalmente permitido.

• *Condiciones de entrega (mediante mensajería, correo o digitalmente)*
¿Cómo debe entregarse el producto final? Por ejemplo, ¿deben entregarse sólo las imágenes digitales, y si es así, en alta o baja resolución? Si se quieren en alta resolución debe indicarse si deben estar sin separar (modo RGB) o separadas (modo CMYK). Quizá se quieran recibir documentos digitales completos con imágenes en alta resolución, o los ficheros listos para imprimir las películas, o las películas mismas. También es conveniente definir la vía de entrega (mensajero, correo ordinario, o Internet) y el medio de almacenamiento (CD, discos magnéticos, etc.). Debemos cerciorarnos de que no haya dudas sobre las direcciones para la entrega del material (muchas veces existen terceros que también deben recibirlo).

• *Plazos de entrega*
¿Cuál es el plazo de entrega que se da al proveedor para realizar el trabajo? Tener clara la importancia del plazo es importante, pues su incumplimiento puede implicar recargos adicionales.

Información sobre los originales

• *Tipo de original*
Debe especificarse qué tipo de original precisa el proveedor. Podría ser una prueba de documentos existentes o la corrección del lenguaje según un patrón predefinido. Otra posibilidad podría ser la realización de un original basándose en un boceto o en un diseño gráfico original.

• *Tipo de manuscrito*
¿En qué formato se entregará el manuscrito, en soporte digital o en papel? Si es en soporte digital debe especificarse el formato.

• *Pruebas (de qué tipo, cuántas y cómo, dónde y cuándo se distribuyen)*
¿En que formato deben entregarse las pruebas? Por ejemplo, ¿deben ser pruebas láser, en blanco y negro o en color?
  ¿Serán distribuidas por mensajero, por Internet o por otro medio? Si se envía en forma digital, ¿será en formato de fichero PDF? ¿Cuántas copias para corrección están incluidas en el precio?

Información sobre las imágenes

• *Tipo de imágenes (blanco y negro, color)*
Las imágenes en blanco y negro y las imágenes de línea normalmente son más baratas que las imágenes en color (aproximadamente, la mitad de precio).

• *Formato de las imágenes digitales originales*
Si se adjuntan imágenes digitales se debe informar en qué formato se entregan. Las imágenes que están en RGB necesitan ser convertidas a CMYK, lo que implica costes adicionales.

• *Tamaño final de las imágenes y cuántas deben escanearse*
Es importante especificar cuántas imágenes deben escanearse. El tamaño final de las imágenes influye en el precio, y en ciertas empresas también la resolución de escaneado. A veces es difícil definir el tamaño final de cada imagen antes de comenzar la producción. En esos casos se puede hacer una estimación de costes.

• *Edición de imágenes (trazados, retoques, sombras, etc.)*
Los costes de los trazados, retoques y otros trabajos de edición de imágenes puede variar mucho entre diferentes empresas. Hay quienes aplican precios por unidad y por cada tipo de retoque, mientras que otros aplican tarifas por hora. Para una correcta apreciación del grado de dificultad es conveniente describir el retoque que se desea. Es más laborioso siluetear un árbol que una pelota, por ejemplo.

• *Reutilización de imágenes archivadas*
¿Tiene este proveedor imágenes archivadas en forma digital de trabajos anteriores? En ese caso, especificar cuáles y cuántas son las que se desean utilizar nuevamente.

Información sobre las salidas (ripeado, películas y pruebas, y —si corresponde— imposición)

• *Número de colores del producto impreso*
El número de tintas con que se va a imprimir el producto influye directamente en la cantidad de películas que deben producirse.

• *Películas individuales (páginas) o película impuesta*
Muchas empresas de preimpresión ofrecen imposición digital en diferentes formatos. Pueden hacer la imposición en el ordenador y luego exponer varias páginas en una sola película de gran tamaño. Generalmente, esto es más barato que el montaje manual de las películas individuales.

• *Cantidad de juegos de película*
Si se quieren imprimir varias páginas iguales en el mismo pliego (por ejemplo 4-up) se necesitan cuatro juegos de película idénticos.

• *Control o ajuste de trapping, reservas y sobreimpresión*
Si uno mismo intenta hacer el *trapping*, existe el riesgo de que el impreso no tenga el *trapping* correctamente ajustado. Por eso, si se necesita *trapping* éste debe estar claramente incluido en el pedido de oferta. Si no se está seguro del *trapping*, las reservas y las sobreimpresiones (ver "Documentos", 6.7), debe pedirse al proveedor la revisión de los documentos para su control y ajuste, en caso necesario.

• *Tipo de trama (estocástica o convencional)*
En el pedido se debe especificar si el tipo de trama deberá ser convencional o estocástica

---

▶ **LISTA PARA LA OFERTA DE SERVICIOS DE IMPRESIÓN**
☐ Volumen (cantidad de páginas)
☐ Número de pliegos
☐ Formato
☐ Número de tintas
☐ Requerimientos del material
☐ Elección del papel
☐ Modo de entrega
☐ Plazos de entrega

(ver "Salidas", 9.1). No todos los proveedores de servicios de preimpresión operan con trama estocástica y, además, suele ser algo más cara que la trama convencional.

• *Tipo de prueba final de preimpresión (digital o analógica)*
El tipo de prueba final es otro tema importante. La mayoría de las empresas hace pruebas analógicas de las películas, tipo Chromalin, Agfa-proof, Matchprint, etc. El inconveniente de estas pruebas es que se está limitado a los tipos de papel indicados por el fabricante. Las pruebas analógicas son caras, pero debe tenerse en cuenta que este tipo de prueba es la única manera de controlar el contenido de las películas. Debe decidirse si son necesarias para el proyecto, para el impresor o si el cliente final debe recibirlas. A veces puede ser suficiente con enviar las pruebas ozálidas o similar.

Cuando se trabaja con ficheros digitales, las pruebas son digitales.

En la impresión de anuncios publicitarios, es corriente realizar pruebas de prensa de los mismos antes de aprobarlos definitivamente. Éste es un tipo de prueba que se hace en una máquina offset y en el mismo soporte final, y resulta considerablemente más cara que el resto de puebas (ver "Revisión y pruebas", 10.6).

SERVICIOS DE IMPRESIÓN 16.3.2

Los servicios que ofrece una imprenta son:

- La realización de planchas
- La impresión
- El suministro del papel

Volumen, edición, formato y número de tintas

Con esta información se puede determinar rápidamente si el impresor es apropiado para la producción prevista, o sea, si el formato de la máquina de imprimir y el número de cuerpos de impresión son adecuados al trabajo. Inicialmente, la elección del tipo de máquina de imprimir se hace atendiendo a criterios de efectividad de costes.

Si el impreso tiene más de una, dos o cuatro páginas es aconsejable seleccionar un número de páginas que sea enteramente divisible por el número de páginas que caben en cada cara del pliego. Por ejemplo, si la publicación es de cuatro páginas de DIN A4, se imprimirán ocho páginas en un pliego de DIN A1, obteniendo dos ejemplares del impreso por cada pliego. También debe tenerse en cuenta que los costes de preparación de un trabajo son elevados. Conviene preguntar cuál es el coste adicional para imprimir 100 ó 1.000 ejemplares más, por ejemplo. A veces es más rentable imprimir una tirada mayor. Cuando se elige un formato, éste puede resultar mucho más económico si no se aleja demasiado de los tamaños estándar, pues así se puede aprovechar al máximo el pliego de papel.

Otro factor que debe tenerse en cuenta es que la mayoría de las máquinas de imprimir offset tienen uno, dos o cuatro cuerpos de impresión en línea, y por lo tanto, las producciones que requieren más de cuatro tintas tienen unos costes más elevados. Al usar tintas diferentes de las CMYK, por ejemplo las tintas planas Pantone, los costes pueden aumentar, y ello es debido a que el cambio de tinta obliga a la limpieza previa de los cuerpos de impresión.

Exigencias de material

El impresor necesitará ficheros digitales, películas individuales (una por cada página y tinta) o películas impuestas.

Elección del papel

En la producción de un producto impreso el papel suele representar un coste elevado, y no todos los tipos de papel se adecúan a todos los tipos de máquinas de imprimir. Siempre se debe discutir la elección de papel con el impresor, aun cuando ya se haya decidido de antemano qué tipo de papel se usará. También es beneficioso preguntar si el impresor puede ofertar un mejor precio por algún tipo de papel similar. Los impresores generalmente tienen contratos con los distribuidores de papel y los precios pueden diferir mucho entre dos tipos de papel similares. Los papeles estucados tienen una superficie más fina y permiten lineaturas más altas, pero también son algo más caros (ver "El papel", 12.4.1).

Condiciones de entrega

En la oferta debe estar especificado si el transporte y la distribución están incluidos en el presupuesto o no. En este último caso, se debe estudiar cómo realizar la distribución. Sin embargo, la mayoría de impresores disponen de servicios de transporte.

Plazo de entrega

¿De cuánto tiempo dispondrá la imprenta para completar la impresión? ¿Existen tarifas especiales por entregas anticipadas?

SERVICIOS DE MANIPULADOS (POSTIMPRESIÓN) 16.3.3

Los servicios de manipulados incluyen:

- Corte
- Plegado
- Encuadernación

En los próximos apartados se analizará qué comprobaciones finales se deben realizar y cuál es el impacto de los factores que intervienen.

Volumen, edición, formato y número de tintas

Los precios de los trabajos de postimpresión están basados en el coste de la puesta a punto de las máquinas que intervienen en el proceso y en el coste de cada ejemplar del producto final. El número de páginas e imposiciones determina el número de puestas a punto que se precisan en la postimpresión. Cuantas menos páginas contengan los pliegos y cuantas más páginas contenga el producto final, más puestas a punto serán necesarias. El volumen afecta, a su vez, al coste por unidad.

Tipo de manipulados

La cantidad de páginas del producto final y el tipo de papel utilizado influyen en el grado de adecuación a los diferentes tipos de encuadernación. Los precios varían de un tipo de encuadernación a otro (ver "Manipulados", pág. 243).

▶ **LISTA PARA LA OFERTA DE SERVICIOS DE POSTIMPRESIÓN**

¿Incluye la siguiente información?

☐ Volumen (número de páginas)
☐ Número de pliegos
☐ Formato
☐ Tipos de manipulados
☐ Requerimientos de formato
☐ Entrega y distribución
☐ Plazos de entrega

▶ **EJEMPLOS DE COLABORADORES EXTERNOS**

- Agencias de publicidad
- Consultores de medios
- Consultores de comunicación
- Agencias de producción
- Agencias de correctores
- Fotógrafos
- Traductores
- Bancos de imágenes
- Empresas de reprografía
- Empresas de preimpresión
- Imprentas
- Empresas de manipulados
- Distribución

▶ COSTES POR ERRORES
Los errores siempre cuestan dinero. Cuanto antes se puedan corregir, menores serán los costes.

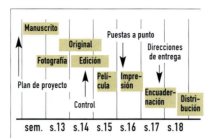

▶ PLAN DE PRODUCCIÓN
Los planes de producción son una buena herramienta para mantener el control sobre el proyecto.

▶ HERRAMIENTAS PARA FACILITAR LA PLANIFICACIÓN
- Tiempos
- Actividades
- Distribución de responsabilidades
- Registro de proveedores
- Personas de contacto

Condiciones de entrega

Debe especificarse si el coste del transporte y la distribución está incluido en el presupuesto. Si no es así, debe organizarse la entrega.

PLAZO DE ENTREGA

¿Cuánto tiempo necesita el proveedor para completar el pedido? ¿Existen tarifas especiales por entregas anticipadas?

LA PLANIFICACIÓN DE LA PRODUCCIÓN GRÁFICA 16.4

Una vez conseguidas las ofertas y seleccionados los proveedores se debe planificar la producción, cosa que resulta particularmente difícil, pues constantemente suceden imprevistos y hay pocas normas indicativas sobre lo que es correcto hacer y lo que no. Gran parte de la producción se basa en la realización de pruebas, revisiones y correcciones hasta la aceptación por las partes involucradas. La comunicación, la capacidad de adaptación y la experiencia profesional son de suma importancia para lograr una colaboración eficaz. Es una gran ventaja que las partes implicadas en el proceso se conozcan bien y, particularmente, que compartan las mismas expectativas.

El hecho de que sea difícil planificar la producción gráfica no significa que no deba hacerse. Justamente, debido a las dificultades y a la complejidad del proceso, es más beneficioso dedicar tiempo a la planificación. Hay una serie de puntos importantes que se deben considerar antes de comenzar a crear y planificar el proyecto.

ORGANIZACIÓN DEL PROYECTO 16.4.1

Inicialmente, es importante tener un esquema claro de quién debe desarrollar cada tarea. Este punto se denomina 'organización del proyecto' o 'plan del proyecto', y pretende dar respuesta a las siguientes cuestiones:

- ¿Quién es el responsable del proyecto? ¿Tiene suficiente experiencia o se le debería facilitar ayuda?

▶ **LAS NUEVE FASES DE LA PRODUCCIÓN GRÁFICA**
La producción gráfica se puede dividir en nueve fases. Las dos primeras tratan de la generación de ideas. Las dos siguientes constituyen la parte de implementación técnica creativa y, en ellas, se configura y se modifica todavía el concepto original. Las cinco fases finales son ante todo técnico-industriales, y consisten en la ejecución de aquello que se decidió y configuró en las fases anteriores.

- ¿Quiénes participarán en el proyecto? ¿De qué se responsabiliza cada uno? ¿Quién revisará y corregirá los textos, las imágenes, el diseño y los contenidos?
- ¿A quién se deberá informar de la evolución del proyecto?
- ¿Cómo se asegura la calidad del trabajo y el cumplimiento de los plazos?
- ¿Qué proveedores son necesarios para completar el proyecto?
- ¿Qué exigencias deben plantearse a los proveedores?
- ¿Se tienen establecidos contactos en todas las áreas de trabajo o se deben conseguir primero?

Los planes de producción resultan de gran ayuda para gestionar los proyectos. Siempre debe comenzarse a planificar desde el final, a partir de la fecha de entrega del proyecto. Es necesario conocer el plazo de realización de cada una de las fases. La planificación debe tener en cuenta los plazos máximos para las entregas de cada servicio, para las sesiones de control y corrección y, además, es conveniente añadir un tiempo adicional, como margen de seguridad, pues generalmente surgen imprevistos que lo hacen necesario.

Es importante prever un tiempo suficiente para revisiones y pruebas. Cuanto más tarde se descubre un fallo, mayor es el coste que éste genera.

EL FLUJO DE MATERIAL E INFORMACIÓN 16.5

1. *Fase estratégica*
2. *Fase creativa*
3. *Producción de originales*
4. *Producción de imágenes*
5. *Salidas/Rasterizado*
6. *Pruebas finales*
7. *Planchas e impresión*
8. *Manipulados*
9. *Distribución*

Estas fases están clasificadas de acuerdo con las funciones que contemplan. Difieren mucho entre sí, y es importante que cada fase se planifique minuciosamente antes de su puesta en práctica. Cada paso está relacionado con la ejecución del paso anterior y del siguiente. La transferencia de los materiales e información correctos desde una fase a la siguiente es crucial para que el producto final resulte de acuerdo a lo previsto inicialmente. Cada desviación del flujo de información planificado puede perjudicar la calidad. Además, se requiere tener una buena perspectiva general y conocimientos de todo el proceso.

Actualmente, el flujo de información en la industria gráfica puede llegar a ser muy complejo. Dado que cada fase del proceso está influida por las demás y, a su vez, influye sobre ellas, es necesario que los responsables de cada fase reciban y entreguen información correcta. La variedad de tipos de producción existentes es muy amplia, lo cual significa condiciones y requisitos diferentes que nos obligan a experimentar planes de producción muy variados. Por ejemplo, los mismos profesionales no siempre desarrollan la misma etapa del proceso de producción. También puede variar el lugar donde se realiza cada parte de la producción de un proyecto a otro, en función de los requerimientos del producto final. Asimismo, como normalmente en cada proyecto intervienen distintas personas y empresas, no se puede contar con que el preimpresor, el impresor y las empresas de manipulado sean siempre las mismas. Sin embargo, esta forma de proceder aún continúa dominando en el sector gráfico y conduce continuamente a malentendidos. Una manera de clasificar las áreas de responsabilidad es dividir el proceso de producción en subprocesos o fases (como hemos hecho anteriormente). En cada caso se debe definir explícitamente quién es el responsable de cada subproceso.

Una misma empresa puede asumir varios subprocesos o funciones, lo que, en realidad, es irrelevante si se considera el proceso gráfico como una sucesión de fases. Lo importante es que cada profesional sepa de qué es responsable y qué exigencias de información plantea su área de actuación.

Al fragmentar el proceso gráfico en subprocesos se ha omitido conscientemente la especificación exacta del origen de la información, debido a que puede variar de un caso a otro. Para que su transmisión y la coordinación de la producción gráfica funcione correctamente se requiere que alguien gestione el proyecto y tenga una visión completa de él. Este alguien puede ser un 'director de proyectos' (*project manager*), con competencias en todas las áreas del proceso gráfico y coordinará eficientemente los flujos de información y materiales.

Los flujos de información y materiales deben efectuarse de forma precisa y sistemática. Es conveniente estructurar debidamente la información que se envía de un sitio a otro. Es importante dar el tiempo necesario para documentar los pedidos, para que todo el personal implicado conozca lo que debe hacerse y reciba la misma información de forma completa, evitando también los malentendidos. Aparte de la información específica de cada subproceso, debe haber una información de carácter general. En las páginas siguientes se revisarán los flujos de información y materiales con los que se trabaja en el transcurso del proceso gráfico, así como listas de comprobación (*checklists*) para controlar que no se haya omitido información necesaria entre dos fases. ■

▶ **FASE 1 — FASE ESTRATÉGICA**

ENTRADA DE INFORMACIÓN
Objetivo global/
Objetivos parciales
Público al que se dirige
Propósito

SALIDA DE INFORMACIÓN
Coste máximo del producto impreso
Tipo de impreso que se va a producir
Número de ejemplares
Modo de entrega
Fecha de entrega

ENTRADA DE MATERIAL
–

SALIDA DE MATERIAL
Fichero con las direcciones del *mailing* (para la distribución del producto)

▶ **FASE 2 — FASE CREATIVA**

ENTRADA DE INFORMACIÓN
Coste admisible del producto impreso
Tipo de impreso que se va a producir
Fecha de entrega

SALIDA DE INFORMACIÓN
Papel
Manipulado
Formato
Tintas (CMYK, Pantone)
Tipografía

ENTRADA DE MATERIAL
–

SALIDA DE MATERIAL
Bocetos
Originales de imágenes
Textos

▶ **FASE 3 — PRODUCCIÓN DE ORIGINALES**

ENTRADA DE INFORMACIÓN
Información sobre la impresión (técnica de impresión, lineatura, cobertura de tinta, ganancia de punto, equilibrio de grises, UCR/GCR, perfil ICC, etc.)
Tintas (CMYK, Pantone)
Papel
Manipulado
Tipografía
Formato
Dobles páginas
Distribución de tintas
Valores de *trapping*
Sangres
Formato de fichero
Fecha de entrega

SALIDA DE INFORMACIÓN
Tamaño de las imágenes en la impresión
Encuadre y recorte de las imágenes
Trazado de imágenes
Información sobre el *trapping*
Retoques/Correcciones de color
Número de páginas

ENTRADA DE MATERIAL
Textos
Originales de imágenes
Bocetos
Imágenes de baja resolución
Pruebas de imágenes

SALIDA DE MATERIAL
Pruebas láser
Ficheros (vía Internet u otros medios de almacenamiento)
Originales digitales

▶ **FASE 4 – PRODUCCIÓN DE IMÁGENES**

ENTRADA DE INFORMACIÓN
Información sobre la impresión (técnica de impresión, lineatura, límite máximo de tinta, ganancia de punto, equilibrio de grises, UCR/GCR, perfil ICC, etc.)
Tamaño de las imágenes en la impresión
Encuadre y recorte de las imágenes
Trazado de imágenes
Retoques
Correcciones de color
Tintas (CMYK, Pantone)
Papel
Formato de fichero
Técnica de impresión
Exigencias de calidad
Plazos de entrega

SALIDA DE INFORMACIÓN
–

ENTRADA DE MATERIAL
Originales de imágenes (diapositivas, fotografías, etc.)

SALIDA DE MATERIAL
Imágenes de baja resolución
Imágenes de alta resolución
Pruebas de imágenes

▶ **FASE 5 – SALIDAS/RASTERIZADO**

ENTRADA DE INFORMACIÓN
Lineatura, tipo y ángulos de trama
Forma de los puntos de trama
Material película (positivo/negativo, RREU/RRED)
Formato y número de páginas
Tintas (CMYK, Pantone)
Perfiles ICC
Número de juegos de película
Información sobre el *trapping*
Valores del *trapping*
Plazos de entrega
Formato de impresión
Tipo y esquema de imposición
Bordes de pinzas (para la máquina de imprimir y para el manipulado)
Emplazamiento de las tiras de control
Papel (compensación de los desplazamientos que se producen en ecuadernación)

SALIDA DE INFORMACIÓN
Formato de fichero
Distribución de tintas
Dobles páginas
Número de juegos de películas

ENTRADA DE MATERIAL
Impresiones de impresora láser
Ficheros (tipo de transferencia)
Películas (imposición manual) o ficheros (imposición digital)
Imágenes de alta resolución

SALIDA DE MATERIAL
Películas
Películas montadas manual o digitalmente (imposición)
Maquetas de imposición

▶ **FASE 6 – PRUEBAS FINALES**

ENTRADA DE INFORMACIÓN
Información de impresión (técnica de impresión, lineatura, cobertura de tinta, ganancia de punto, equilibrio de grises, UCR/GCR, perfil ICC, etc.)
Tintas (CMYK, Pantone)
Papel
Plazos de entrega

SALIDA DE INFORMACIÓN
–

ENTRADA DE MATERIAL
Películas
Ficheros (en pruebas digitales)

SALIDA DE MATERIAL
Pruebas
Películas
Ficheros (en pruebas digitales)

▶ FASE 7 – PLANCHAS E IMPRESIÓN

ENTRADA DE INFORMACIÓN
Papel
Tintas (CMYK, Pantone)
Número de ejemplares
(entrega final)
Desperdicio (en postimpresión)
Plazos de entrega

SALIDA DE INFORMACIÓN
Información de impresión
(técnica de impresión, lineatura,
límite máximo de tinta, ganancia
de punto, equilibrio de grises,
UCR/GCR, perfil ICC, etc.)
Lineatura, tipo y ángulos de
trama
Forma de los puntos de trama
Valores del *trapping*
Película (positiva/negativa,
RREU/RRED)
Formato de la hoja de impresión
Bordes de pinzas (emplazmiento
y tamaño)
Emplazamiento de las tiras de
control.

ENTRADA DE MATERIAL
Pruebas
Películas
Papel
Maquetas de imposición

SALIDA DE INFORMACIÓN
Pliegos impresos
Pliegos impresos plegados según
la maqueta de imposición

▶ FASE 8 – MANIPULADOS

ENTRADA DE INFORMACIÓN
Formato
Número de páginas
Tamaño de la edición
Técnica de encuadernación
Técnica de impresión
Plazos de entrega

SALIDA DE INFORMACIÓN
Sangres
Tipo de imposición (posible
esquema de imposición)
Bordes de pinzas (emplazamiento
y tamaño)
Merma y desperdicio

ENTRADA DE MATERIAL
Pliegos impresos
Pliegos impresos plegados según
la maqueta de imposición

SALIDA DE MATERIAL
Productos impresos terminados

▶ FASE 9 – DISTRIBUCIÓN

ENTRADA DE INFORMACIÓN
Tipo de entrega
Plazos de entrega

SALIDA DE INFORMACIÓN
–

ENTRADA DE MATERIAL
Fichero con direcciones
(cuando el producto tiene que
ser distribuido)
Productos impresos terminados

SALIDA DE MATERIAL
Productos impresos embalados
y con la dirección

LISTAS DE COMPROBACIÓN

▶ INFORMACIÓN GENERAL

Información que se debería adjuntar en todas las fases de producción:

- ☐ Nombre y dirección del cliente
- ☐ Persona de contacto que hace el pedido
- ☐ Otras personas de contacto, si las hay
- ☐ Números de teléfono
- ☐ Número de pedido
- ☐ Dirección de facturación
- ☐ Lista del material que se debe entregar
- ☐ Dirección de entrega
- ☐ Fechas de entrega
- ☐ Persona de contacto del proveedor del servicio
- ☐ Fecha límite
- ☐ Relación de material que se debe suministrar

▶ FASE CREATIVA

En un pedido de un trabajo creativo debería incluirse la siguiente información:

INFORMACIÓN SOBRE LA PRODUCCIÓN

- ☐ Tipo de producto que se debe producir
- ☐ Coste que puede tener el producto impreso
- ☐ Mensaje que debe comunicar el producto impreso
- ☐ Público al que ha de llegar
- ☐ Perfil gráfico predefinido para el impreso
- ☐ Medios/canales que se van a utilizar

▶ PRODUCCIÓN DE ORIGINALES

En un pedido de producción de originales debería incluirse la siguiente información:

INFORMACIÓN SOBRE LA PRODUCCIÓN

- ☐ Técnica de impresión
- ☐ Volumen
- ☐ Lineatura
- ☐ Valores de trapping
- ☐ Cantidad de tintas
- ☐ Papel
- ☐ Manipulados
- ☐ Tipografía
- ☐ Formato del impreso
- ☐ Dobles páginas
- ☐ Distribución de tintas
- ☐ Sangres
- ☐ Formato de fichero

▶ PRODUCCIÓN DE IMÁGENES

En un pedido de producción de imágenes debería incluirse la siguiente información:

INFORMACIÓN SOBRE LA PRODUCCIÓN

- ☐ Número de imágenes
- ☐ Técnica de impresión
- ☐ Lineatura
- ☐ Cobertura de tinta
- ☐ Ganancia de punto o perfil ICC
- ☐ Equilibrio de grises o perfil ICC
- ☐ UCR/GCR
- ☐ Punto de trama mínimo
- ☐ Tamaño de las imágenes en la impresión
- ☐ Recorte de imágenes
- ☐ Selección de imágenes (tipo, cantidad, con o sin trazados de recorte)
- ☐ Correcciones de color
- ☐ Papel
- ☐ Formato de fichero

▶ SALIDAS/RASTERIZADO

En un pedido de salidas/rasterizado debería incluirse la siguiente información:

INFORMACIÓN SOBRE LA PRODUCCIÓN

- ☐ Lineatura
- ☐ Tipo de trama
- ☐ Ángulos de trama
- ☐ Forma de los puntos de trama
- ☐ Perfil ICC
- ☐ Película (positiva/negativa RREU/RRED)
- ☐ Formato del pliego de impresión
- ☐ Número de páginas
- ☐ Número de tintas
- ☐ Número de juegos de películas
- ☐ Información sobre el trapping
- ☐ Valores del trapping
- ☐ Entorno informático (Windows o Macintosh)
- ☐ Software

▶ PRUEBAS FINALES

En un pedido de pruebas, debería incluirse la siguiente información:

INFORMACIÓN SOBRE LA PRODUCCIÓN

- ☐ Lineatura (pruebas digitales)
- ☐ Ganancia de punto o perfil ICC
- ☐ Equilibrio de grises o perfil ICC (pruebas digitales)
- ☐ Densidad óptima en impresión (pruebas digitales)
- ☐ Papel

▶ PLANCHAS E IMPRESIÓN

En un pedido de impresión debería incluirse la siguiente información:

INFORMACIÓN SOBRE LA PRODUCCIÓN

- ☐ Papel
- ☐ Cantidad de tintas
- ☐ Número de ejemplares (en la entrega final del producto impreso)
- ☐ Merma y desperdicio (en el manipulado)

▶ MANIPULADOS

En un pedido de postimpresión debería incluirse la siguiente información:

INFORMACIÓN SOBRE LA PRODUCCIÓN

- ☐ Formato del producto impreso
- ☐ Número de páginas
- ☐ Número de ejemplares
- ☐ Tipo de encuadernación
- ☐ Técnica de impresión

▶ DISTRIBUCIÓN

En un pedido de distribución debería incluirse la siguiente información:

INFORMACIÓN SOBRE LA PRODUCCIÓN

- ☐ Tipo de entrega
- ☐ Tipo de embalaje
- ☐ Direcciones o fichero de direcciones de entrega
- ☐ Plazos de entrega

APENDICE 17

A – B

GLOSARIO ESTE GLOSARIO ES UN PEQUEÑO DICCIONARIO DE TÉRMINOS GRÁFICOS Y AL MISMO TIEMPO UN ÍNDICE PARA EL LIBRO. LAS REFERENCIAS A LAS PÁGINAS NO ESTÁN EN ORDEN NUMÉRICO SINO DE IMPORTANCIA. ALGUNOS TÉRMINOS SE HAN DEFINIDO DE FORMA GENÉRICA SIN DAR LA REFERENCIA DE UNA PÁGINA CONCRETA.

A

Acabado 230
Tratamiento del papel posterior al proceso de producción, para darle unas determinadas características.

Acabado calandrado 230
Acabado con un tipo de calandria cuya separación puede ser regulada con el fin de dar al papel o cartón un espesor determinado y, en consecuencia, obtener una buena calidad.

ADSL 152
Asymmetric Digital Subscriber Line (Línea de Abonado Digital Asimétrica). Modo de conexión a Internet y de transferencia digital de información por las líneas de cobre del sistema telefónico.

Agente secante 239
Polvo que se dispersa entre la hoja impresa y el alimentador de papel para prevenir el corrimiento de tintas entre hojas.

Aglomerante 238
Componente de las tintas de impresión que cohesiona las fibras y los pigmentos.

Ajuste para impresión 94
Ajuste de la imagen digital, de acuerdo con los requisitos previos y las características de la impresión y el papel. Se hace mediante la separación de colores.

Ajuste de la ganancia de punto 95
Consiste en ajustar una imagen teniendo en cuenta la ganancia de punto. Se hace durante la separación de colores de la cuatricromía. Ver también *ajuste para impresión*.

Alcohol isopropílico 237
Alcohol isopropílico que se añade a la solución de mojado para reducir las tensiones de superficie.

Alimentador 240
Sistema utilizado para la alimentación del papel en la máquina de imprimir offset de hojas.

Almacenamiento por sectores 134
Técnica de almacenamiento de datos basada en información en diferentes soportes. Se suele utilizar como técnica de almacenamiento en discos magnéticos.

Almacenamiento secuencial 133
Técnica de almacenamiento basada en información guardada consecutivamente. A menudo se usa como técnica de almacenamiento en cintas magnéticas.

Análisis del ciclo de vida
Método para analizar el impacto ambiental de un producto y su reciclaje.

Ángulos de trama 160-161
Dirección en la que están alineados los puntos de los medios tonos.

Arrancado 250
Defecto superficial que puede presentar un impreso, como consecuencia de cohesión insuficiente de sus fibras, para contrarrestar las tensiones generadas por la tinta.

Autoejecutable 125
Para autoextraer ficheros que están comprimidos, puede necesitarse un programa de descompresión.

B

Barnizado 118, 273
Técnica utilizada para añadir una capa de barniz al producto impre-so. Su finalidad principal no es hacer más resistente el producto, sino que básicamente se aplica por razones estéticas. El barnizado se aplica en un cuerpo de impresión, como una tinta más,

B – C

o bien en una máquina de imprimir.

Base de datos   138
Registro de software que ordena y contiene información digital, como imágenes u otro tipo de ficheros.

Bastidor   252
Marco en el que se ajusta la pantalla de serigrafía con la capa fotosensible.

Bit   23
Unidad mínima de memoria del ordenador. Puede tener valor 0 ó 1.

Bit-Depth o resolución de bits   105
Unidad de medida que permite conocer el número de colores que pueden visualizarse en una imagen digital, en función del número de bits que se utiliza para describir cada píxel.

Bordes de pinzas   241, 275
Parte del papel que queda fuera del campo de impresión y que se precisa para la alimentación de la máquina.

Bordes en impresión flexográfica   256
Fenómeno propio de la impresión flexográfica, que se muestra una mancha oscura alrededor de las áreas impresas.

Bus de datos   18
El bus de datos (*data bus*) transporta información entre el procesador y la memoria Ram del ordenador.

Byte   23
Unidad de medida de memoria binaria. Un byte comprende 8 bits, el equivalente a 0–255 en el sistema decimal.

C

Cabezal de lectura   104, 130
Parte de un escáner o lector de datos; por ejemplo, un lector de CD, que lee la información que contiene, por ejemplo, una imagen.

Cabeza de grabado   255
Utilizado para grabar las formas de impresión en huecograbado. El material del cabezal es un diamante industrial.

Cable de par trenzado   144
Tipo de cable para red.

Cable de red   144
Cable físico que conecta los componentes de la red.

Cámara digital   106–108
Cámara electrónica que obtiene una imagen digital instantáneamente.

Cámara three shot   107
Cámara digital que emplea una técnica determinada para hacer la exposición en tres tiempos (un tiempo para leer cada color).

Cambio de tamaño   81
Cambio de tamaño de las imágenes y otros objetos digitales.

Campo magnético   133–136
Área con una orientación magnética originada entre dos polos opuestos, N y S.

Capa   71, 93
Técnica en aplicaciones de edición de imágenes para separar diferentes partes de una imagen hasta su acabado. Se utiliza cuando se hacen *collages* o composiciones complejas, con gráficos, textos o sombras.

Capa de emulsión   196, 214–215
Capa de película de emulsión fotográfica que se expone en la filmadora.

Capacidad de memoria   138
Descripción de la capacidad de almacenamiento de un determinado dispositivo, medido en megabytes.

Capa de polímero   214, 217
Capa de plástico fotosensible —fotopolímero— que cubre la superficie de las planchas offset.

Capstan (Filmadora)   197
Tipo de filmadora en la que la película es conducida desde el rollo y pasa a ser expuesta en una posición plana. La longitud de la película no está limitada por las dimensiones del tambor.

Cara de la emulsión   215
Cara de película en la que se encuentra la emulsión sensible a la luz.

Caracterización   49
Forma de describir un proceso o las características de una máquina. Por ejemplo, caracterización del proceso de impresión.

Carga de la red   148
Estado del volumen de información gestionado. Por ejemplo, del volumen de información enviado a través de la red en un determinado momento.

Cargas de relleno   228
Mezcla de diversos materiales utilizada para elaborar la pasta de papel. Algunos de los materiales empleados de forma más habitual son el polvo de mármol, la piedra caliza (CO_3 Ca) y la arcilla. Con ellos se mejoran la opacidad y el color del producto impreso, y también la suavidad y elasticidad del papel. Mediante la adición de carbonato cálcico el impreso se protege frente al envejecimiento.

Carpeta del sistema   31
Carpeta que contiene el sistema operativo del ordenador, sin el cual no puede arrancar.

Cartas de grises   245
Campos especiales para medir los colores por comparación con una combinación neutra teórica.

Cartulina   231
Hoja de papel o de otra sustancia fibrosa de espesor superior a 0,15 mm.

CD   133–134
Compact disc, disco óptico para guardar datos, que suele tener una capacidad de entre 600 y 700 megabytes.

CD-DA   134
Compact disc-digital audio, CD para guardar sonido.

CD-ROM   134
Compac disc-read only memory, CD para guardar datos.

Celda de medios tonos   157–158
1. Cada uno de los fragmentos en que se divide una imagen de medios tonos.
2. Forma de impresión, con aspecto de pequeñas celdas, utilizada en huecograbado para imprimir una superficie. Puede ser grabado mecánico (*engraving*) o químico (*etching*).

Célula CCD   103
Charge couple device. Células que transforman la luz en señales electrónicas. Se utilizan en los escáneres y en las cámaras digitales.

CIE   46–47
Commission International d'Éclairage, Comisión Internacional sobre Iluminación, que ha creado un modelo basado en un observador estándar. La percepción humana del color se describe mediante tres curvas de sensibilidad denominadas *tristimulus values*.

CIELAB   46–47
Versión del modelo CIE.

CIEXYZ   46
Versión del modelo CIE.

Cilindro de impresión   238
Cilindro de la máquina de imprimir que prensa el papel y lo coloca contra el cilindro que transfiere la tinta al papel. Ver *cilindro porta-plancha*.

Cilindro porta-plancha   214, 216
Cilindro del cuerpo impresor en el que se fija y se tensa la plancha. En offset, transfiere la tinta de la imagen de impresión al cilindro porta-mantilla, que a su vez la transfiere al papel.

Cinta magnética   132
Medio para guardar datos basado en técnicas magnéticas de lectura y escritura. Por ejemplo, cintas DAT o DTL.

CIP3
International Cooperation for Integration of Prepress, Press and Postpress, organización que desarrolló el estándar PPF, *Print Production Format*. Actualmente se llama CIP4 y es la responsable del estándar JDF, *Job Definition Format*, que es un desarrollo de PPF.

CIP4
International Cooperation for the

Integration of Processes in Prepress, Press and Postpress, anteriormente CIP3. Responsable del desarrollo del estándar JDF, *Job Definition Format*.

Circuitos integrados 18
El chip del ordenador; por ejemplo, procesadores o circuitos de memoria.

Claris E-mailer 153
Programa para gestionar el correo electrónico.

CMS
Ver *sistema de gestión de color*.

CMYK 44-45
Cyan, *magenta*, *yellow*, *key-color* (*black*), modelo de color sustractivo utilizado en la impresión de cuatricromías y en impresoras de color.

Cobertura de tinta 94, 242, 245
Cantidad de tinta utilizada en el proceso de impresión. También describe la cantidad máxima de cada color, para un determinado soporte y tipo de proceso. Se expresa en porcentajes.

Cobreado 254
En el huecograbado, debe realizarse un cobreado del cilindro de impresión antes de cada grabado. Se hace mediante electrólisis, con sulfato de cobre y ácido sulfúrico.

Código PostScript 164
Código de la aplicación que describe el fichero PostScript.

Color 40, 238
Percepción humana de la luz como una mezcla de diferentes longitudes de onda. Por ejemplo, percibimos el azul cuando se observa una superficie azul con luz blanca.

Color Art 205, 210
Prueba analógica de Fuji.

Color de alta fidelidad 45, 102
Modelo de color sustractivo que utiliza más de cuatro colores, para representar un objeto con la máxima fidelidad.

Coloración 251
1. Fenómeno que se produce cuando una superficie no impresora de la plancha atrae tinta y tiñe un área que no debía quedar impresa. Este fenómeno puede deberse a diferentes causas; por ejemplo, que la solución de mojado contenga pigmentos disueltos.
2. También puede ocurrir cuando la solución de mojado es suministrada demasiado lentamente. Como consecuencia, las superficies no impresas atraen tinta y quedan impresas.

Colores/tintas planos 114 - 116
Tintas de impresión de colores especiales, por ejemplo la gama de colores Pantone. Generalmente, se usan como complemento de los colores primarios.

Colores primarios 43
1. Los colores primarios de un modelo de color, por ejemplo CMY y RGB.
2. Los tres colores primarios del espectro: cyan, magenta y amarillo en impresión; y rojo, verde y azul en un monitor o un escáner.

Colores secundarios 43
Si se mezclan dos colores primarios (CMYK), el resultado es un color secundario: rojo, verde y azul-violeta (RGB).

Colores terciarios 43
Se obtienen a partir de la mezcla de colores secundarios, que a su vez proceden de los colores primarios.

Colorsync 52
Sistema de gestión de color de Apple.

Compact Pro 75
Software de compresión de ficheros.

Composición del color 57
Composición de las longitudes de onda que contiene una luz.

Compresión Huffman 73
Método de descompresión, utilizado principalmente en imágenes de línea.

Conexión fija a Internet 151
Conexión directa a Internet, normalmente a alta velocidad (con una velocidad de transmisión de origen de entre 256 y 2.000 Kb/s).

Coning 244
Fenómeno consistente en que, en la imagen impresa, el primer componente del color es más extenso que el último, lo que impide alcanzar el 100 % de registro. Se produce porque el papel se comprime en cada cuerpo de impresión y es propio de las técnicas offset.

Contracción 121
Se produce cuando el fondo se contrae y se pierde el registro. Ver también *trapping*.

Contraste 86
Diferencia de tono. En una imagen con un contraste alto existe una gran diferencia de tono entre las áreas claras y las oscuras.

Contraste de impresión 249
El contraste relativo en impresión se define como la diferencia de densidad correspondiente al 100 % y el 80 % de tono dividida por la intensidad correspondiente al 100 % de tono. La cobertura de tinta óptima y el contraste relativo en un proceso de impresión se denominan nivel NCI.

Corrimiento de tinta 194
Se produce cuando la tinta se desplaza hacia un área no deseada. Este fenómeno es particularmente característico en las impresoras *inkjet*. Para que no se produzca es necesario que la tinta se seque rápidamente.

Corte delantero 265
Margen exterior de una página, opuesto al margen interior, en relación al medianil.

Cosedora textil
Ver *cosido con hilo*.

Cosido con hilo 271
Método de encuadernación. Se utilizan pliegos que se colocan alzados, pero que no se encolan en el lomo sino que se cosen.

Coste de arranque
El coste de arranque de un proceso; por ejemplo, el coste de puesta a punto de una máquina de imprimir.

Cristalscreening 163
Tramado estocástico de Agfa.

Cromalín 205, 210
Prueba analógica de Dupont.

Cropping
Consiste en eliminar partes de una imagen, para no trabajar con una imagen mayor de lo necesario.

Cuatricromía 114
Cuatro colores utilizados para imprimir, habitualmente CMYK.

Cuchilla 242
Pieza localizada junto al tintero y que determina el suministro de tinta en el cuerpo de impresión. Se controla mediante los tornillos del sistema de entintado. Su ajuste puede realizarse de modo manual o digital.

Cumulus 17
Software de Canto para guardar y archivar imágenes.

Curva Bézier 33, 69
Descripción matemática de una curva, inventada por un ingeniero francés de Renault, que desarrolló esta técnica para aplicarla al diseño de automóviles. Las curvas Bézier se utilizan en el diseño de objetos gráficos y para la descripción de tipos.

Curvas de ganancia de punto 100, 246
Curvas que muestran la ganancia de punto en toda el área de impresión, desde 0 a 100 %. Se mide en las tiras de control mediante el densitómetro.

Curvas de impresión 246
Diferentes curvas que corresponden al comportamiento de una máquina de imprimir, con un determinado papel; por ejemplo, las curvas de ganancia de punto, y las curvas de cobertura de tinta.

CT/LW 72
Tono continuo y línea de trabajo. Formato de fichero de Scitex para imágenes de píxels.

CTP 220
Computer to plate, técnica para producir planchas directamente desde el ordenador, sin utilizar películas.

D

DAT 132–133
Digital audio tape, cinta magnética para guardar datos, con una capacidad de entre 2 y 8 gigabytes.

Datos de vídeo 135
Información digital de imágenes en movimiento.

Datos variables 258
Técnica aplicable para cambiar el contenido de cada página impresa al mismo tiempo que se realiza la de impresión.

DCS 71, 119
Ver EPS-DCS/EPSE.

Densidad 247
Medida del rango de tonos en un soporte determinado, por ejemplo, el rango de tonos de una cuatricromía en un tipo de papel específico.

Densidad de un área con cobertura total de tinta 247–249
Se mide con el densitómetro. Ver también *densidad*.

Densitómetro 247
Instrumento utilizado para medir distintos parámetros, por ejemplo, la ganancia de punto y los valores tonales. Sirve también para medir películas y superficies reflectivas.

Desviación de color 86, 95, 247
Error en el equilibrio entre colores en impresión y arte original. Se percibe como un error general de tono en la imagen.

Descompresión de ficheros 125
Proceso mediante el cual se abren ficheros comprimidos.

Desktop
Espacio de trabajo del monitor, que incluye los distintos iconos.

Desplazamiento 189, 267
Fenómeno propio del plegado, que consiste en el desplazamiento progresivo de cada página en un cuadernillo, como consecuencia del espesor del papel en el lomo.

Diamond screening 163
Trama estocástica de Lynotipe Hell's.

Dirección de fibra 226
Sentido de la orientación de la fibra del papel. Coincide con la dirección de la fabricación del papel.

Disco Bernouilli
Antiguo tipo de disco magnético extraíble, con diferentes tamaños y capacidades (de 44 a 105 Mbytes).

Disco duro 18, 130
Medio magnético de almacenamiento. Todos los ordenadores tienen un disco duro interno, donde se guardan los ficheros, programas, documentos, sistemas operativos, etc. También hay discos duros externos que se conectan al ordenador.

Disco duro espejo 146
Función "Backup" realizada con dos discos duros. Un programa asegura que todos los cambios de información que se registren en uno de los discos también queden registrados en el otro. Los ficheros deben ser idénticos.

Disco magnético 131
Dispositivo para guardar datos basado en técnicas magnéticas de lectura y escritura. Por ejemplo, disco duro, disco Zip, o disquetes.

Discos MO 135
Discos magneticoópticos, regrabables, para guardar datos. La capacidad de almacenamiento oscila entre 128 y 1.300 megabytes.

Disk Doubler 75
Software de compresión de ficheros.

Dispositivo de lectura 132
Dispositivo que se necesita para leer determinados equipos de almacenamiento de datos; por ejemplo, lector de Jaz para discos de Jaz.

Dispositivos de red 145
Componentes utilizados para construir una red. Por ejemplo: *switches*, puentes y *hubs*.

Dispositivo de salida 156
Por ejemplo, una impresora o una filmadora.

DLT 132
Digital lineal tape. Cinta magnética para archivar datos, con una capacidad de unos 40 gigabytes.

Doble página falsa 123
Doble página en la que sus dos partes no se han impreso juntas. Este tipo de página complica la continuidad de las imágenes que atraviesan el medianil.

Documentos 24
Archivos que se pueden crear en el ordenador, utilizando Software diverso, por ejemplo, QuarkXPress, Photoshop o Excel.

Dorso 190
Reverso o parte opuesta de la cara de una hoja.

Doubling o doble impresión 251
Fenómeno de impresión que se manifiesta como una deformación del punto: se produce una impresión oscura y una doble impresión de los puntos de medio tono, una fuerte y otra débil. La causa puede ser que el caucho haya quedado suelto y, como consecuencia, el papel se deforme con cada rotación del cilindro.

Driver 15
Dispositivo que permite controlar las unidades externas, como impresoras, escáners, etc.

Driver de impresora 164, 166
Driver para un determinado modelo de impresora.

Duotonos o bitonos 67–68
Imagen en escala de grises impresa con dos tintas. Si se quiere reproducir pequeños detalles en una imagen en blanco y negro, hacer sombreados o colorear con otros colores distintos al negro puro, se utilizan los bitonos. Normalmente, se puede imprimir con color negro más un color directo.

Durabilidad de almacenamiento 129
Descripción del tiempo que puede guardarse un producto sin que pierda las características con las que fue diseñado.

DVD 135–136
Digital versatile disc, disco óptico para guardar datos. Su capacidad es de unos 17 gigabytes.

E

Edición de imágenes 83, 160
Proceso por el se crean, editan, modifican o retocan imágenes en el ordenador.

Efecto de contraste 58
Efecto derivado de que un color se percibe de distinta forma según cuáles sean los colores inmediatos junto a los que aparece.

Electrólisis 254
Tratamiento electroquímico que se utiliza para tratar la superficie del cilindro grabador en el huecograbado.

E-mail, correo electrónico 153
Comunicación electrónica que consiste en el envío de pequeños textos y ficheros entre ordenadores.

Empresa de preimpresión 10
Empresa que proporciona servicios del proceso gráfico de preimpresión, por ejemplo, escaneado de imágenes y realización de películas.

Encabezamiento de fichero PostScript 165
Información inicial de un fichero PostScript; por ejemplo, información sobre la aplicación con la que se creó el fichero original.

Encarte 268
1. Hoja suelta insertada en un libro o una revista.
2. Pliego que es insertado dentro de otro.

Encuadernación en espiral (Wire O) 271
Tipo especial de encuadernación, habitualmente empleada para encuadernar blocs y manuales.

Enfoque 88-89
Si una imagen está desenfocada significa que carece de transiciones suficientemente marcadas entre el tono oscuro y el claro en los contornos de las áreas afectadas. En lugar de tener una transición en forma de escalón, el borde del

E – F

motivo está configurado como una transición gradual de tonos. Para enfocar la imagen hay que encontrar cuáles son las transiciones suaves de tonos que causan desenfoque y hacerlas más contrastadas.

Enlace (Link) 120
Vínculo, por ejemplo, de una imagen de baja resolución a la imagen de alta resolución correspondiente. Cuando se imprime un documento, la aplicación busca la imagen de alta resolución mediante el enlace, para sustituir la de baja resolución. El enlace contiene la información del nombre y localización de la imagen de alta resolución en la estructura de ficheros del ordenador.

Enlazar o vincular imágenes 120
Ver *enlace*.

Entorno
Sistema operativo con el que trabaja el ordenador. Por ejemplo, Mac, NT o Unix.

EPS 71, 113, 119
Encapsulated PostScript. Formato de fichero para imágenes digitales e ilustraciones. Gestiona tanto imágenes basadas en píxeles como en objetos gráficos.

EPS-DCS/EPSF 71, 113, 119
Encapsulated PostScript-Desktop color separation. Formato de fichero para la conversión de imágenes digitales en cuatricromías. Se compone de cinco ficheros: uno con la imagen en baja resolución para su visualización en pantalla, y cuatro ficheros de alta resolución, uno para cada color de la cuatricromía.

Equilibrio agua-tinta 244
Para conseguir una buena calidad de impresión en offset debe lograrse el equilibrio correcto entre la solución de mojado y la tinta de impresión.

Equilibrio de grises 86, 95, 247
Describe una determinada combinación de colores primarios CMY, dando un tono gris neutro. Por ejemplo: 40 % cyan, 30 % magenta y 30 % amarillo.

Escala tonal 84
Todos los tonos, de 0 a 100 %, de un determinado color.

Escáner 102-106
Dispositivo usado para leer originales en el ordenador (escaneado).

Escáner de tambor 104
Tipo de escáner en el que el original se fija a un tambor rotativo.

Escáner plano 104
En este tipo de escáner, el original se coloca y se escanea sobre un vidrio plano.

Espacio de almacenamiento
Ver *capacidad de memoria*.

Espectro 40
Parte visible del rango total de frecuencias de la luz, que va desde los tonos rojos (705 nm) hasta el azul-violeta (185 nm).

Espectrofotómetro 52
Instrumento para medir la composición espectral de los colores. También se utiliza para otras aplicaciones, por ejemplo, determinar los perfiles ICC.

Espigas de registro 219
Sistema de registro compuesto de pequeñas muescas. Se utiliza en el montaje de películas, en la insolación de planchas y también en la puesta a punto del proceso de impresión, para obtener el registro correcto entre los diferentes colores.

Estabilidad dimensional 202
Mide cómo afectan los cambios dimensionales a la resistencia del papel.

Estabilización 50
Asegura que una unidad o sistema de unidades mantiene siempre los resultados de forma consistente. La inestabilidad puede deberse a errores mecánicos o medioambientales, como, por ejemplo, que no se cumplan los requerimientos de temperatura y humedad.

Estándar 164
Producto cuyo uso está mayoritariamente extendido entre los usuarios de un entorno determinado. Por ejemplo, PostScript de Adobe.

Estilo de tipo de letra 28
Determinado diseño de un tipo de letra (redonda, cursiva, negrita, condensada, etc.).

Estructura de fichero 128-138
Orden predeterminado en el que se basa la organización de un fichero.

Estructura jerárquica 138
Modo de almacenamiento y clasificación de ficheros.

Ethernet 145, 147, 149
Tipo de red, uno de los más conocidos.

Ethertalk 145, 149
Protocolo de la red Ethernet, utilizado por Apple.

Eudora 1153
Programa para la gestión del correo electrónico.

EuroScale 208
Estándar europeo para definir las características de las tintas de impresión. Se corresponde con el estándar estadounidense SWOP.

Exabyte 132
Cinta magnética para guardar datos, con una capacidad de entre 4 y 8 gigabytes.

Excel 113
Programa de Microsoft, utilizado para cálculo y estadísticas.

Exposición 196, 214, 217
Iluminar una película fotosensible. Dirigir luz sobre un film o una plancha de impresión, para transferir una imagen.

Extensiones 17
Conexiones que permiten extender las funciones de una aplicación determinada.

F

Factor de muestreo 78, 81-82
Relación entre la resolución de la imagen y la lineatura. Diversos tests demuestran que el factor de muestreo óptimo es 2, es decir, que la resolución digital de la imagen debe ser dos veces mayor que la lineatura offset de bobina.

Fenómenos de trama 208
Diferentes fenómenos que pueden producirse cuando se rasteriza. A menudo se tienen efectos no deseados, como moiré.

Fetch 153
Programa para la transmisión de ficheros en Internet, vía FTP.

Fichero de fuente 28-29, 31
Ver *fuente*.

Ficheros 24
Bloques digitales de datos. Un fichero puede ser, por ejemplo, un programa o un *driver*.

Film, película 214
Material utilizado como original para producir.

Filtro de color 103
Filtro de luz que permite el paso de un determinado color o de determinadas longitudes de onda.

Firewall 154
Sistema de protección del entorno local frente a intervenciones externas, a través de las conexiones remotas, por ejemplo vía Internet.

First class 153
Programa para gestionar el correo y la transferencia de ficheros.

Flexografía 235
Técnica de impresión directa en la que las áreas impresoras están más elevadas que las no impresoras. La flexografía se utiliza sobre todo en *packaging*. Las formas de impresión son de caucho o plástico.

Flight Check 202
Programa de *preflight*.

Floppy Disc 131
Disco externo para el almacenamiento de datos, de 3,5 " de diámetro y entre 0,7 y 1,4 megabytes de capacidad.

Fondo 115, 122
Superficie que tiene un determinado tono de color.

F–I

Forma de impresión 214
Para producir la forma de impresión se expone y revela una plancha.

Formato 225
Dimensiones de la superficie de un producto impreso. Por ejemplo, DIN A4.

Fotocopiadora 191
Máquina utilizada para producir múltiples copias de un original, mediante el método xerográfico.

Fotomultiplicador 105
Dispositivo electrónico que capta bajos niveles de intensidad de luz y los amplifica.

Four-up
Ver *many-up*.

Framemaker
Aplicación de imposición de páginas de Adobe, especialmente apropiada para producciones con formatos grandes, como producción de catálogos.

Frecuencia 40
Número de veces que se produce un fenómeno en un intervalo de tiempo determinado.

Frecuencia de trama 78, 157-158
Número de elementos de imagen, puntos o líneas, por unidad de longitud, medido en lpp.

Freehand 16, 64
Programa de ilustración de Macromedia.

Fuente 28-31
Juego de caracteres de un determinado tipo, guardado en un fichero. Clases de fichero son, por ejemplo, Truetype y PostScript Type 1.

Fuente de impresión 29, 31
Fichero fuente utilizado cuando quiere obtenerse una salida de un caracter mostrado en un monitor.

Fuentes de pantalla 29, 31, 34
Contienen los perfiles en mapa de bits de los tipos de letra que aparecen en la pantalla del ordenador.

Fuente de símbolos 29
Fuente que incluye distintos símbolos en vez de letras; por ejemplo, Zapf Dingbats.

Fuente ID 33
Código ID asignado a todos los ficheros de fuentes.

Fuera de registro 115, 121, 250
Fenómeno consistente en que las tintas no se superponen adecuadamente una sobre otra en la impresión, como se prevé en el original, o sea, en registro.

Función logarítmica 41
La percepción de las transiciones tonales por el ojo humano puede traducirse en una función logarítmica, es decir, en un tipo de relación matemática.

FTP 153
File Transfer Protocol. Protocolo para transferir ficheros a través de Internet.

Gama de color 43
Rango de color que teóricamente se puede crear con un determinado modelo de color. La gama más amplia de un modelo de color contiene todos los colores que pueden crearse con un modelo concreto.

Gama/rango de tonos 48, 76 159
Concepto idéntico a rango de densidad. Cantidad de tonos que pueden crearse en un determinado medio, por ejemplo, en un escáner, en una imagen original o en una impresora. Ver también *gama de color*.

Ganancia de punto 98-99, 218, 245
Medida del cambio de tamaño de los puntos de medio tono que se produce en el documento impreso respecto a las películas. Se expresa en porcentajes.

Gang-up 189
Tipo de imposición en la que una página se sitúa varias veces en el mismo pliego. Por ejemplo, en una página *two-up*, el pliego contiene dos copias de la misma página.

GB, Gbyte 83
1 Gigabyte = 1.073.741.824 bytes.

GCR 94-97
Gray Component Replacement. Método especial para separaciones de color. Reduce la cantidad de tinta en las partes de la imagen que contienen los tres colores primarios CMY, sustituyéndolos total o parcialmente por negro.

GIF 72
Grafic Interchange Format. Formato de fichero indexado, principalmente utilizado en las páginas web. Puede contener 256 colores.

Giga
10^9 = 1.000.000.000.

Gigabyte
1.073.741.824 bytes. Ver *byte*.

Grabado 255
Técnica de impresión que se lleva a cabo mediante presión, y en la que se utiliza el cabezal de un diamante para crear una trama de celdas.

Grabado directo 255
Técnica para producir cilindros de huecograbado a partir de información digital.

Grabado químico 254-255
En huecograbado, técnica mediante la que se ataca la superficie por acción de productos químicos (*etching*). Se utiliza un gel sensible a la luz, que se endurece al ser expuesto.

Grado de iluminación 57
Grado de iluminación de una fotografía o un producto impreso. El grado estándar de iluminación es de 5.000 °K que corresponde al grado de iluminación diurna normal y sirve de referencia para imágenes, pruebas e impresión.

Gráficos vectoriales 62
Imágenes basadas en contornos formados por líneas. Este término a veces es utilizado erróneamente, para referirse a objetos gráficos o curvas Bézier.

Gramaje 225
Peso de cada unidad de papel, expresado en g/m².

Grapas Omega 269
Tipo de encuadernación con grapas. Se aplica preferentemente en encuadernaciones sencillas.

Guardas 265
Páginas encoladas en la cubierta, colocadas con objeto de encajar la encuadernación. A veces se utiliza papel de un determinado color o papel impreso, lo que se denomina guarda de separación.

Guía de colores 50, 115, 117
Guía de impresión que contiene una muestra de los colores y su definición; necesaria cuando debe escogerse entre varias opciones.

Hendido 264
Líneas realizadas a presión en un soporte para facilitar su plegado.

Hexacrome 102
Versión HI-FI de separación de color para seis tintas de impresión.

Hidrófilo 237
Que atrae el agua.

Hidrófobo 237
Que repele el agua.

Hint 33
Sugerencias guardadas sobre la utilización de las fuentes.

Histograma 84
Representación gráfica de la administración del tono en una imagen digital.

Hub 146
Unidad de la red que permite la comunicación entre diferentes partes de la misma.

I

ICC 52
International Color Consortium. Grupo de fabricantes de software y hardware, asociados para establecer un estándar común para la gestión del color.

Illustrator 16, 64
Software de ilustración de Adobe.

I–L

Imagen cuatritono   68
Imagen de medios tonos creada mediante la superposición de cuatro reproducciones tramadas de la misma imagen, utilizando valores tonales diferentes.

Imagen de impresión   216
Imagen creada por la tinta. En offset es transferida desde la plancha a la mantilla y desde ésta al papel.

Imagen de línea   66
Imagen compuesta sólo de superficies. Los píxels de la imagen son en blanco o negro.

Imagen de previsualización   65
Una imagen EPS contiene una imagen previa en el formato de fichero PICT. Esta imagen previa puede ser en blanco y negro o en color, con una resolución de 72 ppp, que corresponde a una resolución estándar del monitor. Se utiliza para colocar imágenes EPS en documentos.

Imagen en alta resolución   120
Imagen con suficiente resolución para imprimir. Ocupa una memoria considerable.

Imagen en baja resolución   120
Imagen con una resolución inferior a 72 ppi. Requiere poca capacidad de memoria. A menudo se utiliza en montaje y maquetación del documento, y posteriormente se sustituye manual o automáticamente por la imagen en alta resolución correspondiente.

Imagen en color indexado   66, 69
Imagen que contiene hasta 256 colores diferentes, definidos en una paleta en la cual cada celda contiene un color y un código.

Imágenes basadas en píxels   65
La imagen basada en píxels es la opuesta a la imagen basada en objetos geométricos y curvas matemáticas. Una imagen basada en píxels no debe ampliarse más de un 15–20 %, para mantener una resolución óptima.

Imágenes reflectivas   76
Imágenes fotográficas sobre papel.

Imposición digital   184-185
Imposición de ficheros digitales utilizando un software adecuado.

Imposition   16
Programa de imposición de Quark.

Impresión en húmedo   237
Ver *impresión offset*.

Impresión mojado sobre mojado   248
Método de impresión en el que las tintas se aplican una sobre otra directamente, sin esperar el secado.

Impresora inkjet   194, 210
Impresora basada en la técnica de inyección de tinta líquida sobre el papel.

Impresora PostScript
Impresora basada en el lenguaje PostScript.

Impresoras de transferencia térmica   194
Impresión basada en la sublimación por transmisión térmica. Las capas de un determinado color se transfieren al papel mediante la aplicación de calor a través de una cinta o un alimentador.

Imprimibilidad   233
Medida de la capacidad de impresión del papel.

Insolación de planchas   217
Proceso por el cual se expone la plancha de impresión en la insoladora mediante la luz UV, que la ilumina a través de película.

Intensidad de la luz   103
Denominada también brillo.

Internet   153
Worldwide Computer Network.

Internet Explorer   153
Navegador para Internet de Microsoft.

Interpolación   84
Técnica para recalcular información en una imagen digital, por ejemplo, cuando cambia la resolución o se rota una imagen.

Interpolación bicúbica   84
Ver *interpolación*.

Intérprete de PostScript   167
Software que interpreta el código PostScript y lo transfiere a un mapa de bits con puntos de exposición o con puntos de monitor.

Iris   210
Sistema de pruebas digitales de Scitex.

J

Jaz   132
Disco magnético regrabable para guardar datos. Capacidad de entre 1 y 2 Gigabytes.

JDF
Job Definition Format (Formato para la Definición de Trabajos) es un estándar para intercambio de información entre sistemas administrativos y diferentes sistemas de producción en las artes gráficas.

JPEG   73-74
Joint Photographic Experts Group. Método para la compresión de imágenes. También opera como un formato de imágenes. Es compatible con la mayoría de plataformas informáticas.

Juego de películas   216
Conjunto de películas necesarias para la impresión de una página. Por ejemplo, cuatro películas por página si se trata de una cuatricromía.

Juego de planchas   218
Juego de planchas para un mismo trabajo de impresión.

L

Laminación   264
Colocación de una lámina en un producto impreso. Se aplica por medio del calor.

Lenguaje de descripción de páginas   164
Lenguaje de programación mediante el cual se expresa la distribución y situación de los elementos de una página.

Letras mayúsculas   29
También llamadas caja alta, por oposición a las letras minúsculas.

Letras minúsculas   29
También llamadas caja baja, opuestas a las mayúsculas o caja alta.

Límite de cobertura de tinta   95
Especifica la cantidad total de tinta admisible para cada color, con un papel y una técnica de impresión determinados. Se expresa en porcentaje. En cada caso, el límite viene dado, sobre todo, por el riesgo de repinte y suele variar entre 240 y 340 % para impresión offset en cuatricromía, según el papel (teóricamente el valor es de 400 %, 100 % por cada tinta). Es un valor que se utiliza para ajustar la máquina de imprimir al hacer la separación de colores.

Lineal   41
Relación matemática que depende de un factor constante.

Lineatura de trama   161, 216
Medida de la lineatura y ángulos de trama de un impreso, expresado en líneas por pulgada, lpp.

Líquido de revelado   214
Líquido compuesto de productos químicos, necesario para revelar películas o planchas.

Localtalk   143, 149
Solución de red en el entorno Apple.

Longitud de onda   40
Noción física que hace referencia a la longitud de emisión de las ondas luminosas, medida en nanómetros (nm). La zona visible oscila entre 385 y 705 nm.

Luz ultravioleta   40
Luz no visible para el ser humano, que está situada más allá de los colores violetas del espectro y que tiene una longitud de onda menor de 385 nm. Contiene tanta energía que la piel debe protegerse de su radiación.

LZW   73
Lempel, Ziv & Welch. Método de compresión de ficheros. Se utiliza para guardar imágenes en formato TIFF.

M

Mac OS 15
Sistema operativo utilizado en el entorno Macintosh.

Manipulados 264
Conjunto de procedimientos que se ejecutan sobre las hojas o pliegos impresos. Comprenden: guillotinado, plegado y encuadernado.

Many-up 189
Tipo de imposición en el que una página se sitúa varias veces en el mismo pliego, por ejemplo, *two-up*.

Mapa de bits 103, 167
Descripción, mediante unos y ceros, de una imagen digital o una página.

Maqueta 269
Muestra de una imposición, una encuadernación o un producto impreso completo.

Máquina CTP 219-220
Máquina utilizada para producir planchas directamente desde el ordenador (Computer to Plate).

Máquina de impresión digital 257
Máquina que lleva a cabo el proceso de impresión recibiendo las instrucciones directamente del ordenador.

Máquina de medida de punto
Ver *puntos de exposición*.

Maquinabilidad 231
Aptitud de un tipo de material para pasar por una máquina de imprimir.

Marca de registro 1: 244, 2: 169
1. Marca especial de registro, necesaria para comprobar que coinciden los colores que componen un impreso multicolor.
2. Término de todos los registros de marcas de registro y marcas de recorte en QuarkXpress.

Marcas de corte 188
Marcas especiales que indican cómo realizar el recorte. Ver también *marcas de registro*.

Marcas de plegado 188
Marcas especiales que se realizan en el pliego, para proceder al doblado.

Margen inferior 265
Parte inferior o pie de una página.

Matchprint 210
Sistema analógico de pruebas de 3M.

Material de soporte 208
Papel u otro material similar utilizado para pruebas o para trabajos de impresión o fotografía.

Matriz CCD 107
Conjunto de células CCD organizadas para controlar formas, en el que cada célula CCD corresponde a un píxel. Generalmente se utiliza en las cámaras digitales.

Matriz de medios tonos
Ver *celdas de medios tonos*.

Matriz de trama de medios tonos
Ver *celdas de medios tonos*.

Mbyte 38
Megabyte; equivale a 1.048.576 bytes, ver *byte*.

Medianil 265
Margen interior del encuadernado de un producto impreso.

Medio de almacenamiento 129
Dispositivo o elemento utilizado para guardar información; por ejemplo, floppy disk o CD.

Medio regrabable 134
Medio de almacenamieno de datos que permite eliminar la información y grabarla de nuevo.

Memoria caché 22
Frecuentemente, el acceso al cálculo de operaciones es guardado en la memoria caché del ordenador porque permite un acceso rápido cuando se precisa.

Metamerismo 57
Efecto por el cual dos colores se ven iguales bajo una luz determinada y distintos bajo otra luz.

Modelo de color 44
Sistema para crear, definir o describir colores, por ejemplo RGB, CMYK o CIE.

Módem 150-151
Dispositivo que permite la comunicación entre ordenadores a través de la red telefónica.

Modo CMYK 69
Una imagen guardada en modo CMYK está compuesta por cuatro imágenes de píxels en modo de escala de grises: una que recoge la información del cyan, otra del magenta, otra del amarillo y otra del negro. Una imagen CMYK ocupa cuatro veces más memoria que una imagen del mismo tamaño y resolución en modo de escala de grises.

Modo de color 66
Descripción del color de las imágenes basadas en píxels; por ejemplo, escala de grises, color indexado, RGB o CMYK.

Modo RGB 66, 69
Una imagen en modo RGB comprende tres imágenes de píxels, en escala de grises y separadas: una representa el rojo, otra el verde y otra el azul. Las imágenes RGB ocupan tres veces más memoria que las imágenes en escala de grises del mismo tamaño y resolución.

Moiré 160, 208
Fenómeno que se muestra como interferencias en las imágenes y los bloques tonales impresos, produciendo una sensación desagradable. Un fenómeno similar puede observarse en la pantalla de televisión cuando alguien aparece con un traje a rayas.

Monotype
Fundición digital de fuentes.

Montaje de películas 216
Montaje del conjunto formado por todas las películas que componen las páginas individuales de una imposición, utilizado para producir planchas.

Montaje manual 216, 219
Se refiere a la imposición manual de películas sobre el astralón.

Motas 250
Fragmentos de papel que se arrancan por acción de la tinta.

Muestra de color 115, 117
Los colores pueden mostrarse de distintas formas; por ejemplo, mediante muestras de papel, cartas de color o guías.

Muestras de tipos 34
Catálogo de muestras impresas de distintos tipos de letra, reuniendo diferentes estilos y cuerpos.

Multiple Master 34
Tipo de fichero para fuentes con el que generar variantes de diferentes pesos, grosores y anchos, y simular tipos de letra que faltan, o crear caracteres personalizados. Versión de PostScript Tipo 1.

N

Nanómetro (nm)
Medida de longitud (1 nanómetro = 0,000.001 milímetros). Se utiliza, para indicar las longitudes de onda de la luz.

Navegador Netscape 153
Navegador de Internet de Netscape.

NCS 48
Natural color system. Modelo de color sueco basado en una división en negrura-blancura (brillo), coloración (saturación, intensidad cromática) y matiz (color), que se puede representar con un doble cono. Se usa principalmente en la industria textil y de pintura.

Niveles de acceso 146
Una red puede configurarse de tal modo que sus distintos usuarios tengan diferentes niveles de acceso a ella.

O

Obturador (Diafragma) 107
Mecanismo que, en un sistema óptico, regula la entrada de luz. Por ejemplo, el valor de apertura de una cámara determina la cantidad de luz que entrará durante la exposición.

Offset seco 239
Ver *offset sin agua*.

O – P

Offset sin agua 239
Versión de la técnica de impresión offset en la que, en vez del agua, se utiliza una silicona que repele la tinta en las superficies no impresoras.

Onda infrarroja 40
Calor radiante. Luz invisible, situada en la zona de tonos rojos del espectro, con una longitud de onda de unos 705 nm.

OST 150
Tipo de carta de comunicación ISDN.

Oxidación 238
El segundo proceso de secado de las tintas de impresión. El alquid experimenta una reacción química con el oxígeno del aire, denominada oxidación.

Ozálidas 203, 210
Tipo especial de prueba analógica monocolor (azul), que se prepara antes de insolar, para comprobar la posición y el contenido de las imágenes.

P

PageMaker 16, 113
Programa de autoedición de Adobe.

Paleta 70
Conjunto de colores en el ordenador. Ver también *color indexado*.

Papel de doble cara
Papel que tiene idéntica superficie en ambas caras.

Papel de pasta mecánica 228
Papel con un contenido superior al 90 % de pulpa mecánica y menos del 10 % de pulpa química.

Papel de pasta química 231
Papel con un contenido inferior al 10 % de pasta mecánica y más del 90 % de pasta química.

Papel de trapo 230
Papel fabricado a partir de pasta de papel con un contenido importante de fibra de algodón.

Papel de una cara
Papel que ofrece diferentes características en cada cara; por ejemplo, las postales, estucadas en la cara que contiene imágenes y no estucadas en la otra.

Papel estucado 230, 231
Papel cuya superficie ha sido tratada de forma especial para mantener una alta calidad de impresión. El estucado contiene aglomerantes (almidones o látex) y pigmentos (polvo de caolín o carbonato cálcico).

Papel preimpreso 193
Impresos con, por ejemplo, un logotipo, en los que se pueden imprimir imágenes o textos.

Papel reciclado 231
Papel fabricado a partir de fibras recicladas. Se suele utilizar un 50, 75 ó 100 % de fibras recicladas.

Paquetes 147
Volumen de datos enviados a través de una red. La información enviada a través de la red se divide en número de paquetes.

Parámetros de separación de color 101
Los parámetros que controlan el ajuste de separación de color en las cuatricromías. Por ejemplo, ganancia de punto, límite de cobertura de tinta, etcétera.

Pasta de papel 227
Mezcla para fabricar el papel.

Pasta mecánica 227
Pasta de papel fomada por fibras de celulosa extraídas de la madera mediante trituración y molido.

PDF 166-167, 172-174
1. *Portable Document Format*. Formato de fichero de Adobe que se crea con el programa Acrobat Distiller.
2. *Printer Description File*. Fichero de descripción de impresora, necesario para ejecutar las salidas desde QuarkXPress. Contiene, al igual que un PPD (*PostScript Printer Description*), la información necesaria sobre el dispositivo de salida, pero para ser utilizada cuando se trabaja con QuarkXPress.

PDF/X es un fichero PDF confeccionado o controlado de modo que pueda funcionar bien como original digital de impresión o arte final digital; *digital ArtWork*).

Película (fotolito) 214
Película que comprende una página del producto a imprimir.

Película de lectura directa 215
Película con una imagen de lectura directa, teniendo en cuenta el lado emulsionado; por ejemplo, una película usada en serigrafía.

Película de serigrafía 252
Capa de plástico que cubre el área no impresora en la pantalla del bastidor.

Película impuesta 216
Película obtenida en el formato de la salida del pliego impreso, que está formado por un determinado número de hojas, formando un conjunto.

Película invertida 215
Disponiendo de una emulsión en la cara correcta que se vaya a utilizar, el texto o la orientación de la imagen es contraria a la que debería ser una vez impresa.

Película negativa 215
Película donde las superficies no impresoras son negras y las superficies impresoras son transparentes.

Película positiva 215
Película gráfica cuyas superficies no impresoras son transparentes y las impresoras son negras.

Pérdida de punto/ reducción de punto 99, 218, 245
Medida del cambio de tamaño de los puntos de medio tono que se produce en el documento impreso respecto a las películas, cuando se utilizan planchas positivas. Se mide en porcentajes.

Perfil ICC 52
Perfil estándar que describe las características del color en relación con los escáners, monitores, impresoras, pruebas e impresión. Es el más utilizado para la gestión del color. Precisa el uso del espectrofotómetro.

Perfiles 52-53
Tabla o gráfico del comportamiento de determinados parámetros de un equipo.

Perforador 274
Dispositivo que perfora las hojas impresas, para poder encuadernarlas.

Pirámide o grupo de entintado 242-243
Denominación del sistema completo de entintado en una máquina de imprimir.

Plancha 217
Forma de impresión utilizada en offset. Ver *plancha de impresión*.

Plancha CTP 219
Plancha especial, utilizada en el proceso de CTP.

Planet 150
Tipo de placa de comunicación RDSI.

Plegado 266
1. Producto impreso que sólo contiene un pliego, no encuadernado.
2. Proceso por el cual se doblan las hojas; normalmente se ejecuta en las plegadoras.

Plegado en acordeón 266
Tipo de plegado paralelo.

Plegado en cruz 266
Tipo de plegado, opuesto al paralelo, en el que cada pliego se dobla en un ángulo de 90°.

Plegado paralelo 266
Tipo de plegado en el que todos los doblados son paralelos entre sí, al contrario del plegado en cruz.

Plegadora de embudo 266
Tipo especial de plegadora, normalmente utilizada en rotativas offset.

Plug-ins 17
Pequeños programas que agregan nuevas funciones a un programa principal de aplicación.

Policarbonato 134
Capa base de resina plástica de los CD.

Portfolio 17
Programa de archivo de Extensis.

P – R

PostScript 170, 202, 204
1. Lenguaje de descripción de página de Adobe, estándar para las salidas gráficas.
2. Programa de *preflight* Cutting Edge Technology para ficheros PostScript.

PostScript 3 170
Tercera versión del lenguaje de descripción de página PostScript. La palabra 'Nivel', incluida en las versiones anteriores, fue eliminada. Comparar con el nivel 1 y 2.

PostScript Extreme 171
Tecnología de ripeado de PostScript 3 que puede ripear varias páginas de un documento simultáneamente utilizando distintos procesadores.

PostScript Nivel 1 170
La primera versión del lenguaje de descripción de página PostScript. Es la base de PostScript Nivel 2 y de PostScript 3. Comparado con los otros dos niveles, es un lenguaje bastante elemental, que, por ejemplo, no soporta gestión de color.

PostScript Nivel 2 170
Segunda versión del lenguaje de descripción de página PostScript. Da soporte a la gestión de color, lo que no era posible en el nivel 1.

PostScript type 1 34
Formato de fichero para fuentes basado en PostScript.

Powerpoint 113
Programa de Microsoft para realizar presentaciones y transparencias.

PPD 166-167
PostScript Printer Description, descripción de impresora PostScript. Contiene información acerca de un determinado dispositivo de salida, necesaria para ejecutar las salidas.

ppi. ppp 65
Pixels per inch, píxels por pulgada. Unidad con que se mide la resolución de las imágenes, los monitores y los escáners.

Preflight 202
Revisión, control y ajuste de documentos y sus componentes mediante programas especiales. Se realiza antes de la producción de una película o una plancha.

Preparación de la pasta de papel 228
Proceso en el que se baten las fibras para fabricar el papel y se añaden otros componentes.

Preps 16, 187
Programa de imposición de Scenicsoft.

PressWise 16, 187
Programa de imposición de ScenicSoft.

Principio litográfico 237
Principio en el cual se trabaja sobre superficies impresas que atraen la tinta grasa y repelen el agua, y sobre superficies no impresas que atraen el agua y repelen la tinta grasa.

Procesador 18
Dispositivo o equipo que organiza y controla las funciones lógicas y matemáticas que realiza un determinado equipo, por ejemplo, un ordenador.

Proceso xerográfico 191
Proceso de impresión en seco, que usa las fuerzas creadas por campos magnéticos para transferir el tóner al papel. Este método es empleado por fotocopiadoras e impresoras láser.

Programa de imposición 187
Programa de imposición basado en ficheros, por ejemplo Preps, de Scenic Soft o Presswise de Imation.

Protocolo de red 145
Conjunto de normas y procedimientos que especifican cómo se implementa la comunicación en una red específica.

Prueba de impresión 205, 207
1. Prueba, analógica o digital, previa a la impresión definitiva, realizada para mostrar cómo será el producto impreso.
2. Prueba de impresión previa a la tirada.

Prueba digital 205, 210
Pruebas basadas en los ficheros utilizados por las impresoras. Se realizan en impresoras de alta calidad.

Prueba final 200
Última prueba antes de iniciar la tirada.

Pruebas en pantalla 201
1. Revisión y pruebas de un documento en pantalla.
2. Revisión y evaluación de un producto en pantalla, por ejemplo, un fichero en formato PDF.

Publicación digital 134
Cuando se edita información en formato digital ésta debe leerse en pantalla, como en el caso de una enciclopedia en CD o textos e imágenes bajados de Internet.

Puente 145-146
Conecta diferentes partes de una red entre sí.

Puerto de módem 150
Conexión en el ordenador, a través de un puerto paralelo, en el que se acopla el módem.

Puerto de serie 18
Puerto de conexión del ordenador, utilizado para conectar teclados, ratón, etc.

Puerto paralelo 18
Conexión del ordenador donde se conectan impresoras o módems.

Puerto SCSI 20
Puerto de conexión de la interfaz SCSI.

Puesta a punto 242
Comprende la preparación y los ajustes necesarios que deben realizarse en la máquina de imprimir antes de aprobar el primer pliego impreso.

Puesta a punto de la plancha 243
Tiempo de montaje y ajuste de la plancha en el cuerpo de impresión.

Punto blanco 85
Cromaticidad de una fuente de luz blanca emisora de luz.

Punto de medio tono 157-158
Cada una de las unidades elementales que permiten representar un tono continuo en forma de áreas de tonos discontinuos.

Punto de medio tono cuadrado 161
Los puntos de una trama pueden tener forma cuadrada, aunque suelen ser redondos.

Punto de medio tono redondo 161
Forma de un punto de medio tono. La forma determina las características de la trama.

Punto elíptico 162
Forma del punto de la trama, de perfil elíptico.

Puntos de exposición 157-158
En una filmadora o impresora, este tipo de exposición da lugar a los puntos de trama.

QuarkXPress 16, 113
Aplicación de autoedición de Quark.

Rainbow 3M 210
Sistema de pruebas digitales de 3M.

RAM 18
Random Access Memory, memoria temporal del ordenador.

RDSI 150
Integrated Services Digital Network. Hardware y software para transmisiones digitales vía teléfono.

Red 142
Sistema de conexión entre varios ordenadores para poder comunicarse entre sí y compartir recursos: dispositivos periféricos, programas e información.

Reflexión 41
Capacidad de reflexión de un determinado material, dependiendo de su textura y del tratamiento que haya recibido su superficie.

Registro 240
1. En impresión, cuando las tintas están situadas correctamente, en el

R – S

conjunto impreso. Por ejemplo, en una cuatricromía. Ver también *Fuera de registro*.
2. Alimentación de hojas. Cuando cada hoja, a la entrada de la máquina, se ajusta correctamente para asegurar una sincronización perfecta y la entrada de una sola hoja cada vez.

Registro de bordes 240
Registro de los bordes de un pliego.

Reimpresión 219
Reimpresión de un producto impreso, sin incorporar cambios significativos o para corregir un defecto inicial.

Relleno 63
Las curvas y objetos cerrados pueden llenarse con colores, degradados y motivos.

Remosqueo 252
Fenómeno de impresión que causa una deformación de los puntos y un oscurecimiento del producto impreso, debido a que se producen corrimientos. Este fenómeno puede darse cuando la presión entre el cilindro porta-mantilla y el cilindro de impresión es demasiado elevada, o cuando el cilindro porta-plancha y el cilindro porta-mantilla no giran a la misma velocidad.

Reproducción del color 48
Medio a través del cual se reproducen los colores. Por ejemplo, un monitor o una impresora.

Reserva 64, 121
Cuando un objeto gráfico se coloca sobre otro, por ejemplo un texto sobre un fondo, y se quiere evitar que los colores del texto y el fondo se mezclen, se reserva un espacio sin imprimir para el texto.

Resolución 65
Describe la densidad de información de una imagen digital y, también, la unidad más pequeña que puede leerse en un determinado periférico, como un monitor, un escáner o una impresora.

Resolución de escaneado
81, 103, 106
Cuando se escanea una imagen debe seleccionarse la resolución. Se determina por la lineatura, el factor de cambio de tamaño y el factor de muestra. Se obtiene el número de puntos por pulgada o ppp.

Resolución de imagen 65, 82
Información de una imagen digital, basada en píxels, medida en ppp (píxels por pulgada).

Resolución de salida 158
Resolución que tiene un determinado dispositivo de salida. Por ejemplo, la impresora.

Revelado 214
Después de la exposición, la imagen se revela y se fija sobre la película mediante la aplicación de la composición química adecuada.

Revelado de plancha 217-218
Después de la insolación, la plancha es revelada utilizando líquido revelador, compuesto de determinados productos químicos.

Reveladora 217
Máquina para revelar películas o planchas utilizando líquidos elaborados a partir de productos químicos.

RGB 44-45
Red, *green*, *blue*, colores primarios utilizados en los monitores y escáners.

RIP 157, 166-167
Raster Image Processor. Hardware o software que calcula y rasteriza páginas antes de la salida en una filmadora.

RIP PostScript 167
Un RIP basado en el lenguaje de descripción de página PostScript.

Rodillo dador 243
Rodillo del sistema de mojado que toma agua del conducto y la transfiere a otros cilindros.

Rodillo de distribución del sistema de mojado 243
Rodillo que distribuye la solución de mojado y asegura la formación de una fina película.

Rodillos del sistema de mojado 238, 241
Denominación genérica de todos los rodillos del sistema de mojado.

Rodillo de transferencia 243
1. Rodillo del sistema de mojado que transfiere la solución de mojado desde el tintero a los rodillos de distribución.
2. Rodillo del sistema de mojado que transfiere la solución de mojado desde el último cilindro de distribución a la plancha.

Rodillo entintador 242-243
Rodillo de la pirámide de impresión que recibe la tinta del tintero y la transfiere a otros rodillos.

Rodillo oscilante 243
Rodillo de la pirámide de impresión, situado junto al rodillo de distribución, que absorbe o suministra tinta, según cuál sea su posición.

Rodillos entintadores 243
Término con que se denomina al conjunto de rodillos que intervienen en la pirámide de entintado.

ROM 18
Read Only Memory. Circuito de memoria preprogramada, que guarda la mayoría de funciones del ordenador.

Rotación 84, 119
Cambio del ángulo de objetos en el ordenador. Las imágenes no deben rotarse en la aplicación de autoedición.

Rotativas-offset 99
Método de la técnica de impresión offset en el que se usa bobina en vez de hojas.

Router 145-146
Dispositivo de red para conectar sus diferentes partes, dividiendo la red en zonas. Normalmente, se usa cuando se unen varias LAN en una WAN.

S

3D Studio
Programa de ilustración en 3D, de Autodesk.

Sangre 123
Las imágenes u objetos que se imprimirán de modo que ocupen el espacio del papel hasta los bordes necesitan sangre. Para ello, la imagen se sitúa unos 5 mm fuera del formato de la página.

Satinado 231
Papel que ha sido tratado para darle un mayor brillo. El satinado da sensación de más calidad, pero reduce la opacidad y rigidez del papel.

SCSI 20
Small Computer System Interface. Estándar para transferir datos del ordenador a unidades externas, como discos duros, escáners, impresoras, etcétera.

Secado 223, 238
1. El grado de secado debe determinarse en función de la utilización que vaya a darse al papel impreso.
2. Proceso por el cual la tinta de impresión se seca sobre el papel.
3. Segunda fase de secado del proceso de impresión en el cual los reactivos alquids actúan con el oxígeno en el aire, mediante la oxidación. La primera fase de secado es de ajuste.

Segmentación 148
Un sistema de comunicaciones puede dividirse en varios segmentos para reducir el tráfico de información en determinadas partes del sistema.

Selección 93
Modificación de los contornos de una imagen en el ordenador.

Sentido de la magnetización 136
Dirección en un campo magnético entre dos polos opuestos, N y S. Se utiliza en técnicas magnéticas de lectura y escritura para guardar datos.

Señal ancho de banda 144
Distancia máxima que permite que una señal mantenga su intensidad. Depende del tipo de cable.

Separación de color en las cuatricromías 45, 69, 90, 169
Conversión de una imagen digital de RGB a CMYK.

S–T

Serigrafía 252
Técnica de impresión en la que se utilizan pantallas con una malla o tela a la que se le ha añadido una capa opaca en las áreas que no tienen imagen. La tinta se ve forzada a pasar por las zonas abiertas de la pantalla, hacia el soporte que se debe imprimir. Técnica adecuada para imprimir sobre textiles, madera, cristal, metal, etc.

Servidor 129, 145
Hardware conectado a una red que tiene por función básica gestionar y controlar la utilización de los distintos ordenadores y periféricos que componen la red.

Servidor de red 145
Ordenador que gestiona la red, controla y supervisa el tráfico de información y las autorizaciones.

Simulación 49–50
Acciones para asegurarse de que el producto impreso cumplirá las expectativas. Por ejemplo, pruebas de color.

Single-pass 105
Técnica para escanear los tres colores (RGB) de un original en un barrido.

Sistema de color sustractivo 42–43
Sistema formado por la mezcla de colores primarios CMYK.

Sistema de gestión de color 50
Programa que gestiona el color en función de los escáneres, monitores, impresoras y pruebas que vayan a utilizarse y de las propias características del color.

Sistema de mojado 242–243
Denominación del conjunto del sistema de mojado, en una máquina de imprimir offset.

Sistema de números binarios 23
Sistema numérico de base 2, utilizado en los ordenadores y basado en los dígitos 0 y 1.

Sistema decimal 23
Sistema numérico que utilizamos habitualmente, basado en los números del 0 al 9.

Sistema Perfector 241
Tipo de unidad de impresión offset que sólo tiene un cilindro de impresión. Ambas caras de la hoja se imprimen simultáneamente a través de dos cilindros de mantilla, utilizando el otro como cilindro de impresión.

Sobrecubierta 271
Papel, a modo de segunda cubierta, que rodea las tapas de un producto impreso para protegerlo mejor.

Sobreimpresión 128
Cuando, por ejemplo, un texto se imprime sobre un fondo impreso y se superponen los colores de los dos objetos. El fenómeno opuesto, en el cual los colores no se superponen, se denomina reserva.

Software 14
Término para todos los tipos de programas, desde los sistemas operativos a las aplicaciones.

Software de ilustración 15, 113
Software específico para hacer ilustraciones, normalmente basadas en objetos gráficos o formas geométricas.

Software RIP 167
Ver *RIP*.

Solución de mojado 237
Solución empleada en impresión offset húmedo para separar las superficies impresas y no impresas.

Strata Studio 16
Programa de ilustración en 3D, de Strata.

Sufijo
Término simplificado usado para abreviar el nombre de un concepto o fichero (archivo), por ejemplo, XXX.pdf.

Suitcase 36
Programa para la gestión de fuentes. Permite activar fuentes durante la ejecución de un trabajo sin reiniciar el programa y sin tenerlas en la carpeta del sistema. Con Suitcase se pueden crear grupos de fuentes en relación con un proyecto o con un cliente, de manera que puedan activarse y desactivarse al mismo tiempo.

SWOP 208
Specifications for Web Offset Publications, estándar americano para definir las características de las tintas de impresión, homólogo del European Color Scale.

Syquest 132
Disco magnético regrabable, de uso corriente en producción gráfica, pero que ya no se fabrica.

T

Tambor externo 197
Tipo de filmadora en la cual la película es expuesta en el exterior del tambor.

Tambor interno 197
Tipo de filmadoras en las que la exposición de la película se hace en el interior del tambor.

Tarjeta de red 19, 144
Placa instalada en el ordenador para que pueda gestionar la red.

Tarjeta de vídeo 19
Circuito instalado en el ordenador que permite visualizar imágenes en movimiento en la pantalla.

Tarjeta gráfica 19
Placa instalada en el ordenador, que contiene un circuito impreso, apropiada para el control del monitor y el tratamiento de gráficos.

TCP/IP 145
Transmission Control Protocol/Internet Protocol, utilizado en los entornos de Internet y redes locales. Es el protocolo de uso más estandarizado.

Técnica de impresión 236
Término para definir métodos de impresión, como puedan ser offset, huecograbado, serigrafía, etc.

Técnica de impresión directa 215
Procedimiento de impresión en el cual la forma impresora imprime directamente en el soporte, por ejemplo flexografía y huecograbado.

Técnica de impresión indirecta 215
Procedimiento por el cual la tinta de la forma de impresión es transferida, a través de un cilindro recubierto de caucho, al papel.

Telecomunicación 150
Comunicación de datos a través de una red de telecomunicaciones.

Terabyte
1.095.511.627.776 bytes.

Termocosido 271
Técnica de cosido con hilo que no une los cuadernillos entre sí.

Three-up 189
Ver *many-up*.

Thumbnail 139
Pequeña reproducción, en baja resolución, creada para facilitar la identificación de una imagen.

Tiempo de exposición 217
Tiempo que se precisa para obtener un resultado correcto en el proceso de exposición de una plancha o película.

Tiempo de obturación 107
Tiempo que permanece abierto el diafragma de una cámara fotográfica.

Tiempo de ripeado 170
Tiempo que precisa el RIP para interpretar el código PostScript de una página y elaborar el mapa de bits con los puntos de exposición.

TIFF 72, 119
Taged Image File Format, formato para imágenes digitales de uso extendido.

Tinta 238
Sustancia líquida o grasa compuesta de vehículo, pigmento y diversos aditivos para escribir o dar color a un soporte determinado.

Tinta volátil 255
Tinta de impresión que se seca rápidamente, utilizada en huecograbado.

Tintas Pantone, PMS 46, 117
Pantone Matching System, basado en mezclas de nueve colores diferentes. Las tintas Pantone se utilizan principalmente como tintas directas.

Tintero 242–244
Dispositivo de la máquina de

GLOSARIO

T – V

imprimir donde se encuentra la tinta antes de ser distribuida para la impresión.

Tira de control 188, 217, 245
Tira de control especial, utilizada en imposición e impresión. Se pueden controlar diferentes parámetros a través de los distintos campos de la tira.

Tirada de prueba 257
Pequeña tirada de un producto impreso, previa a la definitiva.

Título 165
Nombre con el cual se guarda un fichero.

Tonos continuos 157
Son los de aquellas zonas de transición suave que no muestran saltos de tonos, como ocurre, por ejemplo, en fotografía.

Tornillos 242-244
Con ellos se controla la dosificación de tinta en cada parte del tintero y en toda su longitud. El control puede ser manual o digital.

Trama de medios tonos 157
Utilizada para simular los tonos continuos en impresión. Sus puntos son de distintos tamaños.

Trama de roseta 161, 209
Fenómeno especial de la trama de medios tonos, cuando algunas formas de ésta adoptan forma de roseta.

Trama estocástica 162-163
1. Método de tramado que forma la imagen basándose en puntos pequeños del mismo tamaño y obtiene los diversos niveles tonales con un número menor o mayor de puntos por unidad de superficie. También se denomina trama FM.
2. Tramado por modulación de frecuencia.

Transiciones tonales 88, 157, 208
Transiciones de tonos entre determinados colores, en una cierta distancia. Las transiciones tonales pueden ser lineales o circulares.

Trapping 121, 248
Fenómeno que se produce en un impreso y depende del grado de adhesión de una tinta sobre otra.

Trapping program
Programa que ejecuta el *trapping* en un documento, por ejemplo Trapwise de ScenicSoft.

Trapwise 121
Programa de ScenicSoft para realizar *trapping* en documentos.

Trazado de recorte (Clipping Path) 71, 92
Itinerario para cortar una imagen en un programa de edición de imágenes.

Tres pasos 103
Técnica de escaneado que escanea el original tres veces, una vez por cada uno de los colores RGB.

Tripa o cuerpo 270-271
Bloque de páginas impresas, plegadas y alzadas para su posterior encuadernación.

Troquel 219
Para practicar un agujero. Realización de un agujero en una película o una plancha para conseguir la correspondencia correcta entre ambos.

Troquelado 273
Operación en la que se recorta un soporte para obtener un perfil determinado.

True Type 34, 113
Tipo de fuentes para ficheros no basados en PostScript.

Tubo CRT 21
Tubo de rayos catódicos mediante el cual un haz de electrones ilumina la pantalla. Los monitores de TV están basados en esta técnica.

Two-set 190
Imposición técnica para la impresión de doble cara con una sola puesta a punto. Después de que una cara haya sido impresa, se da la vuelta a las hojas utilizando el margen de pinzas y se imprime en la prensa con el mismo plano.

Two-up 190
Ver *many-up*.

Typebook
Programa que imprime muestras de fuentes.

Type Reunion 31
Utilidad de Adobe. Agrupa todas las fuentes de una misma familia cuando se deben elegir tipos de letra.

U

UCA 98
Under Color Addition. Método especial de separación de colores con el que pueden añadirse tintas de color al negro de aquellas zonas de la imagen que deben ser verdaderamente oscuras.

UCR 98
Under color removal. Sustitución por negro, solamente en los tonos gris neutros de la imagen, de tintas C, M e Y.

UGRA/FOGRA 227
Utilidad que comprende diversos campos de color, para controlar la calidad de la impresión y de las planchas.

Unidad de cinco cilindros 241
Tipo de máquina de imprimir que dispone de dos cilindros porta-planchas, dos cilindros porta-mantilla y un cilindro de impresión.

Unidad de impresión 241
Conjunto de cilindros; por ejemplo, cilindro porta-plancha, porta-mantilla y cilindro de impresión, en una máquina de imprimir offset.

Unidad de tres cilindros 241
Es el tipo de unidad de impresión más utilizado en offset de hojas actualmente. Está formado por: un cilindro de impresión, un cilindro porta-mantilla y un cilindro porta-planchas.

Unidad satélite 241
Unidad de impresión con un solo cilindro de contrapresión, alrededor del cual hay colocados varios cilindros, uno por cada tinta.

Unix 15
Sistema operativo.

V

Valor gamma 77-78
Valor que se representa mediante una curva y que es necesario conocer para comprimir tonos o componer tramas.

Valor tonal 77
Valor del tono de un determinado color, expresado en porcentajes.

Valor Tristimulus
Ver *CIE*.

Valores de guía 100
Valores estándar de diferentes parámetros, por ejemplo, ganancia de punto, densidad de tono lleno, etc.

Variables booleanas 140
Método utilizado para crear combinaciones lógicas utilizando variables booleanas, como *y*, *o* o *no*. A menudo se emplea para combinar palabras en una aplicación de archivos.

Velocidad de lectura 130
Velocidad de transferencia desde el medio de almacenamiento. Se expresa en Kb/s.

Velocidad de transmisión 147
Velocidad de transferencia de datos en un medio, por ejemplo, en una red.

Velocidad de transmisión teórica 152
Medida de la velocidad teórica de transmisión de datos en una red.

Viscosidad 238
Grado de viscosidad de un líquido.

Volumen específico del papel 225
Descripción del volumen del papel, expresado en m^3/g o páginas por pulgada.

VRAM 23
Para poder gestionar imágenes complejas y en movimiento, el monitor dispone de una memoria de vídeo RAM, también denominada VRAM.

W

WAN 143
Wide Area Network. Red que conecta varias redes locales.

Windows 2000/XP 15
Sistema operativo de Microsoft.

Word 16, 113
Procesador de textos de Microsoft.

WordPerfect 16, 113
Procesador de textos de Corel.

WWW 153
World Wide Web. Medio en el que pueden publicarse páginas multimedia, en las que se enlazan textos e imágenes, gracias a la tecnología de Internet.

Z

ZIP 132
1. Disco magnético regrabable, utilizado para almacenar datos. Su capacidad es de 100 megabytes.
2. Programa de compresión de ficheros.

Zonas de red 148
Una red puede dividirse en zonas para reducir el tráfico en sus distintas partes.

Zonas de tinta 242
Determinadas zonas de la hoja en las cuales es posible ajustar la cantidad de tinta. ∎

LISTA DE SUFIJOS

▶ SUFIJOS

Abajo listamos una serie de terminaciones frecuentes en los nombres de los ficheros o archivos, también llamados sufijos.
Los sufijos identifican el tipo de fichero y su contenido, tanto para el entorno de PC (Windows) como de Macintosh.

Nombre de archivo.ai	formato Adobe Illustrator	Nombre de archivo.pcx	archivo de Paint Brush
Nombre de archivo.art	archivo Bézier de Adobe Streamline	Nombre de archivo.pfm	fuente en PostScript Type 1 –entorno PC
Nombre de archivo.att	archivo adjunto a un e-mail (en desuso)	Nombre de archivo.pict	imagen Pict (formato Macintosh)
Nombre de archivo.bmp	Standard Windows píxel gráfico	Nombre de archivo.ppd	archivo PostScript Printer Description
Nombre de archivo.c	archivo del cyan en un EPS de 5 archivos	Nombre de archivo.pm6	archivo Adobe Pagemaker 6.x - entorno PC
Nombre de archivo.cdm	Corel metafile	Nombre de archivo.prn	archivo PostScript - entorno PC
Nombre de archivo.cdr	archivo de CorelDraw	Nombre de archivo.ps	archivo PostScript
Nombre de archivo.cgm	Computer Graphics Metafile (UNIX)	Nombre de archivo.psd	archivo de Photoshop
Nombre de archivo.dcs	Un EPS de 5 archivos (archivo DCS)	Nombre de archivo.pub	archivo de Ventura
Nombre de archivo.doc	achivo de Microsoft Word	Nombre de archivo.qxd	archivo de QuarkXPress entorno PC
Nombre de archivo.eps	archivo EPS	Nombre de archivo.rtf	formato Rich Text
Nombre de archivo.exe	archivo de programa - entorno PC	Nombre de archivo.sct	Scitex CT
Nombre de archivo.fh7	archivo Freehand 7.x	Nombre de archivo.sea	archivo comprimido del programa Stuffit
Nombre de archivo.fon	archivo de fuente	Nombre de archivo.sgm	archivo de texto codificado SGML
Nombre de archivo.gif	píxel gráfico en Graphic Interchange Format	Nombre de archivo.sgml	archivo de texto codificado SGML (Mac)
Nombre de archivo.htm	archivo HTML	Nombre de archivo.sit	archivo comprimido del programa Stuffit
Nombre de archivo.html	archivo HTML - entorno Macintosh	Nombre de archivo.skv	archivo de texto definido por punto y coma
Nombre de archivo.hqx	archivo comprimido BinHex	Nombre de archivo.smp	imagen OPI de baja resolución
Nombre de archivo.indd	archivo InDesign	Nombre de archivo.tga	imagen en 24-bit de Truevision Targa
Nombre de archivo.jpe	imagen JPEG - entorno PC	Nombre de archivo.tif	imagen TIFF - entorno PC
Nombre de archivo.jpg	imagen JPEG - entorno PC	Nombre de archivo.ttf	fuente TrueType - entorno PC
Nombre de archivo.jpeg	imagen JPEG - entorno Macintosh	Nombre de archivo.txt	archivo de texto - entorno PC
Nombre de archivo.k	archivo del negro en un EPS de 5 archivos	Nombre de archivo.wmf	imagen Windows metafile
Nombre de archivo.lay	imagen OPI de baja resolución	Nombre de archivo.wp	archivo de Word Perfect
Nombre de archivo.lzw	archivo comprimido LZW	Nombre de archivo.wpg	archivo gráfico de Word Perfect
Nombre de archivo.m	archivo del magenta en un EPS de 5 archivos	Nombre de archivo.xls	archivo de Microsoft Excel - entorno PC
Nombre de archivo.pdf	archivo PDF	Nombre de archivo.y	archivo del amarillo en un EPS de 5 archivos
Nombre de archivo.pcd	Kodak FotoCD	Nombre de archivo.z	archivo comprimido de Unix
Nombre de archivo.pct	imagen Pict (formato Windows)	Nombre de archivo.zip	archivo comprimido del programa ZIP